御製

佛光恩照　三千大千　隨緣徧滿
恒沙法界　普度衆生　悉證菩提
身心安泰　年時豐稔　風雨調順
日月升恒　乾坤清寧　百昌蕃熾
上下樂利　中外協和　庶物咸亨
萬善圓成　情與無情　同登正覺
大清雍正十三年四月初八日

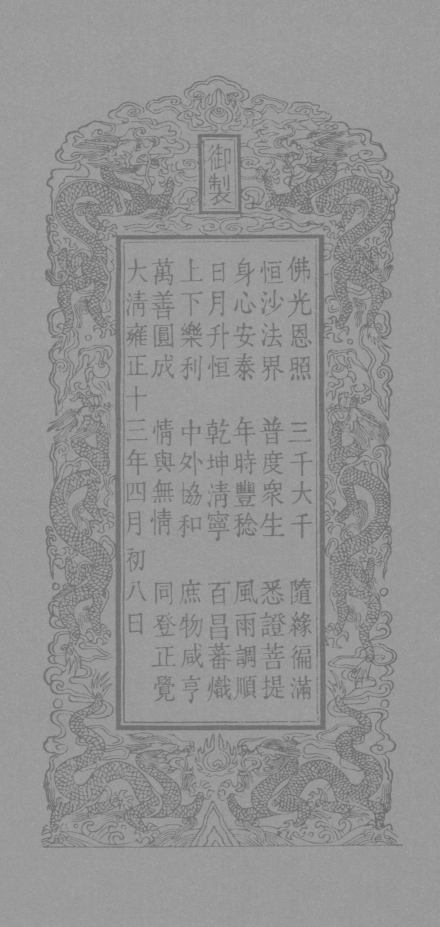

第九五册 小乘論（七）

阿毗達磨順正理論

唐三藏法師玄奘奉　詔譯

清刻龍藏佛說法變相圖

阿毗達磨順正理論卷第二十一

尊者衆賢造

唐三藏法師玄奘奉　詔譯

辯緣起品第三之一

已依三界辯得心等今應思擇三界是何名於其中處別有幾頌曰

地獄傍生鬼　人及六欲天　名欲界二十
由地獄洲異　此上十七處　名色界於中
三靜慮各三　第四靜慮八　無色界無處
由生有四種　依同分及命　令心等相續

論曰那落迦等下四趣全及天一分眷屬中有并器世間總名欲界天一分者謂六欲天一四大王衆天二三十三天三夜摩天四覩史多天五樂變化天六他化自在天如是欲界地獄趣等并器世間總有十處地獄洲異

分爲二十八大地獄名地獄異一等活地獄二黑繩地獄三衆合地獄四號叫地獄五大叫地獄六炎熱地獄七大熱地獄八無間地獄言洲異者謂四大洲一南贍部洲二東勝身洲三西牛貨洲四北俱盧洲如是十二并六欲天傍生餓鬼處成二十若有情界從自在天至無間獄并器世界乃至風輪皆欲界攝已說欲界并處不同此欲界上處有十七謂三靜慮處各有三第四靜慮處獨有八器及有情總名色界第一靜慮處有三者一梵衆天二梵輔天三大梵天第二靜慮處有三者一少光天二無量光天三極光淨天第三靜慮處有三者一少淨天二無量淨天三徧淨天第四靜慮處有八者一無雲天二福生天三廣果天并五淨居處合成八五淨居者

一無繁天二無熱天三善現天四善見天五色究竟天廣善所生故名爲梵此梵即大故名大梵由彼獲得中間定故最初生故最後歿故威德等勝故名爲大大梵所有所化所領故名梵衆於大梵前行列侍衛故名梵輔自地天內光明最小故名少光光明轉勝量難測故名無量光淨光徧照自地處故名極光淨意地受樂說名爲淨於自地中此淨最劣故名少淨此淨轉增量難測故名無量淨此淨周普故名徧淨意顯更無樂能過此以下空中天所居地如雲密合故說名雲此上諸天更無雲地在無雲首故說無雲更有異生勝福方所可往生故說名福生居在方所異生果中此最殊勝故名廣果離欲諸聖以聖道水濯煩惱垢故名爲淨淨身所止故名

淨居或住於此窮生死邊如還債盡故名爲淨淨者所住故名淨居或此天中無異生雜純聖所止故名淨居繁謂繁雜或謂繁廣無繁雜中此最初故繁廣天中此最劣故説名無繁或名無求不求趣入無色界故已善伏除雜修靜慮上中品障意樂調柔離諸熱惱故名無熱或全下生煩惱名熱此初離遠得無熱名或復熱者熾盛爲義謂上品修靜慮及果此猶未證故名無熱已得上品雜修靜慮果德易彰故名善現雜修定障餘品至微見極清澈故名善見更無有處於有色中能過於此名色究竟或此已到衆苦所依身最後邊名色究竟有言色者是積集色至彼後邊名色究竟此十七處諸器世間并諸有情總名色界有餘別説十七處名初靜慮中總立二處第四靜慮別説無想彼師應言處有十八以彼大梵望梵輔天壽量身量無尋受等皆有別故豈不無想望廣果天唯異生等有差別故前亦應言處有十八此難非理無想天生即廣果天繫業果故若爾大梵所受生身亦梵輔天繫業果故不應別説爲一天處即梵輔天上品繫業招大梵果此業至彼少有差別故招壽等亦少不同若大梵天望彼梵輔壽量等別合爲一處則少光等壽等雖殊應合一處成大過失此例不然大梵一故要依同分立天處名非一梵王可名同分雖壽量等與餘不同然由一身不成同分故與梵輔合立一天高下雖殊然地無別少光天等與此相違故彼不應引之爲例上生色界立十八天故作是言修諸靜慮各有三品

謂上中下隨三品因生三天處第一靜慮大梵天王自類相望得有同分與梵輔處勝劣有殊如聚落邊阿練若處雖相隣近而處不同無想有情於第四定爲第四處與廣果天有差別故處成十八此亦不然初靜慮地處應四故無想有情應離廣果不別立故若謂隨修三品靜慮諸靜慮地處各三者則大梵王壽等勝故應異初定上中下因別用中間勝定業感故應大梵異初定三別業所招成第四處或應大梵天別有因無想有情與彼廣果壽身量等無差別故應無異因處非第四故立十八理必不成又若必然應色究竟壽量身量三十二十或六十四然俱不許是故不可約修靜慮三品不同立處有別因雖有四處但立三因但有三處立四故又初靜慮處若有三應大梵王望梵輔處高廣逈隔如上下天亦應倍增壽量身量是則一切建立不成然梵衆天壽量半劫身量亦有半踰繕那至大梵天量皆一半若立大梵處爲第三應壽與身量增至二是則以上皆應倍增諸所建立皆不成就是故迦濕彌羅國諸大論師咸說大梵三所居即梵輔處由茲色界處唯十六如是所說善順契經七識住中唯舉邊故如極光淨及徧淨天若謂不然契經應說如大梵處非梵衆天無想有情望廣果處壽等無異如何別立彼復說言第一靜慮非無壽等建立差別以彼三天半半增故若爾大梵應亦倍增是則上天建立皆壞無斯過失許少光天望大梵天亦半增故此唯妄執未見色天別處極成有半增故又壞正理

所以者何既許依修三品靜慮得三品果建立三天何理中天倍增於下然其上處半勝於中故彼所言唯憑妄執是故建立色界諸天唯我國師所說無亂已說色界弁處不同無色界中都無有處以無色法無有方所過去未來無表無色不住方所理決然故但異熟生勝劣差別說有四種一空無邊處二識無邊處三無所有處四非想非非想處如是四種名無色界此四非由處有上下但由生故勝劣有殊復云何知彼無方處謂於是處得彼定者命終即於是處生故復從彼歿生欲色時即於是處中有起故雖由生故四種不同而無上下方處差別四種何緣次第如是由漸離欲漸得定故或即由生次第如是隨生因力果少多故如有色界一切有情要依色身心等相續於無色界受生有情以何爲依心等相續何緣於此欻復生疑以諸法中都無有我心心所法在欲色中依託色身可相續轉於無色界既無色身心等應無相續轉義故今於此可復生疑當知彼依同分及命心等相續非我爲依及聲攝餘不相應行謂得非得及與生等非於此中顯同分等實有自體前已成故但顯彼用謂能爲緣緣謂爲依令心等續眼等四識一一皆用無間滅意及自色根爲其所依及爲依性以自色根所依大種身根及大同分命根得等生等但爲依性身識即用意及身根爲其所依及爲依性但以身根所依大種同分命根得等生等爲其依性非爲所依意識但以無間滅意爲其所依及爲依性身根及大同分命根

得等生等但爲依性如是欲色有情心等依色同分命等相續無色有情以無色故但依同分及命根等心等相續非無有依依與所依二相何别今詳宗趣二相别者要由彼有此方得生無則不生是爲依相定有彼相及隨變者是謂爲依及所依相豈不雖有色同分等而或有時心等不續如何説彼爲心等依此責不然以有别法能違心等令不續故心等續位必有彼依故彼得爲心等依相現見心等於死身内畢竟不生於生身中心心所法決定當起故彼色等依相極成由此故知色聲香等於心心所不能爲依以外事中有色聲等然心心所曾不轉故前所依相應非徧有非諸心等皆隨所依而轉變故心等不隨無間滅意定有轉變如何可説彼爲所依心等定隨意根轉變夫隨變者謂令改易無間滅意於正滅時令後心等入正生位意根已滅心等已生如是即成後隨前變非同分等爲心等依如眼等根無間滅意故所依相與依相别徧諸所依無相濫過如是欲色諸有情心四蘊俱生咸爲依性唯一色蘊得爲所依意識所依亦應兼色隨色變故現見大種酒等惱時心便改易無容意識色爲所依夫成所依定能生變意識非定隨大變生設大種無此亦有故由是大種望於意識唯可成依非所依性是故六識欲色界中用四蘊爲俱生依性無色意識無復色依彼俱生依但通三蘊若爾何故但言無色心等依於同分及命此説定同無亂依故謂心心所雖互爲依而非定同不自依故亦非無亂在此

地生亂起自他心心所故同分及命心等同依又此地生唯此地故依此設起不同地心由此還令自地心起唯依此二名此地生牽引業生無間斷故由斯說是同不亂依心等不然故略不說若無此二餘地四蘊現在前時爾時有情應名餘地非此地攝自地先業所牽引果不相續故然不應許是故當知如欲色界身同分命爲心等依雖或有時異地心起而依身等於此生中後定當牽自地心起如是無色雖無有身心等定依同分及命故頌偏說同分命根此是牽引業異熟故是餘異熟相續住因譬如樹根莖等依住現見諸樹葉枝莖等雖同種生而依根住是故不應謂眼根等唯依業住無別有依由斯已釋生無色界業生心等須別依因故本論中不作是說心轉即用相應爲依即由此因得非得等及聲總顯不說別名謂彼非唯業所生故設業生者非恒續故如何彼法爲心等依謂彼若無自地心等必不生故猶如身等或由彼是無亂因故非生上地成就下善又無成異地異生性等故彼爲依性其理極成有餘師言如坑塹等雖無風等燈焰不生彼法若無心等不起故知心等用彼爲依或有門人作是徵詰不相應行應如色身亦能爲依生意識等故但爲說不相應行爲心等依非無色界俱生四蘊無相依義然於此中心與受等爲所依性非彼受等爲心所依非所隨故要心總了境界相時受等方能取差別相故彼隨心非心隨彼然心心所名互相依互隨轉者同一果故何緣不說欲色界中此二

爲依心等相續而但說彼依於色身欲色界中身同分等雖恒相續皆能爲依而身麤顯是故偏說或爲成立同分命根離身別有故作是說非於無色或餘地中業生心等恒現前故或顯同分及命根等亦依身轉故作是說雖彼與身互相依止而身勝故偏說爲依豈不命根爲身住性亦是殊勝命根若無身根等法皆不轉故雖無命根彼皆不轉而身多遇災橫等緣命等隨身亦有損益故身與彼爲依義勝即由此義對法諸師說無色中以無身故同分命等更互相依

經主此中假爲賓主謬增正義作是難言若爾有色有情心等何不但依此二相續謂對法者作是釋言有色界生此二劣故無色此二因何故强彼界二從勝定生故由彼等至能伏色想若爾於彼心等相續但依勝定何用別依又今應說如有色界受生有情同分命根依色而轉無色此二以何爲依此二更互相依而轉有色此二何不相依有色界生此二劣故無色此二因何故强彼界二從勝定生故前說彼定能伏色想是則還同心相續難或心心所唯互相依經主定於阿毗達磨無所承稟謬述此言或由自心憎猒對法矯作是說惑亂正宗誰有妙通諸法相者當作如是酬前所問彼立自宗言無色界心等相續無別有依謂若有因未離色愛引起心等所引心等與色俱生依色而轉若因於色已得離愛猒背色故所引心等非色俱生不依色轉此亦非理若引因力令彼心等相續轉者善與染心現在前位心等相續應無所

依又如有情在欲色界引因力故心等相續與色俱生依色而轉如是有情在無色界引因力故心等相續與衆同分命根俱生不依於色唯依同分命根而轉既許欲色有情心等不依色身定無轉義何因無色有情心等都無所依而有轉義又彼現許欲色界中心等相續雖一業果而必依餘心等方轉於無色界何不許然又不應説唯有於色未離愛因所引心等依色而轉現有於色已離愛因所引心等與色俱生依色而轉生欲色界色愛已除無色界心現在前故彼雖無色心現在前而彼有情不名無色未離色愛因果爲依此無色心相續轉故下界現起無色界心既別有依上亦應爾又生無色起餘地心或起無漏若無自地少法爲依心相續者當言此是何地有情如是推徵前已數辯是故經主所見非妙上座此中言無色界心與心所更互相依如二蘆束相依而住或如下界名色相依應詰彼言如欲色界雖名四蘊更互相依而許彼名別依色轉如是無色心所與心雖相依止然復應許別有所依得相續住是故違背對法正理必無有能證義眞實如本論説云何欲界謂有諸法欲貪隨增色無色界亦復如是爲顯諸法三界現行非皆彼繫故作是説豈不諸法非異界地煩惱隨增應舉一切自界煩惱隨增顯別理實應然但説多分隨眠顯別以諸有情多分現起貪隨眠故言欲貪者謂欲界貪色無色貪亦復如是略説段食婬所引貪可立欲名如經頌説

世諸妙境非眞欲　眞欲謂人分別貪

妙境如本住世間　智者於中已除欲

爲顯貪欲名異體同故說此頌欲所屬界說名欲界色所屬界說名色界略去中言故作是說如胡椒飲如金剛環於彼界中色非有故名爲無色所言色者是變礙義或示現義彼體非色立無色名非彼但用色無爲體無色所屬界說名無色界略去中言喻如前說又欲之界名爲欲界由此界能任持欲故色無色界應知亦然若界有色而無定者是名欲界若界有色亦有定者是名色界若界無色而有定者是無色界或界有色有欲境者是名欲界若界有色無欲境者是名色界若界俱無是無色界或界雖有五蘊異熟而無五蘊爲異熟因同得一果是名欲界若界俱有是名色界若界俱無是無色界或界多分具一切色是名欲界若界一切於色闕減是名色界若界一切色法皆無是無色界或界有色亦有多趣是名欲界若界有色而無多趣是名色界若界無色亦無多趣是無色界如是等別有無量種三界爲一爲復有多三界無邊如虛空量故雖無有始起有情無量無邊佛出於世一一化度無數有情令證無餘般涅槃界而不窮盡猶若虛空世界當言云何安住當言傍住故契經言譬如天雨滴如車軸無間無斷從空下澍如是東方無間無斷無量世界或壞或成如於東方南西北方亦復如是不說上下有說亦有上下二方餘部經中說十方故色究竟上復有欲界於欲界下有色究竟如是展轉世界無邊若有離一三界貪時諸三界貪無不滅離依初靜

處起通慧時所發神通但能往至自所生界梵世非餘所餘通慧應知亦爾勿有於境太過失故已說三界趣復云何何處幾種頌曰

於中地獄等　自名說五趣　唯無覆無記
有情非中有

論曰於三界中隨其所應說有五趣如自名顯謂前所說地獄旁生鬼及人天是名五趣唯於欲界有四趣全三界各有天趣一分為顯有界非趣所攝故三界中說有五趣善染無記有情無情及中有等皆是界性趣體唯攝無覆無記及與有情而非中有言趣體唯攝無覆無記者唯異熟生為趣體故由此已釋趣唯有情無情中無異熟生故中有非趣後當廣辯趣體唯攝無覆無記有何聖教能定證知謂七有經且可為證經說七有謂地獄有旁生有餓鬼有天有人有業有中有此中業有是五趣因簡趣異因是故別說此經為顯趣體唯攝無覆無記故簡異因然經主言非別說故定非彼攝如五濁中煩惱與見別說為濁非別說故彼見定非煩惱所攝如是業有雖亦是趣為顯趣因所以別說故有說趣體兼善染彼言非理無處說故有處說見亦是煩惱雖有所因別說為濁而准餘說知即煩惱曾無有處說諸趣因業即趣體可為誠證雖有所因別說為有而准彼說知業是趣如何定知業是趣體有所因故有中別說而非業有體非是趣為顯趣因說為業有故所引喻於證無能又彼所言有太過失應執中有亦趣攝故然彼釋言由與趣義不相應故二趣中間故名中有此若趣攝應非中

有如是所釋後更研尋且五濁經於證無力曾無處說業是趣故既許中有由與趣義不相應故非是趣體業亦應然亦與趣義不相應故定非趣體業若趣體趣應相雜於一趣身中有多趣業故若趣因業即是趣者人有地獄業惑現前彼應是人亦是地獄亦不應說地獄趣體雖現在前而非地獄如是則有太過失故謂異熟果正現在前應非地獄無差別故然契經說異熟起已名那落迦故業非趣又業是趣與理相違猶如中有是趣因故趣謂所往中有不應是所往處由此能往正所生處故非趣攝如是業有既許趣因非所趣處亦非趣攝是故應知趣體唯攝無覆無記其理極成唯異熟生是諸趣體何緣證知契經說故經說舍利子作是言具壽若有地獄諸漏現前故造作增長順地獄受業彼身語意曲穢濁故於那落迦中受五蘊異熟異熟起已名那落迦除五蘊法彼那落迦都不可得此中既說除異熟生色等五蘊無別地獄異熟起已名那落迦故知趣體唯是異熟雖彼釋言爲遮實有能往諸趣補特伽羅故作是說除五蘊法彼那落迦都不可得非遮餘蘊故作是言然是自心虛妄計度經說異熟五蘊起已方得名爲那落迦故又言除此異熟蘊法彼那落迦不可得故非蘊法言是總相說乘前異熟五蘊起故此言亦能兼遮實有能往諸趣補特伽羅許異熟蘊總遮餘故又彼所言異熟起已名地獄者說異熟起方名地獄非說地獄唯是異熟此亦隨情妄作斯解其次即有簡別說故謂除次前異

熟蘊法彼那落迦都不可得若諸趣體非唯異熟何故要言異熟起已方名地獄非於前位異熟諸蘊先未起時已有地獄能招業有非於爾時已名地獄故知地獄唯異熟生非彼地獄能招業有於異熟起未起位中現行成就少有差別是故趣體唯異熟生非善染等理極成立有餘師說亦通長養彼違契經不可依信言地獄諸漏現在前故者應言地獄煩惱是何而今說爲地獄諸漏非地獄等諸趣煩惱如初定等繫地各別然諸趣業定有別故能起煩惱如業而說非趣體唯無覆無記便與品類足論相違彼說五趣一切隨眠所隨增者彼依五部能結生心故作是說趣及入心總說爲趣無相違過譬如村落及村落邊總名村落中有非趣何緣故知由經

論理爲定量故且由經者謂七有經別說五趣因方便故言由論者施設論說四生攝五趣非五攝四生不攝者何所謂中有法蘊論說眼界云何謂四大種所造淨色是眼眼根眼處眼界地獄旁生鬼人天趣修成中有言由理者趣謂所往中有不然如前已說又彼即於死處生故非所往處故非趣體然有難言若爾無色亦應非趣即於死處受生故者彼難非理以諸無色死處即生不往餘處故是趣體中有難是死處即生然往餘處故非趣體經主復言既爾中有名中有故不應名趣二趣中故名中有者此不應理因不成故若許中有非趣極成可作是言二趣中故名爲中有中有非趣既不極成如何可言二趣中故名爲中有名由有故因義不成設許中

有是趣體者順彼受業若未離貪定在死生二有中起故名中有非説彼在二趣中故名爲中有然無本有名中有過在中有地生死中間容有不起本有者故謂或容有生有無間死有現前非起本有必無容有在中有地死有無間生有現前故中有名不濫餘有雖亦有説欲色界中非定一切有中有者此後思擇中有義中當立定有破彼所説或容彼在異類二生中間起故名爲中有非在二趣中間有故其本有等無如是事又經主言此若趣攝非中間故是則不應名中有者亦不應理所以者何設是趣攝如前所釋成中有故中有非趣前説理成經主後言不堪爲證此中上座作如是言若許中有非趣所攝彼即應説離五趣外別有能感中有起業此無

有失是所許故謂我宗中許五趣體唯是無記中有起業唯是不善善有漏故由是當知離五趣外別有能感中有起業然此中有即趣業果謂業能招諸趣果者此即能感往趣方便往趣方便即名中有如同所許化非化生是一業果如是應許趣非趣攝一業所招中般涅槃由此成立順定受業已與果故若別業果生有等業未與果故應不能起永斷餘結聖道現前豈不生結彼已斷故能起如是聖道現前如契經説應知如是補特伽羅已斷生結未斷起結故不成證如何二結同一地繫而前後斷與理無違故應思求彼經意趣我今於此審諦思求見彼契經有如是意謂依二斷説如是言二斷者何一得永對治斷二得永不行斷此中初斷謂起結全生

結少分於色界貪得永離故於無色貪未永離故若第二斷唯是生結於欲色界未離貪者二時容有起結現行謂住本有發滿業時及住中有續中有時異生位中造牽引業已能感此應所受生彼對治力伏相續故覺了生有深過患故住本有中不能現起能發生有圓滿業結由此畢竟彼業不生住中有中彼無現起聖道障故未至生處便斷餘結而般涅槃由彼無容結生有故第二生結永不現行先已得彼非擇滅故由此諸趣與彼中有是一業果其理極成又必應然除在中有般涅槃者無住中有不至生有而命終故若別業果應同所餘別異業果以何因故諸受中有必復至生若餘有情在中有位生有等業亦已與果何不同彼中般有情未至生處中有便死此例不齊以不還果是中般者一切生結皆已斷故與生相違勝對治道已現行故順彼受業已與果故不至生有便般涅槃諸餘有情住在中有生結未斷又無違生勝治道故順彼受業雖已與果而必當受生有異熟諸業異熟勢猛速故然彼上座覺慧衰微於無過中妄興過難言若中有非趣所攝彼即應說離五趣外別有能感中有起業勝智於中不應收採如是總擇諸趣體已次應別解一一趣名那落名人迦名為惡人多造惡顛墜其中由是故名那落迦趣或近人故名那落迦造重罪人速墮彼故或復迦者是樂異名那者言無落是與義無樂相與名那落迦或復落迦是救濟義那名不可不可救濟名那落迦或復落迦是愛樂義不可愛

樂名那落迦言旁生者彼趣多分身橫住故或彼趣中容有少分旁行者故又類多故多愚癡故名曰旁生言餓鬼者謂餘生中喜盜他物習慳貪等又復多是所祀祖宗又多希求以自存濟又多怯劣其形瘦悴身心輕躁故名餓鬼人謂令天緣之起慢我於此類善趣中尊或彼自心多增上慢或多思慮故名爲人天謂光明威德熾盛遊戲談論勇悍相淩或復尊高神用自在衆所祈告故名爲天有作是言阿素洛者與諸天衆違諍交通言本是天威德殊勝由斯等故天趣所收諦現觀中無堪能故似非人故多諂曲故定非天趣是鬼趣攝與諸天衆相違諍等皆非證因以不定故且相違諍非證天因曾聞有人共羅刹鬬又聞羅刹與獼猴鬬曼馱多王破阿素洛如斯等事其類寔多然諸天中酥陀味勝阿素洛女容貌端嚴由是相侵數與違諍不由同趣故彼非天言互交通亦不成證現見貴賤亦互交通諸耽欲人重色非族曾聞大樹緊那羅王有女端嚴名爲奪意善財菩薩納以爲妻言本是天亦不成證是天帝釋讚妻父言諸讚羨言或實非實重設支故矯讚其父諂愛發言豈足爲證又彼本住妙高山頂爲天所逼退就下居言本是天亦無有天又彼傲慢自謂是天數與諸天興師相伐釋天爲止巧慰令欣應時處言設虛無過威德殊勝亦非證因曾聞曼馱多王威德勝於天故難陀跋難陀等雖是旁生然其威德自在勝諸天衆故阿素洛唯鬼趣收亦非第六曾不說故然不說爲惡趣攝者恐彼於佛起

毒惡心因茲長夜受諸劇苦又由訓詞遮彼天攝素洛名天是自在義阿是非義顯彼非天自在減天名阿素洛又素洛者謂極可愛天極可愛得素洛名雖彼亦多受諸快樂由多謟曲非極可愛有說諸趣或體相雜異趣相因而生子故如魚身者鹿子仙人自昔傳聞其類無量一身兩趣故有相雜彼說不然自業趣定而彼生緣有種種故見非情內有有情生豈彼一身情非情攝如菴羅女因樹而生喬答摩宗因日光起故相因有非證雜因傳說化生有因胎藏既因胎藏何謂化生俗論多虛不應依信或異相託理亦無違鹿子仙人魚身者等由滿業異形相不同其實是人故趣無雜自餘感赴因果不同思擇業中當廣分別

阿毗達磨順正理論卷第三十一 説一切有部

音釋

號叫 號胡刀切叫古弔切 踰繕那 梵語也此云限量踰羊朱切繕時戰切 欻 許勿切忽也 徵詰 徵陟陵切詰苦吉切徵驗也詰問也 謬 靡幼切訛也 矯 居夭切詐也 澍 之戍切霖霔也 獼猴 獼民卑切猴户鉤切

阿毗達磨順正理論卷第二十二

尊者衆賢造

唐三藏法師玄奘奉詔譯

辯緣起品第三之二

於前所說諸界趣中如其次第識住有七其七者何頌曰

身異及想異　身異同一想　翻此身想一
幷無色下三　故識住有七　餘非有損壞

論曰謂若略說欲界人天幷及下三靜慮無色此七生處是識住體若廣分別應隨契經有色有情身異想異如人一分天是第一識住一分天者謂欲界天及初靜慮除劫初起言有色有情者是成就色身義言身異者謂彼色身種種顯形狀貌異故彼由身異或有異身故彼有情說名身異言想異者謂彼苦樂不苦不樂想差別故彼由想異或有異想或習異想以成其性故彼有情說名想異今應思擇豈不後有身異言故有色已成前有色言應無義用此責非理於無色中現見亦有說身言故若謂身後有想異言已證身言唯詮色者亦不應理除想已外餘無色中有疑濫故或復謂後有如人言故前身言無有濫者此亦非理由後說有一分天言容有濫故若謂不以一分天言令彼身言濫於無色依次第故又於次後說梵衆等諸天言故理亦不然非徧說故非後徧說一切天衆皆建立在餘識住中勿有生疑一分天者兼攝有頂第四靜慮故說有色及身異言非有頂天可言有色第四靜慮可言身異一分天言已簡惡處餘人天衆各自名顯故此所說一分

天言所攝如前其義或立由斯有頂第四靜慮及諸惡處非識住攝故有色言具大義用或言有色爲顯異因謂身異因即是有色要由有色身方有異由身有異想異得成故有色言顯異因性由能損益勝境現前損益身時身便變異即於如是身變異時令飲食等亦有變異彼變異故身異得成由是便生樂等異想故言有色是顯異因若必有色言顯身異因者極光淨等身應有異又極光淨應無異想由彼天中身無異故又諸梵衆想應不一由彼天中身有異故由斯所釋理未必然其理必然異因定故謂身有異定色爲因非色爲因令身定異故極光淨等無身成異失如眼色爲緣生於眼識等如契經說眼色爲緣生於眼識現有眼色眼識不生餘亦應爾又如經說身有輕安便生受樂此經意顯無染受樂定輕安爲因非身輕安定能生受樂此亦應爾故理必然若謂眼色定爲眼識緣闕餘緣故有眼識不起如契經說能生作意若不正起識不生故既許有色爲身異因復闕何緣令身不異又受樂體異於輕安雖復輕安徧於諸地無受樂地可不生樂有色身異既無別體諸有色者皆應身異此亦不然與彼同故雖諸有色皆身異因有闕餘因而身不異謂於欲界初靜慮中有表無表尋伺多識爲因生果有種種異故彼有色爲身異因極光淨天等無彼因故雖有色因而身但一不可以說彼爲身異因則不許言有色故身異勿說作意能生眼識便不許說眼色爲緣又彼不應以業生眼故便不許說眼等

為眼因又彼不應以種生芽故便不許說水糞等爲因是故不應作如是難以有色故令身異者極光淨等身應有異言極光淨應無異想由彼天中身無異者亦不應理由心於定有猒欣故如說樂因又想異言爲遣疑故謂說身一想應非異心隨身故爲遣此中想隨身疑故說想異此言意顯極光淨天心不隨身與餘天别言諸梵衆想應不一由彼天中身有異者理實應爾但爲顯示彼劫初時同於一因起一執想故言想一是故前釋一分天言亦攝梵衆天唯除劫初起此言意顯彼想實異但就少分緣義說爲想一由斯有色定是異因故有色言深有義用有色有情身異想一如梵衆天謂劫初起是第二識住所以者何以劫初起彼梵衆天同生此想我等皆是大梵化生大梵爾時亦生此想是諸梵衆皆我化生何緣梵衆同生此想由見梵王處所形色及神通等皆殊勝故又觀大梵先時已有已及餘天後方生故彼不能見從上地歿依初靜慮發宿住通不能了知上地境故何緣大梵亦生此想彼纔發心衆便生故謂已所化非速歿故或遇業果感赴理故或見已身形狀勢力壽威德等過餘衆故由是緣故梵衆梵王身雖有殊而生一想豈不梵衆言我從彼生而大梵王言我能生彼想即有異如何言一此責非理梵衆梵王同執一因而生想故或緣所化想是一故有說此中唯依梵衆言同一想非大梵王以彼經但言如梵衆天故非王一身可名衆故雖彼後時得聰叡覺亦生異想而從初位以立其名

故言想一王從衆說得想一名故可彼天總名想一言身異者前說彼天有表等因感別果故安立衆生有差別故經說梵衆作是念言我等曾見如是有情長壽久住乃至起願云何當令諸餘有情生我同分於彼正起此心願時我等便生彼同分內梵衆何處曾見梵王有餘師言住極光淨從彼天殁來生此故既從彼殁來生此間云何未得第二靜慮而能憶彼諸宿住事誰言未得第二靜慮若得應離初靜慮貪如何彼尚生初定戒禁取退已方生斯有何失豈不色界無有退耶有說初生無妨有退有餘師說住中有中曾見梵王此不應理經言見彼久住世故彼天中有於正所受生既不闕緣無容久住故應說梵衆即住自天曾見梵王極光淨殁初受生時曾見彼故謂諸梵衆初下生時見大梵王威光赫烈雖懷敬慕欲往親承威神所逼未果前詣於茲荏苒遂致多時後勵專誠預近瞻仰到已皆共作是念言我等曾見乃至廣說謂彼近見大梵王時便能憶知先所見事復能了達衆下生前獨有梵王及心所願或彼先在極光淨天曾見梵王今見能憶謂彼昔在極光淨天曾見梵王獨居下地亦如心願與衆同居俯愍便與初靜慮化令所化衆偶侍梵王起化須臾自便福盡命終生下初靜慮中大梵身心及所化事皆初靜慮通慧所緣今見便發宿住隨念故彼梵衆作是念言我等曾見乃至廣說有餘師說二靜慮中所起能緣梵世眼識是初靜慮地法所收故今亦能隨念彼識有作是說彼梵衆天不受

處胎斷末摩苦由斯得有念無忘失故憶前生所見等事有色有情身一想異如極光淨天是第三識住此中舉後兼以攝初應知具攝第二靜慮若不爾者彼少光天無量光天何識住攝彼二既有第三識住相無緣可說非識住所收故知此中依舉顯理說諸識住非但如言彼天中無有表業等爲因所感差別身形故言身一即形顯等同處諸天相無別義然彼尊者阿奴律陀契經中言光淨天等身有高下勝劣可得此依別處故作是言非一天中身有差別又契經說極光天中有時諸天同共集會其身有異光明並同此說諸天其身各別不言形顯狀貌不同故與此經無相違失有說梵衆名極光天有妙光明勝下天故第二靜慮喜捨二想雜亂現前故言想異傳說彼天猒根本地喜根已起近分地捨根現前猒近分地捨根已起根本地喜根現前譬如有人於諸飲食若素若膩欣猒互增經主引經釋想異義謂極光淨新舊生天緣於劫火有怖不怖二想交雜故名想異非喜與捨二想交雜若爾不應第三靜慮由樂想故說名想一有何別理第三靜慮由一樂想名爲想一第二靜慮非由喜捨二想交雜名爲想異故彼所言乍如可録及加詳察不足信依上座此中作如是說第三靜慮於一切時由不怖想故言想一彼所引教與經主同今詳彼言非符識住此及前釋理並不然謂識於中喜樂安住立爲識住如何乃說依於怖想立識住名即以此緣說諸惡處第四靜慮及有頂天非識住攝次後當辯理必

應然上座亦說諸惡處等非識住因謂識住名顯識樂住如說有處令士夫心樂住其中是名識住非惡處等令士夫心樂住其中故非識住既言若識不樂住中非識住者怖想令識不樂住中豈名識住若彼怖想雖能令識不樂住中而立識住是則彼說諸惡處等非識住因有不定失又不怖想無容生故應徧淨天非名想一如何知彼此想不生彼有此想曾無說故謂曾無處說徧淨天見下水災而不生怖或容彼謂水不上昇無慮漂疑故無怖者既本無疑慮不怖想何從若謂於中少有疑慮則應徧淨非名想一是故但依對法正理釋想一異名義善成非譬喻宗理可存立故有智者擇善而從有色有情身一想一如徧淨天是第四識住言身一者釋義如前住有樂想故名想一徧淨天樂寂靜微妙常生欣樂無起猒時是故無由近分交雜故唯依此立想一名豈不徧淨亦有想異如契經說此徧淨天受寂靜受樂非如餘徧淨此非想異顯樂受中自有差別無別受故一切有爲展轉差別一類亦有下等品殊不可依斯立想有異是故但依唯一樂想立想有一義無傾動初靜慮中由染汚想故言想一以於非因起戒禁取執爲因故第二靜慮由二善想故言想異由等至力二受交參而現前故第三靜慮由無記想故言想一純一寂靜異熟樂受而現前故下三無色名別如經即三識住是名爲七何等三無色謂無色有情一切色想皆超越故諸有對想皆隱沒故於別異想不作意故入無邊空空無邊處具

足住如隨空無邊處天是第五識住無色有情一切空無邊處皆超越故入無邊識識無邊處具足住如隨識無邊處天是第六識住無色有情一切識無邊處皆超越故入無所有無所有處具足住如隨無所有處天是第七識住今應思擇初無色言豈非無義說無色想皆超越言義已足故此責不然有別義故色界有情雖無欲染而有欲想成就現行俱現可得勿有因此生如是疑無色有情雖無色染應有色想成就現行是故須說無色有情一切色想皆已超越欲界繫想名欲想故豈不一切色想皆超越言無色及越色想二皆成就此亦非理有作是言無色界中亦有色故初言無色意爲顯成無色界中都無色故次說色想皆超越言顯彼都無色界想故由此二言皆有義用生無色界亦成色想越色想言豈非無義此難非理已簡別故謂前簡別欲界繫想名欲想故色想亦然非生無色可有亦成色界想者故此非難或彼色想都不現行設就緣色釋亦無乖越義一切色想皆超越者貪染現行俱超越故言色想者謂色界想或唯第四靜慮地想緣自他地色爲境界故名色想諸有對想皆隱沒者五識相應想皆沒故依有對根諸所生想唯緣有對爲境界故名有對想若於欲界得離貪時二識相應諸有對想皆當隱沒生上無容重現行故於初靜慮得離貪時三識相應諸有對想雖當隱沒而非一切生上有時重現行故第四靜慮得離貪時所可現行皆當隱沒無色無容重現行故於別異想不作意者

不復作意起異想故取差別相名別異想此復云何謂若有想於所緣色自相行轉此於離色貪能爲拘礙故令不作意令此現行共相行想順離貪故有餘師說若想徧能緣色非色名別異想令於此想不作意行唯作意行緣無色想是故無色及諸色想皆超越等俱成有義此中何法名爲識住謂彼所繫五蘊四蘊識於其中樂住著故有餘師說唯有情數得識住名契經說故爲顯諸識所住著事故契經說七識住名由此餘處非識住攝以彼處識有損壞故識於其中不樂住著餘處者何謂諸惡處第四靜慮及與有頂云何於中識有損壞損壞識法於彼有故何等名爲損壞識法謂諸惡處有重苦受能損於識第四靜慮有無想定及無想事有頂天中有滅盡定能壞於識令相續斷復說若處餘處有情心樂來止若至於此不更求出說名識住於諸惡處二義俱無第四靜慮心恒求出謂諸異生求入無想若諸聖者樂淨居等若淨居天樂證寂滅有頂昧劣故非識住有說若識愛力執受安住其中說名識住一切惡處淨居天等業力執受安住其中無想有情及與有頂見力執受安住其中由是皆非識住所攝有餘師說衆生有三所謂樂著諸境樂想樂著境者人及欲天樂著樂者下三靜慮樂著想者下三無色唯於此處立識住名餘無此三故非識住上代師資相承說者若處具有見修所斷及無斷識立識住名異此便非識住所攝豈不欲界人及六天無無漏識應非識住若言能作無漏所依則有頂天

應名識住此難非理欲界無定可就所依說有無漏然有頂天是定地攝應依自性說彼有無由自性無故非識住或非有頂補特伽羅一所依中具三種識欲界善處補特伽羅一所依中容具三識故不應以有頂爲例第四靜慮雖具三識而五處全一處少分不具三識故少從多不立識住是故識住數唯有七如是解釋七識住已因茲復辯九有情居

其九者何頌曰

應知兼有頂　及無想有情　是九有情居

餘非不樂住

論曰前七識住及第一有無想有情是名爲九諸有情類唯於此九欣樂住故立有情居謂諸有情自樂安住所依色等實物非餘以諸有情是假有故然諸實物是假所居故有情居唯有情法以有情類於自依身愛住增强非於處所又於處所立有情居則有情居應成雜亂居無雜亂唯有内身故有情居唯有情法既言生已名有情居知有情居不攝中有又諸中有非久所居故諸有情不樂安住又必不爾由本論說爲顯生處立有情居於生死中爲顯諸識由愛住著建立識住顯諸有情於自依止愛樂安住立有情居故此二門建立差别然契經說有色有情無想無别想如無想天者想謂總取境别想謂分别今此天中並遮前二故說無想無别想言或無想言唯遮於想無别想者遮想俱行或無想言是總遮故勿謂此處諸想皆無故復說言無别想者顯有成就但無現行以别想名詮現想故或言無想恐謂此中唯無染想由

斯復說無別想言即顯此中無有一切品類別想有頂無想既非識住如何可說爲有情居此責不然義各異故由此二處有壞識法識不樂居故非識住然彼二處成有情身有情樂居故九所攝謂若有處餘樂來居不樂遷動有情居攝餘處皆非不樂住故言餘處者謂諸惡處第四靜慮除無想天惡處皆非有情居者謂非餘處有樂來居亦無住中不樂遷動第四靜慮除無想天所餘皆非有情居者雖從餘處有樂來居然非住中不樂遷動謂廣果等若諸異生樂入無想或無色處若諸聖者樂入淨居或無色處淨居天處樂入涅槃故彼皆非有情居攝然佛餘處皆以處聲宣說涅槃有頂無想有諸外道執有頂天及無想天爲眞解脫勿有聞此同說處聲便謂二天同眞解脫起涅槃覺轉助邪宗由此世尊與諸識住一處合說爲有情居顯眞涅槃非爲如是但假施設有情所居何故世尊有情居內有頂無想徧說處聲精勤果中至究竟故唯異生處精勤果中無想有情最爲究竟一切生處精勤果中唯有頂天最爲究竟故唯此二徧說處聲或復處聲顯來門義謂此二處異熟盡時多分命終來生下故

因七識住已辯有情居餘契經中復說四識住其四者何頌曰

四識住當知　四蘊唯自地　說獨識非住
有漏四句攝

論曰如世尊言識隨色住識隨受住識隨想住識隨行住是名四種如是四種其體云何謂唯除識有漏四蘊又此唯在自地非餘非

識樂隨餘地蘊住雖依餘地蘊識亦現前而餘地蘊中識不樂住喜愛潤識令於蘊中增長廣大契經說故非於餘地色等蘊中喜愛能潤識令增長廣大故餘地蘊非識住攝又自地中唯有情數唯自相續立爲識住非非情數他相續中識隨樂住如自相續有餘師說彼亦識住以於其中喜愛潤識亦令增長及廣大故已依自宗建立識住當說建立識住因緣此中云何識非識住又此識住其義云何謂識於中由喜愛力攝爲所住及爲所著是識住義識隨色住住色著色契經說故若爾識蘊應成識住世尊亦說於識食中有喜有染有喜染故識住其中識所乘御此中經主作如是釋亦不遮識識所依著總於諸蘊生喜染故然如色等一一蘊中生諸喜染令識依著獨識不然故言非住又佛意說此四識住猶如良田總說一切有取諸識猶如種子不可種子立爲良田仰測世尊教意如是又法與識可俱時生爲識良田可立識住識蘊不爾故非識住如是所釋但述已情審諦思求無深理趣識與識住如種如田理可如是不違教故然彼所說若法與識可俱時生爲識良田立識住者不應正理所以者何彼先自說識所依著故名識住非於俱起受等蘊中有識所依依彼識故住若所依識不依彼如何可說彼爲識住又非所緣同一境故俱生受等非所取故又不可以相應依著釋識住義勿諸色法及不相應非識住故又相應理無差別故則應無漏亦識住體如何可說俱生色等爲識良田立爲識住又言佛

意說四識住猶如良田總說一切有取諸識猶如種子不可種子立爲田者理亦不然異識相望有所依著豈非田義又於識中應無有取然契經說有取諸識故知亦有識住識中又彼所言亦不遮識識所依著總於諸蘊生喜染故然如色等一一蘊中生諸喜染令識依著獨識不然故言非者亦不應理彼契經說於識食中有喜有染有喜染故識住其中識所乘御如何乃說但於諸蘊總生喜染獨識不然若言食中不立田種二分差別故無過者應說因緣何故不立既於識食別生喜染識住其中不應總說有取諸識皆如種子識既於識可爲良田何理獨遮識爲識住故彼所說但述已情無深理趣非爲善釋又彼上座作是釋言即此不應還住於此故不可說識隨識住若言過未及他相續熾中住者其理不然唯於識中無有勢力令識增長及廣大故謂如色等匡助於識令其熾盛識即不然唯了別中無此用故彼如是釋非悟理言且此不應還住此故不可說識隨識住者於彼宗義其理不然非彼唯於現在諸法立爲識住如何得以一剎那識非自住故證識非住其義可成縱加遠避終應唯許過未受等名爲識住彼識剎那無受等故如是所說即此不應還住此因於義何益若謂如色於現在時可成識住識不如是故所說因於義有益此亦非理受等亦應非識住故竟不曾說識與受等差別因緣故所說因於義無益又未了彼即此不應還住此言意顯何義若言意顯自體不能於自體中守自性義則

應同彼空華論宗許一切法不守性故如是識住亦不應成若言意顯自體不能爲自所依或所緣義是則所立唐捐其功曾無有疑依緣自故謂如色等他性諸法可有爲識所依所緣識自體中曾無此惑而今立理復何所成凡所立因爲遮有濫此中無濫因何所遮是故彼因深成無用又識自類展轉相望何劣受等而非識住豈不前說此證因言唯於識中無有勢力令識增長及廣大故前雖巳說而非應理識緣受等增長廣大非識緣識此有何因豈不此因亦如前辯謂如受等匡助於識令其熾盛識即不然唯了別中無此用故何用說此非極成因不能證成非所許故識緣唯領等增長廣大非緣唯了別此有何因又彼上座自於解釋識住中言識隨色住謂我我所攀緣色生是色識住乃至廣說識亦於識謂我我所攀緣識生何非識住謂我我所攀緣旣同識何獨不令識增長廣大又彼所說識於所緣唯了別故非如受等匡助於識令熾盛者豈不於識所了事中彼謂後時受等方起是則於境要先了別然後領等隨次而生能引識流展轉熾盛故唯了別最是勝因能匡助識應成識住如生本苦生爲勝因識熾盛因識最爲勝識及識住皆識爲因能令展轉增長廣大故識不能匡助於識令熾盛者非爲善因若恐違經言識非住上座立理豈不違經經說識能增長識故應除自執更訪餘因然我師宗作如是釋爲令於識除我見心故於識中不說識住如說苾底契經中言我達世尊所說法教馳流生

死唯識非餘識謂世尊異名說我爲欲除滅
彼我見心顯識依他體非是我我所依性非
謂能依故識住門唯說有四非實識住但四
非識今謂世尊所說識住唯色等四不言識
者由但色等於三時中與續有識爲助伴故
謂唯色等與識俱生過未亦能爲識助伴令
續有識生死馳流識則不爾故非識住且眼
等根及俱色等與俱生識爲所依依已滅未
生但爲識境是故色蘊於三時中望續有識
能爲助伴現在受等與識俱生爲俱有因一
分與識同緣一境有助伴用已滅未生但爲
識境是故受等亦於三時望續有識能爲助
伴識雖過未望續有識少有助能而俱生中
全無助力不俱起故色等望識具二助能識
唯去來故非識住故非情數及他身中色等

四蘊亦非識住由彼望識但爲所緣不具二
門助伴用故住謂所住是續有識引自果時
能爲依義住或所著是續有識引自果時能
爲境義自身色等可有與識同一境義設不
同境然能爲依具二助能故立識住非有情
數他身色等則不如是故非識住如何定知
識住道理如是安立契經說故如世尊言有
四依取所緣識住識隨色住住色著色是識
與色或俱時生依於色住或於色境緣而生
著何緣生著前說於中意愛潤故如是乃至
識隨行住皆應廣說曾無有說識隨識住隨
謂親附或謂隣近去來定說爲踈遠故現在
色等附近於識與識俱生名識隨住定無有
識與識俱生故不應言識隨識住由此經故
唯餘四蘊與續有識爲伴義成有四依取世

尊說故言依取者謂色等四爲生死依煩惱所取或即爲依攝取衆苦由是無漏非住理成唯說依取爲識住故無漏色等滅依取故即彼經說苾芻當知若於色界已得離貪於所隨色意生繫斷此繫斷故即能縁識無復住著增長廣大廣說受等三界亦然即由此經義准三世色等四蘊皆識住攝爲顯色等與識異故我所稟宗作如是說若法與識可俱時生識所乘御如人船理此法可說識住非餘如是所言意簡識住與識類别非爲欲遮去來色等言非識住雖許去來亦識住攝而非情數非識住收彼現在時與續有識尚爲踈遠況在去來由彼恒時與續有識但爲踈遠所縁境界定非彼識附近助伴故識與彼俱非識住自身色等雖在去來與識踈遠而於現在與續有識極相親近由種類同亦名識住如現在世異心無心兩位自身色行二蘊雖非現在同分識依而不失於二識住相住彼相故設於爾時起同分識定能爲住餘縁礙故識暫不生非彼爾時無識住相去來色等理亦應然具二助能相不失故由此色等自相續中三世所攝皆名識住七四識住皆有漏攝爲七攝四四攝七耶非徧相攝可爲四句有七非四乃至廣說第一句者謂七中識第二句者謂諸惡處第四靜慮及有頂中除識餘蘊第三句者七中四蘊第四句者謂除前相七中有識四中無者由此二門建立異故若法與識互爲因果識樂隨轉立七識住若法與識可俱時生能爲助伴立四識

住故所承師咸作是説由所化者禀性不同故説七四識住差別云何所化禀性不同謂彼或樂各別緣境或有於境不樂別緣或樂徧知諸法自相或於自相不樂徧知或耽著愛或耽著見或有自相煩惱力强或有共相煩惱力强或樂境界或樂生死有如是等性別無量於前所説諸界趣中應知其生略有四種何等爲四何處有何頌曰

於中有四生　有情謂卵等　人旁生具四
地獄及諸天　中有唯化生　鬼通胎化二

論曰前所説界通情非情趣唯有情然非徧攝生唯徧攝故説有情無非有情名衆生故然有情類卵生胎生濕生化生是名爲四生謂生類諸有情中雖餘類雜而生類等言生類者是衆生義若爾界趣應亦名生不爾界通情非情故趣雖有情而非徧故此唯情徧獨立生名上座謂生是生因義則非情法應亦名生以卵胎濕皆生因故化生應非生無別生因故彼言亦有俱起生因此不應然彼自不許俱生因故設有是何而竟不顯但有虛説非離先業有別生因亦非化生與業俱起故彼所説理必不然所承諸師作如是釋緣業合起故説爲生謂諸有情有卵胎濕三緣和合別別而生有無別緣唯業力合五蘊四蘊如應頓生彼業力强不待緣故今釋一切皆業合生佛説有情業所生故有業生果待外等緣方有差別有業生果不待外緣自有差別若説一切皆業合生如何説爲卵胎生等不可卵等從業合生名卵等生彼非情故不説一切唯業合生不説卵等體生由業

但說一切皆業合生業合生時有緣卵等從緣標別名卵等生若說業生名應無別言卵生者謂諸有情生從卵㲉如鵝鴈等言胎生者謂諸有情生從胎藏如象馬等言濕生者謂諸有情從皮肉骨牛糞油滓水等和合煖潤氣生如蟲飛蛾蚊蚰蜒等言化生者謂諸有情不待三緣無而欻有具根無缺支分頓生如那落迦天中有等化生體兼五蘊四蘊餘三但用五蘊爲體有說皆通異熟長養有說一切體唯異熟人及旁生各具四種人卵生者謂如世羅鄔波世羅生從鶴卵鹿母所生三十二子給孤獨女二十五子般遮羅王五百子等人胎生者如今世人人濕生者如曼馱多遮盧鄔波遮盧鴿鬘菴羅衛等人化生者唯劫初人此四生人皆可得聖得聖無受卵濕二生以聖皆欣殊勝智見卵濕生類性多愚癡或諸卵生生皆再度故飛禽等世號再生聖怖多生故無受義濕生多分衆聚同生聖怖雜居故亦不受旁生三種現所共知化生如龍妙翅鳥等一切地獄諸天中有皆唯化生有說餓鬼唯化生攝有說餓鬼亦有胎生如餓鬼女白目連曰

我夜生五子　隨生皆自食　晝生五亦然
雖盡而無飽

於四生內何者最多有說濕生現見多故設有肉等聚廣無邊下越三輪上過五淨容徧其量頓變爲蟲是故濕生多餘三種有餘師說化生最多謂二趣全三趣少分及諸中有皆化生故一切生中何生最勝應言最勝唯是化生支分諸根圓具猛利身形微妙故勝

餘生若爾何緣後身菩薩得生自在不受化生見受胎生有大利故謂爲引導諸大釋種親屬相因入正法故又令所化生增上心彼既是人能成大義我曹亦爾何爲不能因發正勤修正法故若化生者恐疑是天佛轉轉法輪便成無用謂天所轉還被天機唯天能知非人所了由斯自懱於正法輪不起正勤勇猛思擇又令餘類生敬慕心捨俗出家勤修正行謂知菩薩生貴族中能捨尊位出家修道成等正覺轉大法輪我等何爲不生欣仰因茲捨俗修正行故又爲摧伏憍慢衆生令知世尊是輪王種屬斯隆貴憍慢山崩聞說敬承無疑謗故若化生者種族難知恐疑幻化爲天爲鬼如外道論矯設謗言過百劫後當有大幻出現於世噉食世間又與化生時

不同故謂佛出世人無化生人化生時佛不出世有作是說爲饒益他故受胎生擬留身界令無量衆一供養因千反生天及證解脫化生纔殞無復遺形如滅燈光即無所屬此中經主作如是難若人信佛有持願通能久留身此不成釋今謂此釋其理必成通所留身非佛功德力無畏等所依熏故不能廣大饒益世間所以然者是可留法通願能留一切化生如剎那法必無留義謂諸有爲剎那定滅諸佛神力亦不能留設欲久留即須別化此所別化非佛功德力無畏等之所依熏故於世間無大饒益若不爾者佛應化爲如本身形受諸供養令無量衆生天解脫故我所稟毗婆沙師咸作是言後身菩薩爲利他故不受化生此義極成不可傾動化生何故

死無遺形由彼頻生故應頻滅如戲水者出
没亦然毗婆沙師說化生者造色多故死無
遺形大種多者死非頻滅即由此義可以證
知一四大種生多造色若爾便與契經相違
經說化生諸妙翅鳥爲充所食取化生龍由
彼不了取擬充食不說除饑斯有何咎是故
但說爲食取龍不言此龍有成食用或龍未
死暫得充饑死已還饑暫食何咎

阿毗達磨順正理論卷第二十二 說一切有部

音釋

歿 莫勃切終也 叡 俞芮切明達也 荏苒 荏忍飲切苒而琰切荏苒展轉也
耽著 耽丁合切樂也著直略切黏也 鷇 苦角切鳥卵也 蛾蚊 蛾五何切蚊無分切
蚰蜒 蚰夷周切蜒夷然切 懱 莫結切輕易也 殞 于敏切歿也
咎 其九切過也

阿毗達磨順正理論卷第二十三

尊者衆賢造
唐三藏法師玄奘奉詔譯

辯緣起品第三之三

已辯四生前說地獄諸天中有唯是化生此中何法說名中有何緣中有非即名生頌曰

死生二有中　五蘊名中有　未至應至處
故中有非生

論曰於死有後在生有前即彼中間有自體起爲至生處故起此身二有中間故名中有如何此有體有起殁而不名生又此有身爲從業得爲自體有從業得者此應名生業爲生因契經說故自體有者此應無因則同無因外道論失是故中有應即名生生謂當來所應至處依所至義建立生名此中有身體雖起殁而未至彼故不名生體謂此中異熟五蘊此但名起不說爲生死生有中暫時起故或復生者是所趣義中有能趣所以非生所趣者何謂業所引異熟五蘊究竟分明以業爲生因契經說故此應名生者其理不然不說業爲因皆名爲生故契經說有補特伽羅已斷起結未斷生結廣說四句由是唯知有順中有非生有業此業所得不說爲生故與彼經無相違過此旣與生同一業引如何中有名起非生豈不前說所至所趣乃說爲生中有不爾又一業果多故無失如一念業有多念果一無色業色無色果如是一業所引之果有生有起理何相違有餘部師執無中有有與理教並相違故理相違者前蘊滅處後異即生俱有過故謂若異處前蘊滅已

異處後生則無中有如何不許死有無間即於異處生有蘊生若於此處前蘊滅已此處後生亦無中有是則應許死有無間即於此處生有蘊生如是中有異前滅處若生不生皆無用故死有無間生有即生其理極成故無中有又曾不說中有業故謂有經說順現受等三業不同曾無契經說有第四順中有業不可說中有無業而生勿一切無因自然生故又應諸有情皆具神通故謂離功用一切有情皆應性得神通自在然多用功少有成辦是故中有理定應無又許有死生有應成謂要有生方有死故若許有死不由生成有太過失謂於諸趣雖無頓生應有頓死無生有死理極相違又取有無俱成失故謂死無間取中有不若取應生經所說故如契經說若捨此身更取餘身我記生故如其不取應般涅槃既般涅槃何有中有又彼應有無窮過故謂死生間既有中有生中中死兩隙寧無設有便成無窮過失如是略辯與理相違與教相違今次當說謂世尊說預流有情極於七有若有中有世尊應言極十四有又無間業應成有間謂契經言五無間業作已無間生地獄中若隔中有違無間義又有中住契經所遮謂契經說

再生汝今過盛位　至衰將近琰魔王
欲往前路無資糧　求住中間無所止

若有中有如何世尊言彼中間無有所止又彼非爲宿住智緣謂契經言知宿住者言我彼歿來生此間不言彼歿曾生中有由與如是理教相違故知定無中有可得前宗所執

略述如是今謂一切皆非證因且彼初說前蘊滅處後異即生俱有過者此難非理許隣死處中有生故謂許中有於前死處非隔非即隣次而起如是後後乃至結生恒隣次起故無前失至辯自宗當更顯示又言不說中有業者理亦不然有處說故謂契經說我由如是雜滓穢身所造惡業願令一切皆成現受勿隨勿生勿後當受豈不隨言即顯中有謂現身後方便異熟順生順後總說名隨中有名爲方便異熟以有惡業順中有受故發遮願說勿隨言或業能招當所往趣此即能感中有異熟中生二有一業所牽如前已辯故中有業不可言無然佛世尊略說三種分位定業感中有業攝在其中故不別說又言諸有情應具神通者亦不違理此位有故若中有位一切有情具業成通斯亦何咎非此位有例餘皆然勿一時間作野干等或異生類則例恒然或應汝曹謗中有者許有情類皆具神通謂諸有情於此處歿能超無量億踰繕那極遠處生都無障礙此外何有餘大神通又言許有死生有應成者此難亦不然許生差別故應理論者於生差別立中有名非即生有如往人趣於未到間有生差別是生方便未名人趣已得名人未到所應生一業所引故由此故無諸趣頓死許中有是生方便故由此亦答取有無因於取差別名中有故非此中身言意唯說色亦見於非色說身言故謂三有中生及差別總名生故言捨此身更取餘身記生何咎若謂唯說色法名身有捨此身取無色者豈薄伽梵不記爲生

設許色身亦無有失捨此身已更取餘身佛但記爲生不言生有故非唯生有可記爲生以立生名但遮死故如言雨師豈即同天又此不應有無窮失許隣次起無此失故若死中有處隔而生可如所言有無窮失然死中有隣次而生旣無中間更立何用故無窮過非預我宗又以我宗立有中有則令中有更有中有如是汝宗唯立生有亦應生有更有生有彼此過同不應爲難如是且破遮中有理次當辯釋遮中有教經言預流極七有者此於中有亦無所違說一期生爲一有故謂中有等總名一期生由形等同一業所引故如是四有總立一有名故無預流極十四有過一期生有由少所因依分位別分爲四有或七有言且依人趣生有而說故亦無違如汝宗中亦許預流者受天七有應成極十四或彼意謂極七有言非欲別顯人天各七但顯人天總唯七有若爾應說預流有情生死馳流人天七有經不應說預流有情生死馳流人天各七故知經說極七有言意顯人天各別有七不應執此違餘經故經言具見補特伽羅無處無容受第八有無違經失乘前經故謂經前說預流人天各受七有定無第八次言具見補特伽羅無處無容受第八有故彼所引極七有經於中有宗亦無違害又言無間業應成有間者亦不應理遮異趣故謂若有作無間業已定無異趣隔必生地獄中我見此經義意如是或復中有亦地獄收故無無間成有間失必生地獄中有中故或執中間少有所隔非無間者則無間業畢竟

應無定無有造無間業已不隔刹那隣次即生地獄中故若謂經說身壞無間生地獄故無斯過者此亦不然刹那壞故若言此壞據一期終我亦言生但生中有經言身壞生地獄中不說即生地獄生有故遮異趣說無間言若不許然應無無間是故所引無間業經無有功能遮遣中有經言身壞生地獄中不說即生地獄生有如何中有由此證無有如童豎戲設難言若無間言遮異趣者則無中有其理極成自執中有異於趣故許無間言遮異趣故彼言非善許義別故說者意言遮異趣者兩趣各別故言異趣如兩村異名爲異村非非趣攝名爲異趣豈如是類童豎戲言能正推徵令證實義故證中有決定爲無如是契經非易可得又此中有定有義成以但說此爲無間故若無中有有惑有情身壞無間皆受生有經唯說此則爲唐捐我釋此經言無間者爲遮異趣中間爲隔及遮中有緣闕稽留故此經言深有義趣除此餘業無此定遮故不說彼爲無間業汝釋此經爲遮中有則一切業皆成無間故汝應信中有義成或撥此經言成無義又於此業見無間言即謂此言爲遮中有許有間中有應成又餘經中說有中般故此經意應審思求若但執文有太過失謂契經說一類有情於五無間業作及增長已無間必定生那落迦若但執文應要具五方生地獄非隨闕一或餘業因便成太過又言無間生那落迦應作即生不待身壞由此已釋遮中住經謂佛誨言汝從此歿定速蹎墜無異趣生於中有中亦無

暫止若不爾者一切有情皆死即生何獨遮此故由此證中有轉成又言彼非爲宿住智緣者此亦非理略標趣故非宿住通不緣中有然略標趣故說此言我從彼歿來生於此若異此者彼亦應言我受此生羯剌藍等彼既不說此亦應無此既非無中有應爾或從彼歿來生此言已攝中有此生攝故如是餘部遮中有因皆無勝力能遮中有應理論師作如是說定有中有由理教故理教者何頌曰

如穀等相續　處無間續生　像實有不成
不等故非譬　一處無二並　非相續二生
說有健達縛　及五七經故

論曰且由正理中有非無中有若無則定非有從餘處歿餘處續生未見世間相續轉法處雖有間而可續生既許有情從餘處歿生於餘處則定應許中間連續中有非無譬如世間穀等相續現見穀等餘處續生必於中間處無間斷故有情類相續亦然剎那續生處必無間是故中有實有義成豈不世間亦見有色處雖間斷而得續生如鏡等中從質生像死生二有理亦應然經主此中作如是釋諸像實有理不成故又非等故爲喻不成謂別色生說名爲像其體實有理所不成設成非等故不成喻何因像體實有不成以一處所無二並故彼謂一處鏡色及像並見現前二色不應同處並有依異大故又狹水上兩岸色形同處一時俱現二像居兩岸者互見分明曾無一處並見二色不應謂此二色俱生又影與光未嘗同處然曾見鏡懸置影

中光像顯然現於鏡面不應於此謂二並生或言一處無二並者鏡面月像謂之爲二近遠別見如觀井水若有並生如何別見故知諸像於理實無然諸因緣和合勢力令如是見以諸法性功能差別難可思議今謂彼因不能遣像故不能解破中有難且彼所說以一處所無二故者其理不然同處壁光俱可取故雖壁光色異大爲依而於一時同處可取不可亦撥在壁光無由此例知鏡像俱有故彼所說非遣像因若謂光依日輪大種故無過者理亦不然煖觸如光近可取故又日光色應無依因許離所依能依轉故如是鏡像二色所依大種雖殊而可同處故彼所說依異大故因證二處不同言成無用又諸大種其處應同彼無所依大種異故若有對故無斯過者則不應以依異大故證鏡像色二處不同能造所造有對同故理但應言鏡像二色俱有對故同處不成同處既無何言一處鏡色及像並見現前若言處異不可取者理亦不然前已說故謂壁光色亦同處可取然有對故理實處不同雖處不同而可同取如光壁理鏡像亦然今且爲仁解同取理謂彼像色極清妙故不能揜蔽所餘諸色以鏡與像最極相隣起增上慢謂同處取如雲母等極清妙色所隔諸餘色若極相隣便起增上慢謂同處取或如前說光壁雖殊而於一時同處可取如彼理趣此亦應然又於一水兩岸形色現像同時各別見者緣和差別故如是見謂一水上非一像生清妙性同不相揜蔽見緣合者則能見之若闕見緣則不能

見或有一處二見緣合同觀色像非不共見謂一鏡中一所見像餘即於此亦得同見若鏡等中無別像起同餘處者有何定因唯鏡等中俱見色像或於一色有二有情別住同觀有見不見如於淨板塗以骨灰籌畫爲文時經久遠設復新畫地壁爲文向光背光有見不見非於一色二可同觀即以例餘皆令共見勿以一色不可同觀便以例餘皆無共見故彼所說理非爲善又言光影同處相違月像鏡面見處別者次後遮遣大德邏摩所立理中兼酬此責彼作是說鏡等諸像皆非實有造色爲性一分與徧俱非理故謂藉月輪爲因引發依水一分或復徧依生像造色二皆非理依水一分理且不然無定因故徧隨轉故徧亦不然分限見故以俱非理故非

造色又影與光互相違故謂懸二鏡置影光中光影二像交現鏡面現見光影更互相違如其二像是實造色不應同處二俱可取既俱現可取故非實造色又分位別有取多故謂天授像現水等中分位別故取種種色謂青黃赤白取一則非餘不應一處異色同止設許同止何不俱取故知此中無別造色又量無差見動作故謂一天授背趣鏡時像現量無差見往來用別於一造色無容有此然見有此故非造色又見像依處各別故謂依水等現月像時見像與依方處各別若於水上有像色生是則不應見處遠近然見遠近故非造色若爾於彼所見是何本質爲緣生眼識故如緣眼色眼識得生如是緣於眼及鏡等對鏡等質眼識得生實見本質謂見別

像今謂彼諸因亦不能遣像且彼所説一分與徧俱非理故非造色者理不應然餘亦同故謂許緣於眼及鏡等對鏡等質眼識生者如是二種徵責亦同一分與徧俱非理故謂還見本質藉鏡等爲緣一分或徧二皆非理且非鏡等一分爲緣無定因故歷餘方所皆能現前爲見緣故亦非鏡等徧能爲緣所見分明有分限故以俱非理故成謬執然我所不許月等爲因水等一分爲依生緣但質與依無隔相對依中法爾有質像生何容像生但依一分如何知像徧所依生現見多人列長渠側各見月像對自面故若爾何故一不見多如是見緣不和合故雖一切處有月像生而但現前見緣和合故於一分可見非餘傍闕明緣闇所隔故有餘師釋像色輕微正近可觀橫遠難見或復漸次一亦見多故於此中不應爲難若彼多者則無有一而能見多不可爲難若青黃等可俱見者此亦應同多像極微俱可見故然見月像有分限者以彼本質有分限故現像必隨所依本質或無分限本質爲緣於水上生無分限像猶如於水現空想青是故本質有分限故雖一切處有月像生而見分限亦無有過或復如説鏡等爲緣還見現前本質相者雖復一分或徧爲緣皆不應理然見本質決定應許鏡等爲緣生像亦然何勞徵難又彼所説以影與光互相違故不應同處由此故知像非有者亦不應理非所許故謂懸二鏡置影光中所現二像非實光影如色彼觸不可得故若爾明了所見是何謂隨壁等光影二質於二鏡面

有不相違光影像起非光影色如有情像體非有情故光影像體非光影雖同處現而不相違又彼所宗影非實物既無實體何所相違非無體中可言違害故約彼執違義亦無則所說因俱非所許所言光影更互相違若有不應同處取者此言何義謂光影像若是實有應互相違不應同處同處既無應不可取既俱可取故像實無我先所言其義如是爲唯實無者定不可取耶或有實無而亦可取或有實有而不可取若爾所說同處既無應不可取此言何用同處雖無亦應可取汝執無者亦可取故亦不可說非一切無皆悉可取無異因故謂一切無相無差別故不可說可不可取又彼所言由分位別有取多故像非實者此言於像亦不相違唯於有中由分位別可取多色非於無故要於實有所見境中由根明遠近方所等差別得有邪正了色不同如觀日光所照實有蠨蛸網色孔雀尾輪方所等殊所見有異亦如觀見旋火輪等是故定知實有像色由分位別有取衆多故彼遮因翻證像有或如燈燄衆色雜居由所住方有礙別故非住一切見皆周盡又如觀箭曲直不同雖有取多亦無有過雖無一處異色同止而有取時謂爲同處如斯理趣前已具論故彼推徵於像無害又彼所說其量無差見動作故像非實者理亦不然前已說故謂雖別有實像色生而像必隨所依本質故量雖等而隨所應於所依止如其本質有顯形動三種像生像隨所依及本質故雖無動作而似往來及餘運動三用可得如是

動相或由本質餘方運轉無間生故或由所依隨持者等有動搖故或由觀者自有動搖謂像轉故如是諸像不越所依分量處所隨本質等見有往來及餘動相此於造色有何相違言見有此故非造色不可異餘造色相故便非造色如青黃等雖互相異而是造色或應堅相異煖等故便非大種餘例亦然如諸大種與所造色雖互相異而色性同故此無能遮造色性又彼所說見像及依處各別故非造色者理亦不然空界月像同依水等而發生故謂空界色與彼月輪次第安布近遠差別是見依像處差別因空界是有色處所攝前已成立故與月輪於水等上各能生像由所生像與質相同故見與依處似差別或由如是見緣和合非遠近中令見遠近如觀釆畫錦繡等文無高下中見有高下由月遠故見像亦然如滿月輪見像無缺由如是理破彼諸因故彼諸因不能遣像然彼隨自執恍愚夫情言本質爲緣生眼識等如斯意趣還爲如前自所說因之所遮遣謂籍鏡等一分爲緣或徧爲緣俱非理故又彼所說唯率妄情於鏡等中無本質故對鏡等質鏡等中無豈餘處有法於餘處可取喻亦非理非同法故謂曾無色住在餘方不對眼根緣生眼識可喻本質鏡等中無而於其中緣生眼識若彼緣闕故眼識不生則此中不應引彼爲喻爲如何等彼有此無而於此中分明可取又彼所說唯述妄情以所立因非極成故唯緣本質眼及鏡等眼識得生非極成故唯對眼色眼等爲緣眼識得生理極成立旣取

像色分明現前故知取像非取本質又理必然以所取像形量顯色異本質故謂於鏡等山石池牆樹林等像量減本質又豎刀等見面像長橫便見闊異本質量又於油等觀面像時面像顯色與本質異若所見像即是本質不應形顯與質不同諸有顯形異於彼者皆非即彼世所極成未知具壽離形與顯有何本質而執見像形顯雖殊而即本質若謂本質與顯及形非即非離而實可得是則便同阿素洛女巧爲幻化誑惑愚夫若謂藉緣力所改轉雖即是彼而現有異此愚亦不然互相違故理不成故非爲善釋謂若即彼不應現異既現有異不應即彼即彼現異更互相違又現有異而言即彼理不成立太過失故謂老等位亦應可執即是先時羯剌藍等由緣力轉故現有異等爾劬勞何不即信藉衆緣力有別像生而計藉緣還見本質是故所說本質爲緣生眼識等比度道理極爲微劣於證無能經主此中所作是説故知諸像於理實無然諸因緣和合勢力令如是見以諸法性功能差別難思議者彼何不謂質鏡等緣和合勢力別能生像故如是見以説法性功能差別難思議故又和合名非召實法如何可執有勢力耶又執多緣合成一力如何説諸法有差別功能是故應如功能差別眼及色等爲緣別引功能差別眼識令生如是亦由功能差別質及鏡等爲緣別引功能差別像色令生由此證成諸像實有或應總撥諸法皆無甞聞有人總撥無諸法今觀具壽似與彼情通審爾無勞共爲談論又若爾

者撥中有人豈不亦能作如是說因緣和合勢力難思死生中間處雖隔遠而令續起以諸業性功能差別難可思議故應諦思於鏡等上若無像起如何現前如餘實色分明可見故對法者咸作是言於鏡等中別有像色大造和合差別爲體對別現生如是像故猶如此像本質所依謂鏡等中鏡等現質爲依緣故有隨所依本質像起分明可見像所緣質實有極成此像爲緣於別鏡等亦有隨質所依像起分明可見故知前像緣起像故實有義成由是應知諸緣實有此若無者餘像何緣若言前像所緣本質爲此緣者理亦不然前質不對後所依故後像不隨前質起故謂後所依唯對前像不對前質如何可說前質爲緣現於後像曾未見有背鏡等質於鏡等中爲緣現像由斯後像不隨前質但隨前像其理極成是故所言於別鏡等所現後像但緣前質不隨前像唯述妄情復如何知像體實有由像不越實有相故謂若不越眼等識境皆是實有後當成立像既可見故知實有又像有時而可得故此若無者應一切時定不可得或常可得若謂有時可不可得由所待緣合不合者是則應知餘有爲法於緣合位實有義成又無分別識所緣故謂五識身所緣境界實有極成然像既通眼識所得故知實有又像能遮餘色生故謂緣能礙餘像色生於自所居障餘生故若法隨具如前相者當知彼法實有極成此像既然故知實有豈不前說一狹水上同處一時有二像起如何說此礙餘像生豈不前言如壁光等處

雖各別而謂處同由增上慢不應爲責又於鏡中別處取故謂於一鏡一處所中無有二像俱時可得如緣差別取像亦異若謂色性理不成者此亦不然理極成故又如何知像體定有與餘有法生相似故如識芽等諸緣生法有體極成此亦如是世共現見從衆緣生是故應知像體定有如餘有法定有極成從別緣生相有差別諸像亦爾從別緣生相有差別故應定有由此所言與餘有法生相似故其理極成生無自因曾未見故像非有者理亦不然我許像生有自因故謂我許像有同類因如從異緣生識芽等非我許像因鏡等生以許像生依自因故鏡水明等但作取緣如取向遊塵要藉光穿影非光及影爲彼塵因亦非彼塵無因而有或不可說異緣生即無同異色生俱現見有故且如何見從日月珠有火水生此亦應爾若言火水從自種生以二珠中有二界故則應火水俱二珠生或應二珠能生風地有二界故如生火水若謂二珠二界增故偏爲火水自類生緣理亦不然二珠應有熱濕二種現可得故若謂二珠要由日月光明攝受二界便增方能爲緣生火水者則應二種並爲光明所攝受故俱生火水若彼二珠界無增減何因熱餘緣助日珠能令生火非爲冷餘緣助日珠即令生水亦應如是徵責月珠諸緣起理實爲難覺石灰水合唯生火故謂世現見燒石爲灰遇水便能生火非水此唯可說緣起難思除此有何無過之答又虹霓等諸色聚生從因起理極難知故又金剛等一色聚中現有種

種威神力故又療人獸樹等事中現有衆多希奇用故又諸物類遇執日月呪術等緣便有生變雖不共合而現爲因故緣起理實爲難覺若了如斯緣起正理則不應說生無自因曾未見故像定非有諸有說像乍可非無然非造色此言麤淺無勞酬對若非造色應非眼境但應言像非唯造色是故諸像實有理成非像理成便能順立撥無中有者色間斷生喻許質與依中間有物連續無斷而生像故謂月面等大種恒時法爾能生清妙大種無間徧至現對所依在所皆生似本像色依若清澈像顯易知依若麤穢像隱難了雖二中間亦有像色由清妙故在依方顯如日光等雖復徧生在壁等依方現可見如何知像連質而生中間有隔像不生故謂若月等中無連續於水等中能生像者中間有隔像亦應生如彼所宗執無中有餘處蘊滅餘處蘊生又像形容屈伸俯仰及往來等隨本質故由斯證像連質而生不可引爲遮中有俞非像無故爲喻不成但由非等壞隨質故謂見諸像壞隨本質生有亦隨死有滅者有情相續相有斷過又諸像生似本質故謂月等像定似本質從牛等死有應唯牛等生旣不許然故喻非等又從一質生多像故謂隨質依生諸像位可從一質隨對鏡等衆多所依徧生多像非從一蘊相續死有多蘊相續生有俱生故像於斯非爲等喻又質與像非相續故謂質與像非一相續像與本質俱時有故諸相續者必不俱生像質俱生故非相續有情相續前後無間於此處死餘處續生但

應引穀爲同法喻像非等故爲喻不成又所現像由二生故謂二緣故諸像得生一者本質二者鏡等世間現見生有不爾所以者何生有如像死有如質更有何法如像所依故所引喻與法非等若精血等如像所依理亦不然非有情故又於空等欻爾化生於中執何如像依處若謂唯識相續流轉連續死生其義已立執色相續復何所成此不應理諸有於色未得離貪離色唯心相續流轉理不成故若心離色可相續流則應受生定不取色故心相續必與色俱方能流轉往受生處又契經說唯縛而生唯縛而死唯由彼縛從此世間往於他世聖說一切未離色貪無不皆被色縛所縛故無唯識相續流轉亦不可計前本有色即能相續往後生處現見死處身喪滅故由此應知別有色往是故中有定有理成若謂現見離色心轉謂往於此速取月輪往縛喝國都城念波吒釐子邑世尊亦說我不見有一法迴轉速疾如心又契經說心遠行獨行無身寐於窟如是等類非於中間別物可得如是死生際中有雖無而從此世間至於他世此亦非理前已說故取非至境故依等速轉故謂前已說未離色貪離色唯心流轉非理又眼意識取非至境心住於此遠取月輪遙念他邑亦無有過非心往至所取念境曾不見識離所依生或亦曾無離依無過由此已釋心遠行等又於所依境界行相心疾迴轉非離所依唯往境界速疾迴轉是故知心非離於色相續流轉往受生處由斯中有實有理成如是已明像連質起死

生處隔同喻不成由此亦遮響聲爲喻以聲與彼谷等中間有物相續傳生響故謂本發聲所依大種傳生妙大種徧至谷等中所在擊生似本聲響中間雖有聲響相續或散微故而不可聞若於中間觸山谷等即便聚積亦可得聞云何知然異時聞故謂諸聽者先聞本聲於後方聞聲所發響若謂無間刹那聞者二刹那前後難了知故應起增上慢謂一時聞而不謂然知聲相續中間淹滯覺異時聞由如是聲相續展轉至於谷等方擊響生彌更證成定有中有豈不汝宗亦定不許諸聲相續轉入耳聞如何言聲相續展轉遇緣發響異時方聞汝責不然我不遮故謂聲相續轉非我所遮唯轉入耳聞非我所許諸有大種發聲緣處展轉相擊皆有聲生在可聞緣聲方可取於中先取本質處聲於後乃聞異處生響無同外道至根聞過非聲相續轉入耳聞以有先聞質處聲巳後時異質及離耳根更於別處聞所發響若唯能取逼耳生聲應不遥聞異方聲響故非相續轉入耳聞亦非諸聲無相續轉遥聞聲響方所別故聲響異時異處聞故由此中有定有義成有餘師言風等緣合有差別故聲展轉至及不離質二皆可聞是則耳根應能通取至不至境成違宗過

阿毗達磨順正理論卷第二十三 說一切有部

音釋

琰魔 梵語也此云靜息琰以冉切魔莫婆切

揜蔽 揜衣檢切遮也蔽必袂切障也

籌畫 籌直由切畫胡怪切繪也

蠨蛸 蠨先彫切蛸相邀切蠨蛸蟲名

誑惑 誑居況切欺也惑胡國切迷也

阿毗達磨順正理論卷第二十四

尊者衆賢造
唐三藏法師玄奘奉詔譯

辯緣起品第三之四

有餘復言如無色界歿中無連續欲色界色生如是亦應此死有滅中無連續彼生有起所引穀喻於證無能又此喻中有非愛過謂同法喻例法應同然穀等種中唯生穀芽等如是人歿應但生人牛等歿時唯生牛等故喻於此有非愛過又種滅處即有芽生應眼根中識等滅已即於是處識等還生則唯一根恒生識等如是耳等便爲無用又一身中識等滅已即復於此識等還生是則恒存應無死義如是死有於此處滅即於此處中有復生後後念生即前前處乃至中有滅即此生有生是則應無往餘生義中有勝用於此頓亡巧立如斯害自宗喻此皆非理所以者何從無色歿生有色者色法生時有連續故謂無色歿生欲色時即由是處大種和合從順後受業有異熟色生故彼色生非無連續或總相續無間斷故謂無色界異熟終時四無色蘊無間無斷爲緣引發欲色界中與色俱生諸蘊令起故彼色起非無連續欲色界歿欲色界生死生中間處所懸隔若無少物於中連持無色死生下豈得爲同喻又於此中無非愛過如一稻種爲芽麨飯灰散五因如是有情一趣相續爲五因故謂一稻種能爲五因若遇順緣便生自果如是一趣有情相續具爲五因若遇如是順緣和合便生自果故無人等滅唯生自類過又無如種芽同

處生滅失以種相續生芽等時雖無間斷非無處異准斯理趣內法亦然故無果因唯同處失謂諸種聚於滅壞時由水等緣和合攝助能爲麤大芽聚生因於種滅時芽異處起芽雖增長轉至遠方而於中間鄰次無斷由此外法從種生芽處非隔即鄰次道理如是內法隨所依身心相續轉亦無有失謂於死時大種等聚由業風等緣所攝持能與當生鄰死處起大種等聚爲能生因獨業不能令彼色聚中無連續遠處欻生鄰死所生即是中有從玆展轉趣餘方生於其中間非即非越能至生有如從種等芽等漸生能至於果故舉穀喻非害自宗或復何勞强撥中有世曾未見有諸色聚中無連續於異處生唯見影光火燄等事中間連續至餘方生故非頓

亡中有勝用然眼識等緣和合力不起依身別別處起無方所故非住一根於一身中識常生滅恒無死難由斯已解或復死者同分蘊滅異分蘊生故無斯過且化生者先世所作業果色根并所依處此處頓滅即於此處容有其餘業果頓起可疑死位與前無別餘三生者先世所作業果色根相續雖滅而見依處相似隨轉非後色根無所依處別業果故非即依前由此證知餘業所感根及依處鄰次前身根滅所依異處而起有對礙法自所住方必能障餘令不起故於此無有恒不死疑有餘復言猶如尺蠖前安前足後足後移如是死生方所雖隔先取後捨得至餘方是故於斯中有無用毗婆沙者聚此釋言此種極同下俚言義如是便有非二有情二趣

二心俱行過故又尺蠖喻其理不成以彼蟲身中無間絕安前移後處隔可然死生有身中間隔絕如何可得取生有身既未取生如何捨死非心心所處無斷可成離所依身處續義無故若謂有色為無斷依則為中有義已成立若謂死生雖隔而到則尺蠖喻義不相應有餘復言死生二有雖隔而至如意勢通此亦不然非所許故異此餘類此歿彼生中間隔絕應成通慧若爾此應是行差別實爾細故難可了知謂一刹那不應為難故前㲉喻無過理成以要相連處無間斷生有起故定有中有又有別理中有非無現見刹那無間生者決定方所無間生故謂世現見從執受色無間還生執受色者刹那處所俱無間生若生有色許從死有刹那無間鄰近而生處所亦應無間鄰近然無如是理故中有義成若謂如從無色界歿生有色界色初起時昔色與今方所無間刹那有間而得續生亦應下界死生有色刹那無間處有間生此亦不然不了宗故謂於昔者從欲色歿生無色時色身滅處今從彼歿生欲色時即前色身滅處無間引今色起非我所宗是故此中刹那處所俱非鄰近不應為喻又若刹那鄰近生者處所定爾非猶豫故謂諸刹那無間生者處所必定亦無間生非此相違有斯決定故彼所例理不相應又餘緣合方成因性現所見故中有義成謂諸種子餘助緣合能作芽因世所現見如是識種生生有色必藉生處外色為緣故識定與生處色合不應一識與死有身及生處所處間斷色有俱合義

故有中有若謂非色無所住故無過者理亦不然無所住言依遮諸識住根及境如人座故非識與色合義全無以契經言有識身故又經說識不離身故若謂死有色親能爲因如中有色生生有色者亦不應理死有與生處所隔絕不成因故或外助緣精血等色與彼隔絕應無助用故應别有生有色因與精血合此即中有又如何知定有中有現可得故謂中有身淨天眼者現前可得故如是說諸中有身極淨天眼之所能見又彼尊者阿泥律陀亦言具壽我觀佛化其量最多非諸中有是故中有决定非無又聖教說有中有故謂契經言有有七種即五趣有業有中有又經說有健達縛故如契經言入母胎者要由三事俱現在前一者母身是時調適二者父母交愛和合三健達縛正現在前除中有身有何别物名健達縛正現在前若謂二經非我所許非汝不許故此便無謂無定因可爲誠證汝不許者其體皆無有謂後經應如是說塞建陀滅正現在前傳者謬誦爲健達縛於此位中樂器無故此非經義於此位中前蘊已滅無來義故然餘經中說健達縛東南西北諸方來故如掌馬族契經中言汝今知不此健達縛正現前者爲婆羅門爲刹帝利爲是吠舍爲戍達羅爲東方來爲南西北復如是說隨是何族隨從何方來現在前非前蘊滅可有來義故彼所言依自計度又世論說由一因緣女男交會事極成立一健達縛二邏刹婆初令自生和合貪故後由强力現所逼故然中有身符順初義彼雖無樂

器而健達縛成或隨世間假立名想何勞於此起固執爲設於此經彼亦不誦豈復不信如是契經如說汝非此他俱世當於中有能作苦邊又說將歿將生時故如契經言我以天眼觀有情類將歿將生此將生言即目中有從此歿已未生彼故有謂此說究竟爲遠於已生位說將生言如說大王今何來此應於已歿說將歿言差別因緣不可得故又設爾者中有亦成於此已歿來生彼故或於已生再說無用又非唯究竟方說遠言現見有遠言亦說遠故如世尊告舍利子言汝觀此童子來詣此由此定證將生時言非說已生但目中有又可住經說意成故謂世尊告彼可住言若於爾時彼有情類此身已捨住意成中後一類身未已生位我施設彼當於爾時所住意成有愛及取言意成者即中有身由此證知定有中有有隨自執妄釋此經言意成聲詮無色界彼謂可住朋友命終超有色天生於無色可住天眼觀不能見來問世尊若於爾時彼有情類乃至廣說一類身者欲色界身住意成言顯在無色此執非理無定因故且應徵問撥中有者此意成聲乃目多義如何定執詮無色耶謂於劫初色無色界變化中有皆見此聲如其次第略當顯示如說彼位有色意成一切支體無不具足又說超越食段食天隨生一類意成天處又世尊告鄔陀夷言意成天身汝謂何等豈不汝謂是無色名又說從此身起意別化作餘身種類有色意成又說此身無間壞已起如是蘊有色意成故意成聲乃目多義如何定謂

詮於無色若謂餘說此責亦同理不應爾前身已捨後未已生經所說故又彼所執理不應然若爲可住說無色界爲意成者彼則不應以天眼通觀欲色界非離色貪可生欲色若爲求彼所生處故以天眼通觀三界者不應說無色爲所住意成以不定知彼生處故由此經說住意成言專爲顯成有中有義又何經證中有非無由經說有五不還故謂世尊說有五不還一者中般二者生般三無行般四有行般五者上流中有若無何名中般若謂欲色二界中間得般涅槃名中般者不生二界中有復無何有有情於中趣般若謂於彼有天名中理必不然無聖言故謂於諸部都無有經說有中天唯憑自計又彼應有太過之失謂亦應有生等諸天住彼得般名

生般等若謂如言有中生般而不許成立中生二有雖復說有有行等般而不許立有行等有如是雖許別有中天何廢天名不通生等此亦非理有行等三別立有名無別用故非爲住彼趣般涅槃是立中生二有別用又必無有住生有中得般涅槃一剎那故非更別立有行等有於立有門少有別用中生等位別立有名於立有門各有別用唯立四有有用便足無勞別說餘別有名若立中天唯有趣般用生等何故不別立天名若立中天不約此用然許別立有中天名生等亦應然無定別因故有何定用立中天名而生等無故不應理又所立名皆隨義故無容於此妄立異名謂有加行道精勤運轉得般涅槃名有行般若無加行道非勤運轉得般涅槃名

無行般無容於此更立異名所立中天但隨汝自欲誰遮自欲不立生等天是故非斯妄分别論能遮中有故此非無又如何知定有中有由契經說有七善士趣故謂於前五中般分三由處及時遠近中故譬如札火小星迸時纔起近即滅初善士亦爾譬如鐵火中星迸時起至中乃滅二善士亦爾譬如鐵火大星迸時遠未墮而滅三善士亦爾若無中有此依何立非彼所執别有中天有此處時三品差别故彼所執定爲非理有說諸有壽量中間斷餘煩惱皆名中般由至界位或想或尋而般涅槃故說三品彼謂煩惱隨眠位中修斷加行名至界位此中意顯有種未行說名界位即利根者創起煩惱便能精勤修斷加行名至想位此中意顯染想初行說名想位即中根者起煩惱久方能精勤修斷加行名至尋位此中意顯由煩惱力令心於境種種尋求說名尋位即鈍根者世尊依此善士趣中分析中般說爲三種此雖巧計義實不然若爾現般應非有故又無尋地亦說中般如嗢柁南伽他中說

總集衆聖賢　四靜慮各十　三無色各七
唯六謂非想

此伽他中第二靜慮以上三地亦說中般諸中般皆斷五下分結故非無尋地可說至尋非上三地中闕一善士趣又無色界應有中般有壽量中間得般涅槃故又薄伽梵舍利子等一切皆應是中般攝唯除生在覩史多天後身菩薩及除生在北俱盧洲諸有情等其餘有情容中天故又彼或餘諸有所執皆

札火等喻不相應遠近及中處時差別若離中有皆不成故汝等但由貪著已見僧背中有起斯妄執非爲依隨聖教正理是故中有實有極成撥中有無是何見攝是迷因果連續爲先所起邪見諸經說謗化生有情是邪見故已廣成立中有非無今復應思當往何趣所起中有形狀如何此何所疑此與生有一異業果俱有過故所以者何若中生有同一業果便違經說有數取趣已斷生結未斷起結乃至廣說諸業必由煩惱起故業如煩惱應有差別則中有形應異當趣若中生有各異業果何緣二果定先後生此中有業順現受等所不攝故應唯不定又見人等宿業雖別而有身形相似無異有業雖一而果有殊故可生疑諸趣中有與當所趣形爲同別爲遣此疑頌曰

此一業引故　如當本有形　本有謂死前
居生剎那後

論曰業有二種一牽引業二圓滿業中生二有牽引業同圓滿業異引業同故此中有形與當本有其狀相似如印所印文像不殊若爾於一猪等腹內容有五趣中有頓起可有五子俱時命終各當往生一趣中故既有地獄中有現前如何不能焚燒母腹無斯過失以地獄火唯燒有罪諸有情故非不積集感彼業者或未得果可爲地獄火所焚燒其理決定又彼中有非恒被燒如何即令焚燒母腹地獄本有尚不恒燒如暫遊增況彼中有有言設許中有恒燒如不可見亦不可觸身極細故所難非理諸趣中有雖居一腹非互

觸燒業所遮故欲中有量雖如小兒年五六歲而根明利有餘師說欲界中有皆如本有盛年時量有言菩薩中有可然非餘有情中有亦爾菩薩中有如盛年時形量周圓具諸相好故住中有將入胎時照百俱胝四大洲等爲順方域吉瑞相故令菩薩母於其夢中見白象子來入右脅九十一劫已捨旁生況最後身仍爲白象有說中有皆生門入非破母腹而得入胎故雙生者前小後大理實中有隨欲入胎非要生門無障礙故然由業力胎藏所拘色界中有量圓滿如本有非色究竟中有身形長十六千踰繕那量贍部洲趣無處能容以太虛空極寬廣故中有身色如末尼珠燈等光明無障礙故色界中有與衣俱生慚愧增故欲界中有多分無衣無慚愧故唯除菩薩及鮮白尼本願力故有餘師說唯除此尼施僧袈裟發勝願故從茲世世有自然衣恒不離身隨時改變乃至最後般涅槃時即以此衣纏屍焚葬收其遺骨起窣堵波亦有衣形周帀纏繞菩薩所起一切善法皆唯迴向無上菩提我等所宗許二俱有說所似本有其體是何謂在死有前生有後蘊總說有體雖通一切有漏法性而就有情前後位別分析爲四一者中有義如前說二者生有謂於諸趣結生刹那三者本有除生刹那死前餘位四者死有諸最後念若有於色未得離貪此有無間中有定起即於一生位別分四豈不諸有中有最初則本有名應目中有非目中有以當無間生等三有非彼果故若位容有生當無間中等諸位可名本有

望餘生諸位安立此名非立此名望一生三
位又此無間定生彼有此有望彼立本有名
又本有名目正所趣餘三不爾不得此名已
說形量餘義當辯頌曰

同淨天眼見　業通疾具根　無對不可轉
食香非久住　倒心趣欲境　濕化染香處
天首上三横　地獄頭歸下

論曰此中有身是何眼境爲同類眼淨天眼
見謂中有身唯同類眼及餘修得淨天眼見
非不同類不淨天眼之所能觀極微細故生
得天眼尚不能觀況餘能見以説若有極淨
天眼方能見故有説地獄旁生餓鬼人天中
有如其次第各除後後見自及前爲有能遮
中有行不上至諸佛亦不能遮以諸通中業
通疾故中有成就最疾業通故契經言中有
業力最爲强盛一切有情一切加行無能遮
抑淩虚自在是謂通義通由業得名爲業通
此通勢用速故名疾中有具此最疾業通諸
通速行無能勝者依此故説業力最强隨地
諸根中有皆具雖言中有如本有形而初異
熟最勝妙故又求有故無不具根曾聞栟破
炎赤鐵團見於其中有蟲居止故知中有無
對義成對謂對礙此金剛等所不能遮故名
無對此界趣處皆不可轉謂定無有色中有
殁欲中有生亦無翻此此與生有一業引故
應知趣處不轉亦然此中有身資段食不且
知欲界中有食香隨福多福少香有好有惡
由斯故得健達縛名諸字界中義非一故此
頞縛界雖正目行而於其中亦有食義以食
香故名健達縛而音短者如設建途及竭建

途略故無過有說中有藉香持身以尋香行名健達縛如是中有爲住幾時此中有身定非久住生緣未合非久如何大德釋言常途非久緣未合者容住多時由彼命根非別業引有餘師說此但少時以中有中恒求生故若於父母俱定不移雖住遠方業令速合若於父母隨一可移雖極清貞訶猒欲者而於異境起染現行諸起染定時令非時亦起或寄相似餘類中生謂驢等身似於馬等非由所寄同分有殊便失中生一業所引生緣雖別所引一故設許轉受相似類生由少類同亦無有過又界趣處若不全移雖少類殊亦無有失以界趣處業定不移餘外生緣見有差別如豆足等斯有何過或業種類差別無邊唯佛世尊方能究達正結中有爲以何心以染污心譬如生有將結生有方便如何住中有中爲至生處由心顛倒馳趣欲境彼宿業力所起眼根雖住遠方能見生處父母交會而起倒心若當爲男於母起愛於父起恚女則相違由是因緣男女生已於母於父如次偏朋故施設論有如是說時健達縛於二心中隨一現行謂愛或恚彼由起此二種倒心便謂已身與所愛合所憎不淨泄至胎時謂是已有便生喜慰當生喜位名入母胎取最後時所遺精血二三滴許成羯剌藍精血相依無間而住中有蘊滅生有蘊生若男處胎依母右脅向背蹲坐若女處胎依母左脅向腹而住女男串習左右事故宿自分別力使然故無欲中有非女非男以中有身不闕根故入母胎後或作不男如何無根羯剌藍

大種體即能作諸色根生依誰謂色根依彼大種中有大種以羯剌藍大種為依能生生有謂彼中有與羯剌藍大種相依最後滅位中有大種藉彼為緣為因引生異前大種彼異大種能作根依如種生芽必依地等若爾何緣契經中說父母不淨生羯剌藍依不淨生無違經失有餘師說精血大種於轉變位即作根依謂前無根中有俱滅後有根者無間續生如種與芽滅生道理彼執生有色法生時非中有色相續而起與芽從種道理相違無情與情為種引起不應道理相續異故有情無情二色俱滅後情色起無情為因情不為因言非應理是故前說於理為勝此說欲界胎卵二生濕化二生染於香處若濕生者染香故生謂遠齅知生處香氣便生愛染往彼受生隨業所應香有淨穢若化生者染處故生謂遠觀知當所生處便生愛染往彼受生隨業所應處有淨穢生地獄者亦由業力或見身遇冷雨寒風或見身遭熱風猛燄冷侵熱逼酷毒難忍希遇溫涼與除所厄見熱地獄熱燄熾然寒地獄中寒風飄鼓便生愛染馳躬投赴有餘師說由見先造感彼業時已身伴類心生愛慕馳往赴彼往何趣中有何相赴生處且天中有首正上昇如人直身從座而起人等三趣中有橫行如鳥飛空往餘洲處地獄中有頭下足上蹎墜其中故伽他說

蹎墜於地獄　足上頭歸下　由毀謗諸仙
樂寂修苦行

因辯中有復應伺察何緣無色無中有耶彼

業不能引中有故何緣彼業於此無能起結斷已方生彼故煩惱助業方能引果非離煩惱業有引能以阿羅漢雖有諸業而不能引當來有故有說若地具麤細業於彼地中得有中有然無色界有細無麤麤細業者謂色非色或身等業或十業道此復應詰何緣若地具麤細業方有中有今於此中見如是意中有是細所趣是麤以所趣中滿業多故又趣壽限容有定故有位中受細滿業果有位中受麤滿業果欲色界中具二業果故有中有無色不然有餘師說爲往生處表所趣形故立中有非無色界有處有形若爾即於自死屍内身根滅處命終受生不往餘方中有何用此立中有表所趣形前說二緣隨有一故此救非理表所趣形於所趣生無勝用故若中有已起可表所趣形無用故不起何能表所趣故表所趣非中有因然上座言若命終處即受生者中有便無彼言非善非死有位方引中有如何可說若死處生不引中有定於先時已作增長感中有業今誰爲礙令中有果不起現前或復中生同一業果中有復是一期生初中有若無生應不續如必無有越羯剌藍生頞部曇是彼初故若謂生有是一期初中有非初不必須引此都無義但有虛言彼生起結俱未斷故汝亦應許未斷生結生有或無無異因故非須別用方有蘊起蘊起必由因未離愛彼即中有須起之因如有胎中定當死者除由因力何用根生若謂此中如中般者無生滿業如是即於死處生者無中滿業此例不齊如生有位必依中

有非中有位亦依生有故例不齊由斯一切未離第四靜慮貪者彼若已造生有滿業必亦能造中有滿業不說自成或有不還由對治力伏相續故生結不行此唯能造中有滿業若闕對治是俱墮法彼無餘礙二結現行由是未離色界貪者生有必依中有起故設於死處即受生者亦定應許死有無間中有即生中有無間生有方起又此中有有決定相謂無未離欲色界貪生有不從中有後起亦無中有與所趣生非同一業所牽引果亦無中有能入無心可爲身證俱分解脫及起世俗不同分心住中有中無轉根義亦無能斷見所斷惑及無斷欲界修所斷隨眠如是等門皆應思擇一切中有皆起倒心入母胎不不爾云何契經中說入胎有四其四者何

頌曰

一於入正知　二三兼住出　四於一切位
及卵恒無知　前三種入胎　謂輪王二佛
業智俱勝故　如次四餘生

論曰有諸有情多修福慧故死生位念力所持心想分明正知無亂於中或有正知入胎或有正知住胎兼入或正知出兼知入住兼言爲顯後必帶前有諸有情福慧俱少入住出位皆不正知前不正知後位必爾如是所說四種入胎具攝一切入胎皆盡順結頌法如是次第然契經中次第不爾如是四種且說胎生有愚不愚分位差別諸卵生者入胎等位皆恒無知如何卵生從卵而出言入胎藏此據當來立名無失如世間說造釧織衣或說卵生曾入胎等依今說昔故無有過應

知此中依想勝解有倒無倒故說正不正知謂諸有情有倒想解於中或有業智有失彼入胎位起倒想解見大風雨毒熱嚴寒或大軍衆聲威亂逼遂見自入密草稠林葉窟茅廬投樹牆下於中或有業雖無失由智有失起倒想解入母胎位自見已身入妙園林升華臺殿坐卧殊勝諸牀座等住時見已住在此中出位見身從此處出是於三位皆不正知若諸有情無倒想解彼入胎位知自入胎住出胎時自知住出是於三位皆能正知四種入胎經應隨此義釋何緣入胎不正知者於住出位必不正知劣悟勝迷理無容故謂將入位支體諸根具足無損强勝明利尚不正知況住出時支根損缺羸劣闇昧而能正知理無容故住正知者由入胎時勝正知因一力引故出正知者由入住時勝正知因二力引故又前三種入胎不同謂轉輪王獨覺大覺如其次第初入胎者謂轉輪王入位正知非位非出二入胎者謂獨勝覺入位正知非於出位三入胎者謂無上覺入住出位皆能正知此初三人以當名顯復有差別如次應知業智及俱三種勝故第一業勝宿世曾修廣大福故第二智勝久習多聞勝思擇故第三俱勝曠劫修行勝福慧故除前三種餘胎卵生福智俱劣合成第四有說此四皆辯菩薩謂最後有即是第三覩史多天前生第二遇迦葉波佛次前生爲初自此以前皆是第四或復初二三無數劫如其次第前三入胎自此以前皆是第四豈不續有定是染心何容正知入母胎藏正知正念說根律儀夫

根律儀決應是善無斯過失一切正知皆善性攝非所許故異此應無正知誑語或入胎位據相續說非唯正結生有剎那於此位中善心多起染汚心少故說正知如世間說白豆聚等或令於彼發起恭敬於不迷亂立世知名謂如實知此是我父此是我母故名正知云何第三後有菩薩於戒果等皆明了知而入胎時有如是事非入住位有不正知可於出時有正知理出正知者先因引故無斯過失由無始來慣習如是世俗愛故世間現見由慣習力於纔生時便有愛染如何可說四種入胎唯正不正知二種入胎故非住及出可說入胎故不應言入胎有四以入勝故說四無失謂入胎時有差別故於住出位有能正知以無不正知入母胎藏於住或出位能有正知故於住出無倒想解能自知者由入差別是故入胎聲兼說住出位故住出位雖有正知及不正知而不成六由入勝故雖有三種同異類殊而總說入所以然者由爾所門說處母胎事究竟故如是異類有二入胎於同類中復二成四此中應說誰往入胎何故問誰以無我故謂若無我為復說誰從此世間乘中有蘊往趣他世入住出胎是故應有內用士夫從此世間往入胎等為遮彼故頌曰

無我唯諸蘊　煩惱業所為　由中有相續
入胎如燈燄　如引次第增　相續由惑業
更趣於餘世　故有輪無初

論曰無有實我能往入胎所以者何如色眼等自性作業不可得故託所依緣識等起位

所執别用實我不成别用既無又無自性明了可得如兔角等如何執有内用士夫世尊亦遮所執實我是作受者能往後世故世尊言有業有異熟作者不可得謂能捨此蘊及能續餘蘊乃至廣說復如何知所執實我是作者等實不可得爲體無故爲體實有有不得因無得因故我宗定許由我體無故不可得非餘因故諸起我執無過四種一執有我即蘊爲性二執異蘊住在蘊中三執異蘊住異蘊法四執異蘊都無所住如是四種執我蘊實而不可得皆不應理且非有我即蘊爲性即别即總皆不成故所以者何各别自相所不攝故應成假故亦非異蘊住在蘊中體常無常俱有過故若無常者念念各異便非一我有死有生即作者應失不作者應得又非離蘊有生滅法少分可得故非無常若謂是常應無轉變生老病死皆不應成又應無容别往餘趣又愛非愛境界合時我不應隨苦樂轉變亦不應爲苦樂相應煩惱所惱既非所惱不應由斯起法非法則未來世愛非愛身既無有因應無生理則不可說我體雖常由身改轉說我變異如是我體不隨自身生老病死諸趣苦樂煩惱業果而轉變故則應本來畢竟解脱既不許爾故我非常離常無常不可别執有第三聚計之爲我如虚空等諸無爲法體異蘊故不住蘊中此亦應然應不住蘊亦非異蘊住異蘊法染淨蘊法既不相依則所計我便成不用既不依蘊非蘊何依我與非蘊不相關故亦非異蘊都無所住如無爲法過同前故又應本來常解脱故

謂所執我既無所住則與色身苦樂等受小大等想善惡等行色聲等識都不相關則應本來遠離五蘊不由功用自然解脫是故所執實我作者能捨此續餘無故不可得非體實有有不得因得因無故而不可得若爾外道於何所緣而起我執雖離諸蘊無別我性爲執所緣然唯諸蘊爲境起執如契經說諸有執我等隨觀見一切唯於五取蘊起雖無如彼外道所說眞實我性而有聖教隨順世間所說假我既無實我依何假說雖無實我而於蘊中隨順世間假說爲我何緣知說我唯託蘊非餘以染及淨法唯依蘊成故謂我實無以諸雜染但依諸蘊剎那相續由煩惱業勢力所引中有相續得入母胎譬如燈燄剎那相續轉至餘方諸蘊亦爾且於欲界若未離貪內外處爲緣起非理作意貪等煩惱從此而生劣中勝思及識俱起起已能牽當非愛果亦爲無間識等生緣無間識等觀同異類前俱生緣而得起時或善或染或無記性起已復能引自當果及爲無間識等生緣如是爲緣後後次第能牽二果隨應當知此蘊相續領納先世惑業所引壽量等法彼異熟勢力窮盡時死識與依俱至滅位能爲中有識等生緣中有諸蘊由先惑業如幻相續往所生處至母腹內中有滅時復能爲緣生生有蘊譬如燈燄雖剎那滅而能前後因果無間展轉相續得至餘方故雖無我蘊剎那滅而能往趣後世義成即此諸蘊如先惑業勢力所引次第漸增於一期中展轉相續復由惑業往趣餘世現見因異其果有殊故諸

引業果量非等壽果長短由業不同隨業增微所引壽命與身根等展轉相依於羯剌藍頞部曇等後後諸位漸漸轉增何等名爲羯剌藍等謂蘊相續轉變不同如是漸增至根熟位觀内外處作意等緣和合發生貪等煩惱造作增長種種諸業由此惑業復有如前中有相續轉趣餘世應知如是有輪無初謂惑爲因能造諸業業爲因故力能引生生復爲因起於惑業從此惑業更復有生故知有輪旋環無始若執有始始應無因始旣無因餘應自起無異因故現見相違由此定無無因起法無一常法少能爲因破自在中已廣遮遣是故生死決定無初猶如穀等展轉相續然有後邊由因盡故如種等盡芽等不生生死旣無究竟清淨故染及淨唯依蘊成執有實我便爲無用

阿毗達磨順正理論卷第二十四 說一切有部

音釋

麨尺沼切 蠖烏郭切尺蠖屈伸蟲也 析先擊切分也 蹲徂尊切踞也 酷苦沃切慘也 蹎丁千切蹎仆也 稠直由切密也 羸力追切瘦也 纔昨哉切僅也

阿毗達磨順正理論卷第二十五

尊者衆賢造

唐三藏法師玄奘奉詔譯

辯緣起品第三之五

已說內外羯剌藍等種等道理因果相續應知此即說名緣起如是緣起非唯十二云何知然如本論說云何爲緣起謂一切有爲然契經中辯緣起處或時具說十二有支如勝義空契經等說或說十一如智事等經或唯說十如城喻等經或復說九如大緣起經或說有八如契經言諸有沙門或婆羅門不如實知諸法性等諸如是等所說差別何緣論說與經有異論隨法性經順化宜故契經中分別緣起隨所化者機宜異說或論了義經義不了或論通說情及非情契經但依有情數說依有情故染淨得成佛爲有情開顯此二但爲此事佛現世間故契經中依有情說爲欲成立大義利故分別緣起諸有支中具無量門義類差別今且略辯三生分位無間相續有十二支頌曰

如是諸緣起　十二支三際　前後際各二　中八據圓滿

論曰十二支者一無明二行三識四名色五六處六觸七受八愛九取十有十一生十二老死言三際者一前際二後際三中際即是過未及現三生云何十二支於三際建立謂前後際各立二支中際八支故成十二無明行在前際謂過去生生老死在後際謂未來生所餘八在中際謂現在生前際二因所招五果後際二果所待三因非諸一生皆具此

八據圓滿者說有八支圓滿者何謂支無缺或由圓滿惑業所招謂先增上惑業所引此中意說補特伽羅歷一切位名圓滿者非諸中天及色無色羯刺藍等諸位闕故世尊但約欲界少分補特伽羅說具十二如大緣起契經中說佛告阿難識若不入胎得增廣大不不也世尊乃至廣說是故若有補特伽羅於次前生造無明行具招現在識等五支復於現生造愛取有招次後世生等二支應知此經依彼而說若依一切補特伽羅立諸有支便成雜亂謂彼或有現在五支非次前生無明行果及次後世生老死支非現在生愛取有果彼皆非此經意所明勿見果因相去隔絕便疑因果感赴無能應知緣起支略唯二分前後際如次七支五支以果與因屬因果故或因與果五支七支以因攝因果攝果故謂現愛取即過無明現在有支即過去行現在世識即未來生餘現四支即當老死是名因果二分差別此緣起言爲因何義今見此中差別義者謂鉢刺底是現前義一女界是有義一字界中有多義故由先鉢刺底一女界成緣訖埵緣是已義此合所依變成獵比參是和合義嗢是上升義鉢地界是有義由以嗢爲先鉢地界成起此總義者緣現已合有法升起是緣起義緣現前言即因和合復言和合有何別用爲成無法唯一緣生成顯俱生前生緣故緣現前者顯俱生緣緣和合者顯前生緣此則顯成依此有彼有此生故彼生是緣起義又鉢刺底顯應行義一女馱都顯不壞法三顯正集此意總顯世出現

因說名緣起謂一女界由鉢剌底爲先助故轉變成緣正集及升爲先助故令鉢地界轉變成起依如是義立緣起名經主此中釋差別義鉢剌底是至義醫底界是行義由先助力界義轉變故行由至轉變成緣三是和合義嗢是上升義鉢地界是有義有藉合升轉變成起由此有法至於緣已和合升起是緣起義如是所釋越彼所宗且彼有界由先助力轉變成起非異有故再顯有義竟何所我以彼所宗無有非起無起非有一應無義經主自立此句義已復自假興如是徵難如是句義理不應然所以者何依一作者有二作用於前作用應有已言如有一人浴已方食無少行法有在起前先至於緣後時方起非無作者可有作用故說頌言

至緣若起先　非有不應理　若俱便壞已
彼應先說故

又自釋言無如是過且應反詰聲論諸師法何時起爲在現在爲在未來設爾何失起若現在起非已生如何成現現是已生復如何起已生復起便致無窮起若未來爾時未有何成作者作者既無何有作用故於起位即亦至緣起位者何謂未來世諸行正起即於起位亦說至緣非如是言能釋前難以正起位許屬未來彼宗未來猶未有體至緣及起依何得成故前所難無少行法有在起前先至於緣後時方起非無作者可有用言仍未通釋又言聲論妄所安立作者作用理實不成有是作者起是作用非於此中見有作者異起作用眞實可得故此義言於俗無謬此

亦非理所以者何作者作用義非無別若非依有得有起用則畢竟無應成作者又縱彼說作者作用若異若同且彼未來以無體故不成作者故彼所說不免前過大德邏摩作如是說爲詮表義故發音聲生滅等聲皆於諸行相續分位差別安立於多義中方得究竟非一刹那細難知故於相續位立相既成於一刹那亦可准立如是所說但有虛言既說音聲爲詮表義彼宗生等其體實無故生等聲無義可表無法不可說爲義故又生等相非行相續分位安立前於思擇有爲相中已遮遣故要刹那位立相得成行相續中方可准立由相續假攬實成故又彼起言依何而說非無有用可說用言非畢竟無可言有用故彼於難亦非善釋唯對法宗說已無過起及起前皆可有故謂對法者言法起時如已生位其體實有可隨俗說作者無謬諸說起位同畢竟無而說作者如何無謬若謂俱生因果論者於已言過無由解脫已言於我進退無違作者及時俱非定故雖依一作者說有已言而見有已言依別作者如依我已汝得不行雖有已言依前時說而亦見依後如悶曰已眠雖有已言依別時說而亦見有依不別時如世有說言闇至已燈滅是故俱生因果論者於緣起理進退無失緣起句義唯此極成何故世尊爲釋緣起先作是說依此有彼有此生故彼生而不唯說無明緣等釋緣起義且上座言緣起有二一有情數二非有情前兩句文通攝二種言無別故無明緣等唯攝有情有情有故然彼上座親教門

人有自斥言此釋非理與標釋理不相應故前標後釋理必相符如何雙標後唯釋一又外緣起於此經中不應先標以無用故此斥非理上所釋言不違標釋非無用故謂無明等後所釋言不越標中有情緣起故標釋理非不相應夫置先標擬生後釋後既無釋先何用標是故但應標有情數標非有情數與釋不相符且非別標不釋何咎既無別釋何用總標此中總標有大義用謂以現見非情緣起顯不現見内緣起故種子生芽等世所現知無明緣行等非世現見世尊顯示如依種等有芽等得有及種等生故芽等得生如是應知依無明等有行等得有無明等生故行等得生是故總標有大義用此總顯示一切有爲無一不從衆緣起者若爾何故不釋非情如於有情先標後釋非情易了但藉總標情數難知故須別釋諸緣起教多爲利根是故不應所標皆釋又有情勝故應廣辨外法亦以内爲因故若爾何故餘契經中亦有廣辨外緣起處如種喻經等故所釋不然如是師徒未爲賢善自師勞思所造論宗爲逞已能輕爲彈斥善說法者理不應然我於此中詳彼所釋一切皆與自論相違謂彼論說經皆了義而今釋此違彼論宗釋不具申標中義故彼便許此非了義經故此定非彼宗經義大德邏摩於自師釋心不忍許復自釋言若十二支許依三際即爲略攝三際緣起說依此有彼有及此生故彼生若不許然即此二句如次顯示親傳二因此亦不然且應詳辨爲攝三際說此二門如是二門義爲同

異義若同者但說一門於義已周餘便無用又違後釋别顯二因非此二言前後再說可令義旨或同或異若如後釋兩義異者爲攝三際說此二言即此二言各應重說若異此者非徧一切則標與釋義不相符謂於標中所不攝義釋中廣辨義豈相應故彼還成違標釋理由此親傳皆無重言於諸有支但隨標一與後廣釋不相應故若謂此二徧屬諸支謂初無明爲緣生行或親或傳行等亦然此但希望而無實理後無如是分别說故是則標釋還不相符又譬喻宗過未無體如何可立親傳二因且非業無間能生異熟故業望異熟親因不成亦非傳因傳義無故非業滅已後有餘因由先業力招異熟果要先因滅已餘因感果時遠由先因力方名傳因故諸有横計舊隨界等思擇因中已廣遮破設許有彼傳亦不成遠近二因滅無異故依何而說彼遠此近據曾有說理亦不成隨一有時隨一無故無法無容說爲傳故由此亦破據當有說現在雖有未來無故非無所待可說有傳是故定知譬喻論者但爲誑惑迷眞理教無覺慧人輒有所釋上座徒黨有釋爲破無因常因有釋爲顯因果住生既斯二句經主已破故不重遣上座復言依此有彼有者依果有因有滅此生故彼生者恐疑果無因生是故復言由因生故果方得起非謂無因經主難言經義若爾應作是說依此有彼成無又應先言因生故果生已後乃可說依果有因成無如是次第方名善說若異此者欲辨緣起依何次第先說因滅故彼所釋非

此經義如是上座凡有所言親教門人及同見者尚不承信況隨聖教順正理人可能忍受東方貴此實謂奇哉經主何緣但言彼釋非此經義我今說彼上座所言全無義理諸有唯說前生爲因及唯現世有體論者曾無果有因方有滅以果有時因已無故於果起位因可有滅故因滅時果猶未有若果有位因方有滅許因猶有便壞剎那又果有時因方許滅則成因果俱時有過以果有時因未無故果於爾時亦有滅故又若爾者應不致疑果無因生俱現有故謂果有位因方有滅果現從彼未無因生如何有疑果無因起則不應復說因生故果生若彼救言我意不說果有位因方滅我意但言要果有位因方有滅是於果有時因方有無義設許如是亦不應疑謂果有時因方非有是則已顯因先非無何容復疑果無因起又餘處說依種等有芽等得有此有何義若即有彼義便失自宗若別有餘義何緣定執未來名有許非即彼義過去名有許即彼義耶又無體法不應說有思涅槃中已具遮遣又果未有應立有名由因已無仍名有故由此義故依此有彼有言義便不定然不許爾是故應知上座所言全無義理然彼經主差別遮言非此經義無異有說此石女兒非極勇健又經主述自軌範師釋二句義顯已仁孝彼雖有失而不彰顯師資之道理固應然我於彼師無所承稟設爲彈斥無虧大望故我於此如實顯非謂彼諸師釋此二句爲顯因果不斷及生謂依無明不斷諸行不斷即由無明生故諸行得

生如是展轉皆應廣說此釋不然經義若爾即亦應說行緣無明亦依行不斷無明不斷以行與無明同對治故非取斷位而可說言愛猶不斷同對治故若謂此就現行斷說則後生言應成無用曾無有一無明現行而不名生何須重說故知經主所稟諸師於諸法相未爲明達對法諸師釋此二句諸有支起必由二因俱生前生有差别故或有但以有體爲因或有爲因有之差别先爲標此二種因故說依此有彼有及此生故彼生後爲釋此二種因故說謂無明緣行乃至生緣老死或此二句義雖無别而緣起支略有二種謂前後際因果不同略標前際故說依此有彼有略標後際故說此生故彼生由此前際定說已有現有謂依此有彼有因果如次在過現故若於後際定說現生當生謂此生故彼生因果如次在現未故前際中果有義已圓故說爲有後際中果有義未滿故說爲生果正所求故隨果說或依二諦釋此二言二諦即是世俗勝義依多立一名世俗諦安立界體名勝義諦前諦隨順世間言說後諦隨順賢聖言說世俗諦法得有名生失有名滅勝義諦法用起名生用息名滅言得有者謂假所依衆緣和集合立一有言用起者謂諸實物衆緣合時引果用起唯現有論亦定應許如是所說二種有義若不許此應捨契經依此有彼有者是假所依有假便得有義此意說假是有非生即所依緣和合立故何緣證知如契經說

如即攬衆分　假想說爲車　世俗說有情

應知攬諸蘊
貪等煩惱多緣假生方能爲因生後有識依正理說必應如是此生故彼生者是因實界生實界得生義此意說實衆緣力故令起作用是生非有何緣證知如契經說二因二緣能生正見此生故者過去現在諸緣生故言彼生者未來果生雖於未來亦有緣義約分位故但說已生或依此有彼有者是依前生因有現生果有義言此生故彼生者是現生果生故後生因生義此中意顯現生生故遮餘對治生後有因復依現生因有後生果得有由後生果生故後後因得生如是有輪旋環無始有餘師釋如是二言爲於緣起知決定故如餘處說依無明有諸行得有非離無明可有諸行由如是理唯有四句若異此者應成多句謂依此有彼有彼非有及此生故彼生彼不生如是便成六句差別如依燈有燈光有闇非有及燈生故燈光生闇不生此不應然燈有闇滅無有因果相應理故法有我無定無因果相應理故本無迷執爲顯因果相應理故說此契經諸句差別非有與無有因果義如是所標應成無用如後別釋前應總標後釋既無前標何用是故應如前釋爲善此中唯辨因果相故執過四句理不應然謂依燈有闇非有依燈非有闇便有如是所說非因果相若必爾者句應成八齊爾所方能圓顯生滅故由前四句圓顯於生由後四句圓顯於滅若爾句別但應成四謂依此有彼有及依此無彼無爾所便能圓顯義故不爾唯此未說生故已說有言意唯詮有故

說依此有彼有未說此生故彼生非諸有法必有生故本無今有前已數徧故如所言定爲無義若謂說在勝義空經因餘義門我當會釋前說三際立十二支謂無明行乃至廣說此中何法名爲無明乃至何法名爲老死

頌曰

宿惑位無明　宿諸業名行　識正結生蘊
六處前名色　從生眼等根　三和前六處
於三受因異　未了知名觸　在婬愛前受
貪資具婬愛　爲得諸境界　徧馳求名取
有謂正能造　牽當有果業　結當有名生
至當受老死

論曰於宿生中諸煩惱位至今果熟總謂無明何故無明聲總說煩惱與牽後有行爲定因故業由惑發能牽後有無惑有業後有無故非牽後有諸行生時貪等於中皆有作用彼行起位定賴無明故無明聲總說煩惱若爾何故唯前生惑總謂無明此生不爾唯前生惑似無明故貪等煩惱未得果時勢力無虧說爲明利若得果已取與用虧不名明利無明勢力設未虧損亦非明利彼現行時亦難知故前生諸惑至於今生已得果故勢力虧損其相不明似無明品故唯前世惑可說無明聲非於行中亦應同此說假立名想唯於同類故然經主說彼與無明俱時行故由無明力彼現行故如說王行非無導從王俱勝故總謂王行未了此中俱時行義爲諸煩惱隨從無明爲說無明隨從煩惱若取前義理必不然餘惑相應無明劣故勝隨從劣理必不成若取後義應無明體從彼爲名隨從

彼故非不隨從此可從此爲名若謂此彼互相隨從無差别故非決定因而偏立名豈令生喜又由無明力彼現行故者爲約能轉無明而説爲約隨轉無明而説如是二途並皆非理無明亦隨貪等轉故與餘相應非自在故非不自在可説力强但應説無明由貪等力起於彼相應品貪等力强故如不可説導從勝王如何説貪等由無明力起是故二因皆無證力唯前所説其理爲勝於宿生中福等業位至今果熟總立行名初句位言流至老死福等諸業隨經主意辨業品中當廣思擇此中應辨何緣宿生如是類業獨名爲行名隨義故其義云何謂依衆緣和合已起或展轉力和合已生又能爲緣已令果和合或此和合已能爲果緣是謂行名所隨實義宿

生中業果今熟者行相圓滿獨立行名由此已遮當生果業以彼業果仍未熟故相未圓滿不立行名豈不一切已與自果異熟因體皆具此相則應一切皆立行名此體是何謂諸非業及業前生已得果者雖有此理而就勝説業爲異熟因牽果最勝故生現在果業麤顯易知故因此能信知生過去果業是故唯此獨立行名雖一切因已與果者總應名行然此唯説能招後有諸異熟因故無行名不徧相失是故成就唯宿生中感此生業獨名爲行於母胎等正結生時一刹那位五藴名識此刹那中識最勝故此唯意識於此位中五識生緣猶未具故識是何義謂能了者前於思擇識藴性中已述餘師假説了者今爲遮遣上座所執顯自所立應復尋思彼上

座言契經中說識是了者此非勝義是世俗說若是了者是識亦應說爲非識謂若能了說名爲識不能了時應成非識不應非識可立識名上座此中說何位識爲不能了若說未生已滅位識便似空華非彼所宗此位有識如何可說若是了者是識亦應說爲非識亦不可說於現在時具有能了不能了識以現在識必了境故更無第四識位可得如何可說不能了時應成非識又彼所宗非識說識識說非識無法非識說爲識故現在是了說不了故而上座言不應非識立識名者翻成自咎諸說去來實有識者非不了位便成非識定是能了識性類故今此義中不言了位方名爲識但作是說衆緣合時唯識能了如是應說非要取像方名爲想非要觀察方名爲慧餘例應知如世二師不作瓶等亦名彼匠若遇彼緣唯此能造瓶等物故若謂作者體實都無則亦應無能了等用若謂亦無能了等用應無識等功能差別此若亦無何有識等識等無者便濫空華無聖教說識非了者然爲遮我是了者計故世尊告頗勒具那我終不說有能了者此不說言表不顯義意爲遮有自在無緣不依他成我爲了者故彼經說設有來問識是何緣乃至廣說此問了者與何爲緣若此經中問如是義何不正說與彼爲緣但言若得此問我當作如是答乃至即當來後有生所起爲遮有我是了者計故不正說識是彼緣若作是說識是彼緣便謂世尊說我名識故先顯示識體是生後方說生必緣於有故次後問有是何緣復答

言乃至即當來生有此經不說前為現因但說現因能生當有由但顯後准知前故如不廣顯後果差别但顯前果後可准知何故世尊與生顯識顯識與生同一相故由同一相說有緣生即已顯成行緣識義故不别說識所從緣若爾如問識食何緣答此問中如何無過問何緣者問所從緣及問為緣雙答無失亦如有問觸復何緣答此問言六處緣觸觸復緣受若此偏問不應雙答若偏問雙答應問異答異是故所問識食何緣與問觸同雙答無過故先說識與餘為緣後說以餘為緣生識此中亦說生緣老死有為緣生顯識與生行支與有俱無異體故無有過或復此中亦正說識能為緣體言乃至故以乃至聲表分限義此中意說乃至即當來後有生所

起此識為緣若爾還成生他疑失不爾當說從緣生故知後當說此緣於有謂次後問有是何緣復答言乃至即當來生有有聲即表識所緣行何故此中唯行與識但以乃至分齊聲顯此意顯示能引後有能結後有俱一剎那故此經不遮識為能了者但為遮我為了者計如何知然餘經中說云何名識謂能了者又佛世尊遮别作者故知作者非一切無如何世尊遮别作者如世尊說有業有異熟作者不可得謂能捨此蘊及能續餘蘊唯除法假此既唯遮差别作者故餘作者應許非無為顯因果相續諸行即是作者故復說言依此有彼有此生故彼生雖有難言如一天授能造環釧未造造已及正造時體唯是一識亦應爾俱作者故此亦不然天授前後

體實非一妄謂一故無一天授其體是常雖實前後念念各異然由諸行前後相似微細差别其相難知故諸愚夫妄謂爲一如祠授行相同天授不知别者謂天授行故彼難中無同法喻故經說識是了者言但依勝義非約世俗而上座言此非勝義是世俗說定爲非理行名色二緣識何别此三緣識何處說耶行緣識者如契經中說行緣識名色緣識者如大緣起經佛告阿難陀識不依名色爲得住不不也世尊二緣識者如契經說緣二生識其二者何謂眼與色乃至意法無行名色緣識非二有二緣識非行名色謂唯結生識說行爲緣此由行勢力牽引生故此結生識唯一刹那即此亦名名色緣識由依名色得增長故又亦說此名二緣識意法爲勝而得生故六處等位唯二緣識豈不名色及二緣識亦行爲緣一切前生業異熟識或所餘識皆行爲緣而得生故雖有是理然識生中但說勝因以爲緣故如生眼識亦緣空等而但說言緣二生識謂續生位意識生時行爲勝因方得生起由先業力引至此位故但說此以行爲緣若至餘位則名色等亦得與識爲勝生緣豈不續生最初位識亦以中有爲勝生緣此難不然見離中有此續生識亦得生故非餘位識離名色等亦有得生是故唯於初結生位說行緣識有餘師說行緣識者謂初取時名色緣識者謂取已守護時二緣識者謂護已增長時或有說言行緣識者顯示宿業名色緣識者顯示次第二緣識者顯示所依境復有說者言行緣識顯一門轉名

色緣識顯二門轉彼位識亦依身根門轉故言二緣識顯六門轉如是等類有多差別又薄伽梵說二種識爲名色緣謂結生時識及本有時識故世尊告阿難陀言識若不入母胎中者此名色成羯剌藍不不也世尊乃至廣說世尊復告阿難陀言識入母胎復還捨離名色得生後名色不不也世尊乃至廣說此中義者若識不入母胎中生此識俱生所有名色應不能與羯剌藍位名色爲因設已入在母胎中生若遇礙緣而斷絕者羯剌藍位所有名色則不順生羯剌藍後所有名色是名色支不成就義世尊復告阿難陀言識在嬰孩或童子位便斷壞者名色必無增長廣大不應生有剎那無間名色位生可名嬰孩及童子位故此言識在本有時此等識言既無差別取何位識爲名色緣爲釋此疑故頌中說識正結生蘊以行爲緣故雖初位識能與俱起及無間生名色爲緣而此不取能爲俱起名色緣義由於此中但約分位辨緣起故結生剎那識及助伴總名爲識

阿毗達磨順正理論卷第二十五 說一切有部

音釋

羯剌藍 梵語也此云凝滑羯居竭切剌郎達切　嗢 烏骨切　邏 郎可切　軌範 軌居洧切法也範音犯規模也　虧 驅爲切　嬰孩 嬰於盈切孩戶來切始生小兒也

阿毗達磨順正理論卷第二十六

尊者眾賢造
唐三藏法師玄奘奉詔譯

辯緣起品第三之六

結生識後六處生前中間諸位總稱名色豈不已生身意二處應言此在四處生前大德邏摩率自意釋度名色已方立處名意體雖恒有非意處要是觸處方得處名滅盡定中意處不壞由斯亦許有意識生然闕餘緣故無有觸是故非識名色位中身意二根可得名處故說名色在六處前名色爲緣生於六處此唯率意妄設虛言都無正理及正教故謂無理教可以證成意法爲緣生於意識於中亦有不名三和或有三和而無有觸若謂此位有劣三和觸亦應然寧全非有彼宗許觸即三和故又彼亦許有處無觸由彼自說滅盡定中意處不壞而無有觸既爾於識名色位中何法壞心令非意處又彼執離根境識三有何別緣親能生觸而言闕故識有觸無非佛世尊曾有此說但如童豎自室戲言又說名色爲觸緣故如告慶喜若有問言觸有緣耶應答言有彼若復問此觸何緣應止答言所謂名色既爾豈不六處生前有名色故必應有觸是則無時意非意處若謂如是生觸名色非六處前名色支位如世尊告阿難陀言識在嬰孩及童子位便斷壞者名色必無增長廣大如是名色豈六處前故今觸緣即彼名色此救亦非理說識爲緣故謂能爲緣生觸名色世尊即說彼結生識爲緣如契經言識若不入母胎中者此名色成羯剌

藍不不也世尊乃至廣說次說名色與觸爲緣非此位中可得即說爲嬰孩等故不成救今此位中已有何色爲緣生觸而言此位名色爲緣生於觸耶有說此位唯名生觸約位總說名色爲緣有言此約名色滿位身觸爲緣能生身識故說名色與觸爲緣今謂此中名色緣觸就位總說言具二緣若别說緣或名或二或即六處爲緣生觸故說名色與觸爲緣然名色位非無有觸以許此中有意識故曾無處說離根境等别有觸緣而說此中有識無觸有言無理又彼所說意體雖恒有非意處此何所表若是處體而不施設此何所以竟不說因又言觸處方立處名許是處體此言便壞若非處體便違契經一切法者謂十二處然佛世尊處處顯示離十二處無别有法亦不可說於諸法中有非處體而處所攝雖一極微不能生觸而無現在唯一極微非五識身所依緣者亦是處體得彼相故是故所說意體雖恒有非意處非應理說若爾何故不作是言四處生前說爲名色識名色位用減劣故謂二位中諸内處體用猶減劣不立處名若此位中處用圓勝即於此位可立處名或位不同體有異故謂六處位所得意身用勝體圓非前所得如是六處名色爲緣故說名色緣生六處或此位方得全分現行故謂要支開位方得男女根爾時諸識身乃容皆現起故身意處六處位中體用現行方得全分由斯故說六處生前是名色位此說爲善餘廣分别此名色支於此後文當更顯示即此名色爲緣所生具眼等根未三

和合中間諸蘊説名六處謂名色後六處已生乃至根境識未具和合位下中中上品次第漸增於此位中總名六處豈於此位諸識不生而得説三未具和合且無一位意識不生名色位中身識亦起況六處位言無三和所餘識身亦容得起然非恒勝故未立三和名於此位中唯六處勝故約六處以標位別既許六處緣名色生一念名色後即應立六處如一念識後即立名色支此責不然六處要待名色成熟方得生故何法説爲名色成熟無別有法然名色位下中品時未能爲緣引生六處要增上位方能爲緣引生六處即名成熟要待名色熟六處方生如因種轉變芽方得起或非離名色六處可得生如要依雲方得降雨若爾六處非名色生如何可説言名色緣六處諸爲緣者謂有助能未必親生方成緣義如果雖爲引業所牽滿業若無果終不起如是六處雖業所招無名色緣必無起義即先行業所招六處要由名色緣助乃生同一相續勢力引故雖名色爲緣亦生色等而即初念識滋潤所生故不説彼緣名色起又彼色等通情非情今此雖明有情緣起故唯説名色爲緣生六處或先已辯識緣名色即已總説緣生色等今名色後色等與前更有何殊義用可得而須説彼從名色生故如本文所説無失此中上座欲令眼等唯有世俗和合用故作如是説眼等五根唯世俗有乃至廣説如是所欲於理匪宜救療彼方如初品説有少差別今應更辯謂上座言五根所發識唯緣世俗有無分別故猶如明鏡

照衆色像即由此理識不任依如佛世尊言依智不依識意識通緣世俗勝義故體兼有依及非依此亦不然智應同故若眼等識緣世俗故無分別故不任依者智亦應然豈唯依性謂彼說智是思差別依五根門亦有智起彼緣世俗無分別故亦應同識不任爲依若謂智生有緣勝義及有分別識亦應然謂有意識能緣勝義有分別故亦任爲依若智唯由意所引起亦不應說唯智是依以許意識通緣二故及許體兼依非依故由此如意識智亦通非依意識應如智亦有任依者又無漏智亦應非依以於多法一行轉故無分別故上座意許如是法智不緣勝義故即於此說如是言多分有情所起諸智於多法上一相智生謂於多法取一合相此智難成緣勝義起若謂此智雖緣多法生而不於諸法取一合相眼等諸識應亦許然謂彼雖緣多法爲境起無分別故不取一合相如是應許五識唯依意識貫通依非依性有取一合相有緣勝義故曾無處說意識是依上座或時說爲依性是則上座於經義中進退躊躇不能定顯設復定顯便違理教故上座意不任爲依餘處別當辯此經義恐文煩重故應且止但應思擇此正所明上座此中廣爲方便立無境識此於第五隨眠品中當廣遮遣應知如是辯六處中亦可徧推彼諸妄計薄伽梵說根境識三具和合時說名爲觸謂未能了三受因異但具三和彼位名觸觸差別義後當廣辯已了三受因差別相未起婬貪此位名受謂已能了苦樂等緣婬愛未行說名

受位受差別義後當廣辯貪妙資具婬愛現行未廣追求此位名愛妙資具者謂妙資財貪此及婬總名爲愛廣辯愛義如隨眠品上座於此復作是說受望於愛非作生因若爾如何說受緣愛受爲境故說爲愛緣謂諸愛生緣受爲境故契經說若有於受不如實知是集没味過患出離彼於受喜即名爲取云何知此契經中說愛緣受生豈不所言彼於受喜即是緣受生喜愛義此非誠證於因義中亦可得說第七聲故謂因於受喜愛得生是依受因生喜愛義由此故說受爲愛緣若不爾者要愛生已方有所緣非愛未生可能緣受未有體故既餘緣力愛體已生如何復言受緣生愛若餘緣力愛體已生受爲所緣亦名緣者如是便有太過之失謂受有時緣愛爲境亦應說受以愛爲緣又愛有時緣觸爲境亦應說觸爲緣生愛又無漏智亦緣愛爲境亦應說此愛爲緣故生設許此經約緣受境說於受喜何緣知說受緣愛者非謂生因上座所宗亦許一切所說緣起皆據生因如何此中撥生因義故彼論說緣起爲繩繫縛有情令住生死若能徧知受名爲斷繩若緣受愛生即名爲縛說所緣受爲令徧知爲愛即能徧知於受而言說受爲令徧知不爾云何謂徧知智知受集等智所知受即愛所緣無有定因證能治境即是所治愛等所緣故不應言愛緣受起說所緣受爲令徧知設爲令徧知說愛所緣受許所緣受爲愛生因於理何違固爲非撥非許意識以意爲所緣便撥意根爲因生識義又彼上座於自論中

數處有言因受生愛謂有無明受能爲愛緣無明觸生受爲緣生愛又說愛是果必以受爲因由說果名知有因故又說無明助受能爲愛生因故如是所說存前違後存後違前前後二言互相違害不觀理趣率爾發言故彼所言不可依信尊者世親作如是釋彼於愛喜即名取者愛攝在取中故經不別說上座於此妄撥言非因果二門理應別故謂愛與取因果性殊以愛爲因生取果故如彼尊者說愛爲因還能生愛有何別失理必不然說異相故謂於緣起中說異相因果爲辯生死相續次第不可言愛攝在取中若也愛生還因於愛如是展轉便致無窮何所徧知令愛止息即應生死無斷絕期如是所言皆不應理自宗許觸即是觸因和合性故非彼許觸與觸所因有別異相或應許觸離因而有若彼意許觸與觸因雖無異相而有因果愛取亦然何容非斥若言假實相有異者理亦不然非如受等類有別故謂彼宗觸離觸所因非如受等體類有別如何可言其相有異非諸假法離假所依別有相體依何辯異或如六處與觸爲緣非許爲緣唯望自類望自他類皆許爲緣然於此中非無因果如是說愛與取爲緣亦應許非唯望自類望自他類皆得爲緣而於此中非無因果又如六處名色爲緣雖無相別而有因果亦如名色用識爲緣識體即在名中所攝前識後識雖無相異而識名色非無因果從愛生取類亦應然故緣起中相雖無別亦有因果由此說取即攝於愛亦無有失所言因果其相定異如是

言義無理證成爲辯生死相續次第必說因果其相有殊非相無別有何因證若謂因果相若無別則所化生難知故者亦不成證所以者何愛取義名有差別故如識等名義與名色等別旣不說愛即爲愛因如何可言二愛因果別難知故生死相續次第難知分明說愛能生取果如是因果別豈難知如彼宗說名色因識六處因名色觸因六處非難了知又佛世尊親演說故謂契經說若於受喜即名爲取取爲有緣乃至廣說故取攝愛其理極成上座復言此經非了義或誦者失別說對治故彼謂此經非了義攝世尊爲令速斷滅故於取因上假說取聲或應誦言若於受喜便能生取所以者何餘處別說彼對治故以契經言若能滅此於諸受喜以喜滅故取亦隨滅悲哉東土聖教無依如是不知了不了義仍隨自樂決判衆經爲立已宗緣受生愛及破他立取攝愛言眞了義經判爲不了實可依者執作非依非了義經可名不了勿不了義名了義經若爾總無可依聖教唯有無義不可依言是則便成壞聖法者若取因愛攝在取中如取蘊因攝在取蘊如是取體及與取因二種皆以取聲而說於今速斷彌是勝緣何所乖違判非了義又彼不可改本誦言於教義中無勝用故非本所誦於聖教中義有所闕何煩輒改又彼所引證此契經非了義言亦非誠證謂因愛滅果愛及餘亦隨滅故薄伽梵說若能滅此於諸愛喜以喜滅故取亦隨滅爲顯一因有多果故又何不信如是契經由此經說喜即名取故餘經

言以喜滅故取亦隨滅世尊爲顯取所攝喜即是取因故作是說若作是說彌令速斷以於取中攝多過故又若餘處分明顯說愛之與取若然異類可判此經喜即名取爲不了義然無是說仍有餘經判愛即取謂世尊說我當爲汝說順取法及諸取體廣說乃至云何爲取體謂此中欲貪上座自言若薄伽梵自標自釋是了義經不可判斯爲不了義又薄伽梵告諸苾芻取非即五蘊亦非離五蘊然取即是此中欲貪是故此經言喜即取無容判是不了義經又取攝愛理定應爾以諸煩惱皆業因故如前際惑皆謂無明故契經言取緣有者是因煩惱發諸業義愛於發業是最勝因攝在取中爲緣發有於理何失而不信依如前際緣起說無明緣行一切煩惱皆能發業是業因故皆謂無明故後際中能發業惑皆取所攝其理極成又彼所言愛還因愛如是展轉便致無窮理實無窮於宗何失謂許後愛因前愛生前愛復因前前愛起因無始故理實無窮此於我宗是得非失又彼所說何所徧知令愛息者徧知自性故及徧知因故能令愛息如是愛因略有二種一異類謂受二同類謂愛有何因證令愛止息唯由徧知異類因愛非由徧知同類因愛縱許愛息唯由徧知異類因愛豈能違愛攝在取中故說愛因亦取中攝理無傾動爲得種種可意境界周徧馳求此位名取取有四種謂欲及見戒禁我語取差別故以能取故說名爲取即諸煩惱作相想業謂欲界繫煩惱隨煩惱除見名欲取如馬等車三界四見名

爲見取彼戒禁取名戒禁取色無色界繫煩惱隨煩惱唯除五見名我語取如是諸取隨眠品中當廣分別唯與上座決擇相應此中略辯不立無明爲別取者自力無明不猛利故非解性故相應無明他煩惱力令能取故由斯義故不別立取離餘見立戒禁取者於能集業力最勝故由斯故說一戒禁取於集業門力齊四見由此一見令業熾然乖違聖道遠離解脫故戒禁取別立取名以諸取名表依執義雖煩惱類皆爲依執而此二取依執義勝故唯此二俱得取名以二於他最堅執故然於此二戒禁取强如所蔽執熾然行故由是離餘別立爲取四見皆以慧爲性故對餘煩惱依執義强攝四箇餘立爲見取諸餘煩惱定不定地有差別故不善無記因差別故立餘二取我語之取名我語取是於我語能執取義此有我語說爲我語是於此中有我語義此體是何謂有情數諸法聚集於此我語有能執著名我語取若爾一切煩惱皆應名我語取我宗許貪爲難唐捐何故少分說我語取爲欲成立一切煩惱皆我語取故說別名謂以別名說餘三取顯我語取是立總名如色處界及如行蘊法念住等於聖教中多見此例爲總攝餘所應說義故於少分安立總名如初力無畏及法處界等復有異門釋我語取謂依此故能引我言此即我見名爲我語色無色纏貪慢疑等能令我見增長堅多朋我語故名我語取是令我語能堅執義或取能令我語盛義非欲貪等亦得此名唯定地惑能於我語極增盛中爲近因

故非散地惑朋助我見令其增盛如定地惑欲界有情多遊外境令心散動故此地惑非令内緣我執增盛是故不說爲我語取於此對法所立理中寡學上座謬興彈斥如是所說理不相應聖教曾無如是說故謂曾無有少聖教中以我語聲說上二界或彼所繫我見煩惱及以取聲說彼餘惑又前後說自相違故謂對法中自作是說出家外道於長夜中執我有情命者生者及養育者補特伽羅彼尚不能記別無我況能施設斷我語取上座於此畢竟無能顯對法宗違於法性但如歌末無義餘聲言聖教曾無如是說故者且問上座聖教是何於三藏中曾未聞有佛以法印決定印言齊爾所來名爲聖教若謂聖教是佛所言寧知此言非佛所說未見有一於佛所言能決定知量邊際故謂曾未見有於佛語能達其邊如何定言對法宗義非聖教說上座於此乍可斥言此所釋理違於法性不應總撥聖教中無世尊每言諸有所說順法性理堪爲定量如契經說隨順契經顯毗奈耶不違法性如是所說方可爲依阿毗達磨既名總攝不違一切聖教理言故所釋理無違法性然佛世尊亦甞稱讚非契佛意符正理言如契經言汝等所說雖非我本意而所說皆善符正理故皆可受持若聖教中現無說處言非量者有太過失謂聖教中何處顯了定說樹等皆無有命定說諸行皆剎那滅定說瓶等非别實有定說過去非未來爲因定說有情非本無今有又佛世尊曾於何處定釋密說殺父等言謂有漏業名爲父

等又自所執舊隨界等佛於何處曾說此言設爲證成引相似教非正顯故可作餘釋由是所言無經說故便非有者非決定因又阿難陀尚不應說如是釋理全無說處況彼上座於聖教中少分受持便應定判故嗢怛羅契經中說天帝釋白嗢怛羅言我今徧觀贍部洲内諸佛弟子無能受持如是法門唯除大德是故大德應自正勤持此法門無令忘失世尊自說此法門故由是比知今亦無有於佛聖教能具受持佛初涅槃及正住世阿難陀等聞持海人尚不徧知佛語邊際況今得有能徧知人故上座說謂曾無有少聖教中以我語聲說上界等此欲顯已知聖教邊於自所知增益之甚然契經說取爲有緣一切煩惱皆能發業故取應攝一切煩惱應具

攝理已如前說此與理教無片相違故知經中定有說處是故憎背他宗善說苟欲成立自所宗承如是未爲順聖教理毀他成已豈曰仁師有智學徒皆依對法採正理食以增慧命飲濯如是善說清流諸所願求無不成辦自無淨信又闕多聞越路而行誹毀正法顯已有濫外道異生豈謂自彰禀賢聖法豈不此釋違於聖教如世尊告諸苾芻言汝等昔時執我語取爲常恒住不變易法謂正住耶實爾世尊乃至廣說此中意說於内法中執取爲我名我語取故對法釋違此契經此亦不然迷經義故且應審察爲依我見問諸苾芻汝等昔時執我語取爲常恒等爲依所取我語事耶我見且無常恒等相亦無有執謂常恒等如何世尊問苾芻衆汝等昔時執

我語取爲常恒等謂正住耶苾芻云何答言實爾故應但約所執取事爲常等問此意假說所取我語名我語取或應誦言汝等昔時由我語取執常恒等謂正住耶或復應言汝等昔時執我語體爲常恒住乃至廣說雖爲此釋非意所存理實但應所取名取若謂此釋理不應然於能作用中多置屢吒故如是所引理不定然於業差別中亦有屢吒故如是經義證對法宗釋我語取義更明了謂我語者是說我言世若於中說此爲我此有我語得我語名我語能爲取依著處故亦得說爲我語取此體是何謂五取蘊世於取蘊起我有情命者等想故契經說諸有沙門或婆羅門乃至廣說此意則說汝等昔時執五取蘊爲常恒住乃至廣說故所引經所說取義不能決定證彼所執亦不能遮諸對法者如前所辯我語取相然彼具壽引此契經但能顯已誦文迷義言前後說自相違者此宗前後都不相違於對法文不了義意隨已謬解謂有相違由彼出家諸外道類不了取義唯聞取名但隨取名自稱我等說斷三取唯除第四所以者何彼諸外道謂我語取即所取我然彼計我是常恒住不變易法體不可斷又於我斷彼生大怖故不施設斷我語取此意說言彼若真實善解取義於我語取亦應施設能斷少分以於取義不善了知唯聞取名妄推實義故除第四言唯斷三亦如今時一譬喻者不應立義而强立之應立義中而倒不立又彼依自所執取門施設斷三非我語取然彼所執取體不同且欲取中有言體

是諸妙欲境有謂婬貪他宗戒禁名戒禁取他宗諸見名爲見取於我見中執爲正智故不違立我語取名故說斷三非我語取故諸外道有作是言如彼大師可敬可愛我師亦爾如彼大師於法究竟我師亦爾如彼法侶互相敬愛我等亦爾如彼於戒圓滿護持我等亦爾如彼施設能斷諸取我等亦爾彼與我等有何差別故我宗義前後無違上座如何安立諸取彼言欲取於契經中世尊分明親自開示如有請問欲者謂何世尊答言謂五妙欲然非妙欲即是欲體此中欲貪說名爲欲又世尊勸依了義經此了義經不應異釋我今於此見如是意謂由愛力五妙欲中欲貪生故而有所取是名欲取經與彼義都不相應謂此經中都不依彼所執欲取而與問答又經所說亦不乖違我對法宗所說欲義我等亦說五妙欲中所有欲貪是眞欲故又彼引此竟何所成世尊於此中非辯欲取故又此所引非了義經復應觀察別意趣故謂經後句世尊自遮言非妙欲即是欲體有何密意於前句中正答問言謂五妙欲若更有別意而名了義經更無別意者應名不了義則了不了義應無定建立又何意說五妙欲中欲貪生故而有所取是名欲取爲執欲貪爲執妙欲名爲欲取除此二種更作餘執則無所依且彼所宗取不攝愛不應欲取體是欲貪或彼前後自相違害若執妙欲名欲取者豈非煩惱能爲業因又取不應緣愛而起唯應許愛緣取而生彼上座言取非二種但於妙欲欲貪生故執而不捨說名欲取巧

爲如是響像言詞惑亂東方愚信族類何名爲執何名不捨豈不於彼五妙欲中有欲貪生即名爲執耽著不棄即名不捨故先説彼不應立義而强立之應立義中而倒不立言成無謬或彼應辯執不捨相非即前二而名欲取彼言見取即是五見謂愛力故執而不捨故契經説由有彼故應知是諸沙門梵志成不聰叡墮無明趣愛廣滋長彼謂諸見由愛勢力種種熾盛名廣滋長如是所説前後相違不了經義引之無益如何彼説前後相違謂能執故説名爲執如是執體即是五見彼即不棄故名不捨是謂後言違於前説謂彼前説於内法中執取爲我名我語取或我語取見取所收無別性故應唯三取理不應許取體相雜如何説彼不了經義謂經但言愛廣滋長如何知説見由愛力種種熾盛名廣滋長非由見力愛滋長耶我於此中見如是義謂由見力愛廣滋長由彼經言沙門梵志依前際執説常住論言我世間皆悉是常於四事中而興諍論由有彼故應知是諸沙門梵志成不聰叡墮無明趣愛廣滋長此中意説愛由見力而廣滋長非見由愛此分明説愛廣滋長如何翻謂見滋長耶如何此經引之無益謂縱如彼釋引之何所成非由此能成彼見取豈由此故便能證成離彼諸見外有執而不捨然執不捨即是諸見故所引經於彼無益彼言此中戒禁取者非五見中戒禁取攝然即戒禁其體是何謂有外道由愛力故受持牛鹿猪狗戒禁願我由斯持戒禁力當受快樂或當永斷觀察爲先所起執

見是五見中戒禁取攝希欲爲先所受戒禁是四取中戒禁取攝故此與彼取體不同如是立中有二種失取體支體俱雜亂故且無有一但希求果受持戒禁非見爲先要見爲先方希求故設許彼說希欲爲先所受戒禁非五見中戒禁取攝則定應許觀察爲先所受戒禁是五見中戒禁取攝此戒禁取於四取中爲是見取爲戒禁取隨許是一取應雜亂或違先許彼先許言希欲爲先所受戒禁是四取中戒禁取攝非五見中戒禁取攝無如是失以能執見是四取中見取所攝所執戒禁是四取中戒禁取攝此救非理四見亦應如戒禁取而建立故謂餘四見亦應能執是四取中見取所攝所執境界別立餘取又應欲貪立爲欲取所貪境界別立餘取此彼差別無定因故是則諸取數應不定如對法宗於五見内獨立一見名戒禁取我宗亦然强者別立若爾應唯四見立一如戒禁取欲貪與境應立別取何理能遮故彼所宗非善立取又諸有支體應雜亂謂取支中有有支故以契經說告阿難陀能感當來後有諸業應知即是此中有支又業爲生因餘契經說故所受戒禁是有是業後有即生應如前際則當生有應取爲緣上座救言此後所起方名爲有用取爲緣此救不然有業非有即此種類有業是有此必應遭外道所懸又應說愛與有爲緣彼許有戒禁從希欲生故由此定知越對法理必無於取無過安立今應思擇應諸煩惱皆是取緣展轉相因諸惑生故何故但說愛爲取緣不可取緣說餘煩惱夫

取緣若謂能爲緣令取體生不捨所取愛望於取具有二能餘惑但能令取體起故唯說愛能爲取緣上座釋言所以不說餘煩惱者理無有故謂若離愛現在前行我語等取終不行故未了彼言何意故說若遮諸惑展轉力生是則應違聖教正理故契經說佛告苾芻愛由愛生愛復生恚恚由恚起恚復生愛如是亦說取爲愛緣又契經說愛用無明爲集爲因爲生爲類前已成立無明是取故亦應說愛用取爲緣但由前說因是故不說理亦應爾慢起無間遇恚生緣然恚不生反生於愛斯有何理愛恚生緣定有差別由是證知愛亦緣餘惑生故非取生但緣於愛而偏說者由具二能上座此中妄釋經義謂非離愛恚得現行未審此言欲詮何義豈不愛恚不俱起故必應離愛恚得現行若謂恚行必由前愛是經義者此但虛言以契經言恚由恚起恚復生愛故但虛言由是所言理無有故愛必非賴餘煩惱生取但因愛理不成立是故對法所說取支總攝諸惑其理爲善

阿毗達磨順正理論卷第二十六　說一切有部

音釋

療　力照切治也　躊躇　躊除留切躇陳如切躊躇猶豫也　苕　田聊切

濯　直角切　魅　明祕切精怪也　繩繫　繩食陵切　闕　去月切

阿毗達磨順正理論卷第二十七

尊者衆賢造

唐三藏法師玄奘奉　詔譯

辯縁起品第三之七

如是所成取為縁故馳求種種可意境時必定牽生招當有業謂由愛力取增盛時種種馳求善不善境爲得彼故積集衆多能招後有淨不淨業此業生位總名有支應知此中由此依此能有當果故立有名上座釋言有謂有性故世尊說有謂當來後有生起有性即是當來世中果生起義如是所釋理教相違有應與生無差別故當果生起體即生支則縁起支便應數減若謂現業是有因故假立有名亦不應理業體即是現有性故業是現有性能爲當有因故不可但言有因故名有自性是有寧假立名如業有爲因感異熟有此果有豈假因有爲名設許假立名非失有自體能有所有俱有性故爲證彼義不應引此經由此經文有異誦者故云何異誦如有誦言有謂能令後有生起設如彼誦理亦無違此於因中說果名故由有體是當有起因假說當來後有生起爲顯此義故世尊說取縁有已次爲顯有是生縁故說此契經又有於生爲因最近故契經說業爲生因爲顯業有是生近因故於業有因上假說果名此事必然故後總結言取縁有有縁生故又餘經說佛告慶喜招後有業此中名有是故上座所引契經於自釋有不堪爲證唯對法者所釋有名符理順經最爲殊勝有有二種謂業異熟今於此中唯取業有辯當生果近因

性故如前異誦契經中言有謂能令後有生起即如前際業説行支今後際中業名爲有此顯生死前後際同感業爲因招異熟果土座妄執此有支名總攝一切有經不別説故謂佛總説有略有三故知有支攝一切有若不爾者世尊但應説此爲行或説爲業復有經證如契經言有謂當來後有生起又世尊告阿難陀言有略有三欲色無色又世尊告阿難陀言業感當來後有名有又契經説諸有若無頗有有不乃至廣説故取能作業有生因業爲有助令生有起是爲略述上座所宗如是所言皆非善説雖不别説然應別解如説識等緣名色等雖於此中總説三界所有緣起而許依容有説識緣名色名色緣六處如是此中雖不別説而應別解謂三界繫業説三界有名如是有何過若異此者應攝非情謂彼自言若於此法欲色無色貪等隨增此法如應名三界有非情諸法亦欲色界貪等隨增以於此中不別説故亦應攝彼而彼不許故非總攝若謂此中依無明等有情説故雖總説有而不可謂亦攝非情豈不此中但依流轉還滅次第及依感業爲因感生次第説故雖總説有而隨所應但依不善善有漏業説爲欲色無色三有若此有體如彼行支何不如彼以行名説前於思擇行名義中已辯餘無所隨義故何不名業爲欲顯此感後有因是業差別非一切業皆後有因故立有名不説爲業又業名有聖教極成如七有經説爲業有故彼所説不別説故知有支名攝諸有者違理教故非爲善説彼所引經

應正詳辯且初所引頗勒具那契經中說有謂當來後有生起此前已釋謂此經文有異誦故及於因中說果名故又彼所引三有契經亦不相違總問答故非我等說一切取蘊不皆名有但有支内業有勝故唯業得名然彼阿難陀總問諸有不問有支故佛還總答故彼所引非證有支通以三界諸有爲體又彼所引二有契經亦不相違以總說故謂於業有異熟有中總說有聲俱有性故前三界有總以有聲說三界繫一切業果今此爲顯因果差別業與異熟說爲別有或三界有以一有聲說無量門諸有漏法今此但說感當來業及後有果總名爲有或此經說業感當來後有名有此經正辯感後有業名爲有支如何引之證通名有故此文後復作是言若欲界繫業有無者頗得施設欲界有耶不也世尊乃至廣說此顯要有業有方有異熟有義即正說有緣生謂當生位已有身根命根異熟說名後有如是即以有聲說生非業俱行異熟名有此於後有無感用故如是聖教順對法宗如何引之證成彼義又彼所引大緣起經諸有若無頗有有等亦不違義故復引來此中世尊爲辯行有取果與果功能時別言諸有若無頗有有不者寄問欲顯業取果時謂若此時無現業有必無能引當生有義於此文後復作是言諸有若無頗有生不此寄問顯業與果時謂若過去業有無者必無生有令正起義或此後文意顯業有雖取果已要未斷滅方有與生令正起義若無過去業雖未斷已滅無體何能與生而令契經

作如是說若謂猶有舊隨界故此但有言無作因理故此一分經義有別非證要有現在業有方令現在果有亦有現業俱有非現業果如何無業彼有便無故此經非證有支通攝有此中業有是能有若異熟有是所有如是所有即是當來業果生中之差別義此中正說能有爲有已具成立如前行支然彼復說故取能作業有生因業爲有助令生有起此非諦說唯取諸業爲此有支已於上文數成立故契經唯說取緣有故唯許業有取爲緣故豈不上座於此義中已立有支唯是業有不說取緣異熟有故由此所說業爲有助令生有起但如童豎自室戲言非佛說故業俱行有於後果生無感功能前已說故若謂業有由異熟有助其力故爲生有因是則彼

宗生無色界業有起位都無異熟旣無助力應不招生若謂爾時有異熟界前已破故理亦不成設許業有由異熟有助其力故爲生有因是則有支唯是業有唯此業有用取爲緣能作生緣其義成立諸對法者亦許一分無明等位皆具五蘊然就勝者以立支名餘劣俱生但爲助伴故異熟有於有支中非立名依以非勝故又彼上座忿嫉纏心毀罵先賢辯取緣有唯顯業有以爲有支故自問言契經所說取緣有者何因故知即自答言以現見故謂今現見欲取爲因無量有情造種種業因戒禁取內外道人種種受持苦難行業因見等取毗婆沙師外道等人起諍論業此中彼自不說有支謂取爲緣業異熟有佛亦不說離業有支故彼所言總攝一切有爲

取緣有者前後相違不順聖言非佛弟子如斯顯說違理教言著違教理顛倒妄見執爲眞正異外道宗毗婆沙師言順教理所有見解符會理教撥爲邪妄同諸外道如是朋黨讃已毀他有智者聞深可嗤笑是故先說今於此中唯取業有辯當生果近因性故理善成立唯由業有從此命終復結當生非異熟故正結生有位即立爲生支如此生中行爲緣故初結生位名爲識支如是來生有爲緣故初結生位名爲生支此位此名正所須故謂於現世識用分明未來世中生用最顯隨自用顯立以支名或餘經中說生苦故爲造天趣後有業者令生猒捨故說爲生或顯後有業皆能招苦果爲令不造故說爲生由是餘經說生等苦畢竟寂滅名般涅槃我不說生名依不相應行是故上座所設難詞如在空閑獨爲哀泣又先思擇有爲相中已遣彼言故不重述此生支後至當受支中間諸位總名老死即如現在名色六處觸受四支於未來生如是四位名爲老死爲令猒捨次當有心以老死名顯當過患若今世識即未來生今識爲緣但生名色生應非徧爲生死緣或老死名非通四位故至當受名老死言應更思擇此無有失老死支名定通四位隨容有故說以生爲緣以一一支皆名老死故於老死位說有四支顯未來生亦如現在得有前後爲因果義如何知佛以老死聲總說當來名色等四佛於緣起後際果中已說一支唯餘四故如是正顯於三生中具十二支有輪無始過此更說則爲唐捐說十二支義圓

滿故若謂當果唯應説生於義已用説餘無用此亦非理若但説生後際果中未徧説故如過去世二支爲因招現在果已圓滿説如是現世三支爲因招未來果亦應具説爲顯後際如前際故若異此者敎成減失以不徧説後際果故或愚者聞毗瑟笯等説天世界若得往生彼唯有生無老無死聞已造集種種邪因如來説生皆有老死爲遮過彼求生方便故於當果不但説生彼上座言世尊非以老死聲説當來四支以老死名無差别故又契經説乃至死故彼言非理前已説故謂前已説後際果中已説一支唯餘四故四支雖别老死義通故以一名説四無失如是而説顯前後際因果相應不增不減若過四位立老死支所説便增無所詮故亦名爲減不

徧説故由是老死定攝四支乃至死言亦無有失前際業果死爲後邊非越四支别有老死後際業果理亦應然際除初位生餘名老死望終盡位説乃至言非謂先時不名老死又望定有説乃至言於生支後死定有故由是彼説不堪收採何故但以有爲相名説後際果不説前際現不現見有差别故謂前際果體及生等俱可現見舉體便知後際二種俱非現見雖顯彼過令猒息求如説苾芻色生住起應知即是苦生病住老死起義乃至廣説生與老死各説一支顯彼功能時分異故或佛於此縁起義中説世俗生等非就勝義説彼初起位總説名生終盡位中總説名死老非定有然順死故不别立支總名老死或蘊增位總説名生蘊減位中總名老死或

諸愚夫所欣樂事總名爲生即彼愚夫所猒離事總名老死故生與老死各別立一支豈不亦有死緣生何故唯說生緣死由決定故作如是說謂有死者非定有生諸有生者定有死故若爾有生非定有老由此中老據世俗故如何可說生緣老耶以若無生定無老故如無雲處則定無雨非此中生定從死有無間而起以有生支中有無間而得生故由此佛說有情緣起具十二支義善成立又諸緣起差別說四一者剎那二者遠續三者連縛四者分位有餘復說顯法功能此中剎那謂因與果俱時行世如契經說眼及色爲緣生於眼識等有餘師說一剎那中具十二支實有俱起如貪俱起發業心中癡謂無明思即是行於諸境事了別名識識俱三蘊總稱名色有色諸根說爲六處識相應觸名爲觸識相應受名爲受貪即是愛與此相應諸纏名取所發身語二業名有如是諸法起即名生熟變名老滅壞名死上座謂此非應理言一剎那中無因果故違聖教故了義說故謂俱生品因果定無俱生法中誰因誰果又此所說違於聖教如世尊告阿難陀言識若不入毋胎中者名色得成羯剌藍不行有三種於諸受喜說名爲取吾當爲汝說法增減趣苦集行趣苦滅行非此品類可有集沒但由掉舉無量過失魍魎所魅輕發此言又此契經是了義說世尊決定說此爲依由佛此中自解釋故此一類許非正所宗設是所宗難亦非理一念亦有緣起義故非專爲此而造論故已成立故種種故說契經說故非所許

故謂先已說非唯十二說名緣起眼色爲緣生眼識等是緣起故上座於斯豈不忍許又非爲立俱時因果說一剎那有緣起論但爲顯示法相應有謂前已說一剎那中具十二支實有俱起如是十二爲展轉力生爲前因力起別應思擇又已成立有俱有因後義相應當更分別又佛種種說緣起義不可信一而總撥餘以契經中或說十二或十一等如前已說一一支緣所說亦異謂或有說無明緣行或復有處說觸緣行如了達經或復有處說愛緣行如羯磨經或復有處說行緣識或有處說名色緣識或復有處說有緣識或有處說六處緣觸或有處說名色緣觸如大緣起契經中說或復有處說二緣觸如伽他說眼色二等或復有說三和緣觸或復有處說觸緣受或復有處說二緣受即上所引伽他中說或復有處說受緣愛或復有處說觸緣愛如了達經或有處說無明緣愛如羯磨經即彼契經說業緣眼餘經復說名色緣眼有餘經說大種緣眼諸如是等無量契經佛說緣起種種差別是故上座所引契經亦不違斯剎那緣起彼此所說理無違故又佛自說剎那緣起謂剎那頃多物相藉如契經說眼色爲緣生癡所生染濁作意此中所有癡即無明癡者希求即名爲愛愛者所發表即名業若於此中復說識等爲餘支體違何理教既無所違何不忍許又非我等許彼所引說緣起經是了義說非了義相次復當辯設許彼經是了義說亦不違害剎那緣起上座於此非理生嫌而作是說無量過失魍魎所

黰輕發此言今於此中依對法理略辯彼意彼前所說如貪俱起發業心中具十二支依何而說爲依發業因等起心爲依刹那等起心說若依發業因等起心瞋癡相應爲因等起亦應具足有十二支有瞋癡爲轉愛爲隨轉故不應但說貪俱起心若依刹那等起心說有愛爲轉何故不論有作是言依因等起以此於業是決定故非愛爲轉所發業中決定還用愛爲隨轉瞋癡等心亦容有故今謂此據刹那等起即由此理作如是言無身語業見所斷起非因等起心所發身語業離刹那等起而有未生故若異此者舉心起逆爾時則應得無間罪又因等起時有遠故非愛爲轉業決定生故此於業亦非決定由此定據刹那等起刹那緣起如是應知遠續緣起謂前後際有順後受及不定受業煩惱故無始輪轉如說有愛等本際不可知又應頌言我昔與汝等　涉生死長途　由不能如實見四聖諦故

連縛緣起謂同異類因果無間相屬而起如契經說無明爲因生於貪染明爲因故無貪染生又契經說從善無間染無記生或復翻此分位緣起謂三生中十二五蘊無間相續顯法功能謂如經說業爲生因愛爲起因如是等類功能差别於此五種緣起類中世尊說何頌曰

傳許約位說　從勝立支名

論曰對法諸師咸作是說佛依分位說諸緣起經主不信說傳許言若支支中皆具五蘊何緣但立無明等名以諸位中無明等勝故

就勝立無明等名謂若位中無明最勝此位五蘊總名無明乃至位中老死最勝此位五蘊總名老死故體雖總名別無失如是前位五蘊爲緣總能引生後位五蘊隨所應說一切上座於此妄彈斥言雖有無間生然無緣起理初結生有不應理故謂結生時所有五蘊於有情相續非並能爲緣契經但言識入胎故又失生惑業次第生理故謂從六處觸受次第起諸煩惱煩惱發業業復引生皆不成故又因差別應不成故謂說有情前後諸蘊皆總相望前爲後因則失立因差別道理雖有前後無間而生然非一切因能生一切果如色法起雖藉外緣然自種力無間引起諸心心所各別因生若許分位因應無別又於無學成過失故謂阿羅漢若於愛位或於取位得阿羅漢應無愛緣取及取緣有位又應愛等不數生故謂受爲緣數生於愛或受爲緣數生於取若許分位此不應成其位已過無重起故又緣起經是了義故謂此經義佛自決了前際無智等名爲無明福非福不動說名爲行六識身等名爲識等世尊恒勸依了義經是故於中不應異釋今謂上座所立諸因無一能遮分位緣起且初結生不應理者此非正因就勝說故謂初結生位識用最强故入母胎時偏說其識然非離受想等識可獨生相應俱有因中已廣成立故就勝說識入母胎此顯所依無能依必非有上座自說佛以識聲總說一切心心所法故識支通攝一切心心所如何廢忘今乃引經證結生時唯許有識又失生惑業次第生理者分

位緣起於此寧失謂如識位就勝爲名六處等位中六處等勝故於六處等位說六處等名如是六處觸受次第起諸煩惱煩惱發業業復引生此何所失若如經說而執義者定失如是次第生義謂非六處獨能生觸以說三和而有觸故觸既非有受從何生受因既無惑業寧起惑業無者生何所因復有餘經說觸生受應不唯觸爲受緣則失有支次第生理是故憎背分位有支言失生惑業次第生理者彼所說過自害彼宗又因差別應不成者理亦不然依分位說因差別理乃善成故謂非我等許從一切還生一切是差別因以諸位中許有少色於所餘色爲勝生因或有少色於心心所心心所法爲因亦然非我所宗說一切位色心心所皆爲勝因彼彼位生種種別故有位色勝有位心勝有位心所隨一爲勝由遇彼彼差別因緣如是如是差別生故唯許分位緣起理中得有如斯因果差別分明可見何乃撥無又於無學成過失者此無有失是所許故謂於愛位或於取位得阿羅漢我宗許彼無愛緣取及取緣有上座若謂得阿羅漢猶有愛緣取及取緣有者是則因有應復招生既復招生定有老死如是應供當自歸依然非此中所說緣起總依一切補特伽羅是故無容於此設難豈阿羅漢有愛有取而可說言謂阿羅漢若愛取位得阿羅漢非離轉根有阿羅漢得阿羅漢是故上座所出言辭非慧所發豈能如實宣釋甚深微細難知緣起道理又應愛等不數生者此亦無違非所遮故謂非說分位緣起

論者言觸受愛取餘位不行雖諸位中皆多法起然隨勝者以立支名上座於斯非不忍許謂識支位唯一刹那亦許於中攝諸心所我宗亦爾何所相違又緣起經是了義者理最不可上座於中種種差別而辯釋故謂有難言經說三種業因緣集即貪所蔽行身惡行乃至廣說不應但說無明緣行上座於此自解釋言此中無明聲總攝諸煩惱然經但見以無智聲分別無明不言餘惑又上座許觸受二支言亦即兼攝非理作意故謂契經說非理作意爲無明因上座釋言非理作意觸或受攝然經分別觸受支中曾不說有非理作意又彼經言如是種類心心所法皆即無明然實無明心餘心所其相各別非總無明乍可無明是思差別彼許思差別爲無明

等故又彼自說無明助受能爲愛因非唯受力然經分別受緣愛中唯說受因能生於愛又彼自說次後二支必有無明所以者何非離無明煩惱轉故然經分別愛取二支唯說愛等次第分別生死支中皆不盡理又彼自難何故無明聲攝餘煩惱非餘煩惱聲即自釋言非離彼故謂非離無明餘煩惱轉有離餘煩惱無明獨行又彼更爲究根源釋爲令速起斷對治故以無明聲說餘煩惱明慧正起親治無明無明斷時諸惑皆斷爲令猒彼明慧速生故以彼聲說諸煩惱自如是等以無量門解釋彼經深隱理趣而數決判是了義經詳彼但應欺東方者或心傲逸輕發此言且置前後自相違害了不了義其相云何而蘊在心數數決判此緣起教是了義經彼

上座言諸有聖教佛自標釋名了義經所餘契經名不了義彼言非理諸聖教中未見誠文說如是相唯是上座妄爲圖度諸無聖教雖理相應上座每言此非定量況無聖教復理相違而執此爲了不了相如何知此所說相非見闕標釋而是了義有具標釋非了義故謂契經說佛告苾芻若有說言我不依空能起無相及無所有智若見離增上慢無有是處此中豈有標釋二文而許此經是了義說或應更釋有何別意又有彼亦許定是了義經謂契經言若有一類於諸行法非理思惟皆起世間第一法者無有是處然此經中無别標釋如斯等說其類寔煩有具標釋非了義者謂契經言云何內地界謂髮毛爪等乃至廣說地界但以堅爲自性髮等具以色等合成此中如何說假爲實此經雖具標釋二文而復於中應求意趣又契經說佛告苾芻此彼中間言何所表如是標巳佛自釋言此言表觸彼謂觸集中間謂受非受應在六處觸中間又無餘經曾決判此義此經亦具標釋二文然亦於中應求別意又即於此緣起契經雖佛於中自標自釋而彼上座自以多門解釋彼經深隱理趣且佛意趣結生有識名爲識支而自釋言識者即是眼等六識然唯意識能結生有此豈不應更詳意趣誰有智者執著如斯有別意經名爲了義又經處處以種種門廣說緣起多非了義皆隨所應當求意旨如是不違了不了義經差別相而稱我用經爲定量甚爲非理故招我等毗婆沙師於彼所宗數爲嗤誚經主於此假作

是言經部諸師作如是白此中所說爲述已情爲是經義若是經義經義不然所以者何經異說故如契經說云何爲無明謂前際無智乃至廣說此了義說不可抑令成不了義故前所說分位緣起經義相違此如上座宗應廣遮遣又但如標舉而解釋故謂雖有貪等亦爲行緣而但標無明觀別因故又雖十二處皆爲觸緣而由觀別因但標六處諸如是等其類寔多如觀別因但標少分亦即由此唯釋所標如何執斯爲了義說如標三種業因緣集但隨標釋謂貪瞋癡非此相應慢等諸惑全無爲業因緣集義然觀別因但標三種即由此故唯釋此三又如經說應修二法謂奢摩他毗鉢舍那豈以此中唯標釋二正思惟等便非所修如是此中隨於何位此法最勝用標支名隨所標名還如是釋此於經義有何相違又非諸經皆了義說亦有隨勝說如象跡喻經云何內地界謂髮毛爪等雖於彼非無水等諸界而唯說地界此亦應爾彼謂所引不可爲證非彼經中欲以地界辯髮毛等若彼經問言云何髮毛等答謂地界者可判彼爲非具足說非髮毛等唯地界故然彼經中以髮毛等分別地界非有地界越髮毛等故彼契經是具足說此經所說無明等支亦應如彼是具足說除所說外無復有餘此救非理迷證意故此中證意謂髮毛等雖多法成然於其中地界勝故總名地界如彼聚中地界勝故廢餘劣者就勝爲名如是此中雖一一位皆具五蘊而得於此就勝者說無明等支如何乃言所引非證經主於

此復作是言雖於諸位皆有五蘊然隨此有無彼定有無者可立此法爲彼法支諸阿羅漢雖有五蘊而無有行隨福非福不動行識乃至愛等是故經義即如所説如是所説無深理趣俱有因義前已成立經主於中非不忍許既一果故成俱有因則與無明同一果法如無明於果隨有無定成若阿羅漢雖有五蘊無無明故而行則無唯執無明爲行緣者諸阿羅漢既雖有受而無有愛應非唯受能爲愛緣然此經中説受緣愛更無差别故非如説即是經義然更於中應求别理若無明觸所生諸受能爲愛緣非一切受諸阿羅漢無無明故雖有諸受而無愛者豈不經義非即如説經無如是分别説故由此應信順阿笈摩不違正理是此經義又先已説先説者何謂非六處獨能生觸故隨勝説是此經義則説分位緣起理成是故頌應言佛依分位説無勞於此説傳許聲詳彼但求足言成句分位緣起是此所明其理既成復應思擇何緣於三際建立緣起支頌曰

於前後中際　爲遣他愚惑

論曰依有情數立十二支爲三際中遣他愚惑彼於三際愚惑者何如契經言我於過去世爲曾有非有何等我曾有云何我曾有我於未來世爲當有非有何等我當有云何我當有於現在世何等是我此我云何我誰所有我當有誰爲除如是三際愚惑故經唯説有情緣起三際緣起如前已説謂無明行及生老死并識至受故契經説若有苾芻於諸緣起緣已生法能以如實正慧觀見彼必不

於三際愚惑謂我於過去世爲曾有非有等有餘師說愛取有三亦爲除他後際愚惑此三皆是後際因故彼亦應說識乃至受亦爲除他前際愚惑此五皆是前際果故則無中際便違契經或彼應申差別所以然不能說故前爲勝

阿毗達磨順正理論卷第二十七 說一切有部

音釋

忿嫉（忿敷粉切怒也嫉秦悉切嫉妬也）嗤（赤脂切笑也）笯（農都奴故二切）魍魎（魍文紡切魎良蔣切魍魎山川精物也）嫌（戸兼切慉也）傲（五到切慢也）逸（逸夷質切放也）阿笈摩（梵語也此云教法笈極曄切）

阿毗達磨順正理論卷第二十八

尊者 衆賢 造
唐三藏法師玄奘奉詔譯

辯緣起品第三之八

應知如是所説三際唯有情數緣起義中雖有十二支而三二爲性三謂惑業事二謂果與因其義云何頌曰

三煩惱二業　七事亦名果　略果及略因
由中可比二

論曰前際因無明後際因愛取如是三種煩惱爲性前際因行後際因有如是二種以業爲性前際識等五後際生老死如是七名事惑業所依故如是七事即亦名果義准餘五即亦名因以煩惱業爲自性故何緣中際廣説因果後際略果前際略因中際易知應廣説二前後難了各略説一由中比二具廣已成故不別説説便無用如何別立愛取二支毗婆沙師許初念愛以愛聲説即此相續增廣熾盛立以取名相續取境轉堅猛故若爾應説三支刹那何故唯言二刹那性無斯過失一一境中各一刹那合成多故正結生位唯一刹那於一身中無容再結故生與識獨説刹那何緣現在諸煩惱位偏説於愛非餘煩惱於愛易了愛味過患餘煩惱中此相難了愛是能感後有勝因世尊偏説令知過患云何當令勤求治道故唯説愛刹那相續二位差別非餘煩惱有餘師説一切煩惱初緣境時説名爲愛後增廣位説名爲取故佛雖説業因於愛愛因無明而實業因通一切煩惱一切煩惱皆無明爲因故知愛聲通説諸

惑欲令因此總知過患故以愛聲說諸煩惱非餘煩惱招生劣故有說愛聲唯說愛體多現行故由此於愛分別刹那相續差別雖非無此理然前說爲勝若緣起支唯有十二老死無果離修對治道生死應有終無明無因無明是初故生死應有始或應更立餘緣起支餘復有餘成無窮過又佛聖教應成缺減然不應許此難不然未了所說緣起理故此緣起理云何應知頌曰

從惑生惑業　從業生於事　從事事惑生
有支理唯此

論曰唯聲正顯有支數定兼顯業與惑或俱或後生是惑生惑時業俱或後義由如是理總攝有支即已善通前所設難從惑生惑謂愛生取從惑生業謂取生有無明生行從業生事謂行生識及有生生從事生事謂從識支生於名色乃至從觸生於受支及從生支生於老死從事生惑謂受生愛由立有支其理唯此已成老死爲事惑因老死即如現四支故及成無明爲事惑果無明即如現愛取故豈假更立餘緣起支故經言如是純大苦蘊集是前後二際更相顯發義是故無有老死無明無果無因有終始過於此定攝因果義周無更立支成無窮過由佛偏說因果無遺故無聖教成缺減失此中上座作是釋言餘經中說非理作意爲無明因無明復生非理作意非理作意說在觸時故餘經說眼色爲緣生癡所生染濁作意此於受位必引無明故餘經言由無明觸所生諸受爲緣生愛是故觸時非理作意與受俱轉無明爲緣由

此無明無因過亦不須立餘緣起支又緣起支無無窮失非理作意從癡生故如契經說眼色爲緣生癡所生染濁作意餘經雖有如是誠言然此經中應更須說若由理故不說自成則一切支皆不應說設許理有文但略標便違自執此經了義許此經文非盡理故凡諸所有不盡理文智者判爲非了義故旣許理有非載此文便證支名從勝而立且此經雖言六處緣觸而上座亦許緣識作意以契經說眼及色爲緣生於眼識及染濁作意雖緣六處亦生識等而此但言六處緣觸如是觸緣非唯六處但六處位六處最强於觸位中觸最爲勝就勝而說餘例應思然經主言經不別說老死有果無明有因生死便成有終始者此難非理經意別故亦非所說理不圓滿所以者何此經但欲除所化者三際愚故由所化者唯生是疑云何有情三世連續謂從前世今世得生今世復能生於後世如來但爲除彼疑情說十二支如前已辯謂前後中際爲遣他愚惑今詳經主苟欲違背毗婆沙宗捨自劬勞所作如理釋疑難頌所謂從惑生惑業等自謂所言能免他難今詳彼釋於難未免謂雖欲遣他三際愚說緣起教而不具說老死有果無明有因非不了知前因後果相連續義名諸所化已能除遣前後際愚所化有情謂中間諸位如無明老死因果俱無便有斷常二見交起豈知從前世今世生及了從今世後世起經旣不顯老死無明有果有因連續不斷所化定謂中間餘支亦因果俱無如無明老死則緣起教便

足他疑豈謂除他三際愚惑故於所難殊未能通枉捨劬勞自所造頌釋難已了如世尊言吾當爲汝説緣起法緣已生法此二何異且本論言云何爲緣起謂一切有爲復作是言云何已生法謂過去現在此已生法必應有緣故知唯過現名緣已生法准此緣起亦在未來以住未來是起法故豈不本論亦作是言謂一切有爲名緣已生法此無有失緣已生蘊攝過去現在一切有爲故非已生法説名已生不應正理以相違故然未來法亦得名起與有爲相不相離故即由此理前已説言是起法故得名緣起故未來法不名已生如現未來不名已滅是滅法故亦得滅名此中有言據當有義未已生法亦名已生故世間言紐繩造釧外論亦説祠火求男此違教理如説云何非已滅法謂現未法及諸無爲若未來據當名已生者則未來現在應名已滅如現未法是滅法故但得滅名不名已滅則未來法是起法故但得名起不名已生如是方名不違理論又不生法於彼成違以彼必無當生理故如何據當説亦得名已生又彼理窮引俗事證有聖教理證此義成豈世俗言證賢聖法尊者望滿説諸法内有是緣起非緣已生應作四句第一句者諸未來法第二句者謂阿羅漢最後心位過現諸法第三句者餘過現法第四句者諸無爲法若未來法非緣已生豈不違害契經所説如説云何緣已生法謂無明行至生老死生與老死既在未來而經説爲緣已生法此無違害且應審知一切有支皆有爲故一一定爲三

世所攝無明行支及生老死如何可爲現在所攝由約生身展轉理故約未來世二生身說現在愛取有得無明行名約過去世二生身說現在識至受得生老死名故過未四支皆可現在攝然彼尊者復作是言若無明行二在現在彼餘十支在未來世八無間當生二第三當生若生老死二在現在彼餘十支在過去世八無間已滅二第三已滅由如是現十二有支一切可爲現在世攝故生老死亦名已生由此與經無違害失非未已生位可說爲已生今詳尊者所說義意若從因已起名緣已生若與餘爲因說名緣起非無爲法得緣起名以爲因相不圓滿故因相者何謂前已說依此有彼有此生故彼生依此無彼無此滅故彼滅雖有無爲諸法得起而不可說此生故彼生亦不可言此滅故彼滅及不可說依此無彼無無生滅故體常有故諸無爲法能作所緣無障礙住於有爲法成能作因然於有爲無取與力闕於因相由此佛說諸因諸緣能生識者皆無常故有餘師說無明名緣起行名緣已生如是展轉乃至生名緣起老死名緣已生如是所說不順經義以契經中說無明等皆名緣起緣已生故有說無明唯說名緣起最後老死唯名緣已生中間十支俱通二義非老死位定生諸惑是故老死唯名緣已生無明定能發起諸行故無明位唯說名緣起諸對法者有作是言前際二支說名緣起此二意說爲因性故後際兩位名緣已生中際八支皆通二義如是二說俱不順經經說諸支皆通二故如是二句

決定義者頌曰
此中意正說　因起果已生
論曰諸支因分說名緣起所以者何由此爲緣能起果故以於因果相繫屬中說緣起故此緣起義但以緣聲而成立故如契經說云何緣起謂依此有彼有及此生故彼生即無明緣行至生緣老死如是說已復作是言此中法性乃至最後無顛倒性是名緣起何等名爲此中法性謂於因果相繫屬中有因功能皆名法性要有因故因果方有更相繫屬非無有因如是性言顯能生義唯有爲法性得此法性名雖此經中非正顯示於因果相屬因性名緣起而以緣聲顯緣起義故知因性得緣起名以緣聲但於能顯義轉故因能顯果故說名緣由是阿羅漢最後心心所非等無間緣無所顯果故即由此義證緣起名定於因果相屬中立故佛於彼勝義空經說此中法假謂無明緣行廣說乃至生緣老死以非勝義故立假聲即目因果更相屬義諸支果分說緣已生所以者何由此皆從緣已生故果是諸法成辦名故要已生法此義成故涅槃成辦由得已生故彼亦由已生名果或復於此說緣起門涅槃於中無容爲難若有爲法果義決定是此所明如沙門果諸過現法果義決定名緣已生法在未來果義非定廢而不說此略義者是起法性說名緣起過現諸法名緣已生果義定故謂於因果相繫屬中據爲因分說名緣起定爲果者名緣已生又此中因名緣起者以能爲緣起諸果故於此中果法名緣已生者以過去現在離

緣不生故如是一切二義俱成諸支皆有因果性故雖因果性實體無别而義建立非不極成以所觀待有差别故謂若觀此名緣已生非即觀斯復名緣起譬如因果父子等名然此契經說有密意阿毗達磨無密意說何等名爲此經密意謂薄伽梵密顯生死無始有終說斯二句言緣起者顯生死流無始時來旋環無斷故說順逆諸支相生緣已生言爲顯生死若得對治有終盡期謂若有緣後更續起如其緣闕後不續生由是經言作苦邊際又經中說緣起是假因果相屬無自性故說緣已生其體是實是彼依故如瓶所依阿毗達磨說二皆實因果二體俱實有故如是已顯毗婆沙宗不違契經緣起理趣詳經主說此違經者由未承稟毗婆沙師或師未達毗婆沙義或雖披覽毗婆沙文邪執覆心不鑒正理有餘部師說緣起是無爲以契經言佛告乞士如是緣起非我所作非他所作如來出世若不出世如是緣起法性常住乃至廣說由此意說理亦可然謂此意言如是緣起無别作者故說無爲如來出世若不出世行等常緣無明等起非緣餘法或復無緣如是法性非佛所作非餘所作說爲常住此亦無疑如是名常理必然故若說别法名爲緣起如擇滅等是凝然常此必不然說爲緣起而言體常理不成故又彼所執無爲緣起爲異無明等爲即無明等爲攬彼所成如是二執皆不應理自性難知故有無常過故體應非實故或復如言取經義者則四大種應亦許常以世尊言是四大種乍可令異乃至

廣說此經遮彼有為相故若不觀理趣應執是無為或佛出世若不出世此地水等恒堅濕等何緣不執此等皆常然彼於中有許不許故知但是麤心所為且置斯事復應廣釋無明名色觸受四支所以者何行有愛取業隨眠品當廣釋故識與六處辯本事品已廣釋故且無明義其相云何為是明無為非明攝若取前義無明應是無若取後義應眼等為體如是二種理皆不然且上座言由有此故令明非有是謂無明不可無因而有是事彼說非理若由有此為障礙故明不現行惑不得明名無明者則一切煩惱皆應是無明隨一有時二俱成故又不應執無明能與明無為因以有與無契經不說能為因故又無不應是果性故如何乃說不可無因而有是

事非於無物可說有言彼宗許有唯現在故又彼宗義雖無無明而許有時明亦非有不應定說無明障明若謂彼有無明隨界理亦不然非自體故設許隨界體亦無明此體有時明亦得起故不應說能障於明若謂此明至正生位無明隨界至正滅時故說無明能為明障則住學道應離無明或復應明畢竟不起無明隨界未曾無故若謂如得隨界應然謂如汝宗諸無明得非無明體然或有時無明雖滅由無明得勢力所障明不得生或復有時雖有此得由加行力明亦得生如是我宗無明隨界非無明體然或有時無明雖滅由隨界障明不得生或時得生斯有何過此救非理違自說故太過失故非我許故謂彼自說由有此故令明非有是謂無明而今

復言無明隨界非無明體然能障明豈不後言違前自說又無明體滅隔多時復得生者離無明者亦應後時無明更起許隨界體非無明故俱離無明無有差別又我不許由無明得勢力所障明不得生非對法宗說障餘法令不得起是此得用若爾此得其用云何謂此爲因無明不失何名不失亦無別體但由得用令所得法數容更起立不失名過去無明豈容更起不爾若爾此得何用雖不能令所得更起然於未起對治道前由此恒隨相續無斷豈不此與無明俱滅此雖俱滅後復續生謂彼滅時有爲因力引餘自類令無間生餘復引餘乃至道起或令所得無明與果是此得用謂得斷已此無明果不復得生若無明得無無明能與果應明生已無明復生過去無明非無體故既得未斷無明果生得已斷時彼果不起故此差別由得而成如是所言不越前相謂令所得數容更起成不失因說名爲得豈不有法有得而不生如何可言法生因謂得以所得法離得不生故法生因說名爲得如依眼識離眼不生亦如汝宗無明隨界如汝隨界雖恒時有而無明果不許恒生我得亦然不應爲責此例非理以對法宗雖無明得無而無明容起我宗離隨界無明必不生故此隨界非同彼得無如是失且引彼宗證得爲因理極成故謂要有得所得法可生故得爲生因理極成立又隨界論亦同得故以離隨界法亦可生謂諸異生無聖法隨界正修加行聖法容得生又前已說差別言故謂由得用令所得法數容更起

成不失因說名爲得何關已失及本未得而可爲難又舊隨界已顯理無彼宗無明不現前位便爲已得求離無明如何無明後時得起此設不起聖道加行何法爲障令明不生即由此因諸阿羅漢明不起位便失於明明於後時如何得起設非縱逸明體終無何法爲治無明不起是故彼說由有此故令明非有是謂無明但有虛言都無實義唯對法者容作是言朋壞法宗無容說此上座復說或如是類心及心所總謂無明若爾無明應非實有許依心等假建立故如此所說理亦不成一切心心所皆應無明故謂此無明爲自性住心等爲體爲有差別若自性住一切善等品類心等應皆無明非諸無明亦有不用非理作意爲因爲起此彼爲因契經說故非不染汚心心所法可用非理作意爲因若有差別能差別者可是無明非所差別又彼應說此差別相心心所法體相各殊如何總成一無明相言心心所總謂無明詳彼心遊如來教外上座又言或顛倒明即謂無明以薄伽梵亦於邪見說無明故如契經說於邪見中若習若修若多修習癡便猛利由是應有二種無明一者邪智二者黑闇彼言非理見行癡行差別建立應不成故邪見黑闇定有差別若異此者二種應無非無差別可成二種既於邪見若習若修若多修習癡便猛利則於黑闇若習若修若多修習癡亦猛利契經說癡因無明故豈不二果無差別故應許二因亦無差別是則建立見行癡行差別之相應不得成然見行者與癡行者入甘露門

各有差別故彼上座於經義迷若爾云何是此經義非不愚者有倒見行故邪見俱無明必有故於邪見若習若修若多修習癡便猛利然非邪見即是無明何故無明邪見俱起言癡猛利非邪見耶非此所明有而不說此中意說數數現行利貪瞋癡為煩惱障謂先有問云何貪等成猛利耶後即答言於貪欲中若習若修若多修習貪便猛利乃至廣說若爾所立見癡二行應成雜亂不爾見有二種差別無雜亂失謂或有見唯顛倒轉或復有見全增益轉或復有見少增益轉於此三中唯倒轉者癡力勝故立癡行名餘二見強立為現行故立二行無雜亂失貪瞋俱轉雖有無明劣故不言癡便猛利由此二惑緣有事轉故此品中癡非增上或為顯示生死無初說煩惱生因同異類如彼經說諸貪瞋癡莫不皆因無明而起或為訶毀不正見故言習邪見癡便增長如彼經言夫名智者能滅無智此增癡故不名智者乃至廣說故應勤求契經實義不應執見即是無明後釋頌中當更遮遣大德邏摩作如是說非邪見體即是無明然諸貪欲瞋恚邪見由異種類貪瞋癡三為各別根而得增長此亦非理如何貪瞋可名貪欲瞋恚異類又癡何故但為邪見根不為根增長貪欲瞋恚貪瞋何故非邪見根然彼不能辯其意旨故彼所說非稱經義有說無智唯是智無是故無明非有為性若爾除佛餘無學果應有無明無徧智故若謂別說前際等無智為無明故無如是過者不爾智無無差別故夫言無者性相俱無如何

可言屬此屬彼或復彼應說二智無別相謂以何爲相名前際智等無念無間智等無復以何爲相二俱遮智一是無明一非無明此有何理故彼所說亦非經義有說於是處明無謂無明如世間言無鹽食等亦非離色等應成無明故若謂一切煩惱明無說名無明亦不應理以於結縛隨眠等門離欲貪等別說有故又前所說過隨逐故又若一切煩惱爲體此無明體亦應是見是則與見應不相應由此亦非貪等俱轉執無明體即貪等故不應即貪等與貪等相應煩惱應無互相應理又亦應說無明染心以貪欲體即無明故若謂此經據差別說亦應據別說能染慧是則應許別有無明能染汚慧不應謂總以總無明非別性故由是應許別有無明其義云何頌曰

明所治無明　如非親實等

論曰如諸親友所對怨敵親友相違名非親友非異親友所餘一切中平等類非親友無諦語名實此所對治虛誑言論名爲非實非異於實所餘一切色香等類亦非實無等言爲顯非天非白非法非愛非義事等阿素洛等天等相違得非天等名非異無天等如是無明別有體實是明所治非異非無云何知然猶如識等說從緣有爲他緣故復有誠證頌曰

說爲結等故　非惡慧見故　與見相應故說能染慧故

論曰經說無明以爲結縛隨眠及漏枙瀑流等非餘眼等及體全無可得說爲結縛等事

故有別法說名無明如惡妻子名無妻子如是惡慧應名無明彼非無明有是見故諸染汚慧名爲惡慧於中有見故非無明見是推尋猛叡決斷不可說彼名爲愚癡若爾無明應是非見諸染汚慧此亦非理以許無明見相應故無明若是慧應見不相應無二慧體共相應故不可說見非無明俱非不愚癡見成倒故又說無明能染慧故如契經說貪欲染心令不解脫無明染慧令不清淨非慧還能染於慧體如貪異類能染於心無明亦應異慧能染亦不可說無明與慧雖不相應而能爲染如貪爲染必與心俱心所法無等起染但有自性相應染故不可自體自體相應是故無明定非惡慧經主於此假作救言如何不許諸染汚慧間雜善慧令不清淨說

爲能染如貪染心令不解脫豈必現起與心相應方說能染然由貪力損縛於心心令不解脫後轉滅彼貪熏習時心便解脫如是無明染汚於慧令不清淨非慧相應但由無明損濁於慧如是分別何理相違今詳彼言非善分別離相應品不能染故若相應貪心相應故能染於心不相應貪以未斷故亦能染者則非阿羅漢應無不染心若謂彼貪有染不染曾所未見又成非愛失貪纏正現前應有不染故又若相間雜名能染者則諸無漏慧亦應被染又無染慧雜有染慧應令有染轉成無染能治力强非所治故又諸善慧正現行時染定非有諸染汚慧正現行時善定非有說誰能染復染於誰若現有非有能互相染則應畢竟無得解脫義若滅熏習便解

脱者熏習本無更何所滅設有熏習亦非能染非無明體前已説故滅不滅住竟有何別故説無明能染慧故非慧爲性理無傾動若有別法説名無明應説以何爲別法性且有別法謂不了知此即無明何勞推究應定何法名不了知方可説爲無明自性唯薄伽梵於一切法正知正説若性若相餘唯總了何若推徵然我於斯見如是相謂有別法能損慧能是倒見因障觀德失於所知法不欲行轉蔽心心所是謂無明如何定知此有別法以如貪欲説求離故謂契經言離貪欲故心便解脱離無明故慧得解脱又此無明説爲因故謂契經説無明爲因起諸雜染明爲因故離諸雜染又説如邪見有近對治故謂契經説諸邪見斷由正見生諸無明離由明慧起又契經説是一法故謂契經説若有苾芻能斷一法我正記彼所作已辦即是無明又説如闇有對治故如伽他説

諸有能斷愚　於所愚不惑　彼轉滅愚惑
如日出除闇

若謂闇體非別實物但以明無爲其體者此不應理明應爾故若謂明生有緣可得闇則不爾理亦不然生緣各別如水等故謂或有水生無外聚緣或有水生待外聚緣力地等不爾餘隨所應故法生緣各有差別如是明起必待餘緣闇則但由違緣非有同類因力及俱生緣其體得生有違何理又見闇體有品別故非但明無可有品別若謂是處明分有無故闇得成微中麤者亦不應理無法體無無容得成品類別故又有非有不同處故

又闇與影眼識境故如青等色其體實有非五識身能緣假法如前已辯又闇與影界所攝故實有義成又如煙雲障餘色故闇亦應爾其體非無若謂闇中眼識不起由明非有非闇障故理亦不然緣明所隔遠處闇色眼識生故不見闇中餘色物故若謂闇處餘有色物無明攝益非闇障故理亦不然彼可疑故此中理趣如前已辯又此如香體非非有可久習近故相不分明故攝益眼因故若謂由光損眼勢用此光無處眼增益者亦不應理久住其中觀此還能爲損因故若謂闇體非實有法明不俱故無色相故此亦不然雖明隔明現可得故豈不明處闇體必無有對皆然何獨明闇又契經說黑闇爲緣明界可了非無有法能作他緣故闇有體又闇如日可出現故如言日沒闇便出現無法不應有出現義又說緣杌而現影故杌既是假影應非實此難不然如腹雖是假而生實飢渴前已成故又可領觸猶如受故又世尊告婆澀波言於意云何豈不緣杌而現於影根本若斷此法不生乃至廣說非於無法可說此言又契經言如入密室見闇充滿非於無體可有如斯見充滿義又契經說以衆光明破諸黑闇闇若非有其體本無豈更須破又契經說若不斷本如影必隨乃至廣說由如是等衆多理教故知影闇其體實有由此所言無明如闇有對治故其理極成是故無明定有別法無知爲體非但明無然此無知略有二種謂染不染此二何別有作是說若能障智是染無知不染無知唯智非有今詳二種無

知相别謂由此故立愚智殊如是名爲染無知相若由此故或有境中智不及愚是第二相又若斷已佛與二乘皆無差别是第一相若有斷已佛與二乘有行不行是第二相又若於事自共相愚是名第一染無知相若於諸法味勢熟德數量處時同異等相不能如實覺是不染無知此不染無知即説名習氣有古師説習氣相言有不染汚心所差别染不染法數習所引非一切智相續現行令心心所不自在轉是名習氣非唯智無無法無容能爲因故亦不應説有如是類心及心所總名習氣不染無知前已説故謂此無知爲自性住心等爲體爲有差别若自性住心等爲體佛亦應有不染無知若有差别能差别者可是無知非所差别現見善等品類差别

心心所中必有别法爲能差别非即一切如善品中必有信等不善品中有無慚等染汚品中有放逸等如是等類心心所中必有别法爲能差别故知此中亦有别法能爲差别者是不染無知今詳彼言有太過失諸異生等心心所法皆不如實覺味勢熟等相然不見生餘心心所故又一一念彼心心所差别而生應念念中各有别别無知法起若謂有異相令無知差别即此足能差别心品何須别計不染無知是故即於味勢熟等不勤求解慧與異相法俱爲因引生後同類慧此慧於解又不勤求復爲因引生不勤求解慧如是展轉無始時來因果相仍習以成性故即於彼味等境中數習於解無堪能智此所引劣智名不染無知即此俱生心心所法總名

習氣理定應然或諸有情有煩惱位所有無染心及相續由諸煩惱間雜所熏有能順生煩惱氣分故諸無染心及眷屬似彼行相差別而生由數習力相繼而起故離過身中仍名有習氣一切智者永斷不行然於已斷見所斷位通染不染心相續中有餘順生煩惱習性是見所斷煩惱氣分於中染者說名類性金剛道斷皆不現行若不染者名見所斷煩惱習氣亦彼道斷由根差別有行不行若於已斷修所斷位唯於不染心相續中有餘順生煩惱習性是修所斷煩惱氣分名修所斷煩惱習氣是有漏故無學已斷隨根勝劣有行不行世尊已得法自在故彼如煩惱畢竟不行故佛獨稱善淨相續即由此故行無誤失得不共法三念住等又由此故密意說言唯佛獨名得無學果大德邏摩作如是說有不染法名爲習氣如不善因所招異熟世尊昔在菩薩位中三無數劫修諸加行雖有煩惱而能漸除煩惱所引不染習氣白法習氣漸令增長後於永斷諸漏得時前諸習氣有滅不滅以於長時修加行故證得無上諸漏永盡然佛猶有白法習氣言習氣有滅不滅故如是所說理亦可然而彼不能顯其體性不染習氣其體是何非但虛言令生實解經言類性其體是何有作是言我慢爲體彼違經說以契經中於我慢外說類性故經言我今如是知已如是見已諸所有愛諸所有見諸所有類性諸我我所執我慢執隨眠斷徧知故無影寂滅故知類性異於我慢有說餘慢是類性攝彼說不然諸言流至我慢中

故我慢執言攝諸慢盡應如愛等各攝無遺
然於此中勝者別說我我所執是諸見根故
於見中別顯二種爲攝疑恚說隨眠言勝煩
惱中無明未說爲別顯彼說類性言徧與惑
俱徧往諸趣故名類性類是行義是類之體
得類性名

阿毗達磨順正理論卷第二十八說一切有部

阿毗達磨順正理論卷第二十九

尊者　衆賢　造

唐三藏法師玄奘奉　詔譯

辯緣起品第三之九

已辯無明當辯名色色已辯名云何頌曰

名無色四蘊

論曰佛說無色四蘊名名何故名名能表召故謂能表召種種所緣若爾不應全攝無色不相應法無所緣故不爾表召唯在無色如釋色名所說無過佛說變礙故名爲色去來無表及諸極微雖無變礙而得名色以無色中無變礙故變礙名色非不極成如是無色中容有表召非色中有故理亦無違故不相應名攝無失又微細故彼彼義中隨理立名標以名稱非無表等亦可稱名以彼所依現量得故又於一切界地趣生能徧趣求故立名稱非無漏無色不得名名雖非此所明而似此故又於無色隨說者情總說爲名不勞徵詰上座意謂順成彼彼有情相續故說爲名是能爲因順成彼義若爾色法應亦是名亦能爲因順成彼故佛說地等成有情身經說士夫即六界故又無經說唯無色蘊成有情身然有經言因色等起有情相續故彼釋名無所憑據豈不佛說此伽他言

名能映一切　無有過名者　是故名一法
皆隨自在行

此中引彼何所證成爲彼頌中顯有情相續唯用無色法爲能成因爲顯無色强能引有色於有情相續爲能成因若謂一切有情相續無不皆以無色爲因理亦不然諸無心者

但以有色成相續故無心有情前已成立彼無得等爲能成因又一一有情三界諸蘊成一相續故諸色法亦是一切有情相續因不爾則應不作而得或作已失便成大過若一有情相續諸位色不徧者無色亦同又應審思此伽他意爲說受等四蘊名名爲說能詮諸別相義如牛色等言依名名然於此中唯應說後能詮一切色非色名唯此力能映一切法以無一法非名所詮異此何名能映一切又十二處名一切法受等何能映十二處若謂皆是受等所緣則此中名唯自意識及相應法若謂所餘是名類故無斯過者則不應引此頌證名爲因順成有情相續謂若唯意識及相應品正是此伽他所說名者則不應引證爲因義以五識身及相應品亦爲因順成有情相續故又如何說無過名者若謂名中施設多蘊色不過者色中施設多界多處名豈能過若謂名通無色有者諸不通者應不名名若謂不通是通種類無斯過者理亦不然前說不應引爲證故謂不通者亦爲因成有情相續與通等故除所執名有何餘法可說彼諸法皆隨自在行若謂此名色隨行者亦不應理非極成故謂許名色展轉相依如何但言色隨名轉若謂名徧色色不能徧名理亦不然非情無故又前已說有無心有情故亦非名色外有法隨名轉經說所知法總有二謂名與色更無第三又理不應四蘊名一設許對色說一法言然不見有定隨行法不可自體隨自體行故知此名唯能詮想若作此解無假劬勞釋此伽他義皆明了

引之將證四蘊名名成有情身定不應理上座於此假設難言若名色言總攝五蘊世尊說識依名色故識則應有二謂能依所依即自釋言此難非理已於名中簡出識故謂已舉識說爲能依准知識所依但取餘名色令詳彼難理自不成等無間緣依識定依識故然彼上座不許同時識與名色有相依理彼宗不許有同時因果故如何以識無二俱生遂令識無還依識義又設許有俱生相依但可識爲受等所依性不可受等與識爲所依如何識所依可取餘名色故彼問答皆不應理今於此中應更思擇佛於城喻大緣起經說識與名色更互爲緣義爲據前後爲約俱生識緣名色亦據前後名色緣識唯約俱生所以者何識入母胎故與羯剌藍合成有情身故識緣名色亦得有前後非名色合已更結餘識非識未已起名色爲緣故唯約俱生有名色緣識識支唯一故又一剎那故謂次第說緣起支中但一識支此唯一念如何可執識與名色定約前後說互爲緣又契經說如蘆束故謂契經言如二蘆束立在空地展轉爲依若一倒時餘亦隨倒如是具壽二法相依謂識緣名色及名色緣識若離俱起展轉爲緣與蘆束喻云何相似謂於識位名色位未生名色位生時識位已滅定無似蘆束更互相依義況撥過去未來無者可言如彼更互相依隨一有時隨一無故非無與有或有與無可有展轉互相依義唯有與有可互相依故執相依定前後者是聖教外非佛法宗又契經說無明作意俱時而起展轉爲緣

謂說無明因非理作意爲非理作意從癡所生及說此二俱時而起故契經說眼色爲緣生癡所生染濁作意此中癡者即是無明乃至廣說言此中者意顯即此作意生時或即所標緣和合位非同屬緣法可前後生以二俱時起無障礙故又如燈明同時而起有因果義前於思擇俱有因中已曾具辯如是因果俱起極成而有救言燈明非異此不應理燈之與明觸量色處用各別故世間唯說燈爲燈故如說焰光燈能燒物阿笈摩說明依於燈如日月光明依日月輪起又如大地依於水輪水與地俱生方有爲依義燈明性別由是極成因果俱生於斯義顯明雖依自大種而生然於生時非離燈焰若謂明焰同一因生以即焰因是明因者亦不應理有差別故非從一和合有非一果亦非一果非一和合生豈不一擊火聲俱起寧無一和合有非一果生理亦不然依各別故又自類因各別生故由此彼救但有虛言故燈與明因體各別若識與名色識展轉爲緣何故經名言識緣名色互爲緣性其理雖通顯識用强是故偏說識用强者謂識爲所依受等用心爲所依轉故識持精血成羯剌藍成有情身其用勝故如王臣等雖互相依而王得名以最勝故識與名色應知亦爾又識緣名色據前生緣說展轉爲緣唯約俱起以識緣名色通前後及俱名色緣識唯有俱起以結生識無別位故又識緣名色據分位名色識展轉爲緣據剎那名色大德邏摩率自意說若從中有結生有時中有名色爲緣引起無間剎那結

生類識中有名色滅獨有識生此方能引起生有名色如是推尋非應正理所言中有名色爲緣引無間刹那結生類識者爲中有識亦能爲緣爲但餘名除中有識若中有識亦爲緣者何理中有最後刹那心心所色爲緣但引後識令生非心所色若謂除識餘名爲緣何理俱生識非緣性若謂彼位無識俱生應結生識無所依起不應心所爲心所依復以何緣彼位心所但與異類識作生因不能引生同類心所非於諸色未得離貪可有暫時識不依色故中有色定能爲緣牽續生時心俱依色如何此位獨有識生若謂此時雖有色起而但說識則應此位亦有心所而但說心是故不應復作是說中有名色滅獨有識生此方能引起生有名色又應此獨識非

中有生有中有已滅故生有未生故非中有滅有位非生故彼所言出自邪執又心心所前後生論如何計度前後而起眼識無間眼觸所生受等生時爲與餘識俱時而起爲獨受等若有餘識受等俱生爲是意識生即緣彼境爲別是餘識緣餘境生且非意識生即緣彼境眼觸生受等既依眼根與此意識境時別故非依眼根所生受等可以過去爲其所緣亦非眼觸所生受等可以意法爲緣而生說意法爲緣生意識等故若以意法爲緣生者不可說是眼觸所生亦非餘識緣餘境起若依境異可俱時生則應一時得一切境若無諸識受等獨生則後識生無所依意識流斷已復更續生下界曾無彼全不許入滅定等識相續生曾無間斷彼宗許故由此彼

說中有後心名色無間獨有識起後方引起生有名色但有虛言違理教故上座於此假設難言經不應言識緣名色由展轉力方得生故即自釋言此難非理約生住緣有差別故謂識能作名色生緣由識託胎令彼生故彼生以後爲識住依展轉爲緣而得安住故亦說識名色爲緣此亦不然違理教故謂佛未得大菩提時求識生緣知即名色如契經說菩薩尋求老死生緣乃至名色知生至識次第爲緣求識生緣知即名色若彼名色非識生緣菩薩所知便爲顛倒又彼所說彼生以後爲識住依展轉爲緣而得安住故亦說識名色爲緣有言無理此所說識名色爲緣即是爲緣生名色識如何以後方爲識依又彼經但言識依名色住故契經說告阿難陀識不依名色爲得住不不也世尊此經不言名色依識住如何展轉又汝不許識名色俱生如何可言展轉爲緣住又如先說撥過未宗隨一有時隨一無故非無與有或有與無可有展轉互相依義唯有與有可有相依如何俱生有相依義若隨闕一一不立故又佛於彼大緣起經不說有支次第因果亦不唯說十二有支彼說名色爲觸緣故及說尋求業爲得等緣故然佛於彼爲阿難陀顯示甚深緣起理趣故彼經義約所依緣但說識依名色而住意識唯託意爲所依法爲所緣而得安住眼等五識眼等爲所依色等爲所緣而得安住如是意識所依唯一所緣通二五識翻此唯除意識所依必異時餘所依所緣有俱生理有支諸位此義皆通詳上座宗說

識名色互爲緣義理必不成然契經說我觀緣起至識便還過此於餘心不復轉此言何義菩薩爾時逆觀緣起諸支展轉所從生緣先觀九支生緣各別最後觀識無別生緣故至識還於餘不轉然結生識有二生緣一者前生二者俱起識生行有義無別故先觀生支生緣謂有即已觀識前生緣行令觀名色爲俱生緣故至識還心不復轉已具觀識二生緣故以見今世結生位識從前俱起二緣力生准知餘支如應皆爾一一念起各具二緣故唯於識支具顯二緣觀如何名色爲識俱緣以於此中識住著故如經說識住除識餘名色前以住著釋識住義故契經說喜愛潤識令於蘊中增長廣大又大緣起經亦作是說識不依名色爲得住不不也世尊乃至廣說此說識住著俱生名色中顯識俱生緣故說四識住是故菩薩至識便還雖老死支即名色等前觀老死以生爲緣已顯識支緣生名色而非老死皆識爲緣爲定識爲緣唯生名色故復觀名色以識爲緣毗婆沙師說彼菩薩猒怖生故再度觀生由菩薩心猒怖流轉不徧觀察諸流轉支諸流轉支皆生爲本再觀生故爲已徧知無明行支即愛取有已觀愛等故不重觀於還滅門菩薩欣慕故徧觀察十二有支已辯名當辯觸頌曰

觸六三和生

論曰觸有六種所謂眼觸乃至意觸此復是何三和所生謂根境識三和合故有別觸生雖第六三有各別世而因果相屬故和合義成或同一果是和合義雖根境識未必俱生

而觸果同故名和合觸體别有大地中已成雖三和生而定識俱起以如識説二縁生故謂契經説内有識身及外名色二二爲縁諸觸生起乃至廣説豈不此即説觸從三和生謂内有識身即六根六識及外名色即六境故二縁生故因不極成經義不然佛説二故謂此經説二二爲縁諸觸生起不言三故觀此經義有識身言顯六内處外名色言顯六外處餘經亦説二縁所生故伽他言眼色三等如前已説又經説識觸俱名色爲縁生縁既同時豈前後縁具必起無能障故由此即證眼等觸所生受等諸法眼等識俱起與眼識等生因同故由此經言是受是想是思是識如是諸法相雜不離執觸是假宗亦應許受等與觸俱起由此經説識雜受等故識是

觸分故既無有識不雜受等證成受等是大地法彼作是言大地法義非要徧與一切心俱若爾何名大地法義有三三地有尋伺等善等學等地差别故若法於斯一切地有名大地法餘隨所應此但有言違前經故彼作是説應審前經彼經復言諸所受即所思諸所思即所想諸所想即所識未了於彼爲約所縁爲約刹那作如是説有何未了前約刹那後約所縁其理決定寧知決定以餘經中約俱生法説相雜故如契經言壽煖與識如是三法相雜不離非於此中約不俱起及約所縁作如是説三必俱起故二無所縁故由此所説受等相雜言定約刹那異此不成故謂若計彼無間而生名爲相雜一無一有相雜不成如前已辯亦不可謂同一所縁説名

相雜勿有意識與眼識等有相雜義故緣一境有識生時必有俱生觸受等法定無有識離觸等生由所引經已善成立如何觸受二法俱生說觸緣受非受緣觸故契經言非緣種種受有種種觸但緣種種觸有種種受又經但說眼觸爲緣生眼觸所生受曾無經說眼受爲緣生眼受所生觸豈不現見燈明互影二雖俱生但因燈互生於明影觸受亦爾此例不平隨行住變有無有故無有定因證觸與受二雖俱起而觸緣受非受緣觸雖無現相而理必然受必隨觸有差別故若猶不了更以別門方便開示令義易解謂觸有二一假二實所言假者謂三和觸如契經言如是三法聚集和合說名爲觸所言實者謂心所觸如契經言眼色二緣生於眼觸乃至廣說又契經中說內有識身及外名色二二爲緣諸觸生起又契經說名色緣觸六處緣觸諸如是等無量契經此中假觸爲緣生受非受爲緣非根境識三法和合從受生故非唯眼識爲眼觸體心所皆由所依顯故雖受生位識爲緣因而說受等生亦因於眼色是故但說眼觸爲緣生眼觸所生受曾無有說眼受爲緣生眼受所生觸此中實觸是心所故可說與受展轉爲緣是故二經不相違背又約別義說亦無違謂由此門因觸生受非即由此因受生觸如契經言我不見一法如是斷貪欲如循身念此約異門遮諸餘法非謂通約諸對治門以次後復言如循身念息念佛念死想等亦爾言如是者顯異門義如何知受亦爲觸緣餘契經說受緣觸故如契

經言由身受觸此意顯有觸身受爲緣起何故眼等亦爲受等緣但依說觸不依說受等以和合中觸義顯故此彼和合得相觸名非於自體得名爲觸世於和合立於相觸名如二木合時說爲木相觸是故眼等三和合中但可說觸非說受等又非眼等是生觸因故依之說觸名何得難言亦受等因故應依說受等若必爾時應許一切觸因所生皆名爲觸然實一切觸果法中多分立名隨差別想一隨總想以立別名如色處界及行蘊等由此善釋餘處說言一切心所皆觸引發若爾想等皆觸爲緣何故但言觸爲緣受亦說想等用觸爲緣如了達經不應爲難於觸後位受用最强故以受聲總說諸行然於緣起所說受因但取實觸非三和假所以者何說所依故謂唯實觸就所依顯非諸假有於假依中可得品量此勝此劣若隨闕一無容有故由是知此中說實觸緣受此中所說發起定義謂隨何位隨何法强即說爲緣生次後位勝法爲果故無有失或復當來大雜染聚所有根本受爲近因故緣起中次第說觸爲緣生受令避緣故受不現行絶彼根本諸心心所法皆六處爲緣何故但言六處緣觸此位觸勝故說觸名理實應知諸心心所無不皆以六處爲緣復以何緣實觸勝位唯說與彼勝受爲緣不說爲緣生勝想等雖觸與彼亦俱時生而順受强是故偏說譬如勝解偏順決定輕安勤等順止觀强其理法然不應爲難名色二六處緣觸何差別名色緣觸說在何經大緣起經有如是說諸有行相諸有標

舉施設名身無彼行相無彼標舉可得了知增語觸不不爾大德諸有行相諸有標舉施設色身無彼行相無彼標舉可得了知有對觸不不爾大德若一切種名身色身皆無所有可得了知觸或施設觸不不爾大德是故慶喜觸之由緒觸因觸緣所謂名色此所引經欲辯何義辯名與色爲觸生因名謂意法處色謂眼色處乃至身觸處此中名身名增語觸名爲身故得名身名如是色身名有對觸色爲身故得色身名是名爲體色爲體義此中意說增語觸因名增語觸有對觸因名有對觸非二觸體由此說言諸有行相諸有標舉施設名身施設色身言行相者謂諸外處行所行相得行相名言標舉者謂諸內處由此標舉諸觸名故謂名眼觸乃至意觸此意說言於諸有名體施設增語觸於諸有色體施設有對觸隨有所關所施設觸皆不得成此上經文且辯假觸爲辯緣此所生實觸復作是說若一切種名身色身皆無所有乃至廣說此義意言若一切種假觸非有則心所觸於三時中自名難了體不生故不可了知旣不可了知亦不可施設若作如是分別經義名色緣觸卽二緣觸然名色緣觸分位決定若二爲緣觸分位不定雖六處緣觸分位亦定而偏就有情所依顯示名色緣觸通就所依所緣顯示故有差別復有別義此中名身名增語觸卽是以名爲所依義此以意識爲所依故此中色身名有對觸卽是以色爲所依義此以五根爲所依故由是諸觸所依力故標別其名如眼識等所謂眼觸乃至

意觸意識與意是一義故若一切種名色所依六觸非有則定無有餘無依觸而可了知旣無可了知亦不可施設此義意言離六所依等假觸無故離六觸體外實觸亦無若作如是分別經義即六處緣觸說名色緣觸此中顯名色即六處差別爲辯緣起種種義門令阿難陀知甚深義有餘師說名色緣觸顯三和生顯根境功能說二緣觸說六處緣觸顯不共因用有說三種依對處緣起門如其次第即前六觸復合爲二其二者何頌曰

五相應有對　第六俱增語

論曰眼等五觸說名有對以有對根爲所依故唯有對法爲境界故第六意觸說名增語增語謂名名是意觸所緣長境故偏就此名增語觸意識通用名義爲增五不緣名故說爲長如說眼識但能了青不了是青意識了青亦了是青乃至廣說故有對觸名從所依境就所長境立增語觸名有說意識名爲增語於發語中爲增上故有言意識語爲增上方於境轉五識不然是故意識獨名增語與此相應名增語觸故有對觸名從所依境就相應主立增語觸名即前六觸隨別相應復成八種頌曰

明無明非二　無漏染污餘　愛恚二相應
樂等順三受

論曰明無明等相應成三一明觸二無明觸三非明非無明觸此三如次應知即是無漏染污餘相應觸餘謂無漏及染污餘即有漏善無覆無記無明觸中一分數起依彼復立愛恚二觸愛恚隨眠共相應故總攝一切復

成三觸一順樂受觸二順苦受觸三順不苦不樂受觸云何順受觸是樂等受所領故或能爲受行相依故名爲順受如何觸爲受所領行相依行相極似觸依觸而生故又與樂等受相應故或能引生樂等受故名爲順受如是合成十六種觸已辯觸當辯受頌曰

從此生六受　五屬身餘心

論曰從前六觸生於六受謂眼觸所生受至意觸所生受此合成二一者身受二者心受六中前五説爲身受依色根故意觸所生説爲心受但依心故頌曰

此復成十八　由意近行異

論曰於前所説一心受中由意近行異復分成十八云何十八意近行耶謂喜憂捨各六近行此復何緣立爲十八由三領納唯意相應六境有異故成十八非一受體意識相應境異成六領納異故意近行名爲自何義喜等有力能爲近緣令意於境數遊行故若説喜等意爲近緣於境數行名意近行則應想等亦得此名與意相應由意行故若唯意地有意近行豈不違經如契經言眼見色已於順喜色起喜近行乃至廣説此不相違如依眼識引不淨觀此不淨觀唯意地攝然契經言眼見色已隨觀不淨具足安住此亦如是依五識身所引意地喜等近行故作是説由彼經言眼見色已乃至廣説故意近行五識所引意識相應不應爲難何緣身受非意近行與意近行非同法故以意近行唯依意識故名爲近分别三世等自相共相境故名爲行一切身受與此相違故非意近亦不名行

豈不身受亦有此相身受領納色等境已意識隨行由身受力意識於境數遊行故此亦不然已說相故謂諸身受不依意識無分別故由彼不能分別境界功德過失故非彼力令意於境數數遊行又不定故謂身受後非決定有意識續生意受俱時必有意識故唯意受名意近行又生盲等類雖無見已乃至觸已而有近行故第三靜慮有意地樂亦應攝在意近行中此責不然初界無故又凝滯故謂欲界中無意地樂第三靜慮雖有不立又彼地樂凝滯於境近行於境數有推移不滯一緣方名行故又無所對若根所攝意近行故若爾應無捨意近行無所對故不爾憂喜即捨對故第三靜慮意地樂根無自根本地捨根為對故然無近分等無捨等近行失

以於初界中有同地所對故或復容有不容有故謂意捨等容有同地所敵對法意樂定無同地敵對故無有失然十八中前之十五色等近行名不雜緣以各別緣色等境故三法近行皆通二種若唯緣法及六內處名不雜緣若緣此七及五外處或別或總名為雜緣若雖非見乃至觸已而起喜憂捨亦是意近行若異此者未離欲貪應無緣色界色等意近行又在色界應無緣欲香味觸境諸意近行若爾何故契經中言眼見色已於順喜色起喜近行乃至廣說隨明了說故不相違或眼等所引易可分別故又諸近行亦異建立謂眼見色已起聲等近行至意知法已起色等近行隨無雜亂經如是說於中建立根境定故於順喜色起喜近行等此舉現在令

類解所餘續生命終唯捨近行非憂與喜捨任運得故及順彼位故唯有雜緣諸捨近行能正離染以意近行但有漏故唯捨非餘諸加行道中亦有喜近行非無間解脱根本定攝故最後解脱道容有喜近行諸意近行中幾欲界繫欲界意近行幾何所緣色無色界爲問亦爾頌曰

欲緣欲十八　色十二上三　二緣欲十二
八自二無色　後二緣欲六　四自一上緣
初無色近分　緣色四自一　四本及三邊
唯一緣自境

論曰欲界所繫具有十八緣欲界境其數亦然緣色界境唯有十二除香味六彼無境故緣無色境唯得有三彼無色等五所緣故緣不繫境亦唯有三説欲界繫已當説色界繫初二靜慮唯有十二謂除六憂若説所緣定無染汚能緣下境善緣欲境亦具十二除香味四餘八自緣二緣無色謂法近行緣不繫法亦唯二種三四靜慮唯六謂捨緣欲界境善亦具六除香味二餘四自緣一緣無色謂法近行緣不繫法亦唯一種説色界繫已當説無色繫空處近分雖有四種謂捨但緣色聲觸法緣第四靜慮亦具有四種此就許有別緣者説若執彼地唯總緣下但有雜緣法意近行緣無色界唯一謂法緣不繫法亦唯一種四根本地及上三邊唯一謂法但緣自境無色根本不緣下故彼上三邊不緣色故不緣下義如後當辯此緣不繫亦唯有一諸意近行通無漏耶頌曰

十八唯有漏

論曰無有近行通無漏者所以者何境長有故無漏諸法與此相違有說近行有情皆有無漏不然故非近行有說聖道任運而轉故順無相界故非近行體近行與此體相違故誰成就幾意近行耶謂生欲界若未獲得色界善心成欲一切初二定八三四定四無色界一所成上界皆不下緣唯染污故若已獲得色界善心未離欲貪成欲一切初靜慮十捨具六種未至地中善心得緣香味境故喜唯有四以但有染不緣下故豈不意近行眼等識所引彼既無鼻舌二識應無緣香味近行此責不然生盲聾等自性生念及在定中皆應無有色等近行故非一切五識所引成二定八三四靜慮無色如前已離欲貪若未獲得二定善心彼成欲界初定十二謂除六憂二靜慮等皆如前說若已獲得二定善心於初定貪未得離者成二定十謂喜但四唯染污故捨具六種已獲得彼近分善故餘如前說由此道理餘准應知若生色界唯成欲界一捨法近行謂通果心俱經主此中假為異說謂說如是諸意近行毗婆沙師隨義而立然我所見經義有殊所以者何非於此地已得離染可緣此境起意近行故非有漏喜憂捨三皆近行攝唯雜染者與意相牽數行所緣是意近行云何與意相牽數行或愛或憎或不擇捨為對治彼說六恒住謂見色已不喜不憂心恒住捨具念正知廣說乃至知法亦爾非阿羅漢無有世間緣善法喜但為遮止雜染近行故作是說未審經主以何相義為意近行蘊在心中執阿羅漢緣諸善法

有漏善喜非意近行非阿羅漢有意近行少與正理契經相違如何定知於諸境界或愛或憎或不擇捨方是近行非如先說諸離欲者或阿羅漢於有漏事雖全分斷而有有漏喜等現行不名近行此有何理又以何緣唯六恒住遠分所治貪等相應雜染喜等方名近行非餘有漏善喜等受又彼自說差別言故非染近行定有極成謂彼自言但為遮止雜染近行故作是說即已許有非染近行非六恒住正所徧遣故毗婆沙所說近行非與正理契經相違又諸有漏皆名雜染既許雜染皆名近行與此宗義有何相違又彼所說然我所見經義有殊誠如所說經義與彼所見別故謂彼契經為顯無學眼見色已非如昔時起貪瞋癡言不喜等不言見色已不起意近行故毗婆沙所說為善此諸近行獲得云何謂離欲貪前八無間八解脫道獲得初定近分地中六捨近行第九無間解脫道中獲得欲界通果心俱法捨近行獲得初定十二近行此初定言兼攝眷屬由此理趣離上地染如應當知然有差別謂離第四靜慮貪時第九無間及解脫道必不獲得自地下地通果心俱法捨近行離空處等諸地貪時一切無間及解脫道唯獲得一法捨近行得無學時獲得欲界初二靜慮十二近行三四靜慮六捨近行空無邊處四捨近行上地各一捨法近行於受生位從上地歿生下地時獲得當地所有近行生諸靜慮亦兼下地捨法近行又即喜等十八意行由為耽嗜出離依別故世尊說為三十六師句此差別句能表

大師是師幖幟故名師句如是諸句唯佛大師能知能說餘無能故有說此受應名師迹由是諸邪師行所依地故有說此受應名刀路或名怨路由此能爲受刀愛怨所著處故有說此受應名刀迹以契經說意爲刀故耽嗜依者謂諸染受出離依者謂諸善受無覆無記順善染故隨應二攝更不別說此三十六界地定者謂欲界中具三十六初二靜慮唯有二十謂耽嗜依八出離依十二三四靜慮唯有十種謂耽嗜依四及出離依六空處近分若許有別緣便有五種謂耽嗜依一出離依四若執唯總緣但有二種謂耽嗜依一出離依一無色根本及上三邊各唯有二如前應知此約界地所緣定者欲緣欲境具三十六緣色界境唯二十四除緣香味二依各六緣無色境唯有六種謂法近行三依各三緣不繫境亦唯此六由此道理色無色界緣境差別如應當思如契經說以六出離依喜近行爲杖爲依爲建立故於六耽嗜依喜近行能捨能棄及能變吐如是便斷乃至廣說此中所說斷十八種耽嗜依言顯暫時斷喜爲依故斷出離依憂近行言顯離欲染捨爲依故斷出離依喜近行言顯離第二靜慮地染一種性依捨爲依故斷種種性所依捨言顯離色染非彼性類爲依故斷一種性依捨言顯究竟離無色界染如是所說受有支中應知義門無量差別何緣不說所餘有支頌曰

餘已說當說

論曰所餘有支或有已說或有當說如前已

辯若爾何緣更興此頌爲於後頌遮廣釋疑由後頌中説煩惱等勿有於此生如是疑前已廣明四支義訖次應廣釋其餘有支爲顯後文依惑業事寄喻總顯十二有支故軌範師更與此頌如前已説十二有支略攝唯三謂惑業事此三用别其喻云何頌曰

此中説煩惱　如種復如龍　如草根樹莖
及如糠裹米　業如有糠米　如草藥如華
諸異熟果事　如成熟飲食

論曰如何此三種等相似如從種子芽葉等生如是從煩惱生煩惱業事如龍鎮池水恒不竭如是煩惱得相續鎮生池令惑業事流注無盡如草根未拔苗剪剪還生如是煩惱根未以聖道拔令生苗稼斷斷還起如從樹莖頻生枝華果如是從惑數起惑業事如糠裹米能生芽等非獨能生煩惱裹業能感後有非獨能感如米有糠能生芽等業有煩惱能招異熟如諸草藥果熟爲後邊業果熟已更不招異熟如華於果爲生近因業爲近因能生異熟如熟飲食但應受用不可轉生成餘飲食異熟果事既成熟已不能更招餘生異熟若諸異熟復感餘生餘復感餘應無解脫

阿毗達磨順正理論卷第二十九　說一切有部

音釋

嗜　時利切好也　慓幟　慓卑遥切立木繫帛於上曰慓幟昌志切旗也　穅糠　並苦郎切穀皮也

阿毗達磨順正理論卷第三十

尊者衆賢造
唐三藏法師玄奘奉　詔譯

辯緣起品第三之十

已辯緣起即於此中就位差別分成四有中生本死如前已釋善等差別三界有無今當略辯頌曰

於四種有中　生有唯染污　由自地煩惱
餘三無色三

論曰於四有中生有唯染決定非善無覆無記由何等惑一切煩惱諸煩惱染諸生有耶不爾云何但由自地謂生此地唯由此地中一切煩惱生有成染污諸煩惱中無一煩惱於結生位無潤功能然諸結生唯煩惱力非由纏垢所以者何以自力行悔覆纏等要由思擇方現起故然此位中身心昧劣要任運惑方可現行唯有隨眠數習力勝故諸煩惱能數現行於結生時任運現起諸纏及垢數習力劣非不思擇而得現前是故結生非諸纏垢有餘師說我慢我愛諸有情類數數現行結生位中隨一現起行相微細不捨相續故染生有唯此二能此二非無然非唯此聖結生有此不行故亦有現起無有愛故此慢及愛我見所資或有希求我斷滅者故非此二皆數現行由此極成但由自地諸煩惱力染污生有餘中有等一一通三謂彼皆通善染無記應知中有初續剎那亦必染污猶如生有如是四有何界所繫欲色具四無色唯三非無色業感中有果辯中有中已具思擇有情於此四種有中由何而住頌曰

有情由食住　段欲體唯三　非色不能益
自根解脫故　觸思識三食　有漏通三界
意成及求生　食香中有起　前二益此世
所依及能依　後二於當有　引及起如次
論曰經說世尊自悟一法正覺正說謂諸有情一切無非由食而住何等爲食食有四種一段二觸三思四識段有二種謂細及麤細謂中有食香爲食故及天劫初食無變穢故如油沃砂散入支故或細汗蟲嬰兒等食說名爲細翻此爲麤如是段食唯在欲界離段食貪生上界故非上界身依外緣住色界雖有能益大種而非段食如非妙欲如色界中雖有微妙色聲觸境而不引生增上貪故不名妙欲如是雖有最勝微妙能攝益觸而卑竟無分段吞噉故非段食雖非段食攝而非無食義如喜雖非四食中攝而經說爲食以有食義故如契經言我食喜食由喜食久住如極光淨天若爾欲界亦應唯口分段吞噉方名段食不爾欲界吞噉爲門餘可相從立此名故非於色界少有吞噉可令餘觸從彼爲名是故二界無相類失若人生在北俱盧洲離段吞噉壽豈斷壞雖不斷壞而所依身形色瘦損苦爲存活若爾如何彼由食住香等爲食非要吞噉彼定常觸如意妙香或觸可愛風等妙觸又彼身中有能益煖或非欲界皆資段食亦非段食定唯欲界從多就勝故作是言下有上無不應爲難然段食體事別十三以處總收唯有三種謂唯欲界香味觸三一切皆爲段食自體可成段別而吞噉故謂以口鼻分分受之以少從多故作是說

雖非吞噉但能益身命得久住亦細食攝猶如影光炎涼塗洗又刼初位地味等食亦名段食分段受故又諸飲等亦名段食皆可段別而受用故有餘師説一切食中此最爲勝以於攝益根大種中强而速故豈不求食爲除飢渴如何飢渴亦名爲食由此二種亦於根大能增益故如按摩等又於飲食無希欲心身便瘦損故二名食又有飢渴方名無病故爲食事此二勝餘色處應言是段食不應言是段亦段别噉故若爾何故言三處爲體以約食説故但言三色處何緣不名爲食是不至取根所行故以契經説段食非在手中器中可成食事要入鼻口牙齒咀嚼津液浸潤進度喉筒墮生臟中漸漸消化味勢熟德流諸脉中攝益諸蟲乃名爲食爾時方得成食事故若在手器以當爲名如天授名那落迦等雖彼分段總得食名而成食時唯香味觸爾時唯此爲根境故若總分段皆名食者聲不相應亦應是食非聲等物在彼段中可如香等亦名爲食以不相續無形段故非無形段不相續物能任持身可成食事又如何知色處非食身内攝益根大功能如香味觸不别見故爾時不生彼境識故且香與味爲食極成不待成立見塗洗等於身攝益觸有功能夫食必依味勢熟德於身損益思擇是非形顯俱非味勢熟德於身損益無有功能生自識時尚不損益自根大種況入身已不生自識能爲食事見日月輪等能損益眼根是觸功能非形顯力豈不苦樂與識俱生此二能爲損益事故色處於眼亦爲損益理不

應然眼與明等應成食故然彼爲境順苦樂觸能爲食事色處不然見安繕那籌等諸色眼不增損要至眼中眼方增損是故段食定非色處又與極成香等段食有共不共差別相故又諸段食要進口中咀嚼令碎壞其形顯香味觸增方成食事非未咀嚼香味觸增分明可了如已咀嚼故唯香味觸是眞實食體唯爲比三設功勞故若爾何故於契經中稱讚段食具色香味爲令欣樂兼讚助緣如亦讚言恭敬施與豈即恭敬亦名段食然成段食具正助緣如有讚華林具華果影水豈影與水亦即是林或此經中讚所捨受不言食體是色香味又先已說先說者何謂以當爲名爾時實非食讚假名食具色香味非辯眞食有何相違又歎食德非辯食體醫論所言有可愛飲食具色香味觸亦得非體又舉色相表香味觸亦妙可欣故作是說經何不讚食具觸耶讚具色等已說觸故非有惡觸具妙色等故有妙觸不說自成又唯觸處是眞食體讚此食體有色香味故經說食體無缺減然上座言所飲噉聚皆是食體無別說故諸所飲噉聚消變時一切皆能增血肉等任持相續令不斷壞是故一切皆名爲食彼言非理所以者何雖無別說應別取故如契經說業爲生因豈此生因通無漏業豈餘非業並非生因又如經言非黑非白無異熟業能盡諸業豈如是相業皆能盡諸業豈一切業皆是所盡又如經言識生住起應知即是苦生病住老死起義非無漏識可說此言如是等經其例非一雖無別說而應別取聚中

若有食相食用唯應取彼爲食非餘故此因不能證色亦是食又彼所說諸所飮噉聚消變時一切皆能增血肉等任持相續令不斷壞定知如是應設誠言斷不說因寧知形顯於消變位如香味觸增血肉等能任持身是故食體唯香味觸非色不能益自根解脫故夫名食者必先資益自根大種後乃及餘飮噉色時於自根大尚不爲益況能及餘由彼諸根境各別故有時見色生喜樂者緣色觸生是食非色如斯理趣前已具辯又不還者及阿羅漢解脱食貪雖見妙食而不生喜無所益故已說段食界繫及體觸思識三次當顯示觸謂根境識三和所生心所緣起中已廣思擇思謂意業識謂了境此三唯有漏通三界皆有如是四食體總有十六事唯後三

食說有漏言顯香等三不濫無漏何緣無漏觸等非食謂能牽能資諸有可猒可斷愛生長處無漏雖資他所牽有而自無有牽有功能非可猒斷愛生長處故不建立在四食中即由此因望他界地雖有漏法亦非食體他界地法雖亦爲因能資現有而不能作牽後有因故不名食諸無漏法現在前時雖能爲因資根大種而不能作牽後有因雖暫爲因資根大種而但爲欲成已勝依速趣涅槃永滅諸有自地有漏現在前時資現令增能招後有由此已釋段食爲因招後有義謂觸等食牽後有時亦牽當來內法香等現內香等資觸等因令牽當有亦能自取當來香等爲等流果是故段食與後有因同一果故亦能牽有故名爲食然香味觸體類有三謂異

熟生等流長養由外香等覺發身中內香味觸令成食事故所說食其理定成云何應知觸思識食俱時而起事用有殊若謂此三事用無別三食差別應不得成如一摶中具香味觸用別難知故立一段食名觸等用別不應同彼共不共知有差別故如香味觸世共同知是一食性觸等不爾又觸思識體用微細故別分三香等不爾又雖俱起隨一增故果現行時非無差別是故二體差別極成如契經說食有四種能令部多有情安住及能資益諸求生者言部多者顯已生義諸趣生已皆諸已生復說求生為何所因此因中有由佛世尊以五種名說中有故何等為五一者意成從意生故是牽引業所引果義若爾此應有太過失不爾中有不攬外緣精血等

物以成身故二者求生多喜尋察當生處故生謂生有中有多求趣生有處三者食香身資香食往生處故四者中有死生二有中間有故五者名起死有無間支體無缺身頓起故或復對向當生決定暫時起故如契經說有壞自體起有壞世間生起謂中有又經說有補特伽羅已斷起結未斷生結何緣說食唯有四種一切有為皆有食用經說涅槃亦有食故如契經說涅槃有食所謂覺支雖諸有為皆有食用而就勝說謂大仙尊為所化者就資有勝唯說四食如契經說二因二緣能生正見非淨戒等於正見生無因緣用四食勝用其相云何謂初二食能益此身所依能依後之二食能引當有能起當有如次資益引起色名二種有身故立四食所依謂色

即有根身能依謂名即心心所此中段食資益所依以有根身由此住故此中觸食資益能依以心心所由此活故如是二食於已生有資益功能最爲殊勝思爲引業識爲種子引起當有謂由業故能引當來名色二有業旣引已愛潤識種能令當有名色身起故契經說業爲生因愛爲起因如是二食於未生有引起功能最爲殊勝故唯說此四種爲食此四食中後二如生母生未生故前二如養母養已生故次第興者舉現見生因果差別爲顯名色二有無始故說前際不可了知謂如此生已起名色爲依引起感餘生業愛所潤識能爲種故令當來世名色果起如是此生所有名色以次前世名色爲依所引諸業愛潤識種爲因故起即彼前生所依名色復以前世名色爲依所引諸業愛潤識種爲因故起如是展轉故前世爲依是故名色二有無始或諸衆生有三種別一偏愛樂現可愛境二多希求當可愛境三於諸境起處中捨段食總益此三衆生觸食別益愛現境者思食別益希當境者識食別益處中捨者故唯說此四種爲食有說受爲生死根本段食是受所受境界觸食是受所領近因思是遠因識是所依故唯說此四種爲食或復段食能長境貪長養諸根及大種故如是境貪能廣於觸和合三事令生觸故觸能引受是所領故受復能作希望思因爲受希望境及生故希望思力令愛增廣由思欣樂虛妄樂故愛能潤識令續生有要染汚心能結生故識能生起名色有牙名色由識而生長故由斯故

說若於段食斷徧知時亦斷徧知五妙欲染若於觸食斷徧知時亦斷徧知樂等三受若於思食斷徧知時亦斷徧知欲等三愛若於識食斷徧知時亦斷徧知名色二有有說觀此能治四倒故說四食由不觀察段等四種如次能起淨樂常我四種顛倒經說四食能令部多有情安住及能資益求生有者此示四食能資居止三有衆生謂居生有本有中有如其次第除居死有居死有中食無能故言部多者謂居生有食持生有故說令安意顯生有唯一念故要由食持方能牽後言有情者謂居本有居本有中可共言說異非情故名爲有情食持本有故說令住住謂當位相續不斷言求生者謂居中有居中有中求生有故食持中有能令趣當生不可迴轉故名資益或復衆生略有三種一具煩惱二離煩惱三餘煩惱具煩惱者名爲部多於五趣中數數生故食能持彼故說令安正觀旣闕無求出心於生死中情安止故如闕眼者無行動心隨其所居而安止故離煩惱者名爲有情唯世俗說有情數故食能持彼故說令住如衆緣力持故壞車暫往餘方故名爲住餘煩惱者名爲求生容有希求當來合故和合生有其義無別餘煩惱者容有希求乃至行盡生有身故食能持彼故言資益謂資益彼至行盡位或有情類略有二種所謂已生將生差別諸已生者名部多有情諸將生者唯說爲求生諸已生者復有二種一者受用先行業果名爲部多二者受用現士用果名爲有情由先世食令現身中色力樂辯壽得

安立由現世食唯令現身相續無斷故說名住或令安者唯令不壞言令住者令成士用持將生者令趣正生故言資益諸求生者有說部多求生各别爲簡别故說有情言以說非情亦有食故如契經說我說大海及大河等悉皆有食爲簡彼故顯此所明是有情食非大海等若爾此言應成無用說段食等簡義已成非段等食資海等故唯有情類有段等食故有情言無簡别用乍可爲簡别說部多言以部多言中兼顯實義爲欲遮遣非實有情執爲有情故作是說謂諸外道無明所盲執諸叢林皆有思慮有見等故亦名有情此亦必應資段食等爲簡彼故須說實言如是實言顯極成義共許有思慮謂極成有情此極成有情方資段等食非不共許思慮有情何故世尊不唯略說食有四種令有情安部多求生二言何用豈不已說爲顯已生中有等異故作是說但說由食令有情安於義已周何勞復說已生中有差别等義餘契經中已作是說有情無不由食而存此中爲遮謗中有論及爲顯示生有近因故說部多求生差别或復勿有謂阿羅漢有學異生食無差别故說三句顯食有殊謂諸異生受諸飲食多由煩惱諸阿羅漢受諸飲食但爲支身諸有學者受諸飲食雖多生猒而有煩惱爲顯諸食雖並支身有唯應受用有亦須斷者故須具顯如是三句言於段食斷徧知者前雖說斷未了是何後說徧知顯是此斷或復緣彼煩惱名斷永拔其根故名徧知若爾不應作如是說若於段食斷徧知時亦斷徧知

五妙欲染五妙欲染得永斷時段食由斯可名爲斷雖有此理而佛爲彰俱時斷故作如是説以於段食緣縛斷時五妙欲貪其體名斷雖有此理而不應説段食斷時五欲貪斷色聲二種非段食故此責不然色聲二種與段食體同對治故諸修觀者猒段食故徧捨欲界故作是説或此中説五妙欲染非唯色等五境界貪若爾是何非賢聖事説名爲欲不離此界諸所起貪説名欲染色等五境能順增貪名五妙欲此五妙欲所屬之界亦得此名此界中貪依此緣此五妙欲界故名五妙欲染此意説言若段食斷欲界諸貪皆悉得斷以此與彼同對治故非貪斷時段食必斷段食斷時諸貪必斷是故契經作如是説有釋爲顯段食斷言唯據斷除修所斷染故説斷五妙欲染言如是釋言無染理趣此中唯説聖道離染已顯唯斷修所斷故必無聖道於一時中雙斷見修二所斷義謂聖道斷見所斷時緣段食貪決定未斷於後正斷段食貪時見所斷貪必先已斷故雖不説斷五妙欲染言而亦知唯據斷修所斷染又此簡別復何所成縱謂所言段食斷者亦顯已斷見所斷貪若如是知有何過失如説觸等斷徧知時亦斷徧知樂等餘法是故前釋於理無違豈不隨斷觸等一時受愛名色悉皆得斷何緣如次各別説耶以有衆生受愛後有隨於一種深覺過患爲欲令彼速得斷除如次爲説觸等因異又爲成觸等雖同時生而由果不同故三體別又爲顯食名稱於義謂所能引故名爲食食誰所引謂愛所引經説

四食愛爲緣故食能引誰受愛名色爲顯此義故作是言即顯因無果定非有觸復如何說名爲食以觸能有攝益用故受是攝益體非能攝益觸能攝益亦是攝益體攝益因故受所領故非一切思皆是思食要屬希望順愛現行意識相應乃名爲食故飢饉世愚癡小兒望懸砂囊而得存濟又世現見由有希望力便增長希望若絕力便衰微所爲退敗然契經說意思食者顯此唯與意識相應或爲遮思是我德用經說識食爲第四者此唯約有段食處說識能爲食其相云何了可愛境能任持身故若爾云何先作是說識食能益處中捨者由彼亦有可愛涅槃聖道等境有漏了別能任持身故無有過契經說有四種食食第二食言復有何用爲遮食外有能食者顯離諸食無食者故由此佛告頗勒具那我終不說有能食者佛說四食名愛因緣云何名爲愛因緣義所希愛事爲食體故何緣於食生於希愛因此發生諸樂受故緣樂受故諸愛得生諸愛已生執爲資具由食是愛隣近生因若愛已生復爲資具是故說食名愛因緣豈不食緣亦生於苦不應但說名愛因緣如契經言諸所有苦一切無不因食而生理實應然而愚夫類顛倒所覆於苦生因執爲樂因緣生希愛或苦所逼希離愛生此愛爲因追求飲食故佛說食名愛因緣或復果生能成食事有漏果苦說愛爲集是故說食名愛因緣若爾無學應無有食以無學者愛無有故或有食者皆應有愛此責不然已簡別故謂已簡別部多求生是有愛者四

食於彼如其次第安及資益據彼說食名愛因緣故無無學者無食有愛失或無學食先愛力引名愛因緣亦無有失謂先愛力所引發故令雖離愛仍求飲食故有伽他言非無食有命又如經說無明所覆愛所繫縛愚夫智者同得此身然無阿羅漢有無明愛失此亦應爾雖知據此名愛因緣然說此言復有何用為顯諸食能牽後有諸有愛者段食亦能為愛因緣牽後有故以世尊說四食皆為病癰箭根老死緣故此食復為先愛引生先愛復從先食引起如是展轉無始時來令生死輪旋環不絕為生猒捨故說此言又諸苦生皆因於食但由諸食為愛因緣為捨食緣令苦不起如欲止病應避病緣故說此言深成有用廣辯食已今應思擇於前所說中等四有死生三有唯一剎那於此時中何識現起此識復與何受相應定心無心得死生不住何性識得入涅槃於命終時識何處滅斷末摩者其體是何頌曰

斷善根與續　離染退死生　許唯意識中
死生唯捨受　非定無心二　二無記涅槃
漸死足齊心　最後意識滅　下人天不生
斷末摩水等

論曰斷善續善離界地染從離染退命終受生此六位中唯許意識皆是意識不共法故五識於此無有功能豈不最初結中有位亦唯意識所說生言已兼攝彼非離所說非此生言能攝結中有以結生有即中有攝故已遮中有生所攝故契經說有補特伽羅已斷生結未斷起結廣說四句本論亦顯中有非

生欲界命終還生欲界欲有續者謂欲界殁還受欲界中有生有如是等文極相違害無相違失諸經論文唯據生有說生言故中有初念雖亦名生而非生有何相違害本論亦有以生聲說結中有位有欲界繫見修所斷二部諸結一時獲者謂上界殁欲界生時此等生言說中有始以色無色死有無間頓獲欲界二部諸結豈不住彼死有刹那即獲此結且證中有始亦名生義得成立然彼死有當獲非正故頌生言兼攝中有意識雖具三受相應而死生時唯有捨受正死名死正生名生如正笑時說名爲笑不苦樂受性不明利順死生時苦樂二受性極明利不順死生非明利識有死生義以死生時必勝劣故由此故說下三靜慮唯近分心有死生理以根本地無捨受故雖說在意識得有死生而非在定心有死生理非界地別有死生故設界地同極明利故由勝加行所引發故又在定心能攝益故必由損害方有命終諸在定心非染污故必由染污方得受生異地染心亦攝益故加行起故無命終理異地染心必勝地攝何容樂往劣地受生故彼亦無能受生理一切異地淨無記心加行起故無命終理非染污故無受生理又非無心有命終義理相違故死有二種或他所害或任運終無心位中他不能害有殊勝法任持身故處無心位不任運終入心定能引出心故謂入心作等無間緣取依此身心等果法必無有別法能礙令不生若所依身將欲變壞必定還起屬此身心方得命終更無餘理又有契經證

無心不命終故契經說無想有情由想起已從彼處殁非無心位可得受生必由勝心現所引故住昧劣位而受生故離起煩惱無受生故亦有契經證無心不受生故契經言識若不入毋胎中者名色得成羯剌藍不乃至廣說雖死有心實通三性而阿羅漢必無染心雖有善心及二無記而强盛故不入涅槃入涅槃心唯二無記謂威儀路或異熟生若說欲界有捨異熟入涅槃心通二無記若說欲界無捨異熟入涅槃心但威儀路必無離受而獨有心辯業品中當廣思擇劣善何故不入涅槃以彼善心有異熟故諸阿羅漢猒背未來諸異熟果入涅槃故若爾住異熟應不入涅槃不爾已簡言猒背未來故何不猒背現在異熟知依現異熟求斷諸有故依現異熟證無學果知彼有恩不深猒患諸阿羅漢深猒當生故命終時避彼因善唯二無記勢力劣故順於昧劣相續斷心故入涅槃唯二無記眼等諸識雖依止色根尚無方所況復意識然約身根滅處說者若頓死者意識身根欻然總滅非有別處若漸死者往下人天於足齊心如次識滅謂墮惡趣說名往下彼識最後兩足處滅若往人趣識滅於齊若往天中識滅心處諸阿羅漢說名不生彼最後心亦心處滅有餘師說彼滅在頂正命終時於足等處身根滅故意識隨滅臨命終時身根漸滅至足等處欻然都滅如以少水置炎石上漸減漸消一處都盡必無同分相續爲因能無間生所趣後有唯漸命終者臨命終時有爲斷末摩苦受所逼無有別物名爲

末摩然於身中有異肢節觸便致死是謂末摩謂於身中有別處所風熱痰盛所逼切時極苦受生即便致死得末摩稱如有頌曰
身中有別處　觸便令命終　如青蓮華鬚
微塵等所觸
若水火風不平緣合互相乖反或總或別勢用增盛傷害末摩如以利刀分解肢節因斯引發極苦受生從此須臾定當捨命由茲理故名斷末摩非如斬薪說名爲斷如斷無覺故得斷名好發語言識刺於彼隨實不實傷切人心由此當招斷末摩苦何緣不說他斷末摩以無第四内災患故内三災患謂風熱痰水火風增隨所應起有說此似外器三災此斷末摩天中非有然諸天子將命終時先有五種小衰相現一者衣服嚴具絕可意聲二者自身光明欻然昧劣三者於沐浴位水滴著身四者本性囂馳今滯一境五者眼本凝寂今數瞬動此五相現非定命終遇勝善緣猶可轉故復有五種大衰相現一者衣染埃塵二者華鬘萎悴三者兩腋汗出四者臭氣入身五者不樂本座此五相現決定命終設遇强緣亦不轉故非此五相諸天皆有亦非此五一一皆具總集而說故言有五如何得知非一切有由教理故教謂經言三十三天有時集坐善法堂上共受法樂中有天子福壽俱終即天衆中不起于坐俄然殞歿都不覺知經說諸天五衰相現經五晝夜然後命終寧不覺知不起于坐理謂衰相皆是不善圓滿業果非一切天皆同集此不善業故世尊於此有情世間生住歿中建立三聚何

謂三聚頌曰

正邪不定聚　聖造無間餘

論曰一正性定聚二邪性定聚三不定性聚何名正性謂世尊言貪無餘斷瞋無餘斷癡無餘斷一切煩惱皆無餘斷是名正性何故唯斷說名正性謂此永盡邪僞法故又體是善常智者定愛故世尊亦說聖道名正性經說趣入正性離生故何名邪性謂有三種一趣邪性二業邪性三見邪性即是惡趣五無間業五不正見如次爲體於二定者學無學法五無間業如其次第定趣離繫地獄果故成就此者得此聚名即名爲聖造無間者正脱已脱煩惱縛故說名爲聖聖是自在離繫縛義或遠衆惡故名爲聖獲得畢竟離繫得故或善所趣故名爲聖中無間隔故名無間好爲此因故名爲造正邪定餘名不定性彼待二緣可成二故非定屬一得不定名

阿毗達磨順正理論卷第三十　說一切有部

音釋

咀嚼 咀慈呂切嚼在爵切　喉筒 喉戶鉤切咽也筒徒紅切　癰 於容切　齊 徂奚切與臍同　譏刺 譏居依切誚也刺七自切諷刺也　囂 許驕切喧也　瞬 舒閏切目動也　鬘 莫班切　萎悴 萎於危切悴秦醉切萎悴色不鮮也

阿毗達磨順正理論卷第三十一

尊者衆賢造
唐三藏法師玄奘奉詔譯

辯緣起品第三之十一

如是已辯有情世間器世間今當辯頌曰

安立器世間　風輪最居下　其量廣無數
厚十六洛叉　次上水輪深　十一億二萬
下八洛叉水　餘凝結成金　此水金輪廣
徑十二洛叉　三千四百半　周圍此三倍

論曰此百俱胝四大洲界如是安立同壞同成謂諸有情法爾修得諸靜慮故下命終已生第二等靜慮地中下器世間三災所壞經久遠已依下空中由諸有情業增上力有微風起後後轉增蟠結成輪其體堅密假設有一大諾健那以金剛輪奮威懸擊金剛有碎風輪無損如是風輪廣無數厚十六億踰繕那又諸有情業增上力起大雲雨澍風輪上滴如車軸積水成輪如是水輪於未凝結位深十一億二萬踰繕那廣稱風輪有言狹小有情業力持令不散如所食飲未熟變時終不移流墮於熟藏有餘師說由風所持令不傍流如篅持穀有情業力引別風起搏擊此水上結成金如熟乳停上凝成膜故水輪減唯厚八洛叉餘轉成金厚三億二萬二輪界別有百俱胝一一二輪廣量皆等謂徑十二億三千四百半周圍其邊數成三倍謂周圍量成三十六億一萬三百五十踰繕那已辯三輪山今當辯頌曰

蘇迷盧處中　次踰健達羅　伊沙馱羅山
竭地洛迦山　蘇達梨舍那　頞濕縛羯拏

毗那怛迦山　尼民達羅山　於大洲等外
有鐵輪圍山　前七金所成　蘇迷盧四寶
入水皆八萬　妙高出亦然　餘八半半下
廣皆等高量
論曰於金輪上有九大山妙高山王處中而住餘八周匝繞妙高山於八山中前七名内第七山外有大洲等此外復有鐵輪圍山周帀如輪圍四洲界持雙等七唯金所成妙高山王四寶爲體謂四面如次北東南西金銀吠瑠璃頗胝迦寶隨寶威德色顯於空故贍部洲空似吠瑠璃色如是寶等從何而生從諸有情業增上力復大雲起雨金輪上滴如車軸經於久時積水奔濤深踰八萬猛風鑚擊寶等變生如是變生金寶等已復由業力引起別風簡別寶等攝令聚集成山成洲分水甘鹹令別成立内海外海云何一類水別類寶等生雨水能爲異類寶等種所依藏復爲種種威德猛風之所鑚擊生衆寶等故無有過如是九山住金輪上没水量皆等八萬踰繕那蘇迷盧山出水亦爾如是則說妙高山王從下金輪上至其頂總有十六萬踰繕那其餘八山出水高量從内至外半半漸卑謂初持雙出水四萬乃至最後鐵輪圍山出水三百一十二半如是九山一一廣量各各與自出水量同已辯九山海今當辯頌曰
山間有八海　前七名爲内　最初廣八萬
四邊各三倍　餘六半半狹　第八名爲外
三洛叉二萬　二千踰繕那
論曰妙高爲初輪圍爲後中間八海前七名内七中皆具八功德水一甘二冷三軟四輕

五清淨六不臭七飲時不損喉八飲已不傷腹如是七海初廣八萬約持雙山內邊周量於其四面數各三倍謂各成二億四萬踰繕那其餘六海量半半狹謂第二海量廣四萬乃至第七量廣一千二百五十此等不說周圍量者以煩多故准前知故第八名外鹹水盈滿量廣三億二萬二千理實應言其量復有一千二百八十七半已辯八海當辯諸洲形量有異頌曰

於中大洲相　南贍部如車　三邊各二千
南邊有三半　東毗提訶洲　其相如半月
三邊如贍部　東邊三百半　西瞿陀尼洲
其相圓無缺　徑二千五百　周圍此三倍
北俱盧畟方　面各一千等　中洲復有八
四洲邊各二

論曰於外海中大洲有四謂於四面對妙高山南贍部洲北廣南狹三邊量等其相如車南邊唯廣三踰繕那半三邊各有二千踰繕那唯此洲中有金剛座上窮地際下據金輪諸最後身菩提薩埵將登無上正等菩提皆坐此座上起金剛喻定以無餘依及餘處所有堅固力能持此故東勝身洲東狹西廣三邊量等形如半月東三百五十三邊各二千此東洲東邊廣南洲南際故東如半月南贍部如車西牛貨洲圓如滿月徑二千五百周圓七千半北俱盧洲形如方座四邊量等面各二千既說畟方面各二千已其義已顯故等言無用或應但說圓及等言無缺畟方便爲無用又應說如滿月方座不應但說圓無缺等隨自洲相人面亦然復有八中洲是大

洲眷屬謂四大洲側各有二中洲贍部洲邊二中洲者一遮末羅洲二筏羅遮末羅洲勝身洲邊二中洲者一提訶洲二毗提訶洲牛貨洲邊二中洲者一舍搋洲二嗢怛羅漫怛里拏洲俱盧洲邊二中洲者一矩拉婆洲二憍拉婆洲此一切洲皆人所住由下劣業增上所生故住彼人身形卑陋有餘師說遮末羅洲邏刹娑居餘皆人住辯諸洲已無熱惱池何方幾量頌曰

此北九黑山　雪香醉山內　無熱池縱廣
五十踰繕那

論曰依至教說此贍部洲從中印度漸次向北三處各有三重黑山有大雪山在黑山北大雪山北有香醉山雪北香南有大池水名無熱惱出四大河從四面流趣四大海一殑伽河二信度河三私多河四縛芻河無熱惱池縱廣正等面各五十踰繕那量八功德水盈滿其中非得通人難至其所於此池側有贍部林樹形高大其果甘美依此林故名贍部洲或依此果以立洲號復於何處置捺落迦何量有幾頌曰

此下過二萬　無間深廣同　上七捺落迦
八增皆十六　謂煻煨屍糞　鋒刃烈河增
各住彼四方　餘八寒地獄

論曰此贍部洲下過二萬有阿鼻旨大捺落迦深廣同前謂各二萬故彼底去此四萬踰繕那何緣唯此洲下有無間獄唯於此洲起極重惡業故刀兵等災唯此有故唯此洲人極利根故以無樂間立無間名所餘地獄中雖無異熟樂而無太過失有等流樂故有說

無隙立無間名雖有情少而身大故有說於中受苦無間謂彼各爲百釘釘身於六觸門恒受劇苦居熱鐵地鐵牆所圍猛燄交通曾無暫歇身遭熱逼苦痛難任雖有四門遠覩開闢而走求出便見關閉所求不遂荼毒怨傷以已身薪投赴猛火焚燒支體骨肉焦然惡業所持而不至死餘七地獄在無間上重累而住其七者何一者極熱二者炎熱三者大叫四者號叫五者衆合六者黑繩七者等活有說此七在無間傍八地獄因差別無量世尊雖有委說勝能宜聞者無故不委說少有所說具如經等如伽他言

多百踰繕那　周徧燄交徹　聞擧身毛竪
生極大怖畏

如是等頌其類寔多皆爲顯成地獄因果若外若内自身他身皆出猛火互相燒害熱中極故名爲極熱火隨身轉炎熾周圍熱苦難任故名炎熱劇苦所逼發大酷聲悲叫稱怨故名大叫衆苦所逼異類悲號怨發叫聲故名號叫衆多苦具俱來逼身合黨相殘故名衆合先以墨索拼量支體後方斬鋸故名黑繩衆苦逼身數悶如死尋穌如本故名等活謂彼有情雖遭種種斫刺磨擣而彼暫遇涼風所吹尋穌如本等前活故立等活名八㮈落迦增各十六謂四門外各有四增以非皆異名但標其定數故薄伽梵說此頌言

此八㮈落迦　我說甚難越　以熱鐵爲地
周匝有鐵牆　四面有四門　關閉以鐵扇
巧安布分量　各有十六增　多百踰繕那
滿中造惡者　周徧燄交徹　猛火恒洞然

此十六中受苦增劇過本地獄故說爲增或於此中受種種苦具多類故說爲增或地獄中適受苦已重遭此苦故說爲增有說有情出地獄已數復遭苦故說爲增門各四增名差別者煻煨屍糞鋒刃烈河門門四增名皆相似彼有情類從大獄中排極艱辛衝門走出求離求救求安所居忽復墜初煻煨增內謂此增內煻煨沒膝其量寬廣多踰繕那有情遊中纔下其足皮肉與血俱焦爛墜舉足還生平復如本經極艱阻從煻煨出復墮第二屍糞增中謂此增中屍糞泥滿查瀨臭溢深沒於人又廣於前煻煨增量於中多有蜋矩吒蟲觜利如針身白頭黑有情遊彼皆爲此蟲鑽皮破骨咂食其髓遭苦既久從屍糞出復涉第三鋒刃增內謂此增內復有三種初刀刃路謂於此中仰布刀刃以爲大道有情遊踐纔下足時皮肉與血俱斷碎墜舉足還生平復如本次劒葉林謂此林上純以銛利劒刃爲葉有情遊下風吹葉墜斬刺支體骨肉零落有烏駮狗攫令僵仆齧首啟足齩頸擘胛攫腹搯心摣掣食噉後鐵刺林謂此林內鐵樹高聳量過百人有利鐵刺長十六指有情被逼上下樹時其刺銛鋒下上鑱刺有鐵觜鳥探啄有情眼睛心肝爭競而食刀刃路等三種雖殊而鐵杖同故一增攝久經苦毒越此增已復溺第四烈河增中謂此增河其量深廣熱鹹烈水盈滿其中有情溺中或浮或沒或逆或順或橫或轉被蒸被煮骨肉糜爛如大鑊中滿盛灰汁置麻米等猛火下然麻等於中上下迴轉舉體糜爛有情

亦然設欲逃亡於兩岸上有諸獄卒手執刀槍禦捍令迴無由得出復有獄卒張大鐵網漉諸有情置於岸上洋銅灌其口令吞熱鐵丸衆苦備經還擲河内此河如塹前三似園圍繞莊嚴諸大地獄已說有八熱捺落迦寒捺落迦亦有八種何等爲八一頞部陁二尼剌部陁三頞哳吒四嚯嚯婆五虎虎婆六嗢鉢羅七鉢特摩八摩訶鉢特摩此中有情嚴寒所逼隨身聲瘡變立差別想名謂一二三如其次第此寒地獄在繞四洲輪圍山外極冥闇所於中恒有凄勁冷風上下衝擊縱横旋擁有情由此屯聚相依寒酷切身膚皮皰裂體戰殭鞕各出異聲瘡開剖折如三華相多由謗賢聖招如是苦果有說此在熱地獄傍以贍部洲上尖下闊形如穀聚故得苞容

是故大海漸深漸狹十六大獄皆諸有情增上業感餘孤地獄或多一一各別業招或近江河山間曠野或在地下空中餘處無間大熱及炎熱三於中皆無獄卒防守大叫號叫及衆合三少有獄卒琰魔王使時時往來巡撿彼故其餘皆爲獄卒防守有情異類獄卒防守治罰罪有情故火不焚燒有情卒者彼身別稟異大種故或由業力所遮隔故一切地獄身形皆竪初同聖語曾聞有以聖語告言汝在人中不觀欲過又不承敬梵志沙門是故於今受斯劇苦彼聞領解生慙悔心後不分明苦所逼故諸地獄器安布如是傍生所止謂水陸空生類顯形無邊差別其身行相少竪多傍如水邏刹娑及緊捺落等雖傍生攝而形竪行本住海中後流五趣初

同聖語後漸乖訛諸鬼本住琰魔王國從此展轉散趣餘方此贍部洲南邊直下深過五百踰繕那量有琰魔王都縱廣量亦爾鬼有三種謂無少多財無財復三謂炬鍼臭口炬口鬼者此鬼口中常吐猛焰熾然無絕身如被燎多羅樹形此受極慳所招苦果鍼口鬼者此鬼腹大量如山谷口如鍼孔雖見種種上妙飲食不能受用飢渴難忍臭口鬼者此鬼口中恒出極惡腐爛臭氣過於糞穢沸溢厠門惡氣自熏恒空嘔逆設遇飲食亦不能受飢渴所惱狂叫亂奔少財亦有三謂鍼臭毛癭鍼毛鬼者此鬼身毛堅剛銛利不可附近内鑽自體外射他身如鹿箭中毒膖狂走時逢不淨少濟飢渴臭毛鬼者此鬼身毛臭甚常穢熏爛肌骨蒸坌腸腹衝喉變嘔荼毒難忍攫體拔毛傷裂皮膚轉加劇苦時逢不淨少濟飢渴言癭鬼者謂此鬼咽惡業力故生於大癭如大癰腫熱膖酸疼更相劇齧臭膿涌出爭共取食少得充飢多財亦有三謂希祠希棄大勢希祠鬼者此鬼恒時往祠祀中饗受他祭生處法爾能歷異方如鳥陵虛往還無礙由先勝解作是希望我若命終諸子孫等必當祠我資具飲食由勝解力生此鬼中乘宿善因感此祠祭或有先世性愛親知為欲皆令豐足資具如不如法積集珍財慳悋居心不能布施乘斯惡業生此鬼中住本舍邊便穢等處親知追念為請沙門梵志孤窮供施崇福彼鬼見已於自親知及財物中生已有想又自明見慳果現前於所施田心生淨信相續生長捨相應思由此便成順

現法受秉斯故得資具豐饒希棄鬼者此鬼恒欲收他所棄吐殘糞等用充所食亦得豐饒謂彼宿生慳過失故有飲食處見穢或空樂穢見空樂淨見穢亦由現福如其所應各得豐饒飲食資具生處法爾所受不同不可推徵祠到所以如地獄趣異熟生色斷已還續餘趣則無於人趣中有勝念智修梵行等餘趣中無天中隨欲衆具皆現如斯等事生處法然不可於中求其定量大勢鬼者謂諸藥叉及邏刹娑恭畔茶等所受富樂與諸天同或依樹林或住靈廟或居山谷或處空宫然諸鬼中無威德者唯三洲有除北俱盧若有威德天上亦有贍部洲西有五百渚於中有二唯鬼所居渚各有城二百五十有威德鬼住一渚城一渚城居無威德鬼曾聞昔有大轉輪王名曰尼彌將欲巡境先告御者摩怛黎言宜引我車從是道去使吾現見罪福果殊時摩怛黎如王所勑引車至彼二渚中間處上空中令王俯見有威德鬼處妙宫臺富樂莊嚴凌下天衆無威德鬼處穢城村老瘦飢窮露形被髮手執瓦器乞匃支身王覩如斯彌鑒因果諸鬼多分形竪而行於劫初時皆同聖語後隨處别種種乖訛日月所居量等義者頌曰

日月迷盧半　五十一五十　夜半日没中
日出四洲等　兩際第二月　後九夜漸增
寒第四亦然　夜減晝翻此　晝夜增臘縛
行南北路時　近日自影覆　故見月輪缺

論曰日月衆星依何而住依風而住謂諸有情業增上力共引風起繞妙高山空中旋環

運持日等令不停墜彼所住去此幾踰繕那持雙山頂齊妙高山半日等徑量幾踰繕那日五十一月唯五十星最小者半俱盧舍最大者十六踰繕那日輪下面頗胝迦寶火珠所成能熱能照月輪下面頗胝迦寶水珠所成能冷能照隨有情業增上所生能於眼身果華稼穡藥草等物如其所應爲益爲損四洲日月各有別耶不爾四洲同一日月俱時四處作所作耶不爾云何夜半日没日中日出四洲時等俱盧贍部牛貨勝身隔妙高山相對住故若俱盧夜半則贍部日中勝身日没牛貨日出若牛貨日中則勝身夜半贍部日没俱盧日出此略義者隨何洲相對日中月中餘二洲隨應西没東出第三洲處夜中晝中由是若時勝身牛貨如其次第日中月中爾時先明四洲皆有然先作事在東南洲於西北洲唯明作事俱見兩事在北南洲謂贍部洲見日出月没見月出日没謂俱盧洲東勝身洲唯得見日唯得見月謂牛貨洲如是所餘例應思擇何緣晝夜有減有增日行此洲路有別故從雨際第二月後半第九日夜漸增從寒際第四月後半第九日夜漸減晝增減位與此相違夜漸增時晝便漸減夜漸減位晝則漸增晝夜增時一晝夜增幾增一臘縛晝夜減亦然日行此洲向南向北如其次第夜增晝增何故月輪於黑半末白半初位見有缺耶世施設中作如是釋以月宮殿行近日輪月被日輪光所侵照餘邊發影自覆月輪令於爾時見不圓滿理必應爾以於爾時亦見不明全月輪故由是日没月便

出時相去極遥見月圓滿有餘師說由日月輪行度不同現有圓缺此不應理應無定故或應思求餘決定理日等宫殿何有情居四大天王所部天衆是諸天衆唯住此耶若空居天唯住如是日等宫殿若地居天住妙高山諸層級等有幾層級其量云何何等諸天住何層級頌曰

妙高層有四　相去各十千　傍出十六千
八四二千量　堅手及持鬘　恒憍大王衆
如次居四級　亦住餘七山

論曰蘇迷盧山有四層級始從水際盡第一層相去十千踰繕那量如是乃至從第三層盡第四層亦十千量此四層級從妙高山傍出圍繞盡其下半最初層級出十六千第二第三第四層級如其次第八四二千住初層天名爲堅手持鬘居第二恒憍處第三四大天王及諸眷屬各一方面住第四層堅手等三天皆四王衆攝持雙山等七金山上亦有四王所部村邑是名依地住四大王衆天於欲天中此天最廣三十三天住在何處頌曰

妙高頂八萬　三十三天居　四角有四峯
金剛手所住　中宫名善見　周萬踰繕那
高一半金城　雜飾地柔輭　中有殊勝殿
周千踰繕那　外四苑莊嚴　衆車麤雜喜
妙地居四方　相去各二十　東北圓生樹
西南善法堂

論曰三十三天住迷盧頂其頂四面各二十千若據周圍數成八萬有餘師說面各八十千與下際四邊其量無別山頂四角各有一峯其高廣量各有五百有藥叉神名金剛手

於中止住守護諸天於山頂中有宮名善見面二千半周萬踰繕那金城量高一踰繕那半其地平坦亦眞金所成俱用百一雜寶嚴飾地觸柔軟如妬羅綿於踐躡時隨足高下是天帝釋所都大城城有千門嚴飾壯麗門有五百青衣藥叉勇健端嚴踰繕那量各嚴鎧仗防守城門於其城中有殊勝殿種種妙寶具足莊嚴蔽餘天宮故名殊勝面二百五十周千踰繕那是謂城中諸可愛事城外四面四苑莊嚴是彼諸天共遊戲處一衆車苑謂此苑中隨天福力種種車現二麤惡苑天欲戰時隨其所須甲仗等現三雜林苑諸天入中所玩皆同俱生勝喜四喜林苑極妙欲塵雜類俱臻歷觀無猒如是四苑形皆畟方一一周千踰繕那量居中各有一如意池面各五十踰繕那量八功德水彌滿其中隨欲妙華寶舟好鳥一一奇麗種種莊嚴四苑四邊有四妙地中間各去苑二十踰繕那地一一邊量皆二百是諸天衆勝遊戲所諸天於彼捔勝歡娛城外東北有圓生樹是三十三天受欲樂勝所槃根深廣五踰繕那聳幹上昇枝條傍布高廣量等百踰繕那挺葉開華妙香芬馥順風熏滿百踰繕那若逆風時猶徧五十若謂經遮故無逆風熏經就人間香校量無失謂現見故引校德香且對人間香讚德香爲勝諸天福勝感此樹香雖天和風力所擁遏然能相續流趣餘方非人間香能有是事業果差別難可思議不應以人貶量天福城外西南角有大善法堂三十三天時集詳辯制伏阿素洛等如法不如法事如是

已辯三十三天所居外器餘有色天衆所住器云何頌曰

此上有色天　住依空宮殿

論曰從夜摩天至色究竟所住宮殿皆但依空有說空中密雲彌布如地爲彼宮殿所依外器世間至色究竟上無色故不可施設如是所說諸天衆中頌曰

六受欲交抱　執手笑視婬

論曰梵衆天等由對治力於諸欲法皆已遠離唯六欲天受妙欲境六欲天者一四大王衆天謂彼有四大王及所領衆或彼天衆事四大王是四大王之所領故二三十三天謂彼天處是三十三部諸天所居三夜摩天謂彼天處時時多分稱快樂哉四覩史多天謂彼天處多於自所受生喜足心五樂變化天謂彼天處樂數化欲境於中受樂六他化自在天謂彼天處於他所化欲境自在受樂六中初二依地居天形交成婬與人無別然風氣泄熱惱便除非如人間有餘不淨夜摩天衆纔抱成婬俱起染心暫時相抱熱惱便息唯一起染雖受抱樂而不成婬若俱無染心雖相執抱如親相敬愛而無過失覩史多天但由執手熱惱便息樂變化天惟相向笑便除熱惱他化自在相視成婬如是後三俱一無染成婬樂愛差別如前後二天中惟化貪具若異此者俱染不成實並形交方成婬事施設所說顯時不同由上諸天欲境轉妙貪心轉重身觸有殊故經少時數成婬事不爾天欲樂應少於人中隨彼諸天男女膝上有童男童女欻爾化生即說爲彼天所生男女

初生天衆身量云何頌曰

初如五至十　色圓滿有衣

論曰且六欲諸天初生如次如五六七八九十歲人生已身形速得圓滿色界天衆於初生時身量周圓具妙衣服一切天衆皆作聖言謂彼言詞同中印度然不由學自解典言

欲生樂生云何差別頌曰

欲生三人天　樂生三九處

論曰欲生三者有諸有情樂受現前諸妙欲境彼於如是現欲境中自在而轉謂全人趣及下四天有諸有情樂受自化諸妙欲境彼於自化妙欲境中自在而轉謂惟第五樂變化天有諸有情樂受他化諸妙欲境彼於他化妙欲境中自在而轉謂第六他化自在天此欲生三依何建立依受如生現前欲境故依受如樂自化欲境故依受如樂他化欲境故又依所受下中上境故又依受用有罪有勞現前欲境故依樂受用無罪有勞自化欲境故依樂受用無罪無勞他化欲境故依如是等故有差別樂生三者三靜慮中於九處生受三種樂以彼所受有樂異熟無苦異熟故名樂生此樂生三依何建立依多安住離生喜樂定生喜樂離喜樂故或依三種災所及故或依尋喜樂增上故或依身想異無異故依如是等故有差別大梵既有喜樂現行名樂生天亦無有失所説諸天二十二處上下相去其量云何頌曰

如彼去下量　去上數亦然

論曰一一中間踰繕那量非易可數但可摠舉彼去下量去上例然隨從何天去下海量

彼上所至與去下同謂妙高山從第四層級去下大海四萬踰繕那上去三十三天亦如去下海量如三十三天去下大海上去夜摩天其量亦爾如是乃至如善見天去下大海從彼上去色究竟天其量亦爾如是懸遠多踰繕那如明眼人暫見色頂世尊能以意勢神通運身往來自在無礙故佛神力不可思議於下處生昇見上不須曰

離通力依他　下無昇見上

論曰如四天王衆昇見三十三天非三十三天昇見夜摩天等然彼若得定所發通一切皆能昇見於上或依他力昇見上天謂得神通及上天衆引接往彼隨其所應或上天來下亦能見若上界地來向下時非下化身下眼不見非其境界故如不覺彼觸故上界地來向下時必化下身爲令下見有餘部說如欲界中若往若來下眼見上如是色界諸地往來設離下化身下眼亦見上彼說非理以色界中諸地相望因果斷故要離下地染方得上生故下地眼根不見上色是卑下業所感果故雖欲見上而無見能依地居天已說處量夜摩天等處量云何有說四天如迷盧頂有說此四上倍倍增有餘師言初靜慮地宮殿依處等一四洲第二靜慮等小千界第三靜慮等中千界第四靜慮等大千界有餘師言下三靜慮如次量等小中大千第四靜慮量無邊際齊何量說小中大千頌曰

四大洲日月　蘇迷盧欲天　梵世各一千
名一小千界　此小千千倍　說名一中千
此千倍大千　皆同一成壞

論曰千四大洲乃至梵世如是總說爲一小千千倍小千名一中千界千中千界總名一大千此中小千唯舉至梵世故少光等非小千界攝積小千等爲中大千故中大千亦不攝彼又言小者是卑下義以除上故如截角牛積小成餘亦非攝彼此三千界同壞同成其中有情壞成亦等如外器量別身量亦別耶亦別云何頌曰

贍部洲人量　三肘半四肘　東西北洲人
倍倍增如次　欲天俱盧舍　四分一一增
色天踰繕那　初四增半半　此上增倍倍
唯無雲減三

論曰贍部洲人身多長三肘半於中少分有長四肘東勝身人身長八肘西牛貨人長十六肘北俱盧人三十二肘欲界六天最下身量一俱盧舍四分之一如是後後一一分增至第六天身一俱盧舍半色天身量初梵衆天半踰繕那梵輔全一大梵一半少光二全此上餘天皆增倍倍惟無雲減三踰繕那謂無量光天倍增二至四乃至色究竟增滿萬六千身量既殊壽量別不亦別云何頌曰

北洲定千年　西東半半減　此洲壽不定
後十初叵量　人間五十年　下天一晝夜
乘斯壽五百　上五倍倍增　色無晝夜殊
劫數等身量　無色初二萬　後後二二增
少光上下天　大全半爲劫

論曰北俱盧人定壽千歲彼於人趣福力最强鈍根薄塵多諸快樂無攝受過死必上生少受士用果離諸違諍濁以彼有情所受種種衣服嚴具皆從樹生諸妙華香處處皆有

宮殿臺閣池路橋船采女園林自然華麗其地平坦無有丘坑荆棘瓦礫毒刺鹹鹵亦無毒蟲諸惡禽獸一切資具非工所成晝夜雖恒受用無罪諸善業果而不躭著西牛貨人壽五百歲東勝身人壽二百五十歲南贍部人壽無定限劫後增減或少或多少極十年多極八萬於劫初位人壽叵量非百千等所能計故已説人間壽量長短要先建立天上晝夜方可筭計天壽短長天上云何建立晝夜人五十歲爲六天中最在下天一晝一夜乘斯晝夜三十爲月十二月爲歲彼壽五百年上五欲天漸俱增倍謂人百歲爲第二天一晝一夜乘斯晝夜成月及年彼壽千歲夜摩等四隨次如人二四八百千六百歲爲一晝夜乘斯晝夜成月及年如次彼壽二四八

千萬六千歲持雙已上日月並無晝夜光明依何而有依華開合鳥鳴不鳴寤寐不同立有晝夜外光明事依内身成已説欲天壽量長短色天無有晝夜差别但以劫數知壽短長彼劫壽短長與身量數等謂若身量半踰繕那壽量半劫若彼身量一踰繕那壽量一劫乃至身量長萬六千壽量亦同萬六千劫已説色界天壽短長無色四天從下如次壽量二四六八萬劫上所説劫爲定依何爲壞爲成爲中爲大少光以上大全爲劫自下諸天大半爲劫即由此故説大梵王過梵輔天壽一劫半空成住壞各二十中總八十中爲一大劫取成住壞總六十中爲大梵王一劫半壽故以大半四十中劫爲下三天所壽劫量已説善趣壽量短長惡趣云何頌曰

等活等上六　如次以欲天　壽爲一晝夜
壽量亦同彼　極熱半中劫　無間中劫全
傍生極一中　鬼月日五百　頞部陀壽量
如一婆訶麻　百年除一盡　後後倍二十

論曰惡趣亦無如人晝夜然其壽量比況可知四大王等六欲天壽如其次第爲等活等六捺落迦一晝一夜壽量如次亦同彼天謂四大王壽量五百於等活地獄爲一晝一夜乘此晝夜成月及年以如是年彼壽五百乃至他化壽萬六千於炎熱地獄爲一晝一夜乘此晝夜成月及年彼壽如斯萬六千歲極熱地獄壽半中劫無間地獄壽一中劫傍生壽量多無定限若壽極長亦一中劫謂難陀等諸大龍王故世尊言大龍有八皆住一劫能持大地鬼以人間一月爲一日乘此成月歲壽五百年寒那落迦云何壽量世尊寄喻爲彼壽言如此人間佉梨二十成摩揭陀國一麻婆訶量有置苣藤平滿其中設復有能百年除一如是苣藤易有盡期生頞部陀壽量難盡此二十倍爲第二壽如是後後二十倍增是謂八寒地獄壽量此諸壽量有中夭耶頌曰

諸處有中夭　除北俱盧洲

論曰諸處壽量皆有中夭唯北俱盧定壽千歲此約處說非別有情有別有情不中夭故謂住覩史多天一生所繫菩薩決定盡彼天中壽量若最後有佛記佛使隨信法行菩薩輪王母懷彼二胎時此等有情事未究竟終不中夭非謂必盡隨所生處壽量短長

阿毗達磨順正理論卷第三十一 說一切有部

音釋

篅市緣切竹圌也
嫛方嫛初力切嫛方正方也
搋丑皆切
嗢烏沒切
煻煨溏徒郎切煨烏㤥切煻煨灰火也
劇奇逆切甚也
拼補耕切
蜋呂張切
駮北角切色不純也
撲普木切踣也
齧五結切噬也
齩五巧切齧也
齣頸齣客牙切大齧也頸經郢切頭莖也
擘胂擘博厄切胂矧人切當春肉也
攫屋虢切手取也
搯苦洽切爪刺也
攎掣攎側加切又取也掣昌列切牽曳也
銛思廉切利也
鑱鋤銜切鑴也
觜即委切喙也
塹七豔切坑也
頞部陀梵語也此云皰頞音遏
尼刺部陀梵語也此云皰裂刺郎達切
頞哳吒哳陟轄切吒陟駕切頞哳吒八寒地獄名也
嚯嚯婆嚯虛郭切嚯嚯婆八寒地獄名也
嗢鉢羅梵語也此云青蓮華以寒所逼作青蓮華色也嗢烏沒切
殭居良切[illegible]也
鞕魚孟切堅也
癭幺郢切頸瘤也
脪火靳切腫起也
剫𪗋剫敷羈切剝也𪗋子禮切手搦也
捔古嶽切校也
欻許勿切忽也
苣藤苣其呂切藤詩證切苣藤胡麻也

阿毗達磨順正理論卷第三十二

尊者衆賢造
唐三藏法師玄奘奉詔譯

辯緣起品第三之十二

如是已說踰繕那等辯器世間身量差別就年等辯壽量有殊二量不同未說應說建立此等無不依名前二及名未詳極少今應先辯三極少量頌曰

極微字剎那　色名時極少

論曰以勝覺慧分析諸色至一極微故一極微爲色極少不可析故如是分析諸名及時至一字剎那爲名時極少一字名者如說掉名何等名爲一剎那量經主率意作是釋言謂衆緣合時法得自體頃如是所釋理不極成應審法生前體爲有非有對法者說衆緣合時諸法得生非得自體未生諸法已有體故法體已有何用復生衆緣合時體雖已有而能令彼至牽果位起勝作用故說爲生至現已生正能牽果牽果用息說爲過去未來何故無牽果能此責不然即如有責未來何不名現在故諸牽果用我說現在是故不應作如是責何緣固執如是義宗若異此宗凡有所立現與無量理教相違辯三世中當廣思擇去來實有體其理既成彼說剎那量定不應理又待別舉餘量顯故謂衆緣合法得自體仍未決了此經幾時又法剎那非世現見故問何量名一剎那應荅剎那其量如是法得體頃彼謂剎那寧舉剎那顯剎那量故彼所釋其理不成毗婆沙師依勝義說法剎那量可以喻彰然佛世尊曾不說者以不見

有能解者故然有爲欲開曉學徒依比量門方便顯示謂如壯士一彈指時經細剎那六十五等如是已辯三極少量前二量殊今次應辯踰繕那等其量云何頌曰

極微微金水　兎羊牛隙塵　蟣蝨麥指節
後後增七倍　二十四指肘　四肘爲弓量
五百俱盧舍　此八踰繕那

論曰一極微量亦可喻顯唯佛乃知故亦不說然爲安立阿練若處故毗柰耶但作是說七極微集名一微等極微爲初指節爲後應知後後皆七倍增謂七極微爲一微量積微至七爲一金塵積七金塵爲水塵量水塵積至七爲一兎毛塵積七兎毛塵爲羊毛塵量積羊毛塵七爲一牛毛塵積七牛毛塵爲隙遊塵量隙塵七爲蟣七蟣爲一蝨七蝨爲穬麥七麥爲指節三節爲一指世所極成是故於頌中不別分別二十四指橫布爲肘竪積四肘爲弓謂尋竪積五百弓爲一俱盧舍毗柰耶說此是從村至阿練若中間道量說八俱盧舍爲一踰繕那已說極微漸次積集成微乃至一踰繕那然許極微略有二種一實二假其相云何實謂極成色等自相於和集位現量所得假由分析比量所知謂聚色中以慧漸析至最極位然後於中辯色聲等極微差別此析所至名假極微令慧尋思極生喜故此微即極故名極微極謂色中析至究竟微謂唯是慧眼所行故極微言顯微極義以何爲證知有極微以阿笈摩及理爲證阿笈摩者謂契經說諸所有色或細或麤細者謂極微更不可析故餘有對色說名爲麤復

有餘師作如是釋不善無記說名為麤所餘善色說名為細如是欲色繫有漏無漏別此不應理以劣勝言已攝如是性等別故復有別釋眼境為麤耳等餘根所取名細此亦非善俱通二故又不定故謂有細色如析毛端極明眼者猶難得見或有大聲如雷音等震動天地有耳皆聞是故細言表極微色理善成就若謂經中亦說段食有麤細故此釋非者亦不相違此經說色彼經說食意各別故以一極微可名為色不可名食故意有異理必應爾以伽他言

黑白等諸色　皆有細有麤　細者謂最微
麤即餘有對

由此誠證極微定有又先已說先說者何謂毗柰耶作如是說七極微集名一微等如是名教其理者何謂如積聚有情身色至色究竟有量最麤唯此亦應分析諸色有究竟處名一極微云何知爾以可析法分析至窮猶有餘故謂世現見以餘聚色析餘聚色有細聚生析析至窮猶有餘分可為眼見更不可析如是聚色不能析處亦如麤聚有可析理謂彼可以覺慧分析如以聚色析聚至窮慧析至窮應有餘在可為慧見更不可析此餘在者即是極微是故極微其體定有此若無者聚色應無聚色必由此所成故如是已說踰繕等應辯年等其量云何頌曰

百二十剎那　為怛剎那量　臘縛此六十
此三十須臾　此三十晝夜　三十晝夜月
十二月為年　於中半減夜

論曰剎那百二十為一怛剎那六十怛剎那

爲一臘縛三十臘縛爲一牟呼栗多三十牟呼栗多爲一晝夜此晝夜有時增有時減有時等三十晝夜爲一月總十二月爲一年於一年中分爲三際謂寒熱雨各有四月十二月中六月減夜以一年内夜總減六云何如是故有頌言

寒熱雨際中　一月半已度　於所餘半月
智者知夜減

如是已辯剎那至年劫量不同今次當辯頌曰

應知有四劫　謂壞成中大　壞從獄不生
至外器都盡　成劫從風起　至地獄初生
中劫從無量　減至壽唯十　次增減十八
後增至八萬　如是成已住　名中二十劫
成壞壞已空　時皆等住劫　八十中大劫
大劫三無數

論曰言壞劫者謂從地獄有情不復生至外器都盡壞有二種一趣壞二界壞復有二種一有情壞二外器壞然壞與成總分四品一者正壞二壞已空三者正成四成已住言正壞者謂此世間過於二十中劫住已從此復有等住二十壞劫便至壞劫將起住此洲人壽量八萬若時地獄有情命終無復新生爲壞劫始乃至地獄無一有情爾時名爲地獄已壞諸有地獄定受業者業力引置他方獄中由此准知傍生鬼趣時人身内無有諸蟲與佛身同傍生壞故有說二趣於人益者壞與人俱餘者先壞如是二說前說爲善若時人趣此洲一人無師法然得初靜慮從靜慮起唱如是言離生喜樂甚樂甚靜餘人聞已

皆入靜慮命終並得生梵世中乃至此洲有情都盡是名已壞贍部洲人東西二洲例此應說北洲命盡生欲界天由彼鈍根無離欲故生欲天已靜慮現前轉得勝依方能離欲乃至人趣無一有情爾時名爲人趣已壞若時天趣欲界六天隨一法然得初靜慮乃至並得生梵世中爾時名爲欲天已壞如是欲界無一有情名欲界中有情已壞若時梵世隨一有情無師法然得二靜慮從彼定起唱如是言定生喜樂甚樂甚靜餘天聞已皆入彼靜慮命終並得生極光淨天乃至梵世中有情都盡如是名已壞有情世間唯器世間空曠而住餘方世界一切有情感此三千世界業盡於此漸有七日輪現諸海乾竭衆山洞然洲渚三輪並從焚燎風吹猛焰燒上天宮乃至梵宮無遺灰燼自地火焰燒自地宮非他地災能壞他地由相引起故作是言下火風飄焚燒上地謂欲界火猛焰上昇爲緣引生色界火焰餘災亦爾如應當知如是始從地獄漸滅乃至器盡總名壞劫所言成劫謂從風起乃至地獄始有情生謂此世間災所壞已二十中劫唯有虛空過此長時次應復有等住二十成劫便至一切有情業增上力空中漸有微細風生是器世間將成前相風漸增盛成立如前所說風輪水金輪等然初成立大梵天宮乃至夜摩宮後起風輪等是謂成立外器世間有壞成由有情力若有情類久集上天此器世間必應漸起令福減者散下居故謂極光淨久集有情天衆既多居處迫迮諸福減者應散下居此器世間

理應先起故劫壞位有情上集於劫成時有情下散由罪福滅及福罪增集散旋環理應如是既已成立此器世間初一有情極光淨殁生大梵處空宮殿中後諸有情亦從彼殁有生梵輔有生梵衆有生他化自在天宮漸漸下生乃至人趣俱盧牛貨勝身贍部後生餓鬼傍生地獄法爾後壞必最初成若初一有情生無間獄二十中成劫應知已滿此後復有二十中劫名成已住次第而起謂從風起造器世間乃至後後有情漸住初一有情極光淨殁生大梵宮者即為大梵王諸大梵王必異生攝以無聖者還生下故上二界無入見道故即由此故無一有情無間二生為大梵義既說大梵最後命終極光淨天壽八大劫二十中劫世界還成如何梵王生極光淨受少壽量還從彼殁雖彼非無有中天義而廣大福方生彼天八大劫壽中始經少分二十中劫頃寧即命終以此觀知餘來生此此洲人壽經無量時至住劫初壽方漸減從無量減至極十年即名為初一住中劫此次十八皆有增減謂從十年增至八萬復從八萬減至十年爾乃名為第二中劫次餘十七例皆如是於十八後從十歲增至極八萬歲名第二十劫一切劫增無過八萬一切劫減唯極十年十八劫中一增一減時量方等初減後增故二十劫時量皆等此總名為成已住劫所餘成壞及壞已空雖無減增二十差別然由時量與住劫同准住各成二十中劫成中初劫起器世間後十九中有情漸住壞中後劫滅器世間前十九中有情漸捨如是

所說成住壞空各二十中積成八十總此八十成大劫量若爾且對苦苦爲言應生死中樂多非苦壞空成劫一向苦故於住劫中雖苦樂雜而純苦少純樂時多時分雖然而苦起位增上猛利樂則不爾謂於熱際烈日逼身雖用旃檀烏施羅末及氷雪等而爲對治便有增上身安樂生爾時欻遭小刺所刺頓忘衆樂唯覺有苦如是若遇恩愛別離心中所生增上苦受重於恩愛和合生樂由如是等知生死中樂少苦多其理決定諸劫唯用五蘊爲體除此時體不可得故經說三劫阿僧企耶精進修行得成佛者於前所說四種劫中積大劫成三劫無數謂從初種大菩提種經三大劫阿僧企耶方乃得成大菩提果既稱無數何復言三有釋此言諸善筭者依筭計論筭至數窮初不能知名一無數如是無數積至第三餘復釋言六十數內別有一數立無數名謂有經中說六十數此言無數當彼一名積此至三名三無數非諸筭計不能數知菩薩經斯三劫無數方乃證得無上菩提如是已辯劫量差別諸佛獨覺出現世間爲劫增時爲劫減位頌曰

減八萬至百　諸佛現世間　獨覺增減時
麟角喻百劫

論曰從此洲人壽八萬歲漸減乃至壽極百年於此中間諸佛出現何緣增位無佛出耶有情樂增難教猒故多行妙行故少有墮三塗減百年時何故無佛見於如是壽短促時不能具成佛所作故謂一切佛出現世間決定捨於第五分壽從定所起命行依身非於

爾時所化樂見以設出世爲佛事少故於爾時佛不出世經主於此作是釋言五濁極增難可化故豈不今世人滅百年五濁雖增而有能辯入正決定離染得果佛唯爲此應出見世間故彼所言非爲善釋非百年位佛出世時一切皆能導崇聖教入正決定離染得果可言滅百一分不能辯斯佛事故無佛出然於滅百設佛出世亦有一分能遵教等如百年時佛何不出若謂滅百堪化有情極尠少故佛不出者是則應說前所立因不能具成佛所作故雖於滅百五濁極增不能具成佛所作事由斯故佛不出世間而此觀因非彼所說言五濁者一壽濁二劫濁三煩惱濁四見濁五有情濁云何濁義極鄙下故應棄捨故如滓穢故豈不壽劫有情濁三互不相離見濁即用煩惱爲體五應不成理實應然但爲次第顯五衰損極增盛時何等名爲五種衰損一壽命衰損時極短故二資具衰損少光澤故三善品衰損欣惡行故四寂靜衰損展轉相違成諠諍故五自體衰損非出世間功德器故爲欲次第顯此五種衰損不同故分五濁獨覺出現通劫增滅然諸獨覺有二種殊一者部行二麟角喻部行獨覺先是聲聞得勝果時轉名獨勝有餘說彼先是異生曾修聲聞順決擇分今自證道得獨勝名由本事中說一山處總有五百苦行外仙有一獼猴曾與獨覺相近而住見彼威儀展轉遊行至外仙所現先所見獨覺威儀諸仙覩之咸生敬慕須臾皆證獨覺菩提若先是聖人不應修苦行麟角喻者謂必獨居二獨覺

中麟角喻者要百大劫修菩提資糧然後力成麟角喻獨覺言獨覺者謂現身中雖稟至教唯自悟道以能自調不調他故何緣獨覺言不調他非彼無能演說正法以彼亦得無礙解故又能憶念過去所聞諸佛言詞堪為他說得極遠境宿住智故又不可說彼無慈悲為攝有情現神通故又不可說無受教機爾時有情亦有能起世間離染對治道故雖有此理而今測量彼知爾時有情根欲入見諦等不藉他教故不說法以調伏他除此所餘攝有情事無勞設教現通即成又諸獨覺闕力無畏對於我論堅執衆中欲說無我心便怯劣故不說教以調伏他有餘釋言由彼獨覺長時數習少欲勝解又避攝衆諠雜過失故不說法以調伏他若自有能他有根欲棄而不濟度豈名有慈悲是故應如前釋為善輪王出世為在何時幾種幾俱何威何相

頌曰

輪王八萬上　金銀銅鐵輪　一二三四洲
逆次獨如佛　他迎自往伏　諍陣勝無害
相不正明圓　故與佛非等

論曰從此洲人壽無量歲乃至八萬歲有轉輪王生減八萬時有情富樂壽量損減非其器故或順彼受業定於彼時方與果故如感佛身業要劫減時方能與果王由輪寶旋轉應導威伏一切名轉輪王施設之中說有四種金銀銅鐵輪應別故如其次第勝上中下逆次能王領一二三四洲謂鐵輪王王一洲界銅輪王二銀輪王三若金輪王王四洲界契經就勝但說金輪故契經言若王生在剎

帝利種紹灌頂位於十五日受齋戒時沐浴首身受勝齋戒昇高臺殿臣僚輔翼東方欻有金輪寶現其輪千輻具足轂輞衆相圓淨非匠所成舒妙光明來應王所此王定是轉金輪王轉餘輪王應知亦爾輪王如佛無二俱生故契經言無處無位非前非後有二如來應正等覺出現於世有處有位唯一如來如說如來輪王亦爾應審思擇此唯一言爲據一大千爲約一切界應說一切界無差別言故謂無經說唯此世間又無經言唯一世界如何不說而能定知唯據一大千非約一切界若爾何故梵王經說我今於此三千大千諸世界中得自在轉彼有密意密意者何謂若世尊不起加行唯能觀此三千大千若時世尊發起加行無邊世界皆佛眼境天耳通等例此應知若不許然佛於餘界何緣無有自在化能爲闕大悲爲智有礙闕大悲者經不應言如來悲心普覆一切智有礙者經不應言無一爾燄佛智不轉若佛智悲徧於一切無礙無闕則應說法普能濟度一切有情無邊界中如來皆有不思議力能普化故又佛先於三無數劫發願度脫一切有情令諸有情若自所化若他所化皆已下種資粮成熟住在十方無出世尊願所及境何緣此佛不度餘方設一如來唯化一界亦非一界盡得涅槃然許如來能化一界故許一佛普化十方雖度不盡亦無有失餘爲當來佛所度故由斯理故梵王經說我今於此三千大千諸世界中自在轉者定有密意爲證不成又理必然如舍利子總約現在白世尊言我

得彼問當如是荅今時無有梵志沙門得無上菩提與我世尊等所以然者我從世尊親聞親持無處無位非前非後有二如來應正等覺出現於世有處有位唯一如來如其他方別有佛者非舍利子懷嫉妬心何故不言他方雖有而一世界無二如來豈不此經亦有密意引證已義亦不得成密意者何謂彼所引無處位等有二如來如說如來輪王亦爾若無密意約現總遮則應輪王餘界非有以彼如佛遮俱生故若餘界輪王雖遮而有則餘界諸佛不可言無是故此經約一界說不可以佛定例輪王即此經中遮女成佛豈亦有佛以女身成如遮輪王俱生非定又不可以佛例輪王以轉輪王如業主別所生處所有隔別故謂轉輪王業有分限故所王領亦有隔別非一四洲俱時二主同所王領況得有多是故應知為主有隔其所生處理有分限由有分限故一界中無二輪王餘界別有佛因無有分限異故為主王化亦無分限由此無有佛土隔別故不可言屬此屬彼如何此佛唯化此方餘世界中有餘佛化云何知佛為化主無限於一切界境皆有智故諸界差別由二種依謂依身殊及法差別佛於諸界差別相中有能徧知殊勝智故於一切法一切有情差別境中無礙智轉如契經說佛告苾芻我觀有情非易可得從久流轉生死以來非汝父母乃至廣說又契經說佛告苾芻我觀方土非易可得從久流轉生死以來非汝所居乃至廣說又舍利子讚述世尊成就無上宿住念智作如是言大德世尊於

彼彼處曾不曾住若有色若無色若有想若無想若非想非非想即彼彼處所有行相所有標舉有無量種無上微妙宿住念智豈不由此即成如來於不生處亦有智轉能為化主化彼有情非轉輪王有如是德故不可引比例世尊又轉輪王於大千界為多俱出各王四洲為一輪王總王如佛若爾何失二俱不然若多俱生各別主者如王與佛遮二言同而許輪王於大千界同時多出非佛世尊如是亦應許餘世界有輪王出無佛世尊若一輪王生一四洲界而能總王百俱胝界者輪王少福都無妙智而許總王三千大千況我世尊具大福德於一切界一切有情有大堪能無礙妙智而執所王不越大千與輪王同斯有何理又彼所執都無至教唯依少理作如是言現見世間有多菩薩俱時修習菩提資糧一界一時可無多佛多界多佛何理能遮故無邊界中有無邊佛現此所立理應共尋思俱時造修轉輪王業及俱修習菩提資糧二類有情誰多誰少又輪王果無上菩提無障圓成誰多誰速又有何定理無二無多造一界同時轉輪王業彼如是業成熟既同時何理為遮不俱生一界此中定理於佛亦然不可被徵便許一界無二多造業或非一俱生又賢劫中契經說有五百佛出現世間或有說言千佛出世若千菩薩菩提資糧同一劫中可得圓滿何緣成佛定不同時謂彼皆於三無數劫精勤修習菩提資糧有一劫中同處成佛何緣無有同處同時於一大千無俱時理多界唯一理亦應同唯佛世

尊能於此義究竟通達我等隨力且於此作如是尋思諸有智人應詳其理如是所說四種輪王威定諸方亦有差別謂金輪者諸小國王各自來迎作如是請我等國土寬廣豐饒安隱富樂多諸人衆唯願天尊親垂教勑我等皆是天尊翼從若銀輪王自往彼土威嚴近至彼方臣伏若銅輪王至彼國已宣威競德彼方推勝若鐵輪王亦至彼國現威列陣剋勝便止一切輪王皆無傷害令伏得勝已各安其所居勸化令修十善業道故輪王死多得生大經說輪王出現於世便有七寶出現世間象等五寶有情數攝如何他業生他有情非他有情從他業起然由先造互相屬業於中若一稟自業生餘亦俱時乘自業起如是所說諸轉輪王非唯有七寶與餘王別亦有三十二大士相殊若爾輪王與佛何異佛大士相處正明圓王相不然故有差別言處正者謂於佛身衆相無偏得其所故言明了者謂於佛身相極分明能奪意故言圓滿者謂於佛身衆相周圓無缺減故劫初人衆爲有王無頌曰

劫初如色天　後漸增貪味　由墮貯賊起
爲防雇守田

論曰劫初時人皆如色界極光淨歿來生人間經於久時漸有王出故契經說劫初時人有色意成支體圓滿諸根無缺形色端嚴身帶光明騰空自在飲食喜樂長時久住有如是類地味漸生其味甘美其香鬱馥時有一人稟性躭味齅香起愛取嘗便食餘人隨學競取食之爾時方名初受段食資段食故身

漸堅重光明隱沒黑闇便生日月衆星從茲出現由漸躭味地味便隱從斯復有地皮餅生競躭食之地餅復隱爾時復有林藤出現競躭食故林藤復隱有非耕種香稻自生衆供取之以充所食此食麤故殘穢在身為欲蠲除便生二道因斯遂有男女根生由二根殊形相亦異宿習力故便相瞻視因此遂生非理作意欲貪鬼魅惑亂身心失意猖狂行非梵行人中欲鬼初發此時爾時諸人隨食早晚隨取香稻無所貯積後時有人禀性懶墯長取香稻貯擬後食餘人隨學漸多停貯由此於稻生我所心各縱貪情多收無猒故隨收處無復再生遂共分田慮防遠盡於已田分生悋護心於他分田有懷侵奪劫盜過起始於此時為欲遮防共聚詳議銓量衆內一有德人各以所收六分之一雇令防護封為田主因斯故立剎帝利名大衆欽承恩流率土故復名大三末多王自後諸王此王為首時人或有情猒居家樂在空閑精修戒行因斯故得婆羅門名後時有王貪悋財物不能均給國土人民故貧匱者多行賊事王為禁止行輕重罰為殺害業始於此時時有罪人心怖刑罰覆藏其過異想發言虛誑語生此時為首於劫減位有小三災其相云何頌曰

業道增壽減　至十三災現　刀疾飢如次
七日月年止

論曰從諸有情起虛誑語諸惡業道後後轉增故此洲人壽量漸減乃至極十小三災現故諸災患二法為本一貪美食二性懶墯此

小三災中劫末起三災者一刀兵二疾疫三飢饉謂中劫末十歲時人爲非法貪染汙相續不平等愛映蔽其心邪法縈纏瞋毒增上相見便起猛利害心如今獵師見野禽獸隨手所執皆成利刀各逞凶狂互相殘害又中劫末十歲時人由具如前諸過失故非人吐毒疾疫流行遇輙命終難可救療又中劫末十歲時人亦具如前諸過失故天龍忿責不降甘雨由是世間久遭飢饉既無支濟多分命終是故說言由飢饉故便有聚集白骨運籌由二種因名有聚集一人聚集謂彼時人由極飢羸聚集而死二種聚集謂彼時人爲益後人輙其所食置於小篋擬爲種子故飢饉時名有聚集言有白骨亦由二因一彼時人身形枯燥命終未久白骨便現二彼時人飢饉所逼聚集白骨煎汁飲之有運籌言亦二因故一由糧少傳籌食之謂一家中從長至幼隨籌至日得少麤餐二謂以籌挑故場蘊得少穀粒多用水煎分共飲之以濟餘命然有至教說治彼方謂若有能一晝一夜持不殺戒於未來生決定不逢刀兵災起若能以一訶梨怛雞起殷淨心奉施僧衆於當來世決定不逢疾疫災起若有能以一摶之食起殷淨心奉施僧衆於當來世決定不逢飢饉災起此三災起各經幾時刀兵災起極唯七日疾疫災起七月七日飢饉七年七月七日度此便止人壽漸增東西二洲有似災起謂瞋增盛身力羸劣數加飢渴北洲總無前說火災焚燒世界餘災亦爾如應當知何者爲餘今當具辯頌曰

三災火水風　上三定爲頂　如次内災等
四無不動故　然彼器非常　情俱生滅故
要七火一水　七水火後風

論曰此大三災逼有情類令捨下地集上天中初火災興由七日現有說如是七日輪行猶如鴈行分路旋運有說如是七日輪行上下爲行分路旋運中間各相去五千踰繕那次水災興由降瀑雨有作是說從三定邊空中欻然雨熱灰水有餘復說從下水輪起涌沸水上騰漂浸決定義者即此邊生後風災與由風相擊有作是說從四定邊空中欻然飄擊風起有餘復說從下風輪起衝擊風上騰飄鼓此決定義准前應知若此三災壞器世界乃至無有細分爲餘後麤物生誰爲種子豈不即以前災頂風爲緣引生風爲種子或先所說由諸有情業所生風能爲種子風中具有種種細物爲同類因引麤物起或諸世界壞非一時有他方風具種種德來此爲種亦無有過故化地部契經中言風從他方飄種來此如先所說前災頂風此中何災以何爲頂火水風如次上三定爲頂故世尊說災頂有三若時火災焚燒世界以極光淨天爲此災頂若時水災浸爛世界以徧淨天爲此災頂若時風災飄散世界以廣果天爲此災頂隨何災力所不及處即說名爲此災之頂何緣下三定遭火水風災初二三定中内災等彼故謂初靜慮尋伺爲内災能燒惱心等外火災故第二靜慮喜受爲内災與輕安俱潤澤如水故徧身麤重由此皆除故經說苦根第二靜慮滅以說内心喜得身輕安故

非唯大災尋伺止息亦由滅苦所依識身故說苦根二靜慮滅雖生上地識身容現前隨欲不行自在故無過然經言滅苦據正入定時初靜慮中猶有尋伺無增上喜不言苦滅第三靜慮動息爲內災息亦是風等外風災故若入此靜慮有如是內災生此靜慮中遭是外災壞故初靜慮內具三災外亦具遭三災所壞第二靜慮內有二災故外亦遭二災所壞第三靜慮內唯一災故外但遭一災所壞何緣不立地亦爲災以器世間即是地故但可火等與地相違不可說言地還違地如先所說三斷末摩所斷末摩即是地故不可立地以爲能斷大種類同不相違故又下三定以火水風如次爲災損壞外器若復立地爲第四災則應能損第四靜慮然彼靜慮必無外災以彼定無內災患故由此佛說彼名不動內外三災所不及故由是故說災唯有三毗婆沙師說第四定攝淨居故災不能損由彼不可生無色天亦復不應更往餘處由此證餘界無淨居天若餘世界中有淨居者應如地獄移往他方寧說不應更往餘處下三天處由淨居天威力攝持故無災壞無容一地處少不同便有爲災壞不壞別若爾彼地器應是常不爾與有情俱生俱滅故謂彼天處無總地形但如衆星居處各別有情於彼生時死時所住天宮隨起隨滅是故彼器體亦非常所說三災云何次第要先無間起七火災其次定應一水災起此後無間復七火災度七火災還有一水如是乃至滿七水災復七火災後風災起如是總有八七火災

一七水災一風災起水風災起皆次火災自水風災畢火災起故災次第理必應然何緣七火方一水災極光淨天壽勢力故謂彼壽量極八大劫故至第八方一水災由此應知要度七水八七八後乃一風災由徧淨天壽勢力故謂彼壽量六十四劫故第八八方一風災如諸有情修定漸勝所感異熟身壽漸長由是所居亦漸久住

阿毗達磨順正理論卷第三十二　說一切有部

音釋

蟣蝨（蟣居豈切蝨所櫛切）　穬（古猛切麥也）　肘（陟柳切二尺爲肘）　燎（力嶠切燒也）　銓量（銓逡緣切銓衡也量音良量度也）　輟（陟劣切止也）　篋（苦協切）　摶（度官切掜也）

阿毗達磨順正理論卷第三十三

尊者眾賢造

唐三藏法師玄奘奉詔譯

辯業品第四之一

此中一類隨順造惡怯難論者作如是言如上所陳諸内外事多種差別非業爲因現見世間果石等物衆多差別無異因故謂從一種有多果生無種爲先有石等異棘鋒銛利豆皮黒等衆相差别是誰所爲若必情欣有因論者應言精血爲内法因種等爲因生外芽等見由彼差别此有差别故如果等異無現異因不現見因亦應非有爲對彼執故立宗言頌曰

世别由業生　思及思所作　思即是意業
所作謂身語

論曰定由有情淨不淨業諸内外事種種不同云何知然見業用故謂世現見愛非愛果差别生時定由業用如農夫類由勤正業有稼穡等可愛果生有諸愚夫行盜等業便招非愛殺縛等果復見亦有從初處胎不由現因有樂有苦既見現在要業爲先方能引得愛非愛果知前樂苦必業爲先故非無因諸内外事自然而有種種差别又世現見造善者少造惡者多然於世間有情樂少苦多可得以現見爲門非現見成故謂世現見造作種種淨不淨業爲因緣故便有種種樂苦果生又見勤修如法行者諸根怡悅心寂安泰若爲貪等猛燄纏逼行非法行與上相違又見世間如法行者便得供養恭敬附託非法行者與此相違由所現見法非法因果足可

比度不現見果因亦見世間與上相違者此不違理以有餘因故謂見世間有造衆惡而似感得心懽悅者是先善業果或現加行生或有由斯招他敬養等應知亦是現不現因生如有智人爲湯所淪便能了痛因火非水如是智者應當審思諸樂果生由善非惡又世現見久習貪等貪等便增慧等亦爾然復見有不由久習而貪慧等自性猛利智者應知是先業果若他敬等因惡行生應諸行惡行皆招他敬等故有許可善巧親容諸現因緣得敬養者應知以此助餘善業令其有力能與自果行獵獸等諸惡行時由不正思便生懽悅妄自慶慰謂爲樂者是造業時非受果位有業法受現在雖樂而感當來苦異熟果是故智者應善觀察勿躭小樂而招大苦

又見戰等殺害爲因便蒙賞賴勝財位者此亦爲緣助先善業若異此者應俱蒙賴或害已朋亦應獲賞又同事業所獲有殊由此應知現士用等但能緣助不現見因令彼能招敬財位等又見有造淨不淨業而現獲得毁讚衰利與所造因相違果者應知此爲餘業所伏未得自果但爲他緣非倒無因世間生起又彼既許世所現見種等爲因能生芽等故無因論理自不成又不可言有情身等但由現在加行力生如芽等生唯從種等以外種等生芽等時非離有情業增上故又若諸法無因生者則應一切由一切物於一切時一切生起何須計度種等別因諸芽等生可由業力毒刺等物應非業生以非有情所須用故此難非理現不現見麤細有情所須用

故又所須用種種不同謂令有情衆同分等生住增長皆名須用設非所食須用義成若諸世間内外差别皆有情業增上所生何緣鉢特摩嗢鉢羅華等色香美妙非有情身由諸有情共不共業所生諸果有差别故謂諸有情造共淨業生蓮華等美妙色香共不淨業生毒刺等由不共業感有情身雜思業生故有淨穢與蓮華等不可例同理必應然以諸天等純淨業感故彼内身及外資緣皆同美妙然不肖者以見世間樂施者貧苦慳悋者富樂便增邪見謂果無因此由於田及思數習所得異熟增上等流果差别中不了達故謂有先世於良福田暫植施因故招富樂然不數習能捨物思故於今生仍懷慳悋若有先世數施非田則於今生貧窮樂施於如是義何致愚迷故由有情先世業力及現士用二種世間差别果生理善成立惡因論者作是詰言如何定知害得非愛果不害得愛果非此相違應從二因各生二果此如前釋前釋者何謂世現見造善者少造惡者多然於世間有情樂少苦多可得如是世間諸有情類多行殺害少持不殺如其愛果殺害所招則應世間樂多苦少既見不爾是故定知非殺害因能招愛果又見甘苦種子爲因如次能生甘苦二果非相違故如是若造苦樂他業如次應招自苦樂果非此相違豈不世間毛蒲角葦雖别體類而見相生如是亦應苦樂他業如次能得自樂苦果此喻不成非所許故見穀麥等果似因故謂許蒲葦從自種生毛角但能爲其緣助如穀麥等雖自種

生而現見從水土等起故彼所引同喻不成又見世間求富樂者必勤利樂有德者故若如蒲葦從異類生應彼爲求當來樂者於有德者令苦非樂既爲求樂勤利樂他故殺害因不招樂果又彼所説應從二因各生二果理不成立因無差别而能别招愛非愛果曾不見故謂曾不見無差别因而能别招愛非愛果但見無别從無别生是故不應作如是計淨不淨業各招二果若必爾者不見有餘異熟因故淨不淨業所感之果無差别故則應一切有情業果皆無差别然無是事若許爾者持戒破戒無差别故精勤修學即爲唐捐然不應許又若爾者應殺生故於善趣中同時俱受長壽短壽二種異熟離殺生者爲難亦然如是行盜及離盜等並應俱時受富

貧等亦不應執雖不俱時有二果生而更代受非因無别生别果故又曾未見有異熟因生異熟已猶有功力能招别類異熟果故又見有處愛非愛果壽長短等有決定故若從二因各生二果而更代受是則應無愛及非愛壽定長短受苦樂等決定差别然現可得或定長壽或定短壽或定多樂或定多苦是故無容二因更代各生二果豈不有情皆愛自命應在地獄亦愛命長如是便成因果翻對無如是失以造業時能辦多事故受果位亦有種種差别果生謂造業時諸殺生者令他受苦隔斷他命令他怖畏失壞威光故受果時有三相似謂苦他故於地獄中受極重苦爲異熟果斷他命故於善趣中受命極促爲等流果壞他威故感外藥物皆少精光爲

增上果故無因果成翻對失若爾便應許殺生業感善趣果不爾不許感善趣中異熟果故謂善趣壽淨業所招然彼殺生爲其災害令其不遂全與自果故説殺生能招短壽設有惡業感善趣中異熟果者非愛果攝是故亦非因果翻對有執祠祀明呪爲先害諸有情能招愛果非況爾害故無前失若爾呪術或以厭禱令遭熱病乃至命終應許此殺能招愛果此呪術等非欲利樂所害有情祠祀明呪意欲利樂所害羊等故能害者雖害有情猶如良醫不招苦果脱生死者亦以利樂蟲蟻等心害蟲蟻等應招愛果非以明呪或以刀杖同爲利樂殺害有情果容有異如能殺者要依自心善惡有殊得福非福如是所殺羊等蟻等應由自心得福非福非由強殺

令彼福生以之爲因當招愛果如脱生死者害他有情不爲善果因但招惡果如是祠祀明呪爲先亦應唯招非所愛果良醫於彼非同法喻以諸良醫爲欲利樂諸有病者勤加救療令他安樂現非後生醫及傍人知功驗果雖令病者暫苦觸身而彼良醫不生非福然彼自許羊等愚癡不能了知福與非福既被殺害現苦難任雖説未來當招愛果而能殺者及彼傍人俱不現知亦無理證故所引喻非與法同殺者傍人雖不現證而由明論定量故知祠祀害生不生非福寧知明論是定量耶以明呪聲體是常故謂諸明論無製作者於中呪詞自然有故能爲定量唯此非餘爲明論聲獨是常性爲許一切聲皆是常若明論聲獨是當者無定量證理必不成現

見餘聲耳根所取是無常性諸吠陀論亦耳根得應是無常若一切聲皆是常者應非定量唯明論聲以許常聲爲定量故許皆定量便失本宗唯明論聲是定量攝又非覺慧所發音聲唯可耳聞無定詮表既許明論非覺爲先是則亦應非定量攝又若明論聲體是常誰障彼聲令不恒得胷胭等處互相擊動顯明論聲此聲雖常顯緣闕故而不恒得此聲不應爲緣所顯能覆障法不可得故現見瓶等被闇或餘所覆障時要假明等除其覆障瓶等方顯未得聲前能障聲法都不可得寧容可說聲不恒得由障未除故彼所言唯憑妄計又世現見顯因雖別而所顯物相無改轉然明論聲隨緣聞異謂隨幼壯老胷胭等擊動發聲聞各有異故不可說聲由彼顯

又聲離能顯異處可取故謂離能顯處別處聲可得非所顯物離能顯因別處可取故胷胭等於吠陀論非能顯因又此中無同法喻故謂如何物先隱誰顯此如瓶等明等顯發理不應然非極成故謂且應審爲即闇瓶先被闇障今爲明顯爲在闇瓶無間滅位有別瓶體與明合生故此中無極成同喻設許明論被顯如瓶則應如瓶是無常性以彼自說瓶是所顯及無常性此亦應然又應樂等同此執故謂此聲發現從自因然執此聲非生唯顯樂等發起亦從自因何故不執非生唯顯故一切聲從自因發應如樂等非顯唯生是故彼言明論中呪無製作者故體是常能爲定量有言無實若爾應說諸明論聲至教所收故爲定量謂明論說可愛果等是諸大

仙至聖所見彼傳説故至教所攝若順便獲諸可愛果違便現遭不可愛報不爾汝等所敬諸仙所證至聖非現量得亦不可以比量准知故彼傳説非至教攝謂汝所敬大仙所見明論所説可愛果等汝等曽無能少現見可以准驗所説非虚由此比知彼證至聖驗所傳教是至教攝故汝所説是愚敬言詎能了知眞至教相且如仁等所敬大師所證至聖亦非仁等現量所得而許至聖彼所説教是至教攝餘亦應然何獨不許此例非理我等大師有至聖相現可證得准相比度知證至聖驗所説教是至教攝何等名爲至聖之相與此相合至聖性成證彼所言是至教攝失虚誑語因貪瞋癡我等大師圓滿證得貪瞋等過皆畢竟盡由得此盡故成至聖所以發言皆至教攝師過永盡何理證知能圓滿説永盡道故謂我大師能圓滿説永盡過道由是比知貪等諸過皆畢竟盡如何知此道能畢竟盡過能障解脱得因由此暫永離故若法能障衆苦盡得由所説道能暫永離離此法故便能證得貪瞋癡等諸過永盡此能障法其體是何謂能執我即是我見諸外道輩皆許有我故彼不能解脱我執以諸我執離無我見畢竟無能令止息者然正法外所有諸仙皆無有能正説無我無此教故不離我執以於我執不能離故便不能證貪等永盡不證永盡容有虚言成就彼因貪瞋癡故由是汝等所敬諸仙實非大仙亦非至聖非至聖故彼所傳説明論等聲非至教量以彼非量故我先辯於祠祀中明呪殺害非得愛

果其理極成由是彼言祠祀明呪爲利羊等雖害有情猶如良醫不招苦果如是所說理定不成彼既不成唯此所說世間差別由業理成然此頌中言世別者依第六轉謂世之別或第七轉謂世中別此所由業其體是何謂心所思及思所作故契經說有二種業一者思業二思已業思已業者謂思所作即是由思所等起義應知思者即是意業思所作者即身語業如是二業於契經中世尊說爲三謂身語意業如是三業隨其次第由所依自性等起故建立謂業依身故名身業業性即語故名語業此業依意復與意俱等起身語故名意業此中已說意業自性謂即是思思如前辯身語二業自性云何頌曰

此身語二業　俱表無表性

論曰應知如是所說諸業中身語二業俱表無表性故本論言云何身業謂身所有表及無表云何語業謂語所有表及無表復有何緣唯身語業表無表性意業不然以意業中無彼相故謂能表示故名爲表表示自心令他知故思無是事故不名表由此但言身語二業能表非意何故經言諸愛者表即是意業此有餘義爲顯意業雖體非色由愛成麤謂愛俱思雖體非色相麤顯故如身語表能表自心令他知故實非表性假說爲表故經但言諸愛者表即是意業即是由愛所逼迫者明了動心法即是意業義若此經言愛者意業體即是表可舉此經以顯意業用表爲性如是且辯意業非表亦非無表以無表業初起必依生因大種此後無表生因雖滅定

有同類大種爲依故後後時無表續起諸意業起必依於心非後後時定有同類心相續起可意無表依止彼心多念相續以心善等念念有殊設無表思同類續起如何依止前心意業可隨後念異類心轉非有意業心不相應故意業中亦無無表是故唯有身語二業表無表性其理善成上座此中作如是說如何可說刹那滅身有動運轉名爲身業以若有法此時此處生無動運轉即此時處滅若不許如是無刹那滅義如是語業爲難亦然非對法宗許動運轉名身語表所以者何

頌曰

身表許別形　非行動爲體　以諸有爲法
有刹那盡故　應無無因故　生因應能滅
形亦非實有　應二根取故　無別極微故
語表許言聲

論曰髮毛等聚總名爲身於此身中有心所起四大種果形色差別能表示心名爲身表如思自體雖刹那滅而立意業於理無違如是身形立爲身業故彼所難非預此宗復以何緣不立顯色及大種等爲身表耶此等皆唯無記性故豈不此等如能生心亦應得成善等性別此責非理此等不隨作者樂欲而得生故又設離心亦得生故表必待心方得生故若大種等一心所生如體有差別法亦應爾故然不可謂一心所生有差別體成差別性復云何知身語二業有善不善契經說故如契經言諸有染汚眼耳所識法彼具壽爲非諸有清淨眼耳所識法說亦如是復云何知四大種等唯無記性亦由經說如契經

言或有一類身住十年乃至廣説説心意識異滅異生有設難言諸有表業善等性別理不應成自類有殊理不成故謂等是身業待能起心便成無記性或成不善如子或餘執觸母乳是故身業自類相望差別不成唯無記性但由心故此有差別即能差別可成善等此難非理彼此極相似故別相難知如菴没羅種等如菴没羅種所有顯形與揭樹羅種相極相似雖極相似而非無別以見彼果有差別故身語表業理亦應然若待能起心説表差別然不可説表有善等異則應思業亦無善等以思亦與信貪等俱方得名爲善不善故若一果故善等成者理亦不然待他同故如思雖與信等相應同一果性而待信等勢力方成善等性別如是表業是善等心所等起故心等流故成善等別與思義同若身語業體是善等應同外道離繫者論彼説善惡其性如火思與不思俱能燒故無同彼失以善惡表離心不生如眼等識如眼等識雖有差別若離眼等終不得生如是表業雖有善惡若離於心無容得起故無同彼離繫論失又古諸師已破離繫所立火喻説如是言縛喝國人意懐忿恚有諸離繫起善淨心俱以其手拔離繫髮此二罪福豈容平等如是身語業相雖同而於其中有善惡異故非如火業無差別由此彼説不應正理是故我宗無同彼失彼上座所立身語業云何彼作是言餘縁力故令大造聚異方生時後果前因無間而轉能爲攝益或爲損害即如是聚名身表業即以世俗補特伽羅如是語言從

緣而起生如是果名語表業以約勝義法無主宰故多實界合立表名一物不能獨表示故又無餘物名爲表故今謂彼宗所立表業於聖教外妄述已情以契經中唯說眼耳二識所識色之與聲有染淨雜非香等故彼宗亦許諸大造聚皆唯無記離身語業不見別有染淨色聲又諸大種非眼所得五識緣假前已具遮故彼所言述已情計若謂如是所立總聚亦無一向成無記失隨別等起成差別故又見彼果有差別故理亦不然但有言故彼宗自許等起雖殊而大造聚無有差別故等起心雖有善等而所等起唯無記性設許大造聚有善等差別是不思擇亂發言以諸聚體不可得故無體不應善等別故亦不應立聚所依中一一皆有善等差別以諸大種非眼境故經唯說色聲有染有淨故已遮顯色等有善等差別故不應執隨別等起令大造聚有善等別設許顯色是身表性則許身表實有義成於實有中須興諍論諸對法者身表謂形彼許顯色名爲身表是則彼此非甚相違然顯不隨等起心轉故非身表如前已說又果差別雖有益損而亦但應是無記性以果差別雖有益損而不可言諸大種聚有善不善無記差別有香等物同此過故而經但言二有善等雖無主宰如有能生故亦可言有能表性是故上座所立身業於聖教外妄述已情由此已遮所立語業謂即世俗如是語言有善有染不應理故又世俗不應說從緣而起以世俗法非實有故法若實有可從緣生異此緣生應無自體若爾便

順壞法者宗故不應説即以世俗如是語言從緣而起若依文次第作如是釋世俗言但屬補特伽羅是則不應能通二難謂先他論有作難言如何世俗法能生勝義果如何有實表便爲壞勝義先舉世俗從緣而起故能生果以通初難次舉勝義法無主宰合方能表以通後難若謂世俗不屬語言如何先文能通初難又唯許世俗屬補特伽羅則爲許有勝義語業此即語表何理能遮既許業成亦應許表又彼上座自立誠言非我撥無語實有性然但不許别有一物獨能表示名爲語表我亦不許離實語聲别有一物名爲語表上座於此何不生欣豈不先説一物不能獨表示故又無餘物名爲表故此無深理如語體實表亦應然如無一語可獨宣唱亦無獨能生耳識理然語實有不壞勝義集從緣生名爲語業如是雖無一實有界獨能表示而有實表不壞勝義集從緣生名爲語表我如是立豈同汝宗於聖教外擅立業理非由和集顯色可見不和集時其體雖有細故不見便非顯色表亦應然故是實有又彼自許觸法界中各有多物如一一物别得界名總亦是界色界亦爾總聚如别俱得色名表亦應爾故對法者立業理成有餘部言動是身表動名何法謂諸行行行如何行謂餘方起或時諸行即於本方能爲生因生所生果或時緣合令於餘方隣續前因有果法起故即諸行餘方生時得身業名亦名身表雖有此理俱唯世俗而身表業必是勝義然非諸行實有行動以有爲法有刹那故理雖如是然

不應言身有表業非實物有以說諸行生滅為業諸行生滅即諸行故有何别理要餘方生乃名為業非即因處若即因處若於餘方隨有法生即於是處無間必滅不往餘方行動既無何有實表又已遮遣顯等是業故先所立於理為勝大德邏摩作如是說以諸行法即所得體於是處生即於是處此體還滅故無行動雖有此理然有體行可是處滅既執未來法體未有如何可說即所得體於是處生又若得體不應復生既復須生非已得體故彼所說自宗相違若謂據當作如是說此亦非理以於世間不見無法據當說故但見於有後可改變容據當說如世間言磨麨責飯織綾絹等非於無體可作是言故彼所說定非應理刹那何謂謂極少時此更無容前後分析時復何謂謂有過去未來現在分位不同由此數知諸行差别於中極少諸行分位名為刹那故如是說時之極促故名刹那此中刹那但取諸法有作用位謂唯現在即現在法有住分量名有刹那如有月子或能滅壞故名刹那是能為因滅諸法義謂無常相能滅諸法此俱行法名有刹那或世間言有刹那者是有空義謂現在位無有能持令不滅者必不住故名有刹那或世間言無刹那者是無暇義謂著餘事無暇專已名無刹那唯現在時必有少暇取自果故名有刹那然諸有為相續分位有臘縛等諸差别時於諸時中刹那最促法定有此名有刹那而經主言刹那何謂得體無間滅有此刹那法名有刹那如有杖人名為有杖彼釋非理如

杖異人不可說故喻不同法非别有法異於得體無間滅性如何可說此有剎那如人有杖亦不可謂約相續說無體不應有得體故或應無法名有剎那非於有體便成大過亦不應謂於似異說引有杖人爲同喻故或應假說言有剎那於似說門理應爾故然不應許假說有剎那以無極成實有剎那故謂若許有實有剎那可許有餘依以假說既無所似實能似假不成故對法宗說有爲法有剎那理獨無有過不應定言得體無間滅有此剎那法名有剎那復如何知諸有爲法皆剎那滅必不久住以諸有爲後必盡故經主於此作如是釋謂有爲法滅不待因所以者何待因謂果滅無非果故不待因滅既不待因纔生巳即滅若初不滅後亦應然以後與初

有性等故彼釋非理盡即是滅佛說盡滅是有爲相說有爲相是所有法故契經說諸行無常有生滅法又契經說有爲之起亦可了知盡及住異亦可了知若謂無法猶如色等亦能爲因生識等者則亦應許無法是果此差别因不可得故何理無法是因非果又見有法以有爲先世所極成有因是果汝宗滅盡亦有爲先必有爲先後方無故如何不許是果有因又法無因許必是常故滅若常者法應永不生若謂滅無既非有體如何成果若非有體如何爲因發生識等又不應許有爲相如許彼成此亦應許又譬喻者能起異端曽所未聞解釋道理執有爲相是起及無如是則應不成三數謂有爲法得體名起盡及異相皆是體無非後剎那與前有異少

有所因如前已辯亦不可說有爲法然起亦應同成大過故謂諸行起亦應無因以執有爲法皆然故是故彼異無體理成則應以無爲有爲相然不應許故非滅不待因故我此中作如是釋現有法滅不待客因既不待客因纔生已即滅若初不滅後亦應然以後與初主因等故既見後有盡知前念念滅若謂不然世現見故謂世現見薪等先有由後與火客因合時便致滅無不復見故定無餘量過現量者故非諸法滅皆不待客因豈不應如鈴聲燈燄如彼聲燄雖離手風刹那刹那由主因滅而手風合餘不更生後聲燄無不復可取如是薪等由主滅因令念念滅後與火合便於滅位不爲餘因以後不生不復可取是故此義由比量成非現量得何謂比量謂應如生無無因故以有爲法不見不待客主二因而得生者謂羯刺藍牙牆識等必待精血水土根等外緣資助然後得生若待客因薪等滅者則有爲法應並如生要待客因然後得滅而世現見覺燄音聲不待客因由生因滅故一切行滅皆不待客因是故諸有爲纔生已即滅滅因常合故刹那滅義成有執覺聲前因後滅有執燈燄滅亦住無爲因有執燄滅時由法非法力彼皆非理所以者何法未已生無功能故然不應說二不俱故以如是難招他責言雖二不並而許前法爲後生因雖二不俱如何不許前因後滅唯現有論理應荅言前爲後生因以現有體故未來體未有寧爲前滅因故彼立因應如此說又最後滅復由何因住無爲因亦不應理以

無體法不成因故法與非法亦非滅因見空窾中有燄轉故又於一切有爲法中皆可計度有此因故應不更待火等滅因是故不應執此因義又若薪等滅火合爲因於熟變生中有下中中上應生因體即成滅因所以者何謂由火合能令薪等有熟變生中上熟生下中熟滅即生因體應成滅因然理不應因彼此有即復因彼此法成無若謂燄生不停住故無斯過者理亦不然體類不殊無決定理能爲生滅二種因故且於火燄差別生中客計能生能滅因異於灰雪酢日地水合能令薪等熟變生中如何計度生滅因異若爾現見煎水減盡火合於中爲何所作由客火合主火界增如如火界漸漸增長如是如是能令水聚漸爲後位微劣水因以火與水性相違故乃至最後位更不能生後是名火合於中所作故諸法滅不待客因但由主因令諸法滅由如是理證刹那滅義成是故知身定無行動

阿毗達磨順正理論卷第三十三 說一切有部

音釋

瀹 以灼切漬也　詰 去吉切問也　胭 烏前切嗌也　麨 尺沼切乾粮也

析 先擊切分剖也　羯剌藍 梵語也此云凝滑羯居謁切剌盧葛切　酢 倉故切與醋同

阿毗達磨順正理論卷第三十四

尊者眾賢造
唐三藏法師玄奘奉詔譯

辯業品第四之二

於正法内有作是言身及山等久住不滅故契經說或有一類身住十年乃至廣說又說七日羯剌藍住又說持地住經一劫由此知身可得久住故有行動爲表理成此義不然且彼亦許諸心心所有剎那滅由此可證彼所不許身及山等剎那滅義應作是言身剎那滅見隨心等有轉變故謂見身相於起苦樂貪瞋等時隨心等轉既隨心等念念滅法身有轉變故剎那滅義成又身與心等安危故謂身既是剎那滅心所執受故必安危等以身有識續住多時識若離身即便爛壞既與剎那滅心等安危故身應如心必剎那滅又身如識而宣說故謂契經言是心意識剎那臘縛牟呼栗多別異而生別異而滅又契經說身於彼彼剎那等位衰老枯竭又契經言苾芻諸行無有住止速歸壞滅又言苾芻諸行如幻或增或減暫住即滅又契經說摩納縛迦從入胎夜乃至衰老恒速逝往無住無迴由此等經證知諸行皆剎那滅無久住理而言住者但約諸行相似相續假說無違亦有契經說心有住如言心住不可移轉又經說心從初靜慮移入第二靜慮等中又說心調便能往上又於苦等生已相續多時住中假說故受又彼雖許月輪劫住而假說新非假說中即可決定執爲實有又相有別體異義成非一體中相可有別現見異體相方

別故如牛有垂頡馬有旋毛等於一相續相既有殊由此證知體必有異乳酪顯色雖復相同俱行別故必有異體謂二顯色甘酢味俱故體必應前後各別身亦應爾既前後位相有不同由此比知舉體界聚前後各別故刹那滅其理極成既一切行皆刹那滅如何業果感赴理成如何不成不相及故謂曾未見種體已滅猶能生芽亦非所許然非諸業如種生芽於正滅時與異熟果又非無法可能爲因是故應無業果感赴是彼宗過何謂彼宗謂譬喻宗故彼宗說如外種果感赴理成如是應知業果感赴謂如外種由遇別緣爲親傳因感果已滅由此後位遂起根芽莖枝葉等諸異相法體雖不住而相續轉於最後位復遇別緣方能爲因生於自果如是諸業於相續中爲親傳因感果已滅由此於後自相續中有分位別異相法起體雖不住而相續轉於最後位復遇別緣方能爲因生於自果雖彼外種非親爲因令自果生然由展轉如是諸業亦非親爲因令自果生然由展轉力內外因果相續理同外謂種根芽等不斷名爲相續內法相續謂前後心恒無間斷故無外道所難過失今詳彼釋一切可然謂若唯言現在有者可有相續展轉理成然理不成故唯有語彼不成理餘處已說設許相續展轉理成彼不應如種果道理現見種等展轉相續必無間絕方能生果心能生果相續有間故種果喻於彼所宗業果感赴無能證力以入無想二無心定心等不行如前已辯又說意行此中滅故非至果生一業相續

恒無間斷彼宗唯許思是實業此即意行增長功能隨界習氣種子論等餘處已遮故外難言無譬喻者所說業果猶如種果感赴道理是爲正難阿毗達磨無心位中說異熟因相續無斷得體實有先已成立即說此得爲相續體若謂得體與業果別不應說爲業相續者此難非理一身果故身與相續是一義故又如業種業得亦然故業相續無有間斷是故我宗業果感赴同於種果無理能遮雖諸業得有間斷者如已滅種作用雖滅而有少分與果功能由此後時能與自果業亦應爾故對法宗無同彼宗過所隨失後當成立已滅猶有若謂雖爾仍有異作異受果失不許有一能作受者體常住故此難不然異有二故觀理者說異有二種一者各別相續名異二一相續體別名異若別相續所造業因果必不應餘相續受若一相續所造業因其果何妨此相續受豈如異相續無造受能則一相續中亦無造受若謂各別相續名異與一相續體別名異異無別故如彼此無造受義者亦不應理因果相屬不相屬故猶如稻種望稻麥芽豈由稻種望稻麥芽二種體異無差別故即令稻種望稻麥芽同是相屬或不相屬雖彼稻種望稻麥芽體異無別而望稻芽因果相屬非望麥芽如是自他相續前後有屬不屬差別理成故一相續中無異作受失又種果異種滅經久而見與果於理無遮業果亦然雖異何咎又一相續異時爲因異時與果許無過失若異相續異時爲因異時與果便許有失如是豈不一異相續因果

有無分明有異又如燒村火燄相續謂如有一欲燎他村持火燒他草室少分火燄相續乃至揔燒舉村屋宇並成灰燼村人擒獲捶撻令陪彼自言我持少火燒少舍巳我火即滅故我但應陪一握草彼如是自雪豈成無過人智者應知徧燒村火皆從初火相續而生是故彼人有徧燒過如是諸蘊相續轉變所生諸果應知皆是初蘊爲因展轉而起是故諸業與所依蘊雖久謝滅而於後蘊彼果得生亦無有失現見因巳滅果法得生故如何不見種芽等然且見世間枸橼酢味相續轉變至果熟時酢因雖無有酢果起應知業果理亦應然刹那滅義成有業果感赴是故善說一切有爲有刹那故必無行動若爾何故現見世間有時身形行動可得欲等縁力能使身形無間異方展轉生起不審察者起增上慢謂有實行現前可取現見不取月輪駛行有時由雲餘方疾起便起增上慢謂見月駛行如是世間身急迴轉謂諸住物皆急返旋是故有爲皆無行動無行動故所說身表是形差别其理極成謂從加行心所生不住等流大種果别類形色不待餘顯色爲眼識生因能蔽異熟生所長養形色如是形色名爲身表非由如是善等性故令異熟生所長養斷如天眼耳現在前時餘眼耳根相續無斷諸别計有加行心生於身聚中勢力差别爲身無間異方生因即此生因名爲身表若爾身表應非眼見勢力差别即是風故然經主言形非實有謂顯色聚一方多生即於其中假立長色待此長色於餘色聚一面

其中假立短色於四方面並多生中假立方色於一切處徧滿生中假立圓色所餘形色隨應當知如見火𤒎於一方面無間速運便謂爲長見彼周旋謂爲圓色故形無實別類色體若謂實有別類形色則應一色二根所取謂於色聚長等差別眼見身觸俱能了知由此應成二根取過理無色處二根所取然如依觸取長等相如是依顯能取於形此理不然了相別故若一方面唯顯多生了相於中應無差別既有長白二了相異故於顯外別有形色現見有觸同根所取了相異故體有差別如堅與冷或暖與堅如是白長雖同根取而了相異故體應別故知聚色分析漸微乃至於中可生形覺必有少分形覺生因形色極微於中猶起理必應爾以色聚中有唯顯生形色不起於中唯有顯覺非形如見空中光明等色若即顯色說名爲形無分量顯中亦應起形覺不相離故如火界煖彼火𤒎喻於證無能餘處極成可假說故謂於餘處有長圓等所依實因同時無間於多方所安布差別所成色聚長等極成由是故於火𤒎等色異時別處無間轉中計度立爲假長圓等未曾見有世俗勝義俱不極成而可假立應二根取難亦不成長等但爲意識境故以諸假有誰是意識所緣境界如前已辨能成長等如種極微如是安布說爲形色是無分別眼識所取非身能取如是形色如依身根了堅濕等了長短等不如是故以非闇中了堅濕等即於彼位或次後時即能了知長短等相要於一面多觸生中依身根門分別

觸已方能比度知觸俱行眼識所牽意識所受如是相狀差別形色如見火色及齅華香能憶俱行火觸華色現見眼識隨其所應有於一時形顯俱了意識分別前後無定以顯與形是一眼識所緣境故意識分別時差別故了相異故其體不同形亦非觸寧有身根能取形義故不應難應二根取經主於此復作是言諸有二法定不相離故因取一可得念餘無觸與形定不相離如何取觸能定憶形此亦非理現見世間諸觸聚中有形定故謂形於觸雖無定者而於一面多觸生中定有長色於一切處觸徧生中定有圓色如是等類隨應當知故觸於形有決定者非觸於顯有定如形可了觸時能憶顯色以無有觸如是安布於如是顯決定如形又眼喉中亦得烟觸或時以鼻齅彼烟香因此了知烟中顯色亦應顯色二根所取非實物有又此與彼義應同故謂煖觸於色及白色於香亦無有定如形於觸不應因彼火色華香便能念知火觸華色故非由此能遮遣形異於顯色別有體義復有因證形非實有以諸所有有對實色必應有實別類極微然無極微名爲長等故即多物如是安布差別相中假立長等豈不已說即形極微如是安布眼識所得積集差別假立長等雖說有此是朋黨言形色極微非極成故謂若形色有別極微自相極成可得積集如是安布以爲長等然非形色有別極微自相極成如諸顯色云何得有積集安布如何具壽許有極成顯色極微非形細分如諸顯色一一極微無獨起理設有

獨起以極細故非眼所得於積集時眼可得故證知定有顯色極微形色極微亦應如是寧獨不許自相極成諸有對色所積集處皆決定有極微可得既於聚色差別生中有形覺生不待於顯如不待餘顯有餘顯覺生是故定應別有如種能成長等形色極微諸顯極微有質礙故即應積集假立長等此亦非理香等極微亦應積集爲長等故以彼香等所有極微亦有質礙唯據處所不相容納名質礙故若謂香等所有極微非有見故無同彼失則諸顯色所有極微亦非形故豈成長等如何知顯微體非形如前已說了相異故不待顯色形覺生故或有顯聚不見形故非體是形有多積集無障有眼可不見形是故應知異於顯色有色處攝形色極微由此集成長等假色故形細分非不極成云何是形而無細分極微無分應體非形若爾亦應疑於顯色如何顯色體是有對而可許有無分極微於諸無分受等諸法未曾見有名顯等故如顯極微顯相非有如是亦有形色極微而無形相違何至理夫顯相者謂能顯示青白等性非顯極微能有所顯故無顯相若異顯色實有形者應如青黄了然知異雖各實有而法性然故不可知了然有異如雜餘色見影光等謂影光等與地等合雜生識故別相難知然其實體非無有異夜於粉壁有淨月明明白相資二俱顯著體既有異何不智愚並能了然知其相別如彼理趣形顯亦然若顯與形相雜難了應以正理勤求別相雖與顯色相雜而生然於其邊能爲壃界攝持

顯色是謂爲形故破青九顯存形壞謂圓形色但居其邊故破青九圓形即滅然青顯色徧在九中故壞圓形青顯猶在或形色體非顯體故不如青黃別相易了又諸顯色是顯體故與餘顯色別相易知如是形色是形體故與餘形色別相易了故形異顯自相極成又顯與形雖同一聚然其體相決定有殊有一壞時一不壞故以相違因有差別故非體無異可由相違因有差別有壞不壞又於色處有善等別不應顯色有善等性如前已辯故有別形若謂顯中自有差別謂待心起或不待心則已極成身業實有但於名想少有迷謬然有色處加行心生於色聚邊周徧而起能爲壃界隔別顯色此與顯色非同法故諸對法者立以形名即此說爲身有表業縱說爲顯或說名餘且是極成實有身表若謂業相不成就故非實有者理亦不然由此如思業相成故又形與顯如水地風冷等相殊了相異故其體各別何理能遮又形必應異於顯色以如顯色生異類貪別說不淨門爲彼對治故復有至教證有別形如頌中說有麤有細有短有長淨不淨等又契經說顏貌端嚴非短非長非麤非細非白非黑光潔細輭非無別體而可別說又若遮遣行動及形汝等經部宗立何爲身表此中經主辯彼宗言身表即形然假非實如是語義意趣難知爲長等形是假非實爲成長等如種極微說名爲形是假非實若長等形是假非實與對法者所說無違若成長等如種極微說名爲形是假非實則不應理由彼所宗以顯成形

顯非假故顯若非實是則經部同壞法輪不可與言若意說形體不異顯故言非實則異火界無別有㷻亦應非實設許說言形非異顯如執異實顯無別有形言形非實如是亦應執異於假顯無別有形以執即顯色立爲長等故是則經部應立長等非實非假如何言假又經部宗若執形色有所依攬體實極微對法諸師亦作是說所起諍論爲何所依爲顯極微即是長等假所攬實爲不爾耶不爾如前已成立故或於顯聚有不見有長短等形差別相故由是彼說成無用言又彼立假形以爲身表復立何法爲身業耶彼說業依身立爲身業謂能種種運動身思依身門行故名身業語業意業隨其所應立差別名當知亦爾若爾何故契經中說有二種業一者思業二思已業彼作是釋謂前加行起思惟思我當應爲如是如是所應作事名爲思業既思惟已起作事思隨前所思作所作事動身發語名思已業此中爲攝一切業盡爲攝少分差別業耶有言此中攝一切業有作是說不攝無漏此釋非與經義相符此中不應攝意業故謂爲動發身語二種起思惟思及正動發身語二種起作事思此二俱依身語門轉並應攝在身語業中既爾此中何名意業若依身語二門轉思亦許一分名意業者是則立業有雜亂過縱許爲欲動發身語起思惟思是意業性亦非此中總攝諸業以有不依身語門轉有漏意業其量無邊皆此經中所不攝故且必不攝依眼觸等所起諸思以彼諸思非前所說思惟作事二思攝故

若謂此經所說思業總攝一切意業皆盡說思已業總攝一切依身及語二門轉思且非此經所應說義設許皆是此經所說爲欲動發身語二種起思惟思何業所攝若思業攝理必不然如思惟思依身語轉許思業攝餘亦應爾則應但說一思業言如是亦成業雜亂失意業亦依身語轉故若謂爲欲動發身語起思惟思此思不依身語轉者則爲餘境起思惟思彼思亦應不依餘境無異因故是則意業應不依境然非所許故理不然若謂此如依身語門轉名依身語非身語業者此於意業則應成過於中亦容此分別故思已業攝亦不應理以後但說思已言故非所思事可名思惟以義與名不相應故又汝經部說諸仙人意憤殺生是何業攝爲是身業爲意業耶然此中無前後所起思惟作事二思差別以思惟思即作事故便不能離業雜亂失又世尊言修苦行者身語意業各有別異是故定應許此中有依身門轉作事思業由此俱時殺多生故又殺生業身業攝故是則世尊應言身業於諸業中最爲大罪是故經部思立諸業復有理證業不唯思謂纔起思欲爲殺父等則應已得無間罪等故若謂得罪要須動身此未動身故無失者是則於思外有身業理成謂有動身方有身業成殺等罪若不動身惡思雖起罪未成故豈不如執有別身業宗若離惡思不成無間等如是雖許唯思是業若離動身不成此罪此例非等所以者何以對法宗身語二業成無間等要由惡思若無惡思此業不起故身罪業待惡

思成唯思業宗說思業起不待身語即思生位已成身業何假動身又對法宗由因等起思有善等差別性故所起身語善等性成可言必待思差別故身業方成無間罪等非經部說思業起時要待身語方成善惡彼許身語唯無記故如何可說要待動身思業方成無間罪等故引此例不遮彼失若謂如執眼根見宗雖眼根生非待眼識而見色用待識方成如是唯言思是業者不善思起雖不待身而要待動身方成無間等此亦非例所以者何以識與根有俱時起許根由識有勝用生故眼根生雖不待識而見色用待識方成然彼惡思要先生已後時方有運動身義非思生位由後動身少令前思起差別用又此所救理必不成無法無能令諸有法起勝用故復有至教遮經部宗安立業理如契經說夜所尋思至於晝時由身語表非此中說能表謂思餘契經中說表即業故餘經說諸愛者表體即是業又佛教誡羅怙羅言汝若由身由語造業於此所造身語業中應當正勤數審觀察非思即用身語爲體如何可言思所造業名由身語所造業耶是故應知契經即說身語二表爲身語業不應如是取此經義此經所言由身由語所造業者是由依身及依語思所造業義無如是義所以者何曾不說故又不遮故謂若有經曾作是說依身語思所造諸業名身語業非即身語又若有經遮身語表即是身語二業自性容可於此無差別言准彼契經作差別釋然曾無處有如是言又我引經不違正理故彼非理頻率

已情釋破諸經令乖實義理應名曰壞經部師非了義經爲定量故又伽他說由内心麤惡　外動身發語　因此能感苦翻此便招樂
此中說思及身語表能感愛果非愛果義餘經又言諸邪見者所有身業語業意業一切皆能感非愛果感愛果者與此相違由此證知伽他中說因身語二表感愛非愛果即是經中說身語業能感愛果非愛果義亦不應謂依身語思名身語表由彼自說形爲身表假非實故然思不應是形非實又契經說起迎合掌恭敬禮拜是身表業餘經又言表即是業由此證知欲作意等展轉所起手等别形名爲身表即是身業故對法宗立身語業符教順理無雜亂過由此所說四句理成然

於此中誦者差别謂有誦者作是誦言或有色聚唯顯可了謂青等影等大種造色聚以於其中顯色多故餘非定取故唯顯色可了空一顯者謂見空中蘇迷盧山所現純色豈顯等色有種種顯而但說此是一顯耶不爾云何以影等色與地等顯和雜難辯不可别見依不純義說非一顯此空界色無别所依以純可見故名一顯或有色聚唯形可了謂身表俱大造動聚以動攝受相續法性假施設故體非真實但身聚中心所等起等流大造實物聚中諸形差别是謂身表或有色聚二俱可了謂所說餘諸形顯聚以非於此聚離一可取餘故此義中經主前難如何一事有二體者此難不成非所許故復有形顯互相依屬如說鷺非播及播非烏等此中形顯

俱可了知或有色聚俱非可了如香味等及無表聚有餘誦者作是誦言或有色聚唯有顯等第一句者謂明闇聚即此差別說爲影光第二句者謂如前說第三句者謂前所說二句不攝俱色處聚青等色聚亦有長等形量差別現可見故第四句者亦如前說豈不影等亦有形量分明可見應名俱有彼言影等聚中無形以虛散故餘極凝物來入其中彼不壞故現見世間和集極凝有形色聚餘極凝物來入其中彼便損壞影等聚不爾故於中無形又諸和集極凝色聚有形極微周匝安布由如是聚形所攝持便有分限孔隙可得非於影等諸色聚邊有形攝持如和集等以不見有自動摇故然有長等形量分明現可得者隨本質故若爾應無鏡等中像所以然者如影無形隨本質故而形可得如是諸像應無顯色隨本質故顯色可知又像應非形色爲體雖見有高下而如畫無故如隨本質及隨所依形色雖無而現似有顯亦應爾似有實無是則像非形亦非顯爲體非像顯色如影形無諸像所隨不決定故以像隨質及所依故謂像形顯或時隨所依或時隨本質而顯現故影顯曾無隨本質理形亦無有隨所依義此所住處名曰所依故像與影無有同義若謂像與影隨義同故像應無體者理亦不然隨義雖同而見別故謂像影形雖同隨質而像隨質亦有高下影唯隨質有麤分量於麤分量隨義雖同而像隨質分量決定影非決定與質量同或大或小或時等故由此像與影隨義雖同而但影無形非像

無顯若顯亦無則無隨故謂於影色有顯自成此影既用顯色爲體說形隨質可無有過像體既非形若亦非顯者則無像體如何可說像隨本質或隨所依像定應唯顯爲體形色分齊必依極礙顯色分齊唯依顯相是故影像畫等無形由此已遮像形同難以彼形相隨義雖同然而高下形可取而非有前已說形色亦比量取故形色於中非如所取取不定故可謂爲無顯色於中取無不定同餘顯取故像唯顯爲體若爾應如影像形色隨義雖別而無義等如是像顯及與影形隨義雖別應無義等此例不然前已說故謂像若無顯隨義亦應無又汝何緣不作是取如影與像形隨雖同而於隨中非無差別如是像顯及與影形隨義雖同而有無別豈不於此

應設難言如影等中雖無形色而於顯色現有分量如是亦應於諸和集極礙色聚唯顯無形此難不然若諸和集極礙色聚亦無有形影像應無分量可取於彩畫等諸工巧人以餘顯色間雜餘顯摸放本質高下等形實於其中無高下等若諸和集極礙色聚亦無實形唯有顯者應如畫等藉餘顯色間餘顯色狀似有形而實於中無高下等然諸和集極礙色聚不待餘顯間餘顯色自有高下等實形量可取由此證知諸極礙聚異諸顯色別有實形由此能令影像畫等雖無形色而似有形是故彼言非爲正難豈不如從非形爲體像爲其質所生別像雖現可取而無實形如是應從非形爲體諸極礙聚有影像生有顯無形然形可取此亦非理隨本質形所

起像顯似有形故從此所生像亦似有形量可得理必應然從無形質所起像顯所生別像唯顯無形故像無形唯顯爲體即由如是問答分別已遣執像影爲體論以像與影非同法故像如本質有種種相影即不然故非同法又諸影起由障光明光明有處必無有影像則不爾故非同法又見諸像入水鏡中見影不然故非同法又非同影別有影生像能爲因生於別像故像與影定非同法又影不隨質有高下像則不爾故非同法是故不應執像即影然初誦者作如是言影等聚中非無形色以顯增故唯顯可了然諸形色略有二種一者謂在和集顯色極礙聚邊周匝安布二者謂在和集顯色無礙聚邊周匝安布唯在和集極礙聚邊形之差別是名身表故於此中無所說過已辯身表業語表業云何謂即言聲名語表業何故語表體即語言身表意業非即身意以離語言無別聲能表離身及意有色表思業故立身業名從所依語業約自性意業隨等起由此於中無相違過

阿毗達磨順正理論卷第三十四　說一切有部

音釋

頶　戶吾切牛頸下垂也　燼　徐刃切火餘也　枸櫞　枸俱羽切櫞與專切枸櫞果名　駛　疎士切疾也　⿰火曹　作曹切焦也　憤　房吻切懣也

阿毗達磨順正理論卷第三十五

尊者衆賢造
唐三藏法師玄奘奉詔譯

辯業品第四之三

如是已辯二表業相無表業相初品已辯然經部言此亦非實由先誓限唯不作故彼亦依過去大種施設然過去大種體非有故又諸無表無色相故如是諸因皆不應理且作唯不作即名無表業以無表業待勝緣故謂唯不作於立誓先與立誓後無差別故未立誓位不作已成復立誓限便爲無用若謂不作要待勝緣方可得成律儀性者是則應許有別法生現見世間待勝緣合必有有體別法生故若謂立誓故得阿世耶應責阿世耶名何所目謂心心所法如是差別轉若爾此息位便失律儀則應須數數重立誓受若謂如是不作阿世耶於一切時恒無息故者彼言實爾此體都無無法無容有起息故又獨靜處立誓要期如此阿世耶何非律儀性既許此性必待勝緣故知定應有勝法起謂必應有殊勝法性待如是緣和合方起非都無有殊勝法性因廣大教加行方得若異此者是則應同諸婆羅門及離繫者矯設大方便而空無所得若謂如是立誓要期要對衆前自顯心願如證悔法方得成者不服法衣不落鬚髮不持應器但對衆前立誓要期從今已去我定不作如是諸惡應名出家受具戒者又世現見彼彼有情種種施爲殊勝加行便有種種異類法生既見出家受具戒者施爲種種殊勝加行比知必定有勝法生此於

我宗名無表業縱汝立此名阿世耶異心無心恒隨相續此名於理亦無有過若全無物而立此名則成第四業道重罪又彼所言彼亦依過去大種施設然過去大種體非有者理亦不然應共思擇過去法體爲有爲無方可難故又過去世地等大種能爲生緣非所許故彼曾現在與無表色能爲生緣今雖過去所生無表續轉無失又言無表無色相者理亦不然前已說故謂初品內已辯斯理無色法中無此相故彼約變壞及表示等諸相差別釋總色名無色法中無此相故雖非此義徧一切色而成無過訓釋色詞或應識中亦有此失以非諸識皆了別故彼既無過此寧有失又釋諸色略有三義一示現方處義二觸對變壞義三約色施設義謂有見色可示在此在彼方所故名爲色諸有對色可爲手等觸對變壞故名爲色諸無見無對色約色施設故名爲色非離身語此可施設以無色界中此施設無故或如過去未來諸色雖無變壞等而亦受色名此亦應然故彼非難又定應許諸無表色是實有性所以者何頌曰

說三無漏色　增非作等故

論曰以契經說色有三種此三爲處攝一切色一者有色有見有對二者有色無見有對三者有色無見無對除無表色更復說何爲此中第三無見無對色此中上座率自妄情攺換正文作如是誦一者有色無見有對謂一觸處非所見故是所觸故二者有色有見無對謂一色處是所見故非所觸故三者有

色無見無對謂餘八處非所見故非所觸故定無有色有見有對如是誦釋若有信受或有正理可許引來遮破我宗所立無表然彼誦釋不離前來所說過故曾無餘經作此誦故誰能信受彼作是說經部諸師所誦經中曾見有此諸對法者應專信學對法諸師由愛無表令心倒亂謬誦此經故非無經作如是誦阿毗達磨諸大論師實謂奇哉懷賢泛愛如斯儱戾越路而行一類自稱經爲量者猶能眷攝爲内法人時與評論甚深理教然彼所誦於諸部中所有聖言曾不見有所釋義理違背餘經寧勸智人令專信學愛無表色正合其儀佛於經中自攝受故謂象迹喻契經中說有法處色故彼經言具壽此中有諸色法唯意識境體是色蘊法處所攝無見

無對若離無表更有何色說是色蘊法處攝耶何不許斯是去來色應十處色不通三世許眼等去來皆法處攝故又應違背各別處經法謂外處是十一處所不攝法無見無對此經遮眼等是法處攝故又彼過去未來眼等隨應體是有見有對由此不應是法處攝又彼勿許過去未來眼等是色以於爾時無變壞等諸色相故是則前難及釋此經自互相違非爲善說又法處色決定應有各別處經說外法處非如意處說無色故以法處中決定有色不說無色深爲應理辯本事品已廣分別如是彼誦違教理言但合無知經部所誦又彼所釋遮隔世尊教所攝受殊勝諸色對法諸師若信學此便爲不欲饒益自他故彼不應勸人信學由彼一類不樂極成聖

教正理專率已見妄爲頌釋惑亂愚人故我從今漸當捨棄又彼所誦非但違經巨細推徵亦無正理謂有何理唯一觸處名爲有對非餘礙色諸有礙色於自所居障餘用起故名爲對有此對者得有對名現見色處於自所居展轉相望能爲障礙聲等眼等相礙亦然現於所居互相障礙而言無對意趣難知故上座言全無正理又依訓釋色取蘊名證有對名非唯目觸謂爲手等所觸對時即便變壞名色取蘊由此足能證色處等皆是有對所以者何非唯大種名色取蘊及名手等可說彼此互相觸時便有變壞手等總聚互相觸對則便變壞是此中義現見世間以餘聚物觸餘聚物則便變壞故彼所誦違正教理經主於此作是釋言諸瑜伽師作如是說修靜慮者定力所生定境界色爲此第三非眼根境故名無見不障處所故名無對此釋非理以一切法皆是意識所緣境故住空閑者意識即緣諸有見色爲定境界此色種類異餘色等是從定起大種所生無障澄清如空界色如是理趣辯本事品因釋窮境已具分別應如是責如何定境青等長等顯形爲性如餘色處非有見攝然從定起大種所生極清妙故又在定中眼識無故非眼根境如中有色雖具顯形而非生有眼所能見或如上地色非下地眼境既有現在少分色處不與少分眼根爲境如何不許有少色處不與一切眼根爲境又於夢中所緣色處應無見無對唯意識境故是故由經說有三色證無表色實有理成又契經中說有無漏色如契

經說無漏法云何謂於過去未來現在諸所有色不起愛恚乃至識亦然是名無漏法除無表色何法名爲此契經中諸無漏色此中經主亦作釋言諸瑜伽師作如是說即由定力所生色中依無漏定者即說爲無漏未審經主曾於何處逢事何等諸瑜伽師數引彼言會通聖教且曾聞有五百阿羅漢乃至正法住不般涅槃然未曾聞彼有此說設有此說於理無違無漏定俱生所有諸色以形顯爲體不應理故若許彼非形顯爲體是無漏色依定而生此即應知是無表色譬喻者說無學身中及外器中所有諸色非漏依故得無漏名然契經言有漏法者諸所有眼乃至廣說此非漏對治故得有漏名爲挫彼宗廣興諍論具如思擇有漏相中故於此中不重彈斥又非眼等非漏對治得有漏名勿有世間諸離染道成無漏過後於義便當廣成立世間道中有能離染又彼眼等非如意法意識說故謂佛有漏無間相中作如是言墮世間意墮世間法墮世間意識是名有漏出世間意出世間法出世間意識是名無漏非眼等中作如是說故知彼說但述邪計然契經中說無漏色故無表色實有理成又契經說有福增長如契經言諸有淨信若善男子或善女人成就有依七福業事若行若住若寐若覺恒時相續福業漸增福業續起無依亦爾除無表業若起餘心或無心時依何法說福業增長此中上座作如是言由所施物福業增長故如是言乃至所施房舍久住能令施主福業增長恒相續生又伽他中亦作是

說
施園林池井　橋船梯隥舍　是人由此故
晝夜福常增
上座引此殊未通經但足自宗撥無表失謂他先責若無無表染心等位何福猶存而契經言福常增長言福增長由所施物此於他責豈曰能通理實福增由所施物然應分別染心等位何福不斷而說爲增上座於中未申其理雖有所說而成無用又彼自設所疑難言若於其中施物不住如後三種福云何增即自釋言由所施食所生饒益猶安住故能令施主施福常增此亦同前有所說過又彼重說或阿世耶不忘失故福常增長若爾施主染心等位頗有緣施憶念猶存由此故言不忘失故彼言不爾不忘者何謂阿世耶離心心所及無表業此名何義豈不如是進退推徵彼顯佛言都無有義又彼自問云何無依福業事中可作是說由所施物福業增長即自荅言此乘前誦諸有依福言便故來理實此中無福增義上座多分率已妄情擅立義宗違諸聖教不能通釋遂撥極成所違契經言無實義如是謗法豈曰善人若於契經不了深義不言爲勝何輙非撥又言或由發起濃厚阿世耶故福亦隨增此亦非理前已徵責此阿世耶理不成故又應捨前所立論故若無施物福亦增長前不應言由所施物相續久住福常增長經主於此作如是言先軌範師作如是釋由法爾力福業增長猶如施主所施財物如是如是受者受用由諸受者受用施物功德攝益有差別故於後施

主心雖異緣而前緣施思所熏習微細相續漸漸轉變差別而生由此當來能感多果故密意説恒時相續福業漸增福業續起應問此中何名相續何名轉變何名差別彼作是荅思業爲先後後心生説名相續即此相續於後後時別別而生説名轉變即此無間能生果時功力勝前説名差別如有取識爲命終心於此心前雖有種種感後有業而於此時唯有極重或唯慣習或近作業感果功力顯著非餘諸異熟因所引相續轉變差別與果功能與異熟果已此功能便息諸同類因所引相續轉變差別與果功能若染污者至得畢竟對治道時與等流果功能便息不染汙者隨心相續至無餘依般涅槃位與等流果所有功能方畢竟息如是所説即是前來我所數破舊隨界等而今但以別異言詞如倡伎人矯易服飾方便通釋所引契經然彼所言微細相續轉變差別無少理趣可令智者録在胷襟唯有憑虛文詞假合如勝論者所執合德同異和合無別體故所以者何如説心相續有染有淨義即心前後染淨差別如是相續轉變差別亦應即心前後別義此心差別爲因得果此果可有前後差別然所得果體種種殊彼所從因定應有異非一心體可有種種若謂此如鉢特摩種亦不應理彼多極微合成種故可有差別又種芽等諸相續中前後相望勢用無別一心相續前後相望有善惡等勢用各別非無細分一念識體可有善等勢用不同又聖教中許一身有順現法受等分位差別業由此爲因如其次

第感現法受等分位差別果非一心體可能爲因感得如斯分位別果若謂如種緣合力殊或能生芽或生灰等此亦非理善不善二因應俱能招愛非愛果故然契經說無是處言又如種等雖一相續而緣合位不從芽等有芽等生心亦應然雖一相續而緣合位不從善心生非愛果亦非愛果從惡心生故汝應許於一心相續同時便有無量心俱生或應許心如和香飲有無量體和合而生或應許因過去有體或應許果無因而生如是便成迷失路者又彼所說一心相續於後後位別別而生名爲轉變定不應理且如有造福行無間即復造作非福行者此二爲是一類轉變爲是異類而轉變耶若言此是一類轉變是則應無罪福差別若言異類而轉變者

應說更有何第三心依之何相名福行轉變復說何相名罪行轉變由如是等種種推徵所計相續轉變差別一切不順聖教正理又彼所宗唯現在有於一念法相續不成相續既無說何轉變轉變無故差別亦無由此彼言都無實義故有別法若起餘心或無心時恒現相續漸漸增長說名無表故無表色實有理成經主此中極爲悅惚不審了達自他宗趣欲以已過攀他令等逆述他責作是釋言若謂如何由餘相續德益差別令餘相續心雖異緣而有轉變釋此疑難與無表同彼復如何由餘相續德益差別令餘相續別有眞實無表法生不爾身心互相隨故由施主有福思差別有如是相表及無表前行造色與四大種俱時而生生已無間此四大種及

所造色俱時而滅以俱生故從此所生後無表色嗣前種類乃至未遇捨無表緣恒相續轉如是施主心雖異緣而由受者德益差別福常增長理不相違然增長言顯下中等品類差別諸有爲法外緣所資法皆然故或此意顯相續轉多故次復言福業續起汝宗不爾所以者何施主福思差別滅已無間便有染心續生受者爾時德益差別施主由彼染汙心增何用如斯福業增長若謂別有非染法增離染汙心有何別法名爲福業說彼漸增宜善思尋求其自體標之心首徐當顯示令詳汝等無顯示能是故汝曹由未承稟妙閑聖教通正理師大欲居心自立法想妄自舉恃汝經部宗捧自執塵坌穢聖教又彼所說無表論者無依福中既無表業寧有無表

此亦不然善無表業彼定有故謂聞其處其方邑中現有如來或弟子住生歡喜故福常增者彼必應有增上信心遥向彼方敬申禮讚起福表業及福無表而自莊嚴希親奉覲故依無表說福常增世尊經中但說能起此於福起爲勝因故除無表色若起餘心或無心時必無福業相續增長如前已辯若唯許彼有歡喜心彼則唯應有意妙行暫起便息無常增理故我決定許彼爾時必亦應有身語妙行又非自作但遣他爲若無無表業不應成業道以遣他表非彼業道攝此業未能正作所作故使作所作已此性無異故經主於此作是釋言應如是說由本加行使者依教所作成時法爾能令教者微細相續轉變差別而生由此當來能感多果諸有自作事

究竟時當知亦由如是道理應知即此微細相續轉變差別名爲業道此即於果假立因名是身語業所引果故彼釋非理微細相續轉變差別前已破故無容更有釋難功能故於此中重引無用又彼應説由能教者使往餘處害餘有情教者後時若於因果相屬道理得善了知由此便能生深悔愧或能發起餘勝善心使者爾時殺事究竟能令教者心相續中殺業道生此心相續爲得愛果爲得非愛果爲俱得二果理皆不然殺業爾時正究竟故善心無容招苦果故順現受等業成雜亂過故若謂唯教者發表業思能牽引當來非愛果者理實應爾然彼所執相續轉變差別是何能教者心既善相續復執何法能感當來多非愛果以能教者後相續中無別法生能多感故如是所立不令生喜然由先表及能起心爲加行故後時教者雖起善心多時相續仍有不善得相續生使所作成時有力能引如是類大種及造色生此所造色生是根本業道即彼先業及能起心在現在時爲因能取令所造色爲等流果於今正起無表色時彼在過去能與令果唯彼先時所起思業於非愛果爲牽引因後業道生能爲助滿令所引果決定當生如是所宗可令生喜非牽引力即令當來愛非愛果決定當起除能教者能起表思若於後時善心相續乃至使者事究竟時無表若無更無別法於非愛果能爲圓滿助因可得果應不生若加行心即能令果決定當起不須滿因使者或時不爲殺事教者非愛果亦應決定生既不許

然故汝經部於業果理極爲惡立然上座言於所教者加行無間令能教者而爲加行生無間罪觸以所遣使事究竟時教者加行果方成故此中彼執無間是何爲毋等亡爲所生罪若謂無間即毋等亡應離殺思亦成無間若謂無間是所生罪彼所教者事究竟時能教者思若是染汙可爲無間重罪所觸若能教者正起善思使者爾時殺事究竟彼能教者有何罪生如何發言都無忌憚說彼無間重罪所觸是故定應許實無表若自不作但遣他爲由無表生成業道罪又若無無表應無八道支以在定時語等無故經主於此作如是責且彼應說正在道時如何得有正語業命爲於此位有發正言起正作業求衣等不此責非理佛語同故經部諸師亦應被責正在道位爲有發言及起作業求衣等不如何佛言正語業命道支所攝故責應同然彼釋言雖無無表而在道位獲得如斯意樂依止故出觀後由前勢力能起三正不起三邪以於因中立果名故可具安立八聖道支彼釋不然應正見等同此釋故謂正見等亦應可爲如是計度雖在道位無正見等而得如斯意樂依止故出觀後由前勢力起正見等邪見等無以於因中立果名故可具安立八聖道支然非觀中無正見等若無正見等道亦應無故由如是理對法諸師應作是例如正見等正在道時實有自體亦應實有正語業命諸無漏戒如在觀時得正見等於出觀後不同異生起邪見等如是觀中得正語等於出觀後不同異生起邪語等如何所起

不同異生謂預流等雖起染心習欲等事而不可說起邪思惟及邪語等同於觀中得彼對治唯許別有正見等體非正語等斯有何理又有何理許依正見等假立正語等非此相違或應不許別有彼體故彼所宗非爲善立又如見定戒亦應然說此皆通學無學故謂契經說有學尸羅無學尸羅有學三摩地無學三摩地有學般若無學般若若謂尸羅於正見等假安立者別說尸羅通學無學便爲無用上座意謂堪能不作身語惡行名正語等由聖道力轉相續故於二惡行堪能不作故正語等非別有體若爾正見亦應唯是堪能不作意惡行性所以者何由聖道力轉相續故於意惡行堪能不作即名正見非別有體經說邪見名意惡行今於此中有何別理一許有體一則不然故彼所言都無實義又應問彼堪能不作體是何法彼言即是勝阿世耶所隨善淨心心所法此如前破前破者何謂彼止息起染等心應失律儀如未得位非於息位有少如前勝阿世耶所隨逐法可立不作殊勝想名非染等心亦可得說名堪不作語惡行等先所說過皆應集此又彼所說言尸羅者是慣習義是故尸羅無別實體彼說不然雖慣習義而別說故定別有體如契經說若已善修戒定慧三修即慣習若唯慣習名尸羅者契經不應別說修戒理不應說修慣習故若修定慧即名尸羅是則不應言修三種又契經說依住尸羅修習二法豈應說言依住修習修習二法今詳具壽覺慧所行唯憑世典非關聖教故無表色實有

理成雖彼有多餘無端說而皆不越前來所破恐文煩重不別遮遣且由前說無表足成此無表名爲目何體目遠離體遠離非作非造無表一體異名非唯遮作即名無表如世間說非婆羅門世共了知別目一類業爲因故如彩畫業此無表色亦立業名因表因思而得生故爲諸無表皆二力生不爾云何唯欲界繫所有無表可由强力二因所生以欲界思非等引故離身語表無有功能發無表業靜慮俱思定力持故不待於表有勝功能發無表業由此無表雖非是業業爲因故亦得業名不可受等亦名爲業以止息表業立無表業故非止息業而立受等是故受等雖業爲因無同無表亦名業過又諸無表以業爲因非爲業因受等與業互爲因果是故無有同無表失無表亦用非業爲因何緣不許亦名非業亦許非業以非作故但業爲因故亦名業世尊亦說非作名業如說云何名白白異熟業謂五尸羅七種尸羅乃至廣說解聲明者亦於非作眠及住位以業聲說亦見世間於非作位同有所作立作業名如問天授汝作何業荅言我今作眠或住故同世俗言說無失若爾欲界初念無表不應建立無表業名與表業俱止息表業理不成故此難非理以初無表是止息表無表種類後隨初念相續轉故謂初刹那表俱無表是後息表無表業類許彼相望種類同故雖與表業俱時而生而得立爲無表業體皆由表業而得生故或善無表止息惡業不善無表止息善業故雖初念與表俱生而亦得說名無表業

遠離非作非造業名准斯例釋皆無有過無表與表俱所造色所依大種爲異爲同頌曰

此能造大種　異於表所依

論曰無表與表雖有俱生然能生因大種各異麤細兩果因必異故法因和合有差別故一切所造色多與生因大種俱生然現在未來亦有少分因過去者少分者何頌曰

欲後念無表　依過大種生

論曰唯欲界繫初刹那後所有無表從過大生謂欲界所繫初念無表與能生大種俱時而生此大種生已能爲一切未來自相續無表生因此與初刹那無表俱滅已第二念等無表生時一切皆是前過去大種所造此過大種爲後後念無表所依能引發故與後後念無表俱起身中大種但能爲依此大種若無無表不轉故如是前俱二四大種望後諸無表爲轉隨轉因譬如輪行因手依地手能引發地但爲依前俱大種應知亦爾大種通五地身語業亦然何地身語業何地大種造頌曰

有漏自地依　無漏隨生處

論曰身語二業略有二種一者有漏二者無漏若有漏者五地所繫欲界所繫身語二業唯欲界繫大種所造如是乃至第四靜慮身語二業唯是彼地大種所造若無漏者依五地身隨生此地應起現前即是此地大種所造以無漏法不墮界故必無大種是無漏故由所依力無漏生故表無表業其類是何復是何類大種所造頌曰

無表無執受　亦等流情數　散依等流性

有受異大生　定生依長養　無受無異大
表惟等流性　屬身有執受

論曰今此頌中先辯無表諸無表業略有二種定不定地有差別故然其總相皆無執受與有執受相相違故唯善不善故非異熟生無極微集故非所長養有同類因故有是等流亦言爲顯有刹那性謂初無漏俱生無表待識生故有情數攝若就差別分別所依不定地中所有無表等流有受異大種生異大生言顯身語七一一是別大種所造定生無表差別有二謂諸靜慮無漏律儀此二俱依定所長養無受無異大種所生無異大言顯此無表七支同一具四大種所造應知有表唯是等流此若屬身是有執受餘義皆與散無表同謂有情數及依等流有受別異四大種起何緣散地所有無表能造大種唯等流性定地無表所長養生以殊勝心現在前位必能長養大種諸根故定心俱必有殊勝長養大種能作生因造定心俱所有無表散地無表因等起心不俱時故在無心位亦有起故所依大種唯是等流因等起心不能長養能生無表諸大種故若爾散地無表所依誰等流果有作是說是次前滅大種等流能造無對所有大種非造有對大種等流果有細麤種類別故如是說者從無始來定有能造無對造色已滅大種爲同類因能生今時等流大種造有表業大種亦應是無始來同類大種之等流果非從異類定生無表所依大種無執受者定心果故必無愛心執此大種以爲現在内自體故又此大種無有其餘執

受相故名無執受散地無表所依大種有執受者故心果故以有愛心執爲現在内自體故如顯色等所依大種繫屬依身而得生故亦可毁壞外物觸時可生苦樂何緣定心所生無表是無别異大種所生散無表生依别異大定生無表七支相望展轉力生同一果故唯從一具四大種生散此相違故依異大有説若彼同一生因隨越一時應捨一切定生無表七支相望生因既同必頓捨故豈不如對一切有情相續所生遠離殺戒雖同一具大種所生非越一時頓捨一切七支相對理亦應然此例不然彼雖一具大種所造然其所對一一有情相續異故若七支戒無異大生所對有情相續既一何緣越一非捨一切是故此彼爲例不齊若爾此應同命根理

如命根體爲具身依身不具時亦爲依止故身雖缺隨有餘根命猶能持令不斷壞如是一具大種爲因能生律儀具不具果故支雖缺隨有餘支大猶能持令不斷壞此亦非例以彼命根先與缺身俱時而起中間有與具身俱生後缺滅時復有俱起故於具缺各别任持大種不然一具大種爲一相續無表生因若與七支爲生因者未曾暫與缺支俱生如何缺一時持餘令不捨即由此理從無貪等爲因所生離殺等戒雖有對一有情相續而越一時非捨一切以是各别大種果故大種别者果類别故雖對别異有情相續發多無貪所生無表而但一具大種爲内以所生果類無别故由是若對一有情身一具七支生因同者則隨越一應捨一切如是立證理

亦可成故散七支依別大種然依不許別捨律儀此證不成前説爲善如天眼起非壞本形表色生時理亦應爾故雖身表在身中生而無異熟色斷已更續過亦無一具大種聚中有二形色俱時起過以諸身表別有等流大種新生爲所依故隨依身分表色生時此一分身應大於本大及形色極微增故然不現見其理如何有釋此言以表及大相微薄故如染支體然不見有大相可得有説身中有孔竅故雖得相容納而不大於本

阿毗達磨順正理論卷第三十五　説一切有部

音釋

矯 居夭切詐也　攏戾 攏力董切戾郎計切攏戾謂多惡不調也　挫 則卧切挫折也　隥 都鄧切登陟之道也　恍惚 恍呼晃切惚呼骨切恍惚不分明也　憚 徒旦切畏也　尸羅 梵語也此云止得謂止惡得善也尸升脂切

阿毗達磨順正理論卷第三十六

尊者衆賢造

唐三藏法師玄奘奉詔譯

辯業品第四之四

已辯業門略有二種謂思思已業差別故復有三種謂身語意業差別故復有五種謂身語二各表無表及思惟一業差別故如是五業性及界地建立云何頌曰

無表記餘三　不善唯在欲　無表徧欲色
表唯有伺二　欲無有覆表　以無等起故

論曰無表唯通善不善性無有無記所以者何是强力心所等起故無記心劣無有功能爲因等起引强力業令於後後餘心位中及無心時亦恒續起所言餘者謂二表及思三謂皆通善不善無記於中不善在欲非餘有不善根無慚愧故善及無記隨其所應二界皆有不別遮故欲色二界皆有無表決定不在無色界中以無色界中有伏色想故猒背諸色入無色定故彼定中不能生色或隨何處有身語轉唯是處有身語律儀有作是言以無色界無大種故無無表色彼但能遮有漏無表無漏無表無理能遮謂無色中無大種故隨界繫地有漏律儀必定無容是別界地大種所造故無色無無漏律儀既許得爲別界別地大種所造無色界有何理能遮是故前說於理無過毗婆沙師作如是說爲治惡戒故起尸羅唯欲界中有諸惡戒無色於欲具四種遠一所依遠二行相遠三所緣遠四對治遠所依遠者謂於等至入出位中等無間緣爲所依體無容有故行相遠者謂無

色心畢竟無能於欲界法作苦麤等諸行相故所緣遠義類此應知由無色心但能以下第四靜慮有漏諸法爲苦麤等行相所緣對治遠者謂若未離欲界貪時必定無容起無色定能爲欲界惡戒等法猒壞及斷二對治故非不能緣可能猒壞故無色界無無表色表色唯在二有伺地謂通欲界初靜慮中非上地中可言有表說有伺者爲顯一切初靜慮中徧有表業若於上地表業全無語表既無何有聲處有外大種爲因發聲不遮外聲故無有失有餘師說上三靜慮亦有無覆無記表業理必應爾上三地中起三識身既無有失如何不起發表業心然善染心上不起下下善下染劣故斷故由是生上無善染表前說爲善所以者何雖彼現前非彼繫故有覆無記表欲界定無唯初靜慮中可得說有曾聞大梵有誑諂言謂自衆中爲避馬勝所徵問故矯自歎等復以何緣二定以上都無表業於欲界中無有有覆無記表業以無發業等起心故有尋伺心能發表業二定以上都無此心豈不前言生上三地如亦得起下三識身發表業心如何不起豈不已說依上地身雖得現前而非彼繫有作是說依餘地身非起餘地心能發身語表若爾經說世尊一時昇淨居天彼諸天衆禮拜讃歎供養世尊此經應成有語無義又聞經說淨居天等來詣佛所讃禮問難故生餘地起餘地心發身語表於理無失然如識身等非彼地所繫又發表心唯修所斷見所斷惑內門轉故以欲界中決定無有有覆無記修所斷惑是故

表業上三地都無欲界中無有覆無記表為但由等起令諸法成善不善性等不爾云何由四種因成善性等一由勝義二由自性三由相應四由等起何法何性由何因成頌曰

勝義善解脫　自性慚愧根　相應彼相應
等起色業等　翻此名不善　勝無記二常

論曰勝義善者謂眞解脫以安隱義說名為善謂涅槃中衆苦永寂最極安隱猶如無病此由勝義安立善名是故涅槃名勝義善或眞解脫是勝是義得勝義名勝謂最尊無與等者義謂別有眞實體性此顯涅槃無等實有故名勝義如是勝義安隱名善如是涅槃是善常故於一切法其體最尊是故獨標為勝義善自性善者謂慚愧根以有為中惟慚與愧及無貪等三種善根不待相應及餘等起體性是善猶如良藥相應善者謂彼相應以心心所要與慚愧善根相應方成善性若不與彼慚等相應善性不成如雜藥水等起善者謂身語業生等及得二無心定以是自性及相應善所等起故立等起名如良藥汁所引生乳因異類心亦起諸得如因靜慮得通果心勝無記心現在前故得諸染法勝染汙心現在前故得諸善法此等如何成善等性以就彼法俱生得故密作是言非異類心不作緣起故無有失雖異類心亦為緣起而成善等非待彼心或復因彼諸得等起即待彼故成善等性故得由等起成善等性異如說善性四種差別不善四種與此相違云何相違勝義不善謂生死法由生死中諸法皆以苦為自性極不安隱猶如痼疾自性不善

謂無慚愧三不善根由有漏中惟無慚愧及貪瞋等三不善根不待相應及餘等起體是不善猶如毒藥相應不善謂彼相應由心心所法要與無慚愧不善根相應方成不善性異則不然如雜毒水等起不善謂身語業生等及得以是自性相應不善所等起故如毒藥汁所引生乳若爾應無一有漏法是無記或善皆生死攝故一切皆應是不善攝雖據勝義理實應然而於此中約異熟說諸有漏法若不能記異熟果者立無記名於中若能記受異熟說名為善有為無記有漏善法以起少苦猶如輕病亦得名為勝義不善如善不善既有勝義亦有勝義無記法耶亦有云何謂二常法以非擇滅及太虛空更無異門惟無記性是故獨立勝義無記無別自性相應等起無一心所惟無記性與無記心徧相應故設方便立自性等三亦攝不盡無記多故由是無記唯有二種一者勝義二者自性有為無記是自性攝不待別因成無記故無為無記是勝義攝以性是常無異門故若等起力令身語業成善不善此身語業所依大種例亦應然俱從一心所等起故此難非理以作者心本欲起業非大種故謂無作者於大種中發起樂欲我當引發如是種類大種現前由此為門善惡心起又世現見身語二業待心而生未曾見有身語二業離心而起然四大種離心亦生故知彼法非待心起又如眼等不待心生其性便無善等差別如是大種不待心生故理亦無善等差別若爾諸得及生等相應無等起善等差別以非本心

所欲起故無心位中亦現起故此難非理由法勢力安立善等差别成故謂得四相依法而立非如大種無待自成有爲法中無有一法不待心力成善不善是故諸得及生等相如所屬法要由心力成善等性其理善成生已離心雖相續轉亦無有過即是前心勢力所引令其轉故隨定無表定等力生理亦應成等起善性天眼天耳應善性攝以是善心所等起故此難非理以彼二通解脱道心是無記故彼二與道俱時生故通斯似難何費劬勞如上所言身語二業由等起力成善不善等起有幾何等起力令身語業成善不善等起相望差别云何頌曰

等起有二種　因及彼刹那　如次第應知
名轉名隨轉　見斷識唯轉　唯隨轉五識
修斷意通二　無漏異熟非　於轉善等性
隨轉各容三　牟尼善必同　無記隨或善

論曰身語二業等起有二謂因等起刹那等起在先爲因故彼刹那有故如次初名轉第二名隨轉謂因等起將作業時作是思惟我今當作如是如是所應作業能引發故説名爲轉刹那等起正作業時與先轉心所引發業俱時行故説名隨轉若無隨轉雖有先因爲能引發如無心位或如死屍表應不轉隨轉於表有轉功能無表不依隨轉而轉無心亦有無表轉故如上所言見所斷惑内門轉故不能發表若爾何緣薄伽梵説由邪見故起邪思惟邪語邪業及邪命等此不相違見所斷識於發表業但能爲轉於能起表尋伺生中爲資糧故不爲隨轉於外門心正起業

時此無有故由此故說見所斷心爲因等起發身語業定不能爲剎那等起見所斷識雖能思量而無功能動身發語然於動發一表業中容有多心思量動發唯後一念與表俱行異此表應非剎那性見所斷識雖能爲轉發有表業然非表業於此識後無間即生內門轉心不能引起與身語表俱行識故若異此者見所斷心亦應於表業爲剎那等起以修所斷加行意識能無間引表俱行心亦與表俱行爲剎那等起故見所斷雖能爲因引諸表業離修所斷因等起心表俱行心無容得起是故欲界無有有覆無記表業然契經中但據展轉爲因等起容作是言由邪見故起邪語等阿毗達磨據彼不能無間引生表俱行識故容意說見所斷心內門轉故不能發表是故經論理不相違又見所斷若發表色此色則應是見所斷色非見斷已廣成立若五識身唯作隨轉無分別故外門起故修斷意識有通二種有分別故外門起故由此應成四句分別有轉非隨轉謂見所斷心有隨轉非轉謂眼等五識有轉亦隨轉謂修所斷一分意識有非轉非隨轉謂餘一切修所成識以修所成無分別故然說無漏異熟非者此有太減及太過失有漏定心亦俱非故諸異熟識但可非轉能爲隨轉何理能遮然經主言不由加行任運轉故諸異熟識非轉隨轉有餘復言此唯先業勢力所引餘心息位方可現前故非二種設此能起身語表業是何性類爲異熟生爲威儀路爲工巧處耳非異熟生現加行起故亦非餘二種異熟心

起故如是理趣但可能遮異熟生心爲因等起餘心爲轉所發表業異熟生心外門轉故能爲隨轉何理相違且若無心表業不轉許表業轉用異熟識爲隨轉因斯有何過又但應說異熟生心勢微劣故非因等起不應說言不由加行任運轉故勿生得善亦不爲因發有表業亦非加行任運轉故由此經主有減增失因復非因智者應了轉隨轉識性必同耶不爾云何謂前轉識若是善性後隨轉識通善等三不善無記爲轉亦爾唯牟尼尊轉隨轉識多分同性少有不同謂轉若善心隨轉亦善轉心若無記隨轉亦然於續剎那定無迷故而或有位善隨無記轉曾無有時無記隨善轉以佛世尊於說法等心或增長無萎歇故有餘部說諸佛世尊常在定故心唯是善無無記心故契經說

那伽行在定　那伽住在定　那伽坐在定
那伽卧在定

毗婆沙師作如是釋此顯佛意必正知生亦無有心不隨欲起於境無亂故立定名非佛世尊無威儀路異熟生識及通果心起此等心於理無失既說善等轉隨轉各三准此標釋中足爲明證所發諸業成善惡等隨因等起非隨剎那異此善心所引發業既與不善無記心俱何理能遮成惡無記是則應有從別思惟爲因引生別性類業如是勤勵欲爲善者翻有不善無記業生或此相違便乖正理故業成善等定由轉力非由隨轉力其理善成然隨定心諸無表業與俱時起心一果故由隨轉力善性得成定屬此心而得生故

經主於此標釋理中不審了知復作是責諸有表業成善等性爲如轉心爲如隨轉設爾何失若如轉者則欲界中應有有覆無記表業身見邊見能爲轉故或應簡別非一切種見所斷心皆能爲轉若如隨轉惡無記心俱得別解脫表應非善性於此徵難應設劬勞未審此言何密意說爲勸對法諸大論師令設劬勞爲當自勸若勸對法諸大論師彼於此中已勤方便善思善說何復勸爲如其自勸即知經主於斯義理未設劬勞令正見生方能自省未能解了對法所宗幸自精勤求標釋理又作是說若表不由隨轉心力成善等者則不應言彼經但據前因等起非據剎那故欲界中定無有覆無記表業彼謂此說表成善等性決定但由剎那等起力故見所斷惑雖爲因等起而欲界定無有覆無記業此由經主不達我宗所有言義故作是說此說意言若見所斷惑爲剎那等起與業俱行是則不應隔修所斷能起表業因等起心則欲界中何緣無有有覆無記身語表業然見所斷惑尚不能爲因無間引生業俱行識何能自作剎那等起說不能作剎那等起顯不能爲近因等起但有能作近因等起者此必能爲剎那等起故身見邊見雖爲遠因引身語表而由修斷近因勢力成不善性是故說言彼經但據前因等起非據剎那故欲界中定無有覆無記表業若不爾者則不應言彼經但據前因等起前言爲顯隔近因故簡近因故說前因言故彼此中不達言義辯業界地傍論已周復應辯前表無表相頌曰

無表三律儀　不律儀非二

論曰應知無表略說有三一者律儀二者不律儀三者非二謂非律儀非不律儀能遮能滅惡戒相續故名律儀如是律儀差別有幾

頌曰

律儀別解脫　靜慮及道生

論曰律儀差別略有三種一別解脫律儀謂欲纏戒二靜慮生律儀謂色纏戒三道生律儀謂無漏戒初律儀相差別云何頌曰

初律儀八種　實體唯有四　形轉名異故

各別不相違

論曰別解脫律儀相差別有八一苾芻律儀二苾芻尼律儀三正學律儀四勤策律儀五勤策女律儀六鄔波索迦律儀七鄔波斯迦律儀八鄔波婆娑律儀如是八種律儀相差別總名第一別解脫律儀此中依能修離惡行及離欲行補特伽羅安立前五律儀差別以如是類補特伽羅乃至命終能離殺等諸惡行故及能遠離非梵行故次復依能修離惡行非離欲行補特伽羅安立盡形在家二衆律儀差別以如是類補特伽羅乃至命終能離殺等諸惡行故不能遠離非梵行故由是經中但作是說離欲邪行非非梵行後復依能修非全離惡行欲行補特伽羅安立在家一晝一夜律儀差別以如是類補特伽羅不能全離惡行諸欲為令漸習全離惡行及諸欲行方便住故雖名有八實體唯四一苾芻律儀二勤策律儀三近事律儀四近住律儀唯此四種別解脫律儀皆有體實相各別故所以者何離苾芻律儀無別苾芻尼律儀離

勤策律儀無別正學勤策女律儀離近事律儀無別近事女律儀云何知然由形改轉體雖無捨得而名有異故形謂形相即男女根由此二根男女形別但由形轉令諸律儀名爲苾芻苾芻尼等謂轉根位令本苾芻律儀名苾芻尼律儀或苾芻尼律儀名苾芻律儀令本勤策律儀名勤策女律儀或勤策女律儀及正學律儀名勤策律儀令本近事律儀名近事女律儀或近事女律儀名近事律儀非轉根位有捨先得得先未得律儀因緣故四律儀非異三體若從近事律儀受勤策律儀復從勤策律儀受苾芻律儀此三律儀爲由增足遠離方便立別別名如隻雙金錢及五十二十爲體各別具足頓生三種律儀體不相雜其相各別具足頓生三律儀中具三離殺一一離殺其體各異餘隨所應當知亦爾由因緣別故體不同如如求受多種學處如是如是能離多種高廣牀座飲諸酒等憍逸處時即離衆多殺等緣起以諸遠離依因緣發故因緣別遠離有異若無此事捨苾芻律儀爾時則應三律儀皆捨前二攝在後一中故既不許然故三各別然此三種互不相違於一身中俱時而轉非由受後捨前律儀勿捨苾芻戒便非近事等先已捨彼二律儀故若有勤策受近事律儀或有苾芻受前二種戒爲受得不有作是言此不應責若前已有無更得理先已得故若前未有則非勤策亦非苾芻以先不受近事律儀必無受得勤策戒理若先不受勤策律儀亦無受得苾芻戒理是則不可立彼二名以此推尋受應不

得有餘師說不受前律儀亦有即能受得後戒理故持律者作是誦言雖於先時不受勤策戒而今但受具足律儀者亦名善受具足律儀由此勤策容有受得近事律儀苾芻容有受得勤策近事戒理豈不勤策不應自稱唯頗證知我是近事苾芻亦爾不應自稱唯頗證知我是前二非離如是自稱號言有得近事勤策戒理此難非理俱可稱故謂可稱言我是勤策亦是近事唯頗證知苾芻亦應如應而說然就勝戒顯彼二名亦無有失若爾勤策及苾芻等亦應受得近住律儀如得近事許亦何過然由下劣無欣受者近事近住勤策苾芻四種律儀云何安立頌曰

受離五八十　一切所應離　立近事近住
勤策及苾芻

論曰應知此中如數次第依四遠離立四律儀謂受離五所應離法建立第一近事律儀何等爲五所應離法一者殺生二不與取三欲邪行四虛誑語五飲諸酒若受離八所應離法建立第二近住律儀何等爲八所應離法一者殺生二不與取三非梵行四虛誑語五飲諸酒六塗飾香鬘舞歌觀聽七眠坐高廣嚴麗牀座八食非時食若受離十所應離法建立第三勤策律儀何等爲十所應離法謂於前八塗飾香鬘舞歌觀聽開爲二種復加受畜金銀等寶以爲第十爲引怖怯衆多學處在家有情顯易受持故於八戒合二爲一如爲佛栗氏子略說學處有三若受離一切應離身語業建立第四苾芻律儀別解脫律儀衆名差別者頌曰

俱得名尸羅　妙行業律儀　唯初表無表名別解業道

論曰以清涼故名曰尸羅此中尸羅是平治義故字相處作是釋言平治義中置尸羅界戒能平險業故得名尸羅智者稱揚故名妙行或修行此得愛果故所作自體故名爲業雖契經中說諸無表名爲非造亦名非作以有慚恥受無表力不造惡故而有作義如前已辯亦名律儀如前已釋如是應知別解脫戒通初後位無差別名唯初剎那表及無表得別解脫及業道名謂受戒時初表無表別棄捨種種惡故依初別捨義立別解脫名或初所應修故名別解脫或彼初起最能超過如獄險惡趣故名別解脫即初剎那表與無表亦得名爲根本業道初防身語暢思業故從第二念乃至未捨不名別解脫名別解脫律儀不名業道名爲後起已辯安立差別律儀當辯律儀成就差別誰成就何律儀頌曰

八成別解脫　得靜慮聖者　成靜慮道生後二隨心轉

論曰八衆皆成就別解脫律儀謂從苾芻乃至近住外道無有所受戒耶雖有不名別解脫戒由彼所受無有功能永脫諸惡依著有故靜慮生者謂此律儀由從或依靜慮生故若得靜慮者定成此律儀靜慮眷屬亦名靜慮道生律儀聖者皆成就此復二種謂學及無學於前所說三律儀中何等律儀隨心而轉唯後二種謂靜慮生及道生二非別解脫所以者何異心無心亦恒轉故靜慮無漏二

種律儀亦名斷律儀依何位建立頌曰

未至九無間　俱生二名斷

論曰未至定中九無間道俱生靜慮無漏律儀以能永斷欲纏惡戒及能起惑名斷律儀唯未至定中有斷對治故田此但攝九無間道此中尸羅滅惡戒故由此或有靜慮律儀非斷律儀應作四句第一句者未至定九無間道有漏律儀所餘有漏靜慮律儀第二句者依未至定九無間道無漏律儀第三句者依未至定九無間道有漏律儀第四句者除未至定九無間道無漏律儀所餘一切無漏律儀如是或有無漏律儀非斷律儀應作四句謂前四句逆次應知若爾世尊所說略戒

身律儀善哉　善哉語律儀　意律儀善哉

善哉徧律儀

又契經說應善守護應善安住眼想律儀此意根律儀以何爲自性此二自性非無表色若爾是何頌曰

正知正念合　名意根律儀

論曰意根律儀一一各用正知正念合爲自體故契經說眼見色已不喜不憂恒安住捨正知正念如是乃至意了法已列別名已重說合言遮謂二律儀如次二爲體今應思擇表及無表誰成就何齊何時分且辯成無表律儀不律儀頌曰

住別解無表　未捨恒成現　刹那後成過

不律儀亦然　得靜慮律儀　恒成就過未

聖初除過去　住定道成中

論曰住別解脫補特伽羅從初刹那乃至未遇捨學處等諸捨戒緣恒成現世此別解脫

律儀無表初剎那後亦成過去前未捨言徧流至後前生所得別解脫戒於今受戒最初剎那如靜慮律儀何不成過去此責非理此戒與心非同果故離染心等皆同一果故彼戒如心得過去生者又別解脫未曾得故應如勝品靜慮律儀非初剎那中得過去生者如說安住別解律儀住不律儀應知亦爾謂從初念乃至未過受律儀等捨惡戒緣恒成現世惡戒無表初剎那後亦成過去諸有獲得靜慮律儀乃至未捨恒成過未前生所失過去定律儀今初剎那必還得彼故此中應作簡別而說以順決擇分所攝定律儀初剎那中不成過去餘生所得命終時捨今生無容重得彼故又非一切有情曾起有涅槃法者方可有彼故一切聖者無漏律儀過去未來亦恒成就有差別者謂初剎那必成未來非成過去此類聖道先未起故昔曾未得創得名初先得已失今創得時亦得過去已曾生者初剎那後乃至未捨亦成過去乃至未般無餘依位恒成未來若有現住靜慮彼道如次成現在靜慮道律儀非出觀時有成現在理應但說在定道時成現在世定道無表不應言住如住果言唯說果成非果現起今但言住云何得知定道現前非但成就是故彼說猶令生疑不能定顯成現無表故應但說在定道言雖說住言勞而無用今詳彼意前文已說成就去來此句正明成就中世故知說住顯起非成以非唯成證成現故定道無表隨心轉故散心現前必無彼故已辯安住善惡律儀住中云何頌曰

住中有無表　初成中後二

論曰言住中者謂非律儀非不律儀彼所起業不必一切皆有無表若有無表即是善戒或是惡戒種類所攝或非二類彼初刹那但成中世謂成現在此是過去未來中故初刹那後未捨以來恒成過現二世無表若有安住律不律儀亦有成惡善無表不設有成者爲經幾時頌曰

住律不律儀　起染淨無表　初成中後二
至染淨勢終

論曰若住律儀由勝煩惱作殺縛等諸不善業由此便發不善無表住不律儀由淳淨信作禮佛等諸勝善業由此亦發諸善無表乃至此二心未斷來所發無表恒時相續然其初念唯成現在第二念等通成過現已辯成無表成表業云何頌曰

表正作成中　後成過非未　有覆及無覆
唯成就現在

論曰一切安住律不律儀及住中者乃至正作諸表業來恒成現表初刹那後至未捨來恒成過去必無成就未來表者不隨心色勢故劣故諸散無表亦同此釋有覆無覆二無記表定無有能成就過未法力劣故唯能引起法俱行得得力劣故不能引生自類相續何法滅已追得言成亦無功能逆得當法豈不此表如能起心亦應有成去來世者此表力劣由彼劣故此責非理所起劣於能起心故所以然者如無記心能發表業所發表業不生無表故知所起劣能起心如律儀名既有差别不律儀號亦有别耶亦有云何頌曰

惡行惡戒業　業道不律儀

論曰此惡行等五種異名是不律儀名之差別是諸智者所訶猒故果非愛故立惡行名障淨尸羅故名惡戒身語所造故名爲業根本所攝能暢業思業所遊路故名業道不靜身語名不律儀然業道名唯目初念通初後位立餘四名今應思擇若成就表亦無表耶應作四句頌曰

成表非無表　住中劣思作　捨未生表聖
成無表非表

論曰唯成就表非無表者謂住非律非不律儀劣善惡思造善造惡身語二業唯能發表此尚不能發無表業況諸無記思所發表除有依福及成業道彼雖劣思起亦發無表故唯成無表非表業者謂易生聖補特伽羅今表未生先生已捨豈不已得靜慮異生今表未生先生已失亦成無表非表業耶何故頌中但標於聖非易生者理亦不然何故釋中標易生者俱成非句如理應思

阿毗達磨順正理論卷第三十六 說一切有部

音釋

痼 古慕切久病也　萎 鄔賄切蓄縮也　補特伽羅 凡語也此云數取趣　伽 丘迦切

阿毗達磨順正理論卷第三十七

尊者衆賢造

唐三藏法師玄奘奉詔譯

辯業品第四之五

如是建立表與無表及成就已於中律儀三種差別云何而得頌曰

定生得定地　彼聖得道生　別解脫律儀
得由他教等

論曰靜慮律儀與心俱得若得有漏近分根本靜慮地心靜慮律儀爾時便得彼心俱故從無色界殁生色界時隨得彼地中生得靜慮即亦得彼俱行律儀無漏律儀亦心俱故若得無漏近分根本靜慮地心爾時便得此復二種謂由加行及離染故由加行者如得勝進加行道攝由離染者如得無間解脫道攝彼聲爲顯前靜慮心復說聖言簡取無漏六靜慮地有無漏心謂未至中間及四根本定非近分如後當辯頌言定生得定地者此言有失以定地言總攝此地所有諸法律儀亦是此地所收是則得律儀由得律儀故若作是說便無所成經主此中應自思擇故但應說得靜慮言別解脫律儀由他教等得能教他者說名爲他從如是他教力發戒故說此戒由他教得此復二種謂從僧伽補特伽羅有差別故從僧加得者謂苾芻苾芻尼及正學戒從補特伽羅得者謂餘五種戒諸毗柰耶毗婆沙師說有十種得具戒法爲攝彼故復說等言何者爲十一由自然謂佛獨覺自然謂智以不從師證此智時得具足戒二由佛命善來苾芻謂耶舍等由本願力佛威

加故三由得入正性離生謂五苾芻由證見道得具足戒四由信受佛爲大師謂大迦葉五由善巧酬荅所問謂蘇陀夷六由敬受八尊重法謂大生主七由遣使謂法授尼八由持律爲第五人謂於邊國九由十衆謂於中國十由三說歸佛法僧謂六十賢部共集受具戒此中或由本願力故或阿世耶極圓滿故或薄伽梵威所加故隨其所應得具足戒如是所說別解律儀應齊幾時要期而受頌曰

別解脫律儀　盡壽或晝夜

論曰七衆所依別解脫戒唯應盡壽要期而受近住所依別解脫戒唯一晝夜要期而受此時定爾何因故然非毗柰耶相應義理非一切智者能測量其實謂有何因別解脫戒有於衆内執三衣等禮衆求師審問遮難白四羯磨爲先故得或有但藉補特伽羅教命等縁爲先故得或有得戒不藉外縁此等必應有決定理佛知而說非餘所量又以何因造無間者後雖悔愧修諸善業於因果理能定信知而於身中戒無容發故佛遮彼出家受具定知別有順受戒身以受尸羅能救惡趣非所受戒於無間生必定能招所應受果亦非於後無招果能又非彼人非佛悲境理應定有律儀種性唯依此處餘處不生是故不應徵其所以有餘師說世尊覺知戒時邊際但有二種一壽命邊際二晝夜邊際重說晝夜爲半月等故佛但說二受戒時何法名時非離諸行但光闇位四洲不同如次應知立爲晝夜此中經部作如是言二邊際中盡

壽可爾於命終後後雖有要期而不能生別解脫戒依身別故別依身中無加行故無憶念故一晝夜後或五或十晝夜等中受近住戒何法爲障令彼衆多近住律儀非亦得起彼如是說豈不違經徧覽諸經曾不見說過晝夜受近住律儀汝等何緣以已劣慧貶量諸佛一切智境數言五夜等受近住律儀以佛經中唯說晝夜故對法者亦作是言近住律儀唯晝夜受必應有法能爲障礙令過晝夜彼戒不生故佛經中唯說晝夜然彼復說應共尋思爲佛正觀一晝夜後理無容起近住律儀故於經中說一晝夜爲觀所化根難調者且應授與一晝夜戒依何理教作如是言過此戒生不違理故復減於此何理相違謂所化根有難調者已許爲說晝夜律儀何不爲調漸難調者說唯一夜一晝須臾以難調根有多品故由此知有近住定時若減若增便不發戒世尊觀見故唯說此是故經部與正理師無正理中橫興諍論依何邊際得不律儀頌曰

惡戒無晝夜　以非如善受

論曰要期盡壽造諸惡業得不律儀非一晝夜如近住戒所以者何以此非如善戒受故謂必無有立限對師受不律儀如近住戒我一晝夜定受不律儀此是智人所訶猒業故雖亦無有立限對師我當盡形造諸惡業而由發起壞善意樂欲永造惡得不律儀非起暫時造惡意樂無師而有得不律儀故不律儀無一晝夜然近住戒功德可欣由現對師要期受力雖無畢竟壞惡意樂而於一晝夜

得近住律儀故得不律儀與得律儀異此俱實有已廣成立說一晝夜近住律儀欲正受時當如何受頌曰

近住於晨旦　下座從師受　隨教說具支
離嚴飾晝夜

論曰近住律儀於晨旦受謂受此戒要日出時此戒要經一晝夜故諸有先作如是要期我當恒於月八日等決定受此近住律儀若旦有礙緣齋竟亦得受言下座者謂在師前居卑劣座身心謙敬身謙敬者或蹲或跪曲躬合掌唯除有病心謙敬者於施戒師心不輕慢於三寶所生極尊重殷淨信心以諸律儀從敬信發若不謙敬不發律儀此必從師無容自受以後若遇諸犯戒緣由愧戒師能不違犯謂彼雖闕自法增上由世增上亦能無犯受此律儀應隨師教受者後說勿前勿俱如是方成從師教受異此授受二俱不成俱受八支方成近住隨有所闕近住不成諸遠離支互相屬故由是四種離殺等支於一身中可俱時起以諸遠離相繫屬中或少或多相差別故受此戒者必離嚴飾憍逸處故常嚴身具不必須捨緣彼不能生其憍逸如新異故受此律儀必須晝夜謂至明旦日初出時經如是時戒恒相續異此受者唯生妙行不得律儀然爲令招可愛果故亦應爲受又若如斯盡晝夜受具制屠獵姦盜有情近住律儀深成有用言近住者謂此律儀近阿羅漢住以隨學彼故有說此近盡壽戒住有說此戒近時而住如是律儀或名長養長養薄少善根有情令其善根漸增多故何緣受

此近住律儀必具八支非增非減頌曰
戒不逸禁支　四一三如次　爲防諸性罪
失念及憍逸
論曰八中前四是尸羅支謂離殺生至虛誑語由此四種離性罪故次有一種是不放逸支謂離飲諸酒生放逸處雖受尸羅若飲諸酒心則放逸毀犯尸羅醉必無能護餘支故後有三種是禁約支謂離塗飾香鬘乃至食非時食以能隨順猒離心故猒離能證律儀果故何緣具受如是三支若不具支便不能離性罪失念憍逸過失謂初離殺至虛誑語能防性罪離貪瞋癡所起殺等諸惡業故次離飲酒能防失念以飲酒時能令忘失應不應作諸事業故則不能護餘遠離支後離餘三能防憍逸以若受用種種香鬘高廣牀座習近歌舞心便憍舉尋即毀戒由遠彼故心便離憍謂香鬘等若恒受用尚順憍慢爲犯戒緣況受新奇曾未受者故一切種皆應捨離若有能持依時食者以能遮止恒時食故便憶自受近住律儀能於世間深生猒離若非時食二事俱無數食能令心縱逸故由此大義故具受三有餘師言離非時食名爲齋體餘有八種說名齋支塗飾香鬘舞歌觀聽分爲二故若作此執便違契經契經說離非時食已便作是說此第八支我今隨聖阿羅漢學隨行隨作若爾有何別齋體而說此八名齋支毗婆沙師作如是說離非時食是齋亦齋支所餘七支是齋支非齋如正見是道亦道支餘七支是道支非道擇法覺是覺亦覺支餘六支是覺支非覺三摩地是靜慮亦

靜慮支所餘支是靜慮支非靜慮經主於此謬作是責不可正見等即正見等支若謂前生正見等爲後生正見等支則初剎那聖道等應不具有八支等非毗婆沙說正見等其體即是正見等支亦非前生正見等爲後生正見等支然於俱生正見等八唯一正見有能尋求諸法相力說名爲道以能尋求是道義故即此正見復能隨順正思惟等故名爲支所餘七支望俱生法能隨順故說名爲支非能尋求不名爲道實義如是若就假名餘七皆能長養正見故思惟等亦得道名見名道支亦不違理是則一切亦道亦支餘隨所應皆如是說由此類釋齋戒八支經主於中何憑說過爲唯近事得受近住爲餘亦有受近住耶頌曰

近住餘亦有　不受三歸無

論曰說有未受近事律儀一晝夜中歸依三寶說三歸已受近住戒彼亦受得近住律儀異此則無除不知者由意樂力亦發律儀豈不三歸即成近事如契經說佛告大名諸有在家白衣男子男根成就歸佛法僧起殷淨心發誠諦語自稱我是鄔波索迦願尊憶持慈悲護念齊是名曰鄔波索迦此不相違受三歸位未成近事所以者何要發律儀成近事故於何時發近事律儀頌曰

稱近事發戒　說如苾芻等

論曰起殷淨心發誠諦語自稱我是鄔波索迦願尊憶持慈悲護念爾時乃發近事律儀稱近事等言方發律儀故以經復說我從今者乃至命終護生言故若離稱號但受三歸

成近事者自稱我是近事等言便爲無用依何義故說護生言別解律儀護生得故然有別誦言捨生者此言意說捨殺生等略去殺等但說捨生故彼雖已得近事律儀爲令了知所應學處故復爲說離殺生等五種戒相令識堅持如得苾芻具足戒已說重學處令識堅持勤策亦然此亦應爾是故近事必具律儀非受三歸即成近事頌曰

若皆具律儀　何言一分等　約能持故說

論曰經部於前所說義理心不生喜復設是難若諸近事皆具律儀何緣世尊言有四種一能學一分二能學少分三能學多分四能學滿分豈不由此且已證成非唯三歸即成近事謂若別有但受三歸即成近事如是近事非前所說四種所收應更說有第五近事此於學處全無所學亦應說爲一近事故佛觀近事非離律儀故契經中唯說四種雖諸近事皆具律儀然約能持故說四種謂雖具受五支律儀而後遇緣或便毀缺其中或有於諸學處能持一分乃至或有具持五支故作是說能持先所受故說能學言不爾應言受一分等故此四種但據能持經主此中作如是說如是所執違越契經如何違經謂無經說自稱我是近事等言便發五戒此經不說我從今者乃至命終捨生言故經如何說如大名經唯此經中說近事相餘經不爾故違越經然餘經說我從今時乃至命終捨生歸淨是歸三寶發誠信言此中顯示已見諦者由得證淨舉命自要表於正法深懷愛重乃至爲救自生命緣終不捨於如來正法非

彼爲欲說近事相故說如是捨生等言未審此中經主說意爲欲勸勵我國諸師受持外方經部所誦爲受持佛所說契經然有衆經不違正理外方經部曾不受持有阿笈摩越於總頌彼率意造還自受持經主豈容令我國内善鑒聖教諸大論師同彼背眞受持僞教且經所說我從今時乃至命終捨生等者何理唯說得證淨人非諸異生亦立此誓諸異生類將受律儀亦有如斯堅固意樂乃至爲救自生命緣終不虧違所受學處如斯誓受世現可得然此文句大名經中現有受持不違正理故不應捨所誦正文設大名經無此文句於我宗義亦無所違非我宗言說此文句究竟方發近事律儀由說自稱我是近事請持護念便發律儀以自發言表爲弟子如大迦葉得具足戒世尊既說鄔波索迦應具受持五種學處彼說我是鄔波索迦必具律儀何勞致惑如稱我是國大軍師彼必具閑兵將事業依如是喻智者應思如是分明無過理教若不忍受知柰之何又經主言約持犯戒說一分等尚不應問況應爲荅誰有已解近事律儀必具五支而不能解於所學處持一非餘乃至具持名一分等由彼未解近事律儀受量少多故應請問凡有幾種鄔波索迦能學學處荅言有四鄔波索迦謂能學一分等猶未能了復問何名能學一分乃至廣說此全無理唯對法宗所說理中應問荅故雖知近事必具律儀而未了知隨犯一種爲越一切爲一非餘由有此疑故應請問諸部若有未見此文於此義中迄今猶諍若

異此者佛經數言鄔波索迦具五學處誰有於此已善了知而復懷疑問受多少設許爾者疑問相違謂彼本疑受量多少而問有幾能學學處答學一分等豈除本所疑故彼義中不應問答經主於此不正尋思於諍理中懷朋黨執翻言對法所說義中問尚不應況應爲答有餘師說由別契經證離律儀亦成近事如契經說齊何名爲鄔波索迦尸羅圓滿謂有近事能斷殺生能離殺生乃至飲酒故知近事有闕律儀彼於此經甚迷義意此經意說無漏尸羅以此中無盡壽聲故又如經說齊何名爲鄔波索迦信根圓滿謂有近事於如來所住有根信乃至廣說不可說有鄔波索迦此信不成即全無信如此經說信圓滿言但約無漏故知所說戒圓滿言非據有漏但據無漏說如是言是故不應引此經說證有近事不具律儀無漏戒中無離飲酒故此所釋理必不然此難不然此經顯說無漏戒體有勝能故謂佛顯示無漏戒力能令所受近事律儀乃至遮戒亦定無犯故此經約無漏尸羅說離飲酒亦無有失故契經說見圓滿者終不故思犯諸學處或此經說尸羅圓滿欲顯尸羅徧清淨義謂於五戒全無毀缺方名尸羅徧清淨者依徧清淨立圓滿名若決定無離戒近事便違經說或有一類具信非戒鄔波索迦此不相違此說近事不能具足持五戒者名爲具信非具尸羅或此具言顯可讚義如言此芻磨已具色非此未磨色令非有戒亦應爾可讚名具戒具衆德立可讚名與此相違名不具戒若闕律儀亦

名近事苾芻勤策闕亦應成然經主言何緣不許由佛教力施設不同雖闕律儀而成近事苾芻勤策要具律儀此率已情無經說故彼前已說唯大名經說近事相餘經不爾今應定說世尊於何說離律儀而成近事曾聞經部有作是執亦有無戒勤策苾芻彼執便同布剌拏等諸外道見非佛法宗一切律儀品類等不品類非等有三品故下中上別隨何故成頌曰

下中上隨心

論曰八衆所受別解脫戒隨受心力成上中下由如是理諸阿羅漢或有成就下品律儀然諸異生或成上品此中上座作是撥言如是所宗違正理教若必爾者是則應無勇猛正勤修持禁戒世尊亦說軌則所行皆得圓滿於微細罪見大怖畏此但爲持如先所得令不毀壞故應發起勇猛正勤非由修持令下中品轉成中上亦非由起勇猛正勤便捨下中得中上戒由此即釋所引契經亦但就持如先所得能於毀犯微細罪中見大怖畏故作是說不言由此令戒漸增又彼所言諸有爲法刹那不住故所受戒由衆緣力及阿世耶從下生中從中生上此亦非理所受律儀依殊勝緣方得生故謂所受戒必託受緣得已無容數數重受若先受已後離受緣況遇餘緣可更得者先未受戒況遇餘緣亦應可得無差別故雖諸有爲皆託緣起而戒必託殊勝緣生故彼所言定不應理依何義說鄔波索迦彼先歸依佛法僧寶親近承事所尊重師便獲尸羅故名近事或能習近如理

所爲壞惡事業故名近事或能親近事佛爲師故名近事分同諸佛得淨尸羅善意樂故如有頌曰

居遠而近佛　由勤勇歸禮　有悲離惡想故名爲近事

今應思擇無智世間所事種種諸天神衆爲諸近事應禮彼天如禮世尊爲不應禮何緣於此欻爾生疑以於世間現有一類事邪天愛染習其心樂率己情作諸事業不依理教妄作是言鄔波索迦應禮天衆佛聽許故謂佛聽許供養天神故契經言供養天者名奉佛教又隨念故謂世尊說應隨念天故應禮天如說隨念佛法僧寶又不遮故謂無經遮鄔波索迦禮諸天衆又有思故謂彼諸天承奉合儀能與恩福又能損故謂彼天神承奉失儀能爲大損故諸近事應禮天神略叙彼宗所說如是此皆非理且彼所言佛聽許故應禮天者佛意不然簡別說故謂彼經說諸淨施主於諸應受祠祀天神於時時間應以三事無倒供養以禮承奉彼於施主必起善心哀愍護念令無損惱一於時時應施嚴淨二於時時應施供具三於時時應施頌願以標三事爲決定因證知世尊除三事外凡所施作皆非所許非標數名便顯定義如說地動不犯等言謂如經言四因緣故大地震動非不更有四因緣外地動因緣又如經言諸阿羅漢能於五處畢竟不犯非不更有餘不犯處又如經說在家出家於五處中應數觀察非不更有餘處應觀如是等言其類非一此亦應爾非決定因此救不然如動地等餘

經說有不可得故此標定數非於餘經有不定言如動地等以此爲證知此經中標列數名顯決定理除此餘理無容有故或應所說蘊處界等如此數名皆成不定或如所說蘊處界等動地因等數亦應定何緣一類標列數名所顯義中或定不定以於餘處除此所明或不見餘或見餘故若一切處以言說同執事皆等便成大過若謂經說供養等言即已顯成應禮拜者則佛應遣諸天神衆亦應禮拜能祠施主如彼經言諸天神衆既被供養及承奉已應反供養等以報施主恩是故此中但據隨彼所樂欲事皆正供承名供養等非申禮敬諸天神衆於近事邊無敢希求禮敬事故如國君主於諸苾芻定無希求禮敬事者懼損功德及壽命故如契經說毗沙門天請大目連舍利子等五百聖衆至自宮中設供養已請施頌願復請從今諸出家者及近事等至我寺中一切皆應施我頌願我等眷屬亦從今時每以專誠護持正法令佛弟子出家在家於一切時恒無惱害時二大聖許其所請徧告一切出家在家諸有受持佛禁戒者從今以去至天寺中皆應如法施天頌願然未曾令合掌敬禮由此等證定知世尊於此經中非許禮敬言隨念故應禮天者亦不應理迷經義故謂經意說應作念言彼諸有情成就信等從此捨命已得上生四大王天及餘天衆我亦成就信等善法亦應同彼當得生天令隨念天與已同德非令禮敬名隨念天故引此經於彼非證言不遮故應禮天者亦不應理義已遮故經唯許三事

供養天神豈不此定言已遮禮敬又准略說毗柰耶中亦已義遮禮天神故謂佛曾說略毗柰耶告諸苾芻我隨文句所遮制者皆不應行所開許者汝等應行若非所遮非所開許順穢違淨皆不應行順淨違穢汝等應行既執如來不遮近事禮諸天衆亦不曾見開許近事禮諸天神豈不此應第三聚攝然諸近事若禮天神如是所爲順穢違淨理應是佛所不許行是則還成佛已遮制言不遮故因不極成何緣禮天順穢違淨以若近事樂禮天神便與外道等無差別受樂邪徒所作業故又若近事禮敬天神則應愛重讚天邪論便與愛樂敬天邪徒同稟尸羅作諸勞侶由此方便習近邪師墮惡趣因漸堅增感從此展轉乃至多生亦樂多行如是邪行又若禮敬諸邪天神因此便憎如來聖教以無不敬邪天神者聞佛功德生憤恚心作可處中心無憎愛又於過失禮敬持心必定怨嫌敬功德者何緣信奉大力天神而說名爲敬過失者以彼禮敬恒樂於他摧伏背恩害諂誑等有過失境爲增上故由此唯有無聞愚夫於彼天神深生敬愛若諸賢聖唯於斷滅遠離寂靜大智悲等衆德集成諸佛世尊深生敬愛依如是義故有頌曰

貧賤有希怖　愚類敬天神　富貴無悕求　智人唯敬佛

又若近事禮敬天神引多有情作大衰損謂事天者咸作是言鄔波索迦深閑佛教現來禮敬我所事天必於天神有懷敬信善哉我等無倒歸依又諸世間樂觀察者推尋佛教

未究其真覩此便生如是僻執佛教應似世間書傳不能決定辯真義理乃令如是解佛教人還來歸依諸天神衆引如是等無量有情令增邪執名大衰損近事如是禮敬天神違淨順穢佛所遮止故不應言不遮止故又不遮止非應作因如佛不遮苾芻捨戒以曾無處佛作是言苾芻不應捨所學戒非於捨戒佛曾不遮則諸苾芻法應捨戒故不應說鄔波索迦應禮天神佛不遮故言有恩故應禮天者亦不應理聞有怨故傳聞熱病老死等苦亦有是彼天神所作不應定說於世有恩又婆羅門長者居士於苾芻衆佛說有恩供給命緣令無乏故豈苾芻衆應禮施主既不應禮一切有恩故所立因有不定失又諸含識皆悉受用自業所招諸異熟果是故所說所事天神於世有恩有不成失由此亦破能損故因一切有情皆依自業誰有力能損於誰又彼於他既能爲損誰有智者愛敬已怨世有善人能益他者諸蒙益者應敬彼人是諸天神性多憤恚恒樂損惱他諸有情如嫉已怨不應敬禮故彼所說成相違因又見世間歸敬天者天神於彼有時作衰亦有有情不敬天者天神於彼不能爲害故彼所說非敬天因若謂如王亦不應理世間依屬法應爾故非諸近事繫屬天神自是邪徒相率歸附世間君主衆所依投非出家人皆應致敬是故近事不應敬禮一切天神理極成立

阿毗達磨順正理論卷第三十七 說一切有部

音釋

蹲跪（蹲徂尊切跪渠委切）獵（良涉切逐禽也）阿笈摩（梵語也此云教法笈極曄切）迄（許訖切至也）布剌拏（梵語也此云滿即外道富蘭那也剌盧葛切）

阿毗達磨順正理論卷第三十八

尊者衆賢造

唐三藏法師玄奘奉詔譯

辯業品第四之六

諸有歸依佛法僧者爲歸何等頌曰

歸依成佛僧　無學二種法　及涅槃擇滅　是說具三歸

論曰如本論言歸依佛者爲歸何法謂若諸法妙有現有由想等想施設言說名爲佛陀歸此能成佛無學法言謂若者即是總標當所說義言諸法者即是顯示無我增言妙有言顯妙有性合現有即明現可得義或妙德合故名妙有現有即顯是所知性想者謂名言等想者即是能顯共立能詮標舉能詮故名施設何故標舉次則荅言由此能成無倒言說覺一切法一切種相不藉他教故名佛陀或此圓成智等衆德自然開覺故名佛陀或佛陀名顯彼有覺如質礙物名有質礙或佛陀名顯彼能說已所證覺以開覺他如婆羅門來詣佛所以妙讚頌問世尊言

稽首世導師　名最上覺者　何緣父母等　號尊名佛陀

世尊哀愍彼婆羅門亦以伽他而告之曰

婆羅門當知　我如去來佛　成就覺者相　故我名佛陀　婆羅門當知　我觀三世行　皆有生滅法　故我名佛陀　婆羅門當知　我於應知斷　修證事已辦　故我名佛陀　婆羅門當知　我於一切境　具一切智見　故我名佛陀　婆羅門當知　我於無量劫　修諸純淨行　經無量死生　今於最後身

離塵垢毒箭證得無上覺故我名佛陀能成佛者顯彼諸法與佛施設爲建立因如何此中於無量法而總建立標一佛名如依衆多和合人上立一僧寶一勝所歸又於衆多無漏道上立一道蘊無有過失或先已說先說者何謂想等想施設言說即佛相續無學法中立一佛名無別一佛能成佛法爲是何等謂盡智等及彼眷屬由得彼法能覺一切以彼勝故身得佛名非色等身前後等故爲歸一佛一切佛耶理實應言歸一切佛以諸佛道相無異故經主此中作如是說然尋本論不見有言唯無學法即名爲佛但言無學法能成於佛不遮所依身亦是佛體是故於此不可難言若唯無學法即是佛者如何於佛所惡心出血但損生身成無間罪今詳經主於本論義未甚研尋能成佛言已遮佛體攝依身故謂佛名言依佛義立唯此所目是眞佛體若佛名言就依身立於未證得無學法時已有依身應亦名佛故知佛號不目依身由此依身非能成佛故本論說能成佛言已遮依身亦是佛體已顯佛體唯無學法或設許然亦非無難謂佛體性略有二種一者世俗二者勝義歸依佛者現對世俗於勝義佛繫念歸依以託依身而歸依彼由得彼故得佛名法故唯無學法是勝義佛體成無間罪由損勝義然勝義佛必不可損依如是義理可難言如何於佛所惡心出血但損害生身成無間罪毗婆沙者作是釋言壞彼所依彼隨壞故如是釋難深爲應理又彼經主作如是難若異此者應佛與僧住世俗心非

僧非佛云何如是以於爾時學無學法不現前故此難不然非所許故謂我不許學無學法唯現在位方成佛僧唯言佛僧得彼法故得於諸位曾無間斷寧住世俗心便非僧非佛設許現在方成佛僧亦無有過以許彼得其體亦是學無學故得一切時常現前故經主復言又應唯執成苾芻戒即是苾芻是我所宗豈成過失以得戒故假說依身亦名苾芻與前義等是故經主於對法宗不善了知所說文義婆雌子部作如是言補特伽羅是所歸佛此非應理所以者何彼無差别不成歸故謂歸離繫補特伽羅與歸世尊有何差别善等差别同不記故若謂如火隨依差别謂如依糠名爲糠火如是依佛法彼亦得佛名此救不然應無常故徒設救執無所成故

謂彼所執補特伽羅既隨所依應無常性又依糠火非即名糠補特伽羅若依佛法但應名佛補特伽羅補特伽羅非即名佛如是救執竟何所成既執補特伽羅隨法成差别應許能差别法即是佛非餘以歸依名顯依由此能滅所有生死災患有如是用唯此相法故說此法是所歸依餘皆不然是說爲善又應許佛補特伽羅成世間法故契經說今見世尊諸根變異汝等既執補特伽羅由隨所依故成差别何緣依佛法彼得佛名非佛法爲依不名非佛此中無有差别理故若謂如人雖有髮等黑而不隨彼可得名白人是則應成捨前救執謂彼前執補特伽羅由隨所依故成差别今復不許補特伽羅隨其所依成差别故豈亦有火得差别名隨一分依不

隨一分又依有漏無漏所成補特伽羅應成二體不爾應捨前所救執又世尊說我於世間生非補特伽羅亦有生理若異此者世尊應言我現世間然說不爾是故決定法爲所歸如世尊言但應依法不應依彼補特伽羅又世尊言若見法者即是見我又契經說佛雖轉變而心無異非汝所執補特伽羅可有轉變以汝不說補特伽羅是無常故令乘義便且以餘理破汝所歸補特伽羅其體非實餘處廣辯尊者矩摩邏多作如是說佛有漏無漏法皆是佛體故契經說今者佛身衰老朽邁又世尊說我今重病生隣死受告阿難陀汝應爲佛於此敷設嗢怛羅僧又契經言汝應以飲食如法供養佛爲上首僧又契經言諸苾芻衆受持佛語又契經言於如來所惡心出血又經說佛以足蹋衣又契經言我今觀佛威光熾盛如妙金臺又世尊言我今欲往娑多山處報藥叉恩又契經言汝等賫主若得見佛獲無上利又饒益他方得名佛饒益他者多是俗智又諸佛用大悲爲體此是有漏法有情相轉故如是等類教理衆多非無漏中可有斯事故非唯無漏佛法爲佛體此亦非理由無學法力非身等法假立佛名故云何知然佛眼根等與前眼等無差別故又如有漏名無學明經說三明是無學故非死生智可是無學此緣形顯故有情相轉故無學身有得無學名餘法亦然與諸佛法隨一相續亦得佛名又佛身等不應是佛以應斷故夫言佛者都無過失非應斷故又經說身無明集成故豈可說佛亦無明集成又

諸佛身是不淨境以一切欲界色是不淨觀境故非佛應爲不淨觀境經說緣佛增長善根生欣作意諸不淨觀一向與猒作意相應故知佛身非眞是佛又說業食爲身因故佛身諸處業異熟攝是叚等食之所資長豈應於此立眞佛名若人說佛因於業有誰有智者而不訶責豈有智人誤發此語後自覺察而無悔愧若據佛資糧依止攝益等假說爲佛於理無遮餘處亦曾見此例故如言食是命酪是熱病等又佛身中大悲俗智先菩薩位其體已有此若是佛佛應先成若有別因令此二種後轉名佛即應許此能差別法是佛非餘破此亦應同前一類違正理教自分別執然大衆部復作是言如來身中所有諸法皆是無漏盡是所歸以經說身是已修故

謂契經說已修身心如說已修心許心是眞淨身亦應爾既說已修如何可言非眞無漏如是等證其類寔多此一類宗辯本事品已廣遮遣無勞重破然契經說已修身者約對治修故作是說是已修習能離色染無閒道義又契經言彼已修習四種念住復言四念住總攝一切法則一切法應皆無漏若謂此據自性相離二念住說餘亦應同謂契經言已修身者何故不許修身念住又有漏善亦是所修故引修言證無漏者此證與理豈得相應又彼所言若佛眼等是煩惱境故是有漏豈不亦是離染所緣何理能遮是無漏性此例非等如前已辯有漏無漏相差別故然契經說煩惱所緣聖道所猒名有漏者應共尋求此經意趣善逝意趣極爲難識今見此

經所說意者若所緣境煩惱味著執爲已有亦爲聖道之所猒惡是名有漏理應眼等漏所味著執爲已有可成有漏不應例言眼等諸法無漏所猒惡應亦成無漏欣猒既異爲例不齊非佛眼等爲無漏法作道等行相欣樂而緣不可說言佛眼等法無漏猒惡而成無漏又如貪瞋於諸漏轉於眼等轉其相亦然故可說言眼等諸法同諸漏法亦成有漏非如聖道於聖道轉於眼等轉其相亦然故不可言眼等諸法同聖道法亦成無漏故彼劬勞無所成者雖復種種妄率已情無損我宗經所說相唯有大聖迦多衍尼子說所歸佛體無有過失僧伽差別略有五種一無恥僧二瘂羊僧三朋黨僧四世俗僧五勝義僧無恥僧者謂毀禁戒而被法服補特伽羅瘂羊僧者謂於三藏無所了達補特伽羅譬如瘂羊無辯說用或言瘂者顯無說法能復說羊言顯無聽法用即顯此類補特伽羅於三藏中無聽說用朋黨僧者謂於遊散營務鬪諍方便善巧結構朋黨補特伽羅此三多分造非法業世俗僧者謂善異生此能通作法非法業勝義僧者謂學無學法及彼所依器補特伽羅此定無容造非法業五中最勝是所歸依如讚歸依伽他中說

此歸依最勝　此歸依最尊　必因此歸依
能解脫衆苦

於如是法補特伽羅二勝義僧中迦多衍尼子意但以法爲所歸僧故本論中作如是說歸能成僧學無學法豈不此說與經相違謂契經中世尊說有四雙八隻補特伽羅是福

田僧皆應供養經有別義謂彼經中說福田僧應供養故彼經意顯能受施僧二勝義僧中能受他施者非學無學法唯補特伽羅此本論中說歸依義眞能救護方是所歸眞救護能唯在聖法故契經言但應依法不應依彼補特伽羅由此論經不相違背又此應是不了義經待不違理別意趣故待別意趣方可了者此類名曰不了義經謂此經中所立四八果向差別補特伽羅法補特伽羅定依何建立據直言義理俱不成若謂依法應唯立五謂阿羅漢果及四種向無漏法和合所成僧伽若依補特伽羅亦非定八以成八數定因不可得故謂無量故謂或依一施設僧伽補特伽羅乃至無量品別施設僧伽依一補特伽羅乃至無量品別施設僧伽依一如說若能如其次第以諸飲食供養一僧便獲供養一切僧福或有依四施設僧伽如供養衆僧說戒羯磨等或有依五施設僧伽如恣舉等或有依八施設僧伽如此經說或有依十施設僧伽如依中國受具戒等或依二十施設僧伽如出衆餘爲羯磨等此中後後能攝前前非於前前能攝後後從此以後數無決定乃至依無量亦施設僧伽如餘處說苾芻僧伽苾芻尼僧伽或二部僧伽或賢聖僧伽聲聞僧伽等於此多種依多品別補特伽羅施設於僧內唯此依八補特伽羅名福田僧非依餘品如是差別有何定因由此二門皆不應理故知此是不了義經若謂唯齊此補特伽羅總攝諸聲聞所有無漏功德種類所成種種若二若三相續差別故唯約此顯示福田此亦非理且許施設補特伽羅僧

要待法僧故則應唯法是勝義僧補特伽羅如前已說若前若後無差別故又依此八補特伽羅亦不具能總得一切聲聞無漏法功德種類盡以非唯一預流果向能得一切此向功德如是乃至阿羅漢果若謂向果無差別故唯此總說一切盡者何不說五而說八耶以於此中次第可得餘三攝在此三中故又依法立補特伽羅唯依四雙道說八補特伽羅故以約殊勝功德所依顯示有情八種差別故此意說補特伽羅豈不即爲唯依於法自相共相差別理成以於法中若總若別理皆得成立非補特伽羅是故於此唯依於法施設僧伽分明可見若爾何故不唯說五爲總攝法品類盡故以非一切一來果向總攝一切預流果盡如是乃至阿羅漢向不攝

一切不還果盡是故爲顯聖道差別應說此八補特伽羅故此契經成不了義由唯約法建立僧伽故我軌範師迦多衍尼子爲善成立所歸僧伽諸勝施設中說有情故非定唯法者理亦不然彼由法力成差別故無餘方便令所化生能正了知佛等勝德故佛方便依有情門立勝施設令知無過於此義中復應思擇佛爲僧攝非僧攝耶若僧攝者則勝施設證淨寶歸數皆應減又與至教所說相違如契經言

佛告長者何謂僧寶謂於當來此世界中有善男子生刹帝利婆羅門家或生吠舍戍達羅家歸投如來應正等覺出家修證是名僧寶又契經說佛在僧前又契經言佛於某處與若干數苾芻僧俱若非僧攝契經何故作

如是言汝等若能以少施物如次供養佛上首僧則於僧田獲得周徧清淨施福又契經說汝喬荅彌若奉施僧亦供養我又經說有四雙八隻補特伽羅名福田僧不應説佛離八而有僧有多種謂有情人聲聞福田及聖僧等佛於此內非聲聞僧可是餘僧自然覺故又不成就聲聞法故又爲聲聞制立學處言不應受畜等佛衣量衣若佛世尊聲聞僧攝亦應受學如是學處又亡聲聞所有衣物世尊聽許苾芻衆分若佛世尊聲聞僧攝世尊衣物亦應許分既不許分是故知佛可餘僧攝非聲聞僧由是極成佛僧無雜然契經說汝等若能以少施物如次供養佛上首僧獲徧福者約福田說故無有過由此已解喬荅彌經或彼經言亦供養我亦言意顯簡佛

非僧若佛即僧亦言何用佛所說八補特伽羅爲顯聲聞僧位差别言僧中有八位不同不作是言八皆僧攝或所說八皆福田僧佛亦福田故無有過施僧施佛何得大果有作是言施僧果大一切無漏聖法種類皆於僧中具可得故又言僧是上福田故又有施主將物施佛世尊勸令迴施僧故然我所宗施佛果大以契經說諸佛世尊證得一切增上自在殊勝功德名最尊故又佛世尊一向無失諸煩惱習皆無餘故又僧所修梵行功德一切皆由佛所生故又佛世尊自他利德皆已圓滿至究竟故經說此德爲最勝故以能速疾引他心故廣大願思緣此生故然彼所言一切無漏聖法種類皆於僧中具可得者此不成證世尊身內無量無邊不共功德具

可得故如說假使語世界中一切有情皆阿羅漢或獨勝覺所有功德欲比世尊不及少分所言僧是上福田者亦非證因有別意故謂約僧衆其數甚多能受用多所施財物能令施主受用福增是故言僧福田中上或顯僧衆住經久時及徧諸方故作是說或僧雖復是上福田然佛福田是上中極由前所說諸因緣故所言施主將物施佛世尊勸令迴施僧者此證非理觀別因故謂佛爲欲令僧住持無上正法得久住故勸以施物迴施於衆毗婆沙師作如是說爲令施主緣聖慈尊金色相身殖勝因故歸依於法謂歸愛盡離滅涅槃如是一切是煩惱斷名之差別或有謂愛味著門轉不應棄捨故寄愛名通顯一切煩惱永盡愛與餘煩惱同一對治故言愛盡者謂見所斷諸愛永斷故預流者此愛盡時便自記別諸惡趣盡謂我已盡那落迦等所言離者謂欲界中諸所有貪多分已斷即是已薄欲界貪義滅謂欲界諸愛全斷此地煩惱當於爾時決定無能繫縛義故言涅槃者謂色無色諸愛永斷由此盡時諸所有苦皆永寂故此則顯示四沙門果或此四種如其次第顯三界愛斷及永般涅槃或愛盡者三界愛斷所言離者除愛所餘諸煩惱斷所言滅者顯有餘依般涅槃界言涅槃者顯無餘依般涅槃界有餘師說歸依法者謂通歸依諸佛世尊所說雜染及清淨法彼說非理所以者何佛說涅槃名最上法又有經說滅爲最上是故唯應歸依此法此中何法是所歸依能歸是何歸依何義所歸依者謂滅諦

全道諦一分除獨覺乘菩薩學位無漏功德何緣彼法非所歸依彼不能救生死怖故謂諸獨覺不能說法教誡諸有情令離生死怖菩薩學位不起期心故亦無能教誡他義故彼身中學無學法不能救護非所歸依有餘師言不和合故不顯了故如其次第獨覺菩薩非所歸依緣彼亦生無漏意淨故彼亦是證淨境攝此中能歸語表為體自立誓限為自性故若并眷屬五蘊為體以能歸依所有言說由心等起非離於心如是歸依救濟為義他身聖法及善無為如何能為自身救濟以歸依彼能息無邊生死苦輪大怖畏故非如牧豎防護諸牛提婆達多守餘人等但令不散非所歸依不能令息生死畏故雖復亦有歸佛法僧然彼不蒙現救濟者以彼違越佛教理故如有依王而違王勑王不救濟此亦應然有餘師說彼亦能與後邊善根為種子故歸依但作正行種子非即由此能息苦輪故有歸依未蒙救者有餘師說彼雖歸依未能奉行歸所為故歸依所為其體是何謂見四諦故伽他說

諸有歸依佛　及歸依法僧　於四聖諦中
恒以慧觀察　知苦知苦集　知永超眾苦
知八支聖道　趣安隱涅槃　此歸依最勝
此歸依最尊　必因此歸依　能解脫眾苦

三所歸依有差別者佛唯無學法二俱非僧體貫通學與無學又佛體是十根少分僧通十二法體非根擇滅涅槃非根攝故又歸依佛謂但歸依一有為沙門果歸依法者謂通歸依四無為沙門果歸依僧者謂通歸依四

有爲沙門果及四果能趣向又佛譬如能示導者法如安隱所趣方域僧如同涉正道伴侶應求此等三差别因應思何縁於餘律儀處立離非梵行爲其所學唯於近事一律儀中但制令其離欲邪行頌曰

邪行最可訶　易離得不作

論曰唯欲邪行極爲能觀此他世者共所訶責以能侵毀他妻等故感惡趣故非非梵行又欲邪行易遠離故諸在家者躭著欲故離非梵行難可受持觀彼不能長時修學故不制彼離非梵行謂無始來數習力故婬欲煩惱數起現行諸在家人隨順欲境數易和合抑制爲難故不制彼令全遠離又諸聖者於欲邪行一切定得不作律儀經生聖者亦不行故離非梵行則不如是故於近事所受律儀但爲制立離欲邪行若異此者經生有學應不能持近事性戒若諸近事後復從師要期更受離非梵行得未曾得此律儀不有餘師説得此律儀然不由斯方成近事亦不由此失近事名亦非先時戒不圓滿有説不得未得律儀然獲最勝杜多功德名獲最勝遠離法者謂能遠離婬欲法故由此若能遠離妻室淨修梵行功不唐捐若有先時未取妻妾普於有情類受近事律儀於後取時寧非犯戒令非他攝故如用屬巳財謂於今時以況術力或財理等種種方便攝彼屬巳不繫於他如何難令於彼犯戒又有别理令取彼時於前律儀無所違犯頌曰

得律儀如誓　非總於相續

論曰諸受欲者受近事戒如本受誓而得律

儀本受誓云何謂離欲邪行於他所攝諸女人所起他攝想而行非法如是乃名犯欲邪行非於一切有情相續先立誓言我當於彼離非梵行而得律儀云何今時可名犯戒既如本誓而得律儀今正隨行如何名犯先取妻妾後受律儀於自妻等亦發此戒以近事等別解律儀一切有情處所得故若異此者於自妻妾非處非時非支非體亦應不犯欲邪行戒於舊所受既有犯者於新所受應有不犯故不應爲如先所難何緣於四語業道中立離虛誑語爲近事學處非立離餘離間語等亦由前説三種因故謂虛誑語最可訶故諸在家者易遠離故一切聖者得不作故復有別因頌曰

以開虛誑語　便越諸學處

論曰越諸學處被檢問時若開虛誑語便言我不作因斯於戒多所違越故佛爲欲令彼堅持於一切律儀皆遮虛誑語云何令彼緣力犯戒時尋即生慚如實自發露何緣一切離性罪中立四種爲近事學處然於一切離遮罪中於近事律儀唯制離飲酒頌曰

遮中唯離酒　爲護餘律儀

論曰諸飲酒者心多縱逸不能守護諸餘律儀故爲護餘令離飲酒謂飲酒已於惡作説別悔墮落衆餘他勝五部罪中不能防守或有是處由此普於諸學處海擾亂違越由此世尊知飲諸酒是起一切性罪因故能損正念及正智故能引破戒破見愚故於一切種離遮罪中唯説此爲近事學處故離飲酒雖遮戒攝而於一切立學處中與離性罪相隨

而制有言飲酒是性罪攝由阿笈摩及正理故阿笈摩者謂契經言身有四惡行殺生至飲酒不應遮罪是惡行攝又如上座鄔波離言我當如何供給病者世尊告曰唯除性罪餘隨所應皆可供給然有染疾釋種須酒世尊不開以酒供給非佛於彼染疾苾芻自說是師而不憐愍由正理者聖者易生亦不犯故如殺生等又離飲酒世尊說為近事律儀如殺等故正理論者作如是言雖於此中若如理辯必遭一類愚者所譏然彼心遊正法相外無容杜理彈彼邪言故我必應辯正法相非飲諸酒是性罪攝由此中無性罪相故性罪遮罪其相云何未制戒時諸離欲者決定不起是性罪相若彼猶行是名遮罪又若唯託染汙心行是性罪相若有亦託不染心行是名遮罪為防餘失佛遮止故今於此中應共思擇為有於酒雖極憎嫌而為良醫令飲除疾正知強服不起染心為無如斯無染心者若許有者既無染心如何可成性罪惡行若謂無者如何為疾正知強服而有染心豈不先知飲酒是罪無慚故飲或於飲罪愚謂非罪即是染心此救不然謂飲諸酒體性是罪理不成故應審何緣此皆性罪諸有為疾以無染心知量而飲能不醉亂如為除病知量服毒能令無損豈是罪耶故非飲酒皆惡行攝若為憍逸或為歡娛或如醉亂而貪故飲此等皆託染汙心生約此經中說身惡行應知此是性罪所攝設佛不遮亦是罪故或飲諸酒由放逸處故名惡行非由性罪故此獨立放逸處名非殺生等是性罪故然為

病者總開遮戒復於異時遮飲酒者爲防因此犯性罪故謂勿由知飲是遮罪無多過失便縱貪情漸次多飲遂致醉亂因斯放逸造多性罪爲欲深防造性罪故至毛端量亦不許飲又令醉亂量無定限故遮乃至飲毛端所霑量非定遮故即謂飲酒是性罪攝如博戲故如說苾芻汝等決定不應博戲非諸博戲決定遮故便是性罪然博戲者多過患故世極訶故佛決定遮此亦應然故非性罪然彼所說聖者易生亦不犯故如殺生等是性罪者何故不言有阿羅漢亦現行故應是遮罪攝如非時食等若經生聖者得不作律儀則定不應飲諸酒者諸阿羅漢亦應定得不飲律儀如殺生等若謂大師未制戒故容有飲者不受律儀在家諸聖何緣不飲非離餘酒可是無漏律儀自性如先已說又若聖者定不行故是性罪攝則應一切聖者所行皆非性罪是則非梵行應非性罪攝然非所許故此非因由此亦遮有作是說以契經說數習能令墮惡趣故如殺生等故飲諸酒是性罪攝以非梵行雖是性罪而說數行不墮惡趣故彼所說非決定因然說數習墮惡趣者顯數飲酒能令身中諸不善法相續轉故又能發引惡趣業故或能令彼轉增盛故亦見有說斷生草等令墮惡趣故此無能證飲諸酒是性罪攝有餘師釋如說修慈以密意門說墮惡趣謂契經說能修慈心得八勝利非修慈故即能令其得不還果但據得果修慈爲先密作是說飲酒亦爾謂酒能損大種諸根便失正念尋生放逸遂造惡業因墮惡趣

依如是義故作是言又彼所言離飲諸酒世尊説是近事律儀故此定應是性罪者亦不應理以非定故應如近住所受律儀如八戒中非時食等離殺等四立近住支然彼定非性罪所攝此亦應爾故非證因雖彼謗言爲貪飲酒矯立飲酒是遮罪攝今應徵問非時食等汝等許是性罪攝耶彼荅言非豈亦汝等貪非時食躭著博戲歌舞掘地斷生草等矯立此等是遮罪耶若謂不然法相爾故是則汝等所設謗言無益自増非愛業道如契經説窣羅迷麗耶末陀放逸處依何義説言窣羅者謂米麥等如法蒸煑和麴糵汁投諸藥物醞釀具成酒色香味飲已惛醉迷麗耶者謂諸根莖葉華果汁爲前方便不和麴糵醞釀具成酒色香味飲已惛醉於中一類甘蔗成者得施途名蒲萄果汁所醖成酒名爲末途即此末途令人躭醉勝於餘酒故名末陀或即窣羅迷麗耶酒飲已令醉總名末陀若蒲萄汁醖成酒味飲已令悶不得自在如飲毒藥鬼魅所持失志猖狂故不令飲非已成酢及酒未成亦不應飲如甘蔗汁不應觀飲量若少若多但眞得酒名皆不應飲多少皆是放逸處故爲遮一類愚闇增强躭味纒心作如是説飲酒非失但遮過量能不惛醉飲亦無罪故説諸酒名放逸處謂雖不醉有令醉能佛爲深防皆不聽飲故戒經説若有苾芻飲諸酒者皆犯墮落契經亦説若飲諸酒感非愛果其類寔多或於此中爲欲顯示離飲酒意説諸酒已復重説此放逸處言意顯酒非不淨性罪是放逸處故不應飲言放

逸者不顧應作趣不應作故名放逸是放逸
因名放逸處有作是說醞食成酒名爲窣羅
醞餘物所成名迷麗耶酒即前二酒未熟已
壞不能令醉不名末陀若令醉時名末陀酒
簡無用位重立此名然以檳榔及稗子等亦
能令醉爲簡彼故須說窣羅迷麗耶酒雖是
遮罪而令放逸廣造衆惡墮諸惡趣爲顯彼
是聖所遠離惡行應斷言放逸處若飲酒已
不吐未消彼必不能受律儀等酒是放逸所
依處故

阿毗達磨順正理論卷第三十八　說一切有部

音釋

研（五堅切窮究也）　窣（蘇骨切）　麴（丘六切）　糵（魚傑切芽也）　醞醸（醞紆問切醸汝亮切醞醸作酒也）　檳榔（檳必隣切榔魯當切）　稗（蒲拜切草似穀者）

阿毗達磨順正理論卷第三十九

尊者衆賢造

唐三藏法師玄奘奉詔譯

辯業品第四之七

別解脫律儀從何而得復從何而得餘二律儀頌曰

從一切二現　得欲界律儀　從根本恒時
得靜慮無漏

論曰欲界律儀謂別解脫此從一切根本業道及從前後近分而得從二得者謂從二類即情非情性罪遮罪於情性罪謂殺等業遮謂女人同室宿等非情性罪謂盜外財遮謂掘地斷生草等從現得者謂從現世蘊處界得非從去來由此律儀有情處轉去來非是有情處故有情處者謂諸有情及諸有情所依止處現蘊處界內者即是有情所依外者名為有情所止非過未故若得靜慮無漏律儀應知但從根本業道以定中唯有根本業道故非從前後近分而得以在定位唯有根本在不定位中無此律儀故從有情數所發遮罪尚不得此二種律儀況從非情所發遮罪從恒時者謂從過去現在未來蘊處界得如與此戒為俱有心由此不同應作四句有蘊處界從彼唯得別解律儀非餘二等第一句者謂從現世前後近分及諸遮罪第二句者謂從去來根本業道第三句者謂從現世根本業道第四句者謂從去來前後近分有言非得善律儀時有可現世惡業道等故應別立此四句文謂應說言有一類法於彼唯得別解律儀非二律儀乃至廣說第一句者

謂於現在得前後近分及遮罪遠離餘隨所應皆如是說於業道等處置業道等聲故前四句義亦無失由如是理亦通防護過現業道等非唯防未來以業道等聲說彼依處故若異此者則應但說防護未來律儀但能防未來罪令不起故非防過現已滅已生律儀於彼無防用故諸有獲得律不律儀從一切有情支因皆等不非一切等其相云何頌曰

律從諸有情　支因說不定　不律從一切
有情支非因

論曰律儀定由調善意樂普緣一切有情方得非少分緣惡心隨故支因不定支謂業道且於別解諸律儀中有從一切支謂苾芻戒有從四支得謂餘律儀許因不同略有二種一無貪等三種善根二下中上等起心別就初因說一切律儀由一切因一心有故就後因說一切律儀各由一因以下品等不俱時起如先說故此中且就後三因說或有一類住律儀者於一切有情得律儀非一切支非一切因謂以下心或中或上受近事勤策戒或有一類住律儀者於一切有情得律儀由一切支非一切因謂以下心或中或上受苾芻戒或有一類住律儀者於一切有情得律儀由一切支及一切因謂以三心受近事勤策苾芻戒或有一類住律儀者於一切有情得律儀由一切因非一切支謂以三心受近事近住勤策戒無有不徧於諸有情得律儀者已說因故非於一分諸有情所誓受律儀惡心全息今應思擇於佛乃至蟻子身上所得律儀為有別不若有別者趣不定故於諸

有情所得律儀應有增減若無別者何緣殺人犯他勝罪殺非人者唯犯麤惡若殺傍生犯墮落罪非有情境身差別故令所受戒亦有差別然罰罪業有差別者應知但由別加行故殺人加行與殺非人乃至殺蟻皆有差別且殺同趣同部罪中由加行殊業尚有異如殺香象所獲罪多若殺蚊䖟所獲罪少何況異趣加行有別異部罪中而無輕重由總意樂建立律儀謂普於有情無有差別起調善意樂求得律儀非於一有情不捨惡意樂而可求得別解律儀故得律儀無有差別以得律儀者必不別觀補特伽羅支處時緣故謂定不作如是別觀於某有情我離殺等於某支戒我定能持於某方域我離殺等我唯於彼一月等時除戰等緣能離殺等如是受者不得律儀但得律儀相似妙行是故無有由諸有情身差別故戒有差別又於自身不得根本業道所攝別解律儀勿思法等由自殺害成無間等所攝罪業得眷屬攝於理無遮謂離最初衆餘罪等又此所受別解脫律儀通於一切能不能境得非唯於能境得此律儀要普於有情起無損惱意樂無別方可得故若謂不然於睡悶等皆不可殺故應不得律儀若謂彼覺得本心已還可殺者此亦應然以非所能有可改易為能境已還可殺故有作是說若唯於能則此律儀應有增減以所能境與非所能二類有情有轉易故此不成難境轉易時無此律儀得捨因故謂所能境及非所能後轉易為不能能境無理令彼捨得律儀總於所能得律儀故若必欲令

能不能境有轉易故戒有捨得則成律儀增減過者豈不有草本無而生有諸有情永入圓寂由此應有捨得律儀亦不離前戒增減失是故前說於理無過又非過去一一如來及所化生入圓寂故後佛於彼不得律儀有後律儀滅於前失律儀非對一一有情各異相續別發得故又前後佛戒支等故謂諸律儀隨無貪等爲因差別生別類支一一類支各一無表總於一切有情處得如是無表既無細分不可分析爲少爲多如何言有後滅前失又一切佛徧於有情具一切支律儀無表以支數等無差別故無後佛戒滅於前失已說從彼得諸律儀得不律儀定從一切有情業道無少分境及不具支不律儀者此定無有由一切因下品等心無俱起故若有一類由下品心得不律儀後於異時由上品心斷衆生命彼但成就下不律儀亦成殺生上品表等中品上品例此應知此中應思於屠羊等事有唯受一得不律儀不應言亦有受一事得若爾何故無從一切因得不律儀如得律儀者雖於殺等差別表中先已受一後更別受而不律儀非更新得謂先總望一切有情起無所遮損害意樂爲活命故受不律儀彼於今時復何所得故此無有從一切因然律儀中有從近事受勤策戒勤策復受苾芻律儀別別受時所受業道眷屬異故隨要期異得先未得由此可得從一切因此中何名不律儀者謂諸屠羊屠雞屠猪捕鳥捕魚獵獸劫盜魁膾典獄縛龍煮狗及罝弶等等言類顯讒構譏刺伺求人過喜說他非非法

追求以活命者及王典刑伐斷罪彈官等但恒有害心名不律儀者由如是種類住不律儀故有不律儀故行不律儀故巧作不律儀故數習不律儀故名不律儀者言屠羊者謂爲活命要期盡壽恒欲害羊餘隨所應當知亦爾諸屠羊者唯於諸羊有損害心非於餘類寧於一切得不律儀徧於有情界得諸律儀其理可爾由普欲利樂勝阿世耶而受得故非屠羊等不律儀人於已至親有損害意乃至爲救自身命緣亦不欲殺如何可說普於一切得不律儀此亦可然不律儀者徧於有情境善意樂壞故雖無是處而假說言設諸有情及父母等一切皆作羊像現前屠者徧緣皆有害意謂彼久習不律儀心乃至已親亦無所顧爲活命故設已至親現變爲羊尚有害意況命終後實受羊身於彼能無殺害意樂不律儀者受惡戒時必起如斯凶悖意樂設我母等身即是羊我亦當殺況餘生類由此意樂得不律儀異此但應得處中罪由此雖了親現非羊而亦有害心故徧得惡戒雖無聖者當作羊身而同至親亦有害意經主於此作是例言若觀未來羊等自體於現親等得不律儀羊等未來有親等體既於彼體無損害心應觀未來至親等體於現羊等不得惡戒如是等例於理不齊無善意樂故有惡意樂故謂彼正受不律儀時無正思惟調善意樂我當不害一切有情有邪思惟凶悖意樂我當普害一切有情事雖主羊而心寬徧是故容有觀未來羊於現聖親亦發惡戒非觀來世聖及至親於現羊身不發惡

戒或無勞諍理應同許且如有一受屠羊人雖一生中不與不取於已妻妾住知足心痖不能言無語四過而因羊壞善阿世耶具得七支不律儀罪如是於親等雖無害心而善阿世耶因羊壞故徧有情界得不律儀若先要期受善學處後不全損善阿世耶由遇別緣唯受殺者得處中罪非不律儀但得不律儀必應全損善阿世耶故具得七支經部諸師於此僻執隨所期限支具不具及全分一分皆得不律儀律儀亦然唯除八戒由隨彼量善惡尸羅性相相違互相遮故若爾應受不律儀人亦名近事應諸近事亦得名爲不律儀者云何應爾理逼應然謂屠羊人立如是誓我爲活命雖受殺羊然受離餘不與取等或諸近事作是誓言我定受持離殺生戒

爲活命故唯受盜等無如是理一相續中二阿世耶互相違故理應如是所以者何不律儀人若於是處阿世耶壞唯於是處勿有律儀近事亦然若於是處阿世耶不壞唯於是處勿有不律儀許隨彼量善惡尸羅性相相違互相遮故若一一處得不律儀即能總遮一切善戒及一一處得善律儀即能總遮一切惡戒是故無有不律儀人亦名近事及無近事亦得名爲不律儀者此亦非理違前說故雖屠羊人爲欲活命但受殺業然於有情意樂壞故亦應成就不與取等諸不律儀由是理應離盜等者亦應遮止殺不律儀若汝意謂諸屠羊者於他物等意樂不壞不應獲得彼不律儀豈不亦應離盜等者有於羊所意樂既壞不應遮遏殺不律儀如是還應不

免前過若於是處有善意樂即於是處唯得善尸羅及於是處有惡意樂即於是處唯得惡尸羅則不應許由隨彼量善惡尸羅互相遮止此顯所受善惡尸羅非一一支徧能遮故若汝意謂如善律儀有不具支此亦應爾謂如有受近事近住勤策律儀雖不具支而亦得彼缺支攝戒受不律儀亦應如是此例非等律儀不律儀用功不用功得有異故謂諸善戒要藉用功善阿世耶方能受得以難得故理數必應非受一時總得一切若諸惡戒不藉用功惡阿世耶便能受得非難得故理數必應隨受一時總得一切以於欲界不善力强惡阿世耶任運而起造諸重惡不待用功善阿世耶易毀壞故隨受一種便總得餘善則不然故例非等現見穢草不用功生要設劬勞嘉苗方起又如有受不律儀人作是要期我於盡壽每晝或夜半月月等一度屠羊等亦得不律儀由不律儀易受得故以於欲界不善力强雖不恒爲而得惡戒諸有欲受出家律儀若作要期我於盡壽每晝或夜半月月等一度離殺等不得善律儀由善律儀難受得故以於欲界善法力劣若不恒持不得善戒此亦應爾爲例不齊故經部師避無根過而反墮在難拔過中智者應詳無倒取捨已說從彼得不律儀得不律儀及餘無表如何方便未說當說頌曰

諸得不律儀　由作及誓受　得所餘無表
由田受重行

論曰不律儀人總有二種一者生在不律儀家二生餘家後受此業諸有生在不律儀家

若初現行殺等加行是人由作得不律儀若生餘家後方立誓謂我當作如是事業以求財物養活自身初立誓時便發惡戒是人由受得不律儀由三種因得餘無表餘無表者謂非律儀非不律儀處中攝故由三因者一者由田謂於如斯有德田所初施園林等善無表便生如說有依諸福業事二者由受謂自要期言我從今若不供養佛及僧衆不先食等或作誓限於齋日月半月及年常施食等由此有善無表續生三由重行謂起如是殷重作意行善行惡謂淳淨信或猛利纒造善惡時能發無表長時相續乃至信纒勢力終盡如前已說如是已說得律儀等捨律儀等今次當說且云何捨別解律儀頌曰

捨別解調伏　由故捨命終　及二形俱生
斷善根夜盡　有說由犯重　餘說由法滅
迦濕彌羅說　犯二如負財

論曰調伏聲顯律儀異名由此能令根調伏故由五緣捨別解律儀一由故捨謂於律儀由阿世耶不懷欣慕爲捨學處對有解人發起相違表業差別非但由起捨學處心如得律儀心無能故又在夢中捨不成故非但由起表業差別忿癲狂等捨不成故非但由二對傍生等起心發表捨不成故二由命終謂衆同分增上勢力得律儀故三由依止二形俱生謂身變時心隨變故又二形者非增上故四由斷滅所因善根謂表無表業等起心斷故是此律儀因緣斷義捨盡壽戒由上四緣近住律儀亦由夜盡謂近住戒由上四緣及夜盡捨過期限故夜盡者謂明相出時諸

軌範師多分共許如是五種捨律儀緣有餘部師執隨犯一感隨重罪捨出家戒有餘部執正法滅時別解律儀無不皆捨以諸學處結界羯磨所有聖教皆息滅故爾時雖無得未得律儀而先得律儀無有捨義迦濕彌羅國毗婆沙師蘊理教於心作如是說非犯隨一根本罪時一切律儀有皆捨義然犯重者有二種名一名具尸羅二名犯戒者若於所犯應可悔除發露悔除唯名具戒如有財者負他債時名為富人及負債者若還債已但名富人此亦應然故非捨戒以何理教蘊在心中且辯心中所蘊正理謂如受一一非徧得律儀應犯一一時非徧捨一切本於一切有情處所受得律儀不應今時於一犯罪便捨一切若汝意謂出家律儀必無別受還別得義如何可說如非別受徧得律儀應無犯一徧捨一切故例非等此詰不然自所許故謂汝亦許在家律儀非犯根本便捨一切或汝自許別解律儀隨別受時還得爾所如是應許犯律儀時隨所犯捨非捨一切且所受戒有是極成非犯一時頓捨一切苾芻勤策理亦應然設犯重時無容皆捨或先已說先說者何謂闕律儀若名近事苾芻勤策闕亦應成故無近事闕律儀者如彼別犯非捨一切苾芻勤策例亦應然或於此中有何理趣於四重罪隨犯一時出家律儀一切頓捨非於三種有善意樂乃至為救自身命緣亦不欲犯非捨一切如汝宗說得不律儀若爾何緣薄伽梵說犯四重者不名苾芻不名沙門非釋迦子破苾芻體害沙門性壞滅墮落立

他勝名依勝義苾芻密意作是說且汝應說何緣犯重便捨一切非犯所餘以犯所餘可悔除故若犯餘罪未悔除時不失苾芻性悔除何所益更求何益此令苾芻性不缺漏不朽不雜能令如是成何功德若令如是便得生天若爾諸天對持戒者應極可供養孰於尸羅無違犯者專求生彼故然非理教專爲生天令苾芻等清淨持戒故非悔者專爲生天既爾應言非犯戒者可能現證出世功德故悔除者與不悔除豈不對於出世功德可悔除罪未悔除時彼亦非全破苾芻體何緣不許犯重苾芻犯不可除他勝罪故雖亦成就所餘律儀於出世德畢竟非器故世尊言非苾芻等又可除罪未悔除時如何有餘苾芻性在以彼於入正性離生及餘一切無漏功德皆能爲障乃至爲修不淨觀等尚不能令心住一境況能成就若如是類有苾芻體當自歸禮汝是苾芻與犯重人有何差別是故應許犯重苾芻如無子能子說非子於無人用人說非人於無形男說非男等於苾芻事既不能成雖有餘律儀說非苾芻等佛如是說於義何違非唯能持別解脫戒於佛聖教少有所成由此律儀招有果故然諸佛意憎背有果持戒無缺尚未稱情況犯重人能適佛意以違佛意如子違父所作事業不稱本期由此故言非苾芻等此言非證捨律儀因毗婆沙師以如是理藴在心首決判此言依勝義苾芻密意作是說此中經主作如是說此言凶悖凶悖者何謂於世尊了義所說以別義釋令成不了與多煩惱者爲犯重罪

縁寧知此言是了義說由律自釋有四苾芻一名想苾芻二自稱苾芻三乞匃苾芻四破戒苾芻此義中言非苾芻者謂非白四羯磨受具足戒苾芻非此苾芻先是勝義後由犯重成非苾芻故知此言是了義說豈唯白四羯磨受具足戒苾芻有犯重罪非由三歸三說受具足戒苾芻亦犯重罪何理遮此三歸得戒令不犯重成非苾芻設許此言是了義說唯白四羯磨受具戒者若有犯重罪成非苾芻由此苾芻於生聖法無苾芻用名非苾芻非捨律儀失苾芻號故廣論者作是判言依勝義苾芻密意作是說此爲善說以犯重人無生聖道苾芻用故非由執此是了義言能遮我宗決判意趣若異此者復有何縁同犯尸羅於中則有失戒不失戒苾芻非苾芻

故離對法宗無令生喜理雖作是謗與多煩惱者爲犯重罪縁然應詳審誰最能作犯重罪縁爲作是言雖犯一戒而有餘戒應勤護者爲作是言既犯一戒餘戒皆失任造惡者非對法者此決判言少障生天解脱愛果然唯示導令彼修因如何謗言勸他犯重謂我但作如是誡言犯一戒時餘戒不捨應於餘戒專精護持如是眞名遮他犯重汝說犯一頓捨一切豈不專作犯重罪縁故造罪縁在汝非我雖作是說非此苾芻先是勝義後由犯重成非苾芻此言麤淺雖先未證望當證能若後無能亦名失故如契經說觀此世間及天放逸退失聖慧又先已說先說者何謂彼永非出世德器故於勝義言非苾芻寧知大師有斯密意由此中說彼非沙門餘處復

言沙門有四更無第五故知於此唯就勝義言非苾芻由彼補特伽羅名汙道沙門故非彼先證道後汙如何成經主釋言雖有此說而彼唯有餘沙門相故名沙門如被燒材假鸚鵡觜角涸池敗種火輪死人此但有言所引衆喻皆無能故以諸材木少被火燒世間說名被燒材木非全成炭名被燒材若謂隨燒全分一分二種皆許名被燒材則喻及法二俱猶豫喻於所喻無證功能名涸池中容有少水但無池用故立涸名設水全無亦名涸者同前猶豫於證無能由此已遮死人敗種謂雖猶有少種功能而諸世間亦說敗種或雖不敗被損功能不復生芽亦名敗種有同死法亦名死人故契經中言放逸者常死假鸚鵡觜角及旋火輪二喻皆違契經所說沙門有四更無第五若唯形相得名沙門如世有人須沙門相矯設方便作沙門形應名沙門說爲第五非彼假觜角及旋火輪可得說名觜輪餘相非實觜角輪爲其先故如是應有先非沙門作沙門形立爲第五然佛說四無第五言爲止如斯相沙門執故引衆喻皆無證能又經主寧知佛如是意說以餘處說不名苾芻不名沙門非釋子等豈不數勸應審尋思寧隨一文便爲固執又先已說先說者何謂此沙門名汙道故知此唯約勝義苾芻密意說言非苾芻等故非頓捨一切律儀名非苾芻理極成立非此唯有餘沙門相故名沙門如被燒材鸚鵡觜角等理可成立以世尊說彼人應名犯戒苾芻惡苾芻故若彼頓捨一切律儀應但名爲無尸羅等寧標犯戒惡苾芻

名上座此中作如是詰若言無者無何尸羅以尸羅名亦目慣習善惡戒外亦見有言此善尸羅惡尸羅者作如是說何理相違彼最應言無尸羅者以一切有慣習尸羅然說彼爲無尸羅者則知彼闕淨戒尸羅故彼詰言無深理趣經主於此自問答言若犯重人非苾芻者則應無有授學苾芻不說犯重人皆成他勝罪但成他勝罪定說非苾芻對法諸師豈不應說經部定是極凶悖人凶悖者何謂作是說有犯重者非成他勝以世尊說犯四重者不名苾芻乃至廣說若謂彼據住覆藏心故佛說爲非苾芻等何緣不許犯重苾芻無苾芻勝能言非苾芻等非由頓捨一切律儀我國諸師不作是說諸犯重者非非苾芻但作是言有餘戒在本於一切受得律儀非犯一時餘便頓捨如汝宗說得不律儀經主此中欲排正理言彼所說非犯一邊一切律儀應徧捨者彼言便是徵詰大師大師此中立如是喻如多羅樹若被斷頭必不復能生長廣大此喻意顯犯一重時餘戒不能生長廣大戒根既斷理徧捨故彼於喻意非能善釋此喻但遮餘生長故若異此者喻應不成然我分明見此喻意謂餘學處如彼枝葉雖越而可得餘律儀四重如頭若隨犯一必不復得所餘律儀由此定無入見道等故契經說依住尸羅方能進修殊勝止觀若異此釋喻便不成且汝所宗四重學處爲總如一多羅樹頭爲一樹頭喻一學處若四學處總喻一頭應犯一時非捨一切見斷少分多羅樹頭餘分無妨猶生長故若一學處如一樹

頭亦犯一時非捨一切以見斷一多羅樹頭餘頭無妨猶生長故如前已說前說者何謂於此中有何理趣隨犯一重頓捨律儀非護餘三不捨一切如多羅頂斷一餘存既見世間多羅樹頂雖斷一分餘分猶生四重總如多羅樹頂應知犯一無損餘三又諸多羅一頭被斷一不生長餘樹不然汝執尸羅一相續斷則餘亦斷故喻不成由此亦遮上座立喻彼說如大樹具根莖枝葉若根被斷便總乾枯如是戒根若隨犯一則便頓壞一切律儀誰於此中言餘不壞已說犯一餘無勝能謂必不能入見道等然就彼喻非失律儀以見世間或有一樹四根齊等深入堅牢非斷一時一切枯死唯損一分戒亦應然就別樹論准前應說故彼立喻於證無能經主此中復作是說於此無義苦救何爲若如是人猶有苾芻性應自歸禮如是類苾芻此言便爲輕調於佛以佛說彼亦是沙門雖得汙道名而有尸羅故經主此中應作是說於此無義何苦救爲若如是人猶有沙門性應自歸禮如是類沙門餘相沙門如前已破非苾芻等亦已釋通由此理成顯彼所引諸餘聖教爲證無能又彼無能少說正理證唯犯一便捨一切又於無義徒致推徵實有律儀强言已捨勸已犯者縱情造惡豈名持法利樂有情若犯重人有餘戒在何緣擯出苾芻衆外何用如是無勢用人於清衆中速擯彌善若由犯重便捨律儀應如二形生時能捨性相違故如闇與明不犯律儀應容更受非無慚愧永障尸羅勿捨彼人不得受戒故知重罪得

與戒俱由汙尸羅不容更受既無勝用故應擯出上座於此更有多言由前理教已總遮遣恐文煩廣不別彈斥然彼堅固煩惱纏心於自論中造文作頌說麤惡語謗讟聖賢無故自傷深爲可愍我國衆聖惑業已除所制法言憑眞理教而彼凶悖謗法毀人既造深愆當招劇苦我豈於彼更致酬言唯願當來彼惡無報靜慮無漏二律儀等云何當捨頌曰

捨定生善法　由易地退等　捨聖由得果
練根及退失

論曰諸靜慮地所繫善法由二緣捨一由易地謂上下生二由退失謂退勝定捨衆同分及離染時亦捨煖等及退分定爲攝此故復說等言經主釋中應加離染如捨色善由易地退及離染三無色亦爾捨無漏善由三種緣一由得果總捨前道二由練根捨鈍根道三由退失捨諸勝道此或是果或勝果攝經主於此應說二緣以得果言攝練根故謂練根位必還得果棄捨鈍果勝果道故我於此中應少分別若捨見道及道類智當知但由得果非退若不動法無學俱無所餘無漏容具二種如是已說捨諸律儀不律儀云何捨頌曰

捨惡戒由死　得戒二形生

論曰諸不律儀由三緣捨一者由死捨所依故二由得戒謂若受得別解律儀或由獲得靜慮律儀惡戒便捨對治力勝捨不律儀三由相續二形俱起以於爾時所依變故住惡戒者雖或有時由善意樂捨力網等若不得

律儀終不捨惡戒現見雖避諸發病緣不服良藥病終難愈不律儀者受近住戒至夜盡位捨律儀時爲得不律儀爲名處中者有餘師說得不律儀惡阿世耶非永捨故如停熱鐵赤滅青生有餘師言若不更作無緣令彼得不律儀以不律儀依表得故前說應理先受戒時惡阿世耶非永捨故依前表業惡戒還起處中無表捨復云何頌曰

捨中由受勢　作事壽根斷

論曰處中無表捨由六緣一由受心斷壞故捨謂先誓受恒於某時敬禮制多及讚頌等令作是念後更不爲彼阿世耶從茲便息由彼棄捨本意樂故或復別作勢用增强與先現行相違事業本意樂息無表便斷二由勢力斷壞故捨謂由淨信煩惱勢力所引無表彼二限勢若斷壞時無表便捨如所放箭及陶家輪故軌範師作如是說由等起力所引發故雖捨加行及阿世耶無表或容盡壽隨轉乃至發起極猛利纏捶擊禽獸應知亦爾或先立限齊爾所時今限勢過無表便斷三由作業斷壞故捨謂雖不捨根本受心然更不爲所受作業唯除忘念而不作者以此無表期加行生絕加行時無表便捨四由事物斷壞故捨謂所捨施制多園林及所施爲宜網等事本由彼事引無表生彼事壞時無表便捨五由壽命斷壞故捨謂所依止有轉易故六由依根斷壞故捨謂起加行斷善惡時各捨彼根所引無表非至斷善得靜慮時方捨處中善惡無表以羸劣故起加行時便捨處中善惡無表如何經主於此義中說第六

緣名爲斷善若作是說斷善加行亦名斷善
爲第六緣是則應言靜慮加行亦名靜慮便
成七緣靜慮加行中捨惡無表故應言根者
通善惡根所說斷言是斷加行由依根斷爲
第六緣此釋頌文於理無失欲非色善及餘
一切非色染法捨復云何頌曰
捨欲非色善　由根斷上生
捨諸非色深　由對治道生
論曰欲界一切非色善法捨由二緣一斷善
根二生上界應言少分亦離染捨如憂根等
非色善法三界一切非色染法捨由一緣謂
起治道若此品類能斷道生捨此品中惑及
助伴何有情有善惡律儀頌曰
惡戒人除北　二黃門二形　律儀亦在天
唯人具三種　生欲天色界　有靜慮律儀
無漏并無色　除中定無想
論曰唯於人趣有不律儀然除北洲唯三方
有於三方内復除扇搋及半擇迦具二形者
律儀亦爾謂於人中除前所除并天亦有故
於二趣容有律儀復以何緣知扇搋等所有
相續非律儀依由經律中有誠證故謂契經
說佛告大名諸有在家白衣男子男根成就
乃至廣說鄔柰耶中亦作是說汝應除棄此
色類人故知律儀非彼類有復由何理彼無
律儀由二所依所起煩惱於一相續俱增上
故於正思擇無堪能故彼起貪欲相續行時
不能伏除故非戒器又有猛利慚愧現前此
類方能爲戒依止彼類無故非律儀依若爾
何緣彼無惡戒於彼相續惡阿世耶性羸劣
故不堅住故謂扇搋等婬愛多行無暫伏除

對治道故非諸數起猛利愛人能於有情起極猛利勃惡意樂令現在前設暫能生亦不堅住身無能故心亦無能故彼類身亦無惡戒即由此理善阿世耶於彼身中劣不堅住要有强盛堅住惡心方有惡戒及有强盛堅住善心方有善戒彼俱闕故二戒俱無然二形生捨善惡戒二依貪欲極增上故非成扇搋等捨善惡律儀起二依貪非極重故由如是理已釋北洲二阿世耶非猛利故又不順起三摩地故彼身無有善惡律儀惡趣無能覺邪正理又非猛利慚愧所依要此相應及損壞者方可得有善惡律儀故惡趣中無善惡戒又扇搋等如鹹鹵田故不能生善戒惡戒世間現見諸鹹鹵田不能滋生嘉苗穢草若爾何故契經中言有卵生龍半月八日每從宮出來至人間求受八支近住齋戒此得妙行非得律儀是故律儀唯人天有然唯人具三種律儀謂別解脫靜慮無漏若生欲天及生色界皆容得有靜慮律儀然無想天但容成就生無色界彼俱非有無漏律儀亦在無色謂若生在欲界天中及生色界中除中定無想皆容得有無漏律儀生無色中唯得成就以無色故必不現起無漏上生得成下故

阿毗達磨順正理論卷第三十九　説一切有部

音釋

蚊蝱（蚊無分切　蝱莫耕切）魁膾（魁苦回切　膾古外切　魁膾謂爲首屠殺者）罝弶（罝子邪切　罟也　弶其亮切　施罟於道也）悖（蒲昧切　逆也）癲（都年切　狂病也）摽（卑遥切　揭也）擯（必刃切　斥也）羸劣（羸力追切　劣龍輟切　弱也）

阿毗達磨順正理論卷第四十

尊者衆賢造

唐三藏法師玄奘奉詔譯

辯業品第四之八

因辯諸業性相不同當釋經中所摽諸業且經中說業有三種善惡無記其相云何頌曰

安不安非業　名善惡無記

論曰諸安隱業說名爲善能得可愛異熟涅槃暫永二時濟衆苦故不安隱業名爲不善由此能招非愛異熟極能遮止趣涅槃故非前二業立無記名不可記爲善不善故是非安隱不安隱義又經中說業有三種福非福等其相云何頌曰

福非福不動　欲善業名福　不善名非福上界善不動　約自地處所　業果無動故

論曰欲界善業說名爲福非福相違招愛果故諸不善業說名非福招非愛果違福業故上二界善說名不動豈不世尊說下三定皆名有動聖說此中有尋伺喜樂受動故由下三定有尋伺等災患未息故立動名不動經中據能感得不動異熟說名不動如何有動定招無動異熟雖此定中有災患動而業對果非如欲界有動轉故立不動名謂欲界中餘趣處滿業由別緣力可異趣處受以或有業能感外內財位形量色力樂等於天等中此業應熟由別緣力所引轉故於人等中此業便熟色無色界餘地處業無容轉令異地處受業果處所無改動故等引地攝無散動故依如是義立不動名應知此中由於因果相屬愚故造非福業以非福業純染汙故要

依麤重相續無明由此無明現在前位不能解信因果相屬是故發起諸非福行由真實義愚故造福及不動業真實義者謂四聖諦若於彼愚諸異生類於善心位亦得間起由此勢力令於三界不如實知其性皆苦起福不動行爲後有因若已見諦者則無是事乘先行力漸離染時如次得生欲色無色又經中說業有三種順樂受等其相云何頌曰

順樂苦非二　善至三順樂　諸不善順苦
上善順非二　餘說下亦有　由中招異熟
又許此三業　非前後熟故　順受總有五
謂自性相應　及所緣異熟　現前差別故

論曰諸善業中始從欲界至第三靜慮名順樂受業以諸樂受唯至此故諸不善業名順苦受第四靜慮及無色善業說名爲順不苦不樂受此上都無苦樂受故非此諸業唯感受果應知亦感彼受資糧受及資糧此中名受隨所化欲總立受名下諸地中爲亦許有順非二業爲決定無有餘師言下地亦有順非二業以定中間既無苦樂應無業故豈不中定與初靜慮同一縛故此中定業感初定中樂根異熟理不應爾違本論故謂本論言頗有業感心受異熟非身耶曰有謂善無尋業中間定業既是無尋若感根本樂根異熟應無尋業通感身心二受異熟便違本論然應此業唯感心受如不善業唯感身受設許通感無違本論本論應言善無伺故或非諸業皆感受果故彼應感色心不相應行然於一切無尋業中有業唯能感心受果偏就彼說故無有過是故中定業感異熟非證下地

有順非二業因若爾此中更有餘證謂本論說頌有三業非前非後受異熟耶曰有謂順樂受業色順苦受業心心所法順不苦不樂受業心不相應行乃至廣說由此證知下地亦有順非二業非離欲界有此三業俱時熟故此亦非證以本論中說三界業如三受故然非三界所繫諸業可俱時受此亦應然而本論言有三界業俱時熟者為欲試驗於對法宗解不解故或於增上果說受異熟聲色無色思資下異熟令其久住故作是言順三受業文亦容作此釋故彼所引非定證因何苦推徵彼所計執見彼所計執違品類足如說云何順樂受業謂從欲界繫至三定善業無違彼失無定言故謂彼不言唯順樂受然下雖有順非二業而由少故彼文不顯不可准此便作是言上地亦應有順苦樂離苦樂染方生彼故由此唯說從廣果天乃至非想有順非苦非樂受業不說下地以上地無相違受故於下地有相違受故以於下地容有非苦非樂異熟不可如彼三界繫業定判此文無容有容實俱受故此業為善為不善耶有作是言是善而劣又不可別示而可總言於諸善業中或有一類能感樂受及受資糧或有一類能感非二應知此業能益樂受名順樂受如順馬處或復此業能受於樂名順樂受如順浴散順餘受業應知亦然順樂受業唯感樂受異熟果耶唯感樂受異熟果者一切皆是順樂受業或有諸業名順樂受而不能感樂受異熟謂此若感色不相應順餘受業應知亦爾此業非唯感受異熟如何總

得順受業名諸業爲因所感異熟皆似於受得受名故所以者何彼皆如受爲身益損及平等故如水火等於樹枝等爲益爲損爲等義成又順受多略說有五一自性順受謂諸受體如契經說受樂受時如實了知受於樂受乃至廣說二相應順受謂一切觸如契經言順樂受觸乃至廣說三所緣順受謂一切境如契經言眼見色已唯受於色不受色貪乃至廣說由色等是受所緣故四異熟順受謂感異熟業如契經說順樂受業乃至廣說五現前順受謂現行受如契經說受樂受時二受便滅乃至廣說非此樂受現在前時有餘受能受此樂受但據樂受自體現前即說名爲受於樂受由所順受有多種故離業異熟非皆是受而可總立順受業名謂諸善業爲因所感色不相應能爲所緣生樂受故是諸樂受所領納故可愛異熟順樂受故亦名樂受由此善業所招諸果雖非樂受順樂受故招彼業名順樂受業順苦非二理亦應然如是三業有定不定其相云何頌曰

此有定不定　定三順現等　或說業有五
餘師說四句

論曰此上所說順樂受等應知各有定不定異非定受故立不定名謂順樂業非必定熟若熟必應受樂異熟順餘二業說亦如是定復有三一順現法受二順次生受三順後次受此三定業定感異熟并前不定總成四種或有欲令不定受業復有二種謂於異熟有定不定并定業三合成五種順現法受業體云何謂於此生造作增長唯此生受異熟非

餘於此生言顯衆同分爲顯加行根本業道說造作言爲顯後起故說增長或造作者顯牽引業言增長者顯圓滿業或造作者謂率爾爲言增長者謂思已作或造作者追悔所損言增長者歡喜攝受或以同類爲助伴業名爲造作亦名增長如善還以善爲助伴與此相違唯名造作或有堅執而造作者名爲造作亦名增長與此相違唯名造作或依具足名爲造作若田具足名爲增長如是等釋義有多門言唯此生受異熟者顯時分定然或有謂於人生中造作增長還唯於此人生餘身受異熟者亦得名爲順現法受爲遮此執復說非餘此則顯示有死生者可言唯此不名非餘由此顯業時分不壞令極分明絶諸疑網如何由此說非餘言便令定知非餘身受以或可釋此非餘言是遮非人生非遮餘身故此釋非理前唯此言遮非人生義已成故謂前既說唯此生言已定顯成非非人類然復於後說非餘言爲遮餘身義極明了若異此者重說何爲故此業名順現法受以現法者是現身義順次生受業體云何謂此生造業於無間生受所言生者是生處義造業生後無間而生故名次生是次後生義順彼生業名順次生受順後次受業體云何謂此生造業無間生後受所言後者是無間生後衆同分所言次者顯於多生次第別受此言意顯順後受業決定次第各招一生爲避言詞煩廣過失故於多業總立一名云何名爲順不定受謂薄伽梵見一類業或由尸羅或由正願或由梵行或由等持或由智力令

全無果或令輕微或令移位說此一切名不定業爲轉此業應修淨行諸有情類此業最多然契經言或有諸業應現法受而或轉於地獄受者非此中辯順現受業意說有業順不定受若能精修身戒心慧此所造業應人間受由不精修身戒心慧便乘此業墮捺落迦契經又言或有諸業應地獄受而或轉於人中受者此亦非辯時分定業但說不定釋義准前或釋前經意說有業雖是造作而非增長若任其力應現法受若後復造感地獄業資助令增往地獄受故契經說有業應於人中現受由後復造感地獄業令增長故轉彼令於地獄中受是故知彼說不定業譬喻者說順現受業等於餘生中亦得受異熟然隨初熟位立順現等名非但如名招爾所果

謂彼意說諸所造業若從此生即能爲因與異熟果者名順現法受若從次生方能爲因與異熟果者名順次生受若越次生從第三生方與異熟者名順後次受何緣彼作如是執耶勿强力業異熟少故彼執非善所以者何彼業先時已生異熟中間間斷異熟復生理必不然如種芽故若謂無間而生後身應無死生業無異故或身無異應數死生又一業招二三生等是諸果相爲異爲同相若異者應如別業所感相續非一業果或一業果其相應同應說何緣前後相別若謂滿業助力使然應唯一生前後有別現見引業所引一生雖有衆多滿業果異而引業一但名一生此亦應然無別因故相若同者應是一生非一生中前後相等而可見有前後生殊此

亦應然一業果故然不可謂唯一生身便是衆多引業所感以能引業有差別故或於本有應有死生或應畢竟無死生理又彼一業所感多生爲一趣中爲在多趣若在一趣過如前說謂前與後應是一生或一生中應數生死以一業果無差別故若在多趣諸趣相望有上中下品類別故同一業果理必不成以一剎那所造一業有上中下理不成故又若爾者趣應相雜然趣無雜如前已辯若謂餘業所引生中有於前生已得果義感果勢力猶未盡故寄此生中更受異熟故雖一業能感多生而有死生果相差別此亦非理所以者何有他生中更受果業牽引圓滿俱不成故謂寄他生所受異熟爲是引果爲滿果耶且不應言寄受引果此生引果餘業引故一果不應引已復引應隨一業唐捐其功後業於中極爲無用亦不應說於一生中有二引果勿有所受一相續中便有多生多趣異熟俱時受過亦不應言寄受滿果勿有引業於前生中已得引果有餘引力至於今生轉成滿過謂有一類順生受業感次生中所引果已今於餘業所引生中變成順後受感滿果異熟是則一業亦引亦滿便有引滿雜亂過失又一切業展轉相資是則皆成造作增長則應畢竟無有一業不受異熟而至涅槃然彼此宗俱非所許於譬喻者其過偏多以彼宗中順現受等所有諸業皆非決定然許諸業展轉相資理應皆成造作增長諸有造作亦增長業世尊經中說爲決定而言諸業皆不定者當知彼是佛教外人入於此中彼

據何理許於餘業所引生中已於前生引果餘業能爲助滿資令久住非於前世自所引生能爲滿因資令相續又若有業順天生受從天死已生地獄中如何令天順生受業令於地獄受後樂果從地獄死生於天中順彼生業責亦如是非於天中順生受業可於無間地獄受果亦非無間順生受業可於天中有受果義若謂越他趣於自類趣中此業方能重受果者前已說過前說者何謂業先時已生異熟中不間斷異熟復生理必不然如種芽故雖彼立理以自義言勿強力業異熟果少此亦非證所以者何非要果多業名強力順現受業名強力者能速得果故立此名若一事中起多思願於中前後勝劣有殊能感現生後異熟果言招多果亦無有失又若執業要感多果方得名強則感輪王異熟果業望感佛業應說名強感多果故若感佛業妙故名強是則名強業有多種以業強理有多品故謂或有業果近名強或由果多或由果妙然順現受果近名強寧以強名證感多果故對法者說諸業中順現等三各別生果業果無雜於理爲勝譬喻者說業有四句一者有業於時分定異熟不定謂順現等三非定得異熟二者有業於異熟定時分不定謂不定業定得異熟三者有業於二俱定謂順現等定得異熟四者有業於二俱不定謂不定業非定得異熟彼說諸業總成八種謂順現受有定不定乃至不定亦有二種於此所說業差別中頌曰

四善容俱作　引同分唯三　諸處造四種

地獄善除現　堅於離染地　異生不造生
聖不造生後　并欲有頂退
論曰此中唯顯順樂等業於現等時有定不定釋經所說順現受等四業相殊故定業中分爲三種并不定業合而爲四是說爲善理必無有異熟不定時分定業時定唯是異熟定中位差別故非離異熟別有時體如何時定非異熟耶此中但依異熟定業得果位差別立順現等故若謂有業於時定者謂熟必在此時非餘若越此時畢竟不受故於時定非於異熟此於異熟亦應決定義相似故相似者何謂如於時有或非理而名時分定如是於熟有或非理應名異熟定或復應許二俱不定是故若業於時分定彼於異熟亦應決定若於異熟名不定者彼於時分亦應不定由此理故定無八業以於諸業中有不定義者應總立一順不定受所以者何義相似故謂如熟定時不定業時不定故既共許爲順不定受如是時定熟不定業熟不定故何不許爲順不定受故譬喻者於此義中安立八業極爲雜亂又譬喻者說一切業乃至無間皆悉可轉若無間業不可轉者應無有能越第一有令觀彼說有如是意若謂諸業中少有不可轉則有頂業定爲其先以諸業中第一有業是極微細諸生死本力能攝受廣大異熟無始生死流轉有情曾無有能越於彼者若有能轉如是類業則無間業寧不可轉此亦但是虛妄僻執以無間業異熟分位二俱決定有頂不然故所引例無能證力若有頂業皆不可轉起彼定者應定招生是則

無容起彼定已證無學果及般涅槃若一切業皆可轉者世尊不應說有定業頗有四業俱時作耶容有云何遣三使已自行邪欲俱時究竟順現受等四種業中幾業有能引衆同分唯三能引除順現業以順現業必依先業所引同分而得起故即於現生必與果故何界何趣能造幾業諸界諸趣或善或惡隨其所應皆容造四總開如是若就別遮捺落迦中善除順現無愛果故餘皆得造有餘師說色無色界決定無有順現受業以順現業必依殊勝境界加行方可成立謂於父母佛阿羅漢及餘勝德所熏修身為損益事能招現果或於餘境發起猛利堅執加行亦招現果如是類業上界俱無故二界中無順現業彼執非理餘容起故謂上二界亦有勝業勢力速疾能招現果故上二界雖無如前緣勝境等順現受業而有勝定能招現果順現受業類非一故由是攝中作如是說順現等四業皆欲界一切色無色徧行修所斷隨眠之所隨增故一切處皆具能造如是四業不退姓名堅彼於離染地若異生類除順生受可造餘三聖者雙除順生後受可造餘二異生不退若離彼染無容於彼無間受生故彼應除順生受業於上地歿必還生下故容造彼順後受業聖者不退若離彼染必無容有於彼更生故彼雙除順生順後隨所生地容造順現受造不定業一切處無遮然諸聖者若於欲界及有頂處已得離染雖有退墮而亦不造順生後業從彼退者必退果故諸退果已必不命終還得本果住中有位亦造業耶

亦造云何頌曰

彼中有能造　二十二種業　皆順現受攝
類同分一故

論曰於欲界中住中有位容有能造二十二業謂中有位及處胎中出胎以後各有五位胎中五者一羯剌藍二頞部曇三閉尸四鍵南五鉢羅奢佉胎外五者一嬰孩二童子三少年四中年五老年此十一位一生所攝住中有位能造中有定不定業乃至能造老年二業應知亦爾當知如是中有所造十一種定業皆順現受攝由類同分無差別故謂此中有位與自類十位一衆同分一業引故由此不別說順中有受業即順生等業所引故類同分者謂人等類非趣非生以約趣生中有生有同分異故諸定受業其相云何頌曰

由重惑淨心　及是恒所造　於功德田起
害父母業定

論曰若所造業由重煩惱或淳淨心或常所作或於增上功德田起功德田者謂佛法僧或增上補特伽羅謂證世出世勝德於此田所雖無重惑及淳淨心亦非常行若善不善所起諸業或於父母設起下纒行損害事如是一切皆定業攝有餘師說若以猛利意樂所造或有造已起歡喜心或一切時數數慣習或勝願力事力所起業皆決定現法果業其相云何頌曰

由田意樂勝　及定招異熟　得永離地業
定招現法果

論曰由田勝者聞有苾芻於僧衆中作女人語彼須臾頃轉作女人此等傳聞其類非一

意樂勝者聞有黃門救脫諸牛黃門事故彼須臾頃轉作丈夫此等傳聞事亦非一或有餘業亦得現果謂生此地永離此地染於此地中諸善不善業必應現受不重生故如阿羅漢及不還者未離染時已造彼業今離染故成現法受彼是何業謂異熟定應知此中所說業者是異熟定非時定業若有餘位順定受業彼必定無永離染義必於餘位受異熟果若於異熟亦不定者永離染故不受異熟諸不還者及阿羅漢於欲三界設退起染必不生下定涅槃故異熟定業皆成現受餘隨所應類此當說何由起業定即受耶頌曰

於佛上首僧　及滅定無諍　慈見修道出
損益業即受

論曰於如是類功德田中為善惡業定即受果功德田者謂佛上首僧約補特伽羅差別有五一從滅定出謂此定中得心寂靜此定寂靜似涅槃故若從此定初起心時如入涅槃還復出者勝靜功德莊嚴其身為殷淨心生長依處二從無諍出謂此定中已能永拔一切煩惱災患相續有緣一切有情為境所起無邊增上意樂無諍功德積集熏身從此出時彼心相續不為一切世間定心及不定心之所勝伏是福非福近果勝田三從慈定出謂此定中有緣無量有情為境利益安樂增上意樂積集熏身出此定時有為無量最勝功德所熏修身相續而轉能生勝業四從見道出謂此道中能超一分無始流轉所不能超三界輪迴生死根本從此道出有勝淨身相續而生能生勝業五從修道出謂此道

中能起一分生死根本餘如前說從如是五初出位中乘前所修勝功德勢心猶反顧專念不捨諸根寂靜特異於常世出世間定不定福無能勝伏映奪彼者欲說此五名功德田若有於中爲損益業此業必定能招即果若從餘定餘果出時由前所修定非殊勝修所斷惑未畢竟盡故彼相續非勝福田異熟果中受最爲勝爾應思擇於諸業中頗有唯招心受異熟或招身受非心受耶亦有云何

頌曰

諸善無尋業　許唯感心受　惡唯感身受
是感受業異

論曰善無尋業謂從中定乃至有頂所有善業於中能招受異熟者應知但感心受非身於彼地中無身受故身受必定與尋相應非無尋業感有尋果諸不善業能感受者應知但感身受非心以不善因苦受爲果意地苦受決定名憂憂受必非異熟果攝故不善業唯感身受若執憂根定非異熟諸有情類所發心狂在何識中何因所感依何處起非異熟耶頌曰

心狂唯意識　由業異熟生　及怖害違憂
除北洲在欲

論曰有情心狂唯在意識若在五識必無心狂以五識身無分別故由何因故有情心狂由諸有情業異熟起由何等業異熟起耶謂由彼用藥物呪術令他心狂或復令他飲非所欲若毒若酒或現威嚴怖禽獸等或放猛火焚燒山澤或作坑穽陷墜衆生或餘事業令他失念由此業因於當來世感得異類大

種異熟由彼勢力令心發狂由此心狂體非異熟善惡心等皆容狂故由斯但說業異熟生謂惡業因感不平等異熟大種依此大種心便失念故說爲狂如是心狂對於心亂應作四句謂有心狂而非心亂乃至廣說狂非亂者謂諸狂者不染汙心亂非狂者謂不狂者諸染汙心狂亦亂者謂諸狂者諸染汙心非狂亂者謂不狂者不染汙心有情心狂爲但由此更由四種其四者何一由驚怖謂非人等現可怖形來相逼迫有情見已遂致心狂二由傷害謂因事業惱非人等由彼瞋故傷其支節遂致心狂有情身中有別支節若被打觸心即發狂三由乖違謂由身內風熱痰界互相違反大種乖適故致心狂四由愁憂謂因喪失親愛等事愁毒纏懷心遂發狂

如婆私等何有情類有此心狂除北俱盧所餘欲界諸有情類容有心狂謂欲天心尚有狂者況人惡趣得離心狂地獄恒狂衆苦逼故謂諸地獄恒爲種種異類苦具傷害末摩猛利難忍苦受所逼尚不自識況了是非故地獄中怨心傷歎猖狂馳叫世傳有文欲界聖中唯除諸佛大種乖適容有心狂無異熟生若有定業必應先受後方得聖若非定業得聖道故能令無果亦無驚怖以諸聖者超五畏故亦無傷害以諸聖者無非人等憎嫌事故亦無愁憂以諸聖者證法性故一切如來心無狂亂無漸捨命無破音聲亦無髮白面皺等事以極淳淨妙業所生又經中說業有三種謂曲穢濁其相云何頌曰

說曲穢濁業　依諂瞋貪生

論曰身語意三各有三種謂曲穢濁如其次第應知依諂瞋貪所生謂依諂生身語意業名為曲業諂曲類故實曲謂見故契經言實曲者何謂諸惡見諂是彼類故得曲名從諂所生身語意業曲為因故果受因名是故世尊說彼為曲若依瞋生身語意業名為穢業瞋穢類故瞋名穢者謂瞋現前如熱鐵丸隨所投處便能燒害自他身心諸煩惱中為過最重故薄伽梵重立穢名是諸穢中之極穢故從瞋所生身語意業穢為因故果受因名是故世尊說彼為穢若依貪生身語意業名為濁業貪濁類故貪名濁者謂貪現前染著所緣是染性故從彼生等准前應釋又真直道謂八聖支能障彼生二業名曲真實無病謂永涅槃障證彼因三業名穢依外道見於佛教中障淨信心不信名濁以能擾濁淨信心故從彼所起三業名濁又墮斷常違處中行從彼所起身語意業違直道義故立曲名由損滅見所起諸業能穢淨法故立穢名穢名必依極穢義故薩迦耶見所起諸業能障無我真實淨見依障淨義故立濁名

阿毗達磨順正理論卷第四十 說一切有部

音釋

坑穽 坑苦行切塹也穽疾政切陷穽也 痰 徒含切病液也 皺 側救切皮縮也

阿毗達磨順正理論卷第四十一

尊者衆賢造
唐三藏法師玄奘奉詔譯

辨業品第四之九

又經中說業有四種謂或有業黑黑異熟或復有業白白異熟或復有業黑白黑白異熟或復有業非黑非白無異熟業能盡諸業經雖略示而不廣釋今應釋彼其相云何頌曰

依黑黑等殊　所說四種業　惡色欲界善
能盡彼無漏　應知如次第　名黑白俱非

論曰佛依業果性類不同所治能治殊說黑黑等四諸不善業一向名黑以具染汙果不可意黑故異熟亦黑不可意故色界善業一向名白不爲一切不善煩惱及不善業所淩雜故異熟亦白是可意故依何意趣除無色善有說此中舉初顯後或色界中有可意白及明了白可施設故獨立白名無色界中有可意白無明了白可施設故不立白名或色界中具中生有二白性故獨立白名如契經言或男或女成身妙行廣說乃至死後感得有色意成如白衣光或明白夜或於色界具足三業及十業道無色不然而契經中有說靜慮無量無色皆名白白異熟業者彼據純淨可意異熟通立白名然彼契經非了義說以於上界四蘊五蘊一切善法說業聲故諸異熟因由業所顯故非業者亦立業名證知彼經非了義說欲界善業名爲黑白惡所雜故異熟亦黑白非愛果雜故此黑白名依相續立非據自性所以者何以無一業及一異熟是黑亦白互相違故若爾惡業果善業果

雜故是則亦應名爲白黑此難非理以欲界中不善數行力能伏善故彼苦果雜樂異熟欲界善劣無有功能淩伏不善故彼樂果亦無功能雜苦異熟故惡業果得純黑名有餘師言欲界善業意樂加行黑白雜起由此故立黑白二名非一業體有善有惡云何如一爲誑害他意欲令他信附於己先矯行施乃至出家如是名爲雖意樂黑而加行白或復有一於子門人爲欲遮防非利樂事及令安住利樂事中以憐愍心起麤身語楚撻訶罵逼迫有情如是名爲雖加行黑而意樂白若爾不善應名白黑以如善業亦有如前意樂加行白黑雜起然非所許前說無失諸無漏業能永斷盡前三業者名第四業此無漏業非染汙故得非黑名於理無失不墮界故斷異熟故名無異熟亦無有失既是勝義白何故名非白佛亦於彼大空經中告阿難陀諸無學法純善純白一向無罪本論亦言云何白法謂諸善法無覆無記此有容意說非白聲密意者何謂此中說治前三業立爲第四勿所化者生如是疑如何此中白能治白爲顯能治勝所治故約招異熟立非白名以不能招白異熟故或無學法於超一切染身中可得故立純白名非如學法非超一切染身中可得故不名純白故彼經中依如是義於無學法說純白聲令此經中以無漏業非順愛故又不能感白異熟故說名非白諸無漏業爲皆能盡前三業不不爾云何頌曰

四法忍離欲　前八無間俱　十二無漏思
唯盡純黑業　離欲四靜慮　第九無間思

一盡雜純黑　四令純白盡
論曰於見道中四法智忍及於修道離欲染位前入無間聖道倶行有十二思唯盡純黑離欲界染第九無間聖道倶行一無漏思雙令黑白及純黑盡此時總斷欲界善故亦斷第九不善業故離四靜慮一一地染第九無間道倶行無漏思此四唯令純白業盡所餘諸業無異熟故非所明故於此不論故於此中唯說十七與無間道倶行聖思能永盡前三有漏業雖盡諸業是聖慧能然於此中說近對治雖身語業亦近治三非慧相應故此不說何縁諸地有漏善業唯最後道能斷非餘以諸善法非自性斷已斷已斷有容現在前故然由縁彼煩惱盡時方說名爲斷彼善法爾時善法得離繫故由此乃至縁彼煩惱餘一品在斷義不成善法爾時猶被縛故頌曰

有說地獄受　餘欲業黑雜　有說欲見滅
餘欲業黑倶

論曰第一第三皆有異說有餘師說順地獄受及欲界中順餘受業如次名爲純黑雜業謂地獄異熟唯不善業感故順彼受名純黑業唯除地獄餘欲界中異熟皆通善惡業感故順彼受名黑白業如是所說前已遮遣謂善無能雜不善故有餘師說欲見所斷及欲界中所有餘業如次名爲純黑倶業謂見所斷無善雜故名純黑業欲修所斷有善不善故名倶業此亦非理二所斷中倶有業不能感異熟果故若謂此中所說三業據有異熟說非無異熟者不應簡言欲見所滅又强力

業理必不應爲力劣者之所凌雜是故不應說修所斷諸不善業亦得雜名亦不應言欲界有善力勝不善凌伏惡業非所許故所以者何以欲界善非數行故無有能感一劫果故又經中說有三牟尼又經中言有三清淨俱身語意相各云何頌曰

無學身語業　即意三牟尼　三清淨應知
即諸三妙行

論曰無學身業名身牟尼無學語業名語牟尼即無學意名意牟尼非意牟尼意業爲體何緣唯說色識蘊中有是牟尼非於餘蘊有餘師說舉後及初類顯中間亦有此義如實義者勝義牟尼唯心爲體故契經說心寂靜故有情寂靜此心牟尼由身語業離衆惡故可以比知意業於中無能比用唯能所比合立牟尼何故牟尼唯在無學以阿羅漢是實牟尼諸煩惱言永寂靜故諸身語意三種妙行名身語意三種清淨無漏妙行永離惡行煩惱垢故可名清淨有漏妙行猶爲惡行煩惱垢汙如何清淨此亦暫時能離惡行煩惱垢故得清淨名或此力能引起無漏勝義清淨故立淨名若謂此亦能引煩惱垢故謂作煩惱等無間緣是則不應名清淨者此亦非理善心起時非爲染心起加行故染心無間無漏不生有漏善心能引無漏故有漏善得清淨名順無漏心能除穢故說此二者爲息有情計邪牟尼邪清淨故又經中說有三惡行又經中言有三妙行俱身語意相各云何頌曰

惡身語意業　說名三惡行　及貪瞋邪見

三妙行攝此
論曰一切不善身語二業前後近分及與根本并不善思如次名身語意惡行然意惡行復有三種謂非意業貪瞋邪見豈不契經亦說貪等名爲意業如何今說貪瞋邪見非意業耶見業資糧故亦名業如漏資糧亦名漏等寧知貪等非意業耶由阿笈摩及正理故阿笈摩者謂契經言貪瞋邪見是業緣集故知貪等非即業性又契經言諸愛者表即是意業故知非愛即意業體餘例應然勿有計言業即業集故契經說愛業有殊然經主言許有煩惱即是意業斯有何過如是所許違前契經及後正理豈非大過若謂如說貪能令意造諸惡行此經雖說貪即是意惡行因緣非不許貪意惡行攝如是雖說愛爲業因此愛亦應非不是業彼例非等此經不言愛能令心起表業故謂如彼說貪能令意造諸惡行非此經言愛能令心起諸表業如何引彼以例此經證表業因愛亦是業如經中說諸癡即無明此經但示癡是無明體顯非癡者即非無明如是此經說諸希求即愛諸愛者表即是意業辯相差別義已顯成若非希求便非是愛若非表者亦非意業唯除假說則無有過意業名表如前已釋正理者何謂若煩惱即是業者十二緣起及三障等差別應無由此證知貪等非業是聰慧者所訶猒故又能感得非愛果故此行即惡故名惡行
三妙行者攝此應知謂一切善身語二業前後近分及與根本并諸善思如次名身語意妙行然意妙行復有三種非業無貪無瞋正

見智所讃故感愛果故此行即妙故名妙行正見邪見雖非益損他而爲彼本故亦成善惡又經中言有十業道或善或惡其相云何頌曰

所說十業道　攝惡妙行中　麤品爲其性如應成善惡

論曰於前所說惡妙行中若麤顯易知攝爲十業道如應若善攝前妙行不善業道攝前惡行不攝何等惡妙行耶加行後起等彼非麤顯故且於不善十業道中若身惡行令他有情失命失財失妻妾等說爲業道令遠離故若語惡行過失尤重說爲業道令遠離故若意惡行重貪瞋等說爲業道令遠離故加行後起及餘過輕幷不善思皆非業道善業道中身善業道於身妙行不攝一分謂加行後起及餘善身業即離飲酒斷莫施等語善業道於語妙行不攝一分謂愛語等意善業道於意妙行不攝一分謂諸善思十業道中前七業道爲皆定有表無表耶不爾云何頌曰

惡六定無表　彼自作婬二　善七受生二定生唯無表

論曰七惡業道中六定有無表謂殺生等除欲邪行非如是六若遣他爲至根本時有表生故若有自作彼六業道則六皆有表無表二謂起表時彼便死等後方死等與遣使同根本成時唯無表故唯欲邪行必具二種要是自身所究竟故非遣他作如自生喜七善業道若從受生必皆具二謂表無表受生尸羅必依表故靜慮無漏所攝律儀名爲定生

此唯無表但依心力而得生故加行後起如根本耶不爾云何頌曰
加行定有表　無表或有無　後起此相違
論曰業道加行必定有表此位無表或有或無若猛利纏淳淨心起則有無表異此則無後起翻前定有無表此位表業或有或無第二剎那無表爲始名爲後起故此定有若於爾時起隨前業則亦有表異此便無於此義中如何建立加行根本後起位耶且不善中最初殺業如屠羊者將行殺時先發殺心經求價直爲買羊故食已齎糧遊涉遠途訪牧羊所至已揣觸酬直牽還繫養令肥將入屠處執刀求穴斫刺其身至命未終皆名加行隨此表業彼正命終此剎那頃表無表業是謂殺生根本業道此剎那後殺無表業隨轉不絕名殺後起及於後時剝截治洗稱賣收利以活已親此等表業亦名後起如屠羊者三分既然餘不律儀如應當說不與取業有三分者且如竊者將行盜時先發盜心遣人或自往來伺聽他物所在爲往竊取食飲裝束齎持盜具密至他家穿壁登梯方便而入徐行伸手探摸他財未離處前皆名加行物正離處此剎那中表無表業名本業道此剎那後隨無表業及持財出藏受用等所有表業皆名後起欲邪行業有三分者且如男子於他女人先起愛心將行非禮命使瞻察媒媾往來嚴身赴彼言笑執觸事未果前皆名加行事正究竟此剎那中表無表業名本業道有說究竟謂入瘡門有餘師言謂洩不淨此剎那後隨無表業及餘敘愧執觸言辭所

有表業皆名後起虛誑語業有三分者且如一類善行誑術因求財物而活命者先受情求許爲僞證發行誑意往詣衆中爲述已身堪爲誠證言我於彼非怨非親知諸惡中無過虛誑知衆善內無過實語我旣於彼無所希求豈自無辜爲擔毒刺但恐賢直濫被刑科未成證前皆名加行若正對衆背想發言不見等中詐言見等所誑領解此刹那中表無表業名本業道有說所誑印可方成若爾應無誑賢聖理然誑賢聖爲過旣深由此應知前說爲善此刹那後隨無表業及獲財利以養已親所有表業皆名後起離間語業有三分者且如一類發壞他心遣使通傳或身自往詐爲親附冀信已言未壞他前皆名加行發離間語他領刹那表無表業名本業道

有餘師說他壞方成若爾聖交深固難壞應無壞聖離間語罪然壞聖者獲罪旣深由此應知前說爲善此刹那後隨無表業及令所壞無再合心所有表業皆名後起麤惡語業有三分者且如一類將發麤言起憤恚心扼腕頓足揚眉努目齧齒動脣未發語前皆名加行正發麤語他領刹那表無表業名本業道有餘師說他惱方成若爾聖人具忍力者旣不可惱罵應無過然罵賢聖獲罪旣深由此應知前說爲善此刹那後隨無表業及背所罵重述惡言所有表業皆名後起雜穢語業有三分者且如一類發戲調心先取他財集諸綺論齎持戲具來詣衆中發戲言前皆名加行正發戲語樂衆刹那表無表業名本業道此刹那後隨無表業及獲財利收用舉

藏所有表業皆名後起有餘師說貪瞋邪見纔現在前即名業道故無加行後起差別如是說者亦具三分有不善思於貪瞋等能爲前後助伴事故又諸業道展轉相望容有互爲加行後起如有一類欲害怨敵設諸謀策合構殺緣或殺衆生祈請助力或盜他物以資殺事或婬彼婦令殺其夫或知彼怨親友強盛自力微劣殺計難成是故先於怨親友所起語四過破壞其心令於彼怨無心救護方便誘引令入已朋或於彼財心生貪著或即於彼起瞋恚心或起邪見長養殺業然後方殺既殺彼已復於後時誅其所親奪其財物婬其所愛乃至復起邪見現前如是名爲殺生業道以十惡業道爲加行後起所餘業道如應當知有餘師說貪等不應能爲加行非唯心起加行即成未作事故如是說者貪等雖非所作業性然彼貪等緣境生時非無力用由有力用得加行名方便引生諸業道故今應詳議如前所說隨此表業彼正命終此刹那頃表無表業是謂殺生根本業道此應非理所以者何爲所殺生住死有位能殺生者彼刹那中表無表業即成業道爲彼死後成業道耶若所殺生住死有位能殺生者業道即成雖前所言且似無失而於宗義決定相違以所殺生與能殺者俱時捨命亦應可說能殺生者殺業道成許所殺猶存殺業道成故此能殺者住死有時所殺爾時既名正死則能殺者應許獲得此一刹那殺生業道然宗不許與所殺生俱時命終成業道罪若彼死後業道方成則前所言爲不應理非

所殺者正命終時可得名爲彼命已斷如何先說彼正命終此剎那頃表無表業是謂殺生根本業道而今言死後殺業道方成如是三途應善詳定決定死後業道方成而前所言正命終者於已往事却說現聲如有大王自遠已至而問今者從何所來或此於因假說爲果謂所殺者正命終時能殺有情加行表業於殺有用非業道表此業道表續加行生彼所引故名加行果然因於殺有勝功能是故於因假說爲果實非業道說業道聲豈不此時表業有用即應立此爲業道耶非要有能方成業道勿無表業失業道名此於殺中有何功用如無表業表亦應然又理不應立加行表即爲業道所殺有情於命終位命猶有故要加行表與所殺生命俱時滅彼死有後無同類命一剎那中表無表業可成業道此後念表於殺無能尚非殺生何況是罪但應無表得業道名雖無殺能是殺果故豈不後表理亦應然殺表爲因所引起故謂由加行果圓滿時此二俱成根本業道雖於他命斷此二無能而有取當來非愛果用暢殺思故名殺業道如本論說頗有已害生殺生未滅耶曰有如已斷生命彼加行未息此言何義此中義者以殺生時起殺加行總有三種一唯由內謂拳擊等二唯由外謂擲石等三俱由二謂揮刀等於此三種殺加行中有所殺生命雖已斷而能殺者生想未除故於殺生不捨加行由此本論作如是言如已斷生命彼加行未息於殺加行說殺生聲故得說爲殺生未滅此亦業道後如何名加行毗

婆沙師作如是釋此於後起説加行聲所以者何以能殺者殺加行想猶未息故於所殺生巳命終想猶未生故立加行名如何但言此於後起應作是説及於根本所以者何以所殺者次死有後一刹那時及此後時多刹那頃能殺加行皆容未息是故應言此於後起及於根本説加行聲無勞復説及於根本以於後起聲亦攝根本故要於所殺死有後時能殺方成殺生根本豈不根本及其後起皆於所殺死有後生俱可名爲殺生後起是故應信毗婆沙師於本論言極爲善釋又經中説苾芻當知殺有三種一從貪生二從瞋生三從癡生乃至邪見有三亦爾豈諸業道於究竟時皆由三根佛作是説非諸業道於究竟時皆由三根加行有異云何有異頌曰

加行三根起　彼無間生故　貪等三根生

論曰不善業道加行生時一一由三不善根起依先等起故作是説殺生加行由貪起者如有貪彼齒髮身分或爲得財或爲戲樂或爲拔濟親友自身從貪引起殺生加行從瞋起者如爲除怨發憤恚心起殺加行從癡起者如波剌斯作如是説父母老病若令命終便生勝福以令解脱現在衆苦新得勝身明利根故又謂是法祠中殺生又諸王等依世法律誅戮怨敵除剪凶徒謂成大福起殺加行又外道言蛇蠍蜂等爲人毒害殺便獲福羊鹿水牛及餘禽獸本擬供食故殺無罪又因邪見殺害衆生此等加行皆從癡起偷盜加行從貪起者如爲財利恭敬名譽或爲救拔自身親友從貪引起偷盜加行從瞋起者

如為除怨發憤恚心起盜加行從癡起者如諸王等依世法律奪惡人財謂法應爾無偷盜罪又婆羅門作如是說世間財物於劫初時大梵天王施諸梵志於後梵志勢力微劣為諸卑族侵奪受用今諸梵志於世他財若奪若偷充衣充食或充餘用或轉施他皆用巳財無偷盜罪然彼取時有他物想又因邪見盜他財物此等皆名從癡所起邪婬加行從貪起者如於他室起染習心或為求財或求恭敬此等加行從貪所生從瞋生者如為除怨發憤恚心起婬加行從癡起者如波剌斯讚於母等作非梵行又諸外道作如是言一切女人如臼華果熟食階隥道路橋船世間衆人應共受用又如梵志讚牛祠中有諸女男受持牛禁吸水齧草或住或行不簡疎親隨遇隨合此等加行從癡所生虛誑語等從貪生者如為財利恭敬名譽濟巳及親起四加行從瞋生者如為除怨發憤恚心起四加行從癡起者如因邪見起誑語等四種加行又虛誑語從癡起者如外論言

若人因戲笑　嫁娶對女王　及救命救財
虛誑語無罪

又雜穢語從癡起者如依吠陀及餘邪論習學諷詠傳授於他謂無罪福皆從癡起貪等加行如何從三以從三根無間生故謂從貪等三不善根無間各容生三業道由此巳顯從貪瞋癡無間相應生三加行依無間義亦生業道巳說不善從三根生善復云何頌曰

善於三位中　皆三善根起

論曰諸善業道所有加行根本後起皆從無

貪無瞋無癡善根所起以善三位皆是善心所等起故善心必與三種善根共相應故此善三位其相云何謂遠離前不善三位所有三位應知是善且如勤策受具戒時來入戒壇禮苾芻衆至誠發語請親教師乃至一白二羯磨等皆名爲善業道加行第三羯磨竟一刹那中表無表業名根本業道從此以後至説四依及餘依前相續隨轉表無表業皆名後起如先所説非諸業道於究竟位皆由三根應説由何根究竟何業道頌曰

殺麤語瞋恚　究竟皆由瞋　盜邪行及貪
皆由貪究竟　邪見癡究竟　許所餘由三

論曰惡業道中殺生麤語瞋恚業道由瞋究竟要無所顧極麤惡心現在前時此三成故諸不與取欲邪行貪此三業道由貪究竟要有所顧極染汙心現在前時此三成故邪見究竟要由愚癡由上品癡現前成故虛誑離間雜穢語三一一許容由三究竟以貪瞋等現在前時一一能令此三成故貪瞋業道即貪瞋根如何説由貪瞋究竟如欲邪行業道生時定有貪根能爲究竟非貪瞋二業道生時别有貪瞋能爲究竟是故應説貪瞋等三一一皆由癡根究竟非無癡者此三起故有餘於此作是釋言即説此法由此究竟自體生時即業道故彼理窮故作如是釋然實貪等正現前時幸有癡根能爲究竟何緣不許執自體耶餘業道中他究竟故雖有此義而不許者勿謂業隨皆癡究竟諸業道成時定有癡俱故無如是失以殺盜等時雖皆有癡而瞋貪强故若爾邪見應不由癡以邪見俱

癡不强故不爾邪見俱起癡强爾時無餘不善根故非邪見體是不善根故此俱癡根義爲勝若爾貪等應不由癡以貪及瞋是根是勝俱行癡劣應不可言貪瞋業道由癡究竟約能究竟爾時癡强更無餘根究竟貪等自體於自無助力能寧可說言自究竟自故癡究竟於理無失有餘於此復作釋言與貪瞋俱一果諸法皆可隨勝立貪瞋名彼與貪瞋俱時生故亦可說彼究竟貪瞋於此釋中亦容徵難恐文煩雜故應且止諸惡業道何處起耶頌曰

有情具名色　名身等處起

論曰如前所說四品業道三三一三隨其次第於有情等四處而生謂殺等三有情處起偷盜等三衆具處起唯邪見一名色處起虛誑語等三名身等處起由何建立殺業道成謂由加行及由果滿於此二分隨闕一時不爲殺生根本罪觸頗有殺者起殺加行及令果滿而彼不爲殺罪觸耶亦有云何頌曰

俱死及前死　無根依別故

論曰若能殺者起殺加行定欲殺他與所殺生俱時捨命或在前死彼能殺者業道不成所以者何以所殺者其命猶在不可即令能殺有情殺罪所觸以所殺者命未斷故非能殺者其命已終可得殺罪別依生故謂殺加行所依止身今已斷滅雖有別類身同分生非罪依止此曾未起殺生加行成殺業道理不應然若爾此中爲問非理既殺加行所依止身非即能令殺生果滿於前二分便爲闕一如何以此蘊在心中而可問言頗有殺者

起殺加行及令果滿若謂此中約一相續言此起加行即此果滿者是則亦應殺罪所觸許前後生相續一故又所説因無能證力以能殺者死活不殊謂就依身設彼活位亦有念念異滅異生非起加行身即能令果滿何言依別故非殺罪所觸若謂死後同分異故與活有殊是則還成闕於一分爲問非理此問應理因有證能所以者何義有別故謂先問者作是問言頗一相續起殺加行亦令果滿而彼不爲殺罪觸耶旣前後生相續是一非闕一分於後答者作是答言以前後生身及同分是別業果別依生故不爲前生所作罪觸若不許爾害非父母應成無間又非人趣應成逆罪而不許然故依別因有能證力若有多人集爲軍衆欲殺怨敵或獵獸等於中隨有一殺生時何人得成殺生業道頌曰

軍等若同事　皆成如作者

論曰於軍等中若隨有一作殺生事如自作者一切皆成殺生業道由彼同許爲一事故如爲一事展轉相教故一殺生餘皆得罪若有他力逼入此中因即同心亦成殺罪唯除若有立誓要期救自命終亦不行殺無殺心故不得殺罪

阿毗達磨順正理論卷第四十一 說一切有部

音釋

矯 居夭切詐也　糧 呂張切　阿笈摩 梵語也此云教法笈極曄切　齎 祖稽切持也　涉 時攝切　揣 楚委切揣摩也　斫剌 斫之若切剌七自切　剝截 剝北角切割也截在節切斷也　探摸 探他甘切取也摸慕各切捫也　媒媾 媒莫杯切謀也媾古候切合也　洩 先結切漏也　齧 五結切

阿毗達磨順正理論卷第四十二

尊　者　衆　賢　造

唐三藏法師　玄奘奉　詔譯

辯業品第四之十

今應思擇成業道相謂齊何量名自殺生乃至齊何名爲邪見且先分別殺生相者頌曰

殺生由故思　他想不誤殺

論曰要由先發欲殺故思於他有情他有情想作殺加行不誤而殺謂唯殺彼不漫殺餘齊此名爲殺生業道有懷猶豫爲杌爲人設復是人爲彼非彼因起決志若是若非我定當殺由心無顧若殺有情亦成業道如是業道若定若疑但具殺緣皆有成理於刹那滅行殺罪如何成如何不成無殺義故謂衆生命過去已滅現在自滅未來未至是故必無殺生命理如何說滅燈焰鈴聲准彼亦應通殺生義謂障當命應生不生以起惡心行殺加行令所殺者現命滅時不能爲因引同類命障應生命令永不生故名殺生由斯獲罪此所斷命爲屬於誰謂命若無彼名死者即是此命所依附身標第六聲顯相屬義如伽他說壽煖等言故有命身名有命者非實有我其理決然已分別殺生當辨不與取頌曰

不與取他物　力竊取屬已

論曰前不誤等言如應流至後謂要先發欲盜故思於他物中起他物想或力或竊起盜加行不誤而取令屬已身齊此名爲不與取罪若有盜取窣堵波物於佛得罪佛將涅槃總受世間所施物故有說此罪於能護人則彼自恣應無有罪是故前說於理爲勝盜亡

僧物已作羯磨於界内僧得偷盗罪羯磨未了於一切僧若盗他人及象馬等出所住處業道方成已辨不與取當辨欲邪行頌曰

欲邪行四種　行所不應行

論曰總有四種行不應行皆得名爲欲邪行罪一於非境謂他所護或毋或父或父毋親乃至或夫所守護境二於非道謂設已妻口及餘道三於非處謂於制多寺中迥處四於非時謂懷胎時飲兒乳時受齋戒時有説若夫許受齋戒而有所犯方謂非時既不誤言亦流至此者於他婦謂是已妻或於已妻謂爲他婦道非道等但有誤心雖有所行而非業道若於此他婦作餘他婦想行非梵行有説亦成加行受用時並於他境故有説如殺業道不成加行究竟時前境各别故苾芻尼等如有戒妻若有侵凌亦成業道有説此罪於所住王以能護持及不許故若王自犯業道亦成故前所説於理爲勝已辯欲邪行當辯虚誑語頌曰

染異想發言　解義虚誑語

論曰説聽力故成虚誑語謂於所説異想發言及所誑者解所説義染心不誤方成業道所誑未解雜穢語收語多字成要最後念表無表業方成業道或隨所誑解義即成前字俱行皆此加行此中解義據所誑者能解名解非正解義齊何名爲能解正解前謂解者住耳識時後謂正能分别其義若正解義意識知語表耳識俱時滅故應此業道唯無表成是故理應善義言者住耳識位業道即成能誑具足表無表故有言所誑隨解不解但

異想說業道即成不爾此同離間語故隨忍不忍要解方成經說諸言略有十六謂於不見不聞不覺不知事中言實見等所見等中言不見等如是八種名非聖言不見等中言不見等所見等中言實見等如是八種名爲聖言何等名爲所見等相頌曰

由眼耳意識　幷餘三所證　如次第名爲所見聞知覺

論曰若境由眼耳意餘識所證如次名所見等鼻舌身根取至境故總名爲覺餘經定說三根所取爲所覺故經言大母汝意云何諸所有色非汝眼見非汝曽見非汝當見非希求見汝爲因此起欲起貪起親起愛起阿賴耶起尼延底起躭著不不爾大德諸所有聲非汝耳聞廣說乃至諸所有法非汝意知廣說乃至不爾大德復告大母汝於此中應知所見唯有所見應知所聞所覺所知唯有所聞所覺所知此經既於色聲法境說爲所見所聞所知准此於餘定立所覺若不許爾所覺是何又香等三在所見等外於彼三境應不起言說經主撥言此不成證經義別故非此經中佛欲決判四所言相然見此經所說義者謂佛勸彼於六境中及於見等四所言事應知但有所見等言不應增益愛非愛相若爾何相名所見等有餘師說若是五根現所證境名爲所見若他傳說名爲所聞若運自心以種種理比度所許名爲所覺若意現證名爲所知於五境中皆容起四於第六境除見有三由此覺名非無所目香等三境言說非無復引古師別釋此四今謂經主唯申

自執非我許此經判所言相故但言經證三根所取名爲所覺起所覺言故我師宗隨此經立所見等相於理無違雖說爲遮於彼增益愛非愛相非不應理言六四別於理不然前經後經義相似故我見此經所說義者謂教大毋如於三時色等境中若不見等不希求故欲等不生如是若知所見等境唯有所見等欲等亦不生欲等但由自分別故我隨經義解此經文非如經主隨自分別故後大毋領佛教言我解世尊所說義者

見色巳失念　妄增愛相者　心便受愛染
及住於躭著　彼由起此受　衆多相現前
故彼心恒時　爲諸貪害惱　如是集衆苦
便遠於涅槃　愛盡故涅槃　日親之所說
見色巳正念　不增愛相者　心不受愛染
及不住躭著　彼由不起受　衆多相現前
故彼心恒時　離諸貪害惱　如是滅衆苦
便近於涅槃　愛盡故涅槃　日親之所說

如是於聲香味觸法一一廣說世尊亦讚能如是解善哉善哉故經主言經義別者誠如所說以經義別經主於中異分別故又何意趣明彼二師違理教釋而偏增背毗婆沙者順理教言且彼二師所釋違教所見等相佛於經中於色等境分明別說而彼棄捨異建立故亦與隨教正理相違說五境中各具有四第六境上唯有三等然法最可立所見名非聲等中可名所見如言佛見去來世等此皆意識不共境故曾無聖教言耳見聲鼻見香等如何五境皆名所見唯非第六又彼自說若意現證名爲所知法旣所知應名所見

現所證故猶如色等此有何理唯五所證立所見名又後師釋自內所受及自所證名爲所知若爾見何緣非自內所受是則所見應即所知又所覺知應無差別俱是意識自所證故又諸比量現量爲先達正理人皆所共許若比量境方名所覺不應所覺在所知先故彼二師義無端緒今謂經主僻執居心背此正宗黨彼邪說頗有由身表異想義成妄語不有故論言頗有不動身殺生罪觸耶曰有謂發語頗有不發語妄語罪觸耶曰有謂動身頗有不動身不發語二罪所觸耶曰有謂仙人意憤及長養業時經主於此作如是難若不動身亦不發語欲無無表離表而生此二如何得成業道於如是難應設劬勞彼謂實無表無表業豈容不立此二業道彼亦應辯觸二罪因非但起惡思有太過失故若要依身語二門轉思起欲殺誑心即應成逆彼不成者仙等應同既不動身亦不發語如何成業道及依身語門應設劬勞釋如是難然我且釋布灑他時如由動身能表語義生語業道若身不動能表語義業道亦生然說戒時彼有所犯默然表淨令衆咸知如何不生妄語業道仙人意憤義等教他彼於有情心無所顧非人敬彼知有惡心動身爲殺彼生業道仙以何表令鬼知心彼由意憤身語必變或由呪詛必動身語有餘師說非於欲界一切無表悉依表生如得果時五苾芻等得別解脫戒不善亦應然然彼先時決定有表餘亦應爾先如前說布灑他時得妄語者謂不清淨詐入僧中坐現威儀或有所說此

謂先表餘例應思已辨虛誑語當辨餘三語
頌曰
染心壞他語　說名離間語　非愛麤惡語
諸染雜穢語　餘說異三染　佞歌邪論等
論曰若染汙心發壞他語若他壞不壞俱成
離間語解義不誤流至此中若以染心發非
愛語毀呰於他名麤惡語前染心語流至此
故解義不誤亦與前同一切染心所發諸語
名雜穢語皆雜穢故唯前語字流至此中有
說異前三餘染心所發佞歌邪論等方雜穢
語收佞謂茲芻邪求名利發諂愛語歌謂倡
伎染心悅他作諸詞曲及染心者諷吟相調
邪論者謂勝數明等述惡見言等謂染心所
發悲歎及戲論語輪王現時歌詠等語隨順
出離與染相違故彼皆非雜穢語攝有說彼
有嫁娶等言雜穢語收非業道攝薄塵類故
不引無表非無無表可業道攝已辨三語當
辨意三頌曰
惡欲他財貪　憎有情瞋恚　撥善惡等見
名邪見業道
論曰於他財物非理𩥅求欲令屬己或力或
竊如是惡欲名貪業道豈不欲愛皆名爲貪
如五盖經依貪欲盖佛說應斷此世間貪雖
皆名貪非皆業道由前已說諸惡行中攝麤
品爲十業道故唯於他物起惡欲貪名貪業
道若異此者貪著己物業道應成輪王北洲
爲難亦爾於有情類起憎恚心欲爲逼迫名
瞋業道於善惡等惡見撥無此見名爲邪見
業道舉初攝後故說等言具足應如契經所
說謗因謗果二世尊等等總十一類邪見不同

謂無施與乃至廣說如是已辨十業道相依何義釋諸業道名頌曰

此中三唯道　七業亦道故

論曰十業道中後三唯道業之道故立業道名彼相應思說名爲業彼轉故轉彼行故行如彼勢力而造作故前七是業身語業故亦業之道思所遊故由能等起身語業思記身語業爲境轉故業業之道立業道名故於此中言業道者具顯業道業業道義雖不同類而一爲餘世記論中俱極成故惑業之道故名業道亦業亦道故名業道具足應言業道業道以一爲餘但言業道善業道義類此應知加行後起應名業道思亦緣彼爲境轉故理亦應說而不說者爲本依本彼方轉故先說麤品爲業道故又由根本有減增故令內外物有減有增二分不然故非業道一切惡業道皆現善相違斷諸善根由何業道斷續善相差別云何頌曰

唯邪見斷善　所斷欲生得　撥因果一切
漸斷二俱捨　人三洲男女　見行斷非得
續善疑有見　頓現除逆者

論曰惡業道中唯有上品圓滿邪見能斷善根若爾何緣本論中說云何上品諸不善根謂諸不善根能斷善根者或離欲位最初所除由不善根能引邪見故邪見事推在彼根如火燒村火由賊起故世間說被賊燒村何等善根爲此所斷謂唯欲界生得善根色無色善先不成故施設足論當云何通如彼論言唯由此量是人已斷三界善根依止善根得更遠說令此相續非彼器故何緣唯斷生

得善根加行善根先已退故如說如是補特伽羅成就善法乃至廣說此中所言成善法者總說成就加行生得復言善法隱没者此言唯說加行善將斷善時最初捨故言有隨俱行善根未斷者此顯猶有生得善根彼於後時一切悉斷由此斷故名斷善根此斷善根何因何位謂有一類先成暴惡意樂隨眠後逢惡友緣力所資轉復增盛故善根減不善根增後起撥因撥果邪見令一切善皆悉隱没由此相續離善而住此因此位斷諸善根何名撥因撥果邪見謗妙惡行名爲撥因謗果異熟名爲撥果邪見有二謂自界緣及他界緣或有漏緣及無漏緣誰能斷善應言一切能斷善根九品善根爲可頓斷如見道斷見所斷耶不爾云何謂漸次斷九品邪見九品善根順逆相望漸次斷故如修道斷修所斷惑謂下下品斷上上品至上上品斷下下品故本論說云何名微俱行善根謂斷善根時最後所捨者由捨彼故名斷善根若爾彼文何理復說云何上品諸不善根謂諸不善根能斷善根者不應於此徵其理趣乘前爲問其理已成謂此乘前所斷微善即問能斷上不善根前微善根既下品攝後能斷者理上品收故於此中不勞徵難既如修道斷所斷惑理於中間遍起不起諸律儀果有從加行有從生得善心所生若從加行善心生者律儀先捨後斷善根然斷善根加行根本皆名斷善依此故說斷善根位捨諸律儀若從生得善心生者隨斷何品能生善根所生律儀爾時便捨捨能等起彼隨捨故爲在何

處能斷善根人趣三洲非在惡趣亦非天趣所以者何以惡趣中染不染慧不堅牢故以天趣中現見善惡諸業果故言三洲者除北俱盧彼無極惡阿世耶故有餘師說唯贍部洲若爾便違本論所說如本論說贍部洲人極少成八根東西洲亦爾如是斷善依何類身唯男女身志意定故有餘師說亦非女身欲勤慧等皆昧鈍故若爾便違本論所說如本論說若成女根定成八根男根亦爾爲何行者能斷善根唯見行人非愛行者諸見行者惡阿世耶極堅深故彼惡意樂推求相續故名極堅見遠隨入故名極深以極堅深故能斷善諸愛行者惡阿世耶極躁動故由斯理趣非扇搋等能斷善根又此類人如惡趣故此善根斷其體是何善斷應知非得爲體

以重邪見現在前時能令善根成就得滅不成就得相續而生此位名爲善根已斷故善斷體即是非得前巳成立非得實有善根斷巳由何復續由疑有見謂續善位或由因力或依善友有於因果欻復生疑所招後世爲無爲有有於因果欻生正見定有後世先執是邪爾時善根成就得還起不成就得滅名續善根九品善根頓續漸起如頓除病氣力漸增於現身中能續善不亦有能續除造逆人有餘師言斷見增者亦非現世能續善根依彼二人經作是說彼定於現法不能續善根彼人定從地獄將歿或即於彼將受生時能續善根非餘位故言將生位謂中有中將歿時言謂彼將死若由因力彼斷善根將死時續若由緣力彼斷善根將生時續由自他

力應知亦爾又意樂壞非加行壞斷善根者是人現世能續善根善意樂壞加行亦壞斷善根者要身壞後方續善根謂世有人撥無後世名意樂壞而不隨彼意樂所作非加行壞戒不壞見壞戒亦壞斷善根者應知亦爾非劫將壞及劫初成有斷善根壞器世間增上力故相續潤故行者不斷善根以心堅牢有所樂故斷善邪定四句差別謂補剌拏未生怨王提婆達多所餘人等如其次第應知差別斷善邪見破僧妄語當知定招無間異熟餘無間業或招無間或招所餘地獄異熟已乘義便辯斷善根今應復明本業道義所說善惡二業道中有幾並生與思俱轉

頌曰

業道思俱轉　不善一至八　善總開至十
別遮一八五

論曰於諸業道思俱轉中且不善與思從一唯至八一俱轉者謂離所餘貪等三中隨一現起若先加行所造惡業貪等餘染及不染心現在前時隨一究竟經主唯說不染汙心此言太減以慢疑等染心起時亦有由先加行所起業道成故又說加行造惡色業色言太增無色無容先加行造不染心起業道方成須簡別故後如是類例應彈斥有餘師說身三業道一一思俱轉謂殺盜邪婬理不應然邪婬必二無遣他為故必貪究竟故殺盜自為亦必二故設據遣他作應差別言謂於究竟時貪等不起又說雜穢語及貪瞋等三隨一現前名一俱轉此亦非理闕准言故如我先說於理為善二俱轉者謂行邪行若自

行殺盜雜穢語或遣他爲隨一成位貪瞋邪見隨一現前若先加行所造惡業貪等餘染及不染心現在前時隨二究竟經主於此作如是言謂瞋心時究竟殺業若起貪位成不與取或欲邪行或雜穢語此亦非理若自究竟則應於殺無勞說瞋此更無容餘究竟故於盜邪行說貪亦然說起貪時成雜穢語此言闕減容三成故若先加行於究竟時一一應言貪等隨一有餘師說於他命財起欲殺盜心令死時即取或他婬等住船等中犯邪行時盜離本處此非唯二以貪瞋中隨其所應必有一故又說虛誑離間麤惡隨起一時亦二俱轉此亦非理貪瞋等三隨其所應容有一故由此先說於理爲善三俱轉者謂先加行所造惡業貪等起時隨二究竟若遣一使作殺等一自行婬等俱時究竟若自作二如理應思若先加行所造惡業貪等餘染及不染心現在前時隨三究竟若起貪等餘染心時自成攝離間虛誑語業等使作一等如理應思有餘師言遣二使已自行邪行俱究竟時及語前三隨俱起二此亦非理婬究竟時定有貪故發語業道貪等三中容有一故設起餘心應差別故四俱轉者謂欲壞他說虛誑言或麤惡語意業道一語業道三若遣二使自行婬等若先加行所造惡業貪等起時隨三究竟如是等類准例應思有餘師言俱說四語此說非理應分別故如是五六七皆如理應思八俱轉者謂先加行作六惡業自行邪欲俱時究竟餘例應思後三不俱故無九十何緣邪欲要自究竟非如殺等遣他

亦成殺等遣他染心定故謂若遣使行殺生等定有染心遣他行婬容心無染如嫁女等又此類惑必現前故謂由此類煩惱現起自行殺等令他亦然非遣他婬惑必如自又自遠離行不應行非遣他行名自犯故謂有遠離行不應行授女與夫自非犯者若於此境自離殺生遣他殺時自名殺者曾聞菩薩將女施他便獲愛果然非梵行不善業攝若遣他犯與自作同豈容安住惡業加行能招福果或諸菩薩應犯邪行又離殺等依遮境成離行邪婬遮已身故由此非殺一切有情皆成他勝隨於一切但有行婬皆名犯重又理必爾以諸苾芻但遣殺人必成他勝雖行媒嫁而不犯重何緣遣離殺不得離殺戒但遣他殺生便得殺生罪此例非等非無殺思有遣他殺有無離殺思而遣他離殺義不同故又受持戒於自處強捨犯尸羅於他處勝故於犯戒有遣他犯名自犯若於持戒無遣他持名自持又先已說先說者何謂欲界中惡勝善劣又緣起法有種種殊不可為難且如眼識不住色中亦非住眼隨眼增損而不隨色又如從心生大顯等不隨心力成善等性而形善等差別隨心又語業聲性隨心轉彈指聲等性不隨心又他命終方成殺業他壞不壞成離間等如是於戒遣他受持無自受持若於犯戒遣他毀犯有自毀犯於中遣殺成能殺人遣他行婬不成婬者如是已說不善業道與思俱轉數有不同善業道與思總開容至十別據顯相遮一八五二俱轉者謂善五識及依無色盡無生智現在前時無散

善七此相應慧非見性故無色定俱無律儀故三俱轉者謂與正見相應意識現在前時無七色善四俱轉者謂惡無記心現在前位得近住近事勤策律儀六俱轉者謂善五識現在前時得上三戒七俱轉者謂善意識無隨轉色正見相應現在前時得上三戒或惡無記心現前時得苾芻戒九俱轉者謂善五識及依無色盡無生智現在前時得苾芻戒或靜慮攝盡無生智相應意識現在前特十俱轉者謂善意識無隨轉色正見相應現在前時得苾芻戒或餘一切有隨轉色正見相應心正起位別據顯相所遮如是通據隱顯則無所遮謂離律儀有一八五一俱轉者謂惡無記心現在前時得一支遠離五俱轉者謂善意識無隨轉色正見相應現在前時得二支等八俱轉者謂此意識現在前時得五支等善惡業道於何界趣處幾唯成就幾亦通現行頌曰

不善地獄中　麤雜瞋通二　貪邪見成就
北洲成後三　雜語通現成　餘欲十通二
善於一切處　後三通現成　無色無想天
前七唯成就　餘處通成現　除地獄北洲

論曰且於不善十業道中那落迦中三通二種謂麤惡語雜穢語瞋三種皆通現行成就苦逼相罵故有麤惡語愁歎悲叫故有雜穢語身心麤強憔戾不調由互相憎故有瞋恚貪及邪見成而不行無可愛境故現見業果故無相害法故無殺生謂彼但由業盡故死無攝財女故無盜婬以無用故無虛誑語或虛誑語令他想倒彼想常倒故無誑語彼常

離故或無用故無離間語北俱盧洲貪瞋邪見皆定成就而不現行不攝我所故身心柔輭故無惱害事故無惡意樂故唯雜穢語彼通現成由彼有時染心歌詠壽量定故無有殺生無攝財物及女人故無不與取及欲邪行無誑心故無虛誑語或無用故常和穆故無離間語言清美故無麤惡語彼人云何行非梵行謂彼男女互起染時執手相牽往詣樹下樹枝垂覆知是應行樹不垂枝兩愧而別除前地獄北俱盧洲餘欲界中十皆通二謂於欲界天鬼傍生及人三洲十惡業道皆通成現然有差別謂天鬼傍生前七業道唯有處中攝無不律儀人三洲中二種俱有雖諸天衆無有殺天而或有時殺害餘趣有餘師說天亦殺天雖天身支斷已還出斬首中截則不更生故欲天中有殺業道已說不善善業道中無貪等三於三界五趣皆通二種謂成就現行身語七支無色無想但容成就必不現行謂聖有情生無色界成就過未無漏律儀無想有情必成過未第四靜慮靜慮律儀然聖隨依何靜慮地曾起曾滅無漏尸羅生無色時成彼過去若未來世六地皆成二處皆無現起義者無色唯有四蘊性故無想有情無定心故律儀必託大種定心二處互無故不現起餘界趣處除地獄北洲七善皆通現行及成就然有差別謂鬼傍生有離律儀處中業道若於色界唯有律儀三洲欲天皆具二種善惡業道得果云何頌曰

皆能招異熟　等流增上果　此令他受苦
斷命壞威故

論曰且先分別十惡業道各招三果其三者何異熟等流增上別故謂於十種若習若修若多所作由此力故生捺落迦是異熟果從彼出已來生此間人同分中受等流果謂殺生者壽量短促不與取者資財乏匱欲邪行者妻不貞良虛誑語者多遭誹謗離間語者親友乖穆麤惡語者恒聞惡聲雜穢語者言不威肅貪者貪盛瞋者瞋增邪見者癡增上何緣邪見令癡轉增習異不應令異增長經主作是釋彼品癡增故豈不邪見相應無明非相用增依邪見故今觀此義邪見起時於有事中無行相轉壞現見事比與貪瞋相應無明彼癡增重貪瞋於有境有行相轉故或見行者由邪見力能令真智遠而更遠以癡增者邪見便增由癡轉令倒推求故邪見增者癡復轉增由見轉令障真智故由此說邪智是正智近怨以與無明為朋黨故是名業道等流果別如何短壽是殺等流人壽必應是善業果經主於此作如是釋不言人壽即殺業果但言由殺人壽量短應知殺業與人命根作障礙因令不久住此所言義極難了知若殺為因能招壽短短名自何法是殺果非壽譬如金鋋短即是金壽亦應然短豈非壽如何可說壽非殺果若謂殺業能感命災故殺為因非感壽者此中應辯何謂命災不可說言謂刀毒等力等但是災之緣故又不應說是殺等流彼是有情增上果故命災命障其義是一既說殺業作命障因應辯此中命障何謂若謂命障即壽不生此復應思為有非有若非有者果體不成非住本心人說

無爲有果若是有者此非異壽便違所說壽非殺果理應釋言不說人壽是殺異熟但應說言是殺生業近增上果謂雖人壽是善業招而由殺生增上力故令彼相續唯經少時以欲界中不善勝善有增上力能伏善故若爾何故說名等流果顯增上果中有最近故若二俱立增上果名則不顯果有近遠別若謂不然如何不善以修所斷無覆無記爲等流果與理無違是故可言即人短壽是殺生業所引等流此十所招增上果者謂外所有諸資生具由殺生故光澤尠少不與取故多遭霜雹稼穡微薄果實希小欲邪行故多諸塵埃虛誑語故多諸臭穢離間語故所居險曲麤惡語故多諸惡觸田豐荆棘墝埆鹹鹵雜穢語故時候變改貪故果少瞋故果辢由邪見故果少或無是名業道增上果別爲一殺業感地獄已復感短壽外惡果耶有餘師言即一殺業先受異熟次近增上後遠增上故有三果理實殺時能令所殺受苦命斷壞失威光令他苦故生於地獄斷他命故人中壽短先是加行果後是根本果根本近分俱名殺生由壞威光感惡外具是故殺業得三種果餘惡業道如理應思由此應准知善業道三果且於離殺若習若修若多所作由此力故生於天中受異熟果從彼歿已來生人中受極長壽近增上果即復由此感諸外具有大威光遠增上果餘善三果飜惡應說又契經說八邪支中分色業爲三謂邪語業命離邪語業邪命是何雖離彼無而別說者頌曰

貪生身語業　邪命難除故　執命資貪生
違經故非理

論曰瞋癡所生語身二業如次唯名邪語邪業從貪所生身語二業名邪語邪業亦說名邪命以難除故異二別立貪細能奪諸有情心極聰慧人猶難禁護故此對二爲極難除諸在家人邪見難斷以多妄執吉祥等故諸出家者邪命難除所有命緣皆屬他故爲於正命令殷重修故佛離前別說爲一有餘師執緣命資具貪欲所生身語二業方名邪命非餘貪生所以者何爲目戲樂作歌儛等非資命故此違經故理定不然戒蘊經中觀象鬪等世尊亦立在邪命中邪受外塵虛延命故由此非獨命資糧貪所發身語方名邪命正語業命麤此應知何緣業道中先身後語於八道支內先語後身以業道中隨麤細說道支次第據順相生故契經中言尋伺已發語

阿毗達磨順正理論卷第四十二　說一切有部

音釋

杌　五忽切樹無枝也
窣堵波　梵語也此云方墳亦云圓塚窣蘇骨切堵董五切
躭著　躭丁含切樂也著直略切黏也
倿　乃定切諂也
補特伽羅　梵語也此云數取趣伽求加切
躁　則到切不安靜也
扇搋　梵語也此云生謂生來男根不滿者搋丑皆切
彈斥　彈徒寒切劾也斥昌石切黜也
㦕戾　㦕力董切戾郎計切㦕戾性多惡不調也
乏匱　乏房法切空乏也匱求位切竭也
乖　古蛙切不和也
鋌　達鼎切金銀朴也
尠　息淺切少也
雹　蒲角切雨冰也
稼穡　稼古訝切種也穡所力切斂也
墝埆　墝丘交切埆克角切墝埆土瘠薄也
鹹鹵　鹹胡讒切鹵郎古切鹹鹵不生物之地也
辢　盧達切辛味也

阿毗達磨順正理論卷第四十三

尊者衆賢造
唐三藏法師玄奘奉詔譯

辯業品第四之十一

如前所說果有五種何等業有幾果頌曰

斷道有漏業　具足有五果　無漏業有四
謂唯除異熟　餘有漏善惡　亦四除離繫
餘無漏無記　三除前所除

論曰道能證斷及能斷惑得斷道名即無間道此道有二種謂有漏無漏有漏道業具有五果等流果者謂自地中後等若增諸相似法異熟果者謂自地中斷道所招可愛異熟離繫果者謂此道力斷惑所證擇滅無爲士用果者謂道所牽俱有解脫所修及斷言俱有者謂俱生法言解脫者謂無間生即解脫道言所修者謂未來修斷謂擇滅由道力故彼得方起增上果者有如是說謂離自性餘有爲法唯除前生有作是言斷亦應是道增上果道增上力能證彼故若爾何故毗婆沙中唯說欲界十隨眠斷爲苦法智忍離繫士用果曾不說是增上果耶非由不說便非彼果以即彼文說苦法智爲苦法智忍等流士用果皆不說是增上果故然實苦法智是彼增上果而不說者義極成故此亦應然舉士用果理則已舉增上果故非唯可生是增上果說非擇滅是心果故離此更無餘果義故即斷道中無漏道業唯有四果謂除異熟餘有漏善及不善業亦有四果謂除離繫異前斷道故說爲餘次後餘言例此應釋謂餘無漏及無記業唯有三果除前所除謂除前所

除異熟及離繫已總分別諸業有果次辯果門業有果相於中先辯善等三業頌曰
善等於善等　初有四二三　中有二三四
後二三三果
論曰最後所說皆如次言顯隨所應徧前門義且善不善無記三業一一爲因如其次第對善不善無記三法辯有果數後例應知謂初善業以善法爲四果除異熟以不善爲二果謂士用及增上以無記爲三果除等流及離繫中不善業以善法爲二果謂士用及增上以不善爲三果除異熟及離繫以無記爲四果除離繫等流果者謂見苦所斷一切不善業及見集所斷徧行不善業以欲界中身邊見品諸無記法爲等流故後無記業以善法爲二果謂士用及增上以不善爲三果除異熟及離繫等流果者謂身邊見品諸無記業以五部不善爲等流故以無記爲三果如不善已辯三性當辯三世頌曰
過於三名四　現於未亦爾　現於現二果
未於未果三
論曰過去現在未來三業一一爲因如其所應以過去等爲果別者謂過去業以三世法各爲四果除離繫現在世業以未來爲四果如前說以現在爲二果謂士用及增上未來世業以未來爲三果除等流及離繫不說後業有前果者前法定非後業果故已辯三世當辯諸地頌曰
同地有四果　異地二或三
論曰於諸地中隨何地業以同地法爲四果除離繫若是有漏以異地法爲二果謂士用

及增上若是無漏以異地法爲三果除異熟及離繫不墮界故不遮等流已辯諸地當辯學等頌曰

學於三各三　無學一三二　非學非無學有二二五果

論曰學等三業一一爲因如其次第各以三法爲果别者謂學業以學法爲三果除異熟及離繫以無學法爲三亦爾以非二爲三果除異熟及等流無學業以學法爲一果謂增上理應言二謂加等流以無學爲三果除異熟及離繫以非二爲二果謂士用及增上非二業以學法爲二果謂士用及增上以無學法爲二亦爾以非二爲五果已辯學等當辯見所斷等頌曰

見所斷業等　一一各於三　初有三四一中二四三果　後有一二四　皆如次應知

論曰見所斷等三業如次一一爲因各以三法爲果别者初見所斷業以見所斷法爲四果除離繫以修所斷法爲三果除異熟及離繫以非所斷法爲一果謂增上中修所斷業以見所斷法爲二果謂士用及增上以修所斷法爲四果除離繫以非所斷法爲三果除異熟及等流後非所斷業以見所斷法爲一果謂增上以修所斷法爲二果謂士用及增上以非所斷法爲四果除異熟皆如次者隨其所應徧上諸門略説法應爾因辯諸業應復問言如本論中所説三業謂應作業不應作業及非應作非不應作業其相云何頌曰

染業不應作　有説亦壞軌　應作業翻此俱相違第三

論曰有說染汙身語意業名不應作以從非理作意生故有餘師言諸壞軌則身語意業設是不染亦不應作由彼不合世軌則故謂諸無覆無記身業若住若行若飲食等諸有不合世俗禮儀皆說名爲壞軌身業諸有無覆無記語業壞形言時及作者等但有不合世俗禮儀皆說名爲壞軌語業等起前二是名壞軌意業此及染業名不應作應作業者與此相翻俱違前二是第三業若依世俗後亦可然若就勝義前說爲善謂唯善業名爲應作唯諸染業名不應作無覆無記身語意業名不應作非不應作然非一切不應作業皆惡行攝唯有不善是惡性故得惡行名以招愛果名爲妙行招非愛果名爲惡行有覆無記雖是不應作而非惡行攝由此所行決定不能招愛非愛果故今於此中復應思擇爲由一業但引一生爲引多生又爲一生但一業引爲多業引頌曰

一業引一生　多業能圓滿

論曰若依正理應決定說但由一業唯引一生此一生言顯衆同分以得同分方說名生若說一生由多業引或說一業能引多生如是二言於理何失且初有失謂一生中前業果終後業果起業果別故應有死生或應多生無死生理業果終起如一生故二俱有過一本有中應有衆多死生有故或應乃至無餘涅槃中間永無死及生故何緣定限一趣處中有異業果生便有生死有異業果起而無死生一業果終餘業果起理定應立有死有生又許一生定爲多種造作增長業所引

故則應決定無中夭者或應下受果而永棄彼業然先已説先説者何謂理必無時分定業所感異熟轉餘時受又理必無時分定業非造作增長必受異熟故若謂有生由定不定多種業引或復有生唯爲多種定業所引故有中夭及有盡壽此亦不然時分果業定不定受無決定故若有一類中年老年時分果業決定應受嬰孩童子少年果業不定受者彼復如何理必無容離前有後或應前位所有果業必是定受定受果故然於此中無決定理令前位業決定受果令後位業受果不定故無一生多業所引後亦有失一業引多生時分定業應成雜亂故此無雜亂如先已辯故無一業能引多生若爾何緣尊者無滅自言我憶昔於一時於殊勝福田一施食異熟從茲七返生三十三天七生人中爲轉輪聖帝最後生在大釋迦家豐足珍財多受快樂毗婆沙者已釋此言一施食爲依起多勝思願能引位别多異熟生故作如是言一施食異熟不應異熟能復感生但爲顯依一施食境起多思願所招異熟分位差别故作是言或顯初基故作是説彼由一業感一生中大貴多財及宿生智乘斯更造感餘生福如是展轉至最後身生富貴家得究竟果如有緣一迦栗沙鉢拏方便勤求息利成千倍言我本由一迦栗沙鉢拏遂至今時成大富貴是故一業唯引一生雖言一生由一業引而許圓滿由多業成譬如畫師先以一色圖其形狀後塡衆彩今於此中一色所喻爲一類業爲一刹那若喻一類違此宗理以非一

業引一生言可約一類類必多故多引一生不應理故若言一色喻一刹那非一刹那能圖形狀即所立喻於證無能今見此中喻一類業如何引業約類得成引一趣業有衆多故此言意顯一類業中唯一刹那引衆同分同類異類多刹那業能爲圓滿故説爲多故如一色先圖形狀後塡衆彩此言應理是故雖有同稟人身而於其中有具支體諸根形量色力莊嚴或有於前多缺減者爲但由業能引滿生不爾一切業一果法勢力强故亦引滿生與此相違能滿非引如是二類其體是何頌曰

二無心定得　不能引餘通

論曰二無心定雖有異熟而無勢力引衆同分以與諸業非俱有故一切不善善有漏得亦無勢力引衆同分以與諸業非一果故諸餘不善善有漏法皆容通二謂引及滿薄伽梵説重障有三謂業障煩惱障異熟障如是三障其體是何頌曰

三障無間業　及數行煩惱　幷一切惡趣北洲無想天

論曰業障體者謂五無間一者害母二者害父三者害阿羅漢四者破和合僧五者惡心出佛身血煩惱障體者謂數行煩惱下品煩惱若有數行雖欲伏除難得其便由彼展轉令上品生難可伏除故亦名障上品煩惱若不數行對治道生易得其便雖極猛利而非障攝雖住欲界具縛有情平等皆成一切煩惱而現行别爲障不同故煩惱中隨品上下但數行者名煩惱障異熟障體者謂三惡趣

全及善趣一分即北洲無想何故名障能障聖道及道資糧并離染故非唯無間是業障體所有定業能障見諦一切皆應是業障攝謂有諸業造作增長能感惡趣卵生濕生女身人天第八有等并感大梵順後受業或色無色一處二生有此皆無入見諦理何緣不說是業障收見此類中有非定故謂於如是業種類中皆有强緣可令迴轉不障聖道及道資糧故於此中雖有少業不可轉者不立爲障無間種類皆不可轉故唯於此立爲業障毗婆沙說此五因緣易見易知說爲業障謂處趣生果及補特伽羅處謂此五定以母等爲起處故趣謂此五定以地獄爲所趣故生謂此五定無間生感異熟故果謂此五決定能招非愛果故補特伽羅謂此五逆依行重感補特伽羅共了此人能害母等餘業不爾不立爲障餘障廢立如應當知此三障中煩惱最重以能發業業感果故有餘師言煩惱與業二障皆最重以有此者第二生中亦不可治故無間何義此無間業於無間生必受果故無餘生果業能隔故有說造逆補特伽羅從此命終定墮地獄中無間隔故名無間彼有無間得無間名與無間法合故名無間如與沙門合故名沙門三障應知何趣中有頌曰

三洲有無間　非餘扇搋等　少恩少羞恥
除障道五趣

論曰非一切障諸趣皆有且無間業唯人三洲非北俱盧餘趣餘界於三洲內唯女及男非扇搋等如無惡戒有說父母於彼少恩彼

於父母少羞恥故謂彼父母生不俱身愛念又微故言恩少彼於父母慚愧亦微要壞重慚愧方觸無間罪然上座言彼扇搋等若害母等亦成無間彼愚癡類作不應作業豈容秉此生覩史多天豈但有人作不應作不生彼天處即定生地獄故雖徵責而詞乖理都無思慮闇發此言又彼自徵傍生趣等亦害父母何非無間便自釋言覺慧劣故想變壞故慈愛薄故豈不此因於扇搋等亦容得有故無無間設許彼類有無間罪非上座說令少信知故我所宗於理爲善若有人害非人父母亦不成逆罪少恩羞恥故謂彼於子無如人恩子於彼無如人慚愧已辯業障唯人三洲餘障應知五趣皆有然煩惱障徧一切處若異熟障全三惡趣人唯北洲天唯無想

豈不三洲處扇搋等身非聖道器故異熟障攝無如是理以於彼生引業所牽同分相續可成男等爲聖道器唯三惡趣無想北洲決定無容證聖道義故唯於彼立異熟障有說彼處唯屬異生餘處皆容與聖者共故不說是異熟障攝於前所辯三重障中說五無間爲業障體五無間業其體是何且上座言三業爲體身業語業一一獨能招異熟果理難成故以但意業所作事重故許能感殊勝異熟此極踈悅踈悅者何汝已許思依身語轉名身語業今許意業爲無間體便應暫起欲造逆思即成無間又言意業所作事重許感殊勝異熟果者此唯妄許違自宗故謂若有思動發身語此思可說所作事重然後不可說爲意業以依身語二門轉故若思不能動

發身語彼許是意業然所作非重寧說意業所作事重若謂動發身語二思是意業思所作重事故說意業所作重者此亦非理事非重故唯思不成身語二業意業引彼事重豈成所作事重言顯動發身語故所作重非意業思若觀果思所作重故亦說意業所作重者意業前思能引意業果事重故亦應名事重如是則應有大過失又非意業與身語思因果性故共感異熟勿彼意業與彼前思亦因果故同感異熟如是則應有非愛過又彼先說證此因言身業語業獨招異熟難成故者此言何義豈與意業共招異熟即令此彼體類是同獨思離心能招異熟亦難成故則應許心是無間體或體是思又應推徵說有意業是無間者且害母者由何思力引地獄生爲思惟思爲業道思若思惟思如何於母全未有損害定引地獄生若業道思如何可說非身語業獨能感果非由思惟思彼方取果故又彼自許先思惟思後業道思先是意業後身語業前後相望時相各異無一果理如何可言身業語業獨感異熟其理難成故彼所言在聖教外然我所宗決定義者頌曰

此五無間中　四身一語業　三殺一誑語
一殺生加行

論曰五無間中四是身業一是語業三是殺生一虛誑語根本業道一是殺生業道加行以如來身不可害故破僧無間是虛誑語既是虛誑語何緣名破僧因受果名或能破故若爾僧破其體是何能所破人誰所成就頌

曰

僧破不和合　心不相應行　無覆無記性

所破僧所成

論曰僧破體是不和合性無覆無記心不相應行蘊所攝豈成無間如是僧破因誑語生故說破僧是無間果非能破者成此僧破但是所破僧衆所成此能破人何所成就破僧異熟何處幾時頌曰

能破者唯成　此虛誑語罪　無間一劫熟

隨罪增苦增

論曰能破僧人成破僧罪此破僧罪誑語爲性即僧破俱生語表無表業此必無間大地獄中經一中劫受極重苦餘逆不必生於無間然此不經一大劫者欲界無有此壽量故一中劫時亦不滿足經說天授人壽四萬歲時來生人中證獨覺菩提故然不違背壽一劫言一劫少分中立一劫名故現有一分亦立全名如言此日我有障礙或如說言賊燒村等若造多逆初一已招無間獄生餘應無果無無果失造多逆人唯一能引餘助滿故隨彼罪增苦還增劇謂由多逆感地獄中大柔輭身多猛苦具受二三四五倍重苦或無中夭受苦多時如何可言餘應無果上座於此作如是釋或於地獄死已更生若爾寧非順後受業彼於此難反詰答言若有先造餘不善業已引地獄後造無間此復云何成無間業爲有天世於中間耶豈不隨前無間即受我先已辯時分定業無轉餘位受異熟理由此不應作如是詰有說先造餘定惡業別次地獄生後不造無間有說設造唯成滿業

如造多逆先引後滿非唯能引名無間業故彼反詰於答無能然後所言爲有天世於中間者此極麤踈於感次生無用同故如爲天世善業所間隔惡業無力感次地獄生便説名爲順後受業如是地獄餘業所間無力能感次地獄生云何不如天世所隔令後造逆成順後受故對法宗所釋無失經説五逆順生受故誰於何處能破於誰破在何時經幾時破頌曰

苾芻見淨行　破異處愚夫　忍異師道時
名破不經宿

論曰能破僧者要大苾芻必非在家苾芻尼等以彼依止無威德故唯見行人非愛行者以惡意樂極堅深故於染淨品俱躁動故要住淨行方能破僧以犯戒人無威德故即由此證造餘逆後不能破僧以造餘逆及受彼果處無定故於斯且舉淨行爲初類顯端嚴語具圓等醜陋訥等無破能故要異處破非對大師以諸如來不可輕逼言詞威肅對必無能唯破異生非破聖者他不能引得證淨故有説得忍亦不可破由決定忍佛所説故爲合二義説愚夫言要所破僧忍師異佛忍異佛説有餘聖道應説僧破在如是時此夜必和不經宿住如是名曰破法輪僧能障佛法輪壞僧和合故謂由信壞邪道轉時聖道被遮暫時不轉言邪道者提婆達多妄説五事爲出離道一者不應受用乳等二者斷肉三者斷鹽四者應被不截衣服五者應居聚落邊寺衆若忍許彼所説時名破法輪亦名僧破何洲人幾破法輪僧破羯磨僧何洲人

幾頌曰

贍部洲九等　方破法輪僧　唯破羯磨僧
通三洲八等

論曰唯贍部洲人少至九或復過此能破法輪非於餘洲以無佛故要有佛處可立異師要八苾芻分爲二衆以爲所破能破第九故衆極少猶須九人等言爲名過此無限唯破羯磨通在三洲極少八人多亦無限通三洲者以有聖教及有出家弟子衆故要一界中僧分二部別作羯磨故須八人過此無遮故亦言等於何時分容有破僧破羯磨僧從結界後迄今亦有至法未滅破法輪僧除六時分何等爲六頌曰

初後皰雙前　佛滅未結界　於如是六位
無破法輪僧

論曰初謂世尊成佛未久有情有善阿世耶故惡阿世耶猶未起故後謂善逝將般涅槃聖教增廣善安住故必僧和合佛方涅槃有餘師言證法性定故衆咸憂慼故非初非後於聖教中戒見二皰若未起位亦無破僧要見皰生方敢破故未立止觀第一雙時法爾由彼速還合故佛滅後時他不信受無有眞佛爲敵對故未結界時無一界內僧分二部可名僧破於此六位無破法輪如是破僧諸佛皆有不爾要有宿破他業於此賢劫迦葉波佛時釋迦牟尼曾破他衆故具止傍論應辯逆緣頌曰

棄壞恩德田　轉形亦成逆　母謂因彼血
誤等無或有　打心出佛血　害後無學無

論曰何緣害母等成無間非餘由棄恩田壞

德田故謂害父母是棄恩田如何有恩身生本故如何棄彼謂捨彼恩德田謂餘阿羅漢等具諸勝德及能生故壞德所依故成逆罪若有父母子初生時爲殺棄於豺狼路等或於胎内方便欲殺由定業力子不命終彼有何恩棄之成逆彼定由有不活等畏於子事急起欲殺心然棄等時必懷悲愍數數緣子愛戀纏心若棄此恩下逆罪觸爲顯逆罪有下中上故説棄恩皆成逆罪或由母等田器法然設彼無恩但害其命必應無間生地獄中諸聰慧人咸作是説世尊於法了達根源作如是言但應深信父母形轉殺成逆耶逆罪亦成依止一故由如是義故有問言頗有令男離命根非父阿羅漢而爲無間罪觸不有謂母轉形與此相違問女亦爾設有女人羯刺藍墮餘女收取置產門中生子殺何成害母逆因彼血生者識託方增故第二女人但如養母雖諸所作皆應諮決而害但成無間同類上座於此作如是言若羯刺藍有命無墮若有墮者必已命終有情必無住糞穢故由無是事爲問唐捐設有如斯害後成逆棄重恩故害前不然於子重恩非關彼故上座決定於業趣中不能審知功能差別如何中有穿度金剛母腹所拘不往餘處母腹中火能銷金石而羯刺藍於中增長地獄中有現母腹中而不能燒腹及同類此亦應爾業力難思雖此腹中羯刺藍墮何妨轉至餘腹中增曾聞經中説有尊者童子迦葉如是而生既置產門吸至胎處故不可説任糞穢中或有但從口飲入腹亦由業力轉至胎處有

情業用不可思議雖無欲心而由業力有吸至腹即成胎藏後母雖有持養等恩而於子身非能生本若持養等害便成逆殺養母人應成無間故彼所立棄重恩田便有不成或不定失前母雖闕持養等恩而於子身是能生本若非持養害不成逆如何所説於子有怨子反害之應無無間故彼所立非開彼因亦有不成及不定失故唯人趣結生勝緣害成害母逆非唯持養者若於父母起殺加行誤殺餘人無無間罪於非父母起殺加行誤殺父母亦不成逆若一加行害母及餘二無表生表唯逆罪以無間業勢力强故妙音尊者作如是言於此位中亦有二表表是積集極微成故今觀彼意表有多微有逆罪收有餘罪攝有於阿羅漢無阿羅漢想亦無決定解此非阿羅漢無簡別故害成逆罪非於父母全與此同以易識知而不識者雖行殺害無棄恩心阿羅漢人無別標相既難識是亦難知非故漫心殺亦成無間若有害父父是阿羅漢得一逆罪以依止一故若爾喻説當云何通去告始欠持汝已造二逆所謂害父殺阿羅漢彼顯一逆由二緣成或以二門訶責彼罪若於佛所惡心出血一切皆得無間罪耶要以殺心方成逆罪打心出血無間則無無決定心壞福田故若殺加行位彼未成無學將死方得阿羅漢果能殺彼者有逆罪耶無於無學身無殺加行故若造無間加行不可轉爲有離染及得聖果耶頌曰

造逆定加行　無離染得果

論曰無間加行若必定成中間決無離染得

果餘惡業道加行中間若聖道生業道不起轉得相續定違彼故非已見諦者業道罪所觸無間加行爲有可轉而言若彼不可轉耶有作是言皆不可轉故本論說頗有未害生殺生未滅此業受異熟定生地獄耶曰有如作無間業加行位命終指鬘雖發欲言母心而未正興害母加行於世尊所雖有害心亦未正興害佛加行彼作是意近方下手世尊爲遮彼業障故至未生信不令得近室利毱多於薄伽梵亦不全起無所顧心以發意言世尊若是一切智者自知避故有餘師說亦有可轉本論不言無間加行皆不可轉但說加行不息死者定生地獄加行息者非彼所論然我所宗無間加行總說有二一近二遠於中近者不可轉故本論依之而興問答謂有於母起害加行纔擊無間母命未終或母力强反害其子或爲王等檢捉而殺或子壽盡自致命終本論依斯作如是說於中遠者由尚未至不可轉位容有可轉若不爾者世尊應說無間加行亦無間罪譬喻者言五無間業尚有可轉況彼加行故契經言若有一類於五無間造作增長無間必墮捺落迦中准此一類言知別有一類雖造無間不生地獄不爾一類成無用言又世尊言婆羅設解我所說義但無解能此中旣唯說不解語是決定障故知世尊說一切業皆悉可轉又世尊說旋繞制多一切皆當得生天故又世尊記提婆達多斷善根後不可治故又如煩惱障業障亦可轉如是所言皆非能立於經及理不善了故且彼所引有一類經意顯有人

具造五逆無間必墮捺落迦中或有乃至唯造一逆或有造訖多門增長或有唯造後更不增皆無間生墮於地獄且舉初故說一類言或顯有人乘無間業無間必墮捺落迦中有乘餘業故言一類不說一類便謂唯乘無間業因無間生彼婆羅經意顯造逆人不解如來所說深義業障礙故當所獲得彼異熟果增上力故觀諦善根因被損故或有悔憂所損惱故於佛所說不能深解若執經義但如其文是則極成無間不轉言無間者顯無隔故又彼天授麤解佛言何緣必生無間地獄故知此據解深說解記生天證理亦不成佛於彼經差別說故謂彼經說諸有依人旋遶制多皆生天故有方便者名有依人即是有容生天理義然譬喻者略引彼經便開有情多造惡行以許造作猛利極重諸惡行者起下善心或無記心於制多所暫時旋遶便總滅故斷善後證理亦不成唯斷善根亦可迴轉佛不應說彼不可治故知彼言更有別義謂彼天授先起惡欲由此已應墮惡趣次起加行將破僧時由此已應墮於地獄次後誑語破壞僧時由此已招無間劫壽後起邪見斷善根已定不可令現起白法故說此後必不可治非謂彼爾時方定墮地獄然於此位容有生疑提婆達多雖至此位佛何不療如未生怨爲遣彼疑陳不療意言我不見提婆達多可令現身起少白法故我棄捨不欲療治少白法言顯善悔愧此中意顯佛曉諸親天授如斯造重惡業斷諸善本都無愧心我當如何能救療彼言可療者謂可化令

生善悔心伏惡行病若未增者令其不增若有已增令漸微薄非要絕本方名療治如世良醫療病法爾煩惱障喻證亦不成我亦有許彼可轉故謂煩惱障發時定業必獲異熟皆不可轉故譬喻者不善了知經及理趣以大無義蘊在已心妄與邪辯於諸惡行無間業中何罪最重於諸妙行世善業中何最大果頌曰

破僧虛誑語　於罪中最大　感第一有思
世善中大果

論曰爲破僧故發虛誑語諸惡行中此罪最大如何此罪虛誑語收由所發言依異想故謂彼於法有法想於非法有非法想於大師有大師想於已身有非一切智想然由深固惡阿世耶隱覆此想作別異說設有不以異想破僧則不能生劫壽重罪何緣此罪惡行中最由此毀傷佛法身故障世生天解脫道故謂僧已破乃至未合力能遮遏諸異生等未入正定令不得入若已入正定令不得餘果若已得餘果令不得離染若已得離染令不證漏盡習定溫誦思等業息以要言之由僧被破大千世界法輪不轉天人龍等身心擾亂由此定招無間地獄一劫異熟非餘惡行故惡行中此罪最重若爾何故世尊或時於諸罪中說邪見重又說意業罪中最大據五無間說破僧重據五僻見說邪見重據一切業說意業大或約修見俱所斷罪如其次第說爲最重或依廣果斷諸善根害多有情如次說重感第一有異熟果思於世業中爲最大果能感最極靜異熟故約異熟果故作

是說如其通就五果說者是則應說與金剛喻定相應思能得大果謂此能得異熟果外諸有爲無爲四阿羅漢果雖諸無漏無間道思皆除異熟得餘四果然此所得最爲殊勝諸結永斷爲此果故爲簡此故說世善言爲唯無間罪定生地獄諸無間同類亦定生彼非定無間生非無間業故無間同類其相云何頌曰

汙母無學尼　殺住定菩薩　及有學聖者
奪僧和合緣　破壞窣堵波　是無間同類

論曰言同類者是相似義若有於母阿羅漢尼行非梵行爲極汙辱是名第一同類業相若有殺害住定菩薩是名害父同類業相若有殺害有學聖者是名第三同類業相若有侵奪僧和合緣是名破僧同類業相若有破壞佛窣堵波是名第五同類業相有異熟業於三時中極能爲障言三時者頌曰

將得忍不還　無學業爲障

論曰若從頂位將得忍時感惡趣業皆極爲障以忍超彼異熟地故如人將離本所居國一切債主皆極爲障若有將得不還果時欲界繫業皆極爲障若有將得無學果時色無色業皆極爲障此後二位喻說如前然於此中除順現受及順不定受異熟不定業并異熟定中非異處熟者

阿毗達磨順正理論卷第四十三　說一切有部

音釋

軌（居洧切法度也）嬰孩（嬰於盈切孩戶來切嬰孩小兒也）踈怳（踈所居切麤也怳吁往切狂也）劇（奇逆切甚也）詰（若吉切問也）炮（匹兒切）

羯剌藍（梵語也此云凝滑羯居謁切剌郎達切）指鬘（鬘莫班切）𩑶（居六切）捺落迦（梵語也此云苦具捺奴達切）療（力嶠切治也）遏（烏割切止也）債（側界切逋財也）

阿毗達磨順正理論卷第四十四

尊者衆賢造
唐三藏法師玄奘奉詔譯

辯業品第四之十二

如上所言住定菩薩爲從何位得住定名彼復於何說名爲定頌曰

從修妙相業　菩薩得定名　生善趣貴家
具男念堅故

論曰從修能感妙三十二大士夫相異熟果業菩薩方得立住定名以從此時乃至成佛常生善趣及貴家等生善趣者謂生人天由此趣中多行善故妙可稱故立善趣名於善趣内常生貴家謂婆羅門或刹帝利巨富長者大婆羅門家於貴家中根有具缺然彼菩薩恒具勝根恒受男身尚不爲女何況有受扇搋等身生生常能憶念宿命所作善事常無退屈謂於利樂一切有情一切時中一切方便心無猒倦名無退屈由無退屈故說爲堅豈不未修妙相業位菩提心不退應立住定名何故要修妙相業位菩薩方受住定位名爾時人天方共知故先時但爲諸天所知或於爾時趣等覺定先唯等覺決定非餘何相應知修妙相業頌曰

贍部男對佛　佛思思所成　餘百劫方修
各百福嚴飾

論曰菩薩要在贍部洲中方能造修引妙相業此洲覺慧最明利故唯是男子非女等身爾時已超女等位故此不應說於前頌中恒受男身義已顯故若謂先說造此業已恒受男身今說爲明初造此業亦非女等故此與

前義有差別此救非理義已成故謂先已說造此業已非女等身已顯造時亦非女等以非女等適造此業即轉形故能招善逝殊妙相業必依淨身方能引起故由先說此義已成造此業時唯現對佛謂親見佛不共色身相好端嚴種種奇特有欲引起感此類思不對如來無容起故此妙相業唯緣佛思佛是可欣順德境故感妙相業唯思所成非修所成不定界故所感異熟此所繫故非聞所成彼羸劣故亦非生得加行起故謂彼唯於三無數劫修行施等波羅蜜多圓滿身中方可得故唯是加行非生得善唯餘百劫造修非多諸佛因中法應如是唯薄迦梵釋迦牟尼精進滿時能超九劫九十一劫妙相業成是故如來告聚落主我憶九十一劫以來不見一家因施我食有少傷損唯成大利從此自性恒憶宿生故說齊斯非前不憶一一妙相百福莊嚴此中百思名爲百福謂將達一一妙相業時先起五十思淨治身器其次方起引一相業於後復起五十善思莊嚴引業令得圓滿五十思者依十業道一一業道各起五思且依最初離殺業道有五思者一離殺思二勸導思三讚美思四隨喜思五迴向思謂迴所修向解脫故乃至正見各五亦然有餘師言依十業道各起下等五品善思前後各然如熏靜慮有餘師說依十業道各起五思一加行淨二根本淨三後起淨四非尋害五念攝受復有師言一一相業各爲緣佛未曾習思具百現前而爲嚴飾百福一一其量云何有說以依三無數劫增長功德所集成

身發起如斯無對無數殊勝福德量唯佛知有說若由業增上力感輪王位王四大洲自在而轉是一福量有說若由業增上力得爲帝釋王二欲天自在而轉是一福量有說唯除近佛菩薩所餘一切有情所修富樂果業是一福量有餘師言此量太少應言世界將欲成時一切有情感大千土業增上力是一福量今薄伽梵昔菩薩時三無數劫中各供養幾佛頌曰

於三無數劫　各供養七萬　又如次供養
五六七千佛

論曰初無數劫中供養七萬五千佛次無數劫中供養七萬六千佛後無數劫中供養七萬七千佛三無數劫一一滿時及初發心各逢何佛頌曰

三無數劫滿　逆次逢勝觀　然燈寶髻佛
初釋迦牟尼

論曰言逆次者自後向前謂於第三無數劫滿所逢事佛名爲勝觀第二劫滿所逢事佛名曰然燈第一劫滿所逢事佛名爲寶髻初無數劫首逢釋迦牟尼謂我世尊初發心位逢一薄伽梵號釋迦牟尼彼佛出時正居末劫滅後正法唯住千年時我世尊爲陶師子於彼佛所起殷淨心塗以香油浴以香水設供養已發弘誓願願我當作佛一如今世尊故今如來一一同彼我釋迦菩薩於何位中何波羅蜜多修習圓滿頌曰

但由悲普施　被析身無忿　讚歎底沙佛
次無上菩提　六波羅蜜多　於如是四位
一二又一二　如次修圓滿

論曰菩薩發願初修施時未能徧於一切含識施一切物唯運悲心彼於後時慣習力故悲心轉盛能徧施與一切有情非一切物若時菩薩普於一切能捨一切但由悲心非自希求勝生差別齊此布施波羅蜜多修習圓滿有說菩薩觀諸世間匱乏資財貧苦所逼爲欲饒益亦帶悲心發願自求勝生差別以諸菩薩曾無一時不運悲心而行施故若時菩薩初析身肢雖未離欲貪而心無少忿齊此戒忍波羅蜜多修習圓滿忍圓滿者於彼有情心無忿故戒圓滿者不起害他身語業故心無忿故身語無惡故無忿時戒忍圓滿若時菩薩勇猛精進讚歎底沙便超九劫齊此精進波羅蜜多修習圓滿謂昔有佛號曰底沙彼佛有二菩薩弟子一名釋迦牟尼一名梅怛儷藥佛因觀察自所化田分明照知此二弟子能寂所化先熟非自身慈氏自身先熟非所化知已復作如是思惟速熟一身其事少易遂以方便入寶龕中結跏趺坐依殊勝定不共佛法普現在前能寂因行遇見彼佛威光赫奕特異於常欻爲淨心執持舉體一足而立經七晝夜以妙伽他讚彼佛曰

天地此界多聞室　逝宮天處十方無
丈夫牛王大沙門　尋地山林徧無等

如是讚已便超九劫於慈氏前證無上果若時菩薩處金剛座將登無上正等菩提次無上覺前住金剛喻定齊此定慧波羅蜜多修習圓滿理應此位無間方圓滿盡智時此方滿故別別能到圓德彼岸故此六名波羅蜜多契經說有三福業事一施類福業事二戒

類福業事三修類福業事此云何立福業事名頌曰

施戒修三類　各隨其所應　受福業事名
差別如業道

論曰三類皆福或業或事隨其所應如業道說謂如分別十業道中有業亦道有道非業此中有福亦業亦事有福業非事有福事非業有唯是福非業非事且施類中身語二業具福業事三種義名善故是福作故亦業是能等起身語業思轉所依門故亦名事彼等起思惟名福業思俱有法唯受福名戒類既唯身語業性故皆具受福業事名修類中慈唯名福事業之事故慈相應思以慈爲門而造作故慈俱思戒唯名福業餘俱有法唯受福名悲等准此皆應思擇有說福業顯作福義謂福加行事顯所依謂施戒修是福業之事爲成彼三起福加行故有說唯思是眞福業福業之事謂施戒修以三爲門福業轉故何法名施施招何果頌曰

由此捨名施　謂爲供爲益　身語及能發
此招大富果

論曰雖所捨物及能捨具皆可名施而於此中所立施名俱依捨具謂由此具捨事得成故捨所由是眞施體如所度境不得量名所立量名依能度具或爲角勝貯藏稱譽傳習隨他親愛親附由如是等捨事亦成然非此中正意所說爲簡彼故說爲供爲益言於已涅槃唯爲供養於餘亦爲益彼大種諸根有行施時但爲益彼具名何謂謂身語業及此能發能發謂何謂無貪俱能超此聚即身語

業及能起心幷此俱行總名施體如有頌言

若人以淨心　輟已而行施　此剎那善蘊

總立以施名

應知如是施類福業事迴向解脫亦得離繫果而且就近決定爲言但說能招大財富果依何立此大財富名以財妙廣不可奪故角勝等施毒刺所傷雖施而無大財富果言施類福者顯施爲體義如泥類器木類柱等亦見類言非顯體義如聞類智非今所許戒修類言准此應釋爲何所益而行施耶頌曰

爲益自他俱　不爲二行施

論曰施主施時觀於二益一爲自益感果善根二爲益他諸根大種施主有二一有煩惱二無煩惱有煩惱者復有二種一未離欲貪二已離欲貪於此二中各有二種一諸聖者二諸異生此中未離欲貪聖者及已未離欲貪異生奉施制多唯爲自益謂自增長二種善根一者能招大富爲果二者爲得上義資糧諸有已離欲貪聖者奉施制多除順現受不招大富由彼已能畢竟超彼異熟地故而容爲得上義資糧是故亦名唯爲自益非此能益他根大種故不益他無煩惱者施他有情唯爲益他謂能益他諸根大種非自增長二種善根故非自益有煩惱者施他有情爲二俱益無煩惱者奉施制多除順現受不爲二益有師唯約施招大富分別施果彼作是說此中一切未離欲貪及離欲貪諸異生類持已所有奉施制多此施名爲唯爲自益非彼由此有獲益故若諸聖者已離欲貪施諸有情除順現受此施名曰唯爲益他以彼由

此獲饒益故非爲自益超果地故若彼一切未離貪欲及離欲貪諸異生類持巳所有施諸有情此施名爲爲二俱益若彼聖者巳離欲貪奉施制多除順現受此施名曰不爲益二以此唯爲供養報恩前巳總明施招大富今次當辯施果別因頌曰

由主財田異　故施果差別

論曰施有差別由三種因謂主財田有差別故施差別故果有差別言主財田有差別者謂如是類施主財田勝劣與餘主財田異具由施主有差別者頌曰

主異由信等　行敬重等施　得尊重廣愛
應時難奪果

論曰或有施主於因果中得決定信或有施主於因果中心懷猶豫或有施主率爾隨欲或有施主具淨尸羅或少虧違或全無戒或有施主於佛教法具足多聞或有少聞或無聞等而行惠施由施主具信戒聞等差別功德故名主異由主異故施成差別由施差別得果有異諸有施主具如是德能如法行敬重等四施如次便得尊重等四果謂若施主行敬重施便感常爲他所尊重若自手施便能感得於廣大財愛樂受用若應時施感應時財所須應時非餘時故若無損他施便感資財不爲王火等之所侵壞由所施財有差別者頌曰

財異由色等　得妙色好名　衆愛柔輭身
有隨時樂觸

論曰由所施財或闕或具色香味觸如次便得或闕或具妙色等果謂所施財色具足故

便感妙色香具足故便感好名如香芬馥徧諸方故味具足故便感衆愛如味美妙衆所愛故觸具足故感柔輭身及有隨時生樂受觸若有所闕隨應果減如是亦由具色香等故名財異由財異故施體及果皆有差別由所施田有差別者頌曰

田異由趣苦　恩德有差別

論曰由所施田趣苦恩德名有差別故名田異由田異故施果有殊由趣別者如世尊說若施傍生受百倍果施犯戒人受千倍果施持戒人百倍千倍果量如何隨所施田由受食等令其壽等增爾所量施主由斯於人天中壽等過彼百倍千倍故世尊說施主施時施所施田壽等五事施主由此於人天中還當獲得壽等五果由等別者如七有依福業事中先說應施客行病侍園林常食及寒風等隨時衣藥復說若有具足淨信男子女人成此所說七種有依福業事者所獲福德不可取量今於此中由緣差別故苦有異由除受者差別苦故果有差別由恩別者如父母師及餘有恩如熊鹿等本生經說諸有恩類於有恩所起諸惡業果現可知由此比知行報恩善其果必定由德別者如契經言施持戒人果百千倍乃至施佛果最無量雖皆無量亦有少多如殑伽河大海水滴如望財施法施爲尊就財施中何爲最勝頌曰

脫於脫菩薩　第八施最勝

論曰若已解脫者施已解脫田於財施中此最爲勝若諸菩薩以勝意樂等欲利樂一切有情爲大菩提而行惠施雖非解脫施解脫

田而施福中此最爲勝除此更有八種施中
第八施福亦最爲勝八施者何一隨至施二
怖畏施三報恩施四求報施五習先施六希
天施七要名施八爲莊嚴心爲資助心爲資
瑜伽爲得上義而行惠施隨至施者謂隨有
情投造已來隨宜施與衣服飲食非深敬重
怖畏施者謂覩災厄爲令靜息而行惠施或
見此物壞相現前寧施不亡故行惠施習先
施者謂習先人父祖家法而行惠施爲嚴心
者謂爲引發信等聖財故行惠施資財心者
謂欲滅除諸慳悋垢而行惠施資瑜伽者謂
求定樂展轉生因而行惠施謂由施故便得
無悔展轉乃至心一境性得上義者謂得涅
槃由初捨財乃至展轉一切生死皆能捨故
又行惠施是勝生因依此能引發證涅槃法
故餘施易了故不別釋如世尊說施聖果無
量頗施非聖果亦無量耶頌曰
父母病法師　最後生菩薩　設非證聖者
施果亦無量
論曰如是五種設是異生施者亦能招無量
果住最後有名最後生法師四田中是何田
所攝是恩田攝所以者何以說法師能示將
墮諸惡趣者安隱城門開示生天解脫道故
能令已作非理行者轉於如理所作中行能
善宣揚黑白品法自性及果對治等故能施
無智盲者慧眼由說法師所說教力無倒觀
察染淨品故以要說者善說法師乃至能爲
佛所作事故唯此是勝義恩田施者必應招
無量果一切能感無量果業上下品類皆平
等耶不爾云何由六因故令一切業成輕重

品其六者何頌曰
後起田根本　加行思意樂　由此下上故
業成下上品
論曰後起者謂作此業已或煩或數隨前而作田謂於彼造善造惡根本者謂根本業道加行者謂引彼身語思謂由彼業道究竟意樂者謂所有意趣我應當造如是如是若有六因皆是上品此業最重翻此最輕除此中間非最輕重謂或有業唯由後分所攝受故得成重品定安立彼異熟果故乃至或有唯由意樂由二三等如理應知如契經言審思作業名爲造作亦名增長何因說業名增長耶由五種因何等爲五頌曰
由審思圓滿　無惡作對治　有伴異熟故
此業名增長
論曰由審思故者謂審思而作非率爾思作亦非全不思由圓滿故者謂齊此量業應墮惡趣此業圓滿名爲增長餘唯造作如有一類於惡行中由一爲因便墮惡趣或有一類乃至由三十業道中或有由一或乃至十方墮惡趣由無惡作對治故者謂無追悔無對治業由有伴故者謂作不善業不善爲助伴如盜他財復汙他室殺他子等由異熟故者謂時不定業定與異熟善上相違異此應知唯名造作如上所說未離欲等奉施制多唯爲自益旣無受用者施福如何成頌曰
制多捨類福　如慈等無受
論曰非我唯許所捨財物受者受用施福方成所許者何謂諸施福略有二類一捨二受捨類福者謂由善心但捨資財施福便起受

類福者謂所施田受用施物施福方起於制多所奉施供具雖無受類有捨類福然捨類福初捨資財此福即成對治貪故無貪俱思所等起故捨資財已隨所施田受用或不施福無失若不爾者有施僧伽或別人等諸資生具或彼未用物便壞失如是施主物應唐捐施福不生無當果故彼既未用福由何生用福雖無而有受福制多無受福由何生復何因證知福生要由受不受於彼無攝益故此非定證所以者何如修慈等福亦生故謂修慈定於諸有情平等發起與樂意樂雖無受者亦無攝益而勝解力有多福生修慈等定得福亦爾施制多福類亦應然於有福田追生勝解起極尊敬奉施制多雖無受者亦無攝益由自心力有多福生然不唐捐起施敬業要因起業方起勝思勝思方能生勝福故如有一類欲害怨家怨命雖終猶懷怨想發起種種惡身語業生多非福非但起心如是大師雖已過去追伸敬養起身語業方生多福非但起心有設難言於善田所植施業種既受果生植在惡田果應非愛此難非理所以者何頌曰

惡田有愛果　果種無倒故

論曰現見田中種果無倒從末度迦種苦果終不生頡婆種中不生甘果非由田力種果有倒然由田過令所植種或生果少或果全無如是雖於惡田植施而由施主利樂他心唯愛果生不招非愛已辯施類戒類當辯頌曰

離犯戒及遮　名戒各有二　非犯戒因壞

依治滅淨等

論曰言犯戒者謂諸不善色即從殺生乃至雜穢語此中性罪立犯戒名遮謂佛所遮即非時食等雖非性罪而佛爲護正法有情別意遮止受戒者犯亦名犯戒簡性罪故但立遮名離性及遮俱說名戒此各有二謂表無表以身語業爲自性故戒具四德得清淨名隨有所減不名清淨言四德者一者不爲犯戒所壞言犯戒者謂審思犯二者不爲彼因所壞彼因謂貪等煩惱隨煩惱三者依治謂依念住等此能對治犯戒及因故四者依滅謂依涅槃迴向涅槃非有財故等言爲顯復有異說有說戒淨由五種因一根本淨二眷屬淨三非尋害四念攝受五迴向寂有餘師說戒有四種一怖畏戒謂怖不活惡名治罰惡趣畏故受護尸羅二希望戒謂貪諸有勝位多財恭敬稱譽受持淨戒三順覺支戒謂爲求解脫及止觀故受持淨戒四清淨戒謂無漏戒彼能永離業惑垢故已辯戒類修類當辯頌曰

等引善名修　極能熏心故

論曰等引善者謂於定中等持自性及彼俱有即此名修極熏心故修是熏義如花熏麻謂諸定善於心相續極能熏習令成德類非不定善故獨名修前辯施福能招大富戒修二類所感云何頌曰

戒修勝如次　感生天解脫

論曰戒感生天修感解脫勝言爲顯就勝爲言謂施亦能感生天果就勝說戒持戒亦能感離繫果就勝說修如是戒修亦感大富就

勝說施准例應知經說四人能生梵福一爲供養如來馱都建窣堵波於未曾處二爲供養四方僧伽造寺施園四事供給三佛弟子破已能和四於有情普修慈等如是梵福其量云何頌曰

感劫生天等　爲一梵福量

論曰有餘師說隨福能感一劫生天受諸快樂齊是名曰一梵福量由彼所感受快樂時同梵輔天一劫壽故以於餘部有伽他言

有信正見人　修十勝行者　便爲生梵福感劫天樂故

已離欲者修四無量生上界天受劫壽樂若未離欲建窣堵波造寺和僧能勤修習慈等加行彼亦如修無量根本感劫天樂豈不前說欲界無有善業能招一劫異熟無一善業猶如不善唯一刹那能招劫壽依如是理故作是說然於一事發起多思次第能招劫量天樂謂於彼死復於中生故劫樂言無違前失有餘師說此如所辯妙相業中所說福量謂說唯除最後有菩薩所餘一切有情所修感富樂果業是一福量等契經說施略有二種一者財施二者法施財施已辯法於云何頌曰

法施謂如實　無染辯經等

論曰若能如實爲諸有情以無染心辯契經等令生正解名爲法施說如實言顯法施主於契經等解無顛倒說無染言顯法施主不希利養恭敬名譽不爾便爲自他俱損契經等者等餘十一即顯契經乃至論議言契經者謂能總攝容納隨順世俗勝義堅實理言

如是契經是佛所說或佛弟子佛許故說言應頌者謂以勝妙緝句言詞隨述讚前契經所說有說亦是不了義經言記別者謂隨餘問酬答辯析如波羅衍拏等中辯或諸所有辯曾當現真實義言皆名記別有說是佛說了義經言諷頌者謂以勝妙緝句言詞非隨述前而爲讚詠或二三四五六句等言自說者謂不因請世尊欲令正法久住覩希奇事悅意自說妙辯等流如說此那伽由彼那伽等言緣起者謂說一切起說所由多是調伏相應論道彼由緣起之所顯故言譬喻者爲令曉悟所說義宗廣引多門比例開示如長喻等契經所說有說此是除諸菩薩說餘本行能有所證示所化言本事者謂說自昔展轉傳來不顯說人談所說事言本生者謂

說菩薩本所行行或依過去事起諸言論即由過去事言論究竟是名本事如曼馱多經若依現在事起諸言論要由過去事言論究竟是名本生如邏剎私經言方廣者謂以正理廣辯諸法以一切法性相衆多非廣言詞不能辯故亦名廣破由此廣言能破極堅無智闇故或名無比由此廣言理趣幽博餘無比故有說此廣辯大菩提資粮言希法者謂於此中唯說希奇出世間法由此能正顯三乘希有故有餘師說辯三寶言世所罕聞故名希法言論議者謂於上說諸分義中無倒顯示釋難決擇有說於經所說深義已見真者或餘智人隨理辯釋亦名論議即此名曰摩怛理迦釋餘經義時此爲本母故此又名爲阿毗達磨以能現對諸法相故無倒顯示

諸法相故如是所説十二分教略説應知三藏所攝言三藏者一素怛纜藏二毗柰耶藏三阿毗達磨藏如是三藏差别云何未種善根未欣勝義令種欣故爲説契經已種已欣令熟相續作所作故爲説調伏已熟已作令悟解脱正方便故爲説對法或以廣略清妙文詞綴緝雜染及清淨法令易解了名爲契經宣説修行尸羅軌則淨命方便名爲調伏善能顯示諸契經中深義趣言名爲對法或依增上心戒慧學所與論道如其次第名爲契經調伏對法或素怛纜藏是力等流以諸經中所説義理畢竟無有能屈伏故毗柰耶藏是大悲等流辯説尸羅濟惡趣故阿毗達磨藏是無畏等流眞法相中能善安立問答決擇無所畏故如是等類三藏不同毗婆沙中已廣分別前已別釋三福業事今釋經中順三分善頌曰

順福順解脱　順決擇分三　感愛果涅槃
聖道善如次

論曰順福分善謂感世間人天等中愛果種子由此力故能感世間高族大宗大富妙色輪王帝釋魔王梵王如是等類諸可愛果順解脱分善謂安立解脱善阿世耶令無傾動由此決定當般涅槃辯此善根自性地等應知如辯賢聖處説順決擇分善謂煖等四此亦如後辯賢聖處説如世間所説書印算文數此五自體云何應知頌曰

諸如理所起　三業并能發　如次爲書印
算文數自體

論曰如理起者正加行生三業應知即身語

意能發即是能起此三如其所應受想等法此中書印以前身業及彼能發五蘊爲體非諸字像即名爲書所雕印文即名爲印然由業造字像印文應知名爲此中書印次算及文以前語業及彼能發五蘊爲體後數應知以前意業及彼能發四蘊爲體但由意思能數法故應辯聖教諸法相中少分異名令不迷謬頌曰

善無漏名妙　染有罪覆劣　善有爲應習解脫名無上

論曰善無漏法亦名爲妙勝染無記及有漏法故唯此法獨受妙名諸染汙法亦名有罪是諸智者所訶猒故亦名有覆以能覆障解脫道故亦名爲劣極鄙穢故應棄捨故准此妙劣餘中已成故頌不辯即有漏善無覆無記總名爲中諸有爲善亦名應習餘非應習義准已成何故無爲不名應習以不可說在相續中數習令增及無果故謂若有法於相續中可數令生習令增長如聖道等可名應習無爲不爾故不立應習名然勸以涅槃置在心中者教有情類令趣涅槃勸令數現起緣涅槃善智故作是言非謂應習又爲果故習無爲無果故不善無記非應習者以彼體非昇進法故解脫涅槃亦名無上以無一法能勝涅槃是善是常超衆法故涅槃是善何理應知以契經言極安隱故又說安隱是善義故餘法有上義准已成即一切有爲虛空非擇滅

阿毗達磨順正理論卷第四十四　說一切有部

音釋

羸劣（羸力追切瘦也劣力輟切弱也）析（先擊切與析同）忿（數粉切怒也）慣（古患切習也）怛（當割切）儷（郎計切）龕（口含切室也）赫奕（赫呼格切奕羊益切赫奕明盛貌）欻（許勿切忽也）貯（直呂切積也）芬馥（芬撫文切馥房六切香氣也）殑伽（梵語也此云天堂來河名殑其唛切伽求加切）唐捐（捐與專切唐捐徒棄也）僨婆（僨女禁切）馱（徒河切）邏（郎可切）素怛纜（梵語也此云契經怛當割切纜音濫）綴緝（綴陟衛切聯也緝七入切續也）雕（都聊切刻也）

阿毗達磨順正理論卷第四十五

尊者眾賢造

唐三藏法師玄奘奉詔譯

辯隨眠品第五之一

廣辯諸業幷決擇已諸契經中說感有處皆言諸業能爲引因然見世間有離染者雖亦造善身語意業而無功能招後有果故於感有業應非因業獨爲因非我所許要隨眠助方有感能非離隨眠業獨能感故緣起教初說隨眠此復何因隨眠有幾頌曰

隨眠諸有本　此差別有六　謂貪瞋亦慢
無明見及疑

論曰由此隨眠是諸有本故業離此無感有能何故隨眠能爲有本諸煩惱現起爲十六事故一堅固根本令得堅牢對治遠故煩惱根本謂煩惱得二生依麤重能辯所依中無堪任性故三建立相續能數令餘連續起故四修治自田令所依止順彼住故五憎背功德性相能違諸功德故六爲猒訶本發智所猒訶身語意業故七引毒等流能引如自隨煩惱故八擁解脫路棄背親近正說者故九能發業有發起能招後有業故十攝自資粮能數數攝起非理作意故十一迷於所緣能害自身正覺慧故十二植眾苦種能生一切生死苦故十三將導識流於後有所緣能引發識故十四違越善品令諸善法皆退失故十五廣繫縛義令不能越自界自地以能長養染汙界故十六攝世非愛諸增上果因此外物皆衰變故由是隨眠能爲有本故業因此有感有能雖離染者亦造善業而無勢力

能招後有是故智者應勤精進思擇隨眠速令除滅以何門義思擇隨眠謂觀隨眠此見所斷此修所斷此唯一部此二此四此通五部此是徧行此非徧行此自界徧此他界徧此有漏緣此無漏緣此有爲緣此無爲緣此云何起云何隨增此由徧知所緣故斷此由斷滅所緣故斷此由永害助伴故斷此由清淨相續故斷此與彼相應此與彼不相應此斷已可退此斷已不可退此有非愛異熟此全無異熟此是彼等無間此是彼所緣此因所緣斷此因所緣不斷此體雖已斷而所緣故縛此於定地無容得有此非世間治道所滅此唯意識身此通六識身此能等起身語二業此能斷善根此能續善根此是見性此非見性此唯九品斷此唯一品斷此一品斷或九品斷此由彼故成就此由彼故不成就此由彼故相應此由彼故不相應此於彼位容有現行此雖未斷而不現行此唯在欲界斷此亦在上界斷有成就此果有不成就此果此同對治此別對治以如是等衆多義門應善思擇諸隨眠相如是善知隨眠相已方能決定除滅隨眠亦能爲他無倒顯說自他相續善品災生能速了知遣除方便是故若欲利樂自他應於隨眠如是思擇隨眠差別略有六種謂貪瞋慢無明見疑經主於此作如是釋頌說亦言意顯慢等亦由貪力於境隨增謂契經言因愛生恚如瞋由貪力於境隨增慢等亦由貪故復言亦此釋無理非文意故謂此本爲標數列名不明此因彼於境隨增義今詳亦字爲滿句言若必欲令此有

別義更爲方便作無過釋謂瞋如貪雖有多類而可總說爲一隨眠慢等亦然故復言亦或此爲顯如貪與瞋行相不同是故別立如是慢等行相雖同餘義有殊故亦別立及聲爲顯釋據相違或顯總攝隨眠類盡若諸隨眠數唯有六何緣經說有七隨眠頌曰

六由貪異七　有貪上二界　於內門轉故
爲遮解脫想

論曰即前所說六隨眠中分貪爲二故經說七何等爲七一欲貪隨眠二瞋隨眠三有貪隨眠四慢隨眠五無明隨眠六見隨眠七疑隨眠欲貪隨眠依何義釋爲欲貪體即是隨眠爲是欲貪之隨眠義於餘六義徵問亦爾經主於此作是釋言此是欲貪之隨眠義然隨眠體非心相應非不相應無別物故煩惱睡位說名隨眠於覺位中即名經纏故何名爲睡謂不現行種子隨逐何名爲覺謂諸煩惱現起纏心何等名爲煩惱種子謂自體上差別功能從煩惱生能生煩惱如念種子是證智生能生當念功能差別又如芽等有前果生能生後果功能差別今詳彼釋於理不然自許隨眠離諸煩惱無別物故不染汙法爲煩惱體理不成故不可說爲睡隨眠體故無少物名睡隨眠又若隨眠是煩惱種離諸煩惱無別有物則不應說謂自體上差別功能從煩惱生能生煩惱名煩惱種又彼所執煩惱功能若是煩惱以生爲性則不可說此睡煩惱離覺煩惱無別有物若非煩惱以生爲性如是生性豈非別物又不應說煩惱睡位說名隨眠若此功能即是煩惱亦非煩惱

如是言義曾所未聞若此功能非煩惱性亦非餘性而說是生此極希有無體而許是現在故非無體法可得說言從煩惱生能生煩惱又彼所立宗因相違所以者何謂彼所說然隨眠體非心相應非不相應無別物故今應責彼無別物言爲離覺時諸纏自體爲離睡位所依自體爲離異二第三聚法無別物耶然皆非理彼法非此品類性故又此離彼無別體故又離相應不相應外應別有一違二法生然此第三必不可得故彼所說但有虛言又彼初言然隨眠體非心相應非不相應此言誠實都無體故後不應說差別功能從煩惱生能生煩惱以無體法非因果故又彼此中據何別理唯執煩惱不現行位種子隨逐說名隨眠非餘法種亦立斯號如彼所執亦有心等差別功能從心等生能生心等名爲種子何不亦說心等隨眠上座此中立多因證謂隨眠者是諸有情相續所持煩惱類故不由功力恒隨逐故由徧知彼息衆苦故觀彼速能依對治故智者恒觀爲病性故如是所立皆非證因許有情身中具五蘊類故或曰彼許有業類故心等功能不由功力亦恒隨故契經中言徧知諸法息衆苦故若觀現行纏過失者彼最能速依對治故經言有智應常觀察五種取蘊爲病性故誰有鑒者於彼所立證隨眠因心能生喜又隨眠體於自相續既恒隨逐何非現行以現行名目現在故由此經主惡立隨眠又所立喻如念種子是證智生能生當念功能差別亦不相似以我宗言念種子者即於證智後初重緣

實念從先證智俱起念生能生後時憶智俱念此顯即念前後相引爲能赴感差別功能彼自體俱生無別實煩惱從前纏起能生後纏可名隨眠煩惱種子故喻於法相去極遥由此應知彼第二喻於所況法亦無證能謂芽等中有實色等從前果位實色等生生後果時實色等法彼宗所立煩惱隨眠差別功能無如是事又無芽等同類相續因果俱時有自體中煩惱種子與纏俱義則不應計於自體中煩惱功能從前已滅諸煩惱起猶如芽等從前果生功能差別如斯乃是食米齋宗豈得引來摸託聖旨惡說法者妄所執故況經主論劣甚彼宗謂彼宗中許有別法說名爲行是智果因然經主宗無別實物名爲種子如何說是煩惱果因故爲甚劣上座於此謂佛世尊自說諸纏與隨眠異謂諸煩惱現起名纏以能現前縛相續故煩惱隨界說名隨眠因性恒隨而眠伏故以契經說幼稚童子嬰孩眠病雖無染欲而有欲貪隨眠隨增此唯說有諸隨眠性又說一類於多時中爲欲貪纏纏心而住此文唯說有煩惱纏又說一類非於多時爲欲貪纏纏心而住設心暫爾起欲貪纏尋如實知出離方便彼由此故於欲貪纏能正遣除并隨眠斷此文通說纏及隨眠由此故知現起煩惱煩惱隨界名纏隨眠若隨眠聲目煩惱得此不應理曾無記故又已除遣別有得故如是隨眠以何爲體若彼隨眠以彼爲體是隨彼法功能性故或此通用四蘊爲體功能隨逐心心所故此相應性亦不相應如諸心所然其自體不可

說故而不記別遣此多同破經主義再詳仍有麤過未除且彼敘前宗隨眠聲目得便作是斥此不應理復辯因言曾無記故又已除遣別有得故此因無能隨界同故謂曾無處說隨界名隨眠不說雖同而許得理勝以契經說幷隨眠斷故非無實體法可與有俱斷由此已遣已遣得言離得說何爲隨眠性而說遣纏位幷隨眠斷耶非經部師能定顯示此隨眠性是有可斷又非隨眠體有說隨眠聲故隨眠聲目得無失謂佛但說有七隨眠而隨眠聲有處說色如契經說有色隨眠若覺若思便隨增故如是隨眠得雖非隨眠而說隨眠聲理亦爲善又彼所釋前後相違許貪等言說隨眠故謂彼先釋貪等非隨眠後釋經言隨眠即貪等又審思擇上座所宗纏與隨眠斷俱非理是故應捨隨眠異纏俱非理因如後當辯今引違彼前所引經謂有纏言汝今何故喬答摩所修梵行耶爲求斷故求斷何法斷貪瞋癡及三結等此中不別說斷隨眠上座此中作如是釋此中貪等即是隨眠豈不前言幷隨眠者是隨眠得非因隨眠不爾二經應相違害曾無說故已顯非理非經部宗纏有斷義心相應故去來無故非隨眠斷故纏後不生名斷經說幷斷言顯二俱時斷故又此經說纏勝隨眠先說遣纏幷隨眠故不爾應說隨眠幷纏若斷隨眠纏方斷者則隨眠勝理應先說又隨眠未斷纏容有不生故非不生即名爲斷或纏不生位即得斷名非隨眠斷故纏方名斷或應隨眠斷纏方不生非於未斷時有不生理彼隨眠體

亦無斷義無別物故如空華等又彼所說若彼隨眠以彼爲體是隨彼法功能性故此亦非善若欲貪纏所引隨眠即欲貪者學心應與欲貪體一與彼隨眠無別體故學心是學諸欲貪纏非學無學如何可說若彼隨眠以彼爲體又隨眠位諸欲貪纏已滅無體如何可說有欲貪隨眠以欲貪爲體故彼所說有言無義又彼所言或此通用四蘊爲體功能隨逐心心所故亦不應理欲貪隨眠體無差別執差別法以爲自體非觀理者生喜處故又受想識欲貪所隨即說名爲欲貪自體亦非鑒者生喜處故又彼所說此相應性亦不相應如諸心所彼言如有不識槃豆時縛迦花拘枳羅鳥有作是問拘枳羅鳥其色如何答言鮮白正似槃豆時縛迦花曽無處說亦

無理證諸心所體是不相應寧說隨眠如諸心所是相應性亦不相應若作是言心所自體異類行相則不相應所許隨眠與隨眠體異類行相既得相應則不應言諸隨眠體如諸心所亦不相應又不應許諸心所法有不相應非待相應方建立有不相應故又彼所言隨眠自體不可說故而不記別誠如所言彼宗隨眠猶如馬角不可說故以要言之彼宗所執多分無有實體可記欲於佛教求正解者不應習近如是論師以聰慧人習彼論者所有覺慧皆漸昧劣彼論所說多不定故前後義文互相違故不任詰故越聖教故對法諸師咸作是說欲貪等體即是隨眠如契經言若觸樂受便生歡悅慶慰耽著堅執而住即於樂受有貪隨眠此中隨眠聲即說歡

恍等經主此中作如是釋經但說有不言爾時即有隨眠何所違害於何時有於彼睡時或假於因立隨眠想此釋非理爾時隨眠說現有聲理不成故謂非正起貪纏刹那有貪隨眠可說現有即於樂受有貪隨眠言顯樂受中現有隨眠故又有隨眠自體應不可知故謂經所說有隨眠聲若有性俱若即有性於無體法理俱不成無非有俱及有性故又經但說有隨眠言寧知非爾時於餘時方有有謂有體是現有義如契經說於諸欲中若有欲貪心被縛住乃至廣說又如經說有諸有情於可愛境有欲有貪乃至廣說豈亦執此有及縛言非於爾時餘時有縛又如經說此無故彼無豈亦可言是餘時無義故經主釋定爲非理由此已遣於因假立謂經但說

有隨眠言寧知說因非隨眠體又隨眠體爾時無故不應於有立非有名故知隨眠即欲貪等於自相續隨增眠故然我今釋大母經中欲貪隨眠即欲貪體非此意辯諸隨眠得欲貪隨眠所隨增者是隨縛義如何隨縛非由自體由起得故如强怨敵雖住遠方容遣使隨伺求瑕隙故本論釋總隨眠名謂恒隨行及恒隨縛此說起得非顯得體又即後經言幷隨眠斷者顯欲貪纏無餘盡義謂斷八品修所斷時一品隨眠猶能隨縛爲顯體斷說正遣除幷隨眠斷言顯隨縛皆盡如契經說於此所生無量種類惡不善法無餘永滅幷隨縛斷此意亦顯幷隨眠滅是故隨眠即欲貪等非隨界等其理善成分別論師作如是說諸隨眠體是不相應不覺不思有隨眠

故謂契經說不覺不思亦爲隨眠隨增隨縛又道煩惱應俱時故謂聖道起與心相應若斷與心相應煩惱則應聖道有煩惱俱又應非無學亦無煩惱故謂執隨眠心相應者異生有學善無記心現在前時應無煩惱然非所許故知隨眠是不相應行蘊所攝此可破經部非預我宗我宗許去來有實體故謂雖現在不覺不思而爲去來覺思所引諸隨眠體與心相應實相隨眠隨增隨縛乃至未斷覺思等前於相續中恒現起得隨增隨縛曾無間斷由此亦無道惑俱失亦無非無學有無煩惱過以煩惱得非煩惱故由此去來煩惱縛故如汝宗聖者現起煩惱時無煩惱道俱及成異生過我宗有學起聖道時無道煩惱俱及無煩惱失又何用執此不相應以能爲因生諸纏故此不應理曾無說故佛說煩惱但以無明根不律儀非理作意邪分別等爲因故生不說隨眠爲因故起然分別論及經部師妄執隨眠爲纏因性又此所計有大過失謂若隨眠爲纏因故執隨眠體是不相應經說無明因謂非理作意此非理作意應是不相應此不許然彼云何爾又隨眠體若許相應可能爲纏隨眠因性非餘妄計不相應者以契經說諸有苾芻於彼彼事中若多起尋伺由此由此心便沉著又如是理世現可知以下欲貪先數現起後便數起上品欲貪又若隨眠非相應性唯此能作貪等纏因未離欲貪諸有情類若遇境界纏起應同以現生因無差別故既不許爾故執隨眠與纏爲因定爲橫計然隨眠體定是相應以經說

隨眠爲歡悅等故謂前所引契經中說若觸樂受生歡悅等即於樂受有貪隨眠非不相應名歡悅等又經說隨眠映蔽心等故謂契經說貪映蔽心由此便能行身語意惡行若隨眠體是不相應應一切時造諸惡行又契經說心受貪染若隨眠體是不相應應不染心或應恒染若謂所引皆是諸纏此中並無隨眠聲故如何不謂皆是隨眠以於此中無纏聲故又彼所釋違害自宗若無隨眠聲即執爲纏者如契經說無明爲因生貪瞋癡亦應執纏爲因生纏非隨眠力是則違害先所立宗隨眠爲因生諸纏義又隨眠體若不相應彼與善心爲相違不若相違者則諸善心應畢竟不生隨眠恒有故不相違者則諸隨眠應不染惱心然經說染惱如契經說貪染惱心令不解脫無明染慧令不清淨若謂貪染惱非貪隨眠以何理爲因證知如是如貪染爲性能染惱心如是貪隨眠亦染爲性如何不說能染惱心又如愛結體即是愛能染惱心應貪隨眠體即是貪亦能染惱或彼應辯差別因緣由何愛結是相應性貪隨眠體是不相應佛觀有情意樂差別於諸煩惱立種種名如一欲貪說名欲漏欲取欲扼欲貪隨眠欲瀑流貪欲蓋愛結等種種名於一欲貪差別名內若隨眠體是不相應執是欲貪之隨眠者則欲漏等應不相應亦應執爲欲之漏等若欲漏等非不相應應許隨眠是相應法等是欲貪名差別故由此理證欲貪隨眠體即欲貪能爲染惱以契經說貪染惱心令不解脫故不可執隨眠恒有是不相應以

諸善心容有起位故隨眠體定是相應經主此中先叙尊者法勝所說以諸隨眠染惱心故覆障心故能違善故非不相應後即斥言此皆非證許隨眠體是不相應不許隨眠爲上三事但許三事是纒所爲此都未詳彼大德意彼大德意如我先辯若謂隨眠如煩惱得體雖恒有不障善心此亦不然隨眠煩惱差別名體曽無說故且分别論執隨眠體是不相應可少有用彼宗非撥過去未來勿煩惱生無有因故然犢子部信有去來執有隨眠非相應法如是所執極爲無用如彼論言諸欲貪纒一切皆是欲貪隨眠有貪欲隨眠非欲貪纒謂不相應行欲貪隨眠何縁彼部作如是執以經論文俱可得故釋彼一切皆如前說若但如文而取義者如契經說有色

隨眠此文亦應不别觀察解釋理趣如文而取則隨眠體非唯可執通相應及不相應亦應執通有色無色有見無見等種種差别門又彼何縁憎背諸得若信有得具能釋通諸聖教中幽隱文義諸邪執類不能如實設難彈斥信有得宗執不相應隨眠論者常爲無量過難所隨不能釋通聖教文義而固方便背正執邪未審藴何在心故爾何勞徵問以諸世間得及前因無始皆等而現見有唯貪猛别廣說乃至有雜行者非無别因有如是事故應由别有不相應隨眠此亦不然若信實有去來二世雖不别立不相應行名爲隨眠貪猛利等皆得成就謂由近遠二同類因境等别縁資助覺發令其引果勢力别故且止廣諍如契經言有貪隨眠此何爲體色

無色愛佛説有貪此名何因唯於彼立彼貪多託内門轉故謂欲界貪多於欲境外門而轉不名有貪上二界貪多於定境内門而轉故名有貪又由有人於色無色起解脱想爲遮彼故謂上二界有求解脱妄想爲先得生於彼故有計彼爲眞解脱佛爲遮其眞解脱想故於上界立以有名貪二界貪立有貪想夫言有者是生身義此則顯示欲求解脱於一切有不應希求經主於斯復作是釋此中自體立以有名彼諸有情多於等至及所依止深生味著故説彼唯味著自體非味著境離欲貪故由此唯彼立有貪名此釋與前義有何別謂前已説上二界貪多於定境内門而轉又説有人於色無色生身有境起解脱想則爲已説定及生身皆得有名倶自體故詳經主釋義不異前但構浮詞似有少異上座説有二類隨眠一唯欲纏二通三界自興疑問豈不有貪有論説言唯上二界都無聖教於色無色偏説有聲故難依信然於處處諸聖教中皆以有聲通説三界豈不於境亦説有聲欲貪隨眠不應別立此難非理轉有異故謂諸欲貪於外門轉内門轉者説名有貪又如躭境與躭有異所引隨眠差別亦爾又緣境界緣生身貪對治不同故別立二又必損伏欲貪及瞋外仙方能入色無色故欲貪體非即有貪以彼有情緣自相續我愛隨逐恒無斷故上座於斯極爲惡立隨眠差別以欲貪聲容説一切欲界貪故欲界生身亦欲界攝如何緣彼貪非欲貪如説色貪非唯緣色總説一切緣色界貪如是欲貪非唯緣

欲總說一切緣欲界貪上座所持契經亦說若緣欲界起染起貪起阿賴耶起尼延底起諸躭著是欲貪相故執有貪通三界者非爲善執又非佛說唯通三界可說有聲所以者何有聲或說一界少分二界少分三界少分如七有經極七有等如應配釋故此所說欲貪隨眠通攝一切欲界貪盡餘二界愛總名有貪立名因緣如先已辯若唯緣內貪名有貪則色界中色聲觸愛非緣內起應非有貪則諸隨眠應立有八又言有者不唯生身以契經中說業有中有故如欲有聲兼說欲境如是欲界緣生身貪亦是欲貪隨眠所攝是故一切欲界繫貪皆以欲貪隨眠聲說或於欲境亦說有聲欲貪隨眠別說無用言轉異故理亦不然說多分言容可爾故謂約多分理則可然以欲界貪多外門轉色無色愛多於內門非執欲貪唯緣外起唯緣內起方名有貪可說二貪轉異故別或彼應許色無色貪一向無緣外門轉者又諸躭境即是躭有以諸境界亦名有故或諸躭有即是躭境諸有亦爲境界攝故由此所言又如躭境與躭有異非爲善說又彼所說由境身貪對治不同別立二者此言對治爲別爲通若謂此言約別對治即境界貪應分多種謂色聲等諸境界貪制伏對治各有異故若謂此言約通對治此二對治有異有同如何定言對治有異或色無色二界中貪治有不同應亦分二又言損伏欲貪及瞋外仙方能入色無色故欲貪體非即有貪以彼有情緣自相續我愛隨逐恒無斷者此言極與聖教理違唯不現

行名爲損伏若欲界繫緣生身貪亦名有貪亦名我愛若此我愛恒隨現行彼定無容入色無色若不損伏下生身貪而諸外仙容入上地則不應說伏欲貪瞋外仙方能入色無色若謂現起欲境貪瞋能障外仙入色無色非欲界繫緣生身貪能障外仙此有何理猷下身境方生上故雖彼復言豈不乃至阿羅漢向住欲界者於欲界身有我慢愛必無是事或何不許阿羅漢果亦有是事若離欲界染不斷欲界貪離有頂染時亦應無斷理由彼於此非對治故或應一切下地煩惱與有頂染俱時斷滅修前治道便爲無用或應說彼差別因緣等欲界貪斷有漸頓若謂此證由安隱經不爾不了彼經義故謂彼具壽已見諦理依修所斷欲界所繫我愛我慢故作是言我色等中不隨執我然於如是五取蘊中有我慢愛隨眠未斷謂此煩惱隨身見行身見斷故此不現起然猶未永斷未得對治故作如是釋何所相違有所相違謂彼經說佛爲彼說此法門時具壽安隱成阿羅漢諸漏永盡心善解脫由此知彼先是不還曾已進修阿羅漢向於出觀位作如是言我色等中乃至廣說佛爲說法經但言成阿羅漢果不言餘故此不成證彼契經中偏舉所得最勝果故如拊掌喻契經等說非諸聖者作是尋思我我似何乃至廣說世尊方便開悟其心經但言成阿羅漢果謂經說彼悟佛所言成阿羅漢心善解脫非諸異生聞法頓證阿羅漢果作是說者偏舉最勝此亦應然或彼契經約取蘊類作如是說然於如是五取蘊

中有我慢愛隨眠未斷理實但有上取蘊中我慢我愛自稱釋子必不應言已離欲貪猶有欲界我慢我愛隨眠未斷況言此二恒隨現行是故有貪唯色無色非於欲界其理極成既說有貪在上二界義唯欲界貪名欲貪故於頌中不別顯示

阿毗達磨順正理論卷第四十五說一切有部

音釋

稚直利切幼小曰稚　拘枳羅梵語也亦云拘翅羅此云好聲鳥枳諸氏切　伺息利切察也　瑕隙瑕胡加切過也隙綺戟切疊也　犢徒谷切　構古候切架也　拊掌拊芳武切拍也

阿毗達磨順正理論卷第四十六

尊者衆賢造

唐三藏法師玄奘奉詔譯

辯隨眠品第五之二

如前所說六種隨眠復約異門建立爲十如何成十頌曰

六由見異十　異謂有身見　邊執見邪見
見取戒禁取

論曰六隨眠中見行異爲五餘非見五積數總成十故於十中五是見性一有身見二邊執見三邪見四見取五戒禁取五非見性一貪二瞋三慢四無明五疑見與非見合成十種又即六種復約異門建立便成九十八種依何門建立成九十八耶頌曰

六行部界異　故成九十八　欲見苦等斷
十七七八四　謂如次具離　三二見見疑
色無色除瞋　餘等如欲說

論曰六種隨眠由行部界門差別故成九十八謂於六中由見行異建立爲十如前已辯即此所辯十種隨眠部界不同成九十八部謂見四諦修所斷五部界謂欲色無色三界且於欲界五部不同乘十隨眠成三十六謂見苦諦至修所斷如次有十七七八四即上五部於十隨眠一二一一如其次第具離三見二見見疑謂見苦諦所斷具十一切皆違見苦諦故見集滅諦所斷各七離有身見邊見戒取見道諦所斷八於前七增戒取修所斷四離見及疑如是合成三十六種前三十二名見所斷纔見諦時彼則斷故最後有四名修所斷見四諦已後後時中數數習道彼

方斷故由此已顯十隨眠中薩迦耶見唯在一部謂見苦所斷邊執見亦爾戒禁取通在二部謂見苦見道所斷邪見通四部謂見苦集滅道所斷見取疑亦爾餘貪等四各通五部謂見四諦及修所斷如是總說見分十二疑分爲四餘四各五故欲界中有三十六經主於此自問答言此中何相見苦所斷乃至何相是修所斷若緣見此所斷爲境名見此所斷餘名修所斷此不應理所以者何徧行隨眠緣五部故則見苦集所斷隨眠亦應通是見集苦等所斷又見滅道所斷隨眠緣非所斷法當言何所斷故彼非善立所斷相應言若見緣苦爲境名爲見苦即是苦法苦類智忍此二所斷總說名爲見苦所斷乃至見道所斷亦然數習名修謂見迹者爲得上義於苦等智數數熏習說名爲修此道所除名修所斷是名爲善立所斷相色無色界五部各除瞋餘與欲同故各三十一由是一切正理論師以六隨眠約行部界門差別故立九十八於此所辯九十八中八十八見所斷忍所害故十隨眠修所斷智所害故何緣於此約界不同建立隨眠非約地異如無欲色異界隨眠於一事中俱隨增理初二靜慮異地亦然若謂地雖殊而有同對治非欲色界對治有同是則不應別立無色以無色與色有同對治故若修所斷對治漸生故色無色應別立者諸地亦爾何不別說故應立二百八十四隨眠設許如斯亦無有過且約界異立九十八所以然者由離界貪建立徧知沙門果故謂立此二由斷隨眠此斷隨眠約界非

地故不約地建立隨眠宿舊師言佛於法性明了通達能說示他定應善觀四靜慮地諸煩惱法性少相似雖有四地而合說一於四無色合說亦然經但說色貪無色貪等故由此義故正理論師建立隨眠約界非地如何四地性多相似有說同是攝支地故此釋非理所以者何諸近分地中有生煩惱故有說同是徧照地攝故有說等是色貪類惑故我說此中少相似者唯薄伽梵明了通達要於永斷第四靜慮下下品惑方立徧知下位不然故知四地必有少分性類相似非上地煩惱能緣縛下地下三靜慮得離繫時寧不別立斷徧知體定知一類煩惱未除雖已離繫與繫相似要同類惑永斷無餘方得名爲究竟離繫故唯約界建立隨眠不約地立於理爲勝有餘師說如有爲怨禁在囹圄方便走出乃至未到與怨城林田空閑等不相似處雖越怨獄未大安隱如是若斷下三定貪未到彼貪不相似處雖越少分未大安隱故唯約界建立隨眠有餘師言若越欲界便爲已越多趣多生大蘊處界無量苦法若越色界便爲已越一取蘊全多處多界若越無色界便爲已越一切生死攝蘊處界盡離下三定所越不然故立隨眠約界非地然諸古昔正理論師亦許隨眠約地建立故設如是假問答言頗有異生於九十八隨眠永斷具成就耶有謂異生生在欲界得第三定未離彼貪頗有異生得第三定於向所說九十八種隨眠永斷不具成耶有謂彼異生從欲界已歿頗有住見道苦法智忍位具成九十八隨眠

永斷耶有謂彼異生得入正決定頗有諸聖補特伽羅於十智中唯成就四而得八十二隨眠永斷耶有謂具縛入正決定於正位在苦類智時若色界中四靜慮地同一繫縛如欲何過此則善順約斷界貪建立徧知及沙門果

又順本論說徧行因爲因能生自界染法不爾經論理相違故且引經文證四靜慮非同一繫如契經言彼作是思我當安住尋伺寂靜第二定中雖作是思而不能入復作是念何因何緣我於此中心不能入作是念已便自了知以我猶於尋伺過患未識未達未見未知於無尋伺靜慮功德未能修習多修習故於第二定心不能入廣說乃至我由任此數數發動尋伺俱行諸想作意過患令起今定應斷乃至廣說此中意顯如越欲界如是當越靜慮地等下地所有諸想作意能障離染及能退故說爲過患非自地者故知色界非一繫縛又見過患能爲猒因猒爲離因離故解脫若同一縛此應唐捐又說尋等漸次息故謂契經說若瑜伽師入第二定尋伺便息廣說乃至得入無邊虛空處定色想便息色界諸地若同一縛諸瑜伽者既無力能頓捨尋伺喜樂色想以心怖怯極重擔故應畢竟無捨尋等者又說離喜斷樂言故謂契經言離喜斷樂非同一縛欲界諸處有毛端量未得離貪可說名爲全離欲繫唯除已斷見所斷法雖未永離修所斷貪而名離縛非彼境故色界諸地若同一縛應有餘縛離斷不成此等名爲經相違故次引論文證四靜慮

非同一繫如本論言誰成樂根謂生徧淨若生下地若聖上生誰於此不成謂異生生上非下地法生上地時雖曰不成而不由斷於同一縛欲界等中不見如斯定成等理然於本論說徧行因爲因能生自界染者且就約界建立隨眠辯遍行因故作是說亦有本說生自地染此等名爲論相違故如何一繫與理相違且與隨經理相違者不應於二定說內等淨支未斷尋伺俱諸煩惱濁故又生第四靜慮有情亦應成染尋伺喜樂然契經說尋等息言又契經言離喜斷樂與隨本論理相違者謂本論中說第二等味相應定能與初等味相應定唯作二緣謂增上緣及等無間色界諸地若同一縛諸上地貪於下地愛亦應能作因及所緣又除受生時應爲等無間又初定愛乃至應與第四定貪爲等無間又應從初味定無間乃至第四淨定現前又除受生應從第四淨定無間初味定起如是上下等無間緣展轉相生應立多難又不應於第四業內說四思能斷白白異熟業又不應說上近分定能斷下惑同一縛故又得初定諸不還者與得四定所斷應同是故定應許上下地如界業感因果皆殊由理不同一繫縛故如前所說上界除瞋以何因緣彼瞋非有彼瞋隨眠事非有故謂於苦受有瞋隨增苦受彼無故瞋非有又瞋隨眠乾澀相故謂此煩惱其相乾澀猶如風病彼有情類由奢摩他潤滑相續故彼無有乾澀相瞋又彼非瞋異熟因故謂瞋必感非愛異熟上二界無諸非愛事外無毒刺蔴灰等緣內無熱風

癲癇等故有説彼無惱害事故慈等善根所居處故諸所攝受皆遠離故有餘師説瞋性躁急速可遠離故瑜伽師離欲貪時即能止息如不居穴諸乾澀垢纔加洗拭速可遣除分别論師作如是説無九十八所立隨眠經説隨眠唯有七故謂契經説若欲永斷七種隨眠汝等從今應於我所勤修梵行由此故知正理論者唯依自計立九十八隨眠若離聖言依自計立則應許有無量隨眠無量有情身中轉故今觀具壽於聖教理不能審諦如實觀察於此所立理教極成隨眠數中能固非撥且非彼所引七隨眠經有證定數能非了義故謂餘經言若欲於色猒離欲滅永解脱者應於我所勤修梵行乃至於識説亦如是此經唯説欲斷隨眠應於我所勤修梵行故知此經非了義説又於餘處亦有唯依欲離一界染一隨眠少分説應於我所勤修梵行言如契經言若於樂受欲永害貪隨眠應於我所勤修梵行又契經言若於苦受欲永害瞋隨眠應於我所勤修梵行豈以彼經所説極少便應非撥説七隨眠故知此經文同彼非了義今應詳辯此契經中欲斷七隨眠應修梵行意謂此經意爲顯隨眠種類有殊故標七數如契經説法有二種非離二種别有餘法豈由此不許説十八界耶然意類中説餘六界故二十八互不相違又如經中説蓋有五非無明體非蓋所攝經説無明能覆蓋故又即五蓋餘經説十如契經説苾芻當知貪欲蓋體差别有二一内二外乃至廣説又如經説由四因故大地震動非無餘因

又如經言世有三法宜應開發然有說四又如經言諦唯有一更無第二然爲梵志說諦有三及說四等又如經說智有二種謂盡無生非無餘智又如經說心有二種謂善不善非無無記如是等類無量契經佛順機宜說意各別不能了達聖教理趣唯計損壞他宗爲德此類豈能遠善說果如世尊告鄔陀夷言若於如來異門所說一切一切物一切一切種不欲於中求解義者汝應知彼於聖教中求鬬諍住乃至廣說又彼所說則應許有無量隨眠許亦何失約依身別數無量故然就體類分別隨眠但成六種此六約門異成十六或十或三十八或三十六或七十四或九十八謂佛處處約界行部諸門差別顯示隨眠正理論師隨佛所說約界等異立九十八隨眠且諸隨眠體類有六謂貪瞋慢無明見疑體類別故如前已辯以薄伽梵於契經中說三界貪總名愛結故知體類唯六隨眠即六隨眠約界差別世尊且說貪分二種謂欲有貪隨眠異故由貪差別可類解餘爲顯隨眠定不定界各成二故作如是說然唯說貪界差別者以多處說貪爲首故謂諸建立煩惱教中處處說貪以爲上首如說九結三不善根五蓋上分三業道縛業緣集等無量契經以貪隨眠是生死本故於諸處多說在初既說最初分爲二種由此類顯餘亦應然然不可說瞋亦約界分二由欲有貪顯餘差別此非如慢等說上亦有故由如是教已顯隨眠隨其所應定散界別佛餘處復約有貪異門顯定界隨眠亦有差別謂世尊說上

分結中色無色貪別立爲二由貪差別可類解餘爲顯隨眠於諸定界色無色異故作是說然非上分結唯修所斷故則唯修所斷有貪界有別見所斷惑與修所斷種類旣同必亦異故前總顯示見修所斷定散界別今別顯示唯修所斷色無色殊以無漏道如是斷故謂色無色見所斷貪同一對治修所斷貪名別對治故於定界見所斷貪不顯界別修所斷貪則顯界別如是別引二經證貪有三界殊顯餘亦別今復總引一經爲證如契經言愛有三種一欲愛二色愛三無色愛由愛差別可類解餘爲顯隨眠欲色無色界差別故作如是說已舉聖教證諸隨眠界有差別理亦有異謂有一類補特伽羅於欲界法總得離繫非色無色彼由斷此諸隨眠故不欲界生此所斷隨眠應知欲界繫色無色界類此應知是故隨眠由聖教理界定有異數成十六已顯界別行異云何即六隨眠見由行異世尊處處說見有五有身見等如前已列故六隨眠約行有異數積成十如前已辯行界合分成二十八已顯行別部異云何部謂隨眠約別對治謂有一類由見苦斷有由見集滅道亦然有由後時隨於一智數數修習增勝故斷若異此者立四諦見及後果智則爲唐捐然見道中於四聖諦必漸現觀如後當辯如是五部決定差別佛於經中自正顯示如世尊言

我昔與汝等　涉生死長途　由不能如實
見四聖諦故　若能見四諦　永斷諸有縛
則生死都滅　便無後諸有

此中若能見四諦者顯斷見四諦所斷四無明復言永斷諸有縛者顯斷修道所斷無明豈不此中有縛說愛如何引證五部無明此中無明不說成故謂諸世間無有一物愛結所繫非無明者但修所斷許有愛結有無明結豈更須成非不愚癡有愛生故復有別證顯諸煩惱諸部差別如契經言於苦無智於集無智於滅無智於道無智此中總收前際愚等約四諦境立四無智應知此處以無明聲顯一切隨眠如緣起中辯故諸煩惱有部差別然非無明有五部故類顯餘惑皆有五部以餘煩惱有遮說故謂世尊說永斷見疑得預流果由此爲證遮見及疑是修所斷又經但說斷往惡趣貪瞋癡慢得預流果故預流果無見及疑有修所斷貪瞋癡慢由此爲證知六隨眠約部不同成二十八部行合分成三十六部界合分成七十四約部行界總分隨眠成九十八如前已辯故對法者隨佛聖教推求正理分別隨眠立九十八不可傾動然彼朽昧上座復言雖經非無所引名相而曾無處說此隨眠是見苦所斷乃至修所斷今應徵詰入見道時已見苦諦未見集等爲有現起見所斷惑而言未拔彼隨眠耶不爾何煩張戲論網又如汝執煩惱相緣不見所緣而得永斷如是煩惱雖緣三諦見苦諦時何妨頓斷然有徵難若見苦時便能頓斷見所斷惑見後三諦應無用者理亦不然彼於此位不求見集等不欲斷隨眠然由先智展轉引發法爾次第見於集等若不爾者現觀中間求見等心應爲間雜又曾無處佛說

隨眠有九十八若有應說佛有說處我則信受上座如是徵詰隨眠巨細推尋未爲切中且先已辯佛於經中說諸隨眠見苦斷等謂契經說不見四諦久涉生死見便都滅如何可說佛曾無處說有隨眠見苦斷等又說於苦等有四無智如何四無智唯見苦斷故知定有五部隨眠又彼詰言已見苦諦未見集等爲有現起見所斷惑而言未拔彼隨眠者此甚浮詞未見苦時見苦斷惑亦不現起應言已拔則不應說見苦時斷若未見苦既不能拔見苦所斷一切隨眠餘亦應然未見集等亦不能斷彼所斷得能治彼得道未生故或彼應辯二差別因何故隨眠等不現起而一未拔餘已拔耶故彼所詰有言無理又言如汝煩惱相緣不見所緣而得永斷如是煩惱雖緣三諦見苦諦時容頓斷者非我宗許諸煩惱相緣皆不見所緣而得永斷雖見滅道所斷惑中有漏緣隨眠不見所緣斷而彼煩惱依滅道生明無漏緣諸煩惱起是彼煩惱所長養故義說亦名迷於滅道故是緣彼道力所滅非緣三諦所有隨眠有苦等中計爲樂等亦無有託迷苦惑生寧見苦時彼便頓斷故彼引此例彼不齊又彼所言彼於此位不求見集等不欲斷隨眠然由先智展轉引發法爾次第見集等者此亦無理彼於此位亦不求見苦不欲斷隨眠然由先時煖等位智展轉引發法爾見苦爾時應不斷見苦斷隨眠此既斷隨眠見餘亦應爾又非我等說現觀時起加行心求見求斷然我亦說現觀位中於見集等離別加行但由先智展轉

引發法爾次第見於集等即於見時有斷有證深成有用非類汝等若謂定無見餘三諦所斷煩惱則見集等習彼境智應全無用大師說此豈不唐捐法爾自應能見集等佛但應說習見苦智又四聖諦其相不同如何解餘諦斷迷餘諦惑故非見苦頓斷隨眠又彼所說曾無有處佛說隨眠有九十八若有應說佛有說處我則信者此亦不然我不見汝曹有信佛教相以我先據聖教正理建立隨眠有九十八汝等都無信受心故又復汝等具吉祥論今時何從逮殊勝智知曾無處佛說隨眠行部界殊有九十八傳聞增一阿笈摩中從一法增乃至百法佛滅度後此土有情内慧念命日日損減外藥草等味勢熟德漸漸衰退功能尠少人多爲惡事業牽纏豈能具持如來聖教故今增一阿笈摩中唯從一增至十法在於中猶有多分零落況於過十能有受持故知經中說隨眠處定有具說九十八文如是傳聞理必應爾故佛於彼十應經中說甚深經漸當隱沒乃至最後隱沒無餘又自古來諸聖造論處處皆說有九十八隨眠兼有明文釋有理趣故知根本阿笈摩中定有誠文標此名數今更略引諸阿笈摩證多契經今已隱沒如佛於彼娑柁梨經告娑柁梨我於往昔爲苾芻衆宣說少年賢良馬法爾時汝類於此法門少不實有彼經今者已沒不現又佛於彼苦蘊經中爲釋種大名說我於往昔一時住在王舍大城遊廣脇山見諸離繫皆高舉手自苦求常便告之言乃至廣說彼經今者已沒不現又彼慶喜

大空經中作如是言我於往昔佛一時住釋種大城居彼所營大客館內時告我曰汝阿難陀我所住空汝欲知不我便請問佛為我說我尋解佛所說義趣彼經今者亦已隱沒又佛於彼鄔陀夷經作如是言我於往昔說有四受更代現前彼經今時亦已隱沒又薄伽梵於他經中作如是言我於往昔一時住在王舍大城遊於山谷時有衆多出家外道來至我所請問我義乃至廣說彼經今者亦沒不現又佛於彼出愛王經告言大王我憶往昔曾作是說非去來今有諸沙門婆羅門等於一切法頓見頓知能頓見知無有是處彼經今者亦已隱沒又兩相外道於瞿博迦經作如是言我憶往昔曾見釋氏喬答摩尊住那地迦城郡市迦林內讚靜慮等一切法門彼經今時亦沒不現又彼慶喜於滿經中言我幼時見滿慈子為衆廣說甚深法門彼經今時亦已隱沒又佛於彼蘊薄迦經作如是言我於往昔一時曾告五苾芻言我未出家恒樂觀察居家迫迮多諸過患應速猒離乃至廣說彼經今者亦沒不現又彼聖者護國經中彼言大王有四猒道唯薄伽梵正見正知雖諸如來應正等覺曾廣宣說而諸世間不能精勤修猒離行當知定是竭愛馱娑彼經今時亦已隱沒又給孤獨於趣經中言我曾於薄伽梵所親聞親受如是法門若有有情施園林等由此因力身壞命終生於天中受妙快樂廣說乃至法施為因彼經今時亦沒不現又彼慶喜涅槃經中白無滅言我曾佛所親聞親受如是法門佛世尊依無動

寂靜第四靜慮明眼涅槃彼經今時亦已隱沒有如是等無量契經皆於今時隱沒不現本所結集多分彫零上座何容輒作是說佛曾無處說九十八隨眠已辯隨眠差別理趣本所說義今次應辯前說八十八見所斷等此見修所斷爲定爾耶不爾云何頌曰

忍所害隨眠　有頂唯見斷　餘通見修斷
智所害唯修

論曰於忍所害諸隨眠中有頂地攝唯見所斷唯類智忍方能斷故餘八地攝通見修斷謂聖者斷唯見非修法類智忍如應斷故若異生斷唯修非見數習世俗智所斷故智所害諸隨眠一切地攝唯修所斷以諸聖者及諸異生如其所應皆由數習無漏世俗智所斷故頌言餘通見修斷者此言不說義唯可知云何可知由前後故謂前別說忍所害隨眠有頂唯見斷後復總說智所害唯修餘通唯知故令義顯故正說無失有餘師說外道諸仙不能伏斷見所斷惑如大分別諸業契經說離欲貪諸外道類有緣欲界邪見現行及梵網經亦說彼類有緣欲界諸見現行謂於前際分別論者有執全常有執一分有執諸法無因生等非色界惑緣欲界生於欲界現已離貪故定是欲界諸見未斷此說不然見修所斷皆能連續欲界生故雖斷一分餘分亦應續自界生如預流等然諸外道亦有乃至生有頂天彼有欲界煩惱現行必不應理又有何理彼諸外仙由斷修惑名離欲者非由不斷見所斷惑亦說名爲不離欲者又先因釋能安隱經已顯如斯所說理趣故彼

所引二種契經與理相違成不了義毗婆沙者釋彼經言彼起見時從離欲暫退猶如天授暫退已還得若唯二十八定見所斷何緣處處經說八十八耶彼文偏依次第者說此據盡理故不相違又彼意明聖道用勝又設先離下八地貪要由見道起無漏得得彼擇滅故說無過見修所斷異相云何若由唯見慧所斷惑名見所斷若由見智慧所斷惑名修所斷如是若由一品頓斷若由九品漸漸而斷若聖斷已畢竟不退若聖斷已或退不退若斷容證四三二果若斷容證三二一果若聖斷時彼非擇滅必定應在擇滅前證若前或後或俱時證如是等類異相眾多

阿毗達磨順正理論卷第四十六 說一切有部

音釋

數數 並所角切頻也 圄圄 圄郎丁切圄魚巨切圄圄獄名 怯 去劫切畏懦也 乾澀 乾古寒切澀所立切 莿灰 莿音賴與藾同蒿也 癲癇 癲都年切狂也癇戶間切病也 逮 待戴切及也 鄔 安古切 柁 徒可切 彫 彫都聊切瘁也 零 零郎丁切落也

阿毗達磨順正理論卷第四十七

尊者衆賢造

唐三藏法師玄奘奉　詔譯

辯隨眠品第五之三

如前所辯六隨眠中由行有殊見分爲五名先已列自體如何頌曰

我我所斷常　撥無劣謂勝　非因道妄謂
是五見自體

論曰由因教力有諸愚夫五取蘊中執我我所此見名爲薩迦耶見有故名薩聚謂迦耶即是和合積聚爲義迦耶即薩名薩迦耶即是實有非一爲義此見執我然我實無勿無所緣而起此見故於見境立以有聲復恐因斯執有是我爲遮彼執復立身聲謂執我者於一相續或多相續計有一我此皆非身身非一故由如是見緣薩迦耶故說名爲薩迦耶見即是唯緣五取蘊義如契經說苾芻當知世間沙門婆羅門等諸有執我等隨觀見一切唯於五取蘊起由此但於我我所見世尊標別薩迦耶名勿以我無許智緣無境或智緣有執我體非無不爾則應緣有漏見無不建立薩迦耶名經主此中作如是釋壞故名薩聚謂迦耶即是無常和合蘊義迦耶即薩名薩迦耶此薩迦耶即五取蘊爲遮常一想故立此名要此想爲先方執我故若爾何用標以薩聲但迦耶聲足遮常故則應但立迦耶見名無法是常而可聚集何用身上標以壞聲即於所執我我所事執斷執常名邊執見以妄執取斷常邊故於實有體苦等諦中起見撥無名爲邪見五種妄見皆顛倒轉

並應名耶而但撥無名邪見者以過甚故如說臭蘇惡執惡業此唯損減餘增益故於劣謂勝名爲見取有漏名劣聖所斷故執劣爲勝總名見取理實應立見等取名略去等言但名見取或見勝故但舉見名以見爲初取餘法故於非因道謂因道見一切總說名戒禁取謂大自在時性或餘實非苦因妄起因執道有二種一增上生道二決定勝道投水火等種種邪行非生天因妄執爲因名第一道唯受持戒禁性士夫智等非解脫因妄執爲因名第二道如前除等或戒禁勝是故但立戒禁取名應知五見自體如是若於自在等非因計因如是戒禁取迷於因義此見何故非見集斷頌曰

於大自在等　非因妄執因　從常我倒生故唯見苦斷

論曰於自在等非因計因彼必不能觀察深理但於自在等諸蘊麤果義妄謂是常一我作者此爲上首方執爲因是故此執見苦所斷謂執我者是有身見於苦果義妄執爲我故現觀苦我見即除無我智生非於後位若有身見見集等斷於相續中我見隨故則無我智應不得生以見唯法時我見則滅故無我智起我見已除然有身見於見在等相續法中計一我已次即於彼相續法上起邊執見計度爲常由此應知於自在等法常我二執唯見苦所斷故有頌言

未如實見苦　便見彼爲我　若如實見苦則不見爲我

由此已顯滅邊執見以無我論宗斷見是正

見攝執有我論者斷見是邊執見故知二見俱見苦斷以無常等諸無漏行見苦諦時二見既滅於自在等非因計因隨二見生亦俱時滅故說計因執唯見苦所斷然於非道計爲道中若違見道强則見道所斷豈不如計自在等爲因執苦爲因唯許見苦斷非見集斷如是亦應於非道計道執苦爲道唯許見苦斷非見道斷此難不然以於苦諦見爲無常等非彼對治故謂若有執自在等爲因必先計爲無始無終等故此因執唯見苦斷以無常等想治常等想故非見苦諦無常等時能治非道計爲道執故彼道執非見苦斷由此亦遮見集所斷由見因等非彼治故謂非於集見因等時能治非道計爲道執要於道諦見道等時方能治彼非道道執故彼道執

應見道斷若爾如是非道道執理必應通見集滅斷謂如邪見撥無眞道後即計此能得清淨此戒禁取許見道斷如是邪見撥無集滅後亦計爲能得清淨彼二戒禁取應見集滅斷此難不然體不成故謂戒禁取其體有二一非因計因二非道計道若有計彼謗集邪見能得清淨豈不此見無斷集用則不應生以都無心信有因故又苦與集無別物故自在等蘊亦應被撥若有計彼謗滅邪見能得清淨豈不此見無證滅用則不應生如何撥無滅諦見後計滅方便非不唐捐如是不成戒禁取體而言應有故彼非難如何非難見道所斷戒禁取體亦應不成以於撥無道諦見後即計有道應不成故謂緣道諦邪見或疑若撥若疑無解脫道如何即執此能得

永清淨此戒禁取體非不成以計有於謗道邪見執爲能證永清淨道由彼計爲如理解故謂彼先以餘解脱道蘊在心中後執非謗眞道邪見爲如理覺言如理者彼謂撥疑眞解脱道是不顛倒以如理故執爲淨因由此得成戒禁取體彼心所蘊餘解脱道非見道所斷戒禁取所緣以彼唯緣自部法故道有多類於理無失由此經主所作是言若彼撥無眞解脱道妄執别有餘清淨因是則執餘能得清淨非邪見等此緣見道所斷諸法理亦不成彼全未詳對法宗義若爾見滅諦所斷戒禁取體亦應成與道同故謂有先以餘解脱處蘊在心中後執謗眞解脱邪見爲如理覺以如理故執爲淨因如前應成戒禁取體無如是理總許解脱是常是寂執謗彼心爲清淨因理不成故如許涅槃體實非實謂若希求解脱方便彼應必定許有解脱諸許解脱決定有者必應許彼體是常寂若不許爾不應希求如正法中於涅槃體雖有謂實謂非實異而同許彼是常是寂故於非撥俱見爲過如是若有以餘解脱蘊在心中彼必總許涅槃常寂由此不執謗解脱見爲如理解故見滅所斷戒禁取定無又如天授雖總許有常寂涅槃而離八支别計五法爲解脱道外道所計理亦應然是故有於八支聖道能謗邪見謂如理覺無於謗滅謂如理解以戒禁等自體行相與聖道殊無謂涅槃常寂體相有差别者是故無滅與道同義有餘師言有執於道謂非道邪見爲道戒禁取不言此是彼滅道故設執於滅謂非滅邪見言此

是道戒禁取不成謂執此爲所撥滅道定不應理適撥無故若執此爲餘涅槃道則應一體有二解能見此是彼得方便故又無見滅所斷諸法用餘部法爲所縁義然彼外道必應計度餘苦差別爲解脱故令應思擇非道計道謂執戒禁爲解脱因或執我見能證解脱此爲見苦斷爲見道斷耶若執二俱見苦斷者則見道斷畢竟應無或應説別因等非道計道何縁此二見苦所斷所餘乃是見道斷耶若執二俱見道斷者應説何故見道斷耶非見道時能了彼境或了彼自體或斷彼所縁或應徧知建立理壞謂若見道所斷隨眠能縁見苦所斷爲境誰遮徧知建立壞失如現觀位苦智已生集智未生見苦所斷猶爲見集所斷縁縛雖已永斷未立徧知如是乃至滅智已生道智未生見苦所斷猶爲見道所斷縁縛亦應雖斷未立徧知然非所許應辯理趣我宗説二俱見苦斷如本論言有諸外道起如是見立如是論若有士夫補特伽羅受持牛戒鹿戒狗戒便得清淨解脱出離永超衆苦樂至超苦樂處如是等類非因執因一切應知是戒禁取見苦所斷如彼廣説此復何因見苦所斷唯見苦所縁縁牛戒等故但計麤果爲彼因故由此已遮經主所難迷苦諦故有太過失縁有漏惑皆迷苦故以非一切縁有漏惑皆以果苦爲所縁故如何得有太過失耶非許二俱見苦所斷見道所斷便畢竟無非道計道有二類故一縁戒禁等二縁親迷道縁戒禁等違悟道信力不如縁親迷道者縁戒禁等者行相極麤故不

遠隨逐故意樂不堅故少設劬勞即便斷滅縁親迷道與此相違由此應知非道計道諸戒禁取有二類別一見苦斷二見道斷如前所說常我倒生爲但有斯二種顛倒不爾顛倒總有四種一於無常執常顛倒二於諸苦執樂顛倒三於不淨執淨顛倒四於無我執我顛倒如是四倒其體云何頌曰

四顛倒自體　謂從於三見　唯倒推增故
想心隨見力

論曰從於三見立四倒體謂邊見中唯取常見以爲常倒諸見取中取計樂淨爲樂淨倒有身見中唯取我見以爲我倒如是我說是一師宗然毗婆沙決定義者約部分別十二見中唯二見半是顛倒體謂有身見苦見取全邊執見中取計常分斷常二見行相互違故可說言二體各別諸計我論者即執我於彼有自在力是我所見此即我見由二門轉豈不諸煩惱皆顛倒轉故應皆是倒非唯四種不爾建立倒相異故何謂倒相謂具三因何謂三因一向倒故推度性故妄增益故增聲亦顯體增勝故非餘煩惱具此三因謂戒禁取非一向倒所計容有能離欲染等故少分別時得清淨故斷見邪見非妄增益於壞事門此二轉故餘部見取非增勝故所餘煩惱非推度故由此顛倒唯四非餘豈不經中說諸顛倒總有十二如契經言於無常計常有想心見倒於苦不淨無我亦然不爾想心非推度故隨見倒力亦立倒名與見相應行相同故然非受等亦如想心可立倒名有別因故謂於無常等起常等見時必由境中取

常等相能取相者是想非餘故立倒名非於受等又治倒慧亦立想名謂無常等行中說爲無常等想由慧與想近相資故相從立名受等不爾由所依力有倒推增取境相成故心名倒如契經說心引世間於惑瀑流處處漂溺毗婆沙說唯想與心可立倒名世極成故謂心想倒世間極成受等不然故經不說由此心想隨見倒力立顛倒名非於受等上座於此言以何緣顛倒唯三不增不減唯有爾所應成倒故謂此三倒想倒攝想心倒攝識見倒攝行不可說受亦倒所攝觸爲因生如應領故豈不行蘊更有所餘作意等法彼何非倒不爾但由彼顛倒故令心想見成顛倒體故契經言所有無量惡不善法一切皆由非理作意爲根本起廣說乃至一切皆是作意所生觸爲其集由此證知想心見倒皆非理作意無明觸所生由彼倒故此成倒體今觀彼說前後相違由是定知非契經義若想心見由從非理作意等生彼顛倒故此成倒體受亦非理作意等生何緣非倒若受從倒作意等生非顛倒者想心見三應非倒體無別因故又言不可愛亦倒攝觸爲因生如應領故豈不想倒亦應不成觸爲因生如應領故由說想等倒無明觸所生豈不觸爲因想故由說想等倒無明觸所生豈不觸爲因如應領故彌能證受體是顛倒攝受亦無明觸所生故由此彼說唯有爾所應成倒故倒唯有三不增減者言成無義又若非理作意力故想等成倒非理作意亦應是倒然曾不說故從所言從自執起或雖許彼體是顛倒而不說爲顛倒體者則應想等亦不說倒是

則違害經說倒名若謂如仁有別因故雖由見力諸心心所皆有倒義而經但說想心倒名非餘受等我宗亦爾即由此因是故定無想等非倒或餘是倒違經過失此亦非理不相似故謂如我宗由見勢力雖心心所皆有倒義由別因故唯於想心立顛倒名非於受等然所由見正立倒名如是汝宗由作意力令心心所皆有倒義所由作意應立倒名又如我宗想等體非倒但由見力假立以倒名眞實倒名目所由見汝宗應亦爾由作意力想等實非倒假立倒名則眞實倒名目所由作意不應由非倒諸法勢力令餘非倒法得倒名故又何不許由想勢力能令作意成顛倒體要由妄想取相勢力方起俱生非理作意故契經說由取相勢力能令貪等惡不善法生又契經言由想亂倒故心焦熱不言心熱由於非理作意故生又理應由勝倒法力令想心體亦名顛倒理非作意倒勝想等如何但言由作意力想等成倒非想等力能令作意成顛倒耶故彼所言唯憑自執又經亦說欲爲法本或說煩惱無明爲根如何不言由彼勢力能令想等亦成顛倒但說顛倒由作意成是故應知依對法理立顛倒體最爲殊勝如是諸倒何所斷耶正理論者言唯見苦所斷以常顛倒等唯於苦轉故了無常等覺唯緣苦生故不應後見集滅道時方捨常樂我淨見故若爾便違經論正理且違經者謂契經言若有多聞諸聖弟子於苦聖諦如實見知如是於集滅道聖諦如實見知當於爾時彼聖弟子無常計常想心見倒皆已永

斷乃至廣說若諸顛倒唯見苦斷經不應說如實見知集等諦時皆已永斷又契經說若聞如來說苦集滅道四聖諦法已便能永斷常等四倒非諸顛倒唯見苦斷佛爲斷彼可說餘三見集等覺非彼治故又慶喜告辯自在言

由有想亂倒　故汝心焦熱　遠離彼相已
貪息心便靜

言違論者如本論言此四顛倒諸預流者幾種已斷幾未斷耶應作是言一切已斷若四顛倒唯見苦斷則隨信法行亦有已斷者何故唯說預流已斷違正理者未離欲聖若離樂淨想如何起欲貪我宗於三皆無違害且我今見初經義者若聖弟子於四聖諦得現觀時無始時來所集四倒皆已永斷不可由此便證四倒一一皆由見四諦斷前已成立身邊二見唯見苦斷常我倒體即是身邊二見所攝如何見集等斷常我倒耶然此經中於具見諦說已永斷何所相違於第二經無違害者非薄伽梵說四諦法唯爲斷斯四種顛倒總爲畢竟靜息衆苦然有聞已隨對治力永斷四倒何所相違理實應然故彼經說

佛說此法時　爲永寂衆苦　有聞已知實
無常樂我淨

非四顛倒總攝衆苦故知彼經義如我釋又彼經說若諸有情爲此四種想心見倒亂倒其心彼心便於彼彼迷亂乃至廣說此中可說由想見倒亂倒其心心相應故如何心倒能亂倒心是故彼經應觀密意不可如說執爲定依所引伽他於對法理亦無違害所以

者何非我等言欲貪映蔽想無亂倒但作是言非諸亂倒皆名顛倒所以然者見倒俱行亂倒想心方名倒故若諸亂倒皆成倒者則諸煩惱皆應成倒諸阿羅漢遊衢路時想亂倒力心便迷謬惑想亂倒見繩謂蛇故亂倒中少分立倒以要最勝方立倒名最勝因緣如先已辯故有染想學位現行非得倒名何所違害又經不說彼辯自在定居學位爲證不成論說預流已斷倒者爲除疑故作如是言勿諸世間見預流者以華嚴體用香熏衣貯畜珍財耽婬嗜味便疑顛倒仍未全除無知覆心故爲此事爲除如是世間所疑故說預流諸倒已斷或預流者已斷無別隨信法行有斷未斷顯定已斷故說預流正理無違如伽他釋或太過失謂何不言諸聖猶應我

想現起非於汝等及於自身離有情想心有起欲貪故不應許聖有我想心於唯有法智已生故由此顛倒唯見苦斷分別論者作如是言常我各三樂淨見倒如是八倒唯見所斷四通見修斷謂樂淨想心破此如前釋伽他理故彼所說唯憑妄計彼上座言諸預流者見倒已全斷心想倒有餘非於無常樂我淨想不妄失者煩惱可行故安隱經作如是說聖者安隱作如是言我色等中不隨執我然於如是五取蘊中有我慢愛隨眠未斷故知聖者有我想心常樂淨三准亦定有上座此說違自意趣違經違理不可信依言彼說違自意趣者且彼自釋倒經起因言爲有愚流轉還滅次第理者欲令於彼解無顛倒故說此經非善徧知四聖諦理於諸生死已作

分齊諸煩惱障極少爲餘將得涅槃如臨至掌具如是德補特伽羅可有愚於流轉還滅次第理趣起顛倒者聖智照明在身中故又彼自辯諸倒體中問言見倒何見爲體即自答言且苦謂樂不淨謂淨邪見爲體復自問言豈不邪見撥無施與乃至廣說還自答言若於生死計樂計淨彼定撥無真阿羅漢正至正行豈不此言便顯聖者既於生死有樂淨想彼定應有撥阿羅漢正至正行邪想現行若謂聖者邪見斷故無邪想者則應聖者見倒斷故無顛倒想言違經者謂契經說想心見倒皆見諦斷二經證此具引如前若謂此八想心顛倒於修位中終由如實見知聖諦方得永斷離此無餘永斷方便故此所說不違經者豈不見倒應同彼執同想心說見諦斷故若謂諸見有餘經中遮修所斷故但應說想心二倒通修斷者餘經合說心想見三有四倒故何緣不許離見倒時心想非倒若謂經說有學聖者有想亂倒此前已釋前釋者何謂非亂倒皆名顛倒或非彼經說辯自在定居學位言違理者且有學聖爲求樂故受用境時境中雖無諦理樂淨而有事樂淨能引想心故樂淨想心聖容現起都無常我諸行聚中常我想心何容現起以樂淨倒託有事生託無事生常我二倒由有樂受是勝義攝此義決定如後當辯有漏法中有少分淨契經說有三淨業故淨解脫境經所說故樂淨實有世極成故諸行聚中若事若理都無常我實體可得故未見諦者於諸行中妄起執常我想心見倒亦託少分事樂淨中

一向執爲理實樂淨故有執樂淨想心見倒成已見諦者於行聚中以畢竟無常我事故亦定不起常我想心由此應知聖者相續常我二倒決定非有樂淨想心託有事故於聖相續亦得現行有得亂倒名無名顛倒者倒唯迷理分別起故然彼所引安隱契經不能證聖有常我想心倒不成倒義如前已辯如是詳察上座所言於聖教理無不違害故彼所說不可信依辯見隨眠差別相已爲餘亦有差別相耶亦有云何頌曰

慢七九從三　皆通見修斷　聖如殺纏等有修斷不行

論曰有愚癡者先於有事非有事中校量自他心生高舉說名爲慢由行轉異分爲七種一慢二過慢三慢過慢四我慢五增上慢六卑慢七邪慢於他劣等族朋等中謂已勝等高舉名慢豈不此二俱於境中如實而轉不應成慢方劣言勝方等言等稱量而知何失名慢於可愛事心生愛染如實而轉如何成貪此既耽求諸可意事無有顛倒應非煩惱然由此起能染惱心既許成貪是煩惱性如是雖實勝劣處生而能令心高舉染惱名慢煩惱於理何失故先略述慢總相中說訖有非有二俱容起慢如於處非處憤恚俱名瞋於他等勝族朋等中謂已勝等名爲過慢於他殊勝族朋等中謂已勝彼名慢過慢於五取蘊執我我所心便高舉名爲我慢由此證知於未缺減有身見位可言有我想心二倒非缺減時於未證得地道斷等殊勝得中謂已證得名增上慢未得得言其義何別前得

後得義無異故此言爲顯未得德得得復有得宗所許故諸有在家或出家者於他工巧尸羅等德多分勝中謂己少劣心生高舉名爲卑慢此中於己心高舉者於他多勝謂己少劣有增己故亦說爲高有餘師言於己功力不信謂劣名爲卑慢如是謂劣高舉不成是故應知前說爲勝於無德中謂己有德名爲邪慢言無德者謂諸惡行違功德故立無德名猶如不善彼於成此無德法中謂己有德斯殊勝功德恃惡高舉故名邪慢若謂無德者是遮有德言於實無德中謂有名邪慢彼辯增上邪慢別中說無種子名增上慢有種子者名爲邪慢或全增益名增上慢少分增益名爲邪慢如是差別理應不成是故應知前說爲勝有說唯除我我所見以餘邪見爲先所生令心高舉名爲邪慢有餘師說恃剩全實事高舉名慢恃少實事心生高舉名爲過慢恃無實事心生高舉名慢過慢於五取蘊我愛爲先恃我高舉名爲我慢於證少德謂己證多心生高舉名增上慢攝受少事心謂爲足恃生高舉名爲卑慢實鄙惡類自謂有德心生高舉名爲邪慢然本論說慢類有九類是品類義即慢之差別九類者何一我勝慢類二我等慢類三我劣慢類四有勝我慢類五有等我慢類六有劣我慢類七無勝我慢類八無等我慢類九無劣我慢類此九皆依有身見起我勝者是過慢類我等有是慢類我劣者是卑慢類有勝我者是卑慢類有等我者是慢類有劣我者是過慢類無勝我者是慢類無等我者是過慢類無劣我者

是卑慢類是故此九從三慢出謂慢過慢及卑慢三行次有殊成三三類無劣我慢類高舉如何成謂有如斯於自所樂勝有情聚雖於己身知極下劣而自尊重如呈瑞者或旃荼羅彼雖自知世所共惡然於呈瑞執所作時尊重自身故成高舉如是七慢何所斷耶有餘師言我慢邪慢唯見所斷餘通見修理實應言七皆通二故能安隱作如是言我色等中不隨執我然於如是五取蘊中有我慢隨眠未斷謂修所斷聖未斷時定可現行此不決定謂有已斷而可現行如已離欲貪信苦眠眼等有雖未斷而定不行如未離欲貪聖者殺纏等言殺纏者謂由此纏發起故思斷衆生命等者等取盜婬誑纏無有愛全有愛一分無有名何法謂三界無常於此貪求名無有愛由此已簡無漏無常彼定非貪安足處故有愛一分謂願當爲藹羅筏拏大龍王等言爲顯阿素洛王北俱盧洲無想天等此殺纏等雖修所斷而諸聖者定不現行此修斷不行言成無用以當說聖有而不起故若聖身中有容現起遮言不起是有用言非聖身中有見所斷容可現起而更須遮既有而遮已知修斷及不行義何煩預說若謂前說慢通見修勿殺等纏亦通見斷故說修斷此亦不然說殺纏等言已簡見斷故又觀後釋義足可知如慢類等見所增故由是此言但應在法又釋中言此諸纏愛一切皆緣修所斷故唯修斷者此非定因見所斷亦緣修所斷法故若作是釋此合唯言是則此因能爲定證豈不見所斷亦有無常無有愛何緣

唯修所斷實亦見斷且隨經說謂契經中說有三愛欲愛有愛無有愛三於此經中說無有愛取緣衆同分無常爲境者貪求異熟相續斷故如契經言一類苦逼作如是念願我死後斷壞無有無病樂哉今且據斯說唯修斷非見所斷無無有愛如前已說慢類我慢有修所斷聖者猶有不說自成此等何緣說者猶有而不現起頌曰

慢類等我慢　惡作中不善　聖有而不起
見疑所增故

論曰等言爲顯殺等諸纏無有愛全有愛一分以諸聖者善修空故善知業果相屬理故此慢類等我慢惡悔聖雖未斷而定不行又此見疑親所增故見疑已斷故不復行謂慢類我慢有身見所增殺生等纏邪見所增諸無有愛斷見所增有愛一分常見所增不善惡作是疑所增故聖身中雖有未斷而由背折皆定不行

阿毗達磨順正理論卷第四十七　說一切有部

音釋

漂溺　漂紕昭切浮也溺奴歷切没也　分齊　分扶問切齊在計切分齊限量也　剩　時證切餘也　筏拏　筏房越切拏女加切

阿毗達磨順正理論卷第四十八

尊者衆賢造

唐三藏法師玄奘奉詔譯

辯隨眠品第五之四

九十八隨眠中幾是徧行幾非徧行頌曰

見苦集所斷　諸見疑相應　及不共無明

徧行自界地　於中除二見　餘九能上緣

除得餘隨行　亦是徧行攝

論曰唯見苦集所斷隨眠力能徧行然非一切謂唯諸見疑彼相應不共無明非餘貪等見有七見疑有二疑相應無明即攝屬彼不共有二故成十一如是十一於諸界地中各能徧行自界地五部謂自界地五部法中徧緣隨眠爲因生染是故唯此立徧行名且約界說言三十三是徧然有師說三十三中二十七是徧餘六應分別彼師於此唐設劬勞以相應無明如所相應惑徧非徧理不說成故由是此中標別數者取自力起不共無明非此無明見苦集所斷有非是徧是故但言三十三是徧此說爲善依何義立此不共名如是說者相雜名共以非共故立不共名即是彼此各別爲義如契經說不共佛僧此顯佛僧二寶各別以不共行故名不共無明非餘隨眠相雜行故或普名共即是徧義由非共故立不共名此不共名顯非共有即是不徧諸煩惱義與諸隨眠不相應故有餘師說與餘煩惱不相關涉名爲不共即是惛重無動搖義相應無明與餘煩惱共相應故相有警動不共無明由自力起於諸事業皆不欲爲惛重無動揺如珊若娑病是故名曰不共

無明何故唯於見苦集斷諸隨眠內有徧行耶唯此普緣諸有漏法意樂無別勢力堅牢故能爲因徧生五部見滅見道所斷隨眠唯有能緣有漏一分所緣有別勢不堅牢不能爲因徧生五部故唯前二部有徧行隨眠何緣得知修斷染法以見所斷徧行爲因如何不知世間現見有我見者由我見力外境貪增我見若無便於外境貪微薄故又由至教如說云何見斷爲因法謂諸染汙法又說云何無記爲因法謂不善法無記有爲法由此等證知彼爲因若徧行因生修斷染已斷未斷有何差別彼已斷時修所斷染亦得現起如未斷故又若一切修所斷染皆用見斷爲徧行因因已斷時修所斷染既得現起何故聖者慢類等法必不現行且初難言已斷未斷何差別者甚有差別謂未斷位於自身中能爲徧因取果與果後已斷位雖能爲因不能取果唯除先時已取果者今有此義又已斷位雖能爲因不障聖道於自相續不復能引自得令生與此相違是未斷位何故聖者慢類等法必不行者前已說因修斷既同寧有起不起此難非理因有近遠故謂修斷染有以見疑爲鄰近因連續而起見疑若斷彼必不行與彼相違容有起義又非擇滅得未得殊故有現行不現行者由此所說二過俱無此徧行名爲因何義但於一切有漏法中能周徧緣是徧行義謂上所說三十三隨眠自界地中各能緣五部雖有於受徧起我執而此非唯緣自身受以兼緣此種類法故若起邪見謂所修行妙行惡行皆空無果此亦

非唯緣自身業總撥一切業生果能由此准知餘徧緣義貪等煩惱唯託見聞所思量事方得現起以於妻等起貪等時緣顯非形緣形非顯故知貪等皆非徧緣且據隨眠能徧緣義釋徧行義故作是說若據隨眠同聚諸法所有徧義釋徧行名則諸隨眠具三徧義謂於五部徧緣隨眠及能爲因徧生染法彼相應法具三徧義謂於三義唯闕隨眠彼俱有法具一徧義謂但爲因徧生染法故前所釋無缺減過雖爾無一能徧隨眠於自體等不隨眠故則應無有徧行隨眠此難不然以於五部無礙轉故立徧行名非頓隨眠諸有漏故又於自體俱有法中由於去來彼種類法有隨眠故徧義亦成何因無明修所斷者唯名自相惑非見所斷耶由此無明所緣少故見所斷法非所緣故又此但隨貪等轉故貪等唯是自相惑故見斷無明有是不共彼唯行在異生身中聞思位中修觀行者以苦等行觀諸行時由彼無明損翳慧眼令起多品諸顛倒見故應舉喻顯彼過失如日初沒有一丈夫遥見怨家便作是念彼有怨處我不應往正思念已至黄昏時夜前行闇損瞖其目不能記憶怨相狀故便於怨所起是杌覺或謂非怨或謂親友如是應了不共無明修斷無明則不如是但由因力或境逼故以貪瞋等爲上首生能遮障愛味過患出離覺於所逼境唯不能知非於諸境中皆無欲行轉如珊若娑病惛重無動揺故此無明唯自相惑若徧行惑能緣五部薩迦耶見緣見滅道所斷法生爲見何斷若見苦斷貪等亦應

緣五部故唯見苦斷又如見取緣見滅道所斷能緣無漏境者以彼親迷迷滅道故亦是見滅見道所斷如是身見亦是親迷迷滅道故應見彼斷或應辯此差別因緣又如見滅見道斷見取要由徧知境所緣故斷如是身見例亦應然或復如身見徧知所緣斷如是見取例亦應然如是二途宗皆不許是故所立於理不然理必應然義有別故且初所例貪等亦應緣五部故唯見苦斷或且舉此反例身見理亦應通五部攝者此例非理貪等亦應一念頓緣五部法故謂有身見一刹那中頓緣五部受乃至識爲我我所理不應言一念身見體分五部貪等皆是自相惑故尚無一念頓緣二部況能緣五故例不成後所例言如見滅道所斷見取身見亦然俱是親迷迷滅道故應亦見滅見道斷者亦不應理薩迦耶見不能稱譽謗彼見故又所緣境無分限故非有身見要先稱譽謗滅道見方計爲我亦非於境作分限緣見取必由稱譽能謗滅道邪見方計第一於所緣境作分限緣義既有殊不可爲例然有身見見苦諦時徧知所緣即全永斷非見取者此有別因所緣行解等不等故謂如三界見苦所斷諸蘊無我乃至修斷諸蘊無我其相亦然故見苦時無我見起緣所見苦我見皆除計勝不然有於少法觀餘少法計爲勝故由此身見隨行見取雖緣見滅道所斷法生麤故如身見唯見苦斷如緣修道所斷法生謗滅道見隨行見取雖亦緣彼所斷法生而彼望前極微細故樂淨行解所不攝故親執不欲滅道無明

所引邪見爲最勝故雖見苦位徧知所緣而要所緣永斷方斷是故見取非如身見唯見苦時即全永斷故所說斷差別理成或緣見道所斷見取各三謂見苦集及見滅道隨一斷故若於見滅見道所斷執果分勝是見苦斷執因分勝是見集斷若唯執彼爲眞實覺不徧執彼因分果分隨緣何生與彼俱斷故見取斷非如身見雖爾應說見苦見集所斷見取差別云何非由所緣行相有別俱緣一切有漏爲境並執第一行相轉故有作是言若緣見苦見集所斷見爲最勝如其次第見苦集斷彼越所宗許徧行故若必爾者應許見苦所斷見取有見集斷見集所斷有見苦斷然不許爾故不可依今詳此二有差別者若由常樂我淨等見力近引生於諸行中執爲最勝是見苦斷若由撥無後有因見力近引生於諸行中執爲最勝是見集斷有餘師言所有見取若異熟果爲門而入於諸行中執爲最勝是見苦斷若業煩惱爲門而入於諸行中執爲最勝是見集斷若有身見戒取見取頓緣五部名爲徧行是則徧行非唯爾所以於是處有我見行是處必應起我愛慢若於是處淨勝見行是處必應希求高舉是則愛慢應亦徧行此難不然雖見力起而此二種分限緣故謂雖是處我見等行是處必應起我愛慢而不可說愛慢頓緣先已說爲自相惑故是故徧行唯此十一餘非准此不說自成前說十一於諸界地中各能徧行自界地五部爲有他界他地徧行簡彼故言自界自地亦有他界他地徧行謂十一部中除

身邊見所餘九種亦能上緣上言正明上界上地兼顯無有緣下隨眠緣下則應徧知界壞上境勝故緣無此失且欲見苦所斷邪見謗色無色苦果爲無見取於中執爲最勝戒取於彼非因計因疑懷猶豫無明不了見集所斷如應當說色緣無色倒此應知准界應思約地分別然諸界地決定異者欲界乃至第四靜慮有緣上界上地徧行三無色中闕緣上界有頂一地二種俱無雖有隨眠通緣自上然理無有自上頓緣以自地中諸境界事是所緣境亦所隨眠若上地中諸境界事是所緣境非所隨眠不可一念煩惱緣境有隨眠處有不隨眠勿於相應亦有爾故於上界地必頓緣耶非必頓緣或別或總故本論說有諸隨眠是欲界繫緣色界繫有諸隨眠是欲界繫緣無色界繫有諸隨眠是欲界繫緣色無色界繫有諸隨眠是色界繫緣無色界繫約地分別准界應知身邊二見何緣不緣上界地緣他界地執我我所及計斷常理不成故謂非於此界此地中生他界地蘊中有計爲我執有二我理不成故執我不成故執我所不成所執必依我執起故邊見隨從有身見生故亦無容緣他界地由此唯九緣上理成有餘師言身邊二見愛力起故取有執愛爲巳有故以現見法爲境界故必不上緣生欲界中若緣大梵起有情常見爲何見攝耶理實應言此二非見是身邊二見所引邪智現見蘊中執我常巳於不現見比謂如斯故有先觀有執受蘊爲無我巳後亦於彼非執受蘊無我智生知一一身皆無有我若

爾身見應非徧行唯於執受蘊方計爲我故非他相續自所執受不爾亦取種類法故謂於受中計爲我者不言我受是我非餘但作是思此受是我非大梵受有同此失無惑頓緣自上地故身見唯自界自地徧行故經主於此作是責言何緣所餘緣彼是見此亦緣彼而非見耶以欲界生不作是執我是大梵亦不執言梵是我所故非身見身見無故邊見亦無邊見必隨身見起故非有餘見作此行相故是身見所引邪智諸作是說生欲界中緣梵計常此非邊見於劣計勝是見取攝彼說非理違本論故如本論說無常見常是邊見中常邊見攝上座應許此我常見如樂淨見邪見所攝以上座執於四倒中樂淨二倒邪見爲體彼自釋言若於生死計樂計淨

彼定撥無眞阿羅漢正至正行是故於苦不淨境中計樂計淨是邪見攝今詳彼說理亦應許若於生死計我計常彼定撥無眞阿羅漢無差別因故應亦邪見攝然彼所說理定不然於事增減是別見故謂諸邪見實有事中定撥爲無寧執樂淨二見實無事中定執爲有寧是邪見是故上座諸法相中背理凶言不應收採傍論已了應申正論爲徧行體唯是隨眠不爾云何弁隨行法謂上所說徧行隨眠弁彼隨行受等生等皆徧行攝同一果故然隨行中唯除諸得得與所得非一果故由是徧行因與隨眠相對具成四句差別九十八隨眠中幾緣有漏幾緣無漏頌曰

見滅道所斷　邪見疑相應　及不共無明

六能緣無漏　於中緣滅者　唯緣自地滅
緣道六九地　由別治相因　貪瞋慢二取
並非無漏緣　應離境非怨　靜淨勝性故

論曰唯見滅道所斷邪見疑彼相應不共無明各三成六能緣無漏謂見滅道斷二邪見二疑相應無明即攝屬彼不共有二故合成六如是六種諸界地中能緣滅道名緣無漏餘緣有漏不說自成有說無明無所緣故非緣無漏何緣知此定無所緣無智性故非無智性可說緣境譬如世間非智外闇謂如外闇有損見能不可說言彼能取境無智亦爾障解境智不可說言與智俱轉是故知此定無所緣定有所緣心相應故且已成立無明實有若無明體非心相應譬如外闇障心心所令於境中不能取者則心心所應永不生應相續中恒現有故如無心定無想異熟不應說彼名迷所緣非外黑闇障眼識境故於諸境皆不得生色處所攝眼識境故但於餘境有損見能無明亦然但於苦等四聖諦理障眞見生非於境中障我等見既不能障一切見生故知無明有所緣境又如眠體應有所緣如眠但能損覆智用非不與智於境俱轉以眠亦有取境用故然於所緣令心昧鈍無明亦爾非無所緣何故無緣見滅道斷見滅道斷不共無明見苦集時彼皆斷故謂如見取於諸有漏法由因果門樂淨行等轉如是見取雖亦能緣見滅道斷而眞實見苦集諦時一切永斷迷因果理對治生故如是能障八行覺生不共無明苦集現觀對治生故一切皆斷除此更無緣見所斷諸法爲境不

共無明豈不此應如彼見取非全如彼行相別故謂於有漏見取生時行相衆多迷謬而轉修觀行者見苦集時於見滅道所斷諸法見爲苦等雖已能違計樂淨等迷因果行而於見滅見道所斷見爲功德餘最勝行所有見取猶未能違是故雖於苦集二諦已得現觀猶有見滅見道所斷見取未除不共無明無別行相唯有惛重不欲行轉於四聖諦各別親迷除此更無餘別行相緣見所斷非迷苦集何須固訪不共無明有別行相緣見滅道斷令見滅道斷同見取耶何緣此中緣見所斷所起一切不共無明見苦集時悉皆永斷非緣修斷不共無明見苦集時一切永斷不應於此重責其緣許不共無明有修所斷者彼必應許不共無明有唯能緣修所斷法

非迷苦集二聖諦理説此無明緣見斷法及無漏法理不成故又必應許聖思法時離染恚高有染障故謂彼修習正法觀時應有惛迷不欲行轉如眠惛昧障蔽其心不共無明是修所斷故知聖者集智已生猶有唯緣修所斷法障思正法不共無明見苦集時此何不斷此無明是智所害故諸忍非彼對治道故不迷苦集二諦理故不緣親迷諦理法故謗滅邪見爲見滅耶不見滅耶若見滅者如何見滅謗言無滅若不見滅者如何無漏緣又如何言此物非有應言見滅但尋教見即謗如是所説滅無豈不此見親能緣滅如何即撥此滅爲無如有目者於多杌處遥見人立撥爲非人雖親緣人而非不謗故有見滅而撥爲無然非所有謗滅道慧皆是見滅見

道所斷謂若有慧非審察生聞說滅道便生誹謗唯緣名故非見彼斷若慧於境因審尋伺推度而生決定撥無所說滅道方見彼斷如爲離繫說如是言若能知風爲水所鎮即知尋伺所引諸見生起可息乃至廣說此無漏緣於一一地各緣幾地滅道爲境諸緣滅者緣自地滅謂欲界繫緣滅隨眠唯緣欲界諸行擇滅乃至有頂緣滅隨眠唯緣有頂諸行擇滅諸緣道者緣六九地謂欲界繫緣道隨眠唯緣六地法智品道若治欲界若能治餘諸法智品皆能緣故色無色界八地所有緣道隨眠一一唯能通緣九地類智品道若治自地若能治餘諸類智品皆能緣故何緣謗苦謗集邪見欲界繫者能緣九地初靜慮者能緣八地乃至有頂唯緣彼地謗滅邪見於九地中一一唯能緣自地滅此有所以所以者何謂若有法此地愛所潤此地身見執爲我我所彼諸法滅還爲此地見滅所斷邪見所緣此所以非未遣疑故謂何理故邪見緣滅非如緣苦集通緣自他地或諸邪見緣苦集者何不如緣滅但緣於自地故上所以未遣此疑非未遣疑但不了意然上意顯若諸行中此地我愛我見轉者彼由耽著此地行故若聞說有此地行滅便起此地邪見撥無非上行中有下耽著寧下邪見撥彼滅無雖界地相望因果隔絕而九地苦集展轉相牽又生依立因更互爲因故一地邪見容有緣多滅無相牽及相因理故謗滅邪見唯緣自地滅若爾善智緣滅諦時應分齊緣如謗滅見不應一念智頓緣多地滅此二所緣理

無別故且有善智緣一地滅然有頓緣多地滅者由於前理與邪見異謂前已説若諸行中有耽著者聞此行滅便起此地邪見撥無非上行中有下耽著寧下邪見撥彼滅無善智不由耽著引起緣多地滅於理何違然善智生觀諸行過審觀過已希求彼滅故一地智緣多地境且如煖等以總行相觀諸行過欣求彼滅不應執彼同於邪見於所緣境有分限緣迷悟理殊不應爲例謂修觀者觀自地中過失所惱欣自地滅由此亦能觀於他地諸行出離過失功德故善智起悟境理通容有頓緣多地行滅諸邪見起於境迷謬固執所隔不能總緣何緣邪見緣苦集滅有通唯別緣道不然由治有殊互相因故謂所緣道雖諸地別而展轉相屬互爲因果故由此邪見六九總緣滅不相因唯緣自地豈不法類二智品道亦互相因下上邪見應俱能緣法類品道如緣苦集諸地無徧此責不然非對治故若爾六地法智品道應非欲界邪見總緣上五地中法智品道於欲界法非對治故未至地亦非全屬上地者非欲治故治欲者亦非全邪見唯是忍所治故色無色界謗道邪見應亦能緣法智品道有法智品道治色無色故若謂法智非全治彼苦集法智品非彼對治故亦非全能治色無色不能治彼見所斷故初品法智不能治彼初品煩惱非此所治故法智品非彼所緣是則應許色無色邪見不能總緣九地類智品非類智品總能對治上二界中諸煩惱故謂非第二靜慮地等類智品道亦能爲初靜慮地等煩惱對

治初靜慮等亦非全兩節推徵如前說又緣道諦三界隨眠非苦集滅忍所對治故謗道見理應無能下上總緣六九地道如是過網理實皆無法類相望種類別故法類智品治類同故互相因故互相緣故謂法智品道同是欲界中緣道諦惑對治衆類此同類道由互相因互相緣故設非對治亦欲緣道煩惱所緣類智品道與法智品雖互相因由對治門種類別故不相緣故非欲緣道煩惱所緣准此已遮色無色界緣道煩惱亦應能緣治色無色法智品過謂於此中雖有少分法智品道能治上界少分煩惱亦互相因而由治門種類別故與類智品不相緣故非上緣道煩惱所緣於九地中類智品道由一種類展轉相因更互相緣治類同故雖非對治而可總爲上八地中緣道惑境是故如頌所說理成何故貪瞋慢及二邪見無漏斷不緣無漏以諸欣求眞解脫者於貪煩惱定應捨離若緣無漏如善法欲希求涅槃及聖道故求解脫者不應離貪又滅道諦應是所斷佛說離貪境名斷故如契經說汝於色中若能斷貪色亦名斷又於貪境見過失故方得離貪若許有貪緣無漏者應於滅道見過失時貪方得離此見非淨豈能盡惑又於貪境見功德故貪方得生若許有貪緣無漏者滅靜等行觀無漏時貪應增長如何因此能盡諸惑既俱不盡惑生死應無窮是故知貪不緣無漏緣怨害事方得生瞋無漏事中離怨害相故緣無漏瞋必不生又瞋隨眠其相麤惡諸無漏法最極微妙故瞋於彼無容得行諸慢隨

眠高舉相故性不寂靜諸無漏法極寂靜故不生高舉又生慢者作是念言我得此法非無漏法力能爲緣起如是慢以無漏法能治慢故二取若能緣無漏者是則應與正見相同無漏是眞淨勝性故二取既無倒應非見所斷是故二取非無漏緣若爾有於謗涅槃者邪見等上起瞋隨眠既稱所緣應無有過於有過法起憎背心正合其儀應遠離故則應瞋恚非見滅斷無如是失愚滅相者於能謗者方起瞋故謂於餘處執解脫已於謗眞解脫方起不忍心是故惡愚眞滅相者方於謗滅邪見等上起極憎背見滅斷瞋諸有不愚眞滅相者於能謗滅邪見等上若生猒背非瞋隨眠乃是無貪善根所攝又如腹内積多病者爲活命故雖食美食病所雜故皆成衰損腹無病者凡有所食一切於身有益無損如是若有於非滅中妄謂是滅生貪愛者相續穢故於邪見等所起憎嫌皆説名爲緣見滅斷邪見等法所起瞋恚若有如理於眞滅中知是眞滅無貪愛者相續淨故於能謗滅邪見等中所生猒背皆無過失若於知有涅槃正見所起瞋恚見何所斷此不應責見所斷瞋理必無容緣善法故此緣正見定修所斷然已見諦者此不復行緣謗滅見貪已永斷故寧不信有緣無漏瞋豈不此瞋世現知有謂有外道言涅槃中永滅諸根是大衰損故我於此定不欣求此本非瞋乃至邪見故本論説於樂計苦是見滅斷邪見所攝理必應然以一切苦至極樂處方得永滅極樂處者唯眞涅槃此極樂言顯勝義樂彼不能

了此樂相故又不能知生死過故耽著諸有不樂出離故起邪見非撥涅槃寧執此爲緣滅瞋恚然上座說許邪見疑及二無明緣無漏者則應滅道俱成有漏若謂滅道非惑所魅要有漏事惑所魅者是則若有於彼事中有所求得可起煩惱定無滅道成有漏失由彼不成有漏相故以佛說有漏唯是愛恚事滅道既非愛恚事攝故彼雖被邪見等緣而決定無成有漏失若爾不許貪瞋隨眠是共相惑非一切境皆爲貪瞋所繫縛故應有有漏事亦成無漏失彼定不了對法義宗以許未來自相煩惱定能繫縛諸有漏事非滅道諦與三時中貪瞋隨眠爲依爲境故與彼事不可例同豈不世間諸外道類現於無漏亦有起瞋謂現有於他正見等眞涅槃道及涅槃中起極憎嫌經中處處亦見廣說憎滅道者又諸煩惱依總相說皆入貪瞋二品攝故如說三隨眠復說七隨眠有說三結復說九結非三隨眠不攝七隨眠非三結不攝九結又如經說大病有三豈身見等非大病攝若彼品攝亦名大病貪瞋亦然總攝無失謂貪能總攝樂相應煩惱瞋復能總攝苦相應煩惱故許邪見疑二無明能緣滅道則應滅道亦是瞋事成有漏失如是所說理皆不然且初所言諸外道類現於無漏有起瞋者彼由不了無漏相欲但闕樂欲非謂起瞋謂彼深心樂著生死不樂出離故起邪見非謗滅道豈即名瞋彼或撥無或謂有過故於無漏唯不忍許非不忍許即名爲瞋如佛弟子於外道說自性士夫時方我等亦不忍許豈即是

瞋又彼所言依總相說貪瞋總攝一切煩惱以邪見等緣滅道故滅道則應瞋事所攝成有漏者理亦不然違自意故太過失故不決定故應異說故謂彼上座處處自言世尊不應作迷謬說若佛於此但舉貪瞋意欲總攝一切煩惱豈不此言極爲迷謬或若舉二便能攝餘則後說餘便爲無用故彼所說自意相違如何彼言有太過失謂先已釋貪慢二取不緣滅道其理極成准汝所言應有緣義以有邪見與樂相應滅道亦應成貪事故或雖許二總攝諸惑而非總能緣滅道者則應唯許邪見等緣不應許瞋離怨相故又約餘義有太過失謂應但說大病有二以許貪瞋總攝諸惑業因緣集應無有三如是等門數皆應滅不決定者謂彼所言唯說貪瞋能攝諸惑如隨眠等少能攝多此不定然有處說少唯如名攝不攝餘故有說總名許攝別故如緣起處說愛緣取彼宗唯許愛爲取緣非攝所餘樂相應惑取名雖總唯許攝愛又契經言吾當爲汝說諸愛網此中唯說貪求相故攝愛非餘又見餘經總說煩惱而不攝見如五濁中或舉別名而總攝惑如契經說無明緣行又於此中三隨眠等亦容說彼非攝一切應異說者謂若世尊欲依總相說諸煩惱不應於此說貪與瞋但應說無明如無明緣行此能總攝一切煩惱與諸煩惱相隨行故若說貪瞋唯能自攝彼前所說是則若有於彼事中有所求得可起煩惱者此言有何義非我宗說要於境中有所求得方起煩惱但由於境不能了知起背起求起中煩惱若

爾寧說惑所魅言謂若境中惑得自在能攝受境令順生增非惑生時攝取於境置於心首寶玩名魅但是境中惑得自在攝令順已得生增義若非所魅惑於境中雖緣彼生而不增長如人舉目觀日月輪能令眼根損減增長是故貪等不緣無漏其理極成滅道雖爲邪見等境而非有漏

阿毗達磨順正理論卷第四十八 說一切有部

音釋

瞖 於計切目疾也　杌 五忽切無枝也　惛 呼昆切不明了也　魅 明秘切鬼魅也

阿毗達磨順正理論卷第四十九

尊者眾賢造

唐三藏法師玄奘奉詔譯

辯隨眠品第五之五

爲顯上義復應思擇九十八隨眠中幾由所緣故隨增幾由相應故隨增頌曰

未斷徧隨眠　於自地一切　非徧於自部
所緣故隨增　非無漏上緣　無攝有違故
隨於相應法　相應故隨增

論曰徧行隨眠差別有二謂於自界地他界地徧行不徧隨眠差別亦二謂有漏無漏緣且徧行中自界地者普於五部自界地法所緣隨增不徧行中有漏緣者唯於自部自界地法所緣隨增不徧行中無漏緣者及徧行中他界緣者於所緣境無隨增義所以者何彼所緣境非所攝受及相違故謂若有法爲此地中身見及愛攝爲己有可有爲此身見愛地中所有隨眠所緣隨增理言隨增者謂諸隨眠於此法中隨住增長即是隨縛增昏滯義如衣有潤塵隨住中如有潤田種子增長非諸無漏及上地法爲諸下身見愛攝爲己有故緣彼下惑非所緣隨增以不隨縛增昏滯故若下地生求上地等是善法欲非謂染汙爲求離染此欲生故聖道涅槃及上地法與能緣彼下惑相違故彼一亦無所緣隨增理如於炎石足不隨住如火焰中蛾不增長此隨眠起親由所依然正起時兼託彼境如是已辯所緣隨增隨何隨眠於相應法由相應故於彼隨增所說隨增謂至未斷故初頌首標未斷言由此應知諸緣無漏他界地

煩惱唯相應隨增諸緣有漏自界地徧具有所緣相應隨增如何隨眠於相應法及所緣境有隨增義先軌範師作如是說如城邑側有雜穢聚糞水土等所共合成於此聚中由糞過失令水土等亦成不淨由水等力令糞轉增更互相依皆甚可惡如是煩惱相應聚中由煩惱力染心心所煩惱由彼勢力轉增更互相依皆成穢汙此聚相續穢汙漸增亦令隨行生等成染如猪犬等居雜穢聚生極耽樂眠戲其中糞穢所塗轉增不淨復由猪等穢聚漸增如是所緣自地有漏由煩惱力有漏義成彼復有能順煩惱力令其三品相次漸增如滑淨人誤墮穢聚雖觸糞穢而非所增人亦無能增彼穢聚如是無漏異界地法雖有亦被煩惱所緣而彼相望互無增義

此緣無漏異地隨眠但由相應有隨眠理有餘於此復作是說如酒雜毒酷烈轉增毒勢亦增功能等故如是有漏與諸煩惱相助俱增功能等故如以良藥置諸毒中令毒功能有損無益如是無漏雖被惑緣令惑功能有損無益故緣無漏有邪見生而彼無能斷善根力亦有至教顯諸隨眠有無漏緣無隨增理如契經說苾芻當知疑食者何所謂三世於過去世有惑有疑現在未來說亦如是無爲雖是煩惱所緣非所隨增故此不說既不說此無漏有爲准此亦應非疑所食如經總說諸行無常理實於中唯說有漏法以於後說彼寂爲樂故本論亦言無漏緣煩惱隨增唯有相應非所緣去來隨眠有隨增不應言定有能發得故若異此者諸異生類無染心

位應離隨眠然世尊言幼稚童子嬰孩眠病雖無染欲而有欲貪隨眠隨增故說隨增乃至未斷若彼已斷則無所緣相應隨增隨眠寧有彼猶不失隨眠相故謂由對治壞其勢力故不隨增然彼隨眠體相不失故言猶有或據曾當有此用故今雖無用亦號隨眠如失國王猶存王號工匠停作其名尚存上座此中作如是說隨眠無有相應所緣二隨增義但有自性於相續中隨縛不捨爲有自體隨縛相續爲有有性無自體耶彼自答言唯有有性諸纏可有相應所緣若爾亦應執有我性及瓶等性異蘊色等如是僻執宜自隱覆九十八隨眠中幾不善幾無記頌曰

上二界隨眠　及欲身邊見　彼俱癡無記
此餘皆不善

論曰色無色界一切隨眠四支五支定所伏故無有勢力招異熟果故彼皆是無記性攝若謂彼能招異熟果應上二界有非愛受染招愛受理不成故然無聖道成無記失唯有漏法有異熟故此種類中無異熟者方可說爲無記性故豈不經言諸聖弟子若有能入第四靜慮能捨不善修習善法此亦何失如契經言諸聖弟子已證不動心善解脫具末尼寶能捨不善修習善法非諸阿羅漢有不善可捨又已永斷諸不善者亦許勤修四正斷故當知皆約猒壞對治遠分對治說無有失云何知然以契經說離諸欲惡不善法故上座釋言約定位說彼釋非理欲界亦應如彼說故欲界亦有善三摩地應言離欲惡不善法無差別故又諸異生入初靜慮亦說離

欲惡不善法非汝所宗諸異生類有漏相續離諸煩惱彼許有學法尚有隨眠故契經既說入初靜慮離諸欲惡不善法言故上二界定無不善若異此者異生現入初靜慮時應如欲界非離自地惡不善法又生此界上界煩惱亦容現行應定位中亦有不離惡不善法惑所發業能招後有故知生此容起彼惑既曾無說彼不離言由此定知彼釋非理又言上界煩惱亦應感非愛果如欲界惑謂如欲界不善煩惱雖助施等感人天生然彼非無所招異熟色無色界煩惱亦然煩惱功能有差別故非唯能感苦受異熟理亦不然欲界中有諸惡趣故諸處皆同一隨眠故他化自在煩惱亦能招惡趣果非色無色有別處所可受煩惱非愛異熟故彼應執惡異熟因有無果者或彼應執上界有受非愛果處又於欲界人天趣中有受不善圓滿果義非色無色可與此同又如汝宗一切煩惱雖同不善功能別故有感苦受有無感能如是亦應許諸煩惱雖同於境亂倒而緣而彼功能有差別故有是無記有是不善又彼煩惱若不善性既不許招苦受異熟許彼能感樂受果耶不爾若然應成無記諸有漏業若不能招愛非愛果一切皆許是無記性寧獨言非又言無知性非善巧一切煩惱彼攝受故由此皆應是不善者亦不應理雖彼皆同非善巧性無知攝受而許其中有差別故如汝雖許不善性同而望苦受因非因異又彼學法應成不善謂彼自許諸有學法望不善巧所攝隨眠亦得名爲有隨眠故又彼不應說諸煩

惱皆非善巧無知攝受攝受自體理不成故理無二思同時起故若謂引生名爲攝受則諸善行應成不善無明爲緣引彼生故由此不可以彼爲因證色無色纏煩惱是不善身邊二見及相應癡欲界繫者亦無記性顛倒轉故寧非不善且有身見順善行故違斷善故定非不善若謂亦能順不善故應成不善以身見後一切煩惱容現行故由此但是有覆無記非我說彼順善行故即成善性如何難言順不善故成不善性如有漏善雖順兩邊不失善性此亦應爾若謂貪求天上快樂順福行故應無記者此例不然即我見力於天快樂起希求故謂爲我當受天快樂即此爲門能造福行然貪於彼斷善根時說爲强因故是不善或由我見天愛方行謂由見我當受天樂方於彼樂起貪求故我慢亦隨身見後起令心高舉故不順修善業又違親近善友等故謂由我慢心自舉恃近善友等皆難得成邊執見中執斷邊者計生斷故不違涅槃順猒離門故非不善如世尊說若起此見我於一切皆不忍受當知此見不順貪欲隨順無貪乃至廣說又世尊說於諸外道諸見趣中此見最勝謂我不有我所亦不有我當不有我所當不有又此不畏大怖處故如契經說愚夫異生無正聞者有能不畏大可怖處謂我不有我所亦不有我當不有我所當不有而不驚怖上座於此作如是言何有如斯下劣邊見能順解脱以諸有情一切妄見皆入此攝然我不知有何意趣執此邊見能順解脱此見下劣誠如所言非方便門執

生斷故然此行相世尊有時爲諸苾芻無問自說或有一類作是思惟謂我不有我所亦不有我當不有我所當不有如是勝解時便斷下分結故知此見能順解脫由是應知非不善性又於如是邊執見中無非方便中執爲方便見無於下劣執爲勝見無於實有撥爲無見無非我常執我常見如何乃說以諸有情一切妄見皆入此攝執常邊見順我見生是無記理如我見說然彼未得證眞理智又未承奉達眞理師恒起我能爲梯隥慢自作是說然我不知有何意趣執此邊見能順解脫實如所言有餘復言身邊二見生死本故應是不善彼說不然因有三故一者起因二者生因三異熟因由起因故不越界地由生因故令得受生由異熟因故生已受異熟身邊二見是起生因非異熟因名生死本故本論說身見能令三有相續乃至廣說然經主言俱生身見是無記性如禽獸等身見現行若分別生見不善性此不應理不能分別而言見攝見道所斷理不成故此不應言是修所斷與無我解正相違故應知但是修道所斷不染無記邪智所攝若不許然有太過失謂禽獸等前際等中不能分別亦應得有疑等現行如有身見色無色界亦有分別煩惱現行應是不善彼有不善如前已遮故欲界中身邊二見唯是有覆無記性攝餘欲界繫一切隨眠與上相違皆不善性此謂欲界顯欲界中上所說餘皆是不善頌無煩說此餘皆不善故於上所說不善惑中有幾能爲不善根體頌曰

不善根欲界　貪瞋不善癡

論曰唯欲界繫一切貪瞋及不善癡不善根攝如其次第世尊說爲貪瞋癡三不善根體唯不善煩惱爲不善法根名不善根宗義如是豈不一切已生惡法皆爲後因非唯三種無越三理以不善根翻對善根而建立故何緣不建立不慢等善根佛於法中知而建立有餘師說五識身中無惡慢等可翻對故又具五義立不善根謂通五部徧依六識是隨眠性發惡身語斷善根時爲强如行慢等不爾非不善根義准已成故頌不說如不善惑有不善根無記惑中有是根不亦有何謂頌曰

無記根有三　無記愛癡慧　非餘二高故
外方立四種　中愛見慢癡　三定皆癡故

論曰迦濕彌羅國諸毗婆沙師說無記根亦有三種謂諸無記愛癡慧三一切應知無記根攝慧根通攝有覆無覆根是因義無覆無記慧亦能爲因故無記根攝此三有力生諸無記何緣疑慢非無記根疑二趣轉慢高轉故謂疑猶豫二趣動轉故不立根根堅住故慢高舉相向上而轉故不立根根趣下故世間共見根相如是隱於土下故名爲根是體下垂上生苗義此三如彼故亦名根餘非隨眠或無勝用故不立彼爲無記根外方諸師立此有四謂諸無記愛見慢癡無記名中遮善惡故何緣此四立無記根以諸愚夫修上定者不過依託愛見慢三此三皆依無明力轉故立此四爲無記根彼作是言無覆無記慧力劣故非無記根根義必依堅牢立故由

慢力故諸瑜伽師退失百千殊勝功德故慢力勝立無記根此四能生無記染法上座於此作如是言無無記根無聖教故善惡猛利起必由根無記羸劣不由功用任運而起何藉根爲無聖教言且爲非理無記煩惱有極成故謂何緣故少分染起藉同類根少分不爾無記染法有同類根是染法故如不善法又何定執此無聖教非彼上座耳所未聞便可撥言此非聖教無量聖教皆已滅沒上座不聞豈非聖教然於古昔諸大論師皆共詳論無記根義故知必有聖教明文標以總名無別名數由斯諍論或四或三又聖教中處處說有記無記法又處處說記無記法從根而生有處亦依有記根上方便建立無記根名故不應言此無聖教又羸劣法轉應計爲由根力生非猛利者是故非彼所立理趣能遮我等立無記根諸契經中說有十四說無記事彼爲同此非善不善名無記耶不爾云何應捨置故謂問記論總有四種其四者何

頌曰

應一向分別　反詰捨置記　如死生殊勝
我蘊一異等

論曰等言爲攝有約異門且門四者一應一向記二應分別記三應反詰記四應捨置記此四如次如有問者問死生勝我一異等記有四者謂答四問若作是問一切生者皆當死耶應一向記一切生者皆定當死若作是問一切死者皆當生耶應分別記有煩惱者死已當生無煩惱者死已不生若作是問人爲勝劣應反詰記爲何所方爲方諸天爲方

惡趣若言方天應記人劣若言方惡應記人勝若作是問蘊與有情爲一爲異應捨置記有情無實故一異性不成如馬角等利鈍等性有作是說彼第二問不應分別應一向記謂問死者皆當生耶此應一向記言不爾設彼復問誰當生耶應一向記有煩惱者或彼復問誰不當生應一向記無煩惱者彼第三問不應反詰應一向記謂問人趣爲勝劣耶應一向記亦勝亦劣所待異故如有問識爲果因耶應一向記亦果亦因所待異故彼第四問既全不記蘊與有情若異若一不應名記豈不如彼生聞梵志問世尊言喬答摩氏我有親愛先已命終今欲爲其施所信食彼爲得此所施食耶世尊告言此非一向若汝親愛生於如是餓鬼族中有得此食既許彼是應分別記此中亦問一切死者皆當生耶於此亦應不一向記應爲分別有煩惱者生非無煩惱者如何此非應分別記一向爲問非一向答此與經說文義既同俱應名爲應一向記或應俱名應分別記理所逼故必應許同於人趣中差別問故應差別記謂有問言人趣爲勝此應反詰汝何所方問劣亦應如是反詰若雙問者應一向記亦勝亦劣非於此中勝劣雙問但隨問一記一爲聲意顯別問爲勝爲劣故此問成應反詰記應捨置中難定非有問記四種經所記故不爾問記應但說三若爾何緣經列四處前三有記第四無耶不記問者意所問故若爾何故亦立記名以說此中如所應故謂此亦說應捨置言應置問中應言應置若作餘語記便不成

此中如何說有四問誰言於此問有四耶以問唯一相無別故但約四說顯問有殊是故說爲四應記問何謂問相有作是說依二無遮是謂問相此非問相是扇帙略所造論中所說疑相實問相者謂有相違或無相違爲欲了達所未了義有所陳請設無陳請但依二義隨觀遮一有所躊躇未能決了是名疑相以實問相蘊在心中對法諸師安立問記一向記者若有問言行無常耶應一向記分別記者若有直心請言願尊爲我說法應爲分別法有衆多謂去來今欲說何者若言爲我說過去法應復分別過去法中亦有衆多色乃至識若請說色應分別言色中有三善惡無記若請說善應分別言善中有七謂離殺生廣說乃至離雜穢語若彼復請說離殺生應分別言此有三種謂無貪瞋癡三善根所發若彼請說無貪發者應分別言此復有二謂表無表欲說何者如是分別至究竟時便令問者了所問義故此分別記相即成由此已遮有作是難於分別後既更無容有餘記言不應成記以即分別說爲記故謂分別時問者自了所欲問義分別終時已能影顯所記義故由是分別記相得成未分別時彼未能解分別已解故名爲記此於能記立以記名然於此中置訖埵者唯爲顯後不離前義如世間說度山至河非此爲明山前河後但欲令解非離度山有至河義置訖埵緣如是此中要有分別方成記義非離分別故唯爲顯後不離前非爲顯成前後別義反詰記者若有諂心請言願尊爲我說法應反詰彼

法有衆多欲說何者不應分別過去未來現在等異所以然者說者知其心懷諂曲求非故問不應爲彼分別諸法但應反詰令黙然住或令自記無便求非反詰終時巳能影顯所記義故由是亦應許此反詰即名爲記由反詰言記彼問故有作是難此記亦不成詰後無容有餘記言故問倶不與問相相應請言願尊爲我說法此不成問但應名請此中前難應准前遮然此與前有差別者謂若反詰令彼自然有正解生方得名記如契經說我還問汝如汝所忍應如實答又如經說汝意云何色爲無常爲是常等非佛於此自爲分別但由反詰令彼自解豈不此中名佛爲記若能記者黙無所言令他解生名最勝記又此中說反詰記者有以反詰爲記方便如是應知依二義釋反詰記名一由反詰即名爲記二由反詰爲方便巳方記彼問問與問相不相應者此亦非理依二無遮得問相名非我許故汝雖許爾然自違宗叙彼宗中當顯違理有雖不以二道爲依而但希望知諸道相作如是問爲我說道此豈不是問於道相此依何二言無所遮故汝所言唯能顯巳憎他善說愛自妄計豈由此故能破我宗又彼云何安立問記彼亦少分採取正宗兼率巳情作如是說若問諸行常無常耶應一向記言皆是無常性問有兩向謂常無常然於記中唯有一向如是一切皆應准知如是名爲應一向記應分別記者如生聞梵志問世尊言喬答摩氏我有親愛先巳命終今欲爲其施所信食彼爲得此所施食耶世尊告言

此非一向趣有五種謂那落迦傍生餓鬼天人別故若汝親愛生地獄中爾時唯應食地獄食汝所施食彼不能受廣說乃至若生人中爾時唯應食人中食汝所施食亦不能受然有處所名餓鬼族若汝親愛生彼族中則能受汝所施飲食若據我宗如是所問應分別記理實無違然據汝宗如是所問應一向記不應分別進退推徵如前已辯應反詰記者彼謂若問我常無常耶應反詰言依何我問若依色我乃至識我應答無常若有問我有耶無耶應反詰言依何我問若言依彼十二處中隨一我問應答言有若依餘問應答言無今謂此中反詰非理且初問我常無常耶應一向答是無常性以唯於蘊執有我故諸蘊唯是無常性故以契經說苾芻當知世間沙門婆羅門等諸有執我等隨觀見一切唯於五取蘊起無容更有第二記故應一向記不應反詰設彼答言不依色我乃至識我當如何記離蘊必無起我見者所問非理當如何記以不應記非常無常亦不可言我是常性必無如是種類蘊故離蘊必無起我見故由此定是應一向記第二問我有耶無耶亦不應反詰汝依何我問以諸我見必定唯於十二處中隨一處起離此無容有我見故唯應一向答言是有然於此中容可反詰汝向所問我有無者為問常我為無常耶若問無常應記言有彼於取蘊說我聲故若問常我應記言無諸取蘊中皆無常故如是理趣聖教所顯故拊掌喻契經中說苾芻尋伺我我是何佛知其心廣為標釋十八界已告言

苾芻汝等若謂此法是我當言此我無常無恒廣說乃至苾芻汝等意謂此眼爲常無常白言大德是無常性既是無常爲苦非苦白言大德亦是苦性既無常苦即變易法爲有多聞諸聖弟子於此執有我我所耶苾芻白言不爾大德此中意說若執無常法爲無常我應言我是有若執眼等諸無常法以爲常我應言我無又離如斯眼等法外無別少分常住之法可計爲我故常我無由此餘經亦作是說所有諸行皆空無常無恒無住無不變易亦復空無我我所性又前說我無常無恒不可保信有變易法餘處復說苾芻汝今亦生亦老乃至廣說此等意顯常住我空無常不空故作是說如上所引經說世尊反詰苾芻汝等意謂此眼等界爲常無常以此爲問於後方記無常常我是有是無又閻莫迦西臓迦等契經亦說反詰苾芻諸蘊常無常記我爲無有以此准彼理亦應然謂於此中有作是問我體爲有爲是無耶應反詰言所問我者爲問常我爲無常耶若問無常應記言有若問常我應記言無故彼所言皆不應理應捨置者彼謂苾芻問世尊言大德應說過去諸劫其數有幾佛告苾芻過去諸劫數有爾所不易可說此中苾芻不知劫數故以問佛世尊答彼過去劫數不可了知如應捨置而爲記別是故說此名應捨置此中何有依二無遮而汝於斯許有問相世尊未說有何未遮可說爲問世尊說已有何所遮可說爲記苾芻先問由總不知世尊說已仍未了達於此有何問記二相而汝亦許成問記耶

及契經言有四問記然彼自說即由此因列四名中前三有記唯於第四不說記聲若爾何緣先作是解如應捨置而爲記別豈不前後自生相違若隨應置而爲記者應許第四亦有記聲若謂此中無記相故於列名處不說記聲如何復言隨應捨置而爲記別故自相違又於他宗不應設難既全不記蘊與有情若異若一不應名記是故彼宗極爲惡立諸問記相前釋可依

阿毗達磨順正理論卷第四十九 說一切有部

音釋

軌範 軌居洧切法度也範音犯規模也 怢 直一切書怢也 躊躇 躊直由切躇直魚切躊躇猶豫也 埵 丁果切土埵也

阿毗達磨順正理論卷第五十

尊者衆賢造

唐三藏法師玄奘奉詔譯

辯隨眠品第五之六

因辯隨眠不善無記傍論已了今應思擇何等隨眠於何事繫何名爲事事雖非一而於此中辯所繫事此復有二其二者何謂就依緣及部類辯就依緣者謂眼識俱所有隨眠唯於色處爲所緣繫於自相應諸心心所意處法處爲相應繫如是乃至若身識俱所有隨眠唯於觸處爲所緣繫於自相應諸心心所意處法處爲相應繫若意識俱所有隨眠於十二處爲所緣繫於自相應諸心心所意處法處爲相應繫就部類者謂見苦斷徧行隨眠於五部法爲所緣繫於自相應諸心心所爲相應繫見苦所斷非徧隨眠唯於自部爲所緣繫於自相應諸心心所爲相應繫如是一切隨應當說就三世辯何等有情有何隨眠能繫何事頌曰

若於此事中　未斷貪瞋慢　過現若已起
未來意徧行　五可生自世　不生亦徧行
餘過未徧行　現正緣能繫

論曰若有情類於此事中隨眠隨增名繫此事夫爲能繫必是未斷故初未斷如應徧流且諸隨眠總有二種一者自相謂貪瞋慢二者共相謂見疑癡貪瞋慢三是自相惑如前已辯諸聖教中處處見有分明文證且如經言告衣袋毋汝眼於色若不見時彼色爲緣起欲貪不不爾大德乃至廣說又契經說佛告大毋汝意云何諸所有色非汝眼見非汝

曾見非汝當見非希求見汝爲因此起欲起貪起親起愛起阿賴耶起尼延底起耽著不不爾大德乃至廣說故此事中有貪瞋慢於過去世已生未斷現在已生能繫此事以貪瞋慢是自相惑非諸有情定徧起故豈不已斷繫義便無既說繫言已顯未斷何緣說此被未來繫復說過去已生未斷此未斷言應成無用無無用過此未斷言顯有品別漸次斷故即於此論次下文中亦說未來意徧行等謂彼貪等九品不同修道斷時九品別斷有緣此事上品隨眠已起已滅已得永斷彼於此事尚有未來餘品隨眠未起未滅未得永斷猶能爲繫是故本論於此義中雖說未來愛等所繫而於過去說未斷言故未斷言深成有用然過去世此品隨眠得永斷時未來亦斷容有餘品未來隨眠能繫此事未得永斷以未來世意識相應貪瞋慢三徧緣三世雖於此事或生不生但未斷時皆名能繫未來五識相應貪瞋若未斷可生唯繫未來世由此已顯五識相應可生隨眠若至過去唯繫過去至現亦爾義准若與意識相應可生隨眠若至過現未斷容繫非自世法非唯意識相應隨眠若在未來能縛三世諸與五識相應隨眠若定不生亦縛三世謂彼境界或在未來或在現在或在過去彼雖已得畢竟不生而未斷時性能繫縛所餘一切見疑無明去來未斷徧縛三世由此三種是共相惑一切有情俱徧縛故若現在世正緣境時隨其所應能縛此事以何爲證知貪等惑緣過去等三世境生即於其中能爲繫縛由聖

教證故契經言欲貪處法總有三種一者過去欲貪處法二者未來欲貪處法三者現在欲貪處法若緣過去欲貪處法生於欲貪此欲貪生當言於彼過去諸法繫非離繫乃至廣說

又契經言若於過去未來現在所見色中起愛起恚應知於此非色繫眼非眼繫色此中欲貪是眞能繫如是等類聖教非一今應思擇過去未來爲實有無方可辯繫然於過未實有無中自古諸師懷朋黨執互相彈斥競興論道俱申教理成立已宗處處傳聞如斯諍論實有論者廣引理教種種方便破無立有實無論者廣引理教種種方便破有立無由是俱生大過失聚故我今者發大正勤如理思惟立去來世異於現在非畢竟無謂立去來非如現有亦非如彼馬角等無而立去來體俱是有唯此符會對法正宗於此先應辯諸有相以此有相蘊在心中方可了知去來定有由所辯相顯了易知令固執者亦能契實此中一類作如是言已生未滅是爲有相彼說不然已生未滅即是現在差別名故若說現世爲有相者義准已說去來是無謂於此中復應徵責何緣有相唯現非餘故彼所辯非眞有相我於此中作如是說爲境生覺是眞有相此總有二一者實有二者假有以依世俗及勝義諦而安立故若無所待於中生覺是實有相如色受等若有所待於中生覺是假有相如瓶軍等有餘於此更立第三謂相待有如此彼岸此即攝在前二有中名雖有殊所目無異又彼所執違越契經契

經唯言有二有故實有復二其二者何一唯有體二有作用此有作用復有二種一有功能二功能闕由此巳釋唯有體者假有亦二其二者何一者依實二者依假此二如次如瓶如軍諸聖教中總集一切說有言教略有四種一實物有二緣合有三成就有四因性有如契經說有色無常我於其中等隨知見又如經說世間所無我知我見無有是處如是等文說實物有如契經說要由有樹方得有影汝等苾芻若有和合更無有師與我等者如是等文說緣合有如契經說有隨俱行善根未斷又如經言有內眼結又如經說彼二無愛又如經說非有愛者名有眼人如是等文說成就有如契經說此有彼有此無彼無如是等文說因性有如契經說無有淤泥如諸欲者設欲施設經無理趣如是等教說畢竟無非諸唯執有現世者能具正辯聖教有言如斯理趣後當具顯是謂我宗所辯有相譬喻論者作如是言此亦未爲眞實有相許非有亦能爲境生覺故謂必應許非有亦能爲境生覺旋火輪我二覺生時境非有故又有徧處等勝解作意故若一切覺皆有所緣是則應無勝解作意又幻網中說緣非有見故

又契經說知非有故如契經言於無欲欲則能如實了知爲無又諸世間夢中瞖目多月識等境非有故又於非有了知爲無此覺以何爲所緣境又若緣聲先非有者此能緣覺爲何所緣是故應知有及非有二種皆能爲境生覺故此所說非眞有相對法諸師作如

是說無無境覺二緣定故以契經中說六種覺皆決定有所依所緣謂眼覺生依眼緣色至意覺生依意緣法無第七覺離境而生可執彼爲緣無境覺若許有覺離境而生亦應許有離所依覺則應生盲等有眼等覺生差別因緣不可得故又非無法可說名爲是六境中隨一所攝故執有覺緣無而生違理背教極爲踈野有餘於此作是難言若見少分有所緣覺謂一切覺皆有所緣既見少分緣去來覺應眼等覺亦緣去來若不許然亦不應許以見少分有所緣覺謂一切覺皆有所緣是故不應立斯比量或立便有不定過失故無境覺實有極成此但有言都無理趣要由有境爲別所緣覺方有殊如眼等覺謂如現在差別境中眼等覺生而非一切皆以一切現在爲境如是於有差別境中一切覺生而非一切皆以一切有法爲境又見少分有所緣覺彼此極成以此例餘皆應有境可無過失不見少分無所緣覺彼此極成如何極證有覺無境可無過失然譬喻者先作是言有非有皆能爲境生覺者此不應理覺對所覺要有所覺覺方成故謂能得境方立覺名所得若無誰之能得又能了境是識自性所識若無識何所了故彼所許無所緣識應不名識無所了故夫言非有謂體都無無必越於自相共相何名所覺或所識耶若謂即無是所覺識不爾覺識必有境故謂諸所有心心所法唯以自相共相爲境非都無法爲境而生辯涅槃中已略顯示又執有覺緣無境生此覺應是狂亂性故謂執有覺無境論者

彼所執有緣無境覺此覺定應狂亂爲性如世尊說世間所無我若觀之我應狂亂非薄伽梵有狂亂理故知定無緣無境覺理不應說容有少分可生心處非佛所緣又必定無緣無境覺說無不可知及不可得故如契經說前際不可知又契經言作者不可得此意顯覺必定有境以彼無故不可知得若許有覺緣無境生前際應可知作者應可得無所有中無障礙故亦不可說於非有中少分是境少分非境以此非有與彼非有不可說言有勝劣故又說定無知見無故如契經說世間所無我知我見無有是處經主釋此契經義言意說他人懷增上慢亦於非有現相謂有我唯於有方觀爲有若異此者則一切覺皆有所緣何緣於境得有猶豫或有差別如是解釋但率已情非於非有有所現相如何可說增上慢人亦於非有現相觀有若於非有可得現相於第十三處應現相可得如是所說非有之相超十二種所知聚故定無有能觀彼相者理趣闕故經意不然理實應言增上慢者亦於未現相謂已現相我唯於現相觀爲現相理應容有顛倒境智必無有智無境而生故一切覺皆緣有境由此於境得有猶豫謂我於此所見境中爲是正知爲是顛倒即由此故差別理成同有相中見有別故非無與有少有相同如何於中得有差別唯於有法有差別故但於有境覺有差別故唯有境覺有差別理成非於有無可辯差別經主於此重決斷言理必應然以薄伽梵於餘處說善來苾芻汝等若能爲我弟

子無諂無誑有信有勤我旦教汝令暮獲勝我暮教汝令旦獲勝便知薩是薩非薩是非薩彼謂此顯知有無義由不詳審故作是言此中薩聲正顯妙義非薩聲顯非妙義故謂有世間中邪教力令其弟子起顛倒解非妙謂妙妙謂非妙佛則不然由正教力令諸弟子解無顛倒於妙不妙能如實知如是名為此中經意理必應爾故次復言有上是有上無上是無上勿有謂上知薩非薩言正顯弟子知有非有義故次後復說知有上無上為令解上知薩非薩言正顯弟子知妙非妙義言妙非妙者是無失有失有失是有上無失是無上故有上無上顯妙非妙義或為顯此妙非妙中有勝有劣故復為說有上無上令其了知若作如斯釋經義者顯佛說法有大義利謂令弟子於諸法中了妙非妙勝劣差別能於諸法發大正勤有斷有修速殊勝法非唯令知有及非有可名說法有大義利又此經文前後所說無不皆與我釋相符謂此經中前作是說若有諸法令諸有情能證不能證彼彼勝解迹如來於中得無所畏能正了知如是諸法云何於此能正了知謂正了知如是諸法此於彼彼勝解迹中有能作證有不能者於正了知得無畏者以善通達諸法性故此中意顯佛知諸法此是能障礙此是出離道於如是法無倒了知次經復言若有於我正師子吼有惑有礙善來苾芻乃至廣說於此經後復作是言苾芻當知此是定道此非定道乃至廣說是故經主所釋經義極為迷謬意趣麤淺於緣無識為證不成故

說定無知見無故無緣無覺其理極成又彼所言自相違害謂說有覺非有爲境若覺有境則不應言此境非有若境非有則不應言此覺有境以非有者是都無故若謂此覺境體都無則應直言此覺無境何所怯怖懷諂詐心矯說有覺非有爲境是故定無緣非有覺又彼所說旋火輪我二覺生時境非有者亦不應理許二覺生如人等覺亦有境故謂如世間於遠闇處見杌色已便起人覺作如是說我今見人非所見人少有實體非所起覺緣無境生即以杌色爲所緣故若不爾者何不亦於無杌等處起此人覺旋火輪覺理亦應然謂輪覺生非全無境即火燀色速於餘方周旋而生爲此覺境然火燀色體實非輪而覺生時謂爲輪者是覺於境行相顛倒非此輪覺緣無境生我覺亦應准此而釋謂此我覺即緣色等蘊爲境故唯有行相非我謂我顛倒而生非謂所緣亦有顛倒故契經說苾芻當知世間沙門婆羅門等諸有執我等隨觀見一切唯於五取蘊起理必緣蘊而起我見以於諸蘊如實見時一切我見皆永斷故勝解作意准此應知謂瑜伽師見少相已自勝解力於所見中起廣行相生如是覺此覺即緣諸蘊爲境住空閑者作如是言如是相生是勝定果謂勝定力於定位中引廣相生如所變化又彼所言幻網中說緣非有見理亦不然即彼經中說緣有故謂彼經說見幻事者雖所執無非無幻相若不許爾幻相應無幻相是何謂幻術果如神通者所化作色如是幻相有實顯形從幻術生能爲見

體所執實事是畢竟無故彼經中說爲非有由諸幻事有相無實能惑亂他名能亂眼又引經說知非有故如契經言於無欲欲則能如實了知無者此亦不然知對治故又約斷滅說爲無故謂彼永斷說爲彼無非此無言顯無體性又說世間夢中瞖目多月識等境非有者理亦不然且夢中識緣非有境非極成故謂由將睡計度思惟或正睡時天神加被或由身内諸界互連故睡位中於過去境起追念覺說之爲夢過去非有理不極成如何引證有緣無覺夢所見境皆所曾更然所曾更非唯所見如菩薩夢是所曾聞而有夢中見兔角者曾於異處見兔見角令於夢中由心惛倒謂於一處和合追憶或大海中有此形獸曾見聞故今夢追憶所餘夢境准此應思故夢不能證緣無覺依瞖目識境亦非無謂此識生亦緣形顯由根有瞖取境不明故於境中起顛倒解行相雖倒境實非無以瞖目人要有色處見種種相非色全無異此則應無色處見緣多月識境亦非無謂眼識生但見一月由根變異發識不明迷亂覺生謂有多月非謂此覺緣非有生即以月輪爲所緣境若不爾者無處應見既無月處此識不生故此即緣月輪爲境然夢等識緣有境生行相分明有差別故如覺等位緣青等心寧引證成有緣無識言於非有了知爲無此覺以緣爲所緣者此緣遮有能詮而生非即以無爲所緣境謂遮於有能詮名言即是說無能詮差别故於非有能詮名言若了覺生便作無解是故此覺非緣無生豈不說無能

詮是有如何了覺生撥彼爲無非了覺生撥名言體但能了彼所詮爲無謂了覺生緣遮有境不以非有爲境而生何等名爲能遮有境謂於非有所起能詮此覺既緣能詮爲境不應執此緣無境生理必應爾如世間說非婆羅門及無常等雖遮餘有而體非無此中智生緣遮梵志及常等性能詮所詮即此能詮能遮梵志及常等性於自所詮剎帝利身諸行等轉然諸所有遮詮名言或有有所詮有無所詮者有所詮者如非梵志無常等言無所詮者如說非有無物等言因有所詮而生智者此智初起但緣能詮便能了知所遮非有後起亦有能緣所詮知彼體中所遮非有因無所詮而生智者初起後起但緣能詮於中了知所遮非有然非有等能詮名言都無所詮亦無有失以非有等都無體故若都無體亦是所詮則應世間無無義語有作是說一切名言皆有所詮名能詮故若全非有無物等言及第二頭第三手等能表無法所有名言何爲所詮而言皆有以緣此想爲此所詮若無所詮有能詮者應無所覺有能覺生此既不然彼云何爾此例非等以覺生時要託所緣如羸憑杖諸心心所法爾生時必託四緣非如色等諸能詮起非託所詮由因剎那等起力發隨自心想所欲而生非要憑託所詮方起故經說有無義言聲心心所法起必託境故經說彼名有所緣非有不應說名爲有了達無我正覺生時此覺即緣諸法爲境如契經說當於爾時以慧正觀諸法無我經主敘彼所設難言若有緣聲先非有者此

能緣識爲何所緣若謂即緣彼聲爲境求聲無者應更發聲若謂聲無住未來住未來實有如何謂無若謂去來無現世者此亦非理其體一故若有少分體差別者本無今有其理自成故識通緣有非有者此亦非理前於思擇涅槃體中已辯釋故彼於彼處已作是言如說有聲有先非有有後非有乃至廣說我先已釋爲於畢竟非有物上說此有言爲此有言即於有上遮餘而立若別有物居聲先後可遮聲故說非有言謂彼物中此聲非有諸互非有定依有說若於畢竟非有物中而說有言何不違理既爾經主不應復言若謂即緣彼聲爲境乘斯展轉起多釋難准先所釋有非有言此中緣聲先非有識緣聲依處非即緣聲謂但緣聲所依衆具未發聲位爲聲非有如於非有了知爲無即緣有法遮餘而起此亦應爾寧爲別釋設許即緣彼聲爲境所設過難理亦不成以許去來雖體是有而與現在有義不同然不即成本無今有作用與體非一異故如是等義後當廣辯又如何知聲先非有以未生故此亦同疑謂於此中正共思擇聲未生位爲有爲無故問寧知聲先非有如何但答以聲未生未生與先義無別故既未生故不能爲因證聲未生都無有體如何可以聲未生無證能緣識以無爲境又後當辯一切識生無不皆緣有法爲境且無非有爲所緣覺由前決擇其理極成此覺既無我先所說爲境生覺有相理成若有諸師以此有相標於心首應固立宗過去未來決定是有以能爲境生諸覺故復應思

擇如上所言實有假有俱能生覺既緣過未亦有覺生過去未來爲實爲假有說唯假彼說不然假法所依去來無故若謂現在是彼所依理亦不然不相待故謂不待現亦有能緣去來爲境諸智轉故先作是說若有所待於中覺生是假有相又世現見諸假所依若都盡時假不轉故謂世現見補特伽羅瓶衣車等諸假有法所依盡時彼則不轉然見現在諸法盡時過去未來猶可施設故彼所救理定不然又假所依與能依假現見展轉不相違故諸有爲法行於世時過去未來與現不並如何依現假立去來是故去來非唯假有又未曾見前後位中轉假爲實實爲假故若執未來唯是假有應許現在亦假非實或許現在是實有故應許過去亦實非假如是彼言極違理故宜速捨棄不應固執又假定非聖道境故謂非假有補特伽羅瓶衣等事是聖道境然諸聖道亦以去來諸有爲法爲所緣境若異此者過去未來諸有爲法則不應爲現觀忍智之所了知又現觀時若不許以去來受等爲其所緣則自身中受等諸法畢竟不爲現觀所緣彼執不能緣過未故無二受等俱現行故是則聖道於諸有爲不能徧知便違經說若於一法未達未知我說不能作苦邊際是故聖道必緣去來如就應知證去來世非唯假有可成所知如是就餘應斷應證及應修等差別法門隨其所應皆證過未非唯假有義可得成假法定非所斷等故又假與實不可定言是一是異如世伊字三點所成一異難說去來今世前後位殊如

何可言去來二世體唯是假依現在立是故彼論與理相違不順聖言無可收採既說定有過去未來云何應知彼定有相如對法者所說應知對法諸師如何說有由有因果染離染事自性非虛說爲實有非如現在得實有名謂彼去來非如馬角及空華等是畢竟無非如瓶衣軍林車室數取趣等唯是假有非如現在是實有性所以者何非如馬角及空華等諸畢竟無瓶衣軍林車室等假可得名有因果等性又非已滅及未已生可得說言同現實有以如是理蘊在心中應固立宗去來定有諸有爲法歷三世時體相無差有性寧別豈不現見有法同時體相無差而有性別如地界等內外性殊受等自他樂等性別此性與有理定無差性旣有殊有必有別由是地等體相雖同而可說爲內外性別受等領等體相雖同而可說爲樂等性別又如眼等在一相續清淨所造色體相同而於其中有性類別以見聞等功能別故非於此中功能異有可有性等功能差別然見等功能即眼等有由功能別故有性定別故知諸法有同一時體相無差有性類別旣現見有法體同時體相無差有性類別故知諸法歷三世時體相無差有性類別如是善立對法義宗經主於中朋附上座所立宗趣作是詰言過去未來若俱是有如何可說是去來性此詰於義都不相關同實有中許有種種有性差別理極成故三世有論亦可詰言過去未來若俱非有如何可說此去此來說常有宗依有體法由自性異因緣不同容可立有性

類差別說去來世無體論者去來世體既決定無自性因緣不可說異如何分別去來世別如彼唯託實無體中矯立言詞尚能說有去來世異況此憑託實有體中以正道理不能說有去來世別

阿毗達磨順正理論卷第五十 說一切有部

音釋

袋 徒耐切

淤泥 淤依據切淤泥濁泥也

燸 子刀切焦也

阿毗達磨順正理論卷第五十一

尊者衆賢造

唐三藏法師玄奘奉詔譯

辯隨眠品第五之七

如是略述三世有無理趣正邪有差別已爲令此義決定增明復依頌文廣顯宗趣頌曰

三世有由說　二有境果故　說三世有故
許說一切有

論曰實有過去未來現在了教正理俱極成故若爾三世由何有別如是徵責起何非次且應詰問何謂教理我引教理成立已宗過去未來現在實有有義既顯別易思擇既爾現在實有極成何教理證去來實有且由經中世尊說故謂世尊說過去未來色尚無常何況現在若能如是觀色無常則諸多聞聖弟子衆於過去色勤修猒捨於未來色勤斷欣求現在色中勤猒離滅若過去色非有不應多聞聖弟子衆於過去色勤修猒捨以過去色是有故應多聞聖弟子衆於過去色勤修猒捨若未來色非有不應多聞聖弟子衆於未來色勤斷欣求以未來色是有故應多聞聖弟子衆於未來色勤斷欣求又契經言告舍利子杖髻外道恍惚發言不善尋求不審思擇彼由愚戇不明不善作如是言若業過去盡滅變壞都無所有所以者何業雖過去盡滅變壞而猶是有何緣知此所引契經說有去來定是了義曾無餘處決定遮止猶如補特伽羅等故謂雖處處說有補特伽羅而可說爲實無有體又契經等分明遮故由此說有補特伽羅所有契經皆非了義又如

經說應害父母理亦應是不了義經以餘經
言是無間業無間必墮捺落迦故又如經言
諸習欲者無有惡業而不能作此亦應是不
了義經以餘經中遮諸聖者由故思造諸惡
業故如是等類隨應當知非此分明決定說
有去來世已復於餘處分明決定遮有去來
可以准知此非了義然此決定是了義說以
越餘經不了相故恍惚論者何太輕言但違
已宗經便判爲不了豈不亦有遮去來經如
勝義空契經中說眼根生位無所從來眼根
滅時無所造集本無今有有已還去若未來
世先有眼根則不應言本無今有奇哉凡鄙
明執覆心麤淺義中不能明見且置我釋汝
云何知由後契經前成非了義非由前故後
經成不了然依此說勝義空經依此不能遮
去來有非遮離行有作者言能遮去來是實
有故然此眼根生位無所從來等言應審尋
思此言何義若眼生位許體是有則未來有
其義已成若執猶無何所疑慮而言生位無
所從來非諸體無有從來處何勞於此遮所
從來但應明言生位非有既遮生位有所從
來故知大師不許別有現積集處眼從彼來
次後說滅時無所造集故以世間有邪論者
說眼根生位從火輪來眼根滅時還造集彼
遮彼故說此兩句經或遮眼根出從自性沒
還歸彼故說此言或遮眼根自在所作故說
如是兩句經文謂遮眼根有勝作者顯彼唯
有因果相屬已遣他宗爲顯自意故次復說
本無今有有已還去兩句經文謂此中所言
本無今有者顯本無集處從自因緣生或有

欲令因是果藏故佛說果因中本無但由彼因有別果起或此爲顯眼根生時能至本來所未至位依此義說本無今有此經文意理必應然故次復言有已還去此顯起作用牽自果已還去至如本無作用位若佛爲遮去來是有方便說此本無等言如前句言本無今有後句應說有已還無旣不言無但言還去則知不許過去是無非汝所宗許過去有唯言無有未來眼根如何引斯契經爲證說是語已世尊復觀當有迷斯契經意趣便謂無有過去未來增長謗因謗果邪見爲遮彼故復作是言有業有異熟作者不可得此顯要有過去業因方有未來異熟果起非更別有作者作用故爲顯示無有實我唯決定有因果相屬如來說此勝義空經非爲欲遮去來實有與前所引經義無違故前契經是了義說有說定有遮去來經如契經言於無內眼結如實了知我無內眼結又契經說此無彼無又契經言彼二無煖彼經非證即彼經中有文證成去來有故如彼經言於有內眼結如實了知我有內眼結非善心位有結現行故知彼經說有過未又彼經說行有識非異熟果異熟因俱故知彼經說有過未又彼經說告二苾芻有四句法門我當爲汝說此證身內定有未來語文等體爲當所說故知彼經說有過未然彼經說結等無者顯不成就不造不得如決定說有去來經決定遮經曾不見有故我所引有去來經理應許爲眞了義說於前所引眞了義經已正遣除非了義執此與彼計決定相違經主於中欲以

強力逼令非了作是釋言我等亦說有去來世謂過去世曾有名有未來當有有果因故依如是義說有去來非謂去來如現實有故說彼有但據曾當因果二性非體實有世尊爲遮謗因果見據曾當義說有去來有聲通顯有無法故如世間說有燈先無有燈後無又如有言有燈已滅非我今滅說有去來其義亦應爾若不爾者去來性不成此釋有言定非善說不許實有去來世故假有如前理不成故無容更有餘有義故如何決判經中有言而言我說有去來世雖言過去曾有名有未來當有有果因故而實方便矯以異門說現在有何關過未故彼所言我等亦說有去來者但有虛言竟不能伸去來有義若去來世但是曾當法體實無不應名有或若許有則不應說去來二世但是曾當又若實無以曾有故亦說過去爲實有者則應現在雖實有性非曾有故應執爲無過去應通曾有非有即由此理類說未來彼亦應通當有非有然於實有過去體上亦有少分可名曾有由此得成過去有性如是實有未來體上亦有少分可名當有由此得成未來有性世間現見於實有法可說曾當曾不見於非實有法說曾當義如舍利子白世尊言闡陀苾芻昔曾於一婆羅門邑往乞食家說此語時彼家現有世尊亦說慶喜苾芻當爲上座乃至廣說說此語時慶喜現有故於實有過去未來說有曾當理善成立又若無實過去未來則無所遮謗因果見謂若實有過去爲因能感未來實有爲果而撥爲無者名謗因果見

若去來世因果實無於無見無豈名爲謗寧爲遮彼說有去來豈不先言曾當是有我亦先說應通有無又於此中有何別理唯據曾當有說有去來非據非曾當說無現在說此亦有遮常見能故彼所言無深理趣又我先說曾當有言但以異門說現在有非關過未如何能遮言有聲通顯有無者此亦非理不極成故執能通顯應設誠言然世極成有唯顯有曾不見有有聲顯無如何乃言有聲通顯而世間說有燈先無有燈後無如聲理釋此前已說後當更辯言若不爾者去來性不成理亦不然彼不成故非彼過去有過去性非彼未來有未來性非無自體可立性名故彼去來性不成立或彼應設種種劬勞成立去來是實有性不爾二世性必不成如是且

如彼宗所說定不能釋去來有經非以彼宗不能釋故便捨善逝所說契經故應信知去來實有經主又釋杖髻經言業雖過去而猶有者依彼所引現相續中與果功能密說爲有若不爾者彼過去業現實有性過去豈成理必應爾以薄伽梵於勝義空契經中說眼根生位無所從來乃至廣說此如愚者於駃流中以船繫於乘船者足望船停止終無是處且彼所執現相續中與果功能智者審諦推尋其相竟不可得如何過去業自體已無依與果功能可說爲有諸巧僞者所執隨界功能熏習種子增長不失法等處處已破彼豈能障此了義經所說有言令成不了設許有彼所引功能亦不應由斯說無法爲有勿彼因無故亦說功能無差別因緣不可得故

又世尊說與彼不同謂佛明言業雖過去盡滅變壞而猶是有彼業所引與果功能於相續中設許現有體非過去盡滅變壞如何依彼可說是言若必定然佛應明說業雖過去盡滅變壞而於相續有彼功能佛旣但言彼業猶有故知實有彼過去業又佛但說過去有言如何定知約功能說豈不已說若不爾者彼過去業現實有性過去豈成我於前文豈不已說前文何說謂說體相雖復無差而於其中見有性別如是所說有性不同汝等於中誰能說過依如是義故有頌言

諸法體相一　功能有性多　若不如實知
名居佛教外

然彼所引勝義空經如前通釋於彼非證又彼宗不許實有過去業而經不說有已還無如何可引證成彼義故率已情巧爲謬釋不能違害去來實有上座於此釋前經言若過去色非有不應多聞聖弟子衆於過去色勤修猒捨乃至廣說此說意言若過去色非過去者不應多聞聖弟子衆於過去色勤修猒捨應如現在勤猒離滅或若過去色自他相續中非曾領納不應多聞聖弟子衆勤修猒捨要曾領納方可猒捨未曾領納何所猒捨以彼色是過去及過去曾領受故應多聞聖弟子衆於過去色勤修猒捨又釋第二杖髻經言彼過去業亦可說有有因緣故有隨界故未有能遮彼相續故彼異熟果未成熟故最後方能牽異熟故然去來世非實有體可笑如是解釋經義此豈能遮去來實有如是謬釋一切智經豈能莊嚴印度方域且彼初

釋前所引經若謂前經有如是義若過去色非是過去不應於中勤修猒捨應如現在勤猒離滅此非經意徒設劬勞以若彼色非是過去應是現在或是未來是則不應但如現在此言翻是擾亂契經豈得名爲釋經意趣又若爾者經但應言若過去色非過去非若過去色非有又經次後應作是言以過去色是過去非以過去色是有文既不爾彼釋定非若謂前經有如是義若過去色非有過去不應於中勤修猒捨非於無法可修猒捨要過去色有過去性方可於中勤修猒捨如現在色有現在性方可於中勤猒離滅則與我釋其義無差彌更顯成過去實有由此彼釋徒設劬勞定不能遮過去實有彼第二釋前所引經少有彼經所說義趣謂曾領納應勤猒捨未曾領納何所猒捨然不知彼作是釋經欲如何遮過去實有若非實有猒捨唐捐釋杖髻經亦不應理無法不成因緣性故彼隨界言無所詮故一刹那宗無相續故無法不能招異熟故不爾生死應無窮故由此我說實有去來又具二緣識方生故謂契經說識二緣生如契經言眼色爲緣生於眼識如是乃至意法爲緣生於意識若去來世非實有者能緣彼識應闕二緣經主此中作如是說今於此義應共尋思意法爲緣生意識者爲法如意作能生緣爲法但能作所緣境若法如意作能生緣如何未來百千劫後當有彼法或當亦無爲能生緣生今時識又涅槃性違一切生立爲能生不應正理若法但能爲所緣境我說過未亦是所緣經主此言乖

於論道謂對法者作如是言佛說二緣能生
於識此則唯說實及假依爲根爲境方能生
識二唯用彼爲自性故非無可爲二緣所攝
由此知佛已方便遮無爲所緣識亦得起既
緣過未識亦得生故知去來體是實有宗承
既爾而經主言如有無亦能爲所緣境者但
違戾佛非對法宗對法諸師承佛意旨置於
心首咸作是言過去未來決定實有所言此
義應共尋思應共此中尋思何法意爲意識
所依生緣法爲所緣能生意識所依緣別生
緣義同佛說二緣能生識故如所依闕識定
不生所緣若無識亦不起二種俱是識生緣
故於明了義何所尋思若謂意根與所生識
一類相續無間引生可名能生法不爾者眼
根及色望眼識生應非能生彼非眼識一類
相續無間引故又未來世近當生法應望意
識亦非能生以彼亦非與所生識一類相續
無間引故然彼自許亦是能生由彼自言百
千劫後當有非有及與涅槃如何爲緣能生
今識若未來世近當生法望今意識亦非能
生如何但言百千劫後當有非有及與涅槃
如何爲緣能生今識故彼所說語亦有過此
中善逝決定判言所依所緣皆能生識各別
相續亦是能生母是能生世極成故又彼所
說如何未來百千劫後當有諸法爲能生緣
生今識者亦應詰彼如何未來近當生法能
生今識以據因果染離染事若遠若近性皆
等故又一切法自性皆無作者作用不應於
此定執能生所生差別故一切法有自體者
皆但爲識所依所緣非說但聲能顯有識以

無體法為所緣境經主於此自難釋言若無如何成所緣境我說彼有如成所緣如何成所緣謂曾有當有非憶過去色受等時如現分明觀彼為有但追憶彼曾有之相逆觀未來當有亦爾謂如曾現在所領色相如是追憶過去為有亦如當現在所領色相如是逆觀未來為有若如現有應成現世若體現無則應許有緣無境識其理自成譬喻師徒情參世俗所有慧解俱麤淺故非如是類爾焰稠林可以世間淺智為量唯是成就清淨覺者稱境妙覺所觀境故若諸世間覺不淨者要曾領受方能追憶因此尋思去來世異理必應爾彼於未來由未領納觀極闇昧清淨覺者觀於去來設未領納觀極明了若過未有如成所緣於杌緣人於塊緣鴿豈可彼有如成所緣故於未來緣異有異不可彼有如成所緣有據曾當緣據現故又彼自語前後相違謂先既說非憶過去色受等時如現分明觀彼為有但追憶彼曾有之相後不應言如曾現在所領色相如是追憶過去為有以非現在領色相時領曾有相唯領現有亦非追憶過去色時憶現有相唯憶曾有故領現在與憶過去現曾有相條然差別若如現有追憶過去而說彼有如成所緣是則極成過去實有以如現在領實有相如是追憶過去為有既許彼有如所追憶如何過去體非實有故彼後說自違前宗又彼所言若如現有應成現世若體現無則應許有緣無境識此先已說先說者何謂非去來有如現在以於一切同實有中許有種種有性別故又一切

識必有境故謂見有境識方得生如世尊言各各了別彼彼境相名識取蘊所了者何謂色至法非彼經說有識無境由此應知緣去來識定有境故實有去來此中所應與經主諍如前已辯故不重述此中上座作如是言智緣非有亦二決定推尋因果展轉理故其義云何要取現已於前後際能速推尋謂能推尋現如是果從如是類過去因生此因復從如是因起乃至久遠隨其所應皆由推尋如現證得或推尋現如是類因能生未來如是類果此果復引如是果生隨其所應乃至久遠皆推尋故如現證得如是展轉觀過去因隨其所應乃至久遠如現證得皆無顛倒雖有此位境體非有而智非無二種決定彼謂如是因智生時自相續中因緣有故謂昔曾有如是智生傳因生今如是相智今智既緣昔智爲因故令智生如昔而解即以昔境爲今所緣然彼所緣今時非有今雖非有而成所緣故不可言無二決定如是展轉觀於未來果傳傳生准前應說上座於此自難釋言若智緣前曾所取境可以昔境爲今所緣若緣過去曾未取境或逆思惟未來世事寧以昔境爲其所緣於相續中必定應有因智果智先時已生今智生時亦以彼智曾所緣境爲其所緣彼智爲因生今智故今智如彼亦能推尋從如是因生如是果或如是果從如是因隨其所應皆能證得隨所證得皆無顛倒雖於此位境體非有而智非無二種決定如是一切上座所言皆如瘂人夢有所說辯四緣處已廣推徵應准彼文例破此說此

說但可誘誑愚蒙智者推尋都無實義今仍於此略重思擇且應詰彼自釋難中言相續中亦定應有因智果智先時已生今智生時亦以彼智曾所緣境爲所緣者何謂已生因智果智而言今智緣彼所緣爲即曾緣今智境者爲更別有緣餘境智若即曾緣今智境者此境既爲昔智所緣如何名爲曾未取境若更別有緣餘境智既執彼境爲今所緣今智如何名以過未曾未取境爲其所緣謂先已生因智果智所緣因果爲今所緣此境先時已爲智取如何復名曾未取境曾即未曾不應正理又設許彼有舊隨界因果展轉相續力故雖經多劫久已滅境而今時取理可無違若於未來百千劫後當有境界今如何取不可說言因果展轉相續力故彼亦可取

未來體無如馬角故於相續中無隨界故又若展轉尋過去因於曾取境中方有識生者則於近遠曾取境中應有速遲取時差別非身現住波吒釐城憶昔所更縛喝國事尋因展轉方有識生率爾便生緣彼識故又從耳識無間便生緣於先時曾所取識如是識起用何爲因且不可因當時隨界耳識不緣彼境界故亦不可因曾取彼識曾取彼識爾時無故不可無法爲因生無物馬角等亦有生故辯四緣中已廣徵遣故唯說有一刹那宗緣去來識生必無二決定若信實有過去來來二決定義方可成立又已謝業有當果故謂先所造善不善業待緣招當愛非愛果思擇業處已廣成立非業無間異熟果生非當果生時異熟因現在若過去法其體已無則

應無因有果生義或應彼果畢竟不生由此應知過去實有經主於此作如是言非經部師作如是説即過去業能生當果然業爲先所引相續轉變差別令當果生譬如世間種生當果謂如從種有當果生非當果生從已壞種非種無間有當果生然種爲先所引相續轉變差別能生當果謂初從種次有芽生葉乃至華後後續起從華次第方有果生而言果生從於種者由種所引展轉傳來華中功能生於果故若華無種所引功能應不能生如是類果如是從業有當果生非當果生從已壞業非業無間有當果生然業爲先所引相續轉變差別能生當果業相續者謂業爲先後後刹那心相續起即此相續後後刹那異異而生名爲轉變即此轉變於最後時有勝功能無間生果異餘轉變故名差別如是等理准前應知此説如前思擇業處已曾遮遣今因義便理未盡者復應廣破且業爲先心後續起名業相續理必不然以業與心有差別故言差別者謂業與心體類及因皆有異故體有異者相各別故類有異者心心所法類各別故因有異者因二因三而得生故此既有異如何可言後心續生是業相續又心與業俱時而生辯俱有因及於餘處已廣成立於思相續識相續中曾不見有自類相續俱時而起故知業心非一相續又汝宗執滅定有心佛言滅定諸意行滅如何心業一相續耶若許業心同一相續如心不滅意行應然如意行滅心亦應爾然在滅定必無有心不相應中已廣成立業相續斷故後果

應不生非種芽等次第相續後果生中有如是理故彼唯有虛妄分別又彼所說果從華生理不極成諸已滅種體猶實有我宗許故設許極成如彼相續此業相續理亦不成由前所辯差別理故又愛非愛果因定故謂諸惡行決定爲因招非愛果若諸愛果決定應以妙行爲因若執如華是種相續轉變差別能生果者有何定理妙惡行因各別能招愛非愛果惡行無有感愛果能妙行無能感非愛果無記於二俱無感能應說此中有何定理如是三種所有功能一切與心體不異故亦不應說種類有異非別種類而可說言無有別體曾不見故又華由與芽等相續容可執有種子功能功能與華無別體故非善不善可體無別勿此中有太過失故又種芽等是一相續既執華有種子功能芽等功能華亦應有此彼差別不可得故是則芽等及種功能一切與華無別體故既從華內所有功能華爲助緣能生於果即由此故芽等應生然於爾時唯能生果不生芽等此有何因非於華中可有細分種等所引功能別居由此爾時唯種所引華爲緣助能引果生非於華中芽等所引若謂芽等所引功能雖住華中而要待果或芽等起芽等方生若爾如先種子所引生自果已復爲因生後芽等中種子相續則應先業所引功能生自所招異熟果已復爲因起後業相續然汝宗說異熟後邊別業爲因引業相續非前業種引後業能是故不應以種相續喻業相續能生於果又種芽等無始時來一一種類各一相續初未曾

聞稻種芽等展轉乃至引稗果生然汝所宗一業相續愛非愛果俱能引生故彼不應爲同法喻又若識體帶思功能思體復帶識功能者功能與法無别體故此識此思由何相别又若爾者順現等業應成雜亂如是等過於處處文我數數説由此憎背去來有者業果感赴其理定無故諸愚矇隱滅經者計有相續轉變差别能招當果理必不成經主此中又作是難若執實有過去未來則一切時果體常有業於彼果有何功能此難至時當如理釋且汝業果感赴不成然應去來定是實有説有相故猶如現在如契經説過去未來色尚無常何況現在無常即是有爲相故現有彼相實有極成若執去來非實有者應非如現在説有有爲相非畢竟無空華馬角亦容可説彼有無常故知去來定是實有謂據曾當説有相者此亦非理言無别故非契經説過去未來色曾無常當無常故由此彼救但牽巳情又彼所言曾無常等但方便説現在無常謂説曾當現無常故若爾巳説現在無常不應復言何況現在或應唯説現在無常去來無常由此巳了即現巳滅未生位故若一切時體恒有者則無常性不應得成辨世别中當如理釋且不應説無法無常上座此中作如是釋即體無無故名爲無常若體非無無無常理若爾現在應體是常若現非無是無常者則不應説無故無常彼復難言若經三世自性恒住應説爲常此難不然爲如何等非有别法經於三世自性恒住共許是常一切是常皆不經世又不應説性恒住

言許去來今有性異故由此彼設過難不成又彼釋經說去來色是無常者現無體故此釋不然由次後說何況現在應許現在色非無常現有體故由此爲證非現無體故是無常彼此極成現在有體而無常故理必應爾以契經言諸行無常有生滅法非於無法佛說無常然諸去來體雖實有而可說是有生滅法如是理趣我後當辯且非無體亦可得說有無常相其理極成是故應知去來實有又布剌拏契經說故知去來世決定實有謂彼經說此滿苾芻眼見色已能了知色了知色貪彼於有內眼所識色貪能如實了知我有內眼所識色貪乃至廣說非如實見與貪俱生謂見相續中有貪隨眠者此亦非理有不成故設有成者見亦不成實見隨眠體無別故非許有智緣自體境如何可說能見隨眠若謂未修貪對治故信有貪者理亦不然應說此貪在何位故謂設許彼信知有貪應說信貪於何位有若言貪有非去來今應說如何信貪爲有不可常法說名爲貪是故必應信去來有又契經說於內受中隨觀而住乃至廣說有如是等衆多至教能證去來決定是有復有別理證有去來謂彼若無無殺生理以現在世命根刹那離設劬勞滅相能滅若未來世其體實無應說如何成殺生事能礙何法令其非有爲已生者爲當生耶且法已生必不可礙如前說故其當生者亦不可礙都無有故過去已滅殺義不成故無去來定無殺理又去來世體實非無能緣彼覺有差別故如現在世色聲等法諸非有法無

差別故緣彼不能起差別覺諸有處俗及出家人信有如前所辯三世及有真實三種無爲方可自稱說一切有以唯說有如是法故許彼是說一切有宗餘則不然有增減故謂增益論者說有真實補特伽羅及前諸法分別論者唯說有現及過去世未與果業剎那論者唯說有現一剎那中十二處體假有論者說現在世所有諸法亦唯假有都無論者說一切法都無自性皆似空華此等皆非說一切有經主此中作如是說若說實有過去未來於聖教中非爲善說若欲善說一切有者應如契經所說而說經如何說如契經言梵志當知一切有者唯十二處或唯三世如其所有而說有言爲彼經中說唯有現十二處體非過未耶不爾若然爲於餘處見有明教遮過未耶不見不聞處處經說去來二世亦是有耶我聞何緣違背聖教謗說有者爲非善說又汝等說現十二處少分實有少分實無如上座宗色聲觸法如何是說一切有宗有餘但由煩惱增上說一切法唯是假有豈亦是說一切有宗有餘復由邪見增上說一切法自性都無彼亦說言現虛幻有豈如此有而說有言亦得名爲說一切有故爲遮有補特伽羅及爲總開有所知法佛爲梵志說此契經非爲顯成唯有現在一剎那頃十二處法故諸憎猒實有去來不應自稱說一切有以此與彼都無論宗唯隔一剎那見未全同故

阿毗達磨順正理論卷第五十一　說一切有部

音釋

詰苦吉切問也　恍惚恍呼晃切惚呼骨切恍惚猶惝惘失意貌　戇陟降切愚也　捺落迦梵語也此云不可樂地獄名也捺乃曷切　矯居天切詐也　髻古詣切　薄伽梵梵語也多含不翻衆德至尚之名也薄白各切　駃踈士切疾也　謬靡幼切妄言也　擾而沼切煩亂也　杌五忽切木無枝也　稗蒲拜切草似穀也　朦莫紅切不明也

阿毗達磨順正理論卷第五十二

尊者衆賢造

唐三藏法師玄奘奉詔譯

辯隨眠品第五之八

如是所許一切有宗自古師承差別有幾誰所立世最善可依頌曰

此中有四種　類相位待異　第三約作用立世最爲善

論曰尊者法救作如是說由類不同三世有異彼謂諸法行於世時由類有殊非體有異如破金器作餘物時形雖有殊而體無異又如乳變成於酪時捨味勢等非捨顯色如是諸法行於世時從未來至現在從現在入過去雖捨得類非捨得體尊者妙音作如是說由相有別三世有異彼謂諸法行於世時過去正與過去相合而不名爲離現未相未來正與未來相合而不名爲離過現相現在正與現在相合而不名爲離過未相如人正染一妻室時於餘姬媵不名離染尊者世友作如是說由位不同三世有異彼謂諸法行於世時至位位中作異異說由位有別非體有異如運一籌置一名一置百名百置千名千尊者覺天作如是說由待有別三世有異彼謂諸法行於世時前後相待立名有異非體非類非相有殊如一女人待前待後如其次第名女名母如是諸法行於世時待現未名過去待過現名未來待過未名現在此四種說一切有中傳說最初執法轉變故應置在數論明中今謂不然非彼尊者說有爲法其體是常歷三世時法隱法顯但說諸法行於

世時體相雖同而性類異此與尊者世友分同何容判同數論外道第二第四立世相雜故此四中第三最善以約作用位有差別由位不同立世有異如我所辯實有去來不違法性聖教所許若撥去來便違法性毀謗聖教有多過失由此應知尊者世友所立實有過去未來符理順經無能傾動謂彼尊者作如是言佛於經中說有三世此三世異云何建立約作用立三世有異謂一切行作用未有名爲未來有作用時名爲現在作用已滅名爲過去非體有殊此作用名爲何所因因有爲法引果功能即餘性生時能爲因性義若能依此立世有殊或能作餘無過辯異智者應許名鑒理人若有由迷立世別理怖他難故棄捨聖言或了義經撥爲不了許有現在言無去來或許唯現仍是假有或總非撥三世皆無此等皆違聖教正理智者應斥爲迷理人諸有謗無實三世者爲無量種過失所塗多設劬勞難令解脫諸說三世實有論師設有小違易令解脫故有智者勿謗言無然我且依尊者世友約作用立三世有殊隨已堪能排諸過難且彼經主作是難言若約作用立三世別彼同分攝眼等諸根現在前時有何作用若謂彼能取果與果是則過去同類因等既能與果應有作用有半作用世相應雜此難都由不了法性諸法勢力總有二種一名作用二謂功能引果功能名爲作用非唯作用總攝功能亦有功能異於作用且闇中眼見色功能爲闇所違非違作用謂有闇障違見功能故眼闇中不能見色引果

作用非闇所違故眼闇中亦能引果無現在位作用有闕現在唯依作用立故諸作用滅不至無爲於餘性生能爲因性此非作用但是功能唯現在時能引果故無爲不能引自果故唯引自果名作用故由此經主所舉釋中與果功能亦是作用良由未善對治所宗以過去因雖能與果無作用故世相無雜然彼經主於此義中迷執情深復廣興難謂廣論者不能善通矯爲我宗作理窮釋頌曰

何礙用云何　無異世便壞　有誰未生滅
此法性甚深

論曰彼言若法自體恒有應一切時能起作用以何礙力令此法體所起作用時有時無此難意言諸法體相既恒無別以何礙力非一切時唯一性類此難非理體相無別於性類一非證因故謂不可以體相無別於性類一爲能證因現見世間體相無別性類有別如前已辨謂地界等受等眼等或難意言我宗諸行衆緣和合本無而生然彼衆緣種種差別有時和合有不合時法不恒生可無過失汝宗諸行及彼衆緣於一切時許常有體勿許諸法本無今有應常現在何能爲礙此亦不然前義成故謂且前說體相雖同而性類殊義已成立而言諸行自體衆緣於一切時許常有體何礙令彼作用非恒非一切時常現在者若解前義此難應無以體雖同而性類別足能成立作用非恒故彼不應作如是難若猶固執應反詰言汝宗衆緣及所生行亦有前後體相無差而剎那剎那許漸漸有異既前後念彼緣無差何礙令其非無異

起而許後後轉轉有異謂前念行與緣俱生體相無虧與緣俱滅由此因力後念果生應與前因品類無別別無別類二種生緣前後刹那無差別故何緣爲礙令後異前若謂有爲法性應爾如何不許作用亦然又受不應緣雖有異而損益相無有差別餘心心所例亦應然薪糠等緣雖有差別而現見火煖相無異故有爲法體類多途不可責令總爲一例於一切位性類無差又說衆緣許常有故所生作用應常有者亦不應理緣雖常合而見有時緣異無故如汝熏習或如眼等謂汝不許從已滅因隔中間時而有果起多因所引種子差別於相續中間時現有而非彼果恒俱時生然或有因所引種子經多劫後方有果生設於中間有果生者生時及果俱不決定既一切時一切因有何礙諸果不恒俱生而或一因此時生果此時不生或有一時此因生果此因不生又眼等緣雖恒現有而眼等識非恒時生是故不應作如是難既許緣常有作用亦應常若謂我宗相續轉變待別緣故方能生果是則應許作用亦然諸引果緣總有二種一者俱生二者前生俱生緣中復有二種一同聚生二異聚生異聚生緣復有二種一有情數二無情數前生緣中亦有二種一同相續二異相續異相續緣復有二種一同相續聚生二不同相續聚生不同相續聚生復有二種一有情數二無情數待如是等同不同時自他相續衆緣力故諸法乃有引果功能如是功能名爲作用故不應說許常有緣作用亦應一切時有衆緣不可

常和合故又我未了具壽所言意欲取何名爲作用而今徵詰過去未來何礙令其作用非有即未來法衆緣合時起勝功能名爲作用此有作用名爲現在此作用息名爲過去非彼法體前後有殊如何難言由何礙力令去來世作用非有此義意言即未來法衆緣合位有作用起作用起已不名未來此於爾時名已來故作用息位不名現在此於爾時已過去故若作用猶在未得過去名此法爾時名現在故由此約作用辯三世差別故彼設難由未了宗如是我宗善安立已彼猶不了又責作用云何得說爲去來今此難意言法由作用可得建立爲去來今作用由誰有三世別豈可說此復有作用若此作用非去來今而復說言作用是有則無爲故應常非無故不應言作用已滅及此未有法名去來對法諸師豈亦曾有成立作用爲去來耶而汝今時責非無理即未來法作用已生名爲現在即現在法作用已息名爲過去於中彼難豈理相應非我說去來亦有作用如何責作用得有去來若說去來無有作用應說作用本無今有有已還無如仁所言我決定說諸法作用本無今有有已還無作用唯於現在有故若爾作用是法差別應說與法爲異不異若異應言別有自體本無今有有已還無諸行亦應同此作用若言不異應說如何非異法體而有差別又寧作用本無今有有已還無非彼法體我許作用是法差別而不可言與法體異如何不異而有差別如何汝宗於善心内有不善等別類諸法所引差別

種子功能非異善心而有差別又何種子非同品類又彼上座即苦受體如何説有攝益差別又如諸受領納相同於中非無樂等差別又如汝等於相續住雖前後念法相不殊外緣亦同而前後異若不爾者異相應無如火等緣所合之物雖前後念麤住相同而諸刹那非無細異我宗亦爾法體雖住而遇別緣或法爾力於法體上差別用起本無今有有已還無法體如前自相恒住此於理教有何相違前已辯成體相無異諸法性類非無差別體相性類非異非一故有爲法自相恒存而勝功能有起有息若謂我許法相續時刹那刹那自相差別本無今有有已還無汝許有爲自相恒住唯有差別本無今有有已還無如何爲喻若我亦許自相本無或汝亦言自相本有義則是一豈應爲喻喻謂彼此分異分同今於此中所引喻者謂法相續自相雖同而於其中非無差別自相差別體無有異且舉自相相續恒存不論法體住與不住其中差別待緣而有故非恒時許有差別汝雖許法本無而生不許念念有別相起如何不應爲同法喻然汝許法前後刹那自相雖同而有差別我亦許法前後位中自相雖同而有差別故爲同喻其理善成由此已成作用與體雖無有異而此作用待緣而生非法自體待緣生故本無今有有已還無亦善釋通契經所説本無今有亦善符順有去來經亦善遣除應常住難以有爲法體雖恒存而位差別有變異故此位差別從緣而生一刹那後必無有住由此法體亦是無常以與

差別體無異故要於有法變異可成非於無中可有變異如是所立世義善成經主於中復作是說若爾所立世義便壞謂若作用即是法體體既恒有用亦應然何得有時名爲過未故彼所立世義不成此與我宗不相關預謂我不說作用即體如何令用與體俱恒又我不言用所附體一切時有即名過未如何所立世義不成汝說云何如我宗說諸有爲法差別作用未已生位名爲未來此纔已生名爲現在此若已息名爲過去差別作用與所附體不可說異如法相續如有爲法刹那刹那無間而生名爲相續此非異法無別體故亦非即法勿一刹那有相續故不可說無見於相續有所作故如是現在差別作用非異於法無別體故亦非即法有有體時作用無故不可說無作用起已能引果故依如是義故有頌言

相續無異體　許別有所作　作用理亦然
故世義成立

因果相屬和合相應心淨性等皆可爲喻是故過去現在未來體相雖同性類分別由是所立三世義成經主此中復作是說彼復應說若如現在法體實有去來亦然誰未已生誰復已滅謂有爲法體實恒有如何可得成未已生已滅先何所闕彼未有故名未已生後復闕何彼已無故名爲已滅故不許法本無今有有已還無則三世義應一切種皆不成立奇哉尠福感如是果所發覺慧太不聰明不能諦觀數無義語寧於實義及聖教中不設劬勞思惟揀擇能懷慚愧於實義中發

勇悍心指存違逆屢申正理曾不似聞今更厲聲啓滅經者諸大德聽非我宗言過去未來如現實有三世實有性各別故大德不應隨已所解訕謗如理釋佛教師古昔大仙無不皆是一切智者所垂光明善釋契經破諸愚闇令一切智名稱普聞大德何緣與迷聖教及正理者共結惡朋訕謗如斯具勝功德增上覺慧佛聖弟子陷無量衆置惡見坑幸願從今絶無義語如其不絶深有損傷違逆牟尼至教理故定不能證諸法眞實又未審知汝如何解我現在義言如現在法體實有去來亦然然我宗言諸有爲法能引果位名爲現在此引果位先無後無前已約斯立三世異寧言過未如現實有又略說者如諸有爲實體雖同而功能別如是三世實體雖同於中非無作用差別以有性類有無量種故於我宗不可爲難依如是義故有頌言

如色等皆苦　許多苦性異　三世有亦然
未生有等別

是故現在過去未來三種有性條然差別寧如現在去來亦然依有可言有未生滅約所無故未生滅成謂於有中先闕作用彼未有故名未已生有法後時復闕作用彼已無故名爲已滅故唯有中有未生滅由斯建立三世理成無中如何可立三世謂若過未其體都無誰未已生誰復已滅故依彼立三世不成又無不應名言依故經說三世皆是言依故知去來亦實有體彼又輕調對法者曰許體恒有說性非常如是義言所未曾有依如是義故有頌言

許法體恒有　而説性非常　性體復無别
此眞自在作
彼於非處爲輕調言以佛世尊亦作是説如來出世若不出世如是緣起法性常住而佛復説緣起無常豈佛世尊亦可輕調許法常住復説無常如是義言所未曾有若據别義説常無常是故不應輕調佛者豈不於此例亦應然法體恒存法性變異謂有爲法行於世時不捨自體隨緣起用從此無間所起用息由此故説法體恒有而非是常性變異故如何譏是自在所爲對法諸師容作是調許有三世撥無去來如是義言所未曾有雖言過未有據曾當而但異門説現在有非闢過未如先已説依如是義故有頌言
雖許有三世　撥已滅未生　有更無第三
豈非天幻惑
經主於此復作是言又應顯成兩衆外道所黨邪論彼作是説有必常有無必常無無必不生有必不滅比亦非處置貶斥言已滅未生約異門説俱許通有及非有故謂去來世色等諸法有有生滅所知法性及有前生俱行果性而無現在能引果性有引果因名爲現在過去未來無如是性此豈同彼兩衆所説唯有現在一念論宗必定不能離同彼過以説現世決定唯有過未二世決定唯無非許去來亦容是有非許現在亦容是無故同彼宗過極難離若謂現有轉成過無從未來無轉成現有此亦非理有無别故非有與無可轉成一如何現有轉成過無如何未無轉成現有非汝現在是有亦無非汝去來是無

亦有現在唯有去來唯無有無條然寧相轉作是故唯汝同兩衆宗然我所宗決定唯有定唯無者皆不可生現在馬角不可生故若謂馬角由無因故不可生者理亦不然招馬果業應是角因許角及身俱本無故非無與無可有差别彼因何故一有一無經主此中復作是説若執實有過去未來則一切時果體常有業於彼果有何功能此亦不然體雖恒有而於位别有功能故謂業能令果起殊勝引果作用是業功能作用已生名現在位故於位别業有功能若業能令無轉成有招馬果業何不爲因能令本無馬角成有依如是義故有頌言

若無可成有　及有可成無　許從色色生

寧非馬角受　如馬角與受　非因果相屬

因色與果色　無相屬亦然　相屬理同無

許從色生色　非受與馬角　此眞自在作

是故決定無體之法必無有因亦無生理何有憎背去來有宗可有因果感赴相屬又若去來非實有者能繫所繫如何得成經主於此作是釋言彼所生因隨眠有故説有去來能繫煩惱緣彼煩惱隨眠有故説有去來所繫縛事此釋意言過去煩惱所生隨眠現在有故説有過去能繫煩惱未來煩惱所因隨眠現在有故説有未來能繫煩惱緣過未事煩惱隨眠現在有故説有去來所繫縛事如是一切皆無義言以相續中過去煩惱所生現在煩惱隨眠理實都無如前已辯如何由彼可得説言成就過去能繫煩惱設許現在有彼隨眠寧由有法説無成就以有與無不

相屬故又若有果説成就因異熟果生因應成就然汝不許以汝宗言諸異熟因所引能與諸異熟果現在功能異熟生時已滅無故若無用故不成就者彼亦應爾如何成就不應過去煩惱已無可言今時彼猶有用今有用者唯是隨眠過去煩惱成何所用設許有現未來煩惱所因隨眠亦不應説成就未來能繫煩惱勿因此有非愛過故謂若有因説成果者諸有已斷善根有情許有能生善根因故亦應説彼成就善根既彼善根亦成亦斷應定説彼是何有情爲斷善根爲不斷者又有學者有無學因應説彼成阿羅漢果則應有學是阿羅漢若彼雖成阿羅漢果而不説彼名阿羅漢則阿羅漢成無學果亦應不説名阿羅漢或阿羅漢亙應不成阿羅漢果無差別故是則一切聖教正理由彼所言皆被違害是故若撥去來爲無定不應成去來煩惱如何説有去來能繫又彼所言緣彼煩惱隨眠有故説有去來所繫縛事此亦違彼所立義宗彼執去來體非實有事不成故去來非有而名爲事如是玄義曾所未聞設許彼宗於現相續有緣彼事煩惱隨眠此應條然與煩惱異能引煩惱久已滅故所引隨眠現在有故既條然異如何可言由現隨眠繫過未事緣過未事現在隨眠曾未已生非能繫故又諸現在善無記心體非是結不應能繫過去未來所繫事境離心無有隨眠可得故彼所説都無有義經主於此詭設謗言毗婆沙師作如是説如現實有過去未來所有於中不能通釋諸自愛者應如是知法性甚

深非尋思境豈不能釋便撥爲無今定謂仁竊自造論矯託題以毗婆沙名眞毗婆沙都無此語又不如彼自率已情妄說去來如現實有三世實有性各別故詳彼意欲爲聖教灾詭設虛言謗正論者豈由如是所設謗言令我義宗所有虧損寧有我部諸大論師博究精通聖教正理具苞衆德名稱普聞於小難中不能通釋故於非處詭設謗言既率已情妄標宗致似未披覽眞毗婆沙所設難辭我已通釋更有何難言不能通我於前來正對經主決擇過未盡彼所能隨彼言辭皆已徵遣兼略徵遣上座言辭然不隨文廣徵遣者以彼所說少有依俙可准前來義徵遣故或有極浮淺不任推究故或唯謗聖賢妄自誇誕故若隨彼說一一酬言誰有智人聞不嗤誚設不鑒者復託彼宗矯飾文辭妄興過難諸有達鑒好觀論者今應詳審留心諦聽我從今去還依舊宗隨彼所言縱辨酬遣且有一類鑒智盲徒謂我所宗同黃仙執此不應理以彼所宗執因轉變即爲果體果還隱沒入自性中故去來今其體是一我宗所立世無雜亂謂有作用唯現剎那此位定非二世攝故因果條然不相作故諸法滅已不還生故果不隱入自性中故因無始故多因生故因果非我所住持故如是等類差別無邊寧謂我宗同黃仙執有餘復說定無去來契經說爲曾當有故謂世尊說諸聰慧者於過去世懷猶豫時應爲決言過去曾有於未來世懷猶豫時應爲決言未來當有曾不於彼說實有言故知去來定非實有此亦非理以

曾當聲有時見於現在說故然不可說現在亦無又勝功能過去曾有唯於現在有作用故由此過去應得二名自相實有用曾有故由此准釋未來二名現在應名實有現有現於實體有作用故然三世事皆是言依且於去來說不共義爲無雜亂故作是說豈由此說非實有成有餘復言若去來世是實有者何緣不許染淨二識俱時而生此三識因皆實有故此亦非理諸識生時要託所依所緣合故設一切識所依所緣俱和合者亦不應許眼等諸識俱時而生如彼理趣此中亦爾又汝亦應同此責故汝宗既許本無而生染淨相違何不俱起若作是說有因者生豈不前言俱本無故不可分別有因無因差別因緣曾未說故又說過未無體論者舊隨界等染淨二因現相續中恒俱有故如是過難極切彼宗我宗諸因非恒現故有言過去決定實無已捨現在行自相故不爾諸行體應是常由此則應無解脫理此亦非理若言過去捨行自相應非行攝非體全無可名爲行既許是行則不應言捨行自相非離自相別有行體可得說言已捨自相唯有行體又先已說先說者何非全無中有無常性過去無體應非無常我宗何故無解脫理契經但言現苦已滅餘苦不續無取涅槃不言涅槃要捨法相不捨法相而有行滅名爲涅槃如先已辯又言過去若實有者應無涅槃說阿羅漢有諸蘊時無涅槃故又若過去苦常有者則諸有情應無解脫此亦非理若言過去苦蘊有故則無涅槃汝宗既言去來無體若蘊無

故應恒涅槃或諸有情本應解脫過去衆苦皆無有故若謂但由現苦已滅餘苦不續即名涅槃則不應言由有過去衆苦蘊故應無涅槃又言去來定非實有行相無故行相者何謂有初後去來二世由各闕一故行相無此亦不然譬如生死雖闕一種行相成故有情生死雖復無初而不可言彼無行相又彼現在過亦應同謂撥實無去來論者所執現在無初後故又我過去具有初後過去初者作用已生從此後時說名爲後未來亦是有初有後法性類故不應爲難又言去來若是實有已斷未斷應無差別不爾現在亦應同故謂現在世已斷未斷旣無差別亦應是無然諸染法不染一分斷已不成不染一分斷已雖成而無愚縛已斷未斷是謂差別又言去來有便違教謂聖教說此有彼有此無彼無不應現有故未來有不應過無故現在無以執去來體恒有故唯應現在或有或無由此去來定非實有今應審察經彼有言爲顯有體顯有生義若顯有體汝宗有失謂前經言此有彼有汝彼現有此過去無許行滅無識現有故後經所說此無彼無汝彼未無此現在有許現行有識猶無故汝引此教欲破我宗如呪起屍自被害者若謂彼有顯有生義謂有此因故方有彼果生如說此因有彼舍利不顯有體但顯有生此於我宗全無有難故去來世實有理成對法諸師釋彼有者謂此有故令彼有生非因能令法體成有但能令法有作用生若謂衆緣所令有者唯此是果法體應非此難不然無異體故若爾體

用應俱因成此亦不然如先已說先何所說作用與體雖無別體而有差別謂衆緣合能令法體有異分位差別而生此差別生非異法體故彼法體假說生義依如是義故有頌言

從衆緣方有　此有是世俗　雖生體無別
此有是勝義

又言無未來受用無盡故非未來世受用可盡此亦非理如生死法用無盡期有極成故無有情類本無而生無數有情久已滅度而生死法受用無盡以此現在比知未來雖無盡期而非不有又言去來有相無故謂變礙故說名爲色去來不然故非實有此亦非理約少分故謂非一切現在諸色皆有變礙然非是無或應如識許是實有如契經言了別了別故名爲識何所了別謂了別色至了別法非汝所宗識緣過未有所了別然許識體是有非無現在有故由此彼說遮有不成又言去來體非實有若是實有應障礙故謂有色物必據處所互相障礙已滅未生色若實有應有障礙既無障礙應非是色由有此失故知實無此亦非理如汝宗說非有而生彼緣闕故謂如汝說非有而生唯未來生定非過去如是我說有法障礙唯現有礙定非去來現在位中有別用故有餘師說未來世燈爲已然不若已然者與現在燈應無差別若不然者應體非燈此責不然唯有體故謂去來世體有用無體謂去來所知法性有所知性故說爲有非謂去來有然等用或應如識許是實有如汝許有無所緣識無所了別而

體非無我未來燈亦復如是雖無然用而體非無又言去來非眼取故若去來色是實有者何故不爲眼所取耶此亦不然眼根唯以有勝用色爲境界故三世諸法體相雖同而有性異如前已辯不可以眼色爲境故便抑難令取一切色一極微色不可取故由此取現不取去來位別用殊不應爲難又言彼無有爲相故謂去來世有爲相無又非無爲故非實有此亦非理彼法性故謂未來是可滅法性現在世是正滅法性過去世是已滅法性故彼皆非離有爲相諸可生法因力故生此法生義如前已辯諸不生法是生法種類故彼亦受可生法性名所以不生由緣闕故此緣闕義如前已辯或應以識爲同法喻如汝許有緣無境識無所了別而體非無如是汝心謂去來世無有爲相何妨是有又汝現在不應有生體已生故非有住異纔生無間許即滅故亦無有滅以汝所宗滅名爲無現是有故又汝宗許諸有爲相依相續立非一刹那故汝刹那亦應非有

阿毗達磨順正理論卷第五十二 說一切有部

音釋

姬媵 姬居宜切婦人美稱也 媵以證切從嫁之女也 嗤誚 嗤赤脂切笑也 誚才笑切以辭相責也 尠息淺切少也 揀古限切選也 儱悷 儱力董切 悷郎計切 儱悷謂多惡不調也 悍侯旰切勇也 訕所晏切謗也 貶方斂切謫也 詭居委切詐也 斥昌石切黜也

阿毗達磨順正理論卷第五十三

尊者衆賢造

唐三藏法師玄奘奉詔譯

辯隨眠品第五之九

因辯隨眠於如是位繫如是事傍論已了今於此中復應思擇諸事未斷彼必被繫耶設事被繫彼必未斷耶若事未斷彼必被繫有事被繫而非未斷繫非未斷其相云何頌曰

於見苦已斷　餘徧行隨眠　及前品已斷
餘緣此猶繫

論曰且見道位苦智已生集智未生見苦所斷諸事已斷見集所斷徧行隨眠若未永斷能緣此者於此猶繫及修道位隨何道生九品事中前品已斷餘未斷品所有隨眠能緣此者於此猶繫及聲兼明前前已斷後後未斷皆能繫義此中何用說緣此言修斷九品必相緣故非是所緣者有時非所緣故緣此言定爲無用若謂別說有不能緣則徧行中亦應簡別以有見集所斷徧行不緣見苦所斷事故經主何意簡此非彼今詳經主或作是思此中所言前品已斷約世俗道隨其所應總分見修所斷煩惱以爲九品漸次斷除前品已斷中有餘未斷品徧行煩惱亦能爲繫簡緣他地徧行隨眠說緣此言可成有用然於前說餘遍行中關緣此言義不成立或應以後所說及聲兼顯前文攝緣此義謂於前說見苦已斷及此前品已斷事中皆有所餘緣此猶繫此文雜亂於見位中餘及徧行應隨去一然此煩說闕緣此言應問慈尊自言意趣何事有幾隨眠隨增此中但應辯所

縁相謂辯何法何識所縁則易了知此所繫事定有爾所隨眠隨增且法與識數各有幾諸法雖多略爲十六三界五部及諸無漏能縁彼識名數亦然此中何法爲幾識境頌曰

見苦集修斷　若欲界所繫　自界三色一
無漏識所行　色自下各三　上一淨識境
無色通三界　各三淨識行　見滅道所斷
皆增自識行　無漏三界中　後三淨識境

論曰若欲界繫見苦見集修所斷法各五識縁謂自界三即如前說及色界一即修所斷無漏第五皆容縁故且欲界繫見苦斷法爲自界三識所縁者謂欲見苦所斷一切及欲見集所斷徧行欲修所斷善無記識色修所斷善識非餘無漏識中唯法智品見集修斷如應當知若色界繫即前所說三部諸法各八識縁謂自下三皆如前說及上界一即修所斷無漏第八皆容縁故且色界繫見苦斷法爲自界三及上界一識所縁者准前應知爲下界三識所縁者謂欲見苦見集所斷上縁相應修斷善識若無漏識唯類智品見集修斷如應當知若無色繫即前所說三部諸法各十識縁謂三界三皆如前說無漏第十皆容縁故准色界繫如應當知見滅見道所斷諸法應知一一增自識縁此復云何謂欲界繫見滅所斷爲六識縁五識即如前增欲見滅斷見道所斷義准應知色無色繫見滅道斷隨應爲九十一識縁八十如前各增自識若無漏法爲十識縁謂三界中各後三部即見滅道修所斷識無漏第十皆容縁故不委釋者如應當思應以如前所略建立十六

法識蘊在心中思擇隨眠所隨增事恐文煩廣略示方隅且有問言所繫事內眼根有幾隨眠隨增應觀眼根總唯有二謂欲色界各修所斷此隨所應欲色修斷及彼徧行隨眠隨增若有問言緣眼根識復有幾種隨眠隨增應觀此識總有八種謂欲色界各有三識即見苦集所斷徧俱及修所斷合而成六無色界一即修所斷空處近分所攝善識無漏第八皆緣眼根且應了知一切無漏決定不爲隨眠隨增前七隨應欲色各三部無色修斷徧隨眠隨增謂欲界繫見苦所斷徧行俱識欲見苦斷見集斷徧隨眠隨增翻此應知見集斷識修所斷識欲修所斷及諸徧行隨眠隨增准此應知色界三識無色善識能緣第四靜慮眼根無色修斷及彼徧行隨眠隨增若復有問言緣緣眼根識復有幾種隨眠隨增應觀此識有十三種謂於三界各有四識除見滅斷合成十二并諸無漏識能緣緣眼根此隨所應三界四部除見滅斷隨眠隨增謂欲界繫見苦所斷徧行俱識能緣眼根此識容爲欲見苦斷見集斷徧修道所斷善無記識及色界繫修斷善識并法智品無漏識緣此諸能緣緣眼根識隨應欲界見苦見集修道所斷色修所斷及彼徧行隨眠隨增餘隨所應當如理釋乃至無漏緣眼根識此識容爲三界所繫見道所斷無漏緣識修所斷善無漏識緣此諸能緣緣眼根識隨應三界見道所斷修所斷徧隨眠隨增若別疏條前十二種各有爾所隨眠隨增應言欲界見苦所斷諸緣緣識欲見苦斷見集斷徧隨眠

隨增翻此應知見集斷識修所斷識欲修所斷及諸徧行隨眠隨增見道斷識欲見道斷及諸徧行隨眠隨增然無漏緣唯相應縛所餘但作所緣隨增准此應知色無色界有差別者見道斷識欲界上界如次應知緣法類品緣眼根識餘所繫事例眼應思今於此中復應思擇若心由彼名有隨眠彼於此心定隨增不此不決定謂彼隨眠未斷隨增非已斷故如本論說彼於此心或有隨增或不隨增云何隨增謂彼隨眠與此心相應及緣心未斷云何不隨增謂彼隨眠與此心相應已得永斷何等名曰有隨眠心有隨眠名依何義立復由何等名有隨眠且前所言三界各五部十五種識名有隨眠心如是諸心各有二種謂徧非徧行有漏無漏緣染不染心有差別故依二義立有隨眠名一是隨眠所隨增故二以隨眠爲助伴故由隨眠故名有隨眠相應隨眠通斷未斷所緣唯未斷心名有隨眠云何與心相應煩惱乃至未斷於心隨增謂彼隨眠能引起得於心相續能爲拘礙又與來世爲同類因引相續中心等流起故乃至未斷說於心隨增斷則不然無隨增義非由斷故令彼離心故雖已斷而名有彼以助伴性不可壞故謂對治力於相續中能遮隨眠令不現起及能遮彼所引起得於心相續不爲拘礙故說已斷相應隨眠無隨增理非對治力能遮隨眠俱行伴性故彼雖已斷心名有隨眠若諸隨眠緣心未斷隨心斷未斷於心隨增故恒令心得有隨眠名若彼緣心隨眠已斷心不由彼名有隨眠道力令心

離隨眠故雖爲助伴及能所緣俱非道力能令相離而對助伴能所緣踈故此有名唯據未斷助伴性親斷亦名有此中身見相應之心由所相應無明身見隨增伴性名有隨眠由自部餘見集斷徧唯隨增性名有隨眠所餘俱非故非有彼其餘見苦見集所斷徧不徧心如理應思見滅所斷邪見俱心由所相應無明邪見隨增伴性名有隨眠由自部攝有漏緣徧唯隨增性名有隨眠所餘俱非故非有彼其餘見滅見道所斷若緣無漏緣有漏心如其所應例應思擇修道所斷貪相應心由所相應無明及愛隨增伴性名有隨眠由自部餘及諸徧行唯隨增性名有隨眠所餘俱非故非有彼餘修所斷煩惱俱心如其所應例應思擇諸修所斷不染汚心由自部攝隨眠及徧唯隨增性名有隨眠如是所論皆約未斷彼若斷已有伴性者唯由伴性名有隨眠依此義門應作是說頌曰

有隨眠心二　謂有染無染　有染心通二
無染局隨增

論曰有隨眠心總有二種有染無染心差別故於中有染所有隨眠若未斷時相應具二所緣唯一若已斷時相應有一所緣都無彼無染心所有煩惱唯未斷位名有隨眠斷已都無非助伴故此緣無染所有隨眠在有心前或俱時斷斷緣染者通前後俱相應與心必俱時斷故染通二名有隨眠無染局一有隨增性如上所辯十種隨眠次第生時誰前誰後諸隨眠起無定次第可一切後一切生故然有一類煩惱現行前後相牽非無次第

今且就彼辯次第者謂有一類不善觀察由邪聞力宿習力故因緣所引無我行中最初欻生我我所見次於如是所計行中迷因謂常迷果謂斷隨墮斷邊者便增邪見執爲最勝即是見取隨常邊者爲我得樂離衆苦故事自在等修勝生因及解脫道起戒取已於諸邪師執因道中有差別故無師爲決遂復生疑諸所執中誰眞誰妄隨謂一勝於彼起貪計爲已朋恃而生慢於他朋見陵懱起瞋若於其中不決眞妄疑所擾亂於觀生勞起猒怠心便自諫止終難決定何用觀察勝仙能了非我所知彼既自摧勤觀察志便背觀察愛樂無知由此息心憩無明室是爲一類十種隨眠相牽現行前後次第復有一類禀性愚癡於諸沙門梵志所說不能審察勝劣有殊遂復生疑此中誰勝因此觀察隨墮我見者由我見力便執斷常爲我當來得樂離苦便妄計執顛倒果因若觀察時隨墮無我者不了眞實無我理故便撥無有施等果因於此見中執爲最勝由見勝德於中起貪因此於中陵他起慢於餘見趣憎背起瞋彼由如斯順違歡慼便起無量煩惱雜染遠正等覺所說聖教沉淪苦海拔濟爲難復有於斯別立次第頌曰

無明疑邪見　邊見戒見取　貪慢瞋如次
由前引後生

論曰謂諸煩惱次第生時先由無明於諦不了不欲觀苦乃至道諦由不了故無觀察能既聞二途便懷猶豫爲苦非苦乃至廣說若遇邪說便生邪見撥無苦諦乃至廣說於取

蘊中既撥無苦因此便起薩迦耶見從此復執我有斷常隨執一邊計爲能淨於如是計執爲第一見已見德緣之起貪謂此勝他恃而生慢於他所起違見生瞋如執我徒憎無我見或於己見取捨位中必應起瞋憎嫌所捨此依一類辯十隨眠相牽現行前後次第理實煩惱行相無邊以所待緣有差别故無有決定次第而生故上所論略標一二諸煩惱起由幾因緣此起因緣乃有多種或同分是此起因緣謂見有情隨衆同分定有此類煩惱現行如鴿鴛鴦貪最猛盛蚖蛇蝮蠍瞋最熾然如是所餘隨類應説或富樂是此起因緣謂多有情具善意樂堪逮殊勝由獲富樂起諸煩惱便無堪能要捨富樂方堪逮勝或方域是此起因緣謂生南方貪多猛盛生北方者瞋多熾然如是餘方隨應當説或邪論是此起因緣謂習兵書便增瞋恚聽倡逸論便長欲貪學外道書愚癡轉盛若聞正法煩惱不生由怖生死貪等息故或寡聞是此起因緣謂無知人煩惱熾盛諸多聞者煩惱輕微以習多聞伏煩惱故或多眠是此起因緣謂多睡眠煩惱增長或樂等是此起因緣謂樂增貪苦增瞋等或飲食是此起因緣謂飲酒等煩惱熾盛或年位是此起因緣謂少壯老起煩惱異或數習是此起因緣謂習此惑此便增盛或身境是此起因緣謂過與身相稱境界隨應便發此類煩惱或時分是此起因緣謂有有情於此時分隨應便發此類煩惱如是等類因緣無邊然於其中勝唯三種頌曰

由未斷隨眠　及隨應境現　非理作意起
説或具因緣

論曰由三因緣諸煩惱起且如將起欲貪隨眠未斷未徧知欲貪隨眠故順欲貪境現在前故緣彼非理作意起故餘隨眠起類此應知未斷未徧知欲貪隨眠者三緣故説未斷徧知謂得未斷故對治未生故未徧知境故又斷有二一有分斷二無分斷故説未斷未徧知言此説隨眠由因力起順欲貪境現在前者且應徵問此境是何若謂於中有欲貪繫亦瞋所繫應名瞋境則順瞋境亦順欲貪如是欲貪境無定故不應説有順境現前若謂可意名順貪境此可意境亦非決定一所愛境餘不愛故若謂徧依一相續説非不決定亦不應理現見一色於一有情有時順情有時違故然必應許有定境界緣彼方有欲貪現前由此故言順貪境現向所設難後當通釋此則説隨眠由境界力起緣彼非理作意起者謂有如木境界現前及有如鑽燧非理作意起鑽境界木欲貪火生此中何名非理作意謂於上妙衣服華鬘嚴具塗香雕糅彩飾嬌姿所顯女想攢聚起有情想所住持心俱顛倒警覺名非理作意此則説隨眠由加行力起若諸隨眠起皆具三因緣云何許有阿羅漢退非阿羅漢隨眠未斷且非定許煩惱現前方得名爲阿羅漢退或此且據從前煩惱無間引生故説無過以煩惱生總有二種一從煩惱無間引生二次所餘非煩惱起若異此者善無記心無間不應有煩惱起此中不據次所餘生是故不應舉退爲難或

此且據具因緣說實有唯託境界力生譬喻部師作如是說由分別力苦樂生故知諸境界體不成實以佛於彼摩建地迦契經中說諸癩病者觸苦火時以為樂故又說一色於一有情名可意境非於餘故又如淨穢不成實故謂別生趣同分有情於一事中取淨穢異既淨穢相非定可得故無成實淨穢二境正理論者作如是言一切境界無不成實經說有色樂隨行故又說貪著可愛色故又言有可愛眼所識色故又意近行境決定故又契經說如是色中淨妙相沒過患相現然為斷貪說於可愛可瞋癡事應斷貪者此依不淨了知淨界由於此中有淨界故說諸女色為可愛境又離貪者不觀彼故又契經說諸色聚中皆有愛味過患相故理亦應爾見諸事中諸煩惱生有差別故謂於可意諸境事中雖有生瞋非如貪重未離貪者遇可意事時任運生貪分別起瞋故以因加行雖無差別而見煩惱現行別故知諸境體非不成實由境界力令彼別故豈不已顯境不成實許一事中起貪瞋故不爾一聚中容有二境故謂可意聚中有少可瞋相如妙衣服少被糞塗諸樂淨人總生憎惡又如於葫憎其香者於其味等亦總生嫌於彼味中有生貪者於彼香等亦總生愛故知諸法同聚俱生謂一聚中有可貪等法故於一聚容起貪瞋癡非起貪境即起餘二故諸境界無不成實若爾既有成實淨相隨觀淨見應皆如實乘如實見應不生貪然於境中無實淨相妄計為淨乘此生貪故知諸境皆不成實不爾說境非

成實者取不淨見同此失故謂無成實不淨相中隨觀不淨應非如實此復如何能伏煩惱若伏煩惱由勝解力是則不應作如是計要如實見方能離貪起貪要由不如實見然應境事雖亦實有少分淨相由勝解力觀爲不淨能伏煩惱雖亦實有少分不淨而增益故於中起貪又若諸法無成實性但由分別力起貪或離貪聖教如何可作是說此事可猒此事可欣此事順結此不順結此事應修此不應修又若一事或有起愛起恚起癡即言境中可愛等相不成實者豈不曾聞有懷僻見所作頌義理亦應成如彼論中有如是頌

以有於一事　見常見無常　見俱見俱非
故法皆無性

若爾顛倒亦應不成於實淨中取爲淨故不爾此中於少淨種由作意力增益轉故謂於可意不可意境作意增益不淨淨相由此顛倒起瞋起貪非增益依亦不成實故於少種由作意力增益而轉非不顛倒又貪等樂等於境界生無有決定故境雖成實而顛倒體非不得成若爾善心亦應成倒有取可意境爲不可意故不爾如是勝解作意能斷煩惱故非顛倒有善作意由勝解力於境界中唯取淨相云何非倒非此勝解於諸煩惱有斷力故彼爲自觀於貪已斷有勢力不故雖於境取淨相轉而非顛倒或令但念如昔染心所取境相爲自觀察所得修果爲成不成無別增益故非顛倒或善作意於諸事中隨應但緣淨不淨相故非顛倒貪等作意於諸事

中隨應總緣爲淨不淨故不同善然彼所言由分別力苦樂生故境不成實摩建地迦經爲證者理必不然現見有於非所欲境亦生貪故不爾便爲撥境界力又現見有由根過故於甘等味顚倒而取於冷煖等顚倒亦然彼不可言此由境界不成實故遂致如是又說一色於一有情名可意境非於餘故知諸境界不成實者理亦不然前已說故前說一聚容有二境謂一聚中容有可意不可意種於中增益遂總謂爲可不可意有說約位境體成實謂於此時境成可意非不可意餘位相違又如淨穢不成實故知無成實淨穢境者理亦不然於不淨中計淨顚倒應不成故謂若都無成實不淨設取爲淨如何得成於不淨中淨想顚倒既許一境亦淨不淨於中起想何倒非倒又如於非常常想成倒故知不淨性決定成實或於有漏行通取常非常應非常性亦不成實或如非常性不淨性亦爾故淨不淨非不成實言別生趣同分有情於一事中取淨穢異知無成實淨穢境者理亦不然前釋一聚容有二境義已成故言淨穢相非定可得故無成實淨穢境者理亦不然准前說故謂非無相有淨穢性性若無者顚倒不成故不應言相不可得便爲淨穢不成實因又佛世尊於有漏法決定成立有不淨性其義云何謂有漏法爲煩惱所染名勝義不淨故知淨穢非不成實若爾豈不諸有漏法皆是不淨或有於中起淨妙覺此覺境界既不成實餘例應然此覺所增雖不成實而不淨境是成實故於中謂淨顚倒義成後

貪起時隨此淨見故所增相雖不成實而無所緣非成實過又先已說不淨聚中有少淨種淨種淨性無異體故淨境非無但由於中總憎成倒又色等法有淨自體但由有漏立不淨名故一切境非不成實有餘師說依五識身所起煩惱境界成實非於一境二心轉故五識唯取現在境故所取色等剎那性故所餘煩惱境不成實由一剎那取色等已後相續起異分別故此亦應就總聚遮遣謂於過去可愛聚中有可憎境能發瞋恚先緣可愛於聚生貪後憶可憎於聚生恚是故意地所起煩惱所緣境界非不成實即上所說隨眠幷伴佛說爲漏暴流軛取漏謂三漏一欲漏二有漏三無明漏言暴流者謂四暴流一欲暴流二有暴流三見暴流四無明暴流軛謂四軛如暴流說取謂四取一欲取二見取三戒禁取四我語取如是漏等其體云何頌曰

欲煩惱幷纏　除癡名欲漏　有漏上二界
唯煩惱除癡　同無記內門　定地故合一
無明諸有本　故別爲一漏　暴流軛亦然
別立見利故　見不順住故　非於漏獨立
欲有軛幷癡　見分二名取　無明不別立
以非能取故

論曰欲界煩惱幷纏除癡四十一物總名欲漏謂欲界繫根本煩惱三十一幷十纏色無色界煩惱除癡五十二物總名有漏謂上二界根本煩惱各三十六色無色界雖復亦有惛沉掉舉而纏不應依界分別上界纏少不自在故由是有漏唯說煩惱若纏亦依界分

別者則有漏體有五十六故品類足作如是言云何有漏謂除無明餘色無色二界所繫結縛隨眠隨煩惱纏何緣合說二界煩惱爲一有漏同無記性於內門轉依定地生由三義同故合爲一彼界煩惱亦於外門有緣色聲觸境轉故應更別說第二合因謂彼隨眠同一對治設依此義無壞頌文謂此應言何緣合說二界煩惱爲一有漏同無記對治定地故合一何緣唯彼得有漏名此即如前名有貪釋義准三界中五無明爲無明漏體故頌不別說何緣唯此別立漏名爲顯無明過患勝故謂獨能作生死根本如契經說無明爲因生於貪染乃至廣說又如頌言

諸所有惡趣　此及他世間　皆無明爲根
貪欲所等起

已辯三漏復應思擇如本論說結縛隨眠隨煩惱纏爲前二漏若具五義方得漏名是則十纏應非漏體若隨具一便得漏名染思恨等亦應名漏則上所結物數唐捐今於此中唯據勝顯說一百八諸惑爲漏謂非染汚思等恨等非漏所攝唯此諸惑稽留有情久住生死或令流轉於生死中從有頂天至無間獄用强易了是故徧說暴流及軛體與漏同然於其中見亦別立謂前欲漏即欲暴流及欲軛如是有漏即有暴流及有軛析出諸見爲見暴流及見軛者以猛利故謂漂合執義立暴流軛取如餘煩惱得非無明總互相資能漂合執諸見亦爾由猛利故離餘相助能漂合執故亦別立暴流軛取又諸煩惱皆令衆生漂淪染法離諸善品無解邪解涌泛波

濤漂激衆生於善更遠故無明見於此別立若爾何不別立見漏令住名漏如後當說見不順彼義有別故謂令異生及諸聖者等住生死故名爲漏諸見無有令聖住能漏義不全故不別立漂合執義聖異生殊故後三門皆別立見謂此諸惑能漂異生容有令離一切善品漂諸聖者則不可然漂已能令諸異生類徧與非愛界趣生合令聖者合則不可然合已能令諸異生類無不依執令聖不然由此三門異生異聖於中見勝是故別立有餘師說見躁利故於令住義獨不能辦故於漏門與餘合立若與餘合便有住能如於調象王繫縛生象子如是已顯二十九物名欲暴流謂貪瞋慢各有五種疑四纏十二十八物名有暴流謂貪與慢各十疑八三十六物名見暴流謂三界中各十二見十五物名無明暴流謂三界無明各有五應知四軛與暴流同四取應知體同四軛然欲我語各幷無明見分爲二與前軛別即前欲軛幷欲無明三十四物總名欲取謂貪瞋慢無明各五疑有四幷十纏即前有軛幷二界無明三十八物總名我語取謂貪慢無明各十疑有八於見軛中除戒禁取餘三十物總名見取所除六物名戒禁取由此獨爲聖道怨故雙誑在家出家衆故何緣無明不別立取依能取義建立取名然諸無明非能取故謂不了相說名無明彼非能取不猛利故但可與餘合立爲取餘建立取及廣決擇如緣起中應如理解暴流軛取若能總攝一切煩惱便違契經如契經言云何欲軛謂愚夫類無聞異生不

如實知諸欲集沒愛味過患及與出離乃至廣說彼於諸欲欲貪欲欲欲親欲愛欲樂欲悶欲耽欲嗜欲喜欲藏欲隨欲著纏壓於心是名欲軛有軛見軛應知亦爾此於愛體說三軛名又餘經說欲貪名取由此故知於欲等四所起欲貪名欲等取如何具攝諸煩惱耶此不相違經意別故就所化者機行差別密意說故猶如暴流謂契經說有四暴流然餘經中佛觀所化機行差別說如是言苾芻若能多住於此便為已渡前五暴流第六暴流亦當能渡云何知此是密意言非唯以愛為三軛體以契經中說有九結結之與軛義類相似故知煩惱皆有軛相佛觀所化機行所須於多體中且略舉一又如經說若斷一法我能保汝得不還果一法者謂薩迦耶見非唯斷此得不還果又如經說應斷害忿非餘煩惱不應斷害又如說無明能蓋有情類然於餘處說蓋有五此經亦爾隨所化生現相續中為愛所惱故略為彼說愛無失欲有二軛可略舉愛愛彼攝故見軛云何愛與見軛性各別故舉亦無失以見軛名依訓釋門通二義故若見即軛名為見軛如無明軛若於見軛名為見軛猶如有軛佛令弟子知二義故雖亦於愛立見軛名而亦無有違法性失如是已辯隨眠并纏經說為漏暴流軛取此隨眠等名有何義頌曰

微細二隨增　隨逐與隨縛　住流漂合執
是隨眠等義

論曰根本煩惱現在前時行相難知故名微細是故聖者阿難陀言我今不知於同梵行

起慢心不不說全無以慢隨眠行相微細彼尚不了慢心有無況諸異生餘例應爾有釋於一刹那極微亦有隨增故名微細二隨增者謂於所緣及所相應皆隨增故如何煩惱有於所緣相應隨增如前已辯或如怨害伺求瑕隙及如見毒應知煩惱於自所緣有隨增義如熱鐵丸能令水熱及如觸毒應知煩惱於自相應有隨增義二皆同乳母令嬰兒隨增乳母能令嬰兒增長及令技藝漸次積集所緣相應令諸煩惱相續增長及得積集言隨逐者謂無始來於相續中起得隨逐言隨縛者極難離故如四日瘧及鼠毒等有說隨縛謂得恒隨如海水行隨空行影由此所說諸因緣故十種煩惱立隨眠名依訓詞門釋此名者謂隨流者相續中眠故名隨眠即順流者身中安住增昬滯義或隨勝者相續中眠故名隨眠即是趣入如實解位爲昬迷義或有獄中長時隨逐覆有情類故名隨眠何緣隨眠唯貪等十非餘忿等唯此十種習氣堅牢非忿等故謂唯此十習氣堅牢起便難歇如燒山火或如怨結故名隨眠若爾恨應是隨眠性不爾隨眠任運轉故要設功用恨方隨轉然諸隨眠性尤重故不設功用亦堅固轉或恨隨瞋有所作故謂諸恨垢是瞋等流隨瞋所爲方有所作憶念種種瞋恚相時隨瞋所爲結恨不捨故無恨垢成隨眠失是爲訓釋建立隨眠稽留有情久住生死或令流轉於生死中從有頂天至無間獄由彼相續於六瘡門泄過無窮故名爲漏極漂善品故名暴流於界趣生和合名軛執取彼彼

自體名取經主此中復作是說若善釋者應作是言諸境界中流注相續泄過不絕故名爲漏若勢增上說名暴流謂諸有情若墜於彼唯可隨順無能違逆涌泛漂激難違拒故於現行時非極增上說名爲軛但令有情與種種類苦和合故或數現行故名爲軛執欲等故說名爲取彼有何善釋四名中二與我同二違理故謂彼所說諸境界中流注相續泄過不絕故名爲漏即我宗說由彼相續於六瘡門泄過無窮故名爲漏非離諸漏有別相續由彼勢力於境泄過即諸煩惱或總或別流注不絕得相續名說於六瘡門即說於六境彼言不絕即我無窮與我何殊獨言彼善彼勢增上說名暴流即我宗言極漂善品與我何別彼獨善耶言現行時非極增上說名爲軛令與種種苦和合故此與理違於現行時若非增上何能令與種種苦合如何可說彼釋爲善又諸善法數數現行亦令有情與衆苦合應與煩惱俱立軛名若言我釋亦同此過此難非理我說煩惱由發業門有此能故所釋取義亦與理違謂若取名唯因愛者說取緣有義如何成應但說言愛緣有故又如前際後際業緣亦應通攝一切煩惱如緣起中已廣思擇由彼所釋違正理故毗婆沙師不作是說

阿毗達磨順正理論卷第五十三　說一切有部

音釋

懱莫結切輕易也　憩去例切息也　鑽燧鑽作官切燧詳醉切鑽燧穿木取火也　蒜蘇貫切葷菜也　軛於革切　漂激漂紕招切浮也激古歷切蕩也　瑕隙瑕胡加切過也隙綺戟切疊也　瘧魚約切寒熱疾也　泄先結切漏也

阿毗達磨順正理論卷第五十四

尊者眾賢造

唐三藏法師玄奘奉詔譯

辯隨眠品第五之十

如是已辯隨眠幷纏世尊說爲漏暴流等爲唯爾所爲更有餘頌曰

由結等差別　復說有五種

論曰即諸煩惱結縛隨眠隨煩惱纏義有別故復說五種且結云何頌曰

結九物取等　立見取二結　由二唯不善
及自有起故　纏中唯嫉慳　建立爲二結
或二數行故　爲賤貧因故　徧顯隨惑故
惱亂二部故

論曰結有九種一愛結二恚結三慢結四無明結五見結六取結七疑結八嫉結九慳結以此九種於境於生有繫縛能故名爲結如契經說苾芻當知非眼繫色非色繫眼繫謂此中所有欲貪又契經說諸愚夫類無聞異生結縛故生結縛故死由結縛故從此世間往彼世間或有此故令諸有情合眾多苦故名爲結是眾苦惱安足處故此中愛結謂三界貪此約所依及所緣故所言貪者謂有心所樂可意想所攝受行即於諸有及諸有具所起樂著說名爲貪何緣此貪說名爲愛此染心所隨樂境故恚謂於違想及別離欲所攝受行中令心憎背慢謂七慢如前已釋言無明結者謂三界無知此約所依非所緣故以諸無漏法不墮界故無明亦用彼爲所緣故此廣分別如緣起中見結取結俱邪推度相別顯彼相廣如五見中於前分別邊執見

處見計爲我有漏行中計斷計常名邊執見於中斷見名何所目謂執死後行不續生豈不此即是撥後有邪見雖有此責現見世間有行相同而體差別如慈與愛體異行同如何行同而體差別如起加行欲饒益他若屬染心從愛所起若從慈起屬不染心是謂行同而體差別如是於行見不續生從邪方便生此屬斷見離方便而起此屬邪見亦是行同而體差別此斷常見由何而生且斷見生或由尋伺見諸行法有窮盡故於緣起理不覺了故或由定力於他有情許有煩惱彼命終後不見中生二有續故宿住隨念智有礙故由如是等有斷見生若常見生或由尋伺見行相似相續轉故能憶先時所更事故受持外道常見論故或由定力隨念宿住所更事故如有頌言

由觀見死生　或憶念前際　以闕正道故
外仙我見增

此中三見名爲見結見戒禁取名爲取結依如是理故有說言頗有見相應法爲愛結繫非見結繫非不有見隨眠隨增曰有云何集智已生滅智未生見滅道所斷二取相應法自部愛結爲所緣繫非見結繫徧行見結已永斷故自部見結所緣相應二俱無故非不有見隨眠隨增二取見隨眠於彼隨增故何緣三見別立見結二取別立爲取結耶三見二取物取等故謂彼三見有十八物二取亦然故名物等說此物等於義何益於結義中見有益故此言意說如貪瞋等一一獨能成一結事三見二取各十八物和合各成一結

事故若異此者應説五見各爲一結如貪瞋等故見及取答十八物共立一結方敵貪等若爾身見邊見見取有十八物戒取邪見有十八亦然豈非物等不爾本釋其理決定所以者何以取等故三見等所取二取等能取所取能取有差別故謂於諸行計我斷常或撥爲無後起二取執見第一或執爲淨不雜亂故本釋爲善有説由物及聲等故有説貪著有及財者見結於彼繫用增上若有貪著涅槃樂者取結於彼繫用增上疑結謂於四諦猶豫此異於慧有別法體於四諦者謂於苦諦心懷猶豫爲苦非苦乃至於道猶豫亦然前四能牽正決定起後四能引邪決定生自外事中邪猶豫轉非迷諦故不名爲疑已見諦者彼猶未滅簡彼故言於諦猶豫令心

不喜説名爲嫉此異於瞋有別法體故有釋嫉不耐他榮謂此於他諸興盛事專求方便破壞爲先令心焦熱故名不喜是瞋隨眠等流果故專心爲欲損壞他故正隨憂根而現行故唯欲界繫非色無色欲界諸處皆通現成唯除北洲成而不現令心悋著説名爲慳謂勿令斯捨離於我令心堅執故名爲慳耽著法財以爲上首不欲離已故名悋著此是欲貪等流性故專心護已資具等故唯欲界繫非色無色何故纏中嫉慳二種建立爲結非餘纏耶若立八纏應作是釋二唯不善自在起故謂唯此二兩義具足餘六無一具兩義者無慚無愧雖唯不善非自在起悔自在起非唯不善餘兩皆無若立十纏應作是釋唯嫉慳二過失尤重故十纏中立二爲結由

此二種數現行故謂生欲界雖有九六三結無結而經唯說嫉慳二結惱亂人天以勝趣中二數行故又二能爲賤貧因故謂雖生在二善趣中而爲賤貧重苦所輒現見卑賤及諸乏財乃至極親亦不敬愛又二徧顯隨煩惱故謂隨煩惱總有二種一慼俱行二歡俱行嫉慳徧顯如是二相又此二能惱二部故謂在家衆於財位中由嫉及慳極爲惱亂若出家衆於教行中由嫉及慳極爲惱亂或能惱天阿素洛衆謂因色味極相擾惱或此能惱人天二衆如世尊告憍尸迦言由嫉慳結人天惱亂或此二能惱自他衆謂由嫉故惱亂他朋由內懷慳惱亂自侶故十纏內立二爲結佛於餘處依差別門即以結聲說有五種頌曰

又五順下分　由二不超欲　由三復還下
攝門根故三　或不欲發趣　迷道及疑道
能障趣解脫　故唯說斷三

論曰何等爲五謂有身見戒禁取疑欲貪瞋恚如是五種於下分法能爲順益故名下分然下分法略有二種一下界謂欲界二下有情謂諸異生雖得聖法而不能超下分界者由爲欲貪瞋恚二結所繫縛故雖離欲貪而不能越下有情者由爲身見戒取疑結所繫縛故諸有情住欲界獄中欲貪及瞋猶如獄卒由彼禁約不越獄故身見等三如防邏者設有方便超欲界獄彼三執還置獄中故順下分結由此唯五已見諦者由欲貪瞋不超下界其義可爾唯此但是欲界繫故離欲貪者見斷一切皆令不越下分有情何故世尊

唯說三種雖有此責而佛世尊略攝門根且說三種言攝門者見所斷惑類總有三唯一通二通四部故說此三種攝彼三門類顯彼故言攝根者身見等三是餘三根以邊執見見取邪見如其次第隨有身見戒禁取疑三種勝根而得轉故說此三種攝彼三根故順下分唯有此五若唯此五名順下分結何故世尊訶具壽大母癡人何故如是受持唯立爾所名下分結以彼唯立如是五種正現行時名下分結世尊意立設不現行亦順下分是故訶彼顯身見等若行不行但未斷時皆順下分依如是理故責彼言若爾汝同嬰兒外道所解膚淺乃至廣說若已斷便失順下分性耶順下分相雖斷不失然若被斷失彼結名若已斷時不名結者三結先斷已失結

名契經不應作如是說斷五下分結得成不還果以不還果總說有二一次第證二超越成斷二斷三如次得果由不定故說五無失約容有說可斷五故諸得預流六煩惱斷何緣但說斷三結耶此亦如前攝門根故雖但有一通於二部即舉彼相以顯彼體由此故說攝彼三門或有餘師作如是釋趣異方者有三種障一不欲發謂見此餘方功德過失故息心不往二迷正道謂雖發趣而依邪路不至彼方三疑正道謂不諳悉見有二路人皆數遊便於正道心懷猶豫此於趣彼爲是爲非如是應知趣解脫者亦有如是相似三障謂由身見於蘊涅槃見執我斷功德過失故於解脫不欲發趣由戒禁取雖求解脫而迷正路依世間道徒經辛苦不至涅槃由疑

不能善自觀察見諸邪道有多人修便於正道心懷猶豫於趣解脫爲是爲非佛顯預流永斷如是趣解脫障故說斷三雖見行常亦不趣解脫見世道勝亦迷失正道撥無聖道者亦不信正道而前三種是後三根後三必隨前三轉故舉本攝末但說前三佛於餘經如順下分說順上分亦有五種頌曰

順上分亦五　色無色二貪　掉舉慢無明
令不起上故

論曰如是五種體有八物掉舉等三亦界別故唯修所斷名順上分順益上分故名順上分結要斷見所斷彼方現行故見所斷惑未永斷時亦能資彼令順下分故要永斷見所斷惑方現行者名順上分此中既說色無色貪及順上言知掉舉等亦色無色非欲界繫品類足論既作是言結法云何謂九結非結法云何謂除九結所餘法由此證成掉舉一種少分是結謂二界繫少分非結謂欲界繫於少是結謂聖者於少非結謂異生有位是結謂已離欲貪有位非結謂未離欲貪由如是等差別不定品類足論不說爲結掉舉擾惱三摩地故於順上分建立爲結即由此理順上分中不說昏沉順等持故已辯結縛云何頌曰

縛三由三受

論曰以能繫縛故立縛名即是能遮趣雜染義結縛二相雖無差別而依本母說縛有三一者貪縛二者瞋縛三者癡縛所餘諸結品類同故攝在三中謂五見疑同癡品類慢慳二結貪品類同嫉結同瞋故皆三攝又爲顯

示已見諦者餘所應作故說三縛通縛六識身置生死獄故又佛偏爲覺慧劣者顯麤相煩惱故但說三縛有餘師說由隨三受勢力所引說縛有三謂貪多分於自樂受所緣相應二種隨增少分亦於不苦不樂於自他苦及他樂捨唯有一種所緣隨增瞋亦多分於自苦受所緣相應二種隨增少分亦於不苦不樂於自他樂及他苦捨唯有一種所緣隨增癡亦多分於自捨受所緣相應二種隨增少分亦於樂受苦受於他一切受唯所緣隨增是故世尊依多分理說隨三受建立三縛何類貪等遮趣離染說名爲縛謂唯現行若異此者皆成三故則應畢竟遮趣離染若爾諸有非一切智欲爲有情說對治者如何方便得如實知所化有情貪等行別而爲如實

說對治門如何不知貪等行別諸貪行者有如是相謂多言論面色熙怡含笑先言多爲愛語離忿能忍黠慧好奇耽話樂持愛歌著舞喜以粧服嚴具瑩身好事朋徒數加沐浴性多婬逸輕躁歡娛多笑舒顏輭心愍物錄德鄙悋怯弱隨媚欣多知友猒背寂靜性無沉密不察所作輕有悲哀多無義語肌膚輭膩容貌端嚴巧爲怨傷好樂忌苦輕交薄行多汗體温身臭處形纖㥔爪齒鮮鬚髮美面易皺髮早白於巧明術性好存功欣說有宗多喜樂福好居衆首愛集明鑒喜自顧瞻近尋分賞恭施愛視目送淺觀通俗別機多覺少恚不能久制身四威儀輕能棄捨財法友欲而復因斯尋生追悔聞智巧術欲習速成纔得成已尋復忘失此等名爲貪行者相諸

瞋行者有如是相謂性躁烈卒暴兇險多懷忿恨難與共居樂譏他多憂慼無慈喜鬭怒目低睛少睡少言沉思難喜堅持所愛固友固怨所爲急躁黠慧沉密難壞知恩剛決勤勇無悲樂斷志猛念强堅銳難當好多觀察性欣出離樂施利根多正直言意懷難得是處見過觸事猜疑嫉妬形殘多諸病惱寡知友饒怨結慘容色信堅固少驚無畏大勇多愁頭項臂麤難可摧伏强額多力爲性很戾巧術聞知欲習易成既得成已卒難忘失財法友欲捨已不追此等名爲瞋行者相諸癡行者有如是相謂多猶豫樂説無宗雖無能爲而多高舉不敬闕信樂闇多沉不樂審觀伏眠難覺多樂敬奉外道邪天所作凶勃所作左僻勝解劣多忘失懶惰無策心昧瞢瞢

破壞法橋常喜閉目所作不了蹙面顰眉不聰明不相委不相信不別機憎嫉賢良所爲專執於善惡説不鑒是非戾若狻猊卒難開曉不能了別怨親處中鬚髮毛爪多長堅利眼口衣服眵垢可猒不好華鬘嚴具莊飾所作昧略輕有所爲多食多愁少慙少愧不教便作令作不爲應怖情安應安反怖應傷反悅應悅反傷應笑反啼應啼反笑於所應作難勸修行不應作中難令止息少福德煩惱麤不能別知醋淡等味多寐語睡齘齒好舐脣齒穢密能久安住身四威儀此等名爲癡行者相諸慢行者有如是相謂心高身矬小體實堅鞕好物恣譽於可尊崇不能敬重誇衒自德樂毀他能不可引導堅持可愛不樂聽聞師友教勑於他所有多不印順貪敬徇

名大冐耐苦少親友薄風範心廣大志勇決少懷憂慼多樂出家言論知量所爲不躁知足大欲具妙辯才不諂不柔難可迴轉有大勝解不可摧伏發言質直不曲順情此等名爲慢行者相諸見行者有如是相謂執堅固鈍根諂曲樂惡喜福輕爾發言好談論愛恩擇難屈伏强習誦凡有所作不隨他緣難得意懷難令生喜少猒捨闕正信好持齋戒猒報災祥親惡朋踈善友性無悲愍懷聰叡慢亂顧視慘姿顏多惡夢多分別喜懷猜阻心恒擾亂耽惡所作性好尋思樂施少憂堅守難猒見行共相總述如是別相一一如理應思諸疑行者有如是相謂多不會徧見過失喜懷愁慼志性剛決無善懈怠樂著睡眠好不定言事無專一數生追悔難得意懷少語遠尋營私堪忍恒爲謀略尠有歡娛不躁不明不知方便交友易壞難喜忘恩凝視低睛多不信順所習論智不究根源微覽枝條狀如徧悉凡有所作多不成功此等名爲疑行者相若於如是六種相中有具二三乃至皆具應知此類名雜行者餘隨煩惱諸行者相此等流故准此應釋已分別縛隨眠云何頌曰

隨眠前已說

論曰隨眠有六或七或十或九十八如前已說隨眠旣已說隨煩惱云何頌曰

隨煩惱此餘　染心所行蘊

論曰能爲擾亂故名煩惱隨諸煩惱轉得隨煩惱名有古師言若法不具滿煩惱相名隨煩惱如月不滿得隨月名然諸隨眠名爲煩

惱即此亦得隨煩惱名以是圓滿煩惱品故由此故說即諸煩惱有結縛隨眠隨煩惱纏義所餘染汚心所行蘊隨煩惱起隨惱心故得隨煩惱名不得名煩惱以闕圓滿煩惱相故若爾染汚思等心所一切應是隨煩惱攝理實應然若爾何故別說行蘊勿如思等受想亦應隨煩惱攝此彼何別非無別義謂煩惱相應煩惱同蘊法由二義相似得隨煩惱名染心所言顯染思等得名隨煩惱由煩惱相應說行蘊言爲簡受等要煩惱同蘊名隨煩惱故由此本論作如是言除諸煩惱餘染心所行蘊所攝名隨煩惱或若有法從煩惱起煩惱相應行蘊所攝與諸煩惱相極相鄰方可建立名隨煩惱然兼爲遮隨煩惱中有異論師謬作是解慳即是愛沉即無明忿即瞋等說此餘言顯彼皆是此之餘義有於此義仍復生疑謂此餘言亦應攝受爲遮彼彼故說行蘊言不爾但應言此餘染心所本論不應說行蘊所攝言以決定無餘蘊所攝從煩惱起是故於此說行蘊言還顯此義由此若法與諸煩惱要三義相似得隨煩惱名一是煩惱垢二煩惱相應三煩惱同蘊故我於此明見頌中有如是義謂此煩惱亦名隨煩惱及此之餘染心所行蘊此之餘者顯相屬義意顯若餘是此所起方可建立隨煩惱名然兼爲遮慳即愛等若爾何故說行蘊言說此餘言義已成故不爾遮濫說行蘊言謂貪瞋癡如次所起染樂苦捨容濫此餘故行蘊言還爲顯示無餘蘊攝是煩惱垢若不爾者但說此餘以何言遮前所說濫故復須說行

蘊攝言隨煩惱名爲目幾法經種種說故有衆多謂憤發不忍及起惡言類如世尊告婆羅門言有二十一諸隨煩惱能惱亂心乃至廣說後當略辯纏煩惱垢攝者且應先辯纏相云何頌曰

纏八無慚愧　嫉慳幷悔眠　及掉舉昏沉
或十加忿覆　無慚慳掉舉　皆從貪所生
無愧眠昏沉　從無明所起　忿恚從瞋起
悔從疑覆諍

論曰根本煩惱亦名爲纏經說欲貪纏爲緣故若異此者貪等云何可得名爲圓滿煩惱然諸論者離諸隨眠就勝說纏或八或十謂品類足說有八纏毗婆沙宗說纏有十即於前八更加忿覆如是十種繫縛含識置生死獄故名爲纏或十爲因起諸惡行令拘惡趣故名爲纏無慚無愧嫉慳幷悔掉舉昏沉如前已辯令心昧略昏沉相應不能持身是爲眠相眠雖亦有昏不相應此唯辯纏故作是說於此頓說眠三相者此三與眠義相順故解字義者作是釋言眠謂於身能爲滋潤即是有力能長養身由心安眠身增益故此善等別略有四種謂善不善有覆無覆諸瑜伽師久善思擇諸誦習者勞役長時施主多時行益他事此等加行憩息位中所引睡眠皆名爲善然於加行聞思善心眠不現行性相違故此於加行修所成心亦不現行彼能治故唯於一類生得善心眠可現行性羸劣故諸屠羊等不律儀人專心久行不善加行諸耽欲者於欲境中專心久行不善加行諸餘一切習惡行者長時數起不善加行此等加

行憩息位中所引睡眠皆名不善一切煩惱於睡位中無不皆容現在前故有覆無記准此應釋無覆無記唯異熟生起工巧等睡眠便壞故有餘師說於眠位中亦有威儀工巧心起然非初位彼可即行於後夢中方可行故因自友損怨益而生瞋恚爲先心憤名忿有餘師說因處非處違逆而生力能令心無顧而轉乃至子上令心憤發說名爲忿隱藏自罪說名爲覆罪謂可訶即是毀犯尸羅軌則及諸淨命隱藏即是匿罪欲因有餘釋言技拭名覆謂内懷惡技拭外邊是欲令他不覺察義前說若法從煩惱起方可建立名隨煩惱此中何法何煩惱起無慚慳掉舉是貪等流要貪爲近因方得生故無愧眠昏沉是無明等流此與無明相極相隣近故嫉忿是瞋等流由此相同瞋故悔是疑等流因猶豫生故覆有說是貪等流有說是無明等流有說是俱等流諸有知者因愛生故諸無知者因癡生故即由此相故有說言心著稱譽利養恭敬不了惡行所招當果是於自罪隱匿欲因爲愛無明二等流果隨惱心法說名爲覆如是十種從煩惱生是煩惱等流故名隨煩惱餘煩惱垢其相云何頌曰

煩惱垢六惱　害恨諂誑憍　誑憍從貪生
害恨從瞋起　惱從見取起　諂從諸見生

論曰於可毀事決定堅執難令捨因說名爲惱由有此故世間說爲不可導引執惡所執於他有情非全不顧擬重攝受爲損惱因悲障惱心說名爲害於非愛相隨念分別生續忿後起心結怨名恨有餘師言欲捨怨結不

能解脫此因名恨由有此故怨結纏心自惱長時空無有果於可愛境令不隨順於策勵事令心忘失於諸有恩令不能報令於喜事似有所憂令於友朋不相委信令於親屬懷棄捨心令於面上易發慘色於美談話慶慰輭言令心悵悒都無所顧事不獲免示有歡娛是諸賢良所遠離處能爲株杌壞實福田此等名爲恨所有法恨與忿相有差別者如樺皮火其相猛利而餘勢弱說名爲忿如冬室熱其相輕微而餘勢強說名爲恨由此故有說恨相言忿息已續生令心濁名恨於已情事方便隱匿矯以謀略誘取他情實智相違心曲名諂於名利等貪爲先故欲令他惑邪示現因正定相違心險名誑釋此名者謂先籌度設此方便令彼後時生顛倒解故名爲誑然世間說爲利爲名現相惑他名爲誑者說誑所引身語業事是誑果故假立誑名如以通名說通果事心險心曲相差別者如道如杖於他於自因貪因見故有差別謂如險道於諸有情欲趣餘方能爲損礙如是行者欲趣涅槃心與誑俱能爲損礙如卷曲材雖斷其根而於稠林難挽令出如是信闕有諂曲者雖以方便斷欲界根仍難引接令出生死又幻惑他說名爲誑匿自情事說名爲諂又誑與諂如次是貪諸見等流如後當辯憍相如前已廣分別有餘師說從貪所生恃已少年無病壽等諸興盛事心傲名憍有餘師言於自相續興盛諸行躭染爲先不顧於他謂已爲勝心自舉恃說名爲憍由不顧他與慢有異如是六種從煩惱生穢汚相麤名

煩惱垢於此六種煩惱垢中誑憍是貪等流害恨是瞋等流惱是見取等流諂是諸見等流如言何曲謂諸惡見故諂定是諸見等流此六亦從煩惱生故如纏亦得隨煩惱名已說諸纏及煩惱垢今次應辯彼斷對治諸纏垢中誰何所斷頌曰

纏無慚愧眠　昏掉見修斷　餘及煩惱垢
自在故唯修

論曰且十纏中無慚無愧通與一切不善心俱眠欲界中通與一切意識俱起昏沉掉舉通與一切染污心俱故五皆通見修所斷餘嫉慳悔忿覆并垢自在起故唯修所斷唯與修斷他力無明共相應故名自在起與自在起纏垢相應所有無明唯修斷故此諸纏垢誰通何性頌曰

欲三二餘惡　上界皆無記

論曰欲界所繫眠昏掉三皆通不善無記二性所餘一切皆唯不善即欲界繫七纏六垢上二界中隨應所有一切唯是無記性攝即諂誑憍昏沉掉舉此諸纏垢誰何界繫頌曰

諂誑欲初定　三三界餘欲

論曰諂誑唯在欲界初定寧知梵世有諂誑耶以大梵王匿己情事現相誑惑馬勝苾芻傳聞此唯異生所起非諸聖者亦可現前昏掉憍三通三界繫所餘一切皆唯在欲謂十六中五如前辯所餘十一唯欲界繫

阿毗達磨順正理論卷第五十四　說一切有部

音釋

悋 良刃切慳也　邏 郎賀切遮也巡也　熙怡 熙許羈切怡弋支切熙怡和樂也　愞 而兗切劣弱也　皺 側救切皮細起也　銳 以芮切利也　釁

瞢 臺徒亘切瞢莫鳳切臺瞢目不明也 蹙 子六切縮也 顰 紕賓切眉蹙也

狻猊 狻素官切猊五稽切獸名 眵 赤脂切目汁凝也 寱 研計切寐言也

齘 何芥切齒相切也 矬 徂和切短也 鞕 魚孟切堅也 叡 兪芮切深明通達也

技拭 技無粉切拭賞職切揩也 勵 力制切勸勉也 慘 七感切愁恨也

悵悒 悵丑亮切失志望恨也悒於汲切憂也

阿毗達磨順正理論卷第五十五

尊者眾賢造

唐三藏法師玄奘奉　詔譯

辯隨眠品第五之十一

所辯隨眠及隨煩惱於中有幾唯於意地有幾通依六識地起頌曰

見所斷慢眠　自在隨煩惱　皆唯意地起
餘通依六識

論曰略說應知諸見所斷及修所斷一切慢眠隨煩惱中自在起者如是一切皆依意識依五識身無容起故所餘一切通依六識謂修所斷貪瞋無明及彼相應諸隨煩惱即無慚愧昏掉及餘大煩惱地法所攝隨煩惱即是放逸懈怠不信依六識身皆容起故理應通說諸隨煩惱今此且依麤顯者說復應思擇如先所辯樂等五受根對今此中所辯一切煩惱隨煩惱何煩惱等何根相應於此先應辯諸煩惱頌曰

欲界諸煩惱　貪喜樂相應　瞋憂苦癡徧
邪見憂及喜　疑憂餘五喜　一切捨相應
上地皆隨應　徧自識諸受

論曰欲界所繫諸煩惱中貪喜樂相應以歡行轉徧六識故瞋憂苦相應以慼行轉徧六識故無明徧與前四相應歡慼行轉徧六識故與餘煩惱徧相應故邪見通與憂喜相應歡慼行轉唯意地故何緣邪見歡慼行轉如次先造罪福業故疑憂相應以慼行轉唯意地故懷猶豫者求決定知心愁慼故餘四見慢與喜相應以歡行轉唯意地故有餘師說不應此五唯喜相應現見此五現行位中亦

有憂故謂世現見執有我者亦自感傷我受苦故執我斷者亦生憂感故契經言諸愚夫類於我斷壞心生驚恐執自苦行爲淨勝者内心必懷極愁感故已之聞智族等下劣每爲他人所輕凌者與慢俱起必有感故由是此五亦憂相應彼說不然異心起故謂自感傷我受苦者此但緣苦而自感傷當於爾時不執有我若起我見現在前時於我必應有歡行轉懷斷見者見斷德故不因斷相而生驚恐懷常見者於斷生怖然生怖位則不計常執自苦行爲淨勝者必異心中緣自所受種種苦事而生愁感若執苦行爲淨勝時必應生歡見彼德故爲他輕凌而生感者如是憂感必在異心誰有爲他輕凌生感而即起慢侮懱於他故五喜俱誠爲善說如是別說欲界隨眠歡感行殊四受俱已通說皆與捨受相應所以者何以說捨受癡隨增故無明徧與煩惱相應無簡別故煩惱相續至究竟時取境賒緩起處中欲漸漸衰微相續便斷爾時煩惱與捨相順是故皆與捨受相應豈不捨根非歡非感如何歡感煩惱相應如處中人俱無違故謂歡與感俱起相違捨於兩邊俱能隨順是故捨受通與歡感煩惱相應亦無有過又貪瞋性非即歡感與歡感法相隨順故容可與彼歡感法相應由彼相應說爲歡感行如是捨受性非即歡感與歡感品法相隨順故容可與彼歡感品相應由彼相應說爲歡感行欲界既爾上地云何皆隨所應徧與自地自識俱起諸受相應謂若地中具有四識彼一一識所起煩惱各徧自識諸

受相應若諸地中唯有意識即彼意識所起煩惱徧與意識諸受相應上諸地中識有多少謂初靜慮具四餘一受有多少謂初二三四等如次具喜樂捨喜捨樂捨唯捨應知隨諸地中所有煩惱如應與彼識受相應何緣二疑俱不決定而上得與喜樂相應非欲界疑喜受俱起以諸煩惱在離欲地雖不決定亦不憂慼雖懷疑網無廢情怡如在人間求得所愛雖多勞倦而生樂想有說色界喜樂與疑得相應者俱寂靜故依平等義建立相應既等寂靜相應無失如欲喜根非處生故相不寂靜疑則不然由此喜疑無相應理謂世現見有貧賤人頭面身支垢膩臭穢手足破裂匱食乏衣復爲重擔之所鎮壓雖遭此等種種艱辛而有歡娛歌舞嘯詠或見他苦而反生歡如是喜根有非處起疑則不爾故無無等義由不等故無相應理有說色界雖復懷疑而於疑中生善品想故彼得與喜樂相應謂彼現見諸離欲者多分因疑能引正定有說初二三靜慮中與疑俱生應全無受故但應與本性受俱已辯煩惱諸受相應今次復應辯隨煩惱頌曰

諸隨煩惱中　嫉悔忿及惱　害恨憂俱起慳喜受相應　諂誑及眠覆　通憂喜俱起憍喜樂皆捨　餘四徧相應

論曰隨煩惱中嫉等六種一切皆與憂根相應以慼行轉唯意地故有餘師說惱喜相應見取等流應歡行故慳喜相應以歡行轉唯意地故歡行轉者慳相與貪極相似故諂誑眠覆憂喜相應歡慼行轉唯意地故歡慼行

者謂或有時以歡喜心而行諂等或時有以憂慼心行有餘師言既說誑是貪等流故但應歡行不應說與憂根相應是歡等流不應慼故又正誑時不應慼故或應說誑是癡等流憍喜樂相應歡行唯意故在第三靜慮與樂相應若在下諸地與喜相應此上所說諸隨煩惱一切皆與捨受相應相續斷時皆住捨故有通行在唯捨地故捨於一切相應無遮譬如無明徧相應故餘無慚愧昏沉掉舉四皆徧與五受相應前二是大不善地法攝故後二是大煩惱地法攝故說二及聲顯難及釋謂於惱誑設難如前理應釋言果因相別如無慚掉雖貪等流而與憂苦有相應義故知所說與受相應不唯同因但據相別許有憂慼而行誑者情有所憂而行誑故所說煩惱隨煩惱中有依異門佛說爲蓋今次應辯蓋相云何頌曰

蓋五唯在欲　食治用同故　雖二立一蓋
障蘊故唯五

論曰如契經言若說五蓋爲不善聚是爲正說所以者何如是五種純是圓滿不善聚故其五者何一欲貪蓋二瞋恚蓋三昏眠蓋四掉悔蓋五疑蓋契經既說蓋唯不善故知唯在欲非色無色界由此爲證知昏掉疑體雖皆通欲色無色而但欲界有得蓋名爲顯昏沉掉舉二種唯欲界者有立爲蓋故與眠悔和合而立眠悔唯是欲界繫故爲顯眠悔唯染污者有得蓋名故與昏沉掉舉二種和合而立昏掉唯是染污性故疑准前四在欲可知何緣欲貪瞋恚疑蓋各於一體別立蓋名

而彼昬眠掉悔二蓋各於二體合立蓋名欲貪瞋疑食治各別是故一一別立蓋名由昬與眠及掉與悔所食能治事用皆同故體雖殊俱合立一欲貪蓋食謂可愛相此蓋對治謂不淨想瞋恚蓋食謂可憎相此蓋對治謂慈善根疑蓋食謂三世如契經說於過去世生如是疑乃至廣說此蓋對治謂若有能如實觀察緣性緣起昬眠蓋食謂五種法一瞢瞢二不悅三頻申四食不平性五心昧劣性此蓋對治謂光明想此蓋事用謂俱能令心性沉昧掉悔蓋食謂四種法一親里尋二國土尋三不死尋四隨念昔種種所更戲笑歡娛承奉等事此蓋對治謂奢摩他此蓋事用謂俱能令心不寂靜由此說食治用同故昬眠掉悔二合爲一或貪瞋疑是滿煩惱一一能荷一覆蓋用昬眠掉悔非滿煩惱二合方荷一覆蓋用此五名蓋其義云何謂決定能覆障聖道聖道加行故立蓋名若爾則應諸煩惱等皆得名蓋一切皆能覆障聖道及加行故如世尊告諸苾芻言若爲一法所覆障者則不能了眼是無常一法謂貪乃至廣說一一別說如雜事中何故世尊說蓋唯五理實應爾然佛世尊於立蓋門唯說五者唯此於五蘊能爲勝障故謂貪恚蓋能障戒蘊如次令遠離欲惡故昬沉睡眠能障慧蘊此二俱令遠毗鉢舍那故掉舉惡作能障定蘊此俱令遠奢摩他故如是四蓋漸次令越出離白法由此於後令於業果四諦生疑疑故能令乃至解脫解脫智見皆不得起故唯此五建立爲蓋若爾掉悔蓋應昬眠前說順戒定

慧蘊次第而說故不爾此中壞次第者世尊意欲顯別義故謂契經中佛依正理說惛眠蓋毗鉢舍那能治非止說掉悔蓋唯奢摩他能治非觀此依伏斷說觀止門別治惛眠掉悔二蓋若依永斷此觀止門對治一切用無差別爲顯此理故壞次第豈不契經作如是說修等持者怖畏惛眠修擇法者怖畏掉悔由此證知惛眠障定掉悔障慧其理必然理必不然互相順故惛沉順定順上分中因言已辯掉舉順慧以性捷利似擇法故非順彼法可言障彼又若惛眠能障定者則應許定能治惛眠不應契經作如是說惛眠對治謂光明想掉悔障慧爲難亦然故彼所言唯陳自執然契經說修等持者怖畏惛眠修擇法者怖畏掉悔此言意別謂惛眠蓋相順等持欲修等持惛眠易起故修定者怖畏惛眠非謂惛眠近能障定怖畏掉悔准此應知若謂契經作如是說心昧劣位修定非時心輕躁位修慧非時故知惛眠近能障定掉悔障慧理必應然理亦不然就近說故謂此經意正說惛眠於法相中不能簡擇是故擇法爲彼近治惛眠亦能近障擇法故昧劣位修定非時定非惛眠近對治故掉悔於慧准此應知若謂經說彼現起位修此非時故知准彼但爲此障則不說者障儀既無便應非蓋非不障勝法而蓋義可成由此應知俱爲俱障俱爲俱治其理必然但於此中說近障治故作如是差別而說有餘別說唯立五因彼說云何謂在行位先於色等種種境中取可愛憎二種相故後在住位由先爲因便起欲貪瞋

恚二蓋此二能障將入定心由此後時正入定位於止及觀不能正習由此便起昬眠掉悔如其次第障奢摩他毗鉢舍那令不得起由此於後出定位中思擇法時疑復爲障故建立蓋唯有此五乍可枉謗當聖慈尊以聖慈尊猶一生隔未證無等大我智故寧可枉謗現能寂尊彼說何緣名枉謗佛以彼所說前後相違及與契經理相違故如何彼說前後相違謂若欲貪瞋恚二蓋現起能障將入定心障既現前何能入定若别修治伏已入者則不應言正入定位於止及觀不能正習又不能習止及觀者云何名爲正入定位又彼所說正入定言爲聞思所成爲修所成定若言我說聞思所成名正入定則不應說後出定位思擇法時聞思所成有分别故即思擇法何待出時若說我言修所成定名正入定理亦不然修所成心正現前位昬眠掉悔何容現前若不現前寧障止觀如何彼說經理相違謂彼所言昬眠掉悔如其次第障奢摩他毗鉢舍那違前教理故彼所說唯立五因無有功能證蓋唯五由此前說理善可依何故無明不立爲蓋不說成故如契經說無明所覆覆即是蓋有餘師說等荷擔者立諸蓋中無明於中所荷偏重是故不說若立無明爲一蓋者一切煩惱所荷障能合比無明猶不能及故不立在諸蓋聚中慢復何緣不立爲蓋以有由慢能修勝法爲蓋義劣不立蓋中有餘師言夫爲蓋者令心趣下慢則不然以能令心趣上法故非慢有力能壓伏心令其趣上故不立蓋諸見何故不立蓋中見

諸有情闕無我見者雖執有我而能離染故有說諸見慧爲體故性捷利故不順蓋義爲蓋必與此義相違隨煩惱中餘不立蓋准前所說應如理思上二界惑不立蓋者離三界染初非障故初爲障故建立蓋名又上界惑唯無記故蓋唯不善如前巳說今應思擇諸隨眠等由何而斷由慧觀見彼所緣故隨眠等斷若爾欲界他界徧行及三界中見滅道斷有漏緣惑應無斷義緣苦集諦法智忍生唯緣欲界苦集諦故緣滅道諦諸智忍生唯緣無漏爲境界故無如是失我許諸惑永斷方便有多種故爲有幾種總有四種何等爲四頌曰

徧知所緣故　斷彼能緣故　斷彼所緣故
對治起故斷

論曰斷見所斷惑由前三方便一由徧知所緣故斷謂欲界繫見苦集斷自界緣惑色無色界見苦集斷所有諸惑以上二界他界他緣亦由徧知所緣斷故緣苦集諦類智忍生俱能頓觀三界境故及通三界見滅道斷無漏緣惑如是諸惑皆由徧知所緣斷故二由斷彼能緣故斷謂欲界繫他界緣惑以欲界繫見苦集斷自界緣惑能緣於彼此惑於彼能作依持依持斷時彼隨斷故如羸病者却倚而立去所倚時彼隨倒故如何於彼能作依持由此於彼能爲因故豈不此即說由害因故斷實爾此彼但是異名然爲止濫故作是說謂欲界惑自他界緣皆有此彼互爲因義然無此彼展轉相緣故於此中說能緣斷欲令易了唯他界緣由斷此因彼便隨斷三

由斷彼所緣故斷謂見滅道斷諸有漏緣惑以無漏緣惑能爲彼所緣所緣斷時彼隨斷故如羸病者杖策而行去彼杖時彼隨倒故何緣於此所斷惑中有斷能緣故說所緣斷如緣欲苦集起現觀時有斷所緣故說能緣斷如緣諸滅道起現觀時雖實爾時此彼俱斷而由所斷有勝有劣故勝斷時言劣隨斷謂若於彼惑所緣中無漏慧生能爲對治彼惑名勝所餘名劣何緣彼惑偏得勝名於彼所緣無漏慧起專爲敵彼發功用故依如是義故可說言緣欲苦集所起現觀於自所斷煩惱等中以自界緣爲勝怨敵緣諸滅道所起現觀於自所斷煩惱等中以無漏緣爲勝怨敵由勝斷故餘劣隨斷若許惑斷方便有多有由能緣斷故隨斷有由所緣斷故隨斷何故前說由慧觀見彼所緣故隨眠所斷但應於此先立宗言永斷諸惑由多方便勿先立宗與後解釋言義各異前後相違如先立宗後釋無異寧謂我說前後相違謂我宗言由慧觀見彼所緣故諸惑斷者此言意顯由慧觀見欲界所繫見苦集斷自界緣惑所緣境故一切欲界見苦見集所斷諸惑皆得永斷由慧觀見上二界繫見苦集斷所有諸惑所緣境故一切上界見苦集斷諸惑永斷由慧觀見三界所繫見滅道斷無漏緣惑所緣境故一切見滅見道所斷諸惑永斷非此意顯所有惑斷二由慧見彼所緣而後復言我許諸惑永斷方便有多種別如何可說我先立宗與後解釋言義各異故不應謂前後相違或我但言由慧觀見彼所緣故諸惑斷者

顯餘兼斷不說自惑謂若但能由慧觀見彼所緣故彼惑斷時所餘諸惑能緣斷故所緣斷故無不斷理是故從首且略立宗若由慧見少惑所緣則一切惑皆隨斷者何故乃言我許諸惑永斷方便有多種別但應立有一謂徧知所緣非唯立徧知所緣故斷即能顯所斷惑有二類一謂與慧所緣境同二謂與慧所緣境別由此必有生如是疑諸惑所緣與慧同者慧見彼境彼斷可然餘惑所緣與慧異者彼惑永斷由何方便由此故說多方便言顯理遣疑深成有用或復斷惑定有多門然立宗中且舉勝者顯餘皆屬此初門故已說三方便斷見所斷惑斷修所斷惑由第四方便謂彼但由治起故斷以若此品對治道生即此品中諸惑頓斷如下下品治道起時上上品惑即皆頓斷至上上品治道起時下下品惑即皆頓斷如是理趣後當廣辯豈不一切見所斷惑斷時亦由對治道起以若此部對治道生則此部中諸惑斷故理實應爾然於此中為顯三界修所斷惑無不皆由九品道斷治道決定故說此言見所斷中唯有頂惑對治決定如前已辯或見所斷諸惑斷時方便定三故就別說修所斷惑能斷方便不決定故就總而說豈不所明第四方便與前宗義有不相關謂修位中以滅道智能斷三界修所斷惑慧非見此惑所緣故此與宗義實不相關前宗唯辯見所斷故設彼總攝亦不相違見彼惑所緣此惑治生故所言對治總有幾種頌曰

對治有四種　謂斷持遠猒

論曰諸對治門總有四種一斷對治謂道道親能斷諸惑得即無間道二持對治謂道初與斷得俱生即解脫道由如是道持斷得故令諸惑得不相續生三遠分對治謂道能令前所斷惑得轉更成遠即勝進道於解脫道後所起道名爲勝進乃至彼得俱起生等亦得道名令與惑得相違諸得相續增故四猒患對治謂道隨於何界何地中見諸過失深生猒患即是於彼以種種門觀過失義此唯諸猒作意聚攝由此勢力設於後時屬妙境界亦不貪著應知多分是加行道若爾何緣於最後說阿毗達磨非次第求豈不曾聞何煩徵詰或不定故說不在初謂彼非如無間道後定有解脫解脫道後方有勝進是故不定以加行道或有起在無間道前或有生於勝進道後非決定故又不定者謂或有一補特伽羅由一加行乃至證得阿羅漢果或二或多是故不定又不定者無間道等如前加行亦能與後爲加行故不可定言唯爾所是加行道攝說多分言應知爲顯無間解脫勝進道中緣苦集諦者亦厭患對治已說惑對治當辯斷惑理諸惑永斷爲定從何爲從所緣爲從相應爲從自性何故生疑於此三種皆見過故且不應說斷從所緣謂若此法是彼所緣未曾有時非所緣故亦不可說斷從相應謂相應法互爲因故此法無時非因性故又由此惑令心成染此心無時成不染故亦不可說斷從自性謂法無容捨自性故以斷惑時不可令彼所斷諸法失所斷性是故應思惑從何斷頌曰

應知從所緣　可令諸惑斷

論曰諸惑永斷定從所緣以於所緣徧知力故令惑永斷如前已說然惑所緣總有二種謂有繫事及無繫事緣有繫事爲境諸惑及從此惑力所引生不緣此事爲境諸惑如是二惑於一有情現相續中引起諸得設無染污心現在前此得恒行無有間斷爲去來世諸惑果因如是應知緣無繫事爲境諸惑及因此惑勢力所引隨後現行不緣此事爲境諸惑所引起得類亦同前言爲去來惑果因者謂此諸得在現世時是過去惑等流性故說之爲果是未來惑生緣性故說之爲因然此諸得與斷對治等流諸得現行相違能持去來所得諸惑故令一切緣此事惑及緣餘惑相續而轉緣此事境諸斷對治等流起時或得便絶所得諸惑於自所緣雖體猶有而由因果得永絶故可說名斷以於少境若未徧知緣此境惑及因此惑力所引起緣餘境惑所引去來或果因得現相續中無間而轉若於少境得徧知時或所引得便不復轉故知惑斷定從所緣然於此中雖惑與道無俱行理而道觀見苦等境故諸惑便斷此義難了應舉喻明譬如有人爲鼠所齧雖無熱悶迷亂等時而由熱等因毒在身故恒名有病者非無病人要服毒相違阿揭陀藥方名無病者非有病人雖阿揭陀與熱等病不俱時在一身中行而阿揭陀威德力故滅身中毒熱等不生說阿揭陀能除衆病如是聖道雖與諸惑不俱時在一身中行而聖道生威德力故滅果因得諸惑不生能令行者身器清

淨惑不續故說名爲斷已說諸惑永斷所從如前所言遠分對治一切遠性總有幾種頌曰

遠性有四種　謂相治處時　如大種尸羅
異方二世等

論曰一切遠性總有四種一相遠性如四大種雖復俱在一聚中生以相異故亦名爲遠二治遠性如持犯戒雖復俱在一身中行以相治故亦名爲遠三處遠性如海兩岸雖復俱在一大海邊方處隔故亦名爲遠四時遠性如去來世雖復俱依一法上立時分隔故亦名爲遠望何說遠望現在世無間已滅及正生時與現相隣如何名遠彼非一切五識境故亦非一分意識境故或時分中有作用者說名爲近過去未來定無作用故說名遠不可難言諸無爲法永無作用應名爲遠以時遠近依時而立故於三時若有作用說名爲近若無作用說名爲遠諸無爲法越一切時如何約時難令成遠如處遠近依處而立非處不然若難無爲相有異故應成相遠理亦無遮相遠貫通一切法故若爾何故無爲名近且虛空體徧一切處相無礙故說名爲近非擇滅體不由功用於一切體一切處時皆可得故說名爲近擇滅無爲諸有精進正修行者斷諸惑時於一切體無有差別速證得故說名爲近無爲名近理趣既然而經主說去來二世例亦應然謂在去來靜慮等法如無爲法等速得故亦應近者由先釋理爲例不成無多有情於一切體無有差別共得義故或許例然亦無有失如一切法雖互相

望相有異故皆名相遠而依餘理許說少分名近無失如是去來雖約時分無作用故皆名時遠而依餘理許說少分名近無失非依餘理名爲遠故與相時分遠義相違有餘師言由近勝解所證得故解脱名近謂現勝解觀解脱時如對目前而證得故如何現世說名爲近以與時遠相有異故謂現在世可有普爲一切識境有作用故經主此中作如是說若依正理應說去來離法自相故名爲遠未來未得法自相故過去已捨法自相故彼說偏與正理相違諸自相無皆非遠性此成遠性必有自相遠性攝故如餘遠性謂見所餘相遠性等是遠性攝自相非無既許去來是遠性攝必應許彼自相非無說自相無而名遠性故彼偏與正理相違等聲爲明舉法

未盡

阿毗達磨順正理論卷第五十五 說一切有部

音釋

侮 文甫切輕也　賖緩 賖式車切遠也緩胡管切舒遲也　匱 求位切乏也　嘯 私妙切蹙口出聲也　捷 疾葉切敏疾也　齧 五結切噬也

阿毗達磨順正理論卷第五十六

尊者衆賢造
唐三藏法師玄奘奉　詔譯

辯隨眠品第五之十二

如是已辯諸惑對治修能對治勝進位中所斷諸惑爲再斷不所得離繫有重得耶頌曰

諸惑無再斷　離繫有重得　謂治生得果　練根六時中

論曰所斷諸惑由得自分無間道故便頓永斷離退後時無再斷義斷已復斷則爲唐捐所得離繫雖無隨道漸勝進理而道進時容有重起彼勝得理以離繫得道所攝故捨得道時彼亦捨得故諸離繫有重得理此依容有時總有六謂治道起得果練根說治生言通目二義若據住此能證離繫自無間道若據住此正證離繫自解脫道言得果者謂得預流一來不還阿羅漢果言練根者謂增進根由此六時得未曾道有捨曾道得離繫故說得果言既無差別如攝四果應攝練根以轉根時必得果故何勞長說此練根言爲顯練根異斷惑得果故得果外說練根無失然得離繫隨其所應有具六時乃至唯二謂欲界繫見四諦斷及色無色見三諦斷所得離繫得具六時色無色界見道諦斷所得離繫得唯五時由治生時即得果故說得果已不說治生欲界修斷五品離繫亦五時得除預流果第六離繫得唯四時得果治生時無別故第七八品亦唯四時得果四中除前二故第九離繫得唯三時亦治生時即得果故色無色界修所斷中唯除有頂第九離繫所餘

離繫亦唯三時得果四中除前三故有頂第九得唯二時得果治生同一時故此約鈍說若就利根前諸位中除練根得豈不入地容世俗道斷應分二種對治生時得不爾此說漸次得故或此唯約無漏得故若依越次通有漏得則世俗道入地染中隨離少多入聖道者彼得離繫隨其所應有具六時乃至唯一以利根故除練根時謂欲界中先斷五品入見諦者彼見所斷五品離繫具六時得謂有二種自治生時及得果時復四成六彼修所斷五品離繫唯五時得除預流果先斷六品入見諦者彼見所斷六品離繫亦五時得除一如前彼修所斷六品離繫唯世俗道治生時得必不起彼無漏對治是一來果向道攝故非住果時起彼向道以住勝果不起劣故先斷八品入見諦者彼見所斷八品離繫亦五時得除一如前彼修所斷有六離繫唯一時得如前應知七八離繫唯四時得謂二治生及二得果先斷九品依未至地入見諦者彼見所斷九品離繫亦四時得如前應知依根本地入見諦者彼見所斷九品離繫亦一時得如前應知根本非欲斷對治故若依未至若依根本彼修所斷九品離繫亦一時得如前應知必不起彼無漏對治是不還果向道攝故先斷上七地入見諦者彼見三諦斷七地離繫亦四時得如前應知見道諦斷七地離繫唯三時得謂一治生及二得果無漏治生即得果故彼修所斷七地離繫唯三時得謂二治生及一得果具離八地入聖道者見修位中斷有頂惑見三諦斷離繫三時

謂一治生及二得果見道諦斷離繫二時由治生時即得果故修斷八品離繫二時謂二治生及一得果第九離繫唯一時得以治生時即得果故諸分離染見修位中進斷所餘准此應說以何因證得後果時重得先時所斷離繫由至教故謂契經中依正證得阿羅漢果說如是言應如是知應如是見彼從欲漏心得解脱乃至廣說由此位中亦得欲界猒患對治等無學法智故知彼離繫亦應重得前言斷欲六品九品入見諦者彼先修斷六九離繫無無漏得爲永不得暫不得耶應決定言彼永不得豈不證得阿羅漢時必得先時見修所斷一切離繫諸無漏得若彼先時所斷離繫有無漏得今時捨者於彼今應得無漏得若先無者今時亦無得離繫時唯

自治起及捨劣道得勝時故諸有先依根本靜慮入見諦者得無學時寧從欲漏心得解脱就依未至入見諦者及次第者説故無失或諸證得阿羅漢者定得無學法智品攝猒患對治由此數能猒患欲界今欲界結無復繫能依此故言彼從欲漏心得解脱由此即釋契經所言阿羅漢果永斷瞋恚就猒患彼説爲斷故若爾何故引此契經證後果時得前離繫經言從欲漏心得解脱者有具二因有一因故謂於欲離繫得無漏得者二因故言心脱欲漏一得彼無學離繫得故二得彼無學猒患治故若不得者唯由一因故此契經義皆成立此中理趣如前已辯復云何知得阿羅漢二界離繫必捨學得得無學得非欲界耶學位定應先得彼故謂設先離無所

有染隨依何地入見諦時必得二界諸見所斷無漏斷治彼見所斷是一斷治頓所斷故上地見道現在前時必修未來下地道故下靜慮徧能爲上斷治故豈不已離無所有處染依第三定等入見諦時應修未來上地見道同爲有頂斷對治故不爾未離此地染者即依此地入見諦時自及上諸地見諦所斷見一一諦時能頓斷故如有未離第四定染依第四定入見諦時頓斷五地見所斷染乃至未離初靜慮染依初靜慮入見諦時頓斷八地見所斷染上地曾無斷下地故非第四等與第三等所對治法一切皆同由是已離第三等染依第三等入見諦時雖上地能治自上地而非與下所治恒同故依下時不能修上諸異生位以世俗道斷見所斷所有離

繫唯由下地見道勢力於自上地無漏得起謂依上地見道現前必修未來下地見道由彼勢力於下離繫得無漏得非上地故由此學位定應徧於色無色攝見斷離繫得無漏得非欲理成欲唯未至地見道所斷故豈不應如第四定等非第三等下地對治然第四等見道現前能修未來下地所攝一切見道由彼道力於諸下地見斷離繫得無漏得如是根本雖非欲治然根本地見道現前應修未來未至地攝一切見道由彼道力應於欲界見斷離繫得無漏得此例不齊見道有二一欲界對治二上界對治欲治有三謂斷對治猒患對治遠分對治色無色治三種亦然欲治三中初斷對治唯未至攝餘通六地上治三種皆通六地然上二界斷治見道唯能

對治自上地染餘治見道亦治下地上地雖非下地斷治而上見道現在前時徧修未來下地見道下與上地同所治故無有欲界斷治見道能與根本同一所治可根本地見道現前能修未來未至地攝欲見斷法斷治見道由彼道力能於欲界見斷離繫得無漏得故彼所引爲例不齊諸根本地欲界猒患遠分對治色無色界三種對治見道現前還修未來未至地攝如是二種三種對治非由未來欲界猒遠對治力故便於欲界見斷離繫得無漏得唯斷對治力能斷繫得故諸先離欲若依未至入見諦者欲界猒患遠分對治見道現前亦修未來欲斷對治欲斷治地道正現在前故由如是理非先離欲入見諦者皆於欲界見斷離繫得無漏得諸先離欲入見諦者畢竟無容於欲修斷所有離繫得無漏得以未至攝欲界修斷斷對治收無漏修道於不還果身中現前及未來修俱非理故理無容有不還果身中有一來不還二向道故諸有先離無所有染入聖道者唯除菩薩餘亦定於二界一切修斷離繫得無漏得彼皆必於二界修斷自勝果道徧現前故如是理趣以何證知說聖者生第四靜慮以上諸地定成樂根及說聖者生於無色定有色貪盡斷徧知得故菩薩何緣不亦如是不由加行一切功德能現前故如滅定等謂聲聞獨覺無自在功力能超間起諸對治道欲證後道必藉前道以爲加行方能證故菩薩亦有超起功力以於諸法相連接中得殊勝智加行廣故若爾菩薩應見道中不起法智品唯

起類智品因同前故無如是事於色無色蘊有無我智生必以有執受蘊無我智爲先故或初業地於法類品次第觀中曾極慣習後次觀苦世第一法有苦現觀見道續生一切如前任運起故或異生位從無始來數以世間有欺誑智觀察欲色苦集滅道故雖已斷欲色二界見所斷惑爲以出世無欺誑智重徧觀察菩薩亦修彼對治道諸先離染隨其所應後見道生至住果位勝果道障既先已除得勝果道斯有何失許如是義便爲善通十門品說亦善安立菩薩成下修斷無爲理不應然且住果者得非果道違毗婆沙非住果時未趣後果可有已得非果道義又理必然非此斷治現在前位如何由彼能得未來此斷治道又見具縛漸得果者於後成就勝果道時果所攝道必不行故諸先離染至得果時若有亦得勝果道理彼果攝道應永不行又非住有頂見道諦斷斷對治時亦有得欲界諸修所斷斷對治理又諸獲得勝果道時隨應亦得諸世俗道世出世道相繫屬故若先離染隨其所應後見道生至住果位必亦獲得勝果道者得預流時應修俗智同對治故等離障故由此我說得離繫等符教順理爲善安立即諸離繫彼彼位中得徧知名隨勝立故徧知有二一智徧知二斷徧知智徧知者體即是慧有說此通有漏無漏有漏慧者謂除勝解作意相應所餘世間分別法性能取諸法自相共相聞思所成及煖頂忍世第一等修所成慧無漏慧者謂出世間見道修道無學道慧前有漏慧順無漏智現觀

性故亦名徧知如契經說我作如是如理思時實現觀生便知老死由生故有又言於一法未達未徧知我說不能作苦邊際非無漏慧徧知一切法故智徧知亦通有漏慧唯無漏慧爲智徧知是我宗中正意所許如說爲於未現觀法起現觀故思惟取蘊非由觀等所成俗慧可證得預流至阿羅漢果說預流等九根得故又轉法輪契經中說以無漏慧徧知苦等應知此即是未知當知根然菩薩言實現觀生者於世間慧假立現觀名彼行相轉似現觀故言於一法未達等者依於此法若未徧知障苦盡者密說無過故定無漏慧方得徧知名斷徧知者體即離繫能徧知故名爲徧知是智異名如何自斷是智果故如業解果謂契經說六處名業是業果故又說無爲應果名解是解果故如是徧知自斷無失若爾忍果應非徧知毗婆沙師作如是釋諸忍皆是智眷屬故於忍所作立智作名如臣所爲亦名王作有餘師釋諸解脫道於所得斷亦有功能以於斷得能任持故令諸繫得不復生故由此忍果有智果義此釋不然以說諸斷唯是諸無間道離繫士用果故或金剛喻等持相應無漏慧智力能總集諸斷無漏離繫得故忍果爾時亦成智果漸得果等得一來不還忍果無爲巳成智果故許身見等三順下結永斷無爲名智果故當說餘三是智果故爲一一斷道所得離繫各立一徧知爲一切斷道所得離繫總立一徧知二俱不然以有極廣極略過故若爾云何頌曰

斷徧知有九　欲初二斷一　二各一合三
上界三亦爾　餘五順下分　色一切斷三
論曰諸斷總立九種徧知唯立九緣如後當辯何等名曰九種徧知且三界繫見諦所斷煩惱等斷立六徧知謂欲界繫初二部斷立一徧知初二部言即顯見苦集所斷次二部斷各立一徧知次二部言顯見滅道斷如欲界三上界亦爾謂色無色二界所繫亦初二斷一二各一合三餘三界繫修道所斷煩惱等斷立三徧知謂欲界繫修道所斷煩惱等斷立一徧知應知即是五順下分結盡徧知并前立故色界所繫修道所斷煩惱等斷立一徧知應知此即是色愛盡徧知無色界繫修道所斷煩惱等斷立一徧知即一切結永盡徧知此亦并前合立一故此三前六總九徧知如見道中唯見所斷煩惱等斷得徧知名如是修道中亦唯修斷不一唯修斷二通見修已說并前而建立故當說二時集徧知故若異此者則不應說五順下分盡一切盡徧知以何因緣色無色界見斷法斷合立徧知修斷斷中各別建立如對治起而建立故謂如色界諸蘊無我無色諸蘊無我亦然以彼見所斷無事同故等非身俱故對治亦同如無色中等至殊勝色界等至則不如是彼修所斷有事別故對治不同是故別立如是所立九種徧知應辯於中幾何道果頌曰
於中忍果六　餘三是智果　未至果一切
根本五或八　無色邊果一　三根本亦爾
俗果二聖九　法智三類二　法智品果六
類智品果五

論曰於此九中且應先辯與忍智道爲果差別忍果有六謂三界繫見斷法斷六種徧知智果有三謂順下分色愛一切結盡徧知由此三徧知是修道果故由此巳辯見修道果與靜慮地爲果別者未至靜慮果具有九謂此爲依斷一切故根本靜慮果五或八所言五者毗婆沙師說根本靜慮非欲斷治故所言八者尊者妙音說根本靜慮亦欲斷治故除順下分結盡徧知以彼唯是未至果故無容修彼斷對治故中間靜慮如根本說豈不依止根本靜慮入見諦時亦修未來依未至地欲斷治道得斷治故亦應證彼欲見斷法斷無漏離繫得寧說根本唯得五果此責不然爾時所修依未至地斷對治者唯色無色斷對治故根本地道旣不能爲欲斷對治彼現起位如何能修欲斷治道由彼所修未至斷治唯治上界故果唯五復云何知起餘對治必不能修餘對治道宗所說故謂於思擇先離色染入見諦者至修位中色盡徧知得不得處如是說故有言旣說離空處染時亦修未來諸靜慮地故豈不巳說餘治修餘此責不然非誠證故說斷空處修靜慮時但修未來無色對治非色對治爲證豈成此乃證餘不修餘治有作是說此證俱不成見修道中所修相異故謂第四定見道現前唯修未來六地見道修道現起所修不然又見道中一無間道頓斷八地修道不然又彼所修同不同分智行相異是故見道與彼修道所修各別又修道中亦有餘治現在前位修餘治道如離欲時修諸類智離色無色時修苦集

法智故見道位理亦應然又根本靜慮亦能治欲界如世尊言六出離依喜爲因依住便能捨離六出離依憂乃至廣說此捨離言說離欲染非宗邊地許有喜根由此極成根本靜慮能治欲界是故根本靜慮地果有八徧知此中有餘作如是斥非不現起斷治道力能引無漏離繫得生名得徧知如沙門果如世俗道得二果時雖修未來無漏斷治而不名曰得沙門果如是根本靜慮現前縱修未來欲斷治道而不由彼引離繫得故不可得八徧知果此無深理以許聖位用世俗道離諸染時得無漏世俗二離繫得故非俗無漏二智俱行故由未來無漏道力能引無漏離繫得生非沙門果亦不成證安立因果與得無漏離繫得理各有別故言世俗道得二果時有不名爲沙門果者是現非彼未來果義無漏斷得障得斷故爾時必起無漏斷得此無漏得亦由未來無漏引起如何成證又世俗道得二果時亦許所得名沙門果未來無漏解脱道等亦得名爲沙門果故謂世俗道得二果時未來無漏解脱道等障得斷故得皆現起彼爲是誰沙門之果是現未來沙門之果謂世俗道現在前時有無漏得名現在道彼是此道之等流果亦未來道之士用果相應俱有因通三世故彼以士用果爲其果故諸無爲法越三世故名沙門果何理能遮由此彼執根本靜慮八徧知果其理還成然實不成彼證非故且彼所說謂第四定見道現前唯修未來六地見道修道現起所修異者此不成證謂所修地雖復不同然俱唯修

上異治故雖所修地少有不同何理即令修餘對治以離有頂治道起時雖修未來依九地道而不可以所修異故即令彼能修餘對治不爾彼應修世俗道又即由此於見道中雖一刹那頓斷八地而修八地治道非餘隨斷少多恒修同治又由同分不同分修見修道中修相有異即證見道不修未來餘對治道理善成立見道所修唯同分故如集等忍現在前時雖先已得苦等忍智非見集等所斷治故於此位中不能修彼然餘地道於此能修是此位道同對治故或見道位雖修未來無量功德而在忍位修忍非餘於智位中唯能修智如是忍智尚不互修況修未來餘對治道義可成立又修道中亦定無有餘治現起修餘治義雖諸類智離欲時修離色無色時修苦集法智而非斷對治非對治故修此何緣修由因長養辯智品中當廣顯示又彼所引意近行經約加行中現見憂喜相對治故說亦無失或修觀者由先現見耽嗜依憂能爲逼惱後例觀彼出離依憂行旣同前亦爲逼惱遂欣初定妙喜現前因此勤修斷憂治道故說因喜能捨離憂或出離依憂斷對治無間容初靜慮妙喜現前蘊此於心密說現在出離依憂喜近能相對治爲欲慰喻遭出離憂所逼惱者令安泰故根本靜慮於一切種定無能爲欲斷對治誰棄樂行依苦勤修爲欲證得三沙門果由如是理毗婆沙師說根本靜慮徧知果唯五我能此中更廣決擇恐遠本義故應且止與無色地爲果別者無色邊地果唯有一謂依空處近分地道

得色愛盡徧知果故聖依俗道離諸染位所斷斷果亦名徧知以得無漏離繫得故前三根本果亦唯一謂依無色前三根本得一切盡徧知果故由此已辯靜慮無色總得徧知果多少別與俗聖道爲果別者俗道果二謂俗道力唯能獲得順下分盡及色愛盡徧知果故聖道果九謂聖道力乃至能越二有頂故應知九中二是共果七不共果唯聖果故與法類智爲果別者法智果三謂法智力能斷三界修所斷故類智果二謂類智力斷色無色修所斷故與法類品爲果別者法智品果六謂即是前法智法忍所得六果類智品果五謂即是前類智類忍所得五果品言通攝智及忍故法品六中四不共果三屬法忍一屬法智二是共果謂最後二雙屬法類二種智故類品五中三不共果皆屬類忍二是共果謂最後二義如前釋何緣一一道所得斷不各各立爲一徧知以永斷時說徧知故如契經說吾今爲汝宣說徧知乃至廣說此中何等名爲徧知謂貪永斷瞋永斷癡永斷乃至廣說說永斷言顯所得斷都無隨縛方名徧知云何名爲有隨縛斷云何名爲無隨縛斷斷具三種或四種緣名無隨縛不具名有謂或有斷雖得離繫得而闕餘得故容還永捨或復有斷餘得雖生未鈌堅牢生死之首以八地染雖數曾離未能鈌彼故還墜惡趣獄或復有斷雖亦鈌彼而餘煩惱繫縛未除於永斷義未得圓滿或復有斷餘縛亦除而猶未能越所屬界以同類惑未斷無餘於永斷義亦未圓滿如是諸斷名有隨縛是故

於彼不立徧知唯九位中三四緣具斷無隨縛可立徧知何謂具緣頌曰

得無漏斷得　及缺第一有　滅雙因越界
故立九徧知

論曰見斷法斷具三緣故便立徧知修斷法斷具四緣故方立徧知見斷法斷具三緣者謂得無漏離繫得故缺有頂故滅雙因故此中異生雖復亦有離八地染名滅雙因而斷非徧知闕餘二緣故見聖諦位第二三刹那諸斷雖有無漏離繫得餘二緣闕未立徧知第四五刹那雖亦缺有頂雙因未滅不立徧知見集斷因有未滅故集法智位欲二部斷具三緣故得徧知名後五刹那法類智位斷具三緣故皆得徧知名修斷法斷具四緣者三緣如上越界第四謂諸界中聖未越地彼所得斷唯具三緣若已越地未越界者彼所得斷猶闕一緣若越界時四緣方具隨應彼斷得徧知名豈不應五緣謂加離俱繫有餘說此即滅雙因及越界緣故不別說若爾亦勿立越界緣越界亦即滅雙因故雙因俱繫雖依一物而繫與因其義各異謂於五部令起名因即於其中能縛名繫且苦智生集智未生二部雖無互令起力而有展轉能爲因性見集斷惑縛義如本見苦所斷縛義都無故非滅雙因即是離俱繫又不可說因義即繫以無漏緣惑不繫他聚故由此我宗二種俱說今不說者但可說言說此彼自成不可言無異體義寬故且說雙因雖諸越界位皆滅雙因而滅雙因時非皆越界故滅雙因外別立越界緣滅三地雙因未立徧知故誰成

就幾徧知頌曰
住見諦位無　或成一至五　修成六一二
無學唯成一
論曰異生位中雖能離染乃至八地不成徧知於聖位中依未至定入見諦者從初乃至集法忍位亦無徧知至集法智集類忍位唯成就一至集類智滅法忍位便成就二至滅法智滅類忍位便成就三至滅類智道法忍位便成就四至道法智道類忍位便成就五依根本定入見諦者至集類忍亦無徧知後位隨應如理思擇住修道位未離欲者道類智爲初乃至未得全離欲界染及離欲退皆成就六至全離欲以離欲第九解脫道爲初乃至離色界最後無間道先離欲者從道類智乃至未起色盡道前唯成一徧知謂順下分盡從色愛盡及無學位起色纏退亦一如前有色愛者從色愛永盡先離色者從起色盡道至未全離無色愛前成下分盡色愛盡二從無學退起無色纏成二徧知名如前說住無學位唯成就一謂一切結永盡徧知若依根本入正決定道類智時彼所有斷亦得順下分斷徧知名者寧許根本果唯有五徧知唯色無色界見斷法斷得彼徧知名故無有失何緣唯此亦得彼名以漸次得不還果者於此斷上立彼名故又先俗道所斷下分今聖道力令永不生故彼所得斷假說爲此果今實不得欲斷徧知是故此中應作四句謂若將得斷者亦將得徧知耶或有將得斷非將得徧知謂諸位中將所得斷未於彼斷將立徧知或將得徧知非將得斷謂未離欲

入見諦者於集法忍正滅位中欲界見苦所斷法斷將得徧知衆緣具故非將得斷先巳得故於集類忍正滅位中二界見苦所斷法斷諸先離欲若依根本入見諦者後三類忍正滅位中隨其所應彼先所斷色無色界見斷法斷彼欲見修所斷法斷於一切位非將得斷先巳得故非將得徧知此非彼治故若依未至入見諦者三法類忍正滅位中隨其所應彼先所斷欲色無色見斷法斷於修道位離欲界染第九無間正滅位中三界見斷及欲八品修斷法斷離第四定第九無間正法位中前三九品第四八品先離色者四地九品修斷法斷金剛喻定正滅位中一切前位所斷法斷或將得斷亦將得徧知謂諸位中將所得斷亦於彼斷將立徧知此諸位言顯無間道自所斷法斷將得徧知名如未離欲入見諦者於集類忍正滅位中欲界見集所斷法斷於集類忍正滅位中二界見集所斷法斷如是乃至於道類忍正滅位中二界見道所斷法斷諸先離染入見諦者如應當思修道位中於離欲界第四靜慮有頂染時第九無間所斷法斷或非將得斷非將得徧知謂除如前所說諸相何故不還阿羅漢果總集諸斷立一徧知頌曰

越界得果故　二處集徧知

論曰具二緣故於所得斷總集建立爲一徧知一者越界二者得果所言集者是合一義若於無色分離染故得預流果全離染故得阿羅漢若於欲界分離染故得一來果全離染故得不還果若於色界分離全離俱不得

果唯於二處具足二緣謂得果時亦即越界故阿羅漢及不還果集所得斷立一徧知爾時總起一味得故餘二果時得雖一味而未越界色愛盡時雖是越界無一味得故於彼位不集徧知要具二緣方總集故誰捨誰得幾種徧知頌曰

捨一二五六　得亦然除五

論曰言捨一者謂從無學及色愛盡全離欲退言捨二者謂諸不還從色愛盡起欲纏退及彼獲得阿羅漢時諸先離欲依根本定入見諦者道類忍時言捨五者經主釋言謂先離欲道類智位此但應說道類忍時道類智時彼已捨故夫言得捨據將說故又應簡言依未至定入見諦者若依根本入見諦者於欲界斷不得無漏離繫得故不得欲界見斷法斷三種徧知非先不得可言今捨言捨六者謂未離欲所有聖者得不還時得亦然者謂有得一得二得六言得一者謂勝進位集法忍等九種位中及從無學起色纏退言得二者謂從無學起無色界諸纏退時言得六者謂不還退無得五者理無容故謂先離欲依未至定入見諦者道類忍時捨五徧知得不還果此果若退可得五徧知此退既無故無容得五豈不勝進得聖果時於諸無為更起勝得作可名得寧捨徧知約斷實然恒成就故但今且據九徧知中若得異名本名便失說名為捨亦無有過

阿毗達磨順正理論卷第五十六　說一切有部

音釋

練（力彥切精熟也）慣（古患切習也）

阿毗達磨順正理論卷第五十七

尊者衆賢造

唐三藏法師玄奘奉　詔譯

辯賢聖品第六之一

如是已辯隨眠等性雖有無量總建立爲三界五部隨眠等斷隨所繫事雖亦無量就勝位立九種徧知然斷必由道力故得此所由道其相云何頌曰

已說煩惱斷　由見諦修故　見道唯無漏　修道通二種

論曰世尊唯說煩惱有二種一見所斷二修所斷如契經言諸漏有二謂有諸漏是見所斷或有諸漏是修所斷然諸論中開二爲五即五所斷如先已說先何處說謂先頌言欲見苦等斷十七七七八四彼二頌中亦具分別然就略攝唯二如經斷彼但由見修道故道唯無漏亦有漏耶見道應知唯是無漏修道通二此中問荅俱不應說前已說故謂前說忍所害隨眠有頂地攝唯見斷等彼言已顯有頂見修所斷隨眠如其次第唯聖見道修道所斷下八地攝見斷隨眠聖見道斷凡修道斷修斷聖凡俱修道斷既說見道唯依聖身豈不已成唯是無漏既說修道通依凡聖身豈不已成通有漏無漏是則今說義不異前由此不應造頌再說說已復說成無用故所說見道唯無漏因謂一剎那斷九品故此因非證有漏亦能一剎那中斷五部故豈能頓斷便無漏攝如向所言由見諦故此所見諦其相云何頌曰

四聖諦　謂苦集滅道　彼自體亦然

次第隨現觀

論曰佛於經中說諦有四一苦二集三滅四道於此論中亦先已說於何處說謂初品中分別有漏無漏法處彼如何說謂彼頌言及苦集世間此說苦集諦擇滅謂離繫此說滅諦無漏謂聖道此說道諦如是彼處已顯諦名應知彼文亦已顯體謂除聖道餘有爲法爲果性邊皆名苦諦爲因性邊皆名集諦物雖無異數分無失依彼建立現觀位中諸忍智等行相別故如四正斷出離尋等擇滅無爲名爲滅諦學無學法皆名道諦有說名色名爲苦諦以五取蘊爲其體故唯業煩惱名爲集諦由煩惱力能繫縛心令屬餘趣由業力故能令自體差別而生唯煩惱滅名爲滅諦由煩惱滅故於色等解脫唯觀與止名爲道諦此二攝受諸聖道故此非諦相別意說故謂說法者爲應時機勝解堪能分位差別依別意趣密作是言非謂此文依諦相說善對法者勿執此文有餘復言唯八苦相是苦是苦諦除此所餘諸有漏法是苦非苦諦唯順後有愛是集是集諦餘愛餘有漏是集非集諦唯順後有愛滅是滅是滅諦餘愛餘有漏滅是滅非滅諦唯是學八道支是道是道諦餘有學無學全是道非道諦此說違教及違正理經說有漏法皆是苦諦故謂諸有漏皆取蘊攝佛說取蘊名爲苦諦云何知然略說一切五取蘊苦契經說故又說有苦非苦諦言於理有闕相無別故又彼何緣不作是執有眼等是色非色蘊有青等是色非色處然此俱名身非身念住境既不可爾故理有

闕又愛非苦諦與至教相違如說云何苦滅聖諦謂即諸愛究竟斷盡非愛自性苦諦不攝可愛斷盡名苦滅諦若謂諸愛是衆苦因故愛斷盡時說衆苦皆滅此亦無失許殊勝苦得永斷時衆苦滅故如取蘊一分得永斷盡時可說一切取蘊皆滅如說於色應斷貪欲貪欲斷時便名色斷乃至於識說亦如是說有何理決定說愛非苦諦攝若謂經言是集故者有大過失如說道諦名趣苦滅應不能斷集執義如言故又詳至教意愛亦苦諦攝如契經中問見諦者汝於眼觸所生諸愛復等隨觀見爲我我所不彼便荅言不爾大德又伽他言未如實見苦便見彼爲我乃至廣說頌顯身見唯見苦所斷前經顯愛爲身見所緣故如契經意許愛苦諦攝又說愛之集應如實了知若愛定非苦諦攝者則愛唯是苦果之集如何復勸知愛之因愛既有因故亦是果既亦是果亦苦諦攝故有漏法爲果性邊皆是苦諦理善成立諸有漏法爲因性邊皆集諦攝非唯是愛以契經說是應斷故謂世尊言集諦應斷復作是說苾芻當知若有於色乃至於識未達未徧知未斷未離染彼定不能永盡衆苦既於五蘊皆說斷言故非唯愛是集諦攝此非誠證以愛斷時假於色等說斷言故如說於色應斷貪欲貪欲斷時便名色斷乃至於識說亦如是此是誠證所以者何愛雖行蘊攝而是集諦故豈說於行應斷貪欲便謂愛體非集諦收故雖於彼說應斷貪色等無妨是集諦攝又應斷言無簡別故謂色等蘊若自體斷若於彼體能

緣愛斷皆可於彼說應斷言契經復言集諦應斷故五取蘊爲因性邊皆集諦攝法相似故又說眼等是因性故如經說眼爲因色爲緣生眼識眼識既是苦諦自性所言因者是集異名義准識因是集諦攝由此證眼等是集諦理成又於一物說苦集故謂契經言生等是苦復言生集故老死集又契經說如實了知此是老死此老死集故知苦集一物分二不可說言此經所說雖名苦集非苦集諦此依異門說聖諦故請此經文前作是說如實知苦知苦集等次彼尊者大俱祉羅作是問言唯舍利子更有異門說聖諦不彼答言有謂如實知此是老死老死集等此中雖闕說聖諦聲而乘前言知說聖諦於此文後彼復問言齊何名爲諸聖弟子於此正法毗柰耶中正見神通皆得圓滿成就正見乃至廣說非聖弟子雖見聖諦可於正法毗柰耶中正見神通得圓滿等故知於此意說聖諦又若不說是聖諦言便非聖諦有太過失謂契經說於苦無知如是乃至於道無知非此中闕說聖諦聲便謂無知不迷聖諦於諦現觀無爲障能若爾彼無知應非見諦斷又契經說知苦并因此中雖無聖諦言說而此非不說見苦集聖諦又契經言彼見諸諦見諸諦故名現觀者此雖說諦不說聖言而彼定名見聖諦者又於餘經見有此例謂如有處具說欲貪有餘處但言由欲往諸趣雖闕貪想知即欲貪故闕聖諦言亦知說聖諦由此於一物說苦集故集諦非唯愛其理極成又於食等說有二故謂契經說諸聖弟子如實知

食及知食集廣說乃至云何名爲如實知食謂食有四廣說乃至如是名爲如實知食云何名爲如實知食集謂愛後有愛喜俱行愛彼彼喜愛廣說乃至齊此名爲諸聖弟子於此正法毗柰耶中正見神通得圓滿等食既如苦諦說愛等爲因由此證知食亦苦諦復有經說食是苦集如說衆苦皆由食生又如經言食集故身集觸集故受集非身及受非苦諦攝既於一物說苦苦因故知取蘊皆是集諦經何唯說愛爲集諦依別意趣故作是說謂契經說喜俱行愛喜即是愛理定無有愛與愛俱故知此經以愛聲說愛俱取蘊理必應爾現見餘經有非彼體說爲彼故謂契經言依愛斷愛此於善法欲說以愛聲又契經言離愛離熱此於觸一分說以愛聲此中

於渴說愛名故又契經言愛增爲取又經說業以愛爲因此二經愛名說一切煩惱然契經說起四種愛此經但以愛聲說貪經說愛聲義非一故執經說愛爲集諦言謂唯因貪非爲善說又此經說定有別意以伽他說業愛無明皆能爲因招後諸行一切煩惱皆能爲因招後有故愛聲通說一切煩惱非唯因貪由此證知喜俱行愛非即因愛後更當辯復有契經證成此義謂佛於彼有因有緣有緣經中說業因愛餘緣復說一切煩惱皆是業因以契經言取緣有故如前說業愛爲因緣愛聲通詮一切煩惱譬如經說無明緣行故非唯愛是集諦攝理必應爾以世尊告西膩迦言我昔與爾皆定施設慢類爲苦慢即是集若謂如上所引契經非五取蘊皆名集

諦故於所立爲證不成此亦不然遮汝所許我義成故謂所引經證諸煩惱皆是集諦遮汝所許集諦唯攝順後有愛既遮汝義我宗所說諸有漏法爲因性邊皆是集諦無能遮止故上所引爲證理成設許彼經愛唯說愛亦無有失於招後有愛爲勝因就勝說故謂愛最是不猒有因以愛力能莊飾諸有令成種種美妙相故如密怨敵現相詐親令諸有情不見其過諸有情類愛行最多愛力能令難趣離欲故於招有愛是勝因以愛爲因力能引起不別離欲和合欲故法爾力能違逆解脫故於宣說衆苦因時爲令有情見彼過失就勝說彼以爲集諦非謂所餘異彼相法無集諦性若但如文而作解者有大過失或由此故其義亦成謂契經說愛集故苦集愛集即無明故契經言云何爲愛因謂即無明是既說苦集即是愛因應但無明爲集諦性或即執愛爲愛集者豈非即苦亦是苦因由此便成即於一物由因果別立苦集諦又契經言受集故愛集觸集故受集豈非愛受亦苦亦集由此苦集非物故異是故一切有漏五蘊爲因性邊皆集諦攝上座於此意謂不然由契經中無此說故說苦應知集應斷故謂廣分別聖諦經中曾不說言五種取蘊皆集諦攝唯說是愛又薄伽梵明二諦別說苦應知說集應斷是故唯愛是集諦攝又諸無學者後有不續故謂阿羅漢有五取蘊有苦集故應續後有然無是事故知唯愛是集諦攝非餘取蘊此雖有語而實無義言契經中無此說者且不應理違自宗故謂彼上座自

作是言苦因理通一切煩惱以愛勝故說愛非餘非契經中辯聖諦處說諸煩惱皆是苦因但作是言愛爲集諦故彼所說唯率已情若謂餘經說餘煩惱是集性故知諸煩惱皆是苦因並集諦攝但就勝故說愛非餘豈不所言經不說故唯愛是集言有義空又非此經不說取蘊愛聲通顯諸有漏故此前已說後更當辯故彼所言空無有義又彼所說應知應斷二諦別者理亦不然二諦俱通由此成故謂契經說五種取蘊一切應斷前已顯成既說皆是苦諦所攝故非苦集由物故異又佛於苦亦說斷言謂說世醫拔毒箭者不能了達一切世間生爲本苦永斷良藥廣說乃至唯有諸佛究竟了達一切世間生爲本苦永斷良藥又經說苦滅滅是斷異名又應知言亦通集諦經說衆苦盡由徧知法故由此不應就應知斷辯苦集諦二相差別言諸無學者後有不續故證知唯愛是集諦者理亦不然餘因闕故後有不續猶如愛等謂如經中說受緣愛諸阿羅漢非無有受但餘緣闕故愛不生又如經中說眼及色爲因緣故眼識得生而或有時雖有眼色餘緣闕故眼識不生應知此中理趣亦爾馬鳴尊者亦作是言煩惱業身能取後有爲因引發後有續生設壞業身後有難絕若煩惱闕後有便無要闕能趣因生身方盡故如闕種子有地無苗又契經言識爲種子業爲因故後有得生非應果身無識無業是故不必因皆無故方令後果不相續生應果身中雖有眼等餘因闕故後有不續有作是言現世諸蘊展轉力

生故但可互爲緣要由彼力令識種子住後有因方名集諦此亦非理除愛餘法亦後有因契經說故如契經說一類有情餘慢未斷未徧知故彼類便作生般涅槃又契經說若有於慢未現觀是慢我記有後生又說無明愛結覆繫愚夫智者同感有身又契經言諸有情類種種非一衆多苦生皆欲爲因乃至廣說又愚癡類愛樂諸有由愛久處生死暴流是則無明爲生死本乍可唯說彼爲集諦不應唯愛是集諦體或復何緣定知唯愛能續後有非諸惑耶若謂唯愛名順後有非餘法者理亦不然先已說故先何所說謂先說愛聲說一切煩惱通說餘法理亦如前又業亦能招感後有亦順後有寧唯說愛若謂唯愛所引發業能感後有理亦不然一切煩惱所引發業無不能爲後有因故以契經說無明緣行許此無明聲總說諸惑故惑愛亦由無明引發方有勢力能續後有經說無明爲愛因故乍可集諦唯是無明無明總爲諸有本故由此爲證非唯愛力令識種子住後有因故不應言集諦唯愛又應責彼有漏法中何緣唯執愛爲集諦若是煩惱故瞋等何不然若通三界故慢等何不然若牽後有故業行何不然如契經言若造福行便能引起隨福行識非福不動廣說亦然若希求相故何緣不說欲若說爲集故何不說食等若執取性故何非身見等如是餘法亦有彼相而執集諦唯是愛者但由於經闕觀察智又未曾見有處決定說集諦唯是續後有因愛豈不經說後有愛言雖爾不言此愛唯是能令後

有相續因性如說云何如實知食集謂愛後有愛乃至廣說非引叚食名續後有是故知此後有愛言爲簡別前非續後有謂薄伽梵觀所化宜且以愛聲顯集諦體然於多法皆有愛聲爲簡所餘說後有愛謂若有愛未來斷時後有可生方名集諦是此經義非續後有豈不但說喜俱行愛彼彼喜愛足能簡別皆許無失彼此同故謂如唯執續後有因愛名集諦論者後有愛言已能簡餘愛復說餘重簡我宗亦然不應爲難或愛是緫後有愛言簡取無明及一果法以後有愛聲說無明等故後有愛聲亦容通說一切煩惱或取蘊故未了今說何等無明故次復言喜俱行愛即是意地貪相應義意貪名喜有分別故彼彼喜愛謂於諸境或於自體起差別貪此中貪名通目一切貪俱生品爲欲建立貪等行俱有差別故由此與彼相應無明亦得說名彼彼喜愛故薄伽梵隨所化宜以別意說愛爲集諦不應隨名便與因執謂集諦唯是續後有因愛有言聖道爲苦三緣聖道現前亦能長養諸根大種應集諦攝此亦不然以諸聖道力能永斷衆苦道故非能畢竟斷苦道法可名苦集義相違故又若彼是此集離彼法此不生聖道雖無而苦恒起故知聖道定非苦集又不可說苦是聖道等流謂等流言顯因同類有漏無漏類既有別爲因非同類爲果非等流故不應言聖道是集又非聖道是長養因然聖道現前根大長養者道能遮止損害緣故令彼自類前爲勝因後果轉增名爲長養由此聖道定非集諦故唯有漏爲

因性邊皆集諦攝理得成就契經所說業爲生因愛爲起因斯有何義謂於後有差別互生業能爲因如所植種愛非愛異熟隨業差別故若於後有無別芽生愛能爲因如能潤水愛潤諸後有令無別起故如稻等芽隨自類種故有差別諸芽無別皆得滋長由水爲因應知二因義別如是理必應許愛爲起因見有愛者後有起故謂有愛離愛二俱命終唯見有愛者後有更起由此理證愛爲起因起有起無定隨愛故又世現見有希求者能攝受故謂世現見有所希求便能攝受於現既爾於當亦然必希求爲因能攝受後世若於彼有愛必馳趣於彼故知愛體能爲後因何緣證知有離愛者現見可盡法由因永盡故謂見水等與火等合漸減漸微乃至都盡又見數習不淨觀等貪等漸滅善法漸增由此比知無漏智火至極盛位愛等永亡是故證知有離愛者有餘師說愛非愛境現在前時諸根凝寂不變異者是離愛相如不見有風等所生變異相者比知無病又如闇壞及了境時知日輪出及諸根有如是行者雖處暗中身語意業亦清淨者應比知彼必已離愛心懷過者若處闇中諸根定應有變異故又如遊履所未行處雖能引導及所策杖盲者定應不正失路遙觀彼相知彼定盲如是心中懷過失者身語意業必不清淨諸根定應有變異轉善比量者於他相續可如是比知離愛未離愛如是唯有對法者宗辯集諦體理善成立彼立滅諦亦不應理諸煩惱等滅皆寂靜相故等寂靜相有滅是滅諦有滅

非滅諦理不成故由此不應作如是說順滅有愛滅是滅諦非餘由此應知諸有漏斷皆是滅諦理善成立言唯有學八聖道支名爲道諦亦不應理說一切善法皆聖諦攝故如契經言所有善法一切攝在四聖諦中由此彼應許除有學八道支外所有聖道亦道諦攝或非善性又應已見四聖諦者猶未獲得佛證淨故以於道諦得現觀時許未現觀無學道故由此已見四聖諦者有未獲得佛證淨失緣佛信根猶未得故又道皆有道等相故謂餘有學無學聖道若趣生死應非無漏若趣涅槃應道諦攝若俱不趣應不名道如何彼乃言是道非道諦是故一切學無學道皆道諦收理善成立若謂無學不能滅苦如何說是苦滅道攝此難不然道相既等於苦

亦有滅功能故然已滅故不勞更滅非無學道無滅功能又對治道有多種故由此契經言不動心解脫珍寶具足能捨不善即由此故諸無學者修習正斷亦無有失是故最初立諦爲勝因前果後理數必然由此定應列諦名處苦居集後道在滅前何故此中果前因後隨現觀位次第而說謂隨行者現觀位中前觀前說後觀後說然或有法說次隨生如念住等或復有法說次隨便如正勝等謂此中無決定理趣發勤精進先斷已生後遮未生但隨言便所應斷法已生易施設非未生所應修法未生易施設非已生斷必自麁麤修必從細言隨此便故作是說何緣現觀次第必然加行位中如是觀故何緣加行必如是觀謂若有法最爲逼惱修加行位理應先

觀次求彼因次求彼脫後應求彼解脫方便譬如良醫先觀病者所患病狀次尋其因次思病愈後求良藥故契經言夫醫王者謂具四德能拔毒箭一善知病狀二善知病因三善知病愈四善知良藥如來亦爾爲大醫王如實了知苦集滅道故加行位依此次觀現觀位中觀次亦爾由加行力所引發故如縱心誦先所誦文故列聖諦名隨現觀次第現等覺故立現觀名正覺所緣故唯無漏此覺眞淨故得正名此聖諦名爲因何義經言聖者諦故得聖諦名此義意言唯諸聖者於四諦理能如實見無有虛妄非聖相違故理雖通而名聖諦依如是義故有頌言

聖者說是樂　非聖說爲苦　聖者說爲苦
非聖說是樂

然四諦理無有差別在聖在凡皆如實故依能見者偏立聖名或義意言唯諸聖者於四諦理以聖行觀於一切時行相無別聖行諦理極相稱故以諦隨行立聖諦名非如世間六非聖行先觀此地爲靜等三後復觀爲麤等三相非相稱故不隨彼名或義意言唯諸聖者於四諦理以聖智觀一得正決定無還不定理故諦隨智得聖諦名即由此理聖智觀諦得立苦集滅道智名凡智雖能見四諦理得決定已容不定故諦不隨彼得凡諦名由此但應名世俗智唯受一分是苦自體所餘並非如何可言諸有漏行皆是苦諦頌曰

苦由三苦合　如所應一切　可意非可意
餘有漏行法

論曰有三苦性一苦苦性二行苦性三壞苦

性諸有漏行如其所應與此三種苦性合故皆是苦諦亦無有失所以者何諸有漏行有三可意非可意餘可意者何謂諸樂受及彼資具餘二類然此中可意有漏行法由壞苦合故名爲苦未離染者於彼壞時必定應生憂愁等故以薄伽梵契經中言諸樂受生時樂住時樂壞時苦順樂受諸行如樂受應知諸非可意有漏行法由苦苦合故名爲苦苦受自體及順苦法現前必能惱身心故以薄伽梵契經中言諸苦受生時苦住時苦壞時樂順苦受諸行如苦受應知除此所餘有漏行法由行苦合故名爲苦因緣所造皆是無常有漏無常無非是苦故有漏法皆是苦性豈不一切有漏行法據此皆容是行苦性不應但說非苦樂受及彼資糧爲行苦性雖有此理然於此中依不共故作如是說謂初後苦如其所應唯在可意非可意法餘有漏法唯是行苦不共所依故作是說然薄伽梵契經中言苦受生時住時苦者由彼苦受性是苦故壞時樂者苦受壞時設無樂受由苦受息似樂顯現故亦名樂於相續息位立以壞名故苦受息時名苦受壞此於欲界一界漏盡如次暫時長時畢竟樂受生時住時樂者由彼樂受性是樂故壞時苦者謂諸有情未離染時心恒求樂於樂壞位起憂愁等故說樂受爲壞苦性樂受壞時設無苦受似苦顯現亦名爲苦不苦不樂受生時住時皆非苦非樂性是彼故即彼壞時苦樂隨一容現前故可言俱有苦樂壞時無容有二故佛於此作別異說謂無智苦智生爲樂以於此受無

智增廣此受無明所隨增故由無智故惡趣等中具有無邊行苦生起極微細故甚爲難覺唯聖能覺故有頌言

如以一睫毛　置掌人不覺　若置眼睛上
爲損及不安　愚夫如手掌　不覺行苦睫
智者如眼睛　緣極生猒怖

是故此中無智便苦若永斷此得阿羅漢由此故言智生爲樂薄伽梵說應果樂故此二苦性其體是何應定判言三受爲體由三受故順三受法如應亦得三苦性名壞苦亦應是行苦攝壞是無常差別名故無常所隨名行苦故由此所立三苦不成此難不然義有異故於可意行剎那無常亦名行苦唯相續斷得壞苦名故義有別又障三樂建立三苦謂苦苦性障無逼惱樂行苦性障涅槃樂壞苦性障受樂是故行苦與壞苦性其義各異無雜亂失即由此理聖道雖有爲非行苦攝順涅槃樂故聖道能引涅槃得故理必應爾以本論中先約三界辯三苦別此言爲遮有執聖道墮苦相攝以諸聖道理決定非墮界法故既爾欲界苦應無三於色界中苦應無二由是次約可意等三諸行不同辯三苦別此何苦合皆得苦名由此復依樂等三受自性有異辯三苦別由如是理故本論中前後三重辯三苦相有說道諦非唯行苦亦是壞苦現見退法退聖道時亦憂愁故又諸聖道是可意攝聖所愛故應是壞苦又既許有無漏樂受不苦樂受亦應是苦所以者何以契經說諸所有受無非苦故又許道諦體是有爲理應是苦經言諸有所造所爲皆是苦故

此說非理所以者何處無明趣諸無智者於諸因果相屬理愚不善了知諸法性相於有爲法別離位中發生憂愁失所著故如是無智者無聖道可失若處明趣諸有智者於諸因果相屬不迭能善了知諸法性相於有爲法別離位中不生憂愁無所著故彼聖道設退亦不生壞苦若以聖道聖所愛故名爲可意執爲壞苦如是聖道有不愛故亦名非可意應執爲苦苦是則聖道應苦諦攝三苦合故然非所許故可意攝非壞苦因契經所言諸所有受所造所爲皆是苦者依有漏法密說無過如世間說一切境等皆依少分說一切言此亦應然理極成故或此經說其義有餘如別經言我聖弟子以慧爲劒能斷一切結縛隨眠隨煩惱纏非染無記有漏善慧力能永斷一切結等故以慧言顯以聖慧又如經說樂與樂俱行理不應言受與受俱起此顯除受有爲有漏諸可意法與樂受俱應知此經義亦如是聖道非苦由此極成有餘師言聖道非苦以能違逆是苦相故非聖道起違逆聖心由此能令衆苦盡故有餘師言諸有漏法其性樂住無常逼時違其所樂是故生苦聖道不然故非苦攝去來世法是現種類同現說苦理亦無失如契經說一切受生皆名苦生又契經說樂受生時名爲樂生二經如何不相違背前依行苦皆名苦生後辯受自相名樂生無失或前契經對還滅樂密說一切受生皆苦第二契經依流轉樂說樂受起名爲樂生或前契經從多說苦後經依少亦說有樂謂生死中苦多樂少如蜜一滴

在毒瓶中故經多言諸受皆苦

阿毗達磨順正理論卷第五十七說一切有部

音釋

祉敕爾切 睫即葉切目旁毛也 迭徒結切更也

阿毗達磨順正理論卷第五十八

尊者衆賢造

唐三藏法師玄奘奉詔譯

辯賢聖品第六之二

此中餘部有作是言定無實樂受唯是苦云何知然由理教故由何等理後苦增故謂於一切所作事業及威儀中若久習住皆於後位苦增可得理必無有習住樂因令於後時苦漸增盛故知決定無實樂受又處生死有動作故謂有動作是生死法身有沐浴飲食等事心有於境了別等業事業驅迫甞不安寧故生死中無非是苦又由微苦伏勝樂故謂少苦因蚊虻𧎿等所生微苦現在前位力能摧伏廣大樂因沐浴塗香飲食眠等所生勝樂令不現前故有漏蘊唯是苦性又於對治重苦逼中愚夫起樂增上慢故謂若未遇饑渴寒熱疲欲等苦所逼迫時於能治中不生樂覺是故樂覺由治苦生非緣樂生故無實樂又於衆苦易脫位中世間有情樂覺生故依如是義故有頌言

如擔重易肩　及疲勞止息　世間由此苦
脫彼苦亦然

故愚夫類於辛苦中有樂覺生實無有樂由何等教如世尊言諸所有受無非是苦又契經說此生時苦生此滅時苦滅又契經言於苦謂爲樂名想顛倒等又契經言汝應以苦觀於樂受此謂他宗對法諸師咸作是說定有實樂云何知然苦樂生因功能別故體實有異猶如貪瞋現見貪瞋生因各別別因生已功能復異因能異故體別極成苦樂生因

既亦有別世間現見大種互違便有苦生調和生樂別因生已功能亦異苦能損害樂能攝益生因功能見有別故定知苦外實有樂體上座於此亦作是言雖現非無攝益受位而於苦類未爲超越以有漏法雖是苦因故生死中受唯是苦此亦非理所以者何言相違故唯立宗故成非愛故不極成故言相違者謂若非無攝益受位不應唯苦若言唯苦不應攝益理但應言下苦受位有劣損害無容攝益唯立宗者謂彼但說未越苦類竟不說因以何證知攝益受位於苦受類未爲超越成非愛者謂彼宗中執信與貪不越思類是則彼二體應成一染淨二品更相雜故解脫應無成非愛失彼既無雜此亦應然受類雖同而苦樂異不極成者謂生死中樂受定

無非極成故是則有漏亦是樂因以我宗許有樂受故如何可言諸有漏法唯苦因故證樂是苦故彼所說有言無義又應決定有實樂受異於苦受以苦與樂有愛非愛相差別故若謂樂受可愛性不成以離染時復成非愛故此亦非理於離染時由異門觀爲非愛故非觀行者觀樂性邊以爲非愛但以餘相猒患樂受如後當說又離苦外實有樂受以契經中佛說有故如契經說受有三種謂樂及苦不苦不樂苦受自性實皆苦者佛說三受有何勝利若謂世尊隨世故說謂世於苦下上中位如其次第起樂等覺世尊隨彼說樂等三理亦不然非極成故謂第三受世不極成如何世尊隨世說有故說三受唯依真見又於觀樂受說如實言故不應隨世說有

三受非下苦受如實是樂又樂亦有下等三故不應言樂唯是下苦又應非福感愛果故謂非福業許有三品下品能招下苦受果汝言下苦體即是樂豈不非福應感受果又如如苦成下品時如是如是成上品樂下品非福既感下苦汝宗下苦即是上樂豈不下因能招上果便與因果感赴理違又如如苦成下下時如是如是樂成上上是則下下非福爲因能感上上樂受爲果誰復爲善設大功用又福非福各有九品如何下下非福爲因能感上上樂受爲果又上上福下下非福同感下下苦受爲果則福非福應無差別於餘八品徵難亦爾又應一果二因所感或應許福即是非福是則違害如來至教又下三定許有樂受上地唯有不苦不樂誰知苦受下下上中設大劬勞猒下欣上又定漸勝執苦漸增於非理中誰復過此又若下苦即名爲樂樂受領納應不猛利理非下受領納分明執下分明中翻闇昧誰有智者能忍此執故知苦外實有樂受又彼容起餘執過故謂若苦樂無異體者是則容他更起異執唯計可愛別離位中於樂受無起於苦覺無別苦受名餘執過或容有計唯有樂受是眞實有餘受實無但於樂受上下中位如次立爲樂等三受彼與此執理無別故如彼但由自分別力執唯有苦約品立三此亦應然故彼非善又苦樂受定實有異說六觸處爲天世間及那落迦有差別故謂契經說苾芻當知有六觸處名天世間若諸有情得生彼者眼所見色一向可意於彼都無不可意色廣說乃至

由此因緣彼處一向受諸喜樂有六觸處名那落迦與上相違亦應廣說下苦名樂如前已遮故不可言假說喜樂若無實樂經但應言天世間唯下苦那落迦唯上苦又數說一向應成無用言謂先已言一向可意後說一向受諸喜樂若於下苦假立樂名則一受中有苦有樂如何可說一向樂言故彼所計不應正理又契經說如實言故證知決定實有樂受如契經說受樂受時如實了知受於樂受苦非二受亦如是說又如經說所有樂根所有喜根應知此二皆是樂受乃至廣說復作是說若以正慧如實觀見如是五根三結永斷乃至廣說若受唯苦如何可言如實了知此是樂受故知樂受自相是樂然彼所言後苦增故無實樂者其理不然生苦樂因非唯境故謂我不許唯外境力能生苦樂若唯境者初與事業威儀合時便應發生增上苦受謂由此境於最後時爲緣發生增上苦受初時已與如是境合若唯境力生苦樂者境纔合時應生上苦既不如是故知觀身相續分位轉變差別外境方作苦樂生因謂至所依如是分位冷煖等觸能爲樂因無至此時非樂因理爲苦因者理亦應然故觀別因便令外境爲苦樂受各別生因是故不應由事業等後生增上苦便撥無實樂現見世間地水糞等觀種芽等相續分位轉變差別爲芽葉等諸果生因何緣後時諸威儀等方能生苦非於初時以經久時身心勞倦身中便有異大種生由此後時方生苦受以諸外境要待別因方能爲因生苦樂受故生苦樂因非

不定亦不可以後時苦增便謂初時已生苦受若見威儀等後引苦生便謂彼初時已生苦受見異生後位有聖樂生應執彼生時已生聖樂此中亦可作如是計先有聖樂微故不知後時漸增方覺爲有則有畢竟無異生失若謂不可習住樂因令於後時苦漸增盛故知決定無實樂受既爾若有習住樂因而於後時苦不增減如下三靜慮應實有樂受若三定中亦無實樂則不應說後苦增故知決定無眞實樂受非畢竟故契經中說靜慮無色亦名有苦非由彼有損害性故又觀下過得離染時非必由觀爲損害性觀爲麤障亦得離染又非唯猒下是離染因欣上德亦爲離染因故謂上諸地功德漸增欣彼亦能離下地染故不應說彼苦若無世道亦應能離彼染既或有處有定樂因故有漏中有自相樂是故彼說後苦增故無實樂者非如理因言處生死有動作故受唯苦者理亦不然聖道亦應有動作故謂若樂受動作爲先然後獲得名有動作聖道亦以勤勇爲先然後證得應有動作若以樂受有所攀緣聖道亦然應有動作是則道諦亦應是苦然非所許先已辯故又彼論中先許諸法皆無動作後言生死有動作故都無有樂是則彼說前後相違故所立因無能證力言由微苦伏勝樂故知無樂者理亦不然觀待別因前已說故謂先已說境爲樂因要待所依大種差別故蚊蝱等正所害身非能爲因助沐浴等生於樂受不應爾時唯受苦故便撥無樂有助因時能生樂故若有漏蘊唯是苦性應沐浴等

時常生苦非樂以身有時待緣生苦有時復待別緣生樂故知苦樂因緣決定因緣定故必有別體若謂何理鋸解身等時雖與樂因塗香等和合而不生樂但生苦受與塗香等樂因合時若與苦因蚊蝱等合便不生樂轉生苦受此如前解謂見有處所有樂因唯能生樂曾不生苦如三靜慮以於欲界苦著樂微故遇樂緣不能奪苦然或有位苦因生樂謂見世間增苦味者由數習等於彼生欣又見世間燒鐵石等初觸身分能爲樂因若爾後時極習近彼寧即由彼復能生苦我先說境爲苦樂因要待所依分位差別其義已顯寧更徵難或苦與樂種類有殊故彼生時法爾差別不應於此相例推徵故有漏蘊非皆苦性以契經說佛告大名若色一向是苦非樂非樂所隨廣說乃至有情於色不應生染言於對治重苦逼中愚夫起樂增上慢故無實樂者理亦不然由對治門證有樂故謂爲無彼而求此法即有實法爲彼對治既爲無苦起勝方便而求於樂即有實樂能對治苦何理相違又苦先除後入三定三定樂覺治何苦生又因殊勝聲香等境起增上樂治何苦生故彼所立因無能遮實樂言於衆苦易脫位中世間有情樂覺生故無實樂者理亦不然先已說故先何所說謂苦樂因非唯境故若唯境者初荷擔時肩應即生增上苦受既不如是故易肩時擔襯所依分位差別乃至未滅能爲樂因亦不應言諸愚夫類於新起苦有樂覺生初遭鞭等時應生樂覺故現見彼苦亦有重輕初受輕時應生樂覺或彼

應說以何因緣重擔在肩久不易脫便生重苦初易不然理不應言唯此重擔未易肩位爲重苦緣於易肩時便生輕苦緣既是一苦何重輕由此證知別有所待身位差別爲苦樂因故生死中有少實樂然世尊說諸所有受無非苦者亦不相違佛於經中自釋通故謂如慶喜問世尊言佛於餘經說有三受謂樂及苦不苦不樂依何密意此經復言諸所有受無非是苦佛言慶喜我依諸行皆是無常及諸有爲皆是變壞密作是說諸所有受無非是苦故知此經依二苦說不依苦苦說皆苦言由此定知實有三受以彼尊者不問佛言依何密意說有三受佛亦不說我密說三但言密意我說皆苦既言皆苦是密意說非了義故不可爲依寧即憑斯撥無實樂又契經說此生時苦生此滅時苦滅亦不相違有漏法隨應三苦性合故如色想等體雖非苦猶如苦受說爲苦如是樂等體雖非苦猶如苦受說苦何違或諸有漏皆苦諦攝依如是理說亦無違豈不由斯即證無樂不爾前已說非苦說苦故謂如色等非苦說苦樂等亦爾非苦說苦若爾觀樂苦諦攝時如何不成顛倒作意此先已說先說者何謂是行苦壞苦性故依如是義故有頌言

諸佛正徧覺　知諸行無常　及有爲變壞
故說受皆苦

然有漏樂難成易壞行者猒患觀之爲苦不由樂受是苦性故謂苦易成隨欲便得如暫屏氣生極苦受然極難壞爲欲令滅多設劬勞猶相續住樂則不爾雖多設劬勞仍難令

其現前及久住故修行者於樂受中生極猒患觀之爲苦由此樂受亦苦諦攝故不可以契經中言此生時苦生此滅時苦滅便定非撥樂受自性又契經言於苦謂樂名顛倒者亦不相違一向謂樂成顛倒故謂有漏樂理亦名苦生住時樂壞時苦故性是無常行苦攝故一向謂樂如何非倒又諸愚夫由見取力於煩惱火徧所燒然有漏行中計寂靜德故於苦計樂成想等顛倒若謂此如常我想等於一向苦計樂成倒理亦不然遮色等蘊一向是苦契經說故即由此故我先已許全及分增益俱得名顛倒故非由此無樂理成又契經言汝應以苦觀樂受者理亦無違即由此經有樂成故謂此經說汝等苾芻應以毒箭觀於苦受應以苦觀樂受應以無常觀非三受若謂三受唯一苦性佛不應勸作差別觀既勸別觀故知性異此中苦受體非毒箭然爲惱害與毒箭同故勸觀苦猶如毒箭如是樂受體非是苦性是樂故由當變壞雖體是樂勸觀如苦後變壞時必當苦故如擲坏器未至地時雖體尚全已說爲壞非苦樂受亦非無常性是受故由必被滅雖非無常性勸觀如無常生已後時必當滅故又無常相恒隨逐故以非二受能引愚癡由癡故於多劫已壞執爲常住及我我所爲欲違彼常我見故勸以無常觀非二受今詳經意勸如是觀令於三界法起離染加行謂初以毒箭觀於苦受者是於欲界法起離染加行以欲界中苦受多故次應以苦觀樂受者是於色界法起離染加行以色界中樂受勝故樂是

欣樂生死本故佛於樂受勸觀爲苦然諸樂受自性是樂能攝益故亦得名苦以是無常變壞法故觀爲樂時能爲繫縛以欣樂樂法是生死本故觀爲苦時能令解脱以猒患苦法能越生死故佛以觀苦能令解脱故勸有情觀樂爲苦後應以無常觀非二受者是於無色法起離染加行以彼壽限極長遠故恐有情類執彼爲常故勸觀無常如假借嚴具是故知佛勸如是觀令於三界法起離染加行不可引斯撥無樂受由此樂受於生死中定實有宗不可傾動傍論已了應復正論如是所說四聖諦中幾是世俗幾是勝義此中一類作如是言二是世俗二是勝義有一類言三是世俗有爲皆是亡失法故有言二諦約教有别謂諸宣說補特伽羅城園林等相應言教皆世俗攝此爲顯示實義爲先非從誑他作意引起故名爲諦諸有宣說蘊處界等相應言教皆勝義攝此爲詮辯諸法實相破壞一合有情想等能詮眞理故名爲諦此四諦教能令有情證眞實理故是勝義此中上座作如是言三諦皆通世俗勝義謂一苦諦假是世俗所依實物名爲勝義集諦道諦例亦應然唯滅諦體不可說故同諸無記不可說有如契經說具壽慶喜六觸處盡離滅靜沒有異無異皆不可論汝欲論耶乃至廣說今詳上座所說義宗違害世俗勝義諦相如是二諦其相云何頌曰

彼覺破便無　慧析餘亦爾　如瓶水世俗
異此名勝義

論曰諸和合物隨其所應總有二種性類差

别一可以物破爲細分二可以慧析除餘法謂且於色諸和合聚破爲細分彼覺便無名世俗諦猶如瓶等非破瓶等爲瓦等時復可於中生瓶等覺有和合聚雖破爲多彼覺非無猶如水等若以勝慧析除餘法彼覺方無亦世俗諦非水等被慧析除色等時復可於中生水等覺故於彼物未破析時以世想名施設爲彼施設有故名爲世俗依世俗理說有瓶等是實非虚名世俗諦如世俗理說爲有故若物異此名勝義諦謂彼物覺彼破不無及慧析餘彼覺仍有名勝義諦猶如色等如色等物碎爲細分漸漸破析乃至極微或以勝慧析除味等彼色等覺如本恒存受等亦然但非色法無細分故不可碎彼以爲細分乃至極微然可以慧析至剎那或可析除

餘想等法彼受等覺如本恒存此眞實有故名勝義以一切時體恒有故依勝義理說有色等是實非虚名勝義諦如勝義理說爲有故由彼上座所說義宗違此所立二諦相故不應正理且彼所言謂一苦諦假是世俗特乖正理所以者何非於苦諦可以蘊等漸漸分析乃至極微或一剎那令捨苦覺以析乃至極微剎那一一恒與苦相合故云何可論如瓶水等於所依物未破析時假施設有名世俗諦又如觸法界苦諦亦應然謂彼自言蘊唯世俗所依實物方是勝義處亦如是界唯勝義豈不觸法界亦依多立一理應如蘊是世俗有所依實物方是勝義則應許界體兼二種亦是世俗亦是勝義若謂二界於破析時界相不捨故唯勝義非如蘊處是聚是

門於破析時捨聚門義是則苦諦例亦應然於破析時不捨相故又彼自説二諦相言若於多物施設爲有名爲世俗但於一物施設爲有名爲勝義又細分别所目法時便失本名名爲世俗若細分别所目法時不失本名名爲勝義於彼所説且就初門觸法二界應成假有非但於一物施設爲有故由此彼應作如是説但於多物施設爲有名爲世俗亦於一物施設爲有名爲勝義如是可言二界實有便與説苦諦是世俗義違非但於多物施設爲有故所以者何於多物一物皆施設有如觸法界故就第二門亦違彼説苦諦通是世俗有義謂細分别苦諦體時不失本名如觸法界故知上座於諦義中所説所書不觀前後彼諸弟子披後忘前重覽前文後文已失由是所立前後相違應例推徵集諦道諦又彼所説唯滅諦體不可説故同諸無記不可説有理亦不然既爾應成世俗有故謂佛所説如來死後爲有爲無命者與身爲一異等諸無記事一切皆是世俗有攝以如來等與色等法非即非離是世俗有滅諦既同彼應世俗有攝謂如瓶等與色等物非即非離是世俗有又説依蘊施設有情諸有情世俗有故知如來等世俗有攝滅諦亦應然同不可説故然不可謂涅槃俗有非俗有理如前已説是故不可定説涅槃同無記事體非實有定應許是勝義諦攝若爾何故尊舍利子不爲慶喜分明記耶豈不後文亦分明記乃至六處有可有諸戲論六處既滅絶諸戲論薄伽梵説此謂涅槃由此證知離有戲

論必定別有無戲論滅然彼慶喜不作是問六觸處滅爲有爲無故亦不酬是有無義但作是問滅與六處爲有別異爲無異耶是故答言此無戲論若謂滅體假實都無豈不定應答言無異所以然者諸畢竟無據理皆應如是說故無有少分畢竟無法不可定言有異無異亦有異亦無異非有異非無異應作是言此定無異然舍利子不作是說故知彼滅非畢竟無亦不可言是世俗有無所依故如前已說故知滅諦唯勝義有離二諦外諸聖教中無容說有第三有故若爾何故言不可論理但應言此定有異亦無有過不可論言但顯不應復推徵義謂此有異義已顯成不應於中復爲徵問以六觸處有諸戲論六處永滅絕諸戲論薄伽梵說此謂涅槃即已顯成別有滅諦又契經說滅界是有由如是等不應復問或顯慶喜發問無端故以此言止其所問謂諸弟子歸投世尊長時精勤修諸梵行究竟唯爲證得涅槃不應今時復爲疑問或彼慶喜作是尋思六處旣無滅依何立若有六處滅義應無故寄彼言以申此難由此故答此不可論以涅槃中絕戲論故或應方便別求此經不可論言所有意趣理必不可定執涅槃其體是無同無記事由此我等於彼所言定不信依有過失故彼必應許寂滅涅槃於二諦中隨一諦攝然我宗說四皆勝義諸世俗諦依勝義理世俗自體爲有爲無若言是有諦應唯一若言是無諦應無二此應決定判言是有以彼尊者世友說言無倒顯義名是世俗諦此名所顯義是勝義

諦名是實物如先已辯豈不已言諦應唯一理實應爾所以者何非勝義空可名諦故旣爾何故立二諦耶即勝義中依少别理立爲世俗非由體異所以爾者名是言依隨世俗情流布性故依如此義應作是言諸是世俗必是勝義有是勝義而非世俗謂但除名餘實有義即依勝義是有義中約少分理名世俗諦約少别理名勝義諦謂無簡别總相所取一合相理名世俗諦若有簡别别相所取或類或物名勝義諦如於一體有漏事中所取果義名爲苦諦所取因義名爲集諦或如一體心心所法有具六因及四緣性然依此義名相應因非即由斯名俱有等由如是理於大仙尊所說諦中無有違害如說一諦更無第二諸勝生類於中無諍有謂異諦頻顯示故我定說彼非眞沙門謂於世間有諸外道學窮諸論見仍未決至佛法中聞說二諦謂亦不定倍復生疑世尊爲令得決定解哀愍爲說一諦等言此一諦言總顯聖教所說諦義無第二言是重審決顯諦唯一何謂一諦故次復言謂諸勝生類於中無諍者勝生言顯内法有情已見諦迹言於中者顯勝義諦即四聖諦彼於此諦一切無疑由此故言於中無諍此則善順脇尊者言唯聖教中有苦聖諦非餘亦有乃至廣說世尊亦說唯有一道更無餘道能得清淨復言究竟唯一無别然諸世俗依勝義理有世俗體亦無有諍以見諦者於諸世間方域言詞不堅執故謂彼了達如是諸名隨世俗情假施設轉取蘊一分攝於中何所諍言有謂異諦頻顯示故

者有言顯示有諸外道謂聲爲顯彼情妄謂以彼所執諦相有乖而妄謂爲我立是諦頻自顯示言勝義攝異諦聲顯乖於諦義謂諸聖諦義無乖違苦眞無常非不無常滅眞寂靜非不寂靜彼所立諦與此相違於諦義乖故言異諦爲顯因義復說故聲謂唯佛法中有眞聖諦彼說異諦故知是外道以彼所說聖諦義乖故非眞沙門定是外道攝由此後文復作是說我定說彼非眞沙門以彼所言異眞聖諦故是外道非眞沙門如說苾芻諸有捨我所說苦諦別立苦諦此但有言乃至廣說說顯示言顯諸外道持已所執宣暢授他以妄文詞增益實義頻言爲顯數起異端別別頌宣所執諦理此顯外道未證勝義所說言詞不決定故由此說彼非眞沙門故佛衆中正師子吼他論無有梵志沙門凡所自稱空無實義以世俗諦亦勝義攝不違大師所說一諦即由此義爲婆羅門說眞婆羅門必具有三諦說不殺害一切有情是諦非虛名第一諦說諸集法皆是滅法是諦非虛名第二諦說我我所無處誰物是諦非虛名第三諦以諸先代婆羅門說眞修行者有三種諦說稟祠禮殺生爲法是諦非虛名第一諦說已所作皆得常果是諦非虛名第二諦說已身等屬自在天是諦非虛名第三諦謂彼先代諸婆羅門施設此三誑求脫者依之行者空無所獲佛爲遮彼如次說三以諸世間盲闇所覆不能簡別所說是非信婆羅門所傳明論謂此三種是諦非虛蔽執修行皆墮惡趣世尊哀愍斥彼言虛讚已所立三種名

諦今詳三諦應知爲起三解脫門前加行道謂第一空緣有情故第二無願緣起盡故第三無相緣相無故以處誰物名爲相故或即爲起三解脫門或顯加行學無學地有言此三爲顯三蘊如是三諦隨其所應三聖諦攝由此定知如是三諦勝義諦攝言聖諦者爲簡餘諦故說聖言謂一切法自相非虛亦得名諦然成聖性不由覺彼緣自相境所有智生無力能令入見道故於法自相得善巧已別有所覺方成聖性此所覺諦是諸聖者同意所許故名聖諦諸法共相名此所覺謂覺取蘊苦等相故覺能生法因等相故覺彼寂滅滅等相故覺滅方便道等相故方得成聖餘則不然不可說言治五部故所覺聖諦應有五種即由修習緣四諦道漸增盛時治修

斷故此四聖諦總體云何一切有爲及諸擇滅以是煩惱聖道境故染淨因果性差別故空非擇滅有自體故正見境故亦是諦攝然非煩惱聖道境故亦非染淨因果性故亦非欣猒所行境故非覺悟彼得成聖故不預此中聖諦所攝何緣煩惱不緣彼生以彼二去是無漏故不能違害有漏法故謂愛但緣有漏爲境欣無漏法違諸有故不名爲愛是善法欲若境極能順生貪愛此境偏是煩惱所緣由愛所緣便於彼滅及彼滅道不欲疑謗空非擇滅與此相違故定不爲煩惱境界豈不於二譬喻等師緣之亦生不欲疑謗寧說緣彼煩惱不生非緣彼生無智疑見障證苦滅及苦滅道如緣苦等成染汙性如阿羅漢於道路等亦有無智疑謗現行豈可說爲染

汙煩惱是故皆是不染汙性由此說無緣彼煩惱有說非謗空非擇滅但說其名不緣其體此二唯善俗智境界於苦等諦何不亦然是故應知前說無失

阿毗達磨順正理論卷第五十八 說一切有部

音釋

驅迫 驅豈俱切逐也迫博陌切窘也 鋸 居御切刀鋸也 析 先擊切分也

阿毗達磨順正理論卷第五十九

尊者衆賢造

唐三藏法師玄奘奉詔譯

辯賢聖品第六之三

今應思擇於聖諦中求眞見者初修何行求見聖諦初業地中所習行儀極爲繁廣欲徧解者當於衆聖所集觀行諸論中求以要言之初修行者應於解脫具深意樂觀涅槃德背生死過先應方便親近善友善友能爲衆行本故具聞等力得善友名譬如良醫於療疾位先審觀察諸有病者何等本性如何變異何所規度有何勢力何處何時習何成性何志何失何法所隨何食何業住何分位彼從先來慣服何藥次觀諸藥味勢孰德隨應授與令熱令臟或令進湯引諸病出凡所授藥功不唐捐具悲智尊亦復如是先觀煩惱重病所逼初欲習業諸弟子衆何等本性爲貪行耶廣說乃至爲雜行耶如何變異誰令變耶爲經久住爲暫爾耶令違本性有何德耶何所規度爲求世榮爲求出世堅固功德有何勢力彼所依身爲極堅固堪耐勞苦若獨處閑居專精受行杜多功德爲極懦輭爲居何處有居此處此德失生處亦順生諸德失故理須觀察爲在何時有在此時欣樂於此時亦順生欣樂心故理須觀察或根熟位說名爲時習何成性彼於先來慣習何德令成此性有何志性爲性怯劣爲性强勇堪處閑居爲怯劬勞爲極勇猛堪能擔荷大劬勞擔有何過失爲增上慢爲被他言之所牽引爲多尋伺爲性愚矇爲多諂曲爲性躁擾爲

貪敬奉為愛利養為多邪解為多疑惑何法所隨為何煩惱堅所隨逐何可動耶彼宜何食順益彼身身依食住故應觀察彼有何業是先所為令順先修故應觀察住何分位功德過失隨年位殊故應觀察彼宜授與何等法藥為應捨置為應訶擯為應讚勵為應誨示次應觀察諸對治門隨其所應授與令學各令獲益功不唐捐由此世尊契經中說親近善友名全梵行行者既為能說正法善友攝持應修何行頌曰

將趣見諦道　應住戒勤修　聞思修所成

謂名俱義境

論曰諸有發心將趣見諦應先安住清淨尸羅然後勤修聞所成等故世尊說依住尸羅於二法中能勤修習謂先安住清淨戒已復數親近諸瑜伽師隨瑜伽師教授誡勗精勤攝受順見諦聞已勤求所聞法義令師教誡所生慧增漸勝漸明乃至純熟非唯於此生喜足心復於法義自專思擇如是如是決定慧生自思為因決慧生已能勤修習諸煩惱等自相共相二對治修今於此中略攝義者謂修行者住戒勤修依聞所成慧起思所成慧依思所成慧起修所成慧此三慧相差別云何謂如次緣名俱義境理實三慧於成滿時一切皆唯緣義為境爾時難辯三慧相別故今且約加行位辯說聞思修緣名俱義非唯緣名境有決定慧生故聞所成慧不但緣名境然隨師說名句文身故於義差別有決定慧生此慧名為聞所成慧約入方便說但緣名聞慧成已為知別義復加精勤自審

思擇欲令思擇無謬失故復念師教名句文身由此後時於義差別生決定慧名思所成此加行時由思義力引念名故說緣俱境思慧成已等引現前不待名言證義差別此決定慧名修所成諸瑜伽師此中立喻如彩畫者習彩畫時最初從師敬受畫本審諦瞻相臨本倣學數毀數習乃至亂真然後背本數思數習爲令所習無謬失故復將比校所倣畫本令已所造等本或增不爾所習無增進理由此後時所作轉勝無勞觀本隨欲皆成習三慧法應知亦爾毗婆沙師復別立喻如有一類浮深駛水曾未學者不能離岸及浮所依曾學未成能暫捨離去之不遠恐之沉溺復還趣岸或執所依曾善學者能無勞倦不顧岸依雖經極深險難洄澓能免淪没自

在浮渡如是應知三慧相別經主謂此思慧不成謂此既通緣名緣義如次應是聞修所成今詳三相無過別者謂修行者依聞至教所生勝慧名聞所成依思正理所生勝慧名思所成依修等持所生勝慧名修所成彼由未達毗婆沙意故作是言然毗婆沙辯三相別意不如是謂若有慧於加行時由緣名力引生義解此所引慧名聞所成若加行時由思義力引念名解由此於後生決定慧名思所成若不待名唯觀於義起内證慧名修所成如彼所宗辯此三慧雖皆決定相無差別而依至教正理等持爲因不同三相有別如是我宗辯此三慧成時緣義相雖無別而依緣名緣俱緣義加行別故三相有別且思所成是思正理所生決慧爲此加行勢力堅强

無有謬失重念師教名句文身是思所成加行助伴約加行說通緣名義非成滿位亦可通緣是故於三決慧生位雖俱緣義相無差別而加行中有差別故毗婆沙者約之顯別旣爾思慧非爲不成閑居者言聞所成慧現在前位輕安光明未徧所依亦不堅住思慧行位輕安光明未徧所依少得堅住修慧行位定力所引殊勝大種徧身中故便有殊勝輕安光明徧滿身中相續堅住由此行者所依極輕容貌光鮮特異常位三慧之相差別如是餘不定位亦有光明然非皆是聞思慧攝此中二慧名所成者是因聞思力所生義第三修慧名所成者是即以修爲自性義如言命器食實所成諸有欲於修精勤學者如何淨身器令修速成頌曰

具身心遠離　無不足大欲　謂已得未得
多求名所無　治相違界三　無漏無貪性
四聖種亦爾　前三唯喜足　三生具後業
爲治四愛生　我所我事欲　暫息永除故

論曰身器清淨略由三因何等謂三因一身心遠離二喜足少欲三住四聖種謂若欲令修速成者要先精勤清淨身器欲令身器得清淨者要先修習身心遠離身遠離者謂遠惡朋心遠離者謂離惡尋由身心離惡朋尋故身器清淨心易得定此二由何易可成者由於衣等喜足少欲言喜足者無不喜足少欲者無大欲諸有多求資生具者晝狎惡朋侶夜起惡尋思由此無容令心得定所無二種差別云何謂於已得妙多衣等恨不得此倍妙倍多即於此中顯等倍勝更欣欲故名

不喜足若於未得妙多衣等求得故名大欲諸所有物足能治苦若更多求便越善品是此中義如契經言隨有所得身安樂者令心易定及能說法故有希求治苦物者是爲助道非爲過失故經主言應作是說於所已得不妙不多悵望不歡名不喜足於所未得衣服等事求妙求多名爲大欲不應正理所以者何若已得物未能治苦悵望不歡若都未得能治苦物希求得者此不障定有何過失又彈對法所辯相言豈不更求亦緣未得此二差別便應不成理亦不然非對法者言於已得妙多衣等更別欣求餘所未得妙多衣等名不喜足如何說二差別不成若爾所言有何意趣謂於已得足能治苦妙多衣等即於此中顯等倍勝更生希欲恨先不得此衣

服等倍妙倍多名不喜足於已獲得足能治苦更倍希求方能障定非於已得未能治苦更倍希求便能障定故對法者所說無失或不喜足雖更希求與大欲殊故無有失謂先已得諸資生具無所乏少而更希求如是希求從於已得心不喜足所引生故果受因名名不喜足於先未得諸資生具心無所顧過量希求如是希求名爲大欲二種差別其相如是喜足少欲能治此故與此相違應知相別謂治不喜足不喜足相違是喜足相能治大欲大欲相違是少欲相是於已得能治苦物不更希求名爲喜足於所未得能治苦物不過量求名少欲義喜足少欲界繫通三亦有越三無漏攝者謂欲界繫善心相應喜足少欲是欲界繫二界無漏例此應說所治二

種唯欲界繫以何證知色無色界亦有能治喜足少欲以現見有生在欲界從色無色等引起時所治二種現行遠故能治二種現行增故已說喜足少欲別相二種通相所謂無貪以二俱能對治貪故所治通相所謂欲貪聖種應知如能治說謂亦通三界無漏是無貪如無色中雖無恚境而亦得有無瞋善根故無色中雖無衣等而亦得有無貪善根如彼不貪身亦不貪資具故無色界具四聖種受欲聖者於聖種中有阿世耶而無加行衆聖種故名爲聖種聖衆皆從此四生故展轉承嗣次第不絕前爲後種世所極成衆聖法身皆從於衣生喜足等力所引起是聖族姓得聖種名四中前三體唯喜足謂於衣服飲食臥具隨所得中皆生喜足此三喜足即三聖種無貪善根有多品類於中若治不喜足貪此乃名爲前三聖種第四聖種謂樂斷修斷謂離繫修謂聖道樂謂於彼情深欣慕以樂斷及修名樂斷修即是欣慕滅及道義或樂斷之修名樂斷修即是欣慕滅之道義爲證或滅樂修道故由此能治有無有貪故此亦以無貪爲性豈不第四亦能治瞋等則應亦以無瞋等爲性非無此義然以前三爲資糧故前三唯是無貪性故此亦自能對治貪故從顯偏說何緣唯立喜足爲聖種非少欲耶以少欲者容於衣等物有希求故謂有意樂性下劣者於未得境不敢多求設已得多容求不歇見喜足者少有所得尚不更求況得多得故唯喜足建立聖種或爲遮止苦行者欲不說少欲以爲聖種非彼外道心有勝

欲恒有劣欲熏相續故或隨所得生歡喜心不更希求名爲喜足斷樂欲樂此爲最勝欲界有情多樂欲樂此樂欲樂違出家心於離惑中令心闇鈍能障梵行靜慮現前爲過最深喜足能治故唯喜足建立聖種非於未得多衣等中起希求時心生歡喜何況於少是故少欲於能對治樂欲樂中非最勝故不立聖種緣衣服等所生喜足如何可說是無漏耶誰言如是喜足是無漏若爾聖種寧皆通無漏由彼增上所生聖道彼所引故從彼爲名故言聖種皆通無漏不作是言緣衣服等所有喜足皆通無漏少欲無漏准此應釋謂彼增上所生聖道彼所引故從彼爲名非聖道生緣衣等境世尊何故說四聖種以諸弟子捨俗生具及俗事業歸佛出家爲彼顯示於佛聖法毗奈耶中有能助道生具事業謂有猒離生死居家出家求脫有何生具於隨所得衣服等中深生喜足作何事業深樂斷修異此無能證涅槃故何緣唯四不增不減齊此滿足聖生因故謂聖生因略有二種一棄捨過二攝持德如次即是前三第四是故唯四不增不減或聞思修所成諸善皆是聖種解脫依故然爲對治四種愛生是故世尊略說四種以契經說有四愛生故契經言苾芻諦聽愛因衣服應生時生應住時住應執時執如是愛因飲食卧具及有無有皆如是說爲治此四故唯說四聖種於藥喜足何非聖種不說於彼有愛生故爲治愛生建立聖種經唯說有四種愛生是故於藥不立聖種或即攝在前三中故謂藥有在衣服中攝有

在飲食中攝有在卧具中攝故於藥喜足不別立聖種或若於中引憍等過對治彼故建立聖種於藥無引憍等過生故聖種無於藥喜足或一切人皆受用者於彼喜足可立聖種非彼尊者縛矩羅等曾無有病受用藥故或一切時應受用者於彼喜足可立聖種非一切時受用藥故或醫方論亦見說有於藥喜足毗奈耶中方見說有衣等喜足聖種唯在內法有故有言雖有於藥喜足而不建立爲聖種者諸藥有能順梵行故謂世現見樂學戒者於藥喜足障梵行故或佛爲欲暫息永除我所我事欲故說四聖種謂爲暫息我所事欲故說前三聖種爲永滅除及我事欲故說第四聖種經主於此自作釋言我所事者謂衣服等我事者謂自身緣彼貪名爲欲若作此釋義不異前頌中不應別爲文句與前所說治四愛生言雖有殊義無別故由此我部毗婆沙師更約異門釋此文句我所我執立以欲名謂爲暫時息我所執故世尊說前三聖種即於衣等所生喜足及彼增上所引聖道爲永滅除及我事執故世尊說第四聖種即樂斷修及彼增上所引聖道皆名聖種此門意顯令有身見暫息永除說四聖種如是已說將趣見諦所應修行及修行已爲修速成淨治身器既集如是聖道資糧欲正入修由何門入頌曰

入修要二門　不淨觀息念　貪尋增上者

如次第應修

論曰諸有情類行別衆多故入修門亦有多種然彼多分依二門入一不淨觀二持息念

故唯此二名曰要門爲諸有情入皆由二不爾如次貪尋增者謂貪增者入依初門尋增上者入依息念如非一病一藥能除就近治門說不淨觀能治貪病非不治餘息念治尋應知亦爾然持息念緣無差別微細境故所緣繫屬自相續故非如不淨觀緣多外境故能止亂尋既已總說貪尋增者入修如次由前二門此中先應辯不淨觀如是觀相云何

頌曰

爲通治四貪　且辯觀骨鎖　廣至海復略
名初習業位　除足至頭半　名爲已熟修
繫心在眉間　名超作意位

論曰修不淨觀正爲治貪然貪差別略有四種一顯色貪二形色貪三妙觸貪四供奉貪對治四貪依二思擇一觀內屍二觀外屍利根初依前鈍根初依後謂利根者先於內身皮爲邊際足上頂下周徧觀察令心猒患爲欲伏治顯色貪者應專隨念內身分中膿血脂精涎洟髓腦大小便等變異顯色及應隨念衆病所生內身皮上變異顯色黄白青黑如雲如煙斑駁黧黮不明不淨由此令心極生猒患便能伏治緣顯色貪以知此身爲如是等非愛顯色所依止處故於一切皆得離染爲欲伏治形色貪者應別觀察諸內身肢是髮毛等三十六物聚集安立和合所成離此都無毛等形色復以勝解分割身肢爲二或多散擲於地種種禽獸爭共食噉骨肉零落肢體分離由此令心極生猒患便能伏治緣形色貪爲欲伏治妙觸貪者應以勝解除去皮肉唯觀骸骨忽如瓦礫由此令心極生

猒患便能伏治緣妙觸貪爲欲伏治供奉貪者應以勝解觀察內身如眠醉悶顛癇病等不能自在運動身肢如老病時或至未至被如是事纏縛其身又觀內身不自在行無不繫屬衆緣故生於中都無少許身分可爲供奉威儀所依徒妄執爲能供奉者彼決定有能供奉事然供奉名所目義者謂以彼彼身分爲緣決定能爲舞歌笑睇含啼戲等威儀事業觀彼事業都無定性如塑篌等所發音曲一切皆類幻化所爲由此令心極生猒患便能伏治緣供奉貪是名利根初習業者思所成慧觀察內身能伏四貪令不現起若鈍根者由根鈍故煩惱猛利難可摧伏藉外緣力方能伏治故先明了觀察外屍漸令自心煩惱摧伏謂彼初欲觀外屍時先起慈心往施身處如世尊說初修行者欲求方便速滅欲貪當起慈心之憺怕路精勤修觀乃至廣說至彼處已爲欲伏治四種貪故應如四種憺怕路經修不淨觀觀外屍相以況內身彼相既然此亦應爾由此方便漸能令心亦於內身深生猒患便能伏治前說四貪由於內身見自性故爲不淨觀速得成滿應修八想伏治四貪爲欲伏治顯色貪故修青瘀想及異赤想爲欲伏治形色貪故修被食想及分離想爲欲伏治妙觸貪故修破壞想及骸骨想爲欲伏治供奉貪故修膖脹想及膿爛想許緣骨鎖修不淨觀通能伏治如是四貪以一骨鎖中具離四貪境故應且辯修骨鎖觀然於引發諸善根時補特伽羅約所修行說有三位一初習業二已熟修三超作意且觀

行者欲修如是不淨觀時應先繫心於自身分或於足指或於眉間或鼻頞中或於額等隨所樂處專注不移爲令等持得堅牢故從入已去名初習業入言爲顯最初繫心假想自身足指等處下至能見錢量白骨由勝解力漸廣漸增乃至具見全身骨鎖謂於此位諸瑜伽師假想思惟皮肉爛墜漸令骨淨初量如錢乃至徧身皆成白骨彼於此位有多想轉想轉言顯不捨所緣數數轉生餘勝解想有餘師說觀行未成作意但由想力故轉觀行成已便由慧力此位未成故由想轉應知此中所言作意總顯一切心心所法皆由想力相續而轉見全身已復方便入緣外白骨不淨觀門謂爲漸令勝解增故觀外骨鎖在已身邊漸徧一牀一房一寺一園一邑一田一國乃至徧地以海爲邊於其中間骨鎖充滿爲令勝解漸復增故於所廣事漸略而觀乃至唯觀自身骨鎖齊此漸略不淨觀成名瑜伽師初習業位爲令略觀勝解轉增於白骨中復除足骨思惟餘骨繫心而住漸次乃至除頭半骨思惟半骨繫心而住齊此轉略不淨觀成名瑜伽師已熟修位爲令略觀勝解自在除半頭骨繫心眉間專注一緣湛然而住齊此極略不淨觀成名瑜伽師超作意位應知至此不淨觀成諸所應爲皆究竟故住空閑者作如是言此觀爾時有究竟相謂有淨相欻爾現前由此或令入息減少或令發起不欣樂心了知所修地究竟故淨色相起擾亂心故如人温誦所熟誦文又由得先所未得故進證得餘勝善根故如畦中水

汎溢漫流如是相名爲此觀究竟相有餘師說若於爾時不於外緣起加行覺名不淨觀究竟圓滿所緣自在若小若大應作四句如理應思今應思擇此不淨觀既是勝解作意所攝理應名爲顛倒作意則應此觀體非是善非此所緣體皆是骨皆作骨解豈非顛倒此不淨觀且不可言皆是勝解作意所攝以不淨觀總有二種一依自實二依勝解依自實者謂由作意相應慧力如實觀察自内身肢所有不淨若形若顯差別諸色如九仙骨二商佉等或如身中髮毛爪等廣說具有三十六物此等名爲依自實觀由與自相作意相應是故不能永斷煩惱依勝解者謂勝解力假想思惟諸不淨相此非顛倒作意所攝以與煩惱性相違故夫顛倒者本所欲爲不能成辦此隨所欲能伏煩惱如何顛倒若謂此境非皆是骨謂皆是骨寧非倒者理亦不然如應解故謂諸於杌起人覺者不作是解我今於杌以人相觀故是顛倒令觀行者作如是思諸境界中雖非皆骨我今爲伏諸煩惱故應以勝解徧觀爲骨既隨所欲如應而解能伏煩惱寧是顛倒此觀勢力能伏煩惱令暫不行既有如斯巧方便力如何非善是故無有如所難失此不淨觀何性幾地緣何境何處生何行相緣何世爲有漏爲無漏爲離欲得爲加行得頌曰

無貪性十地　緣欲色人生　不淨自世緣
有漏通二得

論曰如先所問今次第答謂此觀以無貪爲性違逆作意爲因所引猒惡棄背與貪相翻

應知此中名不淨觀名不淨觀應是慧者理亦不然觀所順故謂不淨觀能近治貪故應正以無貪爲性貪因淨相由觀力除故説無貪爲觀所順諸不淨觀皆是無貪非諸無貪皆不淨觀唯能伏治顯色等貪方説名爲此觀體故此約自性若兼隨行具以四蘊五蘊爲性通依十地謂四靜慮及四近分中間欲界唯爾所地此容有故此觀唯縁欲界色處境欲界顯形爲此觀境故若爾何故契經中言耳根律儀所防護者住不淨觀乃至廣説此言爲説諸爲色貪所摧伏者彼必由爲縁聲等貪之所摧伏故欲摧伏縁色貪者必先應住耳根律儀由此方能住不淨觀有説此觀唯依意識能引所餘違逆行相故若有住耳根律儀彼必應先住不淨觀此不淨觀力能徧縁欲界所攝一切色處若謂尊者阿泥律陁不能觀天以爲不淨舍利子等於佛色身亦不能觀以爲不淨如何此觀徧縁欲色此難不然勝無滅者能觀天色爲不淨故佛能觀佛微妙色身爲不淨故由是此觀定能徧縁欲色爲境由此已顯縁義非名亦已顯成通縁三性初習業者唯依人趣能生此觀非北俱盧天趣中無青瘀等故不能初起先於此起後生彼處亦得現前此觀行相唯不淨轉是善性故體應是淨約行相故説爲不淨是身念住攝加行非根本雖與喜樂捨三根相應而猒俱行如苦集忍智隨在何世縁自世境若不生法通縁三世此觀行相非無常等十六行攝故唯有漏通加行得及離染得離彼彼地染得彼彼定時亦即獲得彼地

此觀離染得已於後後時亦由加行令得現起未離染者唯加行得此中一切聖最後有異生皆通未曾餘唯曾得

阿毗達磨順正理論卷第五十九 說一切有部

音釋

瘵疾 瘵力嶠切瘵疾治病也 懦 奴卧切劣弱也 斑駁 斑布還切駁比角切斑駁色不純也 黧黮 黧郎奚切黑色也黮烏感切深慘色也 礫 郎擊切小石也 癇 戶間切病也 睇 特計切目小視也 瘀 依倨切氣血壅傷也 頞 烏割切鼻莖也 欻 許勿切忽也 畦 户圭切畦畛也

阿毗達磨順正理論卷第六十

尊者衆賢造
唐三藏法師玄奘奉詔譯

辯賢聖品第六之四

説不淨觀相差別已次應辯持息念此差別相云何頌曰

息念慧五地　縁風依欲身　二得實外無
有六謂數等

論曰言息念者即契經中所説阿那阿波那念言阿那者謂持息入是引外風令入身義阿波那者謂持息出是引内風令出身義如契經説苾芻當知持息入者飲吸外風令入身内持息出者驅擯内風令出身外慧由念力觀此爲境故名阿那阿波那念有餘師説言阿那者謂能持來阿波那者謂能持去此言意顯入息出息有能持義慧由念觀此故得此念名辯屬身風略有六種一入息風二出息風三發語風四除棄風五隨轉風六動身風謂諸有情處胎卵位先於臍處業生風起穿身成穴如藕根莖最初有風來入身内乘兹口鼻餘風續入此初及後名入息風此入息風適至身内有風續出名出息風如鍛金師開槖囊口自然風入風性法爾但有孔隙必隨入故入已按之其風還出入息出息次第亦然理實此風無入無出但如是轉能損益身相續道中假名入出入息轉位能逐身中腐敗汗垢諸臭穢物增長火界令身輕舉出息轉時能除鬱蒸損減火界令身沉重發語風者謂有別風是欲爲先展轉所引發語心起所令增盛生從臍處流轉衝喉擊異

熟生長養大種引等流性風大種生鼓動齒脣舌腭差別由此勢力引起未來顯名句文造色自性此居口內名語亦業流出外時但名爲語心生大種其理極成謂見貪瞋癡心起者面有潤燥亂色異常又亦傳聞懷瞋毒者面門生焰非有慈心貪引火生焚身等故除棄風者謂有別風隨便路行能蠲二穢由穢內逼有苦受生由苦受生發除棄欲田除棄欲引起風心此心起風成除棄業又此風力令身安隱隨轉風者謂有別風徧隨身支諸毛孔轉由此故得隨轉風名此不依心但依業力隨身孔隙自然流行由此能除依孔隙住腐敗汗垢諸臭穢物動身風者謂有別風能擊動身引起表業應知此起以心爲因徧諸身支能爲擊動因顯風義乘辯六風然於此中正明二息此中意辯持息念故此念自性是慧非餘以契經說了知言故此品念勝故得念名由念力記持入出息量故爲顯緣息定慧得成由念功能故說爲念并隨行性應唯前門此念所依唯通五地謂依欲界靜慮中間及初二三靜慮近分由此但與捨根相應爲對治尋修此念故樂苦等受能順引發親里等尋故對治尋要任運受現在前位若爾何故辯息念中言覺喜樂此亦無過以諸勤修持息念位中間有彼無色相生諸瑜伽師雖覺彼相於持息念不名乖越約此密說覺喜樂言不可由斯執持息念亦容得與餘受相應理實此中亦覺餘法以身念住加行位中亦說觀於多六法故謂若諸法隨屬於身於彼法相如理觀察亦名於身住循

身觀或彼行者轉緣風覺暫時觀察喜受樂受是故說言覺喜覺樂由此故說諸聖弟子爾時於受住循受觀豈不此位出持息念不爾彼加行意樂不息故速復更起緣風念故若爾何故唯覺喜樂不覺餘受由此二受爲貪染因力最勝故行者欲令心於貪染速解脫故徧觀喜樂有餘師說此非息念是彼加行所生功德故覺喜樂立息念名有說下三根本靜慮正在定位亦有捨受彼說此念通依八地上定現前息便無故此念但緣息風爲境非通緣上所說六風此念初依欲界身起唯人天趣除北俱盧唯加行得非離染得未離染者定由加行現在前故非離染得地所攝故已說皆是近分地攝非根本故又此念唯是勝加行引故不應說此有離染得此

唯眞實作意相應有說亦通勝解作意正法有情方能修習外道無有無說者故彼不能覺微細法故此與我執極相違故彼我執有故此念無由具六因此相圓滿何等爲六一數二隨三止四觀五轉六淨數謂繫心數入出息從一至十不減不增恐心於境極聚散故然於此中容有三失一數減失二數增失三雜亂失數減失者於二等謂一等數增失者於一等謂二等雜亂失者於五入數爲出於五出數爲入是於入謂出於出謂入義離此三失名爲正數或三失者一太緩失二太急失三散亂失太緩失者謂由加行太慢緩故便有懈怠惛睡纏心或復縱心馳散外境太急失者謂由加行太躁急故便令身心不平等起若時力厲數入出息息被逼迫便令

身中不和風起由此風故初令身支諸脉洪數此風增位能引病生以身支病生名身不平等或由力厲數入出息心被逼切便致狂亂或爲重憂之所摧伏如是名曰心不平等故有說言諸有一切美妙飲食長養身支無如有方便調入出息者諸有一切毒刺刀火烈灰坑等損壞身支無如無方便調入出息者散亂失者謂由心散便爲一切煩惱摧伏若十中間心散亂者復應從一次第數之終而復始乃至得定凡數息時應先數入以初生位入息在先乃至死時出息最後如是覺察死生位故於無常想漸能修習隨謂繫心隨入出息念入出息爲短爲長爲遠至何復還旋返且念入息爲行徧身爲行一分隨彼息入行至唯心臍髖髀膝脛踝足指念恒隨逐有餘師言念此入息從足下出穿度金輪下至風輪復還旋返若念出息離身爲至一磔一尋隨所至方念恒隨逐有餘師說念出息風至吠嵐婆復還旋返經主於此斥彼師言此念眞實作意俱起不應念息至風輪等彼言息念本根雖與實作意俱中間有餘勝解作意相應起者爲令眞實作意速成故於中間起斯假想雖爾無有出息念失以息念加行意樂不歇故止謂繫念唯在鼻端或在眉間乃至足指隨所樂處安止其心觀息住身如珠中縷爲冷爲煖爲損爲益觀謂觀察此息風已兼觀息俱大種造色及依色住心及心所具觀五蘊以爲境界轉謂移轉緣息風覺安置後後勝善根中謂念住爲初至世第一法淨謂升進入見道等有餘師說念住

爲初金剛喻定爲後名轉盡智等方名淨息相差別云何應知頌曰
入出息隨身　依二差別轉　情數非執受
等流非下緣
論曰隨身生地息彼地攝以息是身一分攝故此入出息轉依身心差別故本論說息依身轉亦依心轉隨其所應若入出息唯依身轉不依心轉則入無想定或入滅盡定及生無想天息亦應轉乃至廣說具四緣故息方得轉依此理說隨所應言顯息必依身心差別言四緣者一入出息所依身二毛孔開三風道通四入出息地麤心現前於此四中隨有所闕息便不轉無心位中心無有故生無色界四種皆無故息不轉處卵胎中羯剌藍等毛孔未開風道未通故息不轉若處卵胎羯剌藍位入出息轉則應躁動身微薄故便應散壞頞部曇等位身雖漸厚而無孔隙故息猶不轉入第四定毛孔不開無現麤心故息不轉何緣但說入定非生豈不已說生如說生無想有本不說生無想者但言入定生彼已成以契經中作如是說此先入定後方生彼有餘師說生第四定能發表業心現前時亦有息轉生彼容有息現前義故不說生毗婆沙師不許此義若爾生彼如何發言彼亦有風然不名息無損益果故無有失言諸根熟諸根滿者此言不顯眼等諸根現見彼闕息亦轉故但於四緣具說根熟滿聲以諸根聲顯增上義四緣於息轉有增上力論假說爲根亦無有過如是諸根處卵等位名未成熟諸有正入第四定等名未圓滿言入第

四定毛孔不開如何有色身而無毛孔毛孔者謂空界豈有色聚離空界耶理實應然但今於此約通息道說有色身而無毛孔亦無有失何緣但入第四靜慮身無毛孔非餘定耶以彼等持極淳厚故引第四定大種徧身即由此緣尊者世友說入彼定身毛孔合若入世俗第四靜慮身無毛孔其理可然以彼定能引彼地攝微密大種充滿身故若入無漏第四定時此身如何亦無毛孔以彼但引隨所生地大種現前造無表故彼無漏定所引大種雖生處攝而極微密與彼相似故無有過若生彼地身無毛孔如何生彼能發語言非發語言要由毛孔但由頷動亦得發聲如機關聲豈由毛孔有餘師說生於彼地咽喉以上亦有毛孔有說生彼能發語心現在前時暫開毛孔此入出息有情數收無覺身中息無有故是數從外來而繫屬內義此入出息非有執受以息闕減執受相故身中雖有有執受風而此息風唯無執受此入出息體是等流是同類因所生果故身中雖有長養異熟風而此息風唯是等流性身增長位息便損減身損減時息增長故非所長養斷已於後更相續故非異熟生餘異熟色無此相故唯自上地心之所觀非下地心所緣境故謂生欲界起欲界心彼欲界身欲界息依欲界心轉即彼心所觀若生欲界起初定心彼欲界身欲界息依初定心轉即彼心所觀起二三定心皆准前應說生初靜慮起三地心生二生三起二起自准生欲界如理應說若生上地起下地心彼上地身上地息依下

地心轉非彼心所觀如是欲界息四地心所觀初二三定息如其次第爲三二地自地心所觀有息地四無息地五住有息地起無息地心息必不轉住無息地起有息地心息亦不轉住有息地起有息地心隨其所應有入出息轉所辯持息念成滿相云何應作是言若觀行者注想觀息微細徐流謂想徧身如筩一穴息風連續如貫末尼不能動身不發身識齊此應說持息念成有餘師言增長自在所作事辦名此念成初增長言顯持息念下中上品次第成立乃至若時隨其所樂能入能出名爲自在若於此位能攝益身遠耽嗜依尋名所作事辦有餘師說若具六相遠離三失或若具足修十六種殊勝行相齊此應說持息念成經說息念有十七種謂念入出息了知我已念入出息知入出息長覺徧身止身行覺喜覺樂覺心行止心行覺心令心歡喜令心攝持令心解脫隨觀無常隨觀斷隨觀離隨觀滅如是一一皆自了知此十七中初是總觀後十六種是差別觀約四念住如次應知各有四門成十六種如何覺心行可受念住攝因受果名故無有過非此中說心行謂思應知此中受名心行謂由耽著樂受味故便於彼彼境界或生思造作心名爲心行受是思因故名心行無失或但能覺受自體者義准亦於思等自體次第能覺生住壞相如嘗大海一滴水鹹則亦徧知大海水味故唯覺受名覺心行廣解一一相如經釋中辯如是已說入修二門由此二門心便得定心得定已復何所修頌曰

依已修成止　爲觀修念住　以自相共相
觀身受心法　自性聞等慧　餘相雜所緣
説次第隨生　治倒故唯四

論曰已修成止以爲所依爲觀速成修四念住非不得定者能如實見故如何修習四念住耶以自相共相觀身受心法謂修觀者專心一趣以自共相於身等境一一別觀修四念住分別此法與所餘法有差別義名觀自相分別此法與所餘法無差別義名觀共相且身念住觀自相者謂觀察身內外十處自性各別從眼至觸一一皆有處自相故如是於彼各別法中有正智生名觀自相此自相觀得成滿時有道色起爾時方立自相種性身念住名此亦徧知彼法自相由此各別有正智生非諸境中總生一智有説非此自相觀中觀無表色以無表色與無色品極相似故有説此觀亦觀無表亦別於無表有道色生故次身念住觀共相者謂觀察身一一處相雖有差別而身相同又於爾時觀十一處俱是色相無有差別謂皆不越大種所造如是於彼一類法中有正智生名觀共相此共相觀得成滿時有道色起爾時方立共相種性身念住名此亦徧知彼法共相由此總有一正智生非諸境中各生一智或身念住觀自相者謂觀於身各別自性次身念住觀共相者謂觀身上與餘有爲俱無常性與餘有漏俱是苦性與餘一切法俱空無我性若時觀身無二念住故唯極微集故一一差別爾時名曰身念住成如是應知受等念住相及成滿隨其所應體皆非色故無極微差別或

如前說觀究竟相謂後後位善根增長如畦中水汎溢漫流有說欻然非愛相起此有二種其二者何一能發瞋二令不樂此中但有令不樂相以所習事若未自在爲求成滿故起欣樂此於所習已得自在止息希求故無欣樂此四念住各有三種自性相雜所緣別故自性念住以慧爲體契經說爲一趣道故一是獨義求戰勝者由此執此害煩惱怨依此而行能趣圓寂是故於此立趣道名唯此獨尊名一趣道此即是慧於斷煩惱趣涅槃中慧最勝故如契經說姊妹當知諸聖弟子執智慧劒能斷一切結縛隨眠直趣涅槃無罣礙故又契經說若有於身住循身觀名身念住於受心法說亦如是諸循觀名唯目慧體非慧無有循觀用故本論亦說身念住云何謂緣身慧餘三說亦爾故知唯慧得念住名慧中何等名自性念住應知唯取聞思修所成此中隨聞加行所起緣別義慧名聞所成若隨思義加行所起非不待名亦非在定緣別義慧名思所成若在定中隨觀別義不待名慧名修所成即此亦名三種念住相雜念住以慧所餘俱有爲體慧俱有法與慧俱時相雜住故如契經說苾芻當知說善法聚言即說四念住旣於念住說善聚言故以慧俱多法爲體本論亦說由身增上所生善道通有漏無漏亦名身念住乃至廣說此文總說與慧相應俱有諸法名爲念住此文不言緣身道者勿謂此如自性念住體性取相應道爲其體故所緣念住以慧所緣諸法爲體以一切法無不皆是慧所緣故應名慧住何

故經中標以異名作異廣釋此亦無失約前三種釋念住名皆唯慧故且就自性釋念住名謂諸法中若有一法由念得住彼名念住此是何法是慧非餘寧知慧住要由念力以有念者慧增明故謂慧得住由念所持是念力資方得住義如是標釋念住名時唯依於慧不依餘法是故廣釋如所標名名義相符斯有何失若就相雜釋念住名謂與慧俱念方得住令念得住故慧得念住名念住相應及俱有法與念住相雜名相雜念住豈不定等亦與慧俱方得安住則應許慧體令定等住故得定等住名不爾此中爲顯念慧相資力勝故偏立念住名謂慧若於身受心法以自共相修循觀時要念力持方得明了以於此地慣習記持方能進修餘未習地是故於慧揀擇法時念最能爲堅強助伴念於身等得安住時要慧力持方能明記故世尊說若有於身住循身觀者念便住不謬尊者無滅亦作是言若有能於身住循身觀緣身念得住乃至廣說或若行者觀身等竟無間不能觀於受等便應追念先加行時所有曾修受等行相由追念故彼相現前因此便能觀察受等故說有念慧得增明如是念生由先慧力故念與慧爲勝助伴或此二法於一切時所有功能相隨勝劣故說二種相資最勝若就所緣釋念住名謂慧由念令念住故便於慧體立念住名念住所緣身等諸法是念住所緣名所緣念住故約三種釋念住名皆顯慧強獨名念住由此念住是慧理成故釋與標無相違失分別論者作如是言念住卽用

念爲自體此中不應置念根故標釋兩文俱說念故此中不說慧住名故彼言非理所以者何雖於此中置念名想而依業用已置慧根如信定慧根雖不如次置證淨靜慮了別諦中而由功能義已置故標釋兩文顯說慧故謂前已辯標念住名依慧非餘顯標慧故釋中具以循觀正知二種慧名再說慧故由此標釋都不相違說念住言義如前說前何所說謂前所言爲顯念慧相資力勝是故偏立念住名等又爲具顯三種念住故不於此說慧住言謂說念言顯相雜念住復說住言顯所緣念住說循觀言顯自性念住若言慧住唯局慧體自相不捨得慧住名此則但明自性念住便爲棄捨相雜所緣則彼俱應不名念住然不應許以於契經及本論中皆說三故由此爲證諸念住言自慧非餘決定成立何緣故說三種念住爲愚行相資糧所緣三種有情故說三種或根勝解分住各三機宜不同故說三種三中相雜能斷煩惱非二能斷太減增故與慧雜住得相雜名理則但應慧俱有法可得名曰相雜念住非慧與慧可有相雜無有一身二慧俱故由此智慧非相雜攝不應唯說相雜念住能斷煩惱理應具言自性相雜能斷煩惱於斷煩惱慧爲首故無如是過斷煩惱時於慧亦立相雜名故謂得止觀平等運道能斷煩惱其理決定所餘一切心心所等有止品攝有觀品收此平等時彼亦平等由是一切相雜理齊顯斷惑時相雜理等故亦於慧立相雜名多於所成有勝能故自性念住非不亦能斷諸煩惱體

是慧故然名自性謂無所待斷煩惱時必待餘法故斷煩惱位慧立相雜名由此所言相雜念住能斷煩惱理善成立此中斷煩惱但由修所成然非此中聞思無用隨順修故如植樹根修所成中唯法念住能斷煩惱緣四五蘊或緣涅槃能斷惑故法念住中共相作意能斷煩惱自相作意緣少分境故無此能四念住內前之三種唯不雜緣第四通二然三諦智唯有雜緣能斷煩惱唯滅諦智雖不雜緣亦斷煩惱雜緣智內至緣五蘊亦定無有斷惑功能即於此中總緣一切有漏無漏爲無爲等亦定無有斷惑功能然不雜緣少雜多雜於斷煩惱非全無用引發能斷故修治身器故彼於斷惑但可能爲加行勝進二道自體唯有處中雜緣法念住及唯緣滅不雜法念住亦爲無間解脫道體若斷煩惱唯法念住則法念住爲無間道此無間道現在前時云何能修餘三念住若三念住非斷治攝乘無間道於未來修斷有頂染時應修世俗智諸無間道中應修他心智彼何障礙非未來修故於此中應詳理趣非要同治方未來修亦非所修都無限齊後辯修處當廣爲釋身等念住各有三種緣內外俱有差別故且身念住有三種中緣自相續說名爲內緣他身等說名爲外雙緣二種說爲內外以有我愛而慢緩者應觀內身猶如外故或內如前緣無執受說名爲外緣他相續說爲內外待無執受及待自身得二名故或緣根境及俱名三或緣有情及非情數通緣二種差別爲三或緣有情外非情數及髮毛等差別爲

三以彼皆從内身生故離根住故具得二名或緣有情現在名内緣外非情三世名外緣情去來說爲内外有情類故隨法數故又彼未來當墮情數正墮法數彼過去時曾墮情數正墮法數彼不生法是生類故受等三種一一各二隨其所應准前應釋此四念住說次隨生生復何緣次第如是生次如是相隨順故有情多分於諸色中好受用故不逮勝法好受用色以何爲緣謂於受中情深欣樂欣樂於受由心不調心之不調由諸煩惱心由信等可令調伏隨觀此理四念住生或隨所緣麤細生故然非由此心最後觀法中涅槃極微細故彼想思等循觀受時准義已能了知其相同依心起等安危故有餘師說色可聚散可取可捨相似相續不淨苦等易了

知故多分緣身生貪等故男女展轉起貪處故不淨觀持息念及分別界二入修門一切多緣身爲境故修念住位應最初觀此觀爲因生輕安觸由輕安觸引生樂受經說身安便受樂故如是樂受依心而生淨心爲因得解脫果由是受等隨次而觀故念住生如是次第此四念住不增不減能治淨等四顛倒故觀身不淨治於不淨謂淨顛倒雖淨顛倒通緣五蘊然但觀身自性非淨便能總伏如人已觀糞體不淨亦不欣樂從糞所生如是已觀身體不淨亦不欣樂從身所生由此觀身爲不淨者於五取蘊皆不欣樂以有爲身淨想迷者彼方欣樂依身所生是故觀身爲不淨者於身所起亦不欣樂如有安住不淨觀時雖不親觀聲等爲境而於歌等棄如糞

穢如是安住身念住時雖不親觀受等爲境觀身自體爲不淨故終不欣樂受等三境又雖不觀色無色境以爲不淨而於彼境非不引生不樂行相是故淨倒雖緣五蘊身念住成便能總伏後三念住雖各別觀例此應思能總伏理觀受是苦能治於苦謂樂顛倒謂若有法眞可欣欲是爲樂義於多過患所雜行中見有可欣殊勝功德是名於苦謂樂顛倒此倒必用耽受爲先以於受中深耽著已方於一切逼惱所依有漏行中妄生樂想是故觀受爲苦性時便能總伏計樂顛倒觀心無常能治無常謂常顛倒謂觀行者憎猒受故於所依心見有衆多品類差別引無常觀令現在前便於有爲不生常想故能總伏計常顛倒觀法無我能治無我謂我顛倒謂有一類聞我無常心不生喜遂作是念誰令此心有多差別彼即是我爲遮彼計復應諦觀除三所餘亦唯是法便於一切不起我想故能總伏計我顛倒或爲對治段觸識思食如次建立身等四念住數唯有四不增不減

阿毗達磨順正理論卷第六十 說一切有部

音釋

吸 許及切入息也 擯 必刃切斥也 鍛 丁貫切冶金也 橐囊 橐蒲拜切囊奴當切吹火器也 衝 尺容切向也 腭 五各切齒根肉也 蠲 古玄切除也 髖髀 髖苦害切髀皮彼切股外曰髖髀 脛 胡定切胻也 踝 户瓦切足骨也 磔 側華切張申曰磔

阿毗達磨順正理論卷第六十一

尊者衆賢造

唐三藏法師玄奘奉詔譯

辯賢聖品第六之五

如是熟修不淨觀持息念二加行已能次第引所緣不雜身受心法念住現前復於不雜緣法念住無間引所緣雜法念住生次應修總緣共相法念住此法念住其相云何頌曰

彼居法念住　總觀四所緣　修非常及苦　空非我行相

論曰雜緣法念住總有四種二三四五蘊爲境別故唯總緣五名此所修彼居此中修四行相總觀一切身受心法所謂非常苦空非我然於修習此念住時有餘善根能爲方便彼應次第修令現前謂彼已熟修雜緣法念住將欲修習此念住時先應總緣修無我行次觀生滅次觀緣起以觀行者先觀諸行從因生滅便於因果相屬觀門易趣入故或有欲令先觀緣起此後引起緣三義觀此觀無間修七處善於七處善得善巧故能於先來諸所見境立因果諦次第觀察如是熟修智及定已便能安立順現觀諦謂欲上界苦等各別於如是八隨次第觀修未曾修十六行相彼由聞慧於八諦中初起如斯十六行觀如隔薄綃覩見衆色齊此名爲聞慧圓滿思所成慧准此應說次於生死深生猒患欣樂涅槃寂靜功德此後多引猒觀現前方便勤修漸增漸勝引起如是能順決擇思所成最勝善根即所修總緣共相法念住從此無間生何善根頌曰

從此生煖法　具觀四聖諦　修十六行相
次生頂亦然　如是二善根　皆初法後四
次忍唯法念　下中品同頂　上唯觀欲苦
一行一刹那　世第一亦然　皆慧五除得
論曰從順決擇勝思所成總緣共相法念住後有修所成順決擇分初善根起名爲煖法是總緣共相法念住差别如是所起是當所修能燒煩惱薪聖道火前相如鑽火位初煖相相生法與煖同故名煖法住空閑者執煖位前已起修所成共相法念住雖亦有此而不皆然若有先離欲界染者依色界攝修所成慧猒患生死欣樂涅槃多猒行俱作意次第能引異類煖善根生諸有先時未離欲染依思所成慧引煖善根生故彼不應作一向執此善根起分位長故能具觀察四聖諦境由此具修十六行相觀苦聖諦修四行相一非常二苦三空四非我觀集聖諦修四行相一因二集三生四緣觀滅聖諦修四行相一滅二靜三妙四離觀道聖諦修四行相一道二如三行四出此相差别如後當辯如契經說此二癡人違越我法毗柰耶故於中乃至亦無煖法諸無煖者一切皆名違越正法毗柰耶不不爾二人資糧已備有障法故退所應得故言違越法毗柰耶非諸無煖皆名違越或此二人遇佛出世捨所親愛歸佛出家於古聖賢所遊徑路已得安足若勤修習必於現身逮得勝利以彼違越法毗柰耶於諸勝利皆悉退失下至煖法亦不能證是故諸有遇佛出家向此二人不能起煖方名違越法毗柰耶非諸無煖皆名違越然諸煖法雖

緣四諦而從多分說猒行俱以起彼時蘊想多故行者修習此煖善根下中上品漸次增進於佛所說苦集滅道生隨順信觀察諸有恒爲猛盛焰所焚燒於三寶中信爲上首有修所成順決擇分次善根起名爲頂法是總緣共相法念住差別頂聲顯此是最勝處如吉祥事至成辦時世間說爲此人至頂謂色界攝四善根中二是可動二不可動可動二中下者名煖上者名頂動中上故不動二中下者名忍於四諦境極堪忍故上者名爲世第一法世中勝故猶如醍醐閑居者言修此善品其相至頂故名頂法此境行相與煖法同謂觀四諦境修十六行相何故唯說彼緣滅道如契經說於佛法僧生少小信是名爲頂說信佛僧顯緣道諦信法言顯緣滅諦故無如是過此信法言已具顯緣三諦信故如說於苦得現觀時攝法證淨乃至廣說或由滅道於生信勝無過失故此中偏說或由滅道可信可求餘不可求故此不說如是煖頂二種善根初安足時唯法念住後增進位四皆現前初安足言顯以行相最初遊踐四聖諦迹後增進言顯從此後下中上品次第數習諸先所得後不現前於彼不生欽重心故以勝加行引此善根故已得中不生欽重然此頂法雖緣四諦緣三寶信多分現行此頂善根下中上品漸次增長至成滿時有修所成順決擇分勝善根起名爲忍法是總緣共相法念住差別於四諦理能忍可中此最勝故又此位忍無退墮故名爲忍法世第一法雖於聖諦亦能忍可無間必能入見道故必

無退墮而不具觀四聖諦理此具觀故偏得忍名故偏說此名順諦忍此忍善根安足增進皆法念住與前有別此與見道漸相似故以見道位中唯法念住故然此忍法有下中上下中二品與頂法同謂具觀察四聖諦境及能具修十六行相上品有異唯觀欲苦與世第一相隣接故由此義准煖等善根皆能具緣三界苦等義已成立無簡別故忍下中上如何分別且下品忍具八類心謂瑜伽師以四行相觀欲界苦名一類心如是次觀色無色苦集滅道諦亦如是觀成八類心名下品忍中忍減略行相所緣謂瑜伽師以四行相觀欲界苦乃至具足以四行相觀欲界道於上界道減一行相從此名曰中品忍初如是次第漸減漸略行相所緣乃至極少唯以二心觀欲界苦如苦法忍苦法智位齊此名爲中品忍滿上忍唯觀欲界苦諦修一行相唯一刹那此善根起不相續故上忍無間有修所成初開聖道門聖功德中勝是總緣共相法念住差別順決擇分攝最上善根生此即說名世第一法此有漏故名爲世間是最勝故名爲第一有士用力離同類因引聖道起故名最勝是故名爲世第一法有餘師說此有漏故名爲世間成此必無斷善根理故名第一彼說不然諸有修習施戒聞等殊勝善根亦不斷善不往惡趣非皆可名世第一法故彼所說非決定因又彼自說與定相應念住等差別名世第一法然有得定念住差別於後退失復斷善根如天授等故伽陀說

乃至彼愚夫　由生長無義　損害諸白分

知於頂退墮

依天授說如是伽陀又理應然天授曾得神境通等勝功德故由彼得定念住攝善仍斷善根是故彼宗世第一法亦非決定不斷善根又成世間離欲道者亦不斷善應名第一成彼必無斷善根故若謂彼道非爲決定不斷善根以有退故是則汝宗世第一法許有退故應容斷善以彼宗許第一有退如言此退亦不相違謂此退言於教及理皆無違故許亦無失然彼復說此或無退以善根中此殊勝故如是於證理亦不成於諸行中殊勝作意亦應不退彼宗許此於善根中是殊勝故非此即是世第一法以彼教中各別說故若謂如是世第一法一切不退此亦非因彼於善根亦殊勝故一切不退應名第一故彼所言不斷善故名第一者非爲善說彼復有說此有漏故名爲世間住等引中觀四諦故名爲第一理亦不然已見諦者有住等引俗智現前觀察四諦應名第一若謂第一能入離生又必應依異生身者亦不應理因相等故又諸行中殊勝作意亦有此相應名第一又無經說此觀四諦故彼所言定不應理由此所說此有漏故名爲世間入離生故名爲第一於理爲善此如上忍緣欲苦諦修一行相唯一剎那如如減略行相所緣如是如是漸近見諦故世第一唯緣欲苦修一行相唯一剎那說無間入離生位故此位決定無相續理若謂於此既有處說起世第一當入離生應相續者亦不應理顯入離生定由此故謂此意顯諸欲當入正性離生一切必應起

世第一故作是說或於此中所言起者顯世第一未已生位當至已生位入正性離生不可引彼證此相續又若相續第一不成謂有二義可名第一居異生身最後邊故譬如樹端或世法中最爲勝故譬如勝士依此二理相續不成以望後刹那前非第一故謂前望後非最後邊亦非最勝何名第一由此故說開聖道門此爲最勝故名第一尚無二心俱時而起爲初聖道等無間緣況有多心故無相續由此本論言唯一心所以者何若非一者後於前心爲劣等勝且劣非理要勝進時入離生故等亦非理前既有障後應爾故後若勝者前非第一此中有難煖善根等亦應准彼如是推徵煖頂忍位若多心者後於前心爲劣等勝且劣非理非劣能入頂等位故等亦非理前不能入後應爾故後若勝者前非煖等彼難不然於煖頂忍曾不有說第一聲故謂於此中思擇第一彼聲爲說一心多心然第一聲准說最勝最勝心位可名第一尚不說等何況劣心煖頂忍中不言第一何勞思擇爲劣等勝由煖等位無第一言可得析爲下中上品有多品故可非一心世第一法無容如是以上上品一刹那心能入離生可名第一非煖頂忍能入離生是故不應如世第一推徵煖等唯上上品許是第一名所顯故謂色界繫有九善根下下下中下上名煖中下中中中上名頂上下上中名忍上上名世第一彼又難言如煖頂忍緣諸諦故非唯一心世第一法亦緣多諦寧唯一心亦不應理彼不了達此論宗故夫欲設難須達論

宗知他所許方可徵例非我論宗許世第一能緣多諦爲例不成又煖等中雖皆具有下中上品曾不於彼說第一聲故第一聲說上上品上上品故唯一刹那謂前三中皆有上品不說第一故說第一唯上上品由此第一刹那理成對法諸師作如是說爲苦法忍等無間緣故立一刹那名世第一法有作是難此說不然曾無此說故無差別言故異類爲緣成過失故唯一刹那不可說故謂曾無聖教作如是說能爲苦法忍等無間緣故立一刹那名世第一法又諸聖教無差別言但總相說起世第一當入離生斯有是處又若第一爲苦法忍等無間緣是則不應說名異類猶如煖等謂如煖等能爲頂等等無間緣非是異類如是第一若爲苦忍等無間緣應非異類若是異類能爲苦忍等無間緣便成過失又多物合一用方成故若一刹那應不可宣說世第一法能爲苦忍等無間緣唯一刹那義已成立於如是說理應棄捨不應酬對然彼愚類不了正宗於此義中固爲徵難今愍彼類略復開曉反詰彼宗與此同故言雖無別義已成故等無間緣許異類故許彼理實不可說故謂亦無聖教說念住等名世第一及成此必無斷善根理故名第一彼宗何故作如是言又聖教中但總相說起世第一當入離生義已顯成世第一法爲苦法忍等無間緣以苦法忍是離生一分故說世第一無間入離生故對法諸師爲令所說易可了故於離生位標初刹那名苦法忍彼宗亦許有苦法忍以彼宗許苦法忍位有多刹那故

彼論言如世第一非唯一念苦法忍等例亦應然或彼宗但許於離生位有多剎那即許初剎那以世第一爲等無間非彼一切離生剎那可有一時俱生理故由此彼說曾無說故言無別故皆不應理又我宗許異類亦作等無間緣理必應爾以有諸法俱生相違彼生必由互相開避前法爲後等無間緣非俱生相違唯諸同類故異類相望亦爲此緣由此應知若染不染有漏無漏及界地等同類異類心心所法展轉容作等無間緣既爾彼言若世第一爲苦法忍等無間緣是則不應說名異類如煖等者有言無義又我不言世第一法有能說者如何爲此許世第一有多剎那然我所宗許世第一實不可說而說名爲世第一者如說剎那謂如剎那實不可說爲欲展轉相開示故世間非不說爲剎那說世第一應知亦爾然彼所言要多物合一用成者此亦不定用有二種一者世俗二者勝義即是假實世俗一用依多物成勝義一用依一物成世第一法既是勝義寧說彼一用要依多物成以許此中實不可說故世第一唯一剎那由此所說爲苦法忍等無間緣立一剎那名世第一理善成立此義已了今復應思煖等四法以何爲體煖等自性皆慧爲體若幷助伴皆五蘊攝定俱必有隨轉色故然除彼得勿諸聖者煖等善根重現前故然已見諦不許煖等重現在前已見諦者加行現前成無用故有餘師言依異生法無容聖者身中行故有說此二俱非過失得雖煖等攝如異生性故謂如異生性是不得聖法得

聖法已彼猶現行然彼體非異生性攝不得一切聖法方名異生性故如是煖等得雖是煖等體而無聖者身中行失俱生相續體非體故如沙門果諸無漏得若謂相續沙門果得亦沙門果故非喻者則應於後勝果道中有果現前成違宗失以宗安立八聖者中住勝果道時於前沙門果許得成就遮在身行故彼所許有違宗過又應果向俱時現行立八聖者便不成就住後果向前果唯成而不現行可立八故諸謂後向說前位果不在身行爲遮全果在身現行故作是說得雖是果而非全故設後位現行無住前果失彼應許畢竟無住果者畢竟無全果頓現行故又勝果道無全現行故亦應無住勝果道然勝果道一分現行亦許名爲住勝果道住少分果例亦應然若謂定中有所得道於出定位彼道不行與果何殊而決定說唯是住向非住果者又住果者起有漏心果道不行應非住果以非全果現在前故或應與彼復共思擇何緣唯約聖道現行立八聖者非約成就勿住果向二聖相雜無如是失以若住後勝果道時彼道勝故如苾芻位雖成勤策近住律儀而從勝故但名苾芻非勤策等雖如是立八聖亦成而約現行立八聖者證知非住勝果道時果不全現行故不名住果由此前說於宗違害及應果向俱時現行二種過失彼定不免是故前言俱生相續體非體故聖者身中煖等諸得雖亦現起而無煖等聖身行過故應於此更辯何緣煖等諸得非煖等體由此已遮有餘師說勿世第一有相續過故

得定非世第一體復有別失謂煖等三位相續故得應彼體或不應言世第一法一刹那故得非彼體如是所説言有理無故應捨此攝受前説謂煖等得如異生性理不應然異生性體與諸聖法極相違故煖等得體與諸聖法都不相違如何成例以煖等得通在聖身異生性得則不如是故彼所引爲例不齊又沙門果諸相續得雖亦許爲沙門果體而無八聖位相雜失以諸安住勝果道者果攝所得法必定不行故安住果者勝果道攝諸所得法亦不成故若爾應許如苦忍等謂且應如苦法智忍自性是慧若并助伴即兼俱得五蘊爲性苦法智等現在前時彼苦法忍得不名苦法忍不爾應有相續過故智現行時應修忍故忍智二體應俱行故如是煖等俱生諸得雖亦名爲煖法等體而頂法等現在前時彼煖等得不名煖等不爾應煖等頂等爲因故及有如前所説過故如是所説亦無深理以煖法等性類同故煖頂忍三位相續故謂前已説色界所繫有九善根分爲煖等以同類故互不相違後念起前亦無有過又煖頂忍位相續長體雖已滅得相續起名爲煖等斯有何失非世第一一刹那故彼得便非世第一體與餘善根性類同故順決擇分相無異故若俱生得亦彼體者何理能遮彼相續得後得非故前亦應非由此極成若并助伴皆五蘊性然除彼得此中煖法初安足時於三諦中隨緣何諦法念住現在修未來四隨一行相現在修未來四唯修同分非不同分緣滅諦法念住現在修未來一隨一

行相現在修未來四非初觀蘊滅能修緣蘊道後增進位於三諦中隨緣何諦隨一念住現在修未來四隨一行相現在修未來十六緣滅諦法念住現在修未來四隨一行相現在修未來十六此初安足唯修同分者先未曾得如是種性故於諸諦中行未廣故後增進位與此相違故彼能修同分異分頂初安足於四諦中隨緣何諦法念住現在修未來四隨一行相現在修未來十六後增進位於三諦中隨緣何諦隨一念住現在修未來四隨一行相現在修未來十六緣滅諦法念住現在修未來四隨一行相現在修未來十六忍初安足及後增進於四諦中隨緣何諦法念住現在修未來四隨一行相現在修未來十六此依忍類總相而說差別說者略所緣時隨略彼所緣不修彼行相謂具緣四具修十六若緣三二一修十二八四世第一法緣欲苦諦法念住現在修未來四隨一行相現在修未來四唯同分修無緣餘諦世第一法是故唯修爾所行相有餘師說近見道故似見道故唯修爾所謂苦法忍唯緣欲苦諦修四行相世第一亦然已辯所生善根相體今次應辯彼差別義頌曰

此順決擇分　四皆修所成　六地二或七
依欲界身九　三女男得二　第四女亦爾
聖由失地捨　異生由命終　初二亦退捨
依本必見諦　捨已得非先　二捨性非得

論曰此煖頂忍世第一法四殊勝善根名順決擇分由下中上及上上品分爲四種如前已說決謂決斷擇謂簡擇決斷簡擇謂諸聖

道以諸聖道能斷疑故及能分别四諦相故分謂分段即是見道是決擇中一分攝故煖等爲緣引決擇分順益彼故得順彼名故此名爲順決擇分如是四種皆修所成非聞思所成遠決擇分故此四善根皆依六地謂四靜慮未至中間欲界中無闕等引故餘上地亦無見道眷屬故又無色界心不緣欲界故欲界先應徧知斷故於三界中彼最麤故此四善根能感色界五蘊異熟爲圓滿因不能牽引衆同分故極猒諸有欣圓寂故或聲爲顯二有異説謂煖頂二尊者妙音説依前六及欲七地對法諸師不許彼説非聞思所成順決擇分故此四善根依欲身起人天九處除北俱盧唯依欲九身容入離生故除增上忍世第一法餘三善根三洲初起後生天處

亦續現前所除亦依天處初起有餘師説若於先時曾已修治此四加行彼於天處皆得初起此四善根唯依男女前三男女俱通得二第四女身亦得二種勿後得男身不成煖等故依男唯得男身善根聖轉至餘生亦不爲女故煖頂忍位容有轉形故二依善根展轉爲因性世第一法依女身者能爲二因女得聖已容有轉得男身理故依男身者但爲一因已得女身非擇滅故聖依此地得此善根失此地時善根方捨失地言顯遷生上地異生於地若失不失但失衆同分必捨此善根聖身見道力所資故此四善根無命終捨寧知命終捨唯異生非聖以本論説卵胎中異生唯成就身不成身業故豈不異生先依下地起煖法等後生上地亦必定捨煖等善

根無如是失以彼異生爾時捨善根由捨同分故謂住死有無聖道資捨諸善根非由上地中有等起若諸聖者住死有中由聖道資不捨煖等但由上地中有等起捨下善根捨時雖同而所由別是故異生無失地捨聖者必無由命終捨異生命終雖捨忍法而定無有墮諸惡趣得惡趣生非擇滅故身是忍法曾所居故能感惡趣諸業煩惱不復能在身中行故如師子窟雜獸不居初二善根亦由退捨如是退捨異生非聖後二異生亦無退捨依根本地起煖等善根彼於此生必定得見諦以根利故猒有深故依未至中間起煖等者於此生不必得入見諦有餘師言依根本定起煖等者此生必定得至涅槃猒有深故若先捨已後重得時所得必非先之所捨由先捨已後重得時亦大劬勞方得起故於先所捨不欽敬故如先已捨別解脫戒後重受時得未曾得煖等亦爾後得非先若先已得煖等善根經生故捨遇了分位善說法師便生頂等若不遇者還從本修失退二捨非得爲性退捨必因起過而得失捨或有由德增進得此善根有何勝利頌曰

煖必至涅槃　頂終不斷善　忍不墮惡趣

第一入離生

論曰四善根中若得煖法雖有退斷善根造無間業墮惡趣等而無久流轉必至涅槃故若爾何殊順解脫分若無障礙去見諦近此與見道行相同故是等引攝勝善根故若得頂法雖有退等而增畢竟不斷善根觀察三實殊勝功德爲門引生淨信心故若得頂已

不斷善根如何經說天授退頂由彼曾起近頂善根依未得退密作是說若得忍法雖命終捨住異生位而增無退不造無間不墮惡趣然頌但說不墮惡趣言義准已知不造無間業造無間業者必墮惡趣故忍位無退如前已辯得忍不墮諸惡趣者已遠趣彼業煩惱故得惡趣生非擇滅故由下忍力已得一切惡趣無生由上忍力復得少分生等無生少分生者謂卵濕生由此二生多愚昧故等言爲顯處身有或處謂無想大梵北洲無想大梵僻見處故北俱盧洲無現觀故身謂扇搋等多諸煩惱故有謂第八等聖必不受故惑謂見斷惑必不復起故得世第一法雖住異生位而能趣入正性離生頌雖不言離命終捨既無間入正性離生義准已成無命終捨何緣唯此能入離生已得異生非擇滅故能如無間道捨異生性故此四善根各有三品由聲聞等種性別故隨何種性善根已生彼可移轉向餘乘不頌曰

轉聲聞種性　二成佛三餘　麟角佛無轉
一坐成覺故

論曰未植佛乘順解脫分依聲聞種性起煖頂善根容可轉生佛乘煖頂是經長時方能起義若起彼忍無向佛乘以聲聞乘加行最久經六十劫自果必成菩薩專求利他事故爲欲拔濟無邊有情弘誓莊嚴經無量劫故往惡趣如遊園苑若不爾者無成佛義起忍得一切惡趣非擇滅故起彼忍無向佛乘斷絕衆多利他事故若時菩薩已植佛乘順解脫分爲遮惡趣展轉堅攝施戒慧三爾時無

勞起餘乘忍故聲聞煖頂可轉向佛乘起忍則無轉成佛義依聲聞種性起煖頂忍三皆可轉生獨覺乘道非聲聞種性忍法已生於獨覺菩提有能障義故起彼忍亦成獨覺此在佛外故頌言餘起獨覺乘種性煖頂爲有轉向餘乘理不然獨覺乘總有二種一麟角喻二先聲聞若先聲聞如聲聞説麟角及佛俱不可轉以俱一坐成菩提故第四靜慮是不傾動最極明利三摩地故甚爲麟角大覺所依故彼俱依第四靜慮從身念住至盡無生唯於一坐能次第起故麟角喻及佛種性煖等善根皆不可轉頗有初植順解脱分此生即能起順決擇分耶不爾云何頌曰

前順解脱分　速三生解脱　聞思成三業
植在人三洲

論曰順決擇分令生起者前生必起順解脱分諸有創植順解脱分極速三生方得解脱謂初生植順解脱分次生成熟第三生起順決擇分即入聖道若謂第二生起順決擇分第三生入聖乃至得解脱彼言便與前説相違謂依根本地起煖等者彼必於此生得入見諦或彼應許極速二生謂第二生依根本地起煖等者彼於現生必入聖道得解脱故順解脱分聞思所成非修所成諸有未植順解脱分者彼不能植故順解脱分三業爲體最勝唯是意地意業此思願力攝起身語亦得名爲順解脱分有由少分施戒聞等便能種植順解脱分謂勝意樂至誠相續猒背生死欣樂涅槃與此相違雖多修善而不能植順解脱分由意業勝植此善根故唯人中三

方能植猒離般若餘處劣故有佛出世若無佛時俱能種植順解脱分

阿毗達磨順正理論卷第六十一 說一切有部

音釋

鑽 祖官切 逮 徒耐切及也 醍醐 醍杜奚切醐戶吳切醍醐酥之精液也 析 先擊切分也 徵 知陵切詰也 策 楚革切勉進也 窟 苦骨切穴也 麟 力珍切仁獸也 苑 於阮切園也 剏 初亮切始也

阿毗達磨順正理論卷第六十二

尊者衆賢造
唐三藏法師玄奘奉詔譯

辯賢聖品第六之六

已因便說順解脫分入觀次第是正所論於中已明諸加行道世第一法爲其後邊應說從斯復生何道頌曰

世第一無間　即緣欲界苦　生無漏法忍
忍次生法智　次緣餘界苦　生類忍類智
緣集滅道諦　各生四亦然　如是十六心
名聖諦現觀　此總有三種　謂見緣事別

論曰從世第一善根無間即緣欲界苦聖諦境有無漏攝法智忍生此忍名爲苦法智忍寧知此忍是無漏攝從世第一無間而生以契經中言世第一無間入正性決定或正性離生爾時名越異生地故此忍既是決定離生一分所攝定是無漏從世第一無間而生說無漏言爲欲簡別世第一法所從世忍此無漏忍以欲苦法爲其所緣名苦法忍謂於苦法無始時來身見所迷執我我所今創見彼唯苦法性忍可現前名苦法忍此能引後苦法智生是彼智生障之對治故復名曰苦法智忍經主此中作如是釋爲顯此忍是無漏故舉後等流以爲標別此能生法智是法智因得法智忍名如華果樹詳彼意謂唯說忍言恐此有同加行忍失此無深理非爲彼法有此法生此法必應與彼同類如華果樹斷對治等因果類殊又不極成以苦法智是無漏性非爲極成如何忍生彼同彼是無漏又此無同加行忍失說世第一無間生故說

此能越異生地故非有漏忍能成此事又如何知此苦法忍以苦法智爲等流果若謂此忍是無漏故及前生故理亦不然未説此忍無漏理故由此證知前釋爲善即此名入正性決定亦復名入正性離生由此是初入正性決定亦是初入正性離生故經説正性所謂涅槃或正性言目諸聖道能決趣涅槃或決了諦相故諸聖道得決定名至得決定説名爲入若爾何緣於無漏慧唯初見諦得決定名以於爾時於諸諦理初得難毀決定見故或於爾時望餘位道有非一種決定相故謂見道位刹那刹那定間雜得忍智行相餘道不然又見道中障治定別以定唯斷見所斷故餘道不然謂修位中或有雙斷見修斷惑或唯斷修又見道中解脱道後定起無間餘道不然又見道中定是無漏定十五念定不起等餘道不然故獨名定有餘師説於見位中決定初得八聖同分故唯見道立決定名煩惱名生如契經説何謂生臭謂諸煩惱見位初越故名離生有説生言目根未熟見位初越故名離生至得離生説名爲入如本論説世第一無間捨異生性爲世第一爲苦法智忍爲共能捨有餘師言唯世第一若謂此是異生法故應無捨力此難不然性相違故依彼捨彼如上怨肩而害怨命有餘師説唯苦法忍此忍生時捨異生性此忍滅位斷十隨眠如燈生時能除闇障燈至滅位燒炷盡油若謂二能屬燈明觸不應引喻一法二能此難不然如一法上生位滅位二有性殊兩位功能亦應異故理不應許生時有性如

滅亦不應許滅時有性如生又非功能離於有性離有性外别有功能自體不成世中已辯又見一法一刹那中有多功能如四正斷故所立喻理非不成然於此中所立喻意如燈據總體雖是一實物異故功能有殊謂有生時起功能者有於滅位方有功能如是一物由時别故所有功能亦應有别故苦法忍生時有能捨異生性滅時有用斷十煩惱斯有何失若責未來寧有作用此先已釋先釋者何此於功能假說作用定無作用於去來有辯世相中已具思擇有餘師說此二共捨如無間道解脱道故謂世第一如無間道與異生性成就得俱滅故苦法智忍如解脱道與異生性不成得俱生故此忍無間即緣欲苦有法智生名苦法智於唯是苦法得決斷慧故應知此智亦無漏攝前無漏言徧流後故如緣欲界苦聖諦境有苦法忍苦法智生如是復於法智無間總緣餘界苦聖諦境有類智忍生名苦類智忍此忍無間即緣此境有類智生名苦類智最初證知諸法眞理故名法智此後境智與前相似故得類名是後隨前而證境義或從前生故後得前類名如世間言子是父類即是從欲界苦決定覺所生餘界苦決定覺義如緣苦諦欲界及餘生法類忍法類智四緣餘三諦各四亦然即緣一一有四心義謂復於前苦類智後次緣欲界集聖諦境有法智忍生名集法智忍此忍無間即緣欲集有法智生名集法智次緣餘界集聖諦境有類智忍生名集類智忍此忍無間即緣此境有類智生名集類智次緣欲

界滅聖諦境有法智忍生名滅法智忍此忍無間即緣欲滅有法智生名滅法智次緣餘界滅聖諦境有類智忍生名滅類智忍此忍無間即緣此境有類智生名滅類智次緣欲界道聖諦境有法智忍生名道法智忍此忍無間即緣欲道有法智生名道法智次緣餘界道聖諦境有類智忍生名道類智忍此忍無間即緣此境有類智生名道類智如是次第有十六心總說名為聖諦現觀以於三界四聖諦境次第現前如實觀故既於三界四聖諦境旋環紛擾作意思惟寧不能為現觀障礙初習業地於諸諦境多返旋環已淳熟故又在見道行極速故又由不起阿世耶故又此勢力極猛利故必無能為此障礙者即由此理說見道位名為無相不可施設住此位中相難了故法類忍智於諸諦境行相差別難施設故此中上座違越百千諸瑜伽師依真現量證智所說展轉傳來如大王路諦現觀理率意別立現觀次第謂瑜伽師於四諦境先以世智如理觀察次引生忍欲慧觀見此忍增進作無間緣親能引生正性決定引起聖道光明相故此忍現前如後聖道於四諦境忍可欲樂簡擇觀察推度分明如隔輕紗光中觀像此位名入正性決定後於四諦以妙決擇無動智見名為預流佛說涅槃名為正性此能定趣得決定名故前名入正性決定即能入位名諦順忍此忍非在世第一前彼謂佛說五取蘊已復作是言若於此法以下劣慧審察忍可名隨信行若於此法以增上慧審察忍可名隨法行故依得忍建

立隨信隨法行者非依得智又以世尊於成證淨見諦圓滿正見者中決定除斯隨信法行以於集總伽陀中說二最勝二淨通達外二種故此二種未得聖智此復何殊世第一法由聖定忍與前有異謂出世故此名爲聖無動搖故此名爲定由聖定故名爲見諦然此猶名未得聖道若得聖道轉名預流是故世尊告舍利子八支聖道說名爲流若爾何緣名爲聖者由此已得聖定忍故住此忍位爲經久如引聖道力强故非久然關緣故有時暫出作餘事業非不得果可於中間有命終理此聖定忍有何爲障雖已現行而未斷惑智未滿故未決定故次起苦法智名預流初心爾時便能頓斷三結能永斷彼舊隨界故從此引生苦類智等是故現觀定有八心

今詳彼宗現觀次第違教違理前後相違違教者何如世尊說諸有永斷三結名爲預流彼於四聖諦中具現觀故此經顯示二決定理一顯非得苦智即名預流二顯非苦智時頓斷三結此經意說徧知四諦名預流故又說預流方能畢竟斷三結故如何違理且彼所說苦法智位即名預流應住忍時名預流向此預流向如預流果佛說有學以契經說諸有學者有十八故要得學法名有學者故知聖忍亦名學法忍是學法非聖道收如是所言何太違理又違別理謂世尊言是隨信行隨法行者入正性決定越異生地未得預流果乃至廣說如何許彼越異生地而未得名成就聖道又說八種補特伽羅從預流向至阿羅漢此八聖者應延應請應合掌禮乃

至廣說非無聖道可𠕋此流又說如所餘得聖道者故謂契經說若有五根增上猛利極圓滿者名俱解脫阿羅漢果廣說乃至若有五根極劣鈍者名隨信行非無聖道可同此說如何彼說前後相違謂諸道名目正見等此有二種謂世出世離此二外無第三道既許聖忍是出世間應如法智等亦聖道所攝若不許此是聖道攝亦應不許是出世間許出世間非聖道攝豈不彼說前後相違若若智時非預流者善逝所說當云何通經說世尊告舍利子八支聖道說名爲流於我無違何煩會釋謂我不說初入聖道即名預流說預流名目得初果經亦不說得入聖道皆名預流但說名流何違須釋理應徧預知八諦境聖道流者名預流故然經標列家家七返一間一來欲阿羅漢五種不還十聖者已復作是說諸有成就佛證淨者一切皆名見諦圓滿正見者攝此成證淨見諦圓滿正見者中前五聖者此處通達此處究竟後五聖者此處通達彼處究竟乃至廣說於此經中不說隨信隨法行二有别所以謂要具足見四聖諦方得名爲見諦圓滿及成證淨無缺減者彼隨信行隨法行者乃至證得道類忍時猶得名爲成就邪見故未名得見諦圓滿及成證淨無缺減者非於三諦得現觀時可名已成佛僧證淨即由此證苦法智時仍未名爲得預流者由此經說諸預流者見諦圓滿具成證淨故彼所引如是契經自害已宗非違他說或此唯說於其位中可有語言容命終者彼隨信行隨法行者二事俱無故此不

說理不應說隨信行者隨法行者不成證淨如契經說若有於彼四種證淨一切皆無我說彼居外異生品此二行者許是有學說爲異生不應正理又此不攝在十聖者中便無證淨等有太過失謂佛獨覺亦不攝在十聖者中豈可說言佛及獨覺在成證淨見諦圓滿正見者外若謂佛獨覺在阿羅漢中二最勝經便爲無用謂彼經說有十聖者四向四果幷佛獨覺唯佛獨覺名爲最勝雖阿羅漢亦可攝彼而更別說以最勝故應知此經理亦如是非二攝在阿羅漢中然此經中不說彼二豈由不說故彼無證淨等理既應許佛及獨覺非十聖攝成證淨等隨信法行寧不許然又此契經非了義說由此經說十種聖者皆具成就十聖道支即八道支謂正見等又加正智及正解脫餘契經說諸有學者但可成就前八道支具成就十唯阿羅漢此契經意應更尋求是故定知非了義說又預流等此處通達當於彼處得究竟者謂彼現身當全離欲生色無色方般涅槃彼住預流一來等位爲十聖攝爲不攝耶若攝便違此經所說非此經說預流果等於此處通達彼處究竟故若不攝者應許彼類亦是不成證淨等者准此應責欲阿羅漢在有學位十中攝不若謂隨所舉攝其餘位則隨信法行亦在十中此若不然彼云何爾又佛獨覺在有學位當言攝在何聖者中不攝便應無證淨等故此經意應更思求由此定知非了義說非由不說在十聖中隨信法行無證淨等是故不可以不說在十聖者中便定證成隨信法

行未得聖智又此隨信隨法行者應起聖道如餘果向謂如已得預流果等於後進趣一來等時未得彼果名彼果向中間必有聖道現前准此應知隨信法行既是預流向應定起聖道聖果向攝無差別故由此契經說二行者未得預流果中間不命終然聖道流總有二種謂是果非果攝要至果流名預流果此二雖得預非果流而未得名預果流者此若未得果中間不命終既以果聲標所未得位故知此二非全未預流不爾經中應作是說未得預流位中間不命終何煩果聲標所未得又若隨信隨法行者未得聖道便應創得住見道位即名預流爾時此名理應未得住見道者見未淨故要見淨已方名預流經言預流見已清淨爲令見淨故修聖道若離聖道無別有法能令見淨由此見道見未淨故未名預流然彼亦許隨信法行能令見淨而復執彼未得聖道非爲善執彼謂佛說若於此法以下劣慧審察忍可名隨信行乃至廣說故由忍力能令見淨非由聖道此無至教亦無正理證忍非聖道但率已妄情故於彼言無勞廣遣經唯說聖道能令見淨故又彼所立現觀八心法類二心用應無別謂法智品已能具見一切諦相於後復起類智品道更何所爲彼作是言且苦法智由緣內外念住勢力之所引生故此智生隨逐於彼了知苦相次苦類智隨法智生於諸行中能隨決了與前所了相似苦相餘法類智例此應知今詳彼言法類二智無有少分力用差別謂苦法智於諸行中已能徧知一切苦相次

起類智於諸行中更别有何應隨決了或彼應說苦法智時於苦相中有何未了爲隨決了生苦類智彼許三界行苦相無别總相思惟入正性決定以彼宗說要總相觀三界苦法能入現觀既爾法智已總相知後類智生復何所用又苦法智隨念住生隨彼徧知三界苦相應名類智失法智名差别因緣不可得故由此理證知彼所宗極爲妄立法類别相又彼所立皆以聖教爲勝所依依何至教定知現觀心唯有八若不依憑至教所說隨已所欲不審思求見少聖言便生歡喜由斯輕爾别立宗趣是則所立種種宗途皆應得成何執唯八謂若見說應觀一切唯法無我是則應執一心現觀若復見說斷諸疑網由知苦因是則應執二心現觀又若見說法從因生乃至廣說是則應執三心現觀又若見說如實知苦乃至知道是則應執四心現觀又若見說如實了知集没愛味過患出離是則應執五心現觀又若見說修七處善是則應執七心現觀如是等說其數實多豈可隨言起種種執擾亂聖教眩惑有情故瑜伽師依眞現量證智所說展轉傳來如大王路諦現觀理雖被分析成多部異然應方便簡僞依眞無容率已更立宗趣如人舍宅已被焚燒更持乾草用資猛焰又彼所說聖忍位中由闕緣故有時暫出作餘事業亦不應理以諸見道修道初心加行一故云何知爾更不說有别加行故又說中間無命終故若謂隨信隨法行者世尊說彼應不放逸修習諸根如餘有學應有出觀故契經言苾芻諦聽何

等色類我說彼爲應不放逸廣說乃至復次苾芻非俱解脫非慧解脫非身證非見至非信勝解應不放逸修習諸根如隨信行廣說乃至苾芻當知如是色類我說彼爲應不放逸所以者何謂彼具壽應不放逸修習諸根於隨順身妙卧具等亦不染著親近承事供養善友得漏盡故成心解脫如是應說隨法行者非二行者都不出觀可有如上所說道理又如佛告婆柁黎言苾芻當知置俱解脫廣說乃至置信勝解若隨法行來至我所我設告彼善來苾芻可處泥中爲我橋道我當踐汝渡此淤泥於意云何彼隨法行我將踐位捨我起不正踐彼時有動轉不後以言詞申勞倦不婆柁黎曰不也世尊說隨信行應知亦爾非二行者正在定中可爲世尊之所告勑及起身業發語言理又天神告沃揭羅言長者當知此俱解脫此慧解脫廣說乃至此隨法行此隨信行此阿羅漢果此阿羅漢向廣說乃至此預流果此預流向汝應供養深自慶幸又契經說若有供養一預流向乃至廣說由此證知隨信法行由關緣故有時暫出如是所引爲證不成於彼先時立後名故如餘經說無明所覆愛所繫縛愚夫智者同感此身非諸智者無明所覆感得此身然先感身後成智者於先非智者立後智者名又如餘經說中般涅槃等亦於前位立後位名中有等時得阿羅漢果要至最後方般涅槃故又如餘經說欲阿羅漢等此處通達非阿羅漢等可有通達義但說先時如是應知說隨信行隨法行者應不放逸修習諸根及

處泥等皆於前位立後位名以必當成隨信行等於未成位預立彼名如何得知經有此息以前經說謂彼具壽得漏盡故成心解脫非隨信行隨法行者可得漏盡成心解脫然於後位立前位名以漏盡時追說前位曾爲隨信隨法行者如是前位應不放逸修習諸根及處泥等後必當成隨信法行故於前位立後位名如餘契經互說無失由是前說以諸見道修道初心加行一故隨信隨法行無出觀理成故彼所言於聖忍位由闕緣故有時暫出作餘事業但率巳情又彼所言苦法智起力能頓斷三結隨界爾時名曰預流初心此亦不然理不成故謂苦法智頓斷三結舊隨界者爲生時斷爲滅時斷若生時斷最後學心應成無學由彼生巳無煩惱故若斷

時斷住苦法智便非預流爾時三結隨界縛故以契經說三結巳斷方名預流是故汝曹寧作是說苦法智忍斷三結隨界苦法智起成預流初心必不應言苦法智斷然彼所說聖定忍位未決定故不斷煩惱智亦應言未得決定以苦法智現在前時未巳斷疑舊隨界故若不爲與疑隨界俱聖忍何緣言未決定又漸現觀是上座宗苦法智時餘疑未斷應如聖忍未得決定應亦未能斷諸煩惱然彼宗說初苦智時力能頓斷三結隨界彼與聖道極相違故謂最下品聖道生時勢力巳能浣濯相續令彼三結隨界頓斷由相續中緣非常苦空無我見都未有時薩迦耶見戒禁取疑容相續轉故苦法智現在前時頓斷三結若爾便應於後後位觀餘聖諦功並唐

捐彼反詰言何不乘難此位應得阿羅漢果豈不爲斷餘未斷結此全無理迷集等疑苦智能滅理不成故謂於集等有迷惑者非由見苦於彼能解以見苦相時未見彼相故非未解彼滅迷彼疑非苦智違集等疑故或應苦智亦與諸餘見斷結相違無差別因故非常等見都未有時於相續中諸見所斷皆有轉義故苦智生應皆頓斷寧唯三結由此彼說非應理因彼反詰言亦不應理以未應得阿羅漢故設於爾時見道所斷所有諸結皆斷盡者亦未容得阿羅漢故以能具見一切諦者修所斷結猶未斷故由此或應許苦法智不能頓斷三結隨界或復應許苦法智時頓斷一切見所斷結如是則應於後後位觀餘聖諦功並唐捐既爾不應許漸現觀又詳上座所立義宗似許預流都未見諦以彼上座自作是說謂最下品聖道生時勢力已能浣濯相續令彼三結隨界頓斷聖道生位必在未來然彼所宗未來未有若聖道未有能浣濯相續令彼三結隨界頓斷豈不說彼未見諦位三結隨界身中已無便成預流都未見諦若彼意謂聖道生時於相續中猶有隨界如何可說聖道生時勢力已能浣濯相續三結隨界猶住其身而言已能浣濯相續如是意趣極爲難了若復意謂聖道正生三結隨界爾時正滅亦不應說聖道生時勢力已能浣濯相續夫言正滅必是現在聖道生時隨界有故又彼設謂隨界滅時不能爲因牽後隨界即依此義名已浣濯亦不應說已浣濯言但可說爲正浣濯故又前所說則成預

流都未見諦過終難免彼於一諦理見仍未滿故於一二三諦見未圓滿時猶可名爲見未見諦要具見諦方名預流以經說預流見諦圓滿故況於一諦猶見未圓而可名爲得預流者若謂聖道現在名生爾時已能浣濯相續則舊隨界是忍所斷爾時智起彼體已無則於自宗有相違過又彼許忍非聖道收如何能斷三結隨界又現在世名爲已生說爲生時不應正理是故上座所立義宗理或不應許漸現觀或定應許見道諦時方能無餘永斷三結是則符順我對治宗不應自言別立宗趣

阿毗達磨順正理論卷第六十二 說一切有部

音釋

旋環（旋似宣切環獲頑切旋環回繞也） 紛擾（紛孚文切雜也擾而沼切煩也） 推度（推昌垂切尋繹也度徒落切量也） 隔（古陌切障也） 廁（初吏切間也雜也） 柁（徒可切） 淤泥（淤依據切濁也泥奴低切） 踐（在演切履也） 沃（烏酷切） 浣濯（浣胡管切濯直角切） 捐（與專切棄也）

阿毗達磨順正理論卷第六十三

尊者衆賢造

唐三藏法師玄奘奉詔譯

辯賢聖品第六之七

如是已破上座所宗唯執八心名諦現觀餘部於此有作是言諸聖諦中唯頓現觀彼言既總理或無違以諦現觀總有三種其三者何謂見緣事唯無漏慧於諸諦境如實覺了名見現觀是即由見分明現前如實而觀四諦境義即無漏慧并餘相應同一所緣名緣現觀是即由見等心心所法同能取所緣四諦境義即諸能緣并餘俱有同一事業名事現觀是即由見等心心所法并餘俱有戒及生相等於諸諦中同所作義戒生相等是現觀因於現觀中彼有事用故亦於彼立現觀名如是應知非相應法唯一現觀除慧所餘心心所法有二現觀唯無漏慧具足有三諸說名爲頓現觀者謂於一諦得現觀時於餘諦中亦得現觀故於前說頓現觀察應審推徵依何現觀若言依事應讃言善以於苦諦得現觀時於苦具三於餘唯事謂初觀見苦聖諦時盡煩惱故即名斷集得擇滅故即名證滅起對治故即名修道以見苦位於集等三有斷證修事現觀故約事現觀名頓無失若言依見應撥言非此現觀必漸諸諦相别故一見理無多行相故隨彼自相一一諦中世尊說言各各見故如契經說正見云何謂聖出世無漏無取廣說乃至諸聖弟子以苦行相思惟於苦以集行相思惟於集以滅行相思惟於滅以道行相思惟於道無漏作意

相應擇法一見理無非一行相故必無有別相諦中隨其自相俱時見理由此定應許漸現觀若謂以一非我行相頓觀四諦理必不然此不應名無漏慧故謂無漏慧於諸諦中一一別觀方名見諦異此應說以非我行相思惟苦等不應說言以苦等行相思惟苦等又彼應說非我現觀能治何等迷三諦惑非諦集等惑非我觀能治以二行相都不相違由此不應名眞現觀如迷諦惑別有四門現觀亦應如彼有別唯迷苦境有我執生唯悟此生非我行相能爲對治非頓總緣若頓總觀諸法非我如何於諦能別了知愛眞有因滅眞寂靜道眞出離若不了知如是等相何名見諦若觀滅道如苦行相應名邪智非如實知是故但緣苦爲非我可名現觀非一切緣又若見苦時斷迷道等惑修所斷惑何不能斷若爾於苦得現觀時應於一切所作已辦既非所許故理不然若謂數修能對治道方能漸斷修所斷惑非治頓起可名數修亦應要由解道等見方能永斷迷道等惑非解苦時名解道等如何能斷迷道等惑又由佛說非四諦中總相頓觀成眞現觀故有設難諦應如蘊一時總觀成眞現觀若異此者法相無邊現觀應無究竟時者唐捐其功如善授經佛告長者於四聖諦非頓現觀必漸現觀廣說乃至無處無容於苦聖諦未現觀已能現觀集如是乃至無處無容於滅聖諦未現觀已能現觀道如是慶喜及一苾芻二經所言意皆同此二經一一各有別喻若言我等不誦此經理不應然如向所引分明顯示

漸現觀經頓現觀經不可得故謂若汝等不誦此經復無別經分明顯說必頓非漸是汝所誦可爲定量非撥此經豈無分明說現觀教是故汝等應誦此經此經不違諸餘聖教及法性故不可非撥又共所誦轉法輪經說現觀中別觀四諦如彼經說此苦聖諦是先未聞法應如理思惟廣說乃至此道聖諦是先未聞法應如理思惟不可判爲初修業地說此無間證等覺故更不別說現觀位故若判此爲初修業地應言何處說入眞現觀時既更無文此即現觀故漸現觀不違教理又應詰彼頓現觀宗執頓現觀依何教理具依教理且教者何如契經言諸聖弟子入諦現觀故俱時斷三結此中不見說漸次言又契經說於觀四諦應知慧根此既總說觀四諦言知頓現觀又契經說修非常想斷諸欲貪乃至廣說非漸現觀唯非常想能斷一切欲貪等結又契經說若斷一切疑由知薩因苦薩是弁義此經意言徧知有取苦弁徧知苦集顯頓現觀又契經說若於苦無疑於集滅道即亦得無疑既頓捨疑非漸見觀如是謂教其理者何謂見苦時斷所斷集爲見故斷爲不見耶若見如何遮苦集諦俱時現觀若不見者見苦諦時不應斷集經說聖慧見時斷故又如頓取五種色衣謂如頓觀五色衣者總取衣上五種顯色如是總以一種行相頓觀苦等別諦理成又如日船燈體雖一而能頓起種種功能聖慧亦然其體雖一作四事業亦無有過謂日出時一剎那頃除冷遣闇生煖發光船於一念捨此趣彼負重截流

燈亦一時發明破闇盡油燒炷又斷見苦所斷惑時若即得初果應頓觀四諦若未得果則斷一切見斷惑時亦應未得差別因緣不可得故又執於諦漸現觀者既必定許於苦等諦一時頓具知斷證修亦必應許頓皆通達如說於苦爲通達徧知乃至於道爲通達修習故約見現觀頓現觀理成如是所言皆不成證且彼引教說俱時聲爲證不成有別義故見於無間亦說俱聲如曼馱多俱時墮落然非此說一刹那心但說現觀故俱時斷三結謂於四諦漸現觀故爾時便能永斷三結故非由此頓現觀成或俱時聲顯俱有義如世間說有一毋驢與其十子俱時負馱此則顯示永斷三結與諦現觀俱時有義非唯於苦得現觀故便能一時永斷三結世間亦見有說俱聲而不唯顯一刹那義如說動足俱時得財又說入城俱時富貴引慧根教證亦不成如信等根慧亦爾故如契經說於四證淨應知信根非緣佛信即緣僧等又如經說於四念住應知念根非緣身念即緣受等慧根亦爾非緣苦慧即緣集等此言意顯於一一諦有一慧根故此無能證頓現觀非常想教證亦不成此於餘諦理不能現觀故由非常想唯以苦諦爲所緣境非四諦故若觀苦諦修非常想爾時即名觀四諦者苦應即四四應即苦如是便成非所愛過故緣一諦修非常想必定不能現觀四諦然詳經意說有學者修非常想斷諸欲貪及能蠲除順上分結謂說修位起緣苦道斷修所斷三界繫貪掉慢無明非說見道如何引此證頓現觀

薩因苦教證亦不成見次第中亦言薩故如言薩子提婆達多然此薩聲亦顯有義此即顯示知有因苦非知苦位即知苦因或復相違行相別故非苦行相即能知集或復相違故知有因苦聖諦位非即知集此意顯苦非無有因理必應然由此經說知有因苦曾無餘經世尊於集說知言故由此爲證知此經中非說知因但說知苦又若見說知并因苦即言苦集一時現觀此既不言并知滅道應許現觀非頓理成又理無容頓斷疑故謂無容見有因苦時迷滅道疑亦皆頓斷經何故說斷一切疑令此經中言一切者唯顯見此所斷諸疑謂此契經說前後際所有緣起有情於彼愚因果故生多疑惑謂我過去爲曾有等乘此契經作如是說知薩因苦斷一切疑或此縱說斷一切疑如何便能證唯頓斷由此或可顯隣近義謂顯若時知有因苦便極隣近斷一切疑是一切疑必當斷義如言汝等若無憒發則爲證得究竟涅槃是故此經顯初現觀不可引證唯頓非漸由此已釋若於苦無疑於集滅道亦得無疑教以時促故定當斷故不出觀故說亦得言非見苦時一切疑斷或依至果密說此言以至果時並無疑故有作是誦若於道無疑於苦集滅亦得無疑故已通其教理亦不然且見苦時斷所斷集由無常等四種行相隨一現前見彼故斷苦集二物無差別故以約行相苦集智別非約所緣有差別故見苦所斷集可如是斷見集所斷集斷則不然以離因等四種行相了知集諦則不能斷以說於集爲通達未

斷乃至於道爲通達修習若異此者經但應言集應永斷乃至廣說此即證成現觀非頓然非要見方能斷集勿修道中緣滅道智不能永斷修所斷集經言聖慧見時斷者說見時能斷非見所斷法如所證修非要由見所證修法勿修道位苦集智起無所證修斷亦應然非要由見言如頓取五種色衣理亦不然於一刹那分明取五非所許故眼識總取五色衣時不能了別青黃等異唯能總作顯行相轉意識隨後次第了別由行相速生增上慢謂於一時頓取五色然必無有現觀起時不能分明了苦等異唯於四諦總行相轉如不明了總緣眼識故不應引喻頓現觀雖亦許有總相緣智頓緣別相多境而起然不能了多境別相於眞現觀爲喻不成如日船

燈亦不應理一體多業此不成故以總日中煖觸除冷光色遣闇煖光自類後從前生非從一起旣無一體作四事業故此無能喻頓現觀又日初出無偏除遣諸冷闇能故非頓喻燈不成喻類此應知盡油燒炷非別用故船之捨趣亦無有別負重截流各非全分故亦無喻頓現觀能雖有多能同依一體而非現觀可與彼同四行相殊互相違故況此三喻體皆非一如何可引證頓現觀引得果證理亦不然如斷上惑成應果故如漸斷上界一切煩惱成阿羅漢果無有過失如是應知漸斷一切見所斷惑成預流果又如學位同而有差別故如預流等學位雖同而於其中非無差別如是第八類亦應然又修道中亦應徵責斷下下道所斷惑時若即得一來應

頓斷六品若許爾者修斷不成若未得一來後亦不應得無別因故餘位亦然故彼所言無能證用說於苦諦爲通達等不違我宗有別義故於苦至道爲通達言顯見道前四善根位於四聖諦欣樂別觀從此便能入見道位如其次第於四諦中正能徧知乃至修習此意爲顯漸次現觀如是所說豈違我宗然通達言正顯見道於四諦迹樂欲見者必應先起求通達心故此位中說爲通達或爲通達即是見道爲達諦理見道生故恐唯見諦即謂事成顯見諦時別有所作故次復說徧知等言或此經應言於苦等諦由通達徧知乃至修習顯所作事由慧故成若不許然不應重說通達徧知義無別故此所引教但如其文足能證成漸現觀義以說於苦爲通達徧知乃至於道爲通達修習分明顯說漸現觀義若異此者不應別說旣一一別說爲通達言故四聖諦境相各別故唯一慧體一剎那中無容決了四別相故如諦別相審覺了時方能斷迷別相惑故證知現觀非頓必漸今正詳彼所引契經顯由四見力成四事現觀非顯由一見四事現觀成不應引來證頓現觀已辯現觀具十六心此十六心爲依何地頌曰

皆與世第一　同依於一地

論曰隨世第一所依諸地應知即此十六心依彼依六地如先已說謂四靜慮未至中間何縁必有如是忍智前後次第相雜而起頌曰

忍智如次第　無間解脫道

論曰十六心中四法類忍名無間道四法類智名解脱道名如前說能忍可先來未見欲苦初念無漏慧名苦法忍以契經中世尊自說若於此法以下劣慧或增上慧審察忍可名隨信行隨法行故應知此忍即無間道何處說此無間道名經說一法難可通達名爲無間心等持故又世尊說有苦法智有苦類智乃至廣說非此二智同緣三界苦等境起如先已辯故於苦法忍所見欲苦中決斷解生名苦法智前忍能斷十煩惱得後智能與彼離繫得俱生經說智生隨於前忍故知後智名解脱道從此無間忍色無色未曾見苦第三刹那無漏慧生名苦類忍是見欲苦忍種類故次於苦類忍所觀上苦中決斷解生名苦類智忍智如次斷煩惱得名無間道離繫得俱名解脱道准前應說於餘三諦准苦應知故前八忍名無間道後之八智名解脱道復以何緣說斷對治名無間道說離繫得俱時起智名解脱道經主釋言約斷惑得無能隔礙故名爲無間道已脱惑得與離繫得俱時起故名解脱道若爾解脱道亦應名無間約與離繫得俱亦無能隔礙故應作是釋無間隔故名爲無間無間即道名無間道是無同類道能爲間隔令於解脱道不爲緣義諸無間道唯一刹那諸解脱道或相續故於自所治諸煩惱得已得解脱與彼斷得俱時起道名解脱道自所治言欲顯何義若類忍等諸無間道亦與他所治離繫得俱生勿彼亦名解脱道故若苦法忍後即有苦類忍與前忍果斷得俱生餘位亦然斯有何失若爾

此位緣欲苦等已斷疑智應不得生許此不生復有何過則於後修位我已知苦等諸決定智應不得生於苦等境中先未生智故若於先位未有智生後已知言便成無義若見道位唯忍能斷惑應與本論九結聚相違以本論中說四法類智及修所斷爲九結聚故此不相違以依諸忍是智眷屬密意說故此十六心皆見諦理一切皆說見道攝耶頌曰

前十五見道　見未曾見故

論曰見未曾見四聖諦理名爲見道故於現觀十六心中前十五心是見道攝道類忍位於諸諦中見圓滿故至第十六道類智時雖亦有一先未知諦理無一諦先未見者以一切忍皆見性故由此爾時不名見道豈不亦見曾未見諦謂道類智見道類忍相應俱有一念道故諸有唯見曾未見者名爲見道爾時通見曾未曾見故無此失或此約諦不約刹那非爾時觀未曾見諦非於一諦多刹那中未見一刹那可名未見諦如刈畦稻唯餘一科不可名爲此畦未刈故見未見名爲見道是見道相義善成立故我宗說現觀後邊道類智品是修道攝兼修異境智行相故謂見道位唯修未來自同類境智及行相道類智位如餘修道通修未來同異類境智及行相故修道攝若謂見道有種種類如或有時唯修無漏有時通修有漏無漏如是應許有時唯修自同類境智及行相有時通修同異類境智及行相此例不然唯修同境種種類故若許便有太過失故謂於見道極成刹那唯約能修與自同境智及行相名種種類然

道類智未來所修如餘極成修道位故決定不可以見道中有未來修餘種種類故例亦更有餘種種類修若許例然應盡智等亦見道攝所以者何所立見道種種類因無差別故謂亦可例如見道中苦法智等亦見亦智忍唯是見名種種類如是應許無學位中無學正見亦見亦智盡無生智唯智非見有種種故亦見道攝既不許然則不應許以修同境種種類故亦修同異境種種智行相故先所言道類智品兼修異境智行相故是修道攝理無傾動又見道應依色無色身故謂先離欲入離生者道類智時證不還果彼命終已生色無色乃至未得阿羅漢果成道類智無捨因故既不許彼成就見道故道類智是修道攝若許生在色無色界成就見道斯有何失有應生彼入離生失以見道住一一剎那皆是所入離生性故若謂生彼雖成不行此但有言無行障故若謂生彼行無用故雖成不行如已獲得勝進道者果行無用應生彼聖棄背聖道以若獲得增上道時於下劣道可生棄背既未獲得增上聖道生彼重起斯有何過又於爾時現觀已滿見道現前成無用故謂起見道爲成現觀道類智位現觀已成見道現前都無勝用此現起故非見道攝既是修道攝未得勝果道生上二界應容現行又道類智品已知根攝故謂餘極成修位攝道已知根攝此道類智既許攝在已知根中勿有一聖成二根失非極成見道許是已知根是故聖道若一根攝亦應許是一道所收故道類智是修道攝又成彼聖者得差

别名故謂成修道補特伽羅名信勝解或名見至成道類智補特伽羅亦得此名故非見道必無極成成見道者得信勝解見至二名是故一名所目聖道應知皆是一道所收故道類智是修道攝又遮見道中修他心智故謂道類智如餘極成修道所攝諸解脱道亦有能修他心智者然本論説見道位中決定不能修他心智故道類智如餘修道是修道攝修彼智故又成此位中有練根等故等言爲顯容相續起命終受生捨前道等故道類智是修道攝非見道攝其理極成或有欲令是見道攝一諦現觀最後心故如緣三諦現觀後心謂現觀中於四聖諦一一各有四刹那心三最後心既見道攝故道類智定是見道此亦非理道類智忍時見道已滿故謂第十六道類智時無一諦理未見令見如後念故非見道攝見道中間苦等七智有餘諦理當應見故未息求見阿世耶故不可判爲非見道攝道類智忍雖有一諦未知當知而於諸諦見已圓滿是見道最後故得已滿名由此中間苦等七智見中間轉故是見道所攝非道類智可與彼同越見相故是修所攝或如餘别應有别故謂如三諦現觀後心能於未來修世俗智非緣道諦現觀後心如是亦應許彼三智是見道攝非道類智又道類智是沙門果見後邊起隔生成就諸未來所修非定不生法餘三類智則不如是故應唯彼是見道攝故彼所説如緣三諦現觀後心此亦後心應見道攝定爲非理若爾應言此道類智非數習故是見道攝謂鈍根者起修道

時要由數習由彼聖道數習起故得修道名此道類智設鈍根者亦能頓起不由數習猶如前位見道刹那故應如前是見道攝此亦非理以鈍根者起盡智時亦唯頓故與金剛喻定一加行起故或彼應說盡智如何由數習生非道類智如彼盡智同類數數現在前故許修道攝此道類智例亦應然不應判爲見道所攝有餘師說此道類智必不退故是見道攝謂鈍根者於道類智亦必無退有退修道故定應許是見道攝此亦不然由忍所斷必無重起故此不退謂道類智設許退者必由見斷煩惱現前設諸鈍根見斷已斷必無重起故此不退又無退住無間道中若退道類智必退道類忍然現觀忍許必無退故道類智定無退理又道類智以能任持見道所斷煩惱斷故雖鈍根者亦無有退若謂由此應見道攝此難不然一來果等亦應同此見道攝故謂彼後時捨預流果至一來等解脫道中亦能任持見斷法斷彼亦應是見道所攝若謂後位亦能任持修斷法斷無斯過者理亦不然應二性故或不應說以能任持見斷斷故應見道攝彼此別因不可得故謂有何理一來等位俱能任持二斷法斷但名修道非見道攝是故不可約能任持煩惱斷故立見修道或見法性有種種故非由不退便見道攝謂見諸聖有退墮者然非聖者一切可退見諸鈍根有退墮者然非鈍根一切皆退見退法性有退墮者然非退法一切皆退雖有從果勝果道退而非一切皆有退理謂漸次退非超越者不經生退非經生者如

彼容退有不退者此亦應然何偏固執謂雖許有從修道退而非一切除初剎那餘修退時不必見退故容有退初修若退亦必退見故無退理以必定無退見道故非不退故是見道攝有餘師說此由見道加行成故是見道攝謂道類智即由見道加行所成如餘見道不應說爲修道所攝此亦非理若期心不出第十七等心亦應同故若謂不定故理亦不然雖不定有者修道攝故謂有見道加行所生非見道攝由此見道加行成故非決定因又應此因有大過失謂世第一既與見道一加行生應見道攝又諸解脫與無間道一加行生應無間攝故彼所立非定證因有餘師言別有至教顯道類智是見道攝如本論說有九結聚若道類智是修道攝彼所斷結應名修斷不應復立修斷結聚或應見斷結聚唯七然第八結理必應是道類智斷以解脫道與無間道同所作故如說九根得預流果此亦非理教意別故以本論中說見斷結是諸忍斷非智斷故又以正理證道類智正所斷結非見所斷以聖教中說二結聚一見所斷二修所斷然無漏慧有三類別一唯是見二唯是智三通二種於此三中唯是智者不能斷結唯見斷者名見所斷通二斷者名修所斷不爾立名應無有義道類智體既通智見故彼所斷非見斷攝然非所立九結聚名全無有義爲顯無間是解脫道助伴攝故顯此復何用證成本論中所說八十九有爲沙門果以無間道是沙門故此力引生解脫道故若無間道不斷結得則解脫道無容得

生如臣剪除諸怨賊處王方自在安住其中或由智故忍有差別故於忍所斷論者說智名或復何勞方便通釋此文正應說法類智忍斷然不說者略中間言所說九根得預流義如辯根處已具思擇不可由斯證道類智如道類忍是見道攝故見道位唯十五心

阿毗達磨順正理論卷第六十三 說一切有部

音釋

撥末切絕也　詰苦吉切問也　截昨結切斷也　憤房吻切怒也　棄背棄苦利切背蒲昧切　刈音藝割也　畦戶圭切田畦也　稻杜皓切　例力計切比也　練連彥切精熟也　數數並所角切頻也

阿毗達磨順正理論卷第六十四

尊者衆賢造

唐三藏法師玄奘奉詔譯

辯賢聖品第六之八

已辯見修二道生異當依此道分位差別建立衆聖補特伽羅且依見道十五心位建立衆聖有差別者頌曰

名隨信法行　由根鈍利別　具修惑斷一
至五向初果　斷次三向二　離八地向三

論曰見道位中聖者有二一隨信行二隨法行由根鈍利別立二名諸鈍根名隨信行者由先信敬力修習加行故諸利根名隨法行者由先樂觀察修習加行故諸有情類種性差別法爾先來如是安住謂有情類若從先來凡所施爲一切事業不樂審察能與不能專信敬他隨他言轉彼後修得無漏道時在見位中名隨信行由信隨行名隨信行先隨信他行於義故彼有隨信行名隨信行者或由慣習此隨信行以成其性故名隨信行者彼信爲上首慧爲隨轉故隨法行者翻此應釋謂有情類若從先來凡所施爲一切事業樂審觀察能與不能非由信他隨教理轉彼後修得無漏道時在見位中名隨法行由法隨行名隨法行先隨教法行於義故彼有隨法行名隨法行者或由慣習此隨法行以成其性故名隨法行者彼慧爲上首信爲隨轉故即二聖者由於修惑具斷有殊立爲三向謂彼二聖若於先來未以世道斷修斷惑名爲具縛或先已斷欲界一品乃至五品至此位中名初果向趣初果故言初果者謂預流

果此於一切沙門果中必初得故若先已斷欲界六品或七八品至此位中名第二果向趣第二果故第二果者謂一來果徧得果中此第二故若先已離欲界九品或先已斷初定一品乃至具離無所有處至此位中名第三果向趣第三果故第三果者謂不還果數唯前釋如是隨信隨法行者由先具縛斷惑有殊數別各成七十三種謂於欲界具縛爲初至斷九品以爲第十如是乃至無所有處地地各九爲七十三諸後具縛即前離九故後七地無別具縛次依修道道類智時建立衆聖有差別者頌曰

至第十六心　隨三向住果　名信解見至

亦由鈍利別

論曰即前隨信隨法行者至第十六道類智心名爲住果不復名向隨前三向今住三果謂前預流向今住預流果前一來向今住一來果前不還向今住不還果阿羅漢果必無初得異生無容離有頂故見道無容斷修惑故至住果位捨得二名謂不復名隨信法行轉得信解見至二名此亦由根鈍利差別諸鈍根者先名隨信行今名信解由信增上力勝解顯故諸利根者先名隨法行今名見至由慧增上力正見顯故何緣先時斷修所斷欲一至五或七八品初定一品廣說乃至無所有處第九品惑至第十六道類智心但名預流一來不還果非一來不還阿羅漢向頌曰

諸得果位中　未得勝果道　故未起勝道

名住果非向

論曰依得聖道建立八聖如先已說故得果時於勝果道必定未得以得果心於勝果道所對治惑非對治故非非彼治現在前時得彼治道如先已說又非得果時即有勝果道所斷煩惱離繫得生道類忍不能斷彼繫得故若道力能斷彼繫得此道引彼離繫得生可說此道能證彼滅以得前未時未得勝果道故住果者乃至未起勝果道時雖先已斷修所斷惑欲一品等但名住果不名後向後於何時得先所斷修惑離繫無漏得耶於勝果道現前時得爲諸先斷後修斷惑入離生位得前果已此生定起勝果道耶理必應然以本論說聖生第四靜慮以上無漏樂根定成就故若不然者諸先已離三靜慮染後依下地得入離生彼得果已若生第四靜慮以上如何可說定成樂根理不應言唯如是類此生必定起勝果道非餘先斷諸下地惑決定因緣不可得故彼障已斷必欣彼故障已斷道易現前故如是已依先具倍離及全離欲入見諦者十六心位立衆聖別當約修惑辯漸次生能對治道分位差別頌曰

地地失德九　下中上各三

論曰失謂過失即所治障德謂功德即能治道如先已辯欲修斷惑九品差別上四靜慮及四無色應知亦然生死無非九地攝故如所治障一一地中各有九品諸能治道無間解脫九品亦然失德如何各分九品謂根本品有下中上此三各分下中上別由此失德各分九品謂下下下中下上中下中中中上上下上中上上品應知此中下下品道勢力

能斷上上品障如是乃至上上品道勢力能斷下下品障上上品等諸能治德初未有故此德有時上上品等失已無故應知此中智雖勝惑未增盛故道名下品相續中惑雖極難斷細隨行故障名下品依如是理應立譬喻如浣衣位麤垢先除於後後時漸除細垢謂彼麤垢於所住衣非甚堅著少用功力以水浣洗便能遣除細垢不然由甚堅著所住衣故以灰汁等及多功力方能遣除又如麤闇小明能滅要以大明方滅細闇謂麤重闇纔舉小明便能令滅若細輕闇要舉大明方能令滅失德相對理亦應然由此可言白勝黑劣若異此者上上品道現在前時方能對治下下品障如何可言白法力勝黑法力劣又刹那頃能治道生於無始來展轉增益諸堅固惑能永拔根由此故言白勝黑劣如時經久所集衆病服少良藥能令頓愈又如長時所集衆闇一刹那頃光明能滅已辨失德差別九品次當依彼立聖者別且諸有學修道位中總亦名爲信解見至隨位復有多種差別先應建立都未斷者頌曰

未斷修斷失　住果極七返

論曰諸住果者於一切地修所斷失全未斷時名爲預流生極七返七返言顯七往返生是人天中各七生義極言爲顯受生最多非諸預流皆定七返故契經說極七返生是彼最多七返生義經說與此義無差別諸無漏道總名爲流由此爲因趣涅槃故預言爲顯最初至得彼預流故說名預流此預流名爲目何義若初得道名爲預流則預流名應目

第八若初得果名爲預流則倍離欲全離欲者至道類智應名預流此預流名目初得果然倍離欲全離欲者至道類智不名預流約修惑斷立彼果故預流必依徧得果者初所得果以立名故一來不還非定初得唯有此果必初得故何緣此名不因第八未具得向果無漏道故未具得見修無漏道故未徧至得現觀流故八忍八智名現觀流道類智時皆具至得是故第八不名預流由此預流唯是初果彼從此後欲人天中各受七生應言十四何故說彼極受七生此責不然七數等故如七葉樹及七處善若謂經說見圓滿者無處無容受第八有不應說彼於人天趣各受七生此亦不然經約一趣密意說故若謂此經非密意說則彼亦應不受中有若人天趣合受七生經但應言受人天七何緣經說天七及人既說及言定知各七又必應爾飲光部經分明別說各受七故若依一趣密意而說故與經說見圓滿者無第八有言不相違如何上流有徧沒者彼一趣受過八生故無相違失遮第八言依極七有地非約上地故謂若於此地說諸聖者極受七生即於此地中遮第八有非色無色契經所說七返有言非約三界無差別說寧應謂此遮第八言總約三界無差別說故此經說遮第八言如七有言唯約欲界密意說故無相違失有餘謂此會釋不然餘處曾無如是說故此中無有密說相故謂曾無處作如是言上流受生過於七有可以證此遮八有經依欲界說非約一切又非遮止第八有經違害所餘無別

意教必有別意故判爲密意說故此會釋不應正理豈不遮止第八有經與上流經極相違害無相違害以上流經極說上流有餘意故謂此唯說全超半超名爲上流無偏沒故如是會釋理定不然餘處曾無如是說故生處定因曾不說故謂曾無處說諸上流唯有二種無有偏沒又曾不說生處定因言此上流定於色界唯生此處彼處不生然契經說七士趣處舉多譬喻以顯上流次第徧生色界諸處觀彼經意既說大流至道等邊無依故滅顯不還者於色界中一切處生過於八有故知定有偏沒上流謂彼經中依六士趣各說一喻唯於第七上流士趣說十一喻顯彼聖者於色界中有次第生一切處者故彼經說如有火流乃至道邊或水邊等無所依故即便盡滅顯彼聖者過於此處無生處故便般涅槃故上流經無餘意趣遮第八教與彼相違即是此經密意說相又見經說無差別言於中非無差別意趣如契經說無處無容有二輪王俱時出現此經雖復無差別言非不但依一四洲說此中亦可作如是言餘處曾無如是說故此中無有密說相故豈即謂此會釋不然故彼此中徒興固執復何緣故感八有業能障見諦非七有業若謂聖者於欲界中極受七生無第八故此無因故亦同所疑若謂齊此時相續必熟故此亦不然無定因故謂有何等決定因緣於第七生爲盡諸漏根未熟者至第八生爲盡諸漏根亦不熟若謂聖道種類爾故如爲七步毒虵所螫此喻不然壽量定者過此齊限亦得住故

又若聖道種類法然則由道生遮第八有寧說彼業能障見諦謂但應言由聖道起遮第八有不應言感第八有業能障見諦若有已作及已增長第八有業聖道於彼無能遮力故不得生彼亦不應能障見諦至第八有方般涅槃於正理中有何違害有餘於此作是釋言由彼有餘七結在故謂二下分五上分結此亦無能證唯七有唯貪瞋結引七有故又無契經說不還者受極七有又無經說五上分結引欲界生故彼所言無能證力但由法爾極受七生於中不應强申理趣中間雖有聖道現前餘業力持不證圓寂唯依佛出世有別解律儀故彼第七有若不遇佛法便在家得阿羅漢果既得果已必不住家苾芻威儀法爾成就雖不會遇前佛所說而於餘命生極猒心不經久時便入圓寂有言彼往餘道出家理不應然往餘道者由惡見力邪業轉故云何彼名無退墮法以不生長退墮業故違彼生長業與果故强盛善根鎮彼身故加行意樂俱清淨故諸有決定墮惡趣業尚不起忍況得預流故有頌言

愚作罪小亦墮惡　智爲罪大亦脫苦

如團鐵小亦沈水　爲鉢鐵大亦能浮

經說預流作苦邊際依何義立苦邊際名依齊此生後更無苦是令後苦不相續義或苦邊際所謂涅槃如何涅槃可是所作除彼得障故說作言　如言作空謂毀臺觀苦於人趣得預流果人中滿七天唯應知非聖亦有極七返生相續成熟得涅槃義然非决定是故不說已辨修惑都未斷者名預流果極七返

生今次應辨斷位衆聖且應建立一來向果
頌曰
斷欲三四品　三二生家家　斷至五二向
斷六一來果
論曰即預流者進斷修惑若三緣具轉名家家一由斷惑斷欲修惑三四品故謂或於先異生位斷或今預流進修位斷二由成根得能治彼無漏根故謂已成就彼能治道三品四品無漏諸根三由受生更受欲有三二生故謂斷三品更受三生若斷四品更受二生此三二生由異生位造作及增長感三二生業非諸聖者於聖位中更能新作牽後有業以背生死向涅槃故由此契經說諸聖者唯受故業更不造新若三緣中隨闕一種闕二全闕不名家家何故成根頌中不說預流果後說進斷惑成能治彼無漏諸根義唯已成故不具說若爾應不說三二生言說斷三四品義已成故謂已進斷三四品惑決定餘有三生二生故說家家相不圓滿則應於頌更說等聲方可具收家家三相或應不說三二生言然頌中言三二生者以有增進於所受生或少或無或過此故有餘師說亦有具足家家三緣而非家家謂異生位先斷修惑三品四品住見道中但以家家生所顯故是預流果勝進位故非住見道有斷義故雖三緣具不名家家今詳彼言定不應理非住見道具彼三緣爾時不能修修或對治故要得治彼無漏諸根方是三緣中成無漏根義故住見道非具三緣無具三緣非家家者應知總有二種家家一天家家謂欲天趣生三二家

而證圓寂或一天處或二或三二人家家謂於人趣生三二家而證圓寂或一洲處或二或三若有七生不必滿七非家家位中間涅槃何類所攝攝屬七生七中極聲顯極多故由此巳顯生未滿前得般涅槃亦是彼攝根最鈍者具經七生非諸利根生定滿七寧無斷五亦名家家以斷五時必斷第六非一品惑能障得果猶如一間未越界故即預流者進斷欲界一品修惑乃至五品應知轉名一來果向若斷第六成一來果彼往天上一來人間而般涅槃名一來果過此以後更無生故即由此義證家家中若天家家受三生者人間受二天上受三受二生者人一天二如應例釋人中家家若謂不然彼一來果有何異彼二生家家彼貪瞋癡唯餘下品故即一來果名薄貪瞋癡巳辯一來向果差別次應建立不還向果頌曰

斷七或八品　一生名一間　此即第三向
斷九不還果

論曰即一來者進斷餘惑若三緣具轉名一間一由斷惑斷欲界中修斷七品或八品故二由成根得能治彼無間解脫無漏根故三由受生更受欲有天或人中餘一生故若三緣中隨闕一種闕二全闕不名一間成無漏根頌中不說及應復說一生所因准家家中如應當釋所言間者是隙異名謂彼位中由有一隙容一生故未得涅槃或此間名目間隔義謂於彼位有餘一生爲間隔故不證圓寂有一間者說名一間如何有餘一品修惑能爲障礙令受欲界生名爲一間未得不還

果若斷此品便爲超越欲界所繫諸業煩惱異熟等流二果地故彼極爲礙容更受生斷六品時未越彼地故無斷五中間受生現身不能證一來果即斷修惑七八品者應知亦名不還果向先斷三四七八品惑入見諦者後得果時即名家家及一間不此未名曰家家一間未得治彼無漏根故初得果位果道現前爾時未修勝果道故要至後位起勝果道方得名曰家家一間治彼無漏根爾時方得故若進斷惑預流一來方立家家一間名者何故善逝手箭經中說七生一來與彼同斷惑如彼經說云何家家謂永斷徧知身見等三結極七返有應知亦然云何一間謂永斷徧知身見等三結及已能薄欲貪瞋癡一來亦爾無相違失不言唯故如經所說預流一來謂說預流永斷三結非所餘結彼未能斷如說預流永斷六法一有身見二邊執見三邪見四順惡趣貪五順惡趣瞋六順惡趣癡又說一來永斷三結薄貪瞋癡不言薄慢又不說斷邊見邪見如預流果非一來果不令慢薄不斷邊邪然彼經中不言唯故起彼治故必亦斷彼如是所說家家一間既不言唯進斷無失又契經說彼生數滅定知彼望預流一來轉更成多諸煩惱斷以諸煩惱是生因故即由此故知彼望前必定已生殊勝對治若爾何故說家家一間與七生一來所斷相似顯此即是彼差別故或所進斷細難覺故或應更審求同說因不可引斯少分密教便決定證家家一間與預流一來所斷惑相似上座意謂家家一間與七生一來但利

根有異諸隨信行隨得預流若成預流轉名信解亦即名曰極七返生諸隨法行隨得預流若成預流轉名見至即於此位亦名家家由彼聖者根猛利故生三二家便證圓寂又即信解隨得一來若成一來仍名信解即於此位經於二生即諸見至隨得一來若成一來仍名見至即於此位亦名一間由彼聖者根猛利故受一間生便證圓寂如是安立不應正理以極聲顯生最多故若預流果經三二生便般涅槃名家家者極七返有唯經三二生便般涅槃與家家何異又彼既謂即預流果若利根者生三二家便般涅槃是家家攝極七返有亦許中間經三二生便證圓寂如何報彼定是鈍根非即鈍根可亦名利故彼所立不應正理又若一間由利根故唯受一有便般涅槃如何可說即一來果許一來言目二生故又彼論說不遮一來唯於天趣有重生理諸一間者可無是事此非亦是一趣重生非一來故二生所隔立一間名可不成故謂不應說有一來者唯於天趣具受二生以說一來般涅槃故若二生者如何可說名爲一間故彼所言可無是事此言應理又一來者彼定無容許天趣中有重生理與彼所許於天趣中二生家家應無別故若謂如說極七返有據極滿者說七返言而實於中有不滿者如是就極立一來名謂極一來便證圓寂而實亦有天上重生不來人中證圓寂者此亦非理前過隨故又彼所許鈍根一來若於天中受一生已不來人趣便般涅槃與彼一間有何差別無決定理限彼鈍根必

來人中方證圓寂若不來者便成一間非即鈍根可亦名利故彼所立不應正理又彼所許違害契經以有經中說信解性若有獲得殊勝善根亦說名爲利根等故謂契經說若有五根增上猛利極圓滿者名俱解脫阿羅漢果若有五根漸劣漸鈍名慧解脫乃至廣說於此經中時解脫者得八解脫亦名利根若未獲得八解脫者不時解脫亦名鈍根若諸信解得滅盡定亦說名爲利根身證若未獲得滅盡定者雖是見至而名鈍根如是一來信解性者得勝治故轉名一間若未獲得勝對治者雖見至性唯名一來如是應知家家七返故彼所立家家一間唯是利根其理非善又彼部論作如是言品別斷惑非眞聖教彼部所立家家一間唯是利根豈眞聖教非彼上座自許已身及我許彼是眞大聖寧謂自言是聖教攝佛曾無處作如是言又彼所言違餘聖教不可自謂是聖教攝然品別斷惑非非眞聖教以薄伽梵說一來果永斷三結薄貪瞋癡非貪瞋癡如林木等可由斫等令其漸薄但上品別漸次斷之下品爲餘說之爲薄又契經說諸不還者已無餘斷貪欲瞋恚由此爲證知一來時猶有餘品貪瞋未斷今至此位方斷無餘又契經說預流果位已永斷一切趣惡趣貪等由此證知一來果等有品已斷有品未除又已顯成得勝治故方可建立家家一間既彼位中得勝對治知盡貪等與前有別是故品別斷惑理成隨眠品中亦已顯示又彼論說有何因緣於斷惑時許品別斷唯許九品非十非千此責不

然唯有如是九品差別對治生故謂斷惑位
一一地中九品道生便能永斷自地所攝諸
煩惱故無勞建立若十若千又與見修所斷
同故謂彼宗許斷煩惱時亦有分爲品別斷
義以見修道所斷諸惑許入聖時前後斷故
旣許如是亦可責言有何因緣於斷惑位許
品別斷然唯建立見修二品非三非千彼旣
許然此亦應爾又薄伽梵於契經中亦作是
言九品斷惑前來依彼已具辯成佛於法性
自在通達作如是說但可信依不應於中輕
爲徵詰故一來果勝進道中方建立一間非
住一來果亦預流果勝進道中方建立家家
非住預流果如是所說理趣必然即先成就
一來果者斷欲界惑九品盡時捨一來名得
不還果必不還受欲界生故此或名爲五下
結斷如契經說若有永斷五下分結名爲不
還此據集斷密作是說必無五結俱時斷理
或二或三先已斷故理實應說於此位中斷
二或三得不還果

阿毗達磨順正理論卷第六十四說一切有部

音釋

慣古患切習也　纔昨哉切暫也　愈以主切瘳也　倍蒲罪切物相二倍　螫施隻切蟲行毒也　隙綺戟切壔也　據居御切依也

阿毗達磨順正理論卷第六十五

尊者衆賢造

唐三藏法師玄奘奉詔譯

辯賢聖品第六之九

依不還位諸契經中以種種門建立差別今次應辨彼差別相頌曰

此中生有行　無行般涅槃　上流若雜修
能往色究竟　超半超徧沒　餘能往有頂
行無色有四　住此般涅槃

論曰此不還者總說有七且行色界差別有五一中般涅槃二生般涅槃三有行般涅槃四無行般涅槃五者上流此於中間般涅槃故說此名曰中般涅槃如是應知此於生已此由有行此由無行般涅槃故名生般等此上流故名爲上流言中般者謂有一類補特伽羅已於生結得非擇滅起結不爾彼於欲界遇逼惱緣之所逼惱便能自勉修斷餘結殊勝加行加行未滿遇捨命緣遂致命終由起結力受色中有猒多苦故乘前起道進斷餘結成阿羅漢得般涅槃言生般者謂有一類補特伽羅由先具造順起生業及增長故欲界殁已受色界生由具勤修速進道故生已不久成阿羅漢盡其壽量方般涅槃約有餘依說爲生般非纔生已便般無餘彼捨壽中無自在故言有行般者謂有一類補特伽羅生已多時方成無學於中有一勇猛精進有一稟性慢緩懈怠如次名爲有行無行謂若一類先欲界中依不息加行三摩地力斷五下分結成不還果後生色界經於多時還能進修前種類道成阿羅漢名有行

般無行般者與此相違或色界生經多時已依止苦行解脫餘結名有行般以彼修習依功用道般涅槃故與此相違名無行般豈不中般生般現般所依止行亦有此故應立有行無行般名無如是失此義雖等而彼各有差別位故謂中般等雖亦定依苦行樂行解脫餘結而彼各有分位不同對此名爲不共差別此無如是分位別故約道不同顯其差別如何以此例彼令同故於此中所辯無失由此有說二差別者由緣有爲無爲聖道如其次第得涅槃故應知亦無餘同此失經三所難有太過失爲已善通此義雖等而彼各有差別位故然有經說無行在先亦有經中先說有行時既無異隨說無違有行可尊故我先說言上流者謂有一類補特伽羅上流

行增非初生處即證圓寂謂欲界歿往色界生未即於中能證圓寂要轉生上方般涅槃即此上流差別有二由因及果有差別故因差別者此於靜慮由有雜修無雜修故果差別者色究竟天及有頂天爲極處故謂若於靜慮有雜修者能往色究竟方般涅槃雜修能感淨居果故即此復有三種差別全超半超徧歿異故言全超者謂色界中從一處歿往色究竟由彼先在欲界身中已具雜修四種靜慮遇緣退失上三靜慮以初靜慮愛味爲緣命終上生梵衆天處由於先世慣習勢力復能雜修第四靜慮從彼處歿生色究竟以於色界十六處所最初處歿最後處生頓越中間是全超義言半超者謂色界中從初天等漸次而歿下至中間能越一處方能往

趣色究竟天超而非全是半超義言徧殁者謂於色界愛味多故一切處生由彼徧於四靜慮地十六處所一一皆有下等愛味爲感生緣從梵衆天一一處所徧生殁已至色究竟方般涅槃故名徧殁由此義准初靜慮中大梵所居非是别處即是第二梵輔天攝若異此者大梵所居僻見處故一導師故必無聖者於中受生徧殁半超應無差别應知此謂二上流中由有雜修靜慮因故往色究竟般涅槃者餘於靜慮無雜修者能往有頂方般涅槃謂彼先無雜修靜慮由於諸定愛味爲緣此殁徧生色界諸處唯不能往五淨居天色界命終於三無色次第生已後生有頂方般涅槃二上流中前是觀行後是止行樂慧樂定有差别故二上流者於下地中得般涅槃亦不違理而言此往色究竟天及有頂天依極處說無不還者於已生處受第二生由彼於生容求勝進非等劣故唯欲界殁往色界生有中有中般涅槃者非色界殁生色界者以色界中無災害故若本有位有餘障緣不得涅槃中有亦爾中有薄劣非本有故又彼若有應屬上流中般上流應無差别謂定無有差别因緣可作是言唯欲界殁受色中有便般涅槃得中般名非色界殁何緣有學未離欲貪無中有中般涅槃者欲界中有依身微劣於多事業無堪能故住本有位於欲界法尚難越度況中有中能越欲界至得應果多事業者謂越三界及永斷除二種煩惱并得二三沙門果證住中有位無如是能又此有前未曾數習九品差别煩惱治故又

不還等果非中有身得斷增上惑所證得故離三界染極爲難故無欲中有能般涅槃色界中有與此皆異故有於中得涅槃者又此地中有得般涅槃唯起此地中所有聖道初靜慮地中有位中般涅槃者唯起自地根本靜慮聖道現前非未至中間難令現前故在中有位依身微劣要易起者方能現前此五名爲行色界者行無色者差別有四謂在欲界離色界貪從此命終生於無色此中差別唯有四種謂生般等有差別故此并前五成六不還復有不行色無色界即住於此能般涅槃名現般涅槃并前六爲七或應總立九種不還謂現涅槃分爲二種一於先位善辯聖旨二臨終時方能善辯於上流內亦分二種一行色界二行無色并前四爲八足轉生成九言轉生者謂於前生已得預流或一來果於今生內方得不還前現般言唯自現世初得入聖至涅槃者或不還者由根差別隨其所應分成九種或行色界五不還中復有異門分成九種頌曰

行色界有九　謂三各分三　業惑根有殊
故成三九別

論曰即行色界五種不還總立爲三各分三種故成九種何等爲三中生上流有差別故云何三種各分爲三中般涅槃分爲三者初起至遠近當生處得般涅槃有差別故生般涅槃分爲三者纔生有行無行異故此皆生已得般涅槃是故並應名爲生般於上流中分爲三者全超半超徧歿異故然諸三種一切皆由速非速經久得般涅槃故分爲九種

不相雜亂如是三種九種不還由業惑根有差別故有速非速經久差別且總成三由先所集順起生後業有異故知其次第下中上品煩惱現行有差別故及上中下根有異故此三一一如其所應亦業惑根有差別故各有三別故成九種謂初二三由惑根別各成三種非由業異後三亦由順後受業有差別故分成三種故說如是行色不還業惑根殊成三九別若爾何故諸契經中佛唯說有七善士趣頌曰

立七善士趣　由上流無別　善惡行不行　有往無還故

論曰中生各三上流爲一經依此立七善士趣何故前二各分爲三第三上流唯立爲一以上行故名爲上流由此義同但立爲一前之二種雖亦義同然爲其中別相難了欲令易了故各分三上流有三相別易了無煩於彼更別建立又前二別唯有爾所易顯示故各分爲三第三上流別義多種卒難顯示故總立一謂初中般唯在將生根惑品殊故分三種第二生般唯在已生亦根惑殊故分三種上流通有將生已生將生上流復有二種謂於靜慮雜不雜修已生上流分二亦爾復於如是二上流中若無雜修容生二界若有雜修唯生一界生一界者復分爲三全超半超徧殁異故於半超內差別有多由此上流別相煩廣若一一辯難可周悉故依等義總立上流中生位中差別義少易顯了故分之爲六雖彼一一亦有同義而等第三於上流中雖有異義而等前二爲相影顯故唯立七

唯此已斷欲貪瞋等非善士法及與無學大善士果極相近故經唯說此名善士趣非謂預流及一來者都不可說名善士趣佛亦說彼名善士故如契經言云何善士謂若成就有學正見乃至成就有學正定往上名趣謂趣上果及趣上生故唯說七或唯此七皆能行善不行不善餘則不然又唯此七往上界生不復還來餘則不爾故但依此立善士趣諸在聖位曾經生者亦有此等差別相耶不爾云何頌曰

經欲界生聖　不往餘界生　此及往上生
無練根并退

論曰若在聖位經欲界生必不往生色無色界由彼證得不還果已定於現身般涅槃故若於色界經生聖者容有上生無色界義然天帝釋作如是言曾聞有天名色究竟我後退落當生彼者由彼不了對法相故言我後者三十三天自在異熟最後邊際言退落者謂於後時若不獲得阿羅漢果當生彼者謂願當生色究竟天勿生欲界以天帝釋緣五死相極生憂苦來歸世尊死相纔除便作是說爲令喜故又觀遮彼無多益故佛不遮止即此已經欲界生者及已從此往上界生諸聖必無練根并退何緣不許經欲界生及上生聖者有練根并退以曾經生於自相續蘊積聖道極堅牢故及得殊勝所依身故由此彼無練根退理前說上流雜修靜慮爲因能往色究竟天先應雜修何等靜慮由何等位知雜修成復爲何緣雜修靜慮頌曰

先雜修第四　成由一念雜　爲受生現樂

及遮煩惱退

論曰諸欲雜修四靜慮者必先雜修第四靜慮以彼等持最堪能故諸樂行中彼最勝故謂彼靜慮最有堪能現在前時令所依止自體勢力增長廣大故若依彼雜修靜慮後雖退失生餘天中由於先時雜修彼力復能依彼雜修靜慮即由此理第四靜慮諸樂行中最爲殊勝彼輕安樂極上妙故誰於靜慮能雜熏修唯諸聖者通學無學學位唯通信解見至於無學位通時非時必先三洲雜修靜慮退生色界亦能雜修豈不雜修諸靜慮者必先已離三靜慮貪如何何言雜修靜慮通於見至而成上流謂要人間雜修定已後退三定生梵衆天於彼復須離三定染方能重起雜修靜慮從彼歿已乃生淨居方名上流如先已說非諸見至可有斯理彼於離染必不退故無如是失彼從先來住見至根非所許故謂彼先住信解種性雜修靜慮然後退失彼懼於後復有退時便修練根成見至性從欲界歿生色界中乗前復能雜修靜慮故六種性皆有上流於雜修時作何方便彼必先入第四靜慮多念無漏相續現前從此引生多念有漏後復多念無漏現前如是旋環後後漸減乃至最後二念無漏次引二念有漏現前無間復生二念無漏名雜修定加行成滿從此以後不由功力任運唯從一念無漏引起一念有漏現前無間復生一念無漏如是有漏中間刹那前後刹那無漏雜故名雜修定根本圓成如是雜修第四定已乗此勢力隨其所應亦能雜修下三靜慮雜修靜

慮五蘊爲體然於此中諸世俗智是四法四類八智所雜修有餘師言諸世俗智唯爲苦集類智雜修彼二能緣此爲境故若爾無容多無漏智現前雜故則不應言此由彼雜故得自在雜修靜慮應不圓成此不從餘滅道法類苦集法智無間而生及無間生彼諸智故雜修靜慮略有三緣一爲受生二爲現樂三爲遮止起煩惱退謂不還中若諸見至雜修靜慮爲前二緣一爲受生二爲現樂爲受生者希求勝生謂猒共生欣不共故爲現樂者欣樂勝定謂世俗定最能資身由此能令現法樂住前後無漏爲其助伴若諸信解爲前二緣亦爲遮防起煩惱退謂鈍根者起二無漏方便防護清淨等持令味相應等持轉遠不令淨爲染等無間緣故阿羅漢中不時解脫但爲現樂雜修靜慮時解脫者爲求現樂亦爲遮防起煩惱退若雜修靜慮爲生五淨居何緣淨居處唯有五頌曰

由雜修五品　生有五淨居

論曰由雜熏修第四靜慮有五品故淨居唯五何謂五品謂下中上勝上極上品差別故此中初品三心現前便得成滿謂初無漏次起有漏後起無漏第二中品六心現前方得成滿謂二有漏爲四無漏之所雜修如是所餘隨其次第有九十二十五念心如應現前方得成滿如是五品雜修爲因如次能招五淨居果如是十五有漏無漏心皆是先來未曾得今得有餘師說初五無漏是從先來未得今得餘十皆是曾所得心前五現前時已未來修故有不起定雜修成滿有要數起方

得圓成有餘師言由信等五次第增上感五淨居謂或有時信根增上雜修靜慮或有乃至慧根增上雜修靜慮隨此差別感五淨居諸感淨居爲是業力爲雜修力若是業力雜修靜慮則爲唐捐若雜修力與品類足所說相違如彼論說雜修靜慮及由業故生淨居天諸所有處等名非異生法有說業力感淨居天然不唐捐雜修靜慮以修行彼思現前故有餘師亦是雜修力而不違害品類足文彼論先說雜修定者爲顯先時入彼定故次後復說及由業故生淨居者爲顯後時即由彼力生淨居故此中決定俱由二力以隨闕一不生彼故然唯有漏感彼異熟非無漏力棄背有故經說不還有名身證依何勝德立身證名頌曰

得滅定不還　轉名爲身證

論曰有滅定得名得滅定即不還者若於身中有滅定得轉名身證謂不還者由身證得似涅槃法故名身證如何說彼但名身證以無心故依身生故以身俱生得勢力故彼已滅位猶名得彼此中經主作如是言理實應言彼從滅定起得先未得有識身寂靜便作是思此滅盡定最爲寂靜極似涅槃如是證得身之靜寂故名身證由得及智現前證得身寂靜故今謂彼從滅定起位雖得先未得有識身寂靜而非唯彼位方得身證名先後二時俱得名故由此設無緣滅定智得勢力故立身證名是故前說於理爲勝舉後邊故唯作是言得滅定不還轉名爲身證理實身證於八解脫無不具足由身證住以滅盡定

用餘解脫爲門而入故得滅定決定亦應得餘解脫如契經說入滅定時先滅言行乃至廣說何緣佛說有學福田身證不還不預其數謂世尊告給孤獨言長者當知福田有二一者有學二者無學有學十八無學唯九何等名爲十八有學謂預流向預流果一來向一來果不還向不還果阿羅漢向隨信行隨法行信解見至家家一間中生有行無行上流是名十八何等名爲九種無學謂退法思法護法安住堪達不動法不退法慧解脫俱解脫是名爲九理亦應說而不說者以佛觀見有學無學由斷及根有殊勝故能生勝果名爲福田然諸不還所得滅定是有漏故不可說言自性解脫故名清淨彼所依身猶有煩惱未永斷故不可說言相續解脫故名清淨故不約成彼立有學福田無學位中有漏功德雖非自性解脫所收相續解脫故名清淨由此亦能生殊勝果是故約定及根差別說九應果皆名福田或立有學依因無故不置身證有學數中何謂建立有學依因謂諸無漏三學及果滅定非學亦非學果故不約成彼說有學差別然今於此不還位中約無異門密說身證若異此者不應唯說得滅定不還轉名爲身證此義於後當更分別若說身證兼約異門即上所言非善荅問三無色解脫亦通無漏故已辯不還麤相差別若細分析數成多千此中且依行色界五約諸地等五門分別謂五約地數成二十四定地中各五種故五約種性數成三十六種性中各五種故五約生處數成八十十六處中各五

種故五約種性根數成九十謂退法種性下中上根有差別故數成十五乃至不動種性亦然五約地種性數成百二十謂四地中各三十故五約地種性根數成三百六十謂四地中各九十故五約生處種性數成四百八十謂十六處各三十故五約生處種性及根數成一千四百四十謂十六處各九十故五約離染處種性根積數總成一萬二千九百六十不還差別謂以離染九品不同乘前一千四百四十已辯第三向果差別次應建立第四向果頌曰

上界修惑中　斷初定一品　至有頂八品
皆阿羅漢向　第九無間道　名金剛喩定
盡得俱盡智　成無學應果

論曰即不還者進斷色界及無色界修所斷惑從斷初定一品爲初至斷有頂八品爲後應知轉名阿羅漢向即此所說阿羅漢向中斷有頂惑第九無間道亦說名爲金剛喩定此定堅鋭喩若金剛無一隨眠不能破故先已破故不破一切實有能破一切功能此既能摧最細品惑故知一切無間道中唯此剎那名極上品故能永斷一切隨眠雖見道中亦有能斷有頂煩惱無漏對治然彼九品惑可爲一品斷知彼煩惱勢力微劣見道既為劣惑對治知非能破一切隨眠若有破能何礙不礙故彼不得金剛喩名又諸隨眠中無事者易斷見道治彼知非極上由此不立金剛喩名此中所明金剛喩定能治一切有事惑中最後微微極難斷品故知能破一切隨眠由此力能一剎那頃證一切惑斷無漏離

繫得如是所說金剛喻定唯與六智隨一相應謂四類智滅道法智緣四聖諦十六行相通依九地義准已成故此差別說有多種且未至攝有五十二謂苦集類智觀有頂苦集作非常等因等行相與彼相應差別成八滅道法智觀欲滅道作滅靜等道等行相與彼相應差別亦八滅類智於八地滅一一別觀作四行相與彼相應成三十二道類智於八地道一切總觀作四行相與彼相應差別成四以治八地類智品道同類相因必總緣故滅唯別緣道則不爾於隨眠品已具成立如未至攝有五十二中四靜慮應知亦然空無邊處有二十八謂除滅道法智品八及除觀下四地滅諦各四行相相應十六以依無色必無法智及緣下滅類智品故緣下地道於理無遮道必總緣前已釋故餘如前故有二十八識無邊處有二十四無所有處唯有二十謂彼於前復除觀下滅聖諦境四八行相隨其次第准前應釋諸有欲令三無色地有緣下地滅類智者彼作是說空無邊處加前二十六識無邊處加前二十無所有處加二十四如是總說依無色地金剛喻定七十二種或復說有百三十二有餘師說道類智品於八地道亦各別觀故前六地各有八十空無邊處唯有四十識無邊處有三十二無所有處有二十四復有欲令滅類智品於八地滅有別總觀故前六地中各百六十四空無邊處唯五十二識無邊處有三十六無所有處有二十四彼俱非理道必總緣滅唯別緣前已辯故尊者妙音作如是說金剛喻定總有

十三謂斷有頂見修斷惑無間道攝十三剎那此亦不然以四類忍前八無間道非極上品故此定既能斷有頂地第九品惑能引此惑盡得俱行盡智令起金剛喻定是斷惑中最後無間道所生盡智是斷惑中最後解脫道故說此定所引盡智與第九品盡得俱起或此盡言顯一切盡謂第九品及所餘惑皆得擇滅故名爲盡金剛喻定能引諸惑盡得俱行盡智令起此與一切煩惱盡得最初俱生故名盡智有餘師說惑盡身中此最初生故名盡智如是盡智至已生時便成無學阿羅漢果已得無學應果法故爲得別果所應修學此無有故得無學名豈不無學亦希別果以無學者亦轉根故此難不然如先有學求得別果此不然故謂如預流非一來等於後獲得一來等時捨預流等名得名一來等皆捨別果得別果名此則不然退非思等於後獲得思法等時雖捨退等名得名思法等非捨別果得別果名前後皆名阿羅漢故唯捨前果得別果時捨前果名得名別果更無別果是所應學故名無學前釋無過即是行向住前果者求別名果此無有義既說盡智至已生時便成無學阿羅漢果義准盡智未已生時前七聖者皆名有學爲得別果勤修學故住本性位何名有學學意未滿故學得常隨故何故無學名阿羅漢諸自利行修學已成唯應作他利益事故如契經說不自調伏能調伏他無有是處或有三種補特伽羅謂諸異生有學無學異生雖學戒定慧三而猶未能如實見諦容有捨正作邪學理故不

於彼立有學名諸有已能如實見諦正學無退得有學名由此世尊爲顯定義於有學者重說學言如契經中佛告憍怛學所應學學所應學我唯說此名有學者諸已善學戒定慧三不復學者立名無學此是一切有學異生所應供養故名應果依如是義故有頌言

於戒定慧三　若已善修學　畢竟離憂垢　堪爲世福田

學法云何謂有學者無漏有爲法無學法云何謂無學者無漏有爲法諸無爲法雖是無漏而不名爲學無學法以有得者異生等身亦成就故若無得者都不繫屬學無學故如是有學及無學者總成八聖補特伽羅行向住果各有四故名雖有八事唯有五謂住四果及初果向以後三果向不離前果故此依漸次得果者說若倍離欲全離欲者住見道中名爲一來不還果向非前果攝何故盡智唯是無學諸有學者亦自了知我已永盡地獄等故此前已說前說者何謂盡得俱方名盡智預流等位猶有餘惑既無盡得亦無盡智由此契經作如是說諸有學者成就八支若成十支名阿羅漢若爾何故尊者舍利子告大長者給孤獨言汝已具成就正智正解脫無相違失依彼成就能往諸惡趣邪智邪解脫眞對治道密意說故若爾何不說有學成十支有餘無智故心未善脫故若爾何緣經作是說諸有成就佛證淨者一切皆名已得正見乃至已得正解脫者見圓滿者亦如是說亦無違失所以者何我不說言諸有學者無有正智及正解脫但作是說彼不立支

不立支因如前已說

阿毗達磨順正理論卷第六十五 說一切有部

音釋

勉亡辨切勤也 懼其遇切恐也 銳以芮切利也 憺怕憺徒覽切怕白各切憺怕恬靜也

阿毗達磨順正理論卷第六十六

尊者衆賢造
唐三藏法師玄奘奉詔譯

辯賢聖品第六之十

如上所言修道有二一者有漏二者無漏今應思擇於此二種由何等道離何地染頌曰

有頂由無漏　餘由二離染

論曰有頂地中所有煩惱唯無漏道能令永離定非有漏所以者何唯此力能治上地故唯於次上近分地中起世俗道治下地惑有頂地惑既無上地故無有漏能離彼染何緣世俗道不治自地惑是自隨眠所隨增故非彼隨眠所隨增事應有勢用治彼隨眠以順生長彼煩惱故若有勢用能治彼者此必非彼之所隨增以緣此時彼損減故何緣下地起世俗道不能對治上地隨眠非彼隨眠所隨增故不順生長彼煩惱故應許能治上地隨眠上地定非下地世俗猒行斷道所緣境故非猒下地能離上染上地望下極微妙故由此證知唯無漏力能離有頂其理善成餘八地中所有煩惱通由二道能令永離世出世道俱能離故既通由二離八地染各有幾種離繫得耶頌曰

聖二離八修　各二離繫得

論曰諸有學聖用有漏道離下八地修斷染時能具引生二離繫得有漏無漏二種斷道於八地中所作同故用無漏道離彼亦然亦以於中所作同故由此有學離八修斷世出世道隨一現前各未來修世出世道既說聖者二離八修各能引生二離繫得准知聖者

離有頂修及見斷時用無漏道唯引無漏離繫得生亦不未來修世俗道與世俗道不同事故異生離八用有漏道唯引有漏離繫得生亦不未來修無漏道未入聖故不說自成有餘師言以無漏道離下八地修斷染時何緣知亦生有漏離繫得有捨無漏得煩惱不成故謂有學聖以無漏道離彼染時若不引生同治有漏離繫得者則以聖道具離八地後依靜慮得轉根時頓捨先來諸鈍聖道唯得靜慮利果聖道上惑離繫應皆不成是則還應成彼煩惱然非所許是故定知諸有學聖以無漏道離下八地修斷染時亦具引生二離繫得此證非理所以者何彼聖設無有漏斷得亦不成就上地煩惱如分離有頂得轉根時及異生上生不成惑故謂如分離有頂地染後依靜慮得轉根時無漏斷得既已頓捨彼地離繫無有漏得而彼地惑亦不成就又如異生生二定等雖捨欲界等煩惱斷得而不成就欲界等煩惱以欲界等有漏離繫得初定等攝唯彼能治故若生上地此得必捨生上地必捨下有漏善故此二雖無煩惱斷得而勝進故遮惑得生彼亦應然故證非理由此但可作如是言二道於中所作同故隨一現起引二得生不可說言為成斷故已辨離染由道不同今次應辨由地差別由何地道離何地染頌曰

無漏未至道　能離一切地　餘八離自上
有漏離次下

論曰諸無漏道通依九地謂四靜慮未至中間及三無色若未至攝能離欲界乃至有頂

餘八地攝隨其所應各能離自及上地染不能離下未離下時上道必無現在前故諸有漏道一切唯能離次下地非自地等自地煩惱所隨增故勢力劣故先已離故諸依近分離下地染如無間道皆近分攝諸解脫道亦近分耶不定云何頌曰

近分離下染　初三後解脫　根本或近分
上地唯根本

論曰諸道所依近分有八謂四靜慮無色下邊所離有九謂欲八定初三近分離下三染第九解脫現在前時或入根本或即近分上五近分各離下染第九解脫現在前時必入根本非即近分近分根本等捨根故下三靜慮近分根本受根異故有不能入轉入異受少艱難故離下染時必欣上故若受無異必入根本諸出世道無間解脫前既已說緣四諦境十六行相義准自成世道緣何作何行相頌曰

世無間解脫　如次緣下上　作麤苦障行
及靜妙離三

論曰世俗無間及解脫道如次能緣下地上地爲麤苦障及靜妙離謂諸無間道緣自次下地諸有漏法作麤苦等三行相中隨一行相若諸解脫道緣彼次上地諸有漏法作靜妙等三行相中隨一行相約容有說二道各三非諸有情於離染位無間解脫皆各具三諸下地中由多掉舉寂靜微劣故名爲麤雖大劬勞暫令掉舉勢用微劣仍不能引美妙樂生故名爲苦有極多種災害拘礙及能覆障令無功能見出離方故名爲障諸上地中

不作功用掉舉微劣故名爲靜不設劬勞掉舉微劣引生勝樂故名爲妙於下地中所有災害能決定見心不生欣及能越彼故名爲離應知此中已兼顯示無間解脫行相各三相翻而生如其次第謂無間道緣下爲麤解脫道中緣上爲靜餘相翻起如次應知然離染時起則不定世俗無間及解脫道能離下等九品染故應知亦有九品差別此中異生離欲界染九無間道麤等三行隨一現前各未來修麤等三行八解脫道靜等三行隨一現前各未來修麤等六行後解脫道現在未來所修如前八解脫道與前別者復修未來初靜慮攝無邊行相如是乃至離無所有染無間解脫道所修應知若諸聖者以世俗道離欲界染九無間道麤等三行隨一現前各

於未來修十九行謂麤等三有漏無漏十六聖行八解脫道靜等三行隨一現前各未來修二十二行謂前十九加靜等三後解脫道現在未來所修如前八解脫道與前別者復修未來初靜慮攝無邊行相離初定染九無間道麤等三行隨一現前各於未來修十九行謂麤等三及唯無漏十六聖行此十六行是下地攝以上地邊無聖行故後修聖行准此應知八解脫道靜等三行隨一現前各未來修二十二行謂前十九加靜等三後解脫道現在未來所修如前八解脫道與前別者復修未來二靜慮攝無邊行相如是乃至離無所有染無間解脫道所修應知有餘師言異生聖者離欲無間解脫道中亦修不淨息念慈等離餘上地所修如有初靜慮邊善根

廣故修如是行上諸定邊善根少故所修如前又欲界中有多煩惱爲欲斷彼修多對治上地不然故修治少離欲界染九無間道未來所修麤等三行唯緣欲界八解脫道未來所修麤等三行通緣欲界及初靜慮靜等三行緣初靜慮後解脫道未來所修麤等三行通緣三界靜等三行緣初靜慮乃至有頂離初定染九無間道未來所修麤等三行緣初靜慮八解脫道未來所修麤等三行緣初二定靜等三行緣第二定後解脫道未來所修麤等三行通緣三界靜等三行緣第三定乃至有頂離二靜慮三靜慮染隨其所應皆准前說離四定染九無間道未來所修麤等三行緣第四定八解脫道未來所修麤等三行緣第四定及緣空處然非一念以界別故靜等三行唯緣空處後解脫道未來所修麤等三行靜等三行皆緣空處乃至有頂離空處染九無間道未來所修麤等三行唯緣空處八解脫道未來所修麤等三行緣空識處靜等三行唯緣識處後解脫道未來所修麤等三行靜等三行俱緣識處乃至有頂離識處染無所有染隨其所應皆准前說何緣最後解脫道中未來所修麤等三行靜慮攝者通緣三界無色攝者唯自上緣諸靜慮中有徧緣智無色根本必不下緣故二所修所緣有別此中一類譬喻論師爲欲顯成分別論義作如是說無有異生實斷煩惱有退失故謂若有能實斷有頂薩迦耶見必無退失若有退失必未實斷既許異生於下八地諸煩惱斷可有退失故無異生實斷煩惱彼說非理

於有頂惑有伏無伏皆有失故謂諸異生於有頂惑爲許有伏許無伏耶若許異生伏有頂惑如伏下地諸煩惱已彼於下地必不受生如是既能伏有頂惑應於有頂亦不受生是別異生應證圓寂若伏有頂猶生有頂非伏下地猶生下地是則不應以有頂惑斷已不退例下令同若許異生無伏有頂以世俗道於彼無能唯許彼能伏下地惑不應以有頂地惑斷已不退例下令同如是推徵二皆有失故不可說彼實無斷然彼所言見有頂攝身見等惑斷已無退證知下地所有諸惑亦應如彼斷已無退既見異生於下地惑斷已還退故知彼於下地諸惑實未能斷此不應理斷者異故謂非我等許諸異生於有頂惑有能斷義以斷有頂世俗道生無所依故及即於中解脫道起無所緣故下諸地惑異生能斷既能斷者凡聖有殊亦應許有退不退異如何舉聖斷無退理例異生斷亦令無退又不成故謂非我等許有頂惑斷已無退此既不成如何可以彼無退理例下令同雖有頂攝薩迦耶見斷已無退而彼不許彼地有伏如下地惑故不可以彼斷無退例下地惑斷無退理無伏有伏彼此既殊有退無退亦應許別又道異故謂非此道斷有頂攝薩迦耶見即由此道諸異生類斷下八地所有煩惱道既有異應許惑斷有退不退二種差別以許惑斷是道果故若謂此義應生疑者理亦不然分明說故謂彼或作如是思惟彼此治道既有差別便可生疑諸異生類既有退失爲斷不斷此不應疑世尊處處分明顯

説諸異生中有斷煩惱及離染故謂契經説諸異生中有斷五蓋斷樂斷苦又契經説嗢達洛迦遏邏摩子能斷諸欲又契經説昔有外仙爲世導師名爲妙眼彼於欲界已得離染又見契經分别業處説有欲界離染外仙由此證知道有異故諸異生類於八地惑雖有實斷而有退義非道異故不能實斷是故於此不應生疑若謂此中唯不現起名斷離染如餘處説斷離染言此亦不然無決定因故有太過失故謂彼或作如是思惟唯不現行名斷離染如於死位亦説斷言非正死時實有治斷又如有説於村邑中有諸童男或諸童女戲聚砂土爲舍爲城實玩須臾還得離染彼言意顯於彼境中貪不復行非實斷離是故此中唯不現起名斷離染爲證不成此定不然無定因故此中所説斷離染言有何定因堪爲誠證唯顯煩惱暫不現行非爲顯成斷諸惑得若謂聖者斷必無退異生有退故知未斷此亦不然非極成故非聖不退是所極成故於此中無定因證又此所説斷離染言若唯不行有太過失以於餘處有説聖道名斷離染汝亦應計唯不現行如餘處説是故彼執決定非理如何知此斷離染言非伏現纏是斷惑得此如聖者亦上生故謂有學聖斷下惑得方得上生彼此同許此異生類亦得上生故亦應許斷下惑得若謂道異故不同者則已顯成異生斷退有退無退足顯道别何要斷伏方顯道異由道異故令諸煩惱伏斷差别非道異故雖已實斷退無退殊如是所言何理爲證又應一切善無記

心而命終者雖煩惱得身中未斷亦得上生所以者何離現纏故謂於此位善無記心現在前者自地煩惱必不現前故名爲離非由此故煩惱不行與由餘緣少有差別又非別法有差別故可令此中亦有差別等離不起無所遺故謂非別法於相續中少有所遺餘無此力可說彼法有所遺故雖等不行而時有別若彼意謂得此地中伏對治者則生此地故命終位善無記心現在前者生自非上以命終位善無記心非上地攝伏對治故此亦不然諸依上地伏治下地諸煩惱者爲由上地業力故生爲由上地伏治道力若由業力生上地者但伏此地下地煩惱必定應有感此地業由此業力應定生此若由道力生上地者依此地道伏欲界惑命終但應生於此地則異生類欲界命終應無乃至生有頂者唯應得受初靜慮生此道定能感此生故由此未斷下地惑得決定無能生上地者故彼所說道既有異便可生疑諸異生類既有退失爲斷不斷如是所疑定不應理由此所說由道異故諸異生類於八地或雖有實斷而退理成復有餘師說世俗道於斷煩惱決定無能故世尊言要得聖慧方斷煩惱非諸異生已得聖慧豈能斷惑又契經說此勝彼者謂勝彼已彼更不生彼若更生此非勝彼諸異生類雖斷煩惱而諸煩惱有時更生是故定知彼無實斷又契經說若身見等未永斷時貪等未斷要彼斷已此方斷故又契經說薩迦耶見戒禁取疑三法未斷終不能斷貪瞋癡故諸異生類既未能斷有身見等是

故定知必未實斷貪等煩惱此亦不然讚勝者故密說有頂貪瞋癡故謂佛世尊爲讚勝者說斷煩惱要得聖慧以諸聖慧於斷煩惱如理觀中最爲勝故世間亦有就勝說言要眞國王方能護國要眞善士不陷誑愚是故此經唯約畢竟斷煩惱道密意而說不可由斯便能遮止諸世俗道斷煩惱用由此已釋此勝彼經謂約無餘永無退失斷惑聖道密意說故如世間說食此食已終無變吐名食此食燒此物已終不復生名燒此物非後變吐及後生者非食非燒但約畢竟無變生說此亦應然若不爾者所斷煩惱後若更生於正斷時應不名勝雖非永勝暫勝非無如何引斯證無實斷有身見等未永斷時貪瞋等三必未斷者此於我說理亦無違此約有頂

密意說故謂有頂地見惑先斷後時方斷修所斷惑此約無餘斷見惑已後時方斷修所斷惑說旣密意說不可爲證此經決定是密意說以即於此復作是言若於三法未已斷者必不能斷有身見等何謂三法一非理作意二習近邪道三心下劣性是謂爲三然必無能先斷三法後時方斷有身見等以見道前無彼治故證知此經是密意說此於先伏說已斷聲後見道現前實斷身見等正理論者作如是言依世俗道亦能斷惑以有教理分明證故且有教者謂契經言汝等若能永斷一法我保汝等得不還果一法者何謂有身見此經意說先離欲者入諦現觀斷有身見現觀滿時得不還果非先未離欲界貪者現觀滿時得不還果故世俗道實能斷惑若

彼意謂斷身見巳後時漸得不還果證依如是義密說此言非斷身見時得不還果故此亦非理若依此說經亦應言得應果故謂斷身見於後時中亦漸次得阿羅漢果然契經中不作是說故知但約先離欲者入諦現觀斷有身見現觀滿時得不還果密作是說亦得成證然於聖諦現觀位中無不得果而退出義又彼無容更得餘果故說汝等若斷身見我保汝等必得不還非無間得故無有過理必應爾以餘經中世尊亦說得第四定後入現觀得不還果謂契經言彼由如是尸羅圓滿能離諸欲惡不善法廣說乃至具足安住第四靜慮彼由如是等持圓滿於苦聖諦如實見知廣說乃至得不還果若謂豈不即此經言彼由如實見知四諦便能永斷五下分結若彼先離欲界染時巳能實斷欲貪等結則不應說先離欲者今聖道起方斷彼結非先巳斷有更斷義故所引教爲證不成此亦不然此經意顯爾時唯得不還果故謂諸漸次得不還者爾時必斷五結無餘爲令了知先離欲者入諦現觀唯得不還故說爾時斷五下結此言意說便能斷盡非謂今時能總斷五理必應爾以見道力不能無餘斷貪瞋結要無餘斷方證不還由此定知先離欲者巳能實斷二下分結爲顯彼見諦唯證不還故說彼今時斷五下結或此意顯彼於今時斷彼更生密作是說謂若不入聖諦現觀彼異生類雖斷貪瞋後時定應還退失故或此於遠假說近聲如說王今從何來等謂雖先斷貪瞋二結而同世俗說今便斷如王至

此久離所從而假說今從何來等或彼三結入現觀時所有離繫得無漏得貪瞋二結得永不生故說爾時斷五無失若謂雖說得第四定後入現觀得不還果而不定說斷伏下地如何定知彼下地惑皆已實斷得非唯伏現纏此不應疑以此經說得不還故不可說言後漸方得先已破故又先已說離欲異生亦如聖者生上地故謂唯能伏下地煩惱便生上地非所極成唯能實斷下地煩惱便生上地是所極成故於此中不應猶豫如是名爲有教證故知世俗道亦能斷惑言有理者謂煩惱力能繫縛自身令界地別故若欲界惑得未實斷有能往生色無色界則諸煩惱應無功能縛界地生令有差別若謂未伏下地煩惱必不生上是彼功能此亦不然雖伏此地所有煩惱亦生此故謂有能伏有頂煩惱然復得生有頂地故然依自地起世俗道亦能制伏自地煩惱如不淨觀持息念等亦伏自地現行煩惱斷煩惱得要於此地諸煩惱中得解脫道制伏煩惱令暫不行工巧威儀亦有此力況善心起而無功能如住此間能伏八地所有煩惱令不現行於有頂何緣獨不能制伏彼定應許如是理趣若不許然諸有已離無所有染期心不起入諦現觀證無學者如何不伏有頂煩惱便起斷彼聖道現前故住此間必於有頂有伏煩惱善方便智既不可說不斷有頂諸煩惱得唯由伏彼煩惱現行便不生彼於下八地例亦應然由此定知諸世俗道亦斷煩惱其理極成又應諸預流得生無色故若伏下地即得上生有

諸異生先伏一界後入見道現觀滿時應得
預流非不還果三界修惑許具縛故見道非
彼斷對治故彼住果位若致命終決定應許
生無色界下二界惑先已伏故若生彼已斷
欲等惑成阿羅漢便違契經如契經言有五
聖者此處通達此處究竟非彼聖者有決定
因要還此生方證圓寂若謂既說極七返有
故定從彼還來此生理亦不然此言唯約欲
界人天容意說故寧知七返約欲界說唯約
欲界修斷惑斷立家家等名差別故謂斷五
種下分結故名不還果於下分中欲貪瞋恚
及癡薄故名一來果不還果向名爲一間一
來果向名爲家家此既唯約欲修惑斷立差
別名故知但依欲界修惑都未斷位立七返
有若依未越此地煩惱立七返生則知但於
所未越地受七返有故七返有非色無色又
先已離二界貪者不應建立七返有名以彼
唯是利根攝故極七返生鈍根攝故又彼所
說違自宗經非彼宗經許七返有或容有受
第八生義色無色界生處極多於彼無容極
唯七有又彼天處滿第七生決定無容還來
生此是則還與契經相違故契經言有五聖
者此處通達此處究竟又七返生非必定受
極聲唯說極多者故預流往彼受第二生便
般涅槃亦此通達彼處究竟定違前經是故
必無唯伏下地所有煩惱便得上生既諸異
生有上生理知世俗道亦能斷惑有作是執
諸有先離欲界貪者後入見諦道現觀時得
預流果欲貪瞋恚雖不現行而有彼得恒隨
縛故即彼復謂道現觀時雖必定得預流果

證時極促故諸契經中不作是言先離欲者道現觀位證預流果又作是說諦現觀俱得不還者此於無間立以俱聲如契經說諸有情類生無想天後想起俱便從彼歿復作是言道現觀位得勝道故離欲界貪即於爾時得不還果如是一切前後相違如幼稚童自室言故謂彼若說先離欲者道現觀時得預流果欲貪瞋恚雖不現行而有彼得恒隨縛故則不應說道現觀位得勝道故離欲界貪即於爾時得不還果以必不可道現觀時雙得預流不還果故若後門是應捨前門若前門是應捨後門前後相違無俱是故若彼意謂如上地道現在前時必定應修下地攝道以殊勝道現在前時能修劣故此亦應爾道現觀位得勝道故離欲界貪故於爾時得不還果此不應理所以者何彼宗不立有未來故執離法外無別得故不現行道能離欲貪及瞋恚結理不成故見道不能斷修斷故二道無容俱現前故又彼所說道現觀位得勝道者其體是何非於爾時有餘勝道可正顯示爲此所得既不能說所得道相寧說此道能離欲貪而說爾時得不還果故彼所說但率已情又不應謂道現觀時雖必定得預流果證時極促故諸契經中不作是言先離欲者道現觀位證預流果亦不應說諦現觀俱得不還者此於無間立以俱聲所以者何闕一來故預流果後必先證得一來果故非預流無間即證不還果契經應言先離欲者道現觀位證預流果諦現觀俱得一來果從此無間方得不還而不說然故不應理故彼論

者於正法義背面而住輕述已情不可與其考量正理傍論已了應辯本義本說諸住善根相生前既已說金剛喻定無間必有盡智續生盡智無間有盡智起頌曰

不動盡智後　必起無生智　餘盡感正見此應果皆有

論曰先不動法諸阿羅漢盡智無間無生智起此智是彼本所求故必與盡智俱時而得謂彼求得順諸所解若無便有入涅槃障諸阿羅漢共得智時即亦志求得無生智然其盡智理應先起是因位中先所求故先不動法金剛定後得無生智而未現前盡智無間方得現起除先不動餘阿羅漢盡智無間有盡智生或即引生無學正見非無生智後容退故謂若先是時解脫性雖於因位雙求二種而至極果容有退故金剛喻定正滅位中不得無生唯得盡智故盡智後盡智現前或即引生無學正見先不動法無生智後有無生智起或無學正見此無學見一切應果之所共有猶如盡智故金剛定正滅位中一切皆得無學正見然此正見非正所求故盡無生二智無間或有則起或未現前於此位中總略義者若先不動初起盡智唯一刹那次無生智亦一刹那或有相續若時解脫初起盡智或一刹那或有相續此二所起無學正見皆無決定刹那相續如前說彼非正求故

阿毗達磨順正理論卷第六十六　說一切有部

音釋

掉（徒弔切搖也）劬（其俱切勞也）嗢（乙骨切）砂（所加切）臾（羊朱切）陷（胡鑑切没也）稚（直利切幼小也）

阿毗達磨順正理論卷第六十七

尊者衆賢造
唐三藏法師玄奘奉　詔譯

辯賢聖品第六之十一

如說沙門及沙門果何謂沙門性此果體是何果位差別總有幾種頌曰

淨道沙門性　有爲無爲果　此有八十九
解脫道及滅

論曰言沙門者能永息除諸界趣生生死魍魅或能勤勵息諸過失令永寂靜故名沙門如薄伽梵自作是釋以能勤勞息除種種惡不善法雜染過失廣說乃至故名沙門沙門所有名沙門性此即沙門所修熏法熏是排遣生臭惑義即以無漏聖道爲體非世俗道以能無餘究竟靜息諸過失故由此異生雖能已斷無所有處染而非眞沙門以諸過失尚有餘故暫時靜息非究竟故既無漏道是沙門性通以有爲無爲爲果故沙門果體通有爲無爲此果佛說總有四種謂初預流後阿羅漢道類智品是謂有爲預流果體見斷法斷是謂無爲預流果體道類智品或離欲界第六無漏解脫道品是謂有爲一來果體見斷法斷及欲界繫修所斷中前六品斷是謂無爲一來果體道類智品或離欲界第九無漏解脫道品是謂有爲不還果體見斷法斷欲修斷斷是謂無爲不還果體盡智無生智無學正見品是謂有爲阿羅漢果體三界見修所斷法斷是謂無爲阿羅漢果體然薄伽梵於契經中但說無爲沙門果體如說云何名預流果謂斷三結乃至云何阿羅漢果

謂已永斷貪瞋癡等豈不不還果已許永斷瞋此亦無違釋義別故此中意說淨除一切煩惱垢者斷名永斷非尚有餘煩惱垢者少無餘斷得永斷名然餘處說徧知云何謂永斷貪乃至廣說此中意說若一切種及一切斷即名永斷一切種者謂斷自性及斷能緣即名永斷唯見苦斷諸法斷位見苦斷法已斷自性未斷能緣見集斷法已斷能緣未斷自性非永斷故未名徧知言一切者謂見滅斷等十一惑中隨一部永斷由此具顯有九徧知及顯異生斷非徧知所攝譬喻者說沙門果體唯是無爲由教理故教如前說今當辯理以諸有爲是可壞故不可保信沙門果體是可保信故唯無爲且教不然准前釋故謂前處處已作是釋非彼所引有餘意經可能證成勝義理趣契經雖言預流果體謂斷三結而不言唯如四修定中現法樂住定謂經說此是初靜慮然實此定理亦通餘故不言唯顯有別意此經亦爾不應固執若謂有餘經說現法樂住通四靜慮此不爾者理亦不然與彼同故謂餘經說六法永斷名爲預流豈唯三結又預流者理實亦應有邊執見及貪等斷此非預流果無別證因由此彼所言不令生喜故非由此所引契經證唯無爲是沙門果理亦非理若無顛倒智望無爲法最可保信故謂觀行者如實智生能自了知我生盡等雖是可壞法而極可保信以能顯了無倒義故由此定知四沙門果其體通攝有爲無爲復有至教證沙門果亦通有爲如契經說根到彼岸爲緣顯了果到彼岸果到

彼岸爲縁顯了補特伽羅亦到彼岸唯依有爲法立補特伽羅補特伽羅由果顯了故知果體亦通有爲然譬喻宗理最不可依無爲立補特伽羅彼執無爲無有體故不應無體法爲立假者因謂彼執無爲唯不轉爲相故不可依託立補特伽羅若謂但依彼得建立得是道故必是有爲由此應知依向果道建立八種補特伽羅補特伽羅既依道立道體通向果果豈唯無爲又設劬勞求得名果果位攝道既是所求如何可言彼道非異如何知道亦是所求以契經中有伽他說

智人居靜室　勇猛諦思惟　求八解三明
證慢掉盡故

又契經言無相心定以解爲果解體即是盡無生智定即沙門此即顯成阿毗達磨說沙門果體通有爲無爲理教顯然不可傾動然經但說果是無爲以此無爲唯是果故謂諸擇滅唯沙門果道通沙門故略不說或以無爲法是果非有果道通二種故略不說或無爲法離有爲過爲令欣樂是故偏說或此唯說無爲果經是有餘言不應封執謂此唯說三結斷等不徧說餘煩惱斷故如契經說心速迴轉精進能證無上菩提超段食想越諸色想沒有對想非餘不然應知此經亦復如是如由別意唯說無爲爲沙門果亦由別意說沙門果唯有四種若廢別意直論法相即沙門果有八十九皆解脫道擇滅爲性謂爲永斷三界煩惱有八十九無間道起見道所攝其數有八法類智忍各有四故修道所攝有八十一九地各九無間道故此八十九唯

沙門性此沙門性無間所生八十九解脫道亦有爲沙門果是彼等流士用果故即諸無間所斷惑斷八十九諸擇滅唯無爲沙門果是彼離繫士用果故彼能斷此得障得故豈不沙門性亦攝解脫道諸無間道亦彼等流士用果故應無間道亦是有爲沙門果攝不爾且非諸無間道一切皆是解脫道果雖有是者而但可言無間道力解脫道起彼力能斷此起障故彼道無間此必生故非解脫道力引無間道起此不能斷彼起障故非此無間彼必生故謂雖亦有無間而生而不皆然及非此力謂有餘時餘加行力所引起故或有畢竟不復生故無相類失何故契經說沙門果非八十九唯說四耶豈不已言經有別意有何別意且有釋言唯四位中諸觀行者

分明歡悅覺慧生故謂唯四位極可信非餘設有退失未死還得故有餘復言唯此四位如次能越惡趣彼因人天趣生所顯示故唯上中品貪等勢力往惡趣生非下品故或有本有二謂欲界有頂二趣有頂二越欲界故唯立四爲沙門果或諸煩惱總有二類一者無記二者不善初越二種後越無記一來不還唯越不善以惡難越故唯立四有餘師言非薄伽梵於八十九不現證知然唯說四沙門果者頌曰

五因立四果　捨曾得勝道　集斷得八智頓修十六行

論曰若斷道位具足五因佛於經中建立彼斷及與斷得俱時而生淨解脫道爲沙門果言五因者一捨曾道謂捨先得果向道故二

得勝道謂得果攝殊勝道故三總集斷謂一果得總得先來所得斷故四得八智謂一時中總得四法四類智故五能頓修十六行相謂能頓修非常等故住四果位皆具五因餘位不然故唯說四若唯淨道是沙門性有漏道力所得二果如何亦是沙門果攝頌曰

世道所得斷　聖所得雜故　無漏得持故
亦名沙門果

論曰且無漏道所得擇滅沙門果攝其理極成得二果時諸世俗道所得擇滅體數甚少與多聖道所得擇滅總一得得共成一果是故於此以少從多俱說名爲沙門果體謂世俗道得二果時此果非唯以世俗道所得擇滅爲斷果性兼以見道所得擇滅於中相雜總成一果同一果道得所得故由此契經言

云何一來果謂斷三結薄貪瞋癡云何不還果謂斷五下結故世俗道所得擇滅與無漏道所得雜故以少從多名沙門果又世俗道所得擇滅無漏斷得所住持故由此力所持退不命終故無漏斷得印所印故亦得名爲沙門果體如故人物王印所印不復名爲能集者物此亦應爾故亦名沙門果有餘師說此滅當爲金剛喻定眞沙門果故亦得立沙門果名此滅雖非彼離繫果是彼士用果名彼果無失有餘復說由此無爲因沙門性增上力得是故亦應名沙門果以世俗道斷煩惱時亦修治彼沙門性故此中上座作如是言理必應無已見諦者用世俗道斷煩惱義由彼能見一切有境皆如炎猛熱鐵丸故許世俗道觀上地法起靜妙等觀行覺故由此

諸聖理必不應以有攝法出離諸有有餘復說如有少年喜自嚴身貌欲樂淨彼頸被繫狗虵人屍膖爛蟲蛆臭穢難忍深生羞恥猒惡纏心未若衆聖猒惡諸有而說緣有靜等想生如是所言不令生喜故聖於有如無想定此非眞過所以者何且彼如何許諸聖者見諸有境如熱鐵丸於有境中已斷樂倒而於有漏行生此是樂覺爲欲生樂求樂緣故又彼如何許諸聖者猒諸有境劇猒三尸於有境中已斷淨倒而於有漏行生此是淨想於極臭處如爛糞泥女人死屍好習近故由此彼難非眞過失若謂聖者求諸樂處習近女時由失正念於斷惑位正念現前是故不應引之爲例此亦非理違所說故謂彼所言違如是說聖如所見無別異行又諸聖者安住正念雖見諸行體皆是苦而於其中亦生樂覺如契經說受樂受時如實了知受於樂受若謂聖者暫時覺樂餘亦應然於上地境亦暫時觀爲靜等故非聖觀有猶如涅槃發起畢竟靜妙離想但思上境少靜等相猒離下地麤動等法世尊亦說以有出有如說聖者以色出欲無色出色恐謂無能出無色者故佛重說諸有所作諸有所思滅皆能出又我宗說諸有聖者以世俗道離下染時以上世定爲首觀察起靜等覺非以上生寧可責言如何聖者於諸有境起靜等覺聖猒有生非有德故又有至教證諸聖者於世定中起靜等覺如契經說具壽舍利子速往盲林入滅受想定從定起已髙聲唱言此滅涅槃甚樂甚靜謂彼尊者於此滅定覺樂靜故便於

涅槃起甚快樂甚寂靜覺故從定起高聲唱言此滅涅槃甚樂甚靜謂滅定中滅少流轉尚有如是樂靜二相況涅槃中流轉總滅或即滅定假說涅槃以樂及靜分相似故又佛亦說此定甚妙謂薄伽梵說滅定已復言此妙過六輕安以滅定體有妙性故可以對餘校量勝劣又漸損減契經中言如是四種寂靜解脫超一切色無色所收我說苾芻修彼定者從彼定起必應唱言如是定中極爲寂靜故不可說唯有頂地善有漏定寂靜非餘若謂不應緣暫靜等起靜等想便能斷惑此亦不然待下地法上地便是畢竟靜故謂初靜慮待欲界法無惑寂靜不寂靜義豈可說言猒欲界法觀初靜慮爲靜等時非畢竟故障離欲染又既見有自地善心能暫思惟自地不淨雖爲自地煩惱所縛而亦能令煩惱不起如何觀下災横所逼觀上永脫下地災横非下所縛勝定現前而不能斷下地惑得故汝不應不生歡喜然愚夫類於無想天執爲眞實究竟出離於無想定方能發起聖者於彼不執出離故無想定聖者不起更以餘想不能起故由此彼喻於證無能是故極成有學聖者以世俗道亦能斷惑有作是說以契經中說四沙門果漸次而得故知諸異生無實斷惑此不應理以彼經中約次第者密意說故由此即彼契經中說且有一類於諸行中如理思惟乃至廣說理必應爾以餘經說得四定者入見諦故不可纔遇義缺減經便興固執撥餘聖教以諸聖教有多差別無一經中具衆義故謂諸聖教略有二種於義

有了有不了故又無所待有所待故又說世俗勝義諦故又總相說別相說故又隨自意他意說故又屬法相屬法教故如是等類有無量門有契經中雖有所說非離餘說義可顯了且如經說於諸行中如理思惟義猶未了何等爲行行有多種謂契經說無明緣行又契經說入息出息尋伺想思名身等行又契經說欲等名行即八斷行又契經說諸行非常即有漏法又契經說一切行無常此經意說一切有爲法又說壽行此即命根如是等行有無量種於諸行境如理思惟爲欲界繫爲色無色爲三界繫爲無漏攝爲在何地分位如何此如理言爲顯何義如何生起何故名世復以何緣名爲第一何故所緣以行聲說於能緣上說作意聲以思惟名自作意故如是等類皆可推徵故聖教中必應有處具釋諸法自性名等以薄伽梵爲欲攝益所化有情觀處觀時觀根性等種種差別隨應爲說爾所法門非一經中見有具說故離餘說義難顯了故不應說以契經中說四沙門果漸次而得故知諸異生無實斷惑如是已說依世俗道斷修所斷得二果時所得擇滅名沙門果然沙門果酬沙門性此沙門性如前已說即此復有差別名耶亦有云何頌曰

所說沙門性　亦名婆羅門　亦名爲梵輪
眞梵所轉故　於中唯見道　說名爲法輪
由速等似輪　或具輻等故

論曰依世俗理則諸沙門異婆羅門如契經說應施沙門婆羅門等依勝義理則諸沙門即婆羅門如契經說此初沙門乃至第四在

正法外無眞沙門及婆羅門乃至廣說以能遣除惡不善法與勤止息相極相似故沙門體即婆羅門如說能遣除惡不善法廣說乃至故名婆羅門即婆羅門性亦名爲梵輪是眞梵王力所轉故佛與無上梵德相應是故世尊獨應名梵由契經說佛亦名梵亦名寂靜亦名清涼寂默沖虛蕭然名梵佛具此德故立梵名既自覺悟爲令他覺轉此授彼故名梵輪即梵輪中唯依見道世尊有處說名法輪以阿若多憍陳那等五苾芻衆見道生時地空天神即傳宣告世尊已轉正法輪故如何見道說名爲輪以速行等似世輪故如聖王輪旋環不息速行捨取能伏未伏鎮壓已伏上下迴轉見道亦爾故名法輪謂聖王輪旋環不息見道亦爾無中歇故如聖王輪行用速疾見道亦爾各一念故如聖王輪取前捨後見道亦爾捨苦等境取集等故此則顯示見四聖諦必不俱時如聖王輪降伏未伏鎮壓已伏見道亦爾能見未見能斷未斷已見斷者無迷退故如聖王輪上下迴轉見道亦爾觀上苦等已觀下苦等故由此見道獨名法輪尊者妙音作如是說如世間輪有輻轂輞八支聖道似彼名輪謂正見正思惟正勤正念似世輪輻正語正業正命似轂正定似輞故名法輪毗婆沙師本意總說一切聖道皆名法輪以說三轉三道攝故於他相續見道生時已至轉初故名已轉然唯見道是法輪初故說法輪唯是見道諸天神類即就最初言轉法輪不依二道然諸師多說見道名法輪以地空天神唯依此說故曾無說

三道皆名法輪故唯見道具前所說輪義故雖諸見道皆名法輪而憍陳那身中先轉故經說彼見道生時名轉法輪非餘不轉憍陳那等見道生時說名世尊轉法輪者意顯彼等得轉法輪本由世尊故推在佛令所化者生尊重故如是則說如來法輪轉至他身故名爲轉若異此者天神應說菩提樹下佛轉法輪不應唱言世尊今在婆羅痆斯國轉無上法輪故轉授他此中名轉有說此教名爲法輪轉至他身令解義故此但方便非真法輪如餘雜染無勝能故此中思擇四沙門果何沙門果依何界得頌曰

三依欲後三　由上無見道　無聞無緣下
無猒及經故

論曰前三果但依欲界身得得阿羅漢果依三界身前之二果未離欲故非依上得理且可然第三云何非依上得已離欲者亦可得故由理教故且理云何依上界身無見道故非離見道已離欲者可有超證不還果義何緣上界身必不起見道且依無色無容聽聞無我教故離聞此教必定無容入見道故又彼界生不緣下故見道先緣欲界苦故由此無色非見道依依色界身無勝猒故非離勝猒能入見道謂欲界中有諸苦受爲生少樂多藉劬勞人天中生壽量短促乏財多病親友乖離違境既多猒心增勝若生色界與此相違謂彼異生耽勝定樂長壽無病無貧無離違境既無猒心微劣非猒微劣能入見道能引見道勝猒無故依色界身不起見道不應言彼都無有猒以生彼者現有猒故如契

經說勿怖大仙彼焰必無來近此理燒梵宮已於彼當滅此中怖聲唯自猒體又於餘處有伽他言

聞有長壽天　具妙色令譽　而心懷怖猒
如鹿對師子

此怖猒言顯怖即猒即於彼處顯此義言爲猒所纒心處於猒如契經說爲着所纒心處於着此亦如是先未了相爲猒所纒彼心爲猒所隨縛故後已了相雖處猒中而不爲猒之所隨縛是謂此中怖猒別義實怖與猒相差别者謂矚彼相恐爲衰損心生驚怯故名爲怖若觀彼相心不欣欲情樂棄捨故名爲猒欲界具二上界唯一又此二體差别云何不審察爲先心驚掉名怖若審察爲先心不樂名猒或别愚癡心怯名怖若引棄捨心背名猒有餘師說恐爲衰損心欲捐捨是名爲怖欲捐捨故於彼境中心不生欣是名爲猒今觀此經所說怖者是恐自宮被損壞義世間亦見有如是言但擲器來勿怖其破由此理證上界無見道教復云何由契經說故經言有五補特伽羅此處通達彼處究竟所謂中般乃至上流此通達言唯自見道是證圓寂初方便故經既不言彼處通達故知見道上界定無已說學位預流果等有多差别爲阿羅漢亦有多種差别相耶亦有云何頌曰

阿羅漢有六　謂退至不動　前五信解生
總名時解脫　後不時解脫　從前見至生

論曰於契經中說阿羅漢由種性異故有六種一者退法二者思法三者護法四安住法五堪達法六不動法然餘經說無學有九謂

初退法後俱解脫彼不退法此不動攝彼二解脫通此六攝故阿毗達磨唯說有六種言退法者謂彼獲得如是類根安住此根與退緣會便退所得無退緣者便般涅槃或有精勤進得勝性說彼修習此種性時謂有一類由他緣力方於佛法至誠歸趣彼極少時取少分相便乘速進奢摩他力所持慧光入無學地於無學地趣入相中彼先不能審諦取故無有恒時尊重行故信樂寂止背勝觀故與順退法相隨順故數失正念遠於道器所獲勝德容數退失如於聖教習誦究竟由遇散亂病逸等緣於習誦文不能記憶名為退失先所習誦由此譬喻應知退法言思法者謂有獲得如是類根安住此根能於諸欲極多猒惡由斯猒惡起自害思或此類根雖性昧鈍而多緣力之所集成於加行中念力堅固多住猒觀少有欣情恒作是思勿遇病等便於正念有所忘失於加行中致有慢緩由加行慢緩令我有退失由斯籌慮起自害思或由艱辛方逮勝位觀諸財寶追求貯積守護受用咽棄等時無不引生種種苦惱彼審觀已由此苦緣身命雖存都無勝用又觀身器是糞穢車避危就安攝養無益猶如牢獄丘塚穢屍愛樂此身豈名智者由斯觀解起自害思復有餘師作如是說彼類法爾禀斯種性不顧身命耽求解脫執刀自擬用以勵心如說以刀扣於自頸由斯勵已心得解脫此類名為思法種性言護法者謂有一類恒於時愛心解脫中繫念現前專精防護彼作是念我且未能修習練根達安住法但於時

愛心解脫中能不放逸精勤防護如是種類名爲護法安住法者謂離勝退緣雖不自防而亦能不退離勝加行亦不練根多住處中故名安住有餘師說彼所獲德非劣非勝故名安住堪達法者謂性堪能好修練根速達不動有餘師說彼性能得一切功德故名堪達然非一切功德之器不動法者謂有一類根性殊勝於行自在於斷煩惱隨煩惱中得方便智不爲一切隨順退法之所傾動具無生智性不怯弱獲得第一安隱住處内分力强勝觀行攝於一切義殷重委解已能善取漏盡地相不獲所證故名不動有餘復釋此六異相謂六種性無學位中初二闕恒時及尊重加行然至無學思法少勤護法唯有恒時加行安位唯有尊重加行堪達具二而是鈍根不動具二而是利根有作是言退法必退乃至堪達必達不動若不爾者立名唐捐彼執欲界具足有六色無色界中唯安住不動彼無退失自害自防及修練根故唯有二理實無定然退應果唯從先來退種性退乃至達不動唯堪達所能立退等名約容有說故六阿羅漢通三界皆有六中前五從信解生即此名爲時愛心解脫以一切時愛心解脫故亦說名爲時解脫者謂待時處補特伽羅資具等合時方得解脫故以所依止功能薄劣要待勝時方解脫故或復一切勝定現前要待勝時是此時義離繫縛故名爲解脫此即待時及解脫義略初言故如言酥瓶不動法性說名爲後即此名爲不動心解脫彼心解脫非惑所動故亦說名爲不時解脫以

不待時得解脫故或復勝定隨處隨時隨所
遇緣隨欲便起離繫縛故名爲解脫即不待
時及解脫義有餘釋此二差别言以於暫時
得解脫故名時解脫後容退故以能畢竟得
解脫故名不時解脫後無容退故此從學位
見至性生如是所明六阿羅漢所有種性爲
是先有爲後方得不定云何頌曰
有是先種性　有後練根得
論曰退法種性必是先有思法等五亦有後
得謂有先來是思法性乃至不動有先退法
練根成思至不動等多種差别如理應思

阿毗達磨順正理論卷第六十七　說一切有部

音釋

魑魅魑抽知切魅明祕切魑魅精怪也　勵力制切勉也　廢方肺切弛也　膖爛膖匹絳切爛郎旰切　蛆七余切　臭穢臭尺救切穢於廢切
纏直連切束也　劇奇逆切甚也　伺息利切察也　默密北切靜也
蕭相邀切寂寥也　憍舉喬切恣也　壓烏甲切降也　輻方六切　轂輞轂古祿切輞文紡切　藉慈夜切賴也　矚朱欲切視也　怯乞業切畏懦也
籌除留切筭也　艱居閒切難也　貯直呂切積也　塚知隴切高墳也　疕女黠切

阿毗達磨順正理論卷第六十八

尊者衆賢造

唐三藏法師玄奘奉　詔譯

辯賢聖品第六之十二

如是六種阿羅漢中唯前五種容有退義誰從何退爲性爲果頌曰

四從種性退　五從果非先

論曰不動種性必無退理故唯前五容有退義於中後四有退種性退法一種無退性理由此種性最居下故五種皆有從果退理雖俱有退然並非先謂無學位中從退法種性修練根行轉成思等此四皆有退性果義退法種性雖必先得而是退法故容退果諸學位中從退法性修練根行轉成思等及得學果皆容退失諸無學者先學位中所住種性彼從此性必無退理學無學道所成堅故諸有學者先凡位中所住種性彼從此性亦無退理世出世道所成堅故二先位中住思等性必無有退此所得果此性二道所成堅固彼從思等修練根行轉得護等唯可退性轉所得性進得學果亦有退義由此種性非二道成不堅牢故若就四果辨退果義雖五種性皆可退果而先所得必無有退謂四果中先所得者即預流等前三隨一從此先果必無退義是斷見惑所得果故聖斷見惑必無退故何緣見惑聖斷無退以彼不緣所執事故謂見所斷煩惱現行無不皆由我見勢力以彼煩惱起我見爲根故由此見惑不緣所執以所執事都無體故然有所緣諦爲境故彼所執事都無種子於所緣境極乖違故聖

者相續真非我解恒所隨故雖暫失念而必無容重執是我以見所斷依我事生故聖斷已必無退義修所斷惑雖顛倒轉而非無種有所執事謂於色等染著憎背高舉不了行相轉時於色等中非無少分淨妙怨害高下甚深故非境中極乖違轉由此聖者有時失念執淨妙等相退起修斷惑又見斷惑迷於諦理執我等相諦理中無理定可依聖見無退修所斷惑迷麤事生事變難依有失念退又見斷惑要審慮生聖審慮時必不起惑修所斷惑非審慮生聖失念時容有退義由此無退先所得果此中無學退法有三一增進根二退住學三住自位而般涅槃思法有四三如前說更加一種退住退性餘三如次有五六七應知後後一一增故何緣練根成思等者退彼應果住學位時住先退性非所退者得思等道今已捨故豈不學位轉成思等得應果時雖捨所得學思等道而住應果思等種性此亦應然此例不齊以彼學道攝彼無學道爲等流果故非無學位所捨思等與此學道爲同類因可能引學思等種性故應退住先所捨者有餘於此別立證因謂若退住所退種性得勝種性故應是進非退此非證因若無二義可有是進非退過故然得勝性雖可名進而起惑故亦名爲退由此彼難於理無失又彼退起障涅槃法聖欣涅槃過於聖道設得勝性退涅槃故但應名退不應名進然經主意作如是言阿羅漢果亦無有退一來不還世俗道得容有退義引經證言聖慧斷惑名爲實斷初後二果但由聖慧斷

惑而證故無退理又契經言我說有學應不放逸非阿羅漢今詳經主非善立宗應審推徵以世俗道得中二果爲實已拔障彼惑種爲不爾耶若實已拔而許有退即阿羅漢退義應成許治道力已拔惑種而更生故若不許彼煩惱更生如何名退若謂所退唯道非斷理亦不然如彼當顯斷如治道說可退故亦不可說欲界惑生可以上界煩惱爲種勿如自界欲界亦以彼爲因故界應成一若實未拔欲界惑種得不還果應非不還如契經言我不見有一結未斷非由彼結之所繫縛還來此間若謂有經說有欲結而非彼繫還來此間如安隱經此亦非理於辯隨眠品已破彼論故又無不拔欲界惑種而生上界辯世俗道能斷惑中已成立故又契經說若實能斷五下分結成不還果如何可言於欲界結有未能拔得不還果故定應許若得彼果必已實斷障彼惑得若不爾者斷性不成然我於前已曾具顯諸沙門果亦斷爲性然引經言聖慧斷惑名實斷者彼未達義今詳經義由現見有以世俗道斷八地惑後還退失結惡趣生如嗢達洛迦曷羅摩子等唯無漏慧能離有頂染離已無有復結後有生依此故言聖慧斷惑名爲實斷非此爲遮世俗道力能斷惑義故諸阿羅漢雖有刹那生而皆法然起如是知我生已盡不受後有諸佛出世正所作者爲令有情後生不續世尊爲欲顯自本意故不稱讚世道斷惑容於後時結後有故唯聖慧斷能絕後生世道無能令後生絕故佛偏讚聖慧斷惑若爲暫斷惑諸佛

出世則諸佛出世唐捐其功外道亦能成此事故雖有聖道唯暫斷惑亦有世道能永息生然息一切生斷一切煩惱唯聖慧力故佛偏讚雖有聖慧斷煩惱已後還暫起而非諸佛出世唐捐息多生故然世尊言我說有學應不放逸非無學者此有别意謂見有學退向道時由先已斷煩惱力故結後有生如鄔陀夷契經所說非不已斷色界諸惑可有證得滅盡定理經說超越有頂地時名超滅定所越法故如說超過一切非想非非想處乃至廣說非彼朋類許有聖者以世俗道離煩惱義必無不退滅盡定者及不現起色界諸惑先得滅定生色界理要染污心方結後有無異界識結異界生經既說彼後生色界故知有學有退向道由先已斷煩惱勢力結後有生其理決定故薄伽梵勸諸有學令不放逸非無學者諸無學者設退起惑無容由彼結後有生故佛無勞勸不放逸以諸無學於絶後有所作已辦故佛說彼已不放逸無勞更勸或阿羅漢約諸漏盡亦不應勸彼令修不放逸故彼經說諸有學者希求無上安隱涅槃未能得心無放逸住故我說彼應不放逸然彼因此修習諸根廣說乃至便得漏盡諸無學者漏已盡故無勞重勸令不放逸設彼無學退起煩惱勸令重斷修不放逸還是勸有學非勸無學者故勸學者令不放逸不勸無學此說善通又契經中亦說無學應不放逸如契經說勝已應護言無别故此即異門勸不放逸由彼文說與魔戰故若謂此中但說有學不爾亦說無學位故謂此文中初

說遠位次說學位後說無學唯諸無學徧勝所勝是故世尊唯勸守護入此中說無執著故唯諸煩惱立執著名煩惱皆有執著用故彼無煩惱名無執著此是無學理定應然餘經說應果亦應攝護故如餘經說諸聖弟子心從貪等離染解脫彼解脫蘊未滿能滿已滿為攝護修欲勤精進非彼無退可須攝護若謂為彼自在現前應修加行而攝護者令彼自在復何所用謂彼設於無學解脫不自在轉復有何過若謂為得現法樂住但於增上心所現前應求自在寧於解脫既於解脫為得自在加行攝護故知容有煩惱現前退解脫義謂阿羅漢雖頓得解脫而為自在數修令現前此意為令解脫無退故應經說勝已應護無執著言顯無學位即依此義餘處復言心未脫者當令解脫若已解脫當善守護若無退義已證解脫何勞勸彼當善守護若彼復謂諸無學者已無惑種不應起惑學有惑種起惑可然不爾無學有惑種故過去有性前已廣辯諸後果起由過去因拘攝等喻其義已顯由與煩惱相違法生斷諸繫得得離繫得依此位立煩惱斷名非為欲令惑種無體修習治道方名斷惑如燈生闇滅燈滅闇還生斷惑及退應知亦爾然無諸惑斷皆有退起過如執無法可生論者無一切無皆可生過若謂緣合果皆可生不爾果生待衆緣故謂非一切有煩惱種則諸煩惱一切可生未斷惑時現見亦有由餘緣闕惑不生故猶如外法雖現有種餘緣闕故芽不得生又欲難令見所斷退此如前釋前釋者何謂

彼不緣所執事故見所斷惑無所味轉要分別力方能引生修所斷惑有所味轉唯境界力即能引起惑彼應許諸阿羅漢設無過去煩惱種子亦有退起諸煩惱義如有善根已無餘斷善根無種後可還生理實善根有無餘斷如說如是補特伽羅善法隱沒惡法出現有隨俱行善根未斷彼於後時一切悉斷此義如前已具決擇然不可以無種惑生令諸應果皆退起惑此於前來已具釋故若無尊重恒時加行及堅固道方退起故又如汝宗異生相續雖無無漏種而苦法忍生如是亦應許阿羅漢雖無惑種而有惑生此中有言非苦法忍雖無種子而可得生此於餘處已具徵遣爲破一類復應思擇異生相續無漏法種有漏無漏二俱有失且非異生心及心所與無漏法爲種子性未有無漏所引功能如煩惱等種子性故謂如彼所計於相續中惑所引功能方名惑種此與煩惱爲能生因若相續中善等所引名善等種爲善等因非諸異生心等相續已有無漏所引功能故不應成無漏法種若此無彼所引功能而得名爲彼法種子如是便有太過之失一切應成一切種故如是無學法應成煩惱種及諸煩惱法應成無學種便無建立染淨定相則彼自宗計如外熏習有善等熏習唐捐其功由許異生心心所法無無漏法所引功能而得名爲無漏種故又異生類心心所中無漏法種若是有漏性類別故應非彼種如何能作無漏生因非苦種中可生甘蔗諸能爲種可名生因故從有漏因唯應生有漏寧執有

漏爲無漏種無漏法種若是無漏應異生類相續中無或應異生畢竟非有皆成有爲無漏法故然彼論說此心心所雖爲無漏種而體非無漏猶如木等非火等性謂如世間木爲火種地爲金種而不可說木是火性地是金性如是異生心及心所雖是無漏種而體非無漏彼說非理以木等中先有火等自類種故云何知然由教及理謂契經說此木聚中有種種界乃至廣說又見從木可有火生諸求火者便攝取木以木聚中必有火界是故說木名爲火種以於木中火界增故非先無火得火種名地中出金理亦應爾謂地差別於中出金若地無金可成金種則求金者應隨取地不應求取地之差別故知地中別有金種非無金地得金種名是故彼言猶如木等非火等性如是異生心及心所雖爲無漏種而體非無漏理定不然又彼部論言鑽前無熱故謂所鑽木未被鑽時熱猶未有故知木內未被鑽位無火極微於地等中金等亦爾如是推度教理相違聖說大種不相離故理亦應爾諸色聚中見諸大種所作業故思大種處已廣成立然未鑽時不覺熱者彼聚非熱大種增故又彼所言許無漏法用有漏法爲能生因於教及理俱無違害此亦不然違教理故謂經說同類唯同類爲因無明爲因故生染着明爲因故離染着生從此善根餘善根起若於彼彼多隨尋伺便於彼彼心多趣入有如是等無量契經有漏無漏其類既別如何可說前爲後因又有漏心是惑依止寧與自性淨法爲因違教且然言違理

者若有漏法爲無漏因無漏爲因應生有漏設許何過如從異生心心所法引諸聖者心心所生亦應從聖心心所法引異生者心心所生無異因故若謂異生善心心所與無漏法同是善故可與無漏爲能生因此過同前同前何過謂同類故應互爲因如是則應聖心心所引異生類心心所生便有聖凡更相作失所競退義由此應成以淨染心同有漏故則阿羅漢有漏淨心應得名爲諸漏種子諸漏亦是有漏性故如是便害彼論所言無學身中無惑種故所斷諸惑終無退理若阿羅漢猶有惑種是則不應名漏盡者又彼所言如世第一以無漏法爲士用果既無畢竟無異生失如是無漏法以有漏爲因亦無畢竟無異生失此亦非理等無間緣類異類同皆無失故如思緣處已廣分別然諸因緣與等無間親踈異故爲例不成若不許然緣數應減又例便有太過之失謂若許作等無間緣則此亦應有因緣義如從色界染心命終生欲界中受生心者既許色於欲爲等無間緣亦應許有爲因緣義若許欲界惑色界惑爲因諸聖離欲貪應有欲貪種則諸聖道斷惑應退便害彼說惑種無故無退無漏道果解脫又不應許色界惑中有欲惑種能爲欲惑等無間緣非色界惑所以然者以諸異生能實斷惑前已成故惑種與彼無別體故若謂此如外法熏習不爾此彼不相似故謂彼外法能熏所熏二法俱時相續而住有別味等住所熏中經於多時相續隨轉內法不爾寧有熏習故彼所立世第一喻翻成違害自

所立宗或如從無色還生色界者雖無色種而有色生已成異生實斷惑故如是無學設無惑種亦退起惑於理何違然彼所言諸從無色生色界者若無色種彼定不應還生於色以無色聖者不還生色故此亦非理不相似故謂彼異生於有頂攝見斷惑斷未能作證非在彼界有於見道所斷惑斷能作證義必由先證見斷惑斷後方能證修斷惑斷由此異生生無色界必無能越有頂地者引彼異熟業力盡時色種雖無必還生色故異生類生無色時於色未能證不生法以彼於後必生色故生無色聖必已先斷有頂惑中見斷一分於離色地修所斷時已離彼地定感色業即於無色決定能證有頂地中修斷惑斷聖從此界生彼界時於色已能證不生法以色於後必不生故由此聖者後色不生非爲身中色種非有故彼所說無色聖者色不生故色種若無應不生色定不應理由此彼言異生與聖斷若無異所得應同理亦不然斷有異故謂先已說異生未能斷有頂地見所斷惑故從無色定還生下聖此相違斷寧無異又阿羅漢若無惑種故無退者學有惑種則無漏道斷果退成以學有成自界地攝一分修斷煩惱種故若不許然則不應說無學無惑種故定無有退傍論已了經主復言又增十經作如是說一法應起謂時愛心解脫一法應證謂不動心解脫若應果性名爲時愛心解脫者何故於此增十經中再說應果又曾無處說阿羅漢果名爲應起但說名應證理亦不然由此成故謂既說有二種解

脫則已顯成應果有退經言不動心解脫身作證我決定說無因緣從此退義准說餘容有退理經主又說若謂有退由經說有時愛解脫我亦許然但應觀察彼之所退時愛解脫爲應果性爲靜慮等然彼根本靜慮等持要待時現前故名時解脫彼爲獲得現法樂住數希現前故名爲愛今於彼意未審了知言靜慮等持爲有漏無漏若是無漏無學身中無漏有爲皆應果性則爲已許時愛解脫是應果性其理極成便違彼宗應果無退若是有漏非爲極成若謂過同此無同理此與不動相似說故謂契經言不動解脫許是無學身中無漏其理極成契經既說時愛解脫亦應極成許是無學身中無漏又如不時成無漏故謂契經說有阿羅漢不時解脫彼此極成不時解脫是應果性既有經說有阿羅漢名時解脫亦應極成此時解脫是應果性又如不動說作證故謂如於不動說身作證言不動解脫是應果性經亦於時愛說身作證言應時愛解脫亦是應果性如契經說若由如是諸行相狀能於時愛心解脫中身已作證後於如是諸行相狀不能如理數數思惟便退所證乃至廣說若謂由此說彼應是有漏非由無漏諸行相狀得阿羅漢此於後時有數思惟有不思惟不退及退可應正理此亦不然依類說故謂經不說此即是彼但約種類言於後時有數思惟不思惟等此中意說學無學位同以非常等行觀色取蘊等境如言應服先所服湯或過同故謂以有漏諸行相狀證得時愛心解脫者亦無於後以

前行等數數思惟非前所修現法樂住加行即是後時現法樂住自體故此所說非證有漏由此不應作如是詰但應觀察彼所退等又彼所言時愛解脱即是根本靜慮等持其理不成以契經說等持解脱性各别故如契經言爲先等持後解脱爲先解脱後等持乃至廣說雖復有説現法樂住即是時愛心解脱體然不應理曾無說故謂曾無經作如是說時愛心解脱即現法樂住但是童豎居自室言若謂所言雖無經證然有決定正理可依謂此如彼說有退故如說有退現法樂住亦說有退時愛解脱故知此彼名異義同如是所說理趣非善立所許等多過起故謂我宗許於現法樂若不動法唯有受用退若時解脱亦有已得退非不動法亦退自在但餘事務無暇現前雖暫不現前而不失自在若異此者現法樂住通以有漏無漏爲體並由事務不現在前是則皆應退失自在後於自在既求證得應有爲得未得退義然佛遮此爲得未得說退不退法二阿羅漢故又聖教中唯以解脱爲珍貴故此既無退應唯說有一阿羅漢然經說餘餘處餘類退現法樂及有說餘餘處餘類退時解脱故知時解脱非現法樂住由斯理趣應斥彼說但是童豎居自室言又彼應言退靜慮者爲於諸欲有離無離若言有離則於離欲無所退失而言退失離生喜樂豈不相違又喬底迦如何知已六返退失深自猒患便執利刀自刎而死若言無離應起煩惱不起煩惱寧退靜慮若謂失治不失斷果如何當釋鄔陀夷經又道能

持所得斷果要證得道方證斷故離勝進位捨道非斷誰當信此違正理言又靜慮中定自在性離諸靜慮無別可得故煩惱起方有退義或自在性有何差別勿許別有定自在性或自在性名何所自若有別法名自在性有前說過前過者何謂不現前皆退自在後求證得便違契經若自在性都無別法是則應無自在退理便應無有退法種性又如鈍根諸阿羅漢世俗根本靜慮等持要待時現前故名時解脫何緣無漏獨不許然無漏轉應待時方起以彼最是未曾得故即由有退阿羅漢果故增十經說二解脫然彼所責何故於此增十經中再說應果今詳再說正為顯示有退不退二種應果然此中說時愛應起不動應證別有所因謂為令知時愛解脫恒時尊重加行所持方免退失恐退失故應數現前故說應起不動解脫必無退理但證得時名辦所作故但於彼說應證言又時解脫亦說應證經說於中身作證故又經多說惑滅為應果諸經皆言滅應作證故然無處說阿羅漢果名應起者以不徧故又彼自問若時解脫非應果性何故契經言時解脫應果彼即自荅謂有應果根性鈍故要待時故定方現前若與彼相違名不時解脫彼如是荅其義不成有學亦應如是說故謂學亦有根鈍利別待不待時定現前故應得時解脫不時解脫名然無此名故是僻執若謂有學未解脫故不立此名理則已成時愛解脫是應果性許未解脫者無解脫名故由此彼釋喬底迦經言喬底迦昔在學位於時解脫極

噉味故又鈍根故數數退失深自猒責執刀自害由於身命無所戀惜臨命終時得阿羅漢便般涅槃故喬底迦亦非退失阿羅漢果此與聖教都不相符若在學位有時解脱爲所味者理則應成在有學位名時解脱然無聖教説如是言若有學時未解脱故不可説爲時解脱者既未解脱不應言彼學位已得時解脱性爲所噉味故彼釋此喬底迦經亦依僻執然彼上座率自執言時愛解脱以世俗道暫伏煩惱令心離繫暫時脱故名時解脱此是現法樂住性故有煩惱故建立愛名此即是貪所染事義不動解脱以無漏道永斷煩惱令心離繫相續轉故隨眠永盡上座依止下劣意樂極惡處置阿羅漢果謂彼應果身相續中幸有所餘不共功德不建立爲現法樂住而立與學及諸異生共有暫時離諸繫縛貪所緣果法爲現法樂住誰復貴重應果身中昔暫伏除煩惱方便爲現法樂修令現前由此善成未解脱者決定未得時解脱性又唯應果説有退故謂契經説五因五緣令時解脱阿羅漢果退失時愛心解脱性曾無聖教説有學者名時解脱及説彼遇退失因緣退時解脱故時解脱學者未有或何不計彼有不動解脱又彼所執極爲麤淺謂聖教中解脱爲貴諸有學者已徧見眞善別聖教中不共勝功德寧爲世俗麤動善根於能盡苦身起自殺加行故此所執極不令喜有言唯猒煩惱現行便於自身起殺加行未斷有本執刀自殺此釋經義極無深理謂諸聖者極怖後有煩惱能爲後有近因聖既見

彼猛利過失於能棄惑違後有道若一暫退不能現行尚應粉身沉頻退者彼自知應果由此必還證深見煩惱現行過失欣先所退阿羅漢果故自殺身取阿羅漢諸有學者曾未證得應果妙樂尚許猒怖煩惱現行執刀自殺況阿羅漢過彼千倍然唯退失阿羅漢果有怖煩惱而自害義自知死後惑不生故本有學者自知命終煩惱必行更招後有增生死苦何容自殺若如彼釋則喬底迦應甚庸愚無端自殺然魔於彼所殺身邊求彼識者疑彼退已住學位中而命終故以魔方便頌譏佛言

云何人中尊　弟子越聖教　住餘有學位
不得心命終

非佛世尊諸聖弟子皆至無學方致命終如何天魔獨以彼聖學位捨命譏刺世尊以喬底迦先證無學後退住學而致命終故彼天魔舉以譏佛理必應爾由彼魔言世尊弟子越聖教故何謂聖教謂絶後有此頌意言云何佛子違越所得絶後有界應般涅槃而還退墮續後有位而致命終故知喬底迦非唯退靜慮又彼所引對法藏言欲貪隨眠由三處起一欲貪隨眠未斷徧知故二順彼纏法正現在前故三於彼正起非理作意故此於退義亦不相違約煩惱無間生煩惱說故非唯從煩惱無間煩惱生如是言義如先已說或起煩惱總有二種一從非理作意二從如理作意此文且說從非理者故有有過不應惑起皆以非理作意爲先勿有無初失善無容生過又煩惱起必有俱生非理作意煩惱

起位即可說爲隨眠未斷此文不說諸煩惱起必以貪等未斷爲先是故此文非證彼義又此所引對無記心現行退宗不成違難對染心品現行退宗此約具因故亦無失謂煩惱起若因緣具則有此三然於三中隨有所闕亦有起義如說成就十種法者生捺落迦非於十中隨成就一不得生彼又如經說三處現前能生多福非唯有信無多福生其例非一此中總集煩惱生緣言有此三非一切爾此文意顯煩惱生時或因力偏增或境或加行說由三處而起欲貪若執要具三則言應不徧謂緣自界可說具三非緣餘法有具三理故對法文不違退義通彼教已彼立理言若阿羅漢有令煩惱畢竟不起治道已生是則不應退起煩惱若阿羅漢此道未生未能永拔煩惱種故應非漏盡若非漏盡寧可說彼名阿羅漢此非過失是所許故謂我宗許先退法性智力劣故雖已斷惑而於諸惑未證不生若爾何緣說名爲斷此先已釋謂與煩惱相違法生斷諸繫得得離繫得說名爲斷故言斷者由治道生拔相續中如種惑得非要令惑畢竟不生智力劣者復可生故然無應果非漏盡失已得諸漏離繫得故既許諸惑斷猶有體忘失治道退緣現前煩惱復生違何正理故彼經主所立理言於無退中無能證用

阿毗達磨順正理論卷第六十八　說一切有部

音釋

掾（余專切）　譏刺（譏居依切誹也　刺七自切諷也）　僻（芳辟切偏也）

阿毗達磨順正理論卷第六十九

尊者衆賢造

唐三藏法師玄奘奉詔譯

辯賢聖品第六之十三

如是已破經主所宗有餘師言如見斷惑所有解脱必無退理是無漏道所得果故有頂地繫修所斷惑所有解脱亦無退理彼說非理道力異故前已說故餘無漏道所得解脱見有退故謂見修道力用各異見道位中以一品道斷多品惑修道位中多品道斷多品惑故若謂此異由煩惱力謂見斷惑依無事轉修道所斷依有事故此亦不然以世俗道斷此煩惱亦多品故或復但應以見斷惑依無事故斷無退理非無漏道所得果故若謂異生斷無事惑亦有退故證知諸聖見斷解脱無有退者是無漏道所得果故則不應言以無事故雖多品惑一品道斷故知由道力異義成由此見修不應爲例又前已說前說者何謂見斷生由審察力修所斷惑由境力起非諸聖者於所緣中無片依希横興計度故見所斷解脱無退諸異生類猶未見真故於所緣容横計度雖有已斷下八地中見所斷惑亦容有退聖已見真於見所斷必無有退然失念故於外境中取妙等相便有染着憎背高舉不了行轉由此道理修斷解脱聖亦有退故彼所言諸異生者斷無事惑亦有退故證知諸聖見斷解脱無有退者是無漏道所得果故理定不然又餘無漏果亦見有退故謂彼所宗必無聖者煩惱斷果世道所得以彼論言聖者惑斷是世道果理不成故

鄔陀夷經說有聖者先得有頂定後生色界中離退上斷無生下義彼宗不許聖以世道伏惑不許聖起靜等行故聖無觀有爲靜等故非彼宗離見非常等所有聖道能實斷惑異生斷惑至聖位中必無退理雙道鎮故由此但依無漏道斷經說先得滅受想定後還退故生色界中是故極成餘無漏道所得斷果亦有退義故彼所言如是斷惑解脫無退有頂修斷解脫亦爾是無漏道所得果故理定不然上座此中亦作是說定無阿羅漢退阿羅漢果所以者何由理教故云何爲理謂應果必無非理作意故阿羅漢後心應生煩惱故謂若應果安和位中住等運相許退起惑如何死時息不調順諸根擾亂煩惱不生若煩惱生應續後有云何爲教謂契經說尊者戍拏即於佛前白言大德若有苾芻諸漏已盡成阿羅漢廣說乃至能不忘失心解脫性設有殊妙眼所識色來現在前彼於所證心解脫中無勞防護闘戰喻經作如是說諸聖弟子住無怖心彼於爾時魔不能擾藍薄迦經亦作是說若漏已盡成阿羅漢行住坐卧無不安隱所以者何魔不壞故毒箭喻經亦作是說佛告善宿樂涅槃者所有非想非非想結爾時皆得永斷偏知如斷樹根截多羅頂無遺餘故後更不生諸辯退經咸作是說若與弟子共相雜住我說由斯便從先來所證四種增上心所現法樂住隨一有退若由遠離獨處閑居勇猛精勤無放逸住所得不動心解脫身作證我決定說無因緣從此退又契經說若有苾芻諸漏已盡成阿羅漢

我終不說彼阿羅漢應不放逸所以者何由彼具壽已不放逸不復能爲放逸事故叙彼上座所執如是理且非理非理作意前已說故前說者何謂前已言不應惑起皆以非理作意爲先論文且說從染生者若諸染起必染爲先則餘性心應無行義又彼所立因義不成與所立宗品類同故謂染作意得非理名彼所立因顯阿羅漢無起染故不生煩惱以無煩惱名阿羅漢今欲推究阿羅漢心煩惱既無有退生不彼立宗曰必不退生復立因言無起染故既爾豈不是品類同此不成因智者所判又彼所說無非理言爲無已生爲無正起如是二種俱不極成或彼意言無惑種故諸阿羅漢不退起惑前已廣荅種有無理故一切種彼因有失由此亦已遣無顛倒故因顛倒與惑無別性故後心起惑亦不成因所以者何以阿羅漢後心不是等無間緣如何有能引餘心義趣無餘依般涅槃故若諸生死流轉事故一向處中任運轉故若於此位起煩惱者應障諸蘊畢竟斷滅故阿羅漢死有位中決定無能退起煩惱又住此位極順猒心設於先時有煩惱者得至此位尚斷無餘如契經言彼於現法多辯聖旨或臨終時況彼先時已無煩惱今有趣入無餘涅槃作意現前寧方起惑故無後心應起惑過又言應果安和位中住等運相許退起惑亦不應理非所許故謂我唯許安和位中有順惑心方能起惑若正堅住等運相心能障惑生如何起惑故彼所立遮有退理不能證成應果無退教亦非證且成箏經於有退果

都無違損依遮受欲說此經故謂彼尊者獨處空閑欻爾思惟我家巨富眷屬廣大應速歸家坐受欲樂行施修福佛知其念遣使命來爲現神通記說教誡令伏令悟得成應果成應果已作是思惟我今應時來見善逝此意爲顯今蒙命來勝於先時無邪思位作是念已復依異門顯記自身與諸應果有不受欲應果共相白言大德若有苾芻諸漏已盡成阿羅漢彼於爾時住於六處心得解脫謂住出離無害遠離愛盡取盡及不忘失心解脫性設有殊妙眼所識色來現在前彼於所證心解脫中無勞防護此意顯示一切應果由對治力之所攝持無處無容受諸欲境是故設有妙境現前無勞護心是此中義或彼尊者依自說故不應爲證非諸應果皆與戍拏根性等故或此總依諸應果說以彼自說差別言故如彼自言謂住出離無害遠離乃至廣說此顯若能住出離等無勞防護餘則不然我宗亦言恒時尊重修加行者便能不退如是義意毒箭喻經世尊於中分明顯示我後至彼當廣分別鬪戰喻經亦不成證此依遮止怖後有說如餘處說此亦爾故謂此經言魔不能擾非此經意說煩惱魔但說欲天大自在主以此經後作如是言爾時彼魔忽然不現此中意顯若般涅槃魔則無能求其生識謂佛弟子正捨命時多有魔來求其生識勿彼神識越我境界如於餘處亦遮應果怖畏復有如契經言已拔愛根無愁何怖又餘經說如樹根未拔苗斫斫還生未拔愛隨眠苦滅滅還起又契經說若已見聖諦令

諸有路絕生死本既滅更不招後有又一切處讃應果言捨諸重擔盡諸有結所以名爲盡有結者謂結招有名爲有結諸阿羅漢於有結中心善解脫故名爲盡是故非彼所引與經能遮我宗應果退義由此已釋藍薄迦經彼皆自知不受後有雖亦有怖退現法樂而於威儀無不安隱故諸應果法有智生能自了知不受後有觀别意說毒箭喻經故亦不能遮有退義若阿羅漢於三界結一切皆得永斷徧知如斷樹根截多羅頂無遺餘故後更不生如何此中偏說非想故知此說定觀别意今當辯此起說所因謂此經中佛告善宿樂世財者若住現前爲說如斯相應言論彼心便住所說義中亦能於中造隨法行廣說乃至引喻況已具壽善宿白世尊言此補特伽羅於村邑等處爲欲貪結繫縛其心廣說乃至爲說不動相應言論不樂聽受如是廣說樂不動者於無所有處相應言論不樂聽受樂無所有處者於非想非非想處相應言論不樂聽受樂非想處者於不般涅槃相應言論不樂聽受樂涅槃者亦於非想非非想處相應言論不樂聽受經中如是次第廣說非我於此作如是言諸阿羅漢樂聞非想非非想處相應言論心住其中造隨法行由此於彼隨趣樂着如何引此證阿羅漢不於非想非非想處爲欲貪結繫縛其心是故世尊爲遮應果貪彼生故說二喻言我等所宗亦許此理何容引此遮應果退此必應遮阿羅漢果造招非想後有行結由此中說彼善男子若得正解心善解脫於所匪宜色等

六處眼見等巳不隨繫住廣説乃至於彼境中不由尋思隨觀而住不爲貪結隨壞其心集感後生惡不善法乃至不集後生老死於自如是能如實知今詳此中所説意者顯諸應果能如實知於後有資糧我終不積集然可説佛於此經中依毒箭喻顯有退理謂佛於此説如是言如有良醫善拔毒箭先觀毒箭入之淺深次設方宜拔之令出後傅妙藥令毒無餘方告彼言咄哉善士我巳爲汝拔除毒箭令汝身内毒勢無餘汝宜從今謹慎所忌食所宜食時淨其瘡若食匪宜瘡必潰漏乃至善宿於意云何彼蒙良醫拔箭除毒若慎所忌唯食所宜時淨其瘡豈不定得無病安樂氣力增盛由如是喻顯佛良醫拔所化生後有毒箭令引彼結亦盡無餘若於匪宜色等六處眼見等巳隨繫而住廣説乃至於彼境中由起尋思隨觀而住煩惱潰漏因此而生若不許然心解脱者有何過起與潰漏同又此經中佛自合喻言若一類能正了知依是病癰毒箭苦本便住依盡無上無依心解脱中斯有是處住巳於彼依順取法身取心執無有是處此經於後辯此義言依即是身苦所依故順取即是能益取法以是諸惑所依執故此中有言依即順取如實義者依順取異謂如次第身匪宜境言身取者謂眼等根取匪宜境言心執者謂眼等識執匪宜境樂涅槃者多住涅槃心解脱故於依順取身取心執無有是處今詳此中略意趣者謂諸應果若多安住出離等六心解脱中於六匪宜不隨繫住如慎所忌煩惱不生若不

多住出離等六於六匪宜便隨繫住後生毒箭雖已永拔然於眼等煩惱漏生如犯匪宜瘡中潰漏如是上座引此契經但害自宗豈違他義又彼所說諸辯退經皆唯說退增上心所不言解脫此亦不然餘契經中說時解脫阿羅漢退由五因緣不言彼退失增上心所故喬底迦經亦說退失時解脫性阿羅漢果遮彼僻執如前應知炭喻經中亦說有退阿羅漢果如後辯成鄔陀夷經亦說有退無漏道果毒箭喻經亦說有退如前已辯彼所引經唯據勝品阿羅漢說故不成證有釋此經佛依自說言與弟子相雜住故不放逸經前對經主已具決擇故亦非證是故上座立無退失阿羅漢果理教並無分別論師作如是說一切聖道皆無有退故所斷惑畢竟不生云何知然由教理故教謂經說告迦葉波若有如是衆多善法我說彼善法無住況有退諸阿羅漢既有如是衆多善法故無有退又契經言如是應果永離垢永究竟無明爲因生諸染着明爲因故離諸染着諸阿羅漢皆無過罪唯盡故不造新離染無貪已焚有種不復生長諸有萌芽如燒油盡燈便永滅是謂爲教復立理言非種被燒有生芽理如是一切多同前破少有異者今別遮遣且彼初教爲證不成學位便應許有退故非有學位有多善法與無學同有學位中有成不善如異生故必觀別意經作是說餘經說應果有退不退故若謂說退別約世俗亦應據別說無退言謂餘經中說退無別而許約別說退非餘此無退言雖無差別理亦應許據別

為言然此經中所說義者世尊爲讃於善法中尊重恒修所獲勝利或意爲顯正修善時無住無退非謂恒爾或非應果善法皆同慧解脫等有差别故此中唯據成就衆多勝善法者說無有退翻此有退理在不疑永離垢等如先已釋先釋者何依續後生煩惱垢等密說無過准此應釋盡故等言無明爲因生染着等如前無種應無退釋彼所立理墮非理失許後有芽必不生故唯立喻說理不成故或應詰問分别論師汝許以何燒諸煩惱彼定應荅以智火燒應復難言此不應理智應依煩惱如火依薪故然不應說無漏智生以諸煩惱爲所依附又惑盡位智亦應亡如薪盡時火隨滅故又如薪盡必有餘灰阿羅漢身中應有餘惑故若謂法喻不可全同勿畢竟無同法喻故既爾何故不如是取或無燒理但少如燒故不應言法全同喻若爾如何說斷惑如燒薪如不更生芽不生後有故由此於退無能遮理正理論者作如是言修道斷惑容有退者此中教理上論文中因破他宗多分已說今爲成立自所許宗當復顯示前未說者謂從應果亦有退義炭喻經中分明說故如說多聞諸聖弟子若行若住有處有時失念故生惡不善覺引生貪欲或瞋或癡如是多聞諸聖弟子遲失正念速復還能令所退起盡没滅離以何爲證知此多聞諸聖弟子是阿羅漢何勞徵問由此經言彼聖弟子心於長夜隨順遠離等如餘經說故謂此經内作如是說如是多聞諸聖弟子若行若住或王或親來至其前請受財位廣說

乃至由此多聞諸聖弟子心於長夜隨順遠離趣向遠離臨入遠離隨順出離趣向出離臨入出離隨順涅槃趣向涅槃臨入涅槃欣樂寂靜欣樂遠離及出離故我說彼徧於一切順漏法已能永吐已得清涼又此經中先作是說彼觀諸欲如一分炭由此觀故於諸欲中欲欲欲貪欲親欲愛欲阿賴耶欲尼延底欲耽著等不染其心餘契經中說阿羅漢具八力等與此經同謂餘經言告舍利子諸阿羅漢有八種力何等爲八謂阿羅漢諸漏已盡其心長夜隨順遠離趣向遠離乃至廣說又彼經中亦作是說彼觀諸欲如一分炭廣說乃至皆如此經復作是言彼已修習已善修習念住正斷神足根力覺支道支成辦經中說阿羅漢安住出離無害遠離愛盡取盡及不忘失心解脫性毒箭喻經亦作是說佛告善宿樂涅槃者所有非想非非想結爾時皆得永斷徧知由此證知此經所說諸聖弟子是阿羅漢其義決定不應生疑經主此中作如是說實後所說是阿羅漢然後乃至於行住時未善通達容有此事謂有學者於行住時由失念故容起煩惱後成無學則無起義前依學位故說無失詳經主意謂此經中先說學位後說無學今應審察決定可依爲世尊言爲經主意然此經內無少依希可引證成前依學位後文方據無學位說謂此經中先說弟子由觀諸欲如一分炭已令欲等不染其心次說有時失念起惑次復說彼速還得離於後即說彼行住時王等來請不受財位由彼長夜順遠離等乃至說彼於順

漏法已能永吐已得清涼此經始終都不見佛爲說異法亦不見說彼修異行別有所證以何證知彼聖弟子先住學位後成無學今詳此經本爲遮止如經主等此妄計度是故先說諸聖弟子由觀諸欲如一分炭能令欲等不染其心此即顯成已證應果次復說彼失念起惑即已顯成應果有退由如是理知此經中初後二文皆說無學又彼所說然彼乃至於行住時未善通達容有此事理亦不然由此經中說彼弟子若行若住隨覺通達有時忘失起煩惱故若謂不說善通達言此亦不然義已說故謂此經說彼聖弟子若行若住隨覺通達有時忘失同諸世間心起貪憂惡不善法豈不已說善通達言若通達言顯善通達如何善通達容更起煩惱此責不然前已說故謂失念故起諸煩惱既爾即應未善通達不爾無忘失唯世尊有故若爾何故契經中言具壽舍利子成六恒住法應知此經說意有二謂顯一切阿羅漢果非皆具成六恒住法或顯一切雖皆具成而非皆能現前安住若異此者世尊不應以此爲門顯彼殊勝非苾芻衆知舍利子聲聞衆中智慧第一是大法將能轉法輪而不信知是阿羅漢須薄伽梵以諸應果共有功德讃述勸知又契經中說阿羅漢不時解脫世間希有又說若有補特伽羅成六恒住世甚希有由此證知非阿羅漢於匪宜境見聞等時一切皆能心安住捨及能恒住正念正知故諸應果有忘失念由是彼說此中無有善通達言故知前文說有學位不應正理又若必爾有大

過失謂契經說我生已盡不言善盡應是有學又契經說已見聖諦不言善見應是異生又契經言令有路絶不言善絶應非應果此等既不爾知彼說不然故通達言義必有善有餘於此復確執言此炭喻經定說學位云何知然義爲依故依何等義謂有學者許有煩惱非無學故無學已斷諸顛倒故惑種無故必無退理又是聖道果所攝故如見斷惑斷無退理詳彼具壽以自所執邪義爲依都不欲依善逝所說契經正義如何汝等久匿已情恒矯說言我依經說不以對法正理爲依以對法宗有越經故今乃顯露不顧經文隨已妄情横立義理學正理者作如是言以義爲依知說學位豈不雖許以義爲依而稱世尊爲我師者所立義理不應違經若與經違便非正理若非正理爲證不成如何輙言義爲依故所言有學許有煩惱於無學退何所相違然此經中不說有學唯說無學前已辯成故知應果有失念退法主所說義最可依非汝隨情妄所執義若唯有學有煩惱故煩惱可生非無學者世尊何故不差别說令所化生起無謬智知失念退學位非餘非佛世尊已超衆過作迷謬說令衆生疑雖此經中無差别說唯餘知此說無學位故彼所說是自室言又彼所言無學已斷諸顛倒等證無退因如前已遮故無證用由此無學有起惑退其理極成不可傾動上座於此復謬釋言此炭喻經說不還位以有學位惑垢未除容有遇緣失念起惑非諸無學有起惑理世尊雖說彼於一切順漏法已能永吐已得清

涼而由但言於諸順漏不言於漏故說無失此不成釋所以者何諸漏亦名順漏法故謂順漏法攝有漏盡理不應言不攝諸漏許此聖弟子於一切有漏已能永吐已得清涼而言未成阿羅漢果曾未聞此悟教理言或應許漏非順漏法則與自執教理相違又彼云何許不還者於有頂地諸順漏法已能永吐已得清涼若此地中諸漏未斷定於此地諸順漏法未得離繫許於此法未得離繫而言於此已能永吐已得清涼如是所言顯慧奇特漏順漏法俱時斷故既說於順漏已吐已清涼則證知彼已盡諸漏故無容釋此說不還又彼所言此經雖說其心長夜順遠離等餘經說此名應果力而要具八方得名爲阿羅漢力是故無過以何爲證知要具八名應果力一一不然此中都無教理爲證但率自意在飾言詞又彼如何許總具八方得名力一一不然非彼所宗諸阿羅漢許八種力俱時現行故不應言總方成力又非應果此一一法現在前時爲諸煩惱之所摧伏闕於力義如何可許一一非力故彼所說定不應理又設許總方得名力而舉一一亦標應果如戍拏經說阿羅漢唯住遠離無害出離愛盡取盡及不忘失心解脫性毒箭喻經但作是說樂涅槃者永斷非想非非想結豈舉不徧便非應果我今觀彼諸所發言但爲令他知已能語如是且舉炭喻契經證有應果退應果性又說應果有二種故如說有二阿羅漢果一者退法二者不退若謂唯退現法樂住理必不然由此經中說有二種阿羅漢故若

唯說退現法樂者應唯有一退法應果一切皆有現行退故如契經說我說由斯所證四種增上心所現法樂住隨一有退所得不動心解脫身作證我決定說無因緣從此退若謂唯約退定自在諸契經中說為退法非諸應果皆有此退謂於靜慮現在前中可退自在名為退法若餘事務無暇現前暫不現前不失自在雖有受用退而名不退法是故應果有二義成此救不然以契經說阿羅漢果有二種故又前已說於諸靜慮退自在者於諸欲中若捨遠離應起煩惱若不捨者既於離欲無所退失而言退失離生喜樂豈不相違故於靜慮退失自在理必應有煩惱現前若阿羅漢無起煩惱則應無有失自在定便應一切阿羅漢果唯有一種謂不退法若時解脫是應果性則二應果體不相雜是故我說經說應果有二種故有退理成又說知所斷不生方便故如契經說我如良醫如實了知所治斷法定有於後不生方便由此准知所斷煩惱有更生理故約善知能令所斷不生方便自讚善巧我如良醫若諸世間病愈無發則不應讚唯此良醫善知病愈不生方便故知斷惑有可退生若謂此經約異生說不令彼說有覺支故謂說我有內念覺支如實知有乃至廣說故知決定不說異生又說應果有二智故如說阿羅漢有盡無生智若諸斷盡皆永不生是則唐勞立無生智若謂為別異生所斷顯阿羅漢安隱第一故依大盖立無生智此不應理唯盡智生汝宗許已成第一安隱故又阿羅漢皆自了知我生已

盡梵行已立所作已辦不受後有如是安隱豈非第一以諸異生雖得有頂三摩鉢底而有退墮乃至當生惡趣中故唯盡智起已能自知我都無後生更無少所作顯阿羅漢得第一安隱其義已成何藉無生智雖此第一安隱已成而諸應果更起無生智世尊具說盡無生智言由此定知有阿羅漢煩惱已斷恐後更生方便勤求永不生智故立無生智有大益理成由此證知應果有退

阿毗達磨順正理論卷第六十九 說一切有部

音釋

欻 許勿切忽也 斫 之若切斬也 重擔 重直隴切擔丁紺切 慎 時刃切謹也 潰 胡對切決也 癰 於容切癤也 耽 丁含切樂也 確 苦角切堅也 匿 尼質切藏也 謬 靡幼切誤也欺也

阿毗達磨順正理論卷第七十

尊者衆賢造

唐三藏法師玄奘奉詔譯

辯賢聖品第六之十四

復以何縁諸阿羅漢等離有頂染同不受後生然於其中有於煩惱證不生法而非一切有説由根有差別故此釋非理以契經説退不退法根品同故如説五根增上猛利極圓滿故名俱解脱然有俱解脱是退種性故非根勝故證惑不生若爾由何種性別故六種種性唯應果有餘亦有耶修習練根唯無學位餘位亦有頌曰

學異生亦六　練根非見道

論曰有學異生種性亦六六種應果彼爲先故由所安住種性差別故有斷惑後生不生定於何時於所斷惑證不生法謂得能止此類煩惱殊勝道時若爾此不生應是擇滅非非擇滅若是非擇滅則非擇滅應是道果如是便與聖教相違如説云何非果法謂非擇滅及虛空無此不生成擇滅失以勝道轉非爲此故既非所爲故非道果謂勝道轉爲證擇滅非非擇滅故道轉時所證不生不名道果如然燈者本爲破闇非爲盡油而燈生時非唯破闇亦令油盡然此油盡非本所爲是故不説名然燈果此亦應然故無有失故勝種性勝道生時亦證不生然非道果今詳由道所證不生定不由根應皆得故但由殊勝種性力得故不動者惑必不生前説無學退法有三一增進根二退住學三住自位而般涅槃思等四隨應有四五六七非唯無學有

增進根有學異生亦有此義唯非見道能修練根此位無容起加行故謂見道位速疾運轉無暇於中更修餘事唯於信解異生位中能修練根如無學位如說不動退現法樂如何不動法亦許有退義無相違過所以者何頌曰

應知退有三　已未得受用　佛唯有最後利中後鈍三

論曰應知諸退總有三種一已得退謂退已得殊勝功德二未得退謂未能得應得功德三受用退謂諸已得殊勝功德不現在前三中前二非得爲體第三唯彼不現在前此三退中世尊唯有一受用退以有決定所作事業牽引其心雖有所餘無量希有不共佛法無暇起故除佛世尊餘不動法具有未得及受用退謂於殊勝無諍定等應得功德未能得故有未得退有餘事業牽引其心已得功德無暇起故有受用退餘五種性容具有三亦容退失已得德故約受用退説不動法退現法樂無相違過經主於此作如是言約無退宗不應爲難如何不動退現法樂非約靜慮退不退故經説動法及不動法一切應果無漏解脱皆名不動心解脱故然於靜慮起自在中可有退者名爲退法不可退者名不退法如是思等如理應思若爾不退安住不動有何差別皆於靜慮起自在中無退失故非練根得名爲不退練根所得名爲不動此二所起殊勝等至設遇退緣亦無退理安住法者但於已住諸勝德中能無退失不能更引餘勝德生設復引生從彼可退是不退等

三種差別如是建立阿羅漢果退不退等差別不成且約退失現法樂住起自在性建立退法如前種種推徵已破不退等三有相雜失且依彼執不退安住二聖者相應無差別許二俱非練根得故已得勝德俱無退故未得勝德俱能起故雖言安住新起勝德可有退理異於不退而安住名不依彼立安住名顯離進退故又彼宗許安住利根寧言有退新起勝德若許有退應名退法彼宗退法亦非全退全退便應起煩惱故所言不動由練根得異不退法理亦不成以彼所宗於現法樂怖失自在故修練根練所得根爲退不退若許有退應名退法以彼自說若於靜慮退失自在名退法故若許不退如由退力立退法名如是亦應由不退力名爲不退是則不動與不退同如何於中固立差別若謂本性是利根者名不退法後修練根方成利者名不動法爲顯此別建立二名是則應同安住堪達彼許安住本性利根非練根得同無退故雖言不退能新引起殊勝功德與安住異理亦不然不約新起殊勝功德立不退故謂彼所宗言此種性於新勝德若起不起性利根故於現法樂不失自在是不退相安住亦然故應無別堪能達故得堪達名彼宗不言從此種性更至別類無漏解脱定應但許練有漏根則定依先退法種性修練根行轉名堪達是則堪達亦練根成此所成根爲退不退若許有退應名退法若無退失應名不動俱練根得並不退故又不應說練有漏根得究竟時名不動法由此不動法是應果性故

非阿羅漢爲於少劣暫現法樂得自在故起大加行修習練根展轉修令至不動法是故經主但述已情不可依憑趣聖教理唯有對法正理可憑悟阿羅漢退等差別謂就應果身中所成無漏功德有勝劣異建立六種種性差別諸阿羅漢爲得後後轉勝轉增無漏功德起大加行修習練根致大劬勞可有斯理非爲世俗如腐爛尸易壞難成下劣功德暫時現起設大劬勞故彼所宗不可依據諸阿羅漢既許退果爲更生不彼於退位帶惑命終應更受生諸住果時所不作事退時作不彼既起惑應有更爲果相違事無如是過所以者何頌曰

一切從果退　必得不命終　住果所不爲
慚增故不作

論曰無從果退中間命終退已須臾必還得故若有壽量將臨盡者必無退理無失念故要有餘壽方有退理退已不久必還證得如契經說苾芻當知如是多聞諸聖弟子退失正念速復還能令所退起盡沒滅離若謂不然修梵行果應非安隱可委信處又住果位所不應爲違果事業由慚增故雖暫失念煩惱現行如住果時必無作理如高族者暫失位時不等凡庸造鄙下業又誰有退誰無退耶修不淨觀入聖道者容有退失修持息念入聖道者必無退失尊重止觀無貪癡增如次應知有退無退何界何趣容有退耶唯欲界人三洲有退六欲天處得聖果者有說利根故無有退以有勝智能制伏心令背妙境入聖道故有說退者由闕資緣或所依身不

平等故六欲天處二事並無雖有鈍根隨信行性生彼得聖亦無退理諸有退者爲起惑退爲先退已惑方現前或有欲令由起惑退品類足論當云何通如彼論說欲貪隨眠由三處起一欲貪隨眠未斷徧知故二順彼纏法正現在前故三於彼正起非理作意故乃至廣說無相違失所以者何煩惱現前略有二種已斷未斷有差別故此中偏說未斷起者又煩惱起略有二門染不染心無間起故此中偏說染無間者或煩惱起總有三緣然煩惱生所藉不定或有唯藉境界力生或藉境因或兼加行此約具者故說由三或起惑時三緣必具非理作意正起現前所斷隨眠必還成故何心無間起惑退耶且從無學起惑退者若起色纏無色纏退唯從自地順退分定相應善心無間而起非住欲界有上地攝無覆無記心現在前唯除通果心然無從彼退豈不順退分各於自地離染時捨如何無學者未退起惑彼心現前理實如是然順住分品類有三一少順退二少順進三守自位前言自地順退分定即順住分中少分順退者少順退故得順退名然此定心與守自位多相涉故順住分攝諸有未失順退分者彼心無間煩惱現前若捨彼心從順住攝少順退者起煩惱退故於文義無所相違若起欲纏而退失者從自地善無覆無記二心無間皆容現前諸從學位起惑退者起色無色煩惱退時若先全離此地染者唯從此地順退分定相應善心無間而起若未全離此地染者從此地攝善及染汚二心無間皆容現

前起欲界纏而退失者若先全離欲界繫染從自地善無覆無記二心無間皆容現前若未全離欲界染者從欲善染無覆無記三心無間皆容現前若未現前獲得清淨靜慮無色必無能起色無色纏退失所得彼惑從彼無間起故但起欲纏退失所得若現前得清淨靜慮猶未現前得淨無色必無能起無色纏退起欲色纏退失所得若巳現前獲得清淨靜慮無色通起欲色無色界纏退失所得諸有退失先所得時若起上纏現在前退不失下善不成下惑若起下纏現在前退定失上善定成上惑復有欲令要先退巳後時對境惑方現前施設足論當云何釋如彼論說無色三纏一一現起退無色盡住色盡中識身足論復云何釋如彼論說無色界繫染心現前捨無學善續有學善退無學心住有學心此俱不相違依覺時說故謂先雖退而未覺知後起惑時方自覺退如有先誦四阿笈摩中廢多時雖忘不覺後誦不得方自知忘此亦應然故無違失住何心退後起惑耶住欲界中無覆無記威儀工巧異熟生心退巳後時方能起惑然此欲界繫無覆無記心或有總違三界煩惱此心正起無有退得三界惑義或有但違欲色煩惱此心正起容有退得無色惑義或有但違欲界煩惱此心正起容有退得二界惑義或有不違三界煩惱此心正起容有退得三界惑義一切退巳隨其所應起惑前心皆如上說於此二說前說爲善如上所言有練根得今應思擇諸聖練根有幾無間幾解脫道用有漏道爲無漏耶依

何身依何地頌曰

練根無學位　九無間解脫　久習故學一
無漏依人三　無學依九地　有學但依六
捨果勝果道　唯得果道故

論曰求勝種性修練根者無學位中轉一一性各九無間九解脫道如得應果所以者何彼鈍根性由久慣習非少功力可能令轉學無學道所成堅故有學位中轉一一性各一無間一解脫道如得初果非久習故彼加行道諸位各一學無學位修練根時皆漸次修後後種性得勝種性方捨前劣故諸無學修練根時加行無間前八解脫如應皆是退法等攝第九解脫是思法等諸有學者修練根時加行無間是退等攝解脫道時名思法等我所承稟諸大論師咸言練根皆爲遮遣見修斷惑力所引發無覆無記無知現行故學位中修練根者正爲遮遣見惑所發無學位中修練根者正爲遮遣修惑所發如如斷彼能發惑時所起無間解脫多少如是如是斷彼所發無知現行道數亦爾是故無學修練根時用九無間九解脫道學位練根二道各一然見修惑所發無知隨所障殊有多品類故轉退等成思等時諸道現前各有所遣由此無有超得勝性有餘師說一切練根皆一加行無間解脫前說爲善理如前故如是無間及解脫道一切唯是無漏性攝聖者必無用有漏道而轉根理以世俗法體非增上無堪能故一切加行皆通二種如是所說但據現行兼未來修復有差別謂無學位修練根時加行未來亦通修二九無間道及八解脫

未來所修亦唯無漏第九解脫未來修二兼修三界所有功德與初盡智所修同故若有學位修練根時加行未來亦通修二無間解脫未來所修亦唯無漏如得初果若爾豈不廣論相違如廣論言從信解性修練根行得見至時十四化心爾時亦得寧不許學解脫道中亦於未來修有漏道此無違失所以者何彼論但依得俱生說如下地道現在前時上地化心亦說爲得謂如已離三靜慮染依初靜慮入見諦者亦說彼得四定化心然理不應由下見道現在前故修上地法彼文但依見道與彼得俱生說此亦應然有餘師言諸未來法有得得故即說名修既彼得俱寧不修彼故諸有學修練根時解脫道中亦修有漏然非一切皆能通修謂若預流未趣後果修練根行解脫道中如得果時唯修無漏由見道得一來不還未趣後時應知亦爾分離有頂中間練根解脫所修亦唯無漏餘有學位修練根時解脫所修皆通二種前說爲善所以者何非彼得俱皆名修彼勿一切法能修一切又有學位修練根時正爲遮遣見惑所發與斷見惑道數既同如何所修異見道果若餘趣後中間練根解脫道中亦修有漏無間道位何不許然如離染時二道等故然無學位修練根時道數所修如斷有頂若有學位修練根時道數所修如斷上界見道所斷由彼但與鄰得果時道相似故學無學位修練根時加行皆通曾未曾得無間解脫唯是未曾一切皆通法智類智修練根者唯三洲人唯依此身有怖退故以何等故名爲

練根調練諸根令增長故謂道力故令根相續捨下得中捨中得上漸漸增勝名爲練根故練根名目轉根義雖八解脫漸得勝根而由本心求勝性故未得勝性不捨前劣如得後果方捨前向如在聖位種性有六能修練根於見道前煖等加行應知亦爾有差別者若聖位中得勝種性必捨前劣煖等位中修練根者但得勝性劣性不行名爲轉根非捨劣得無學練根通依九地謂四靜慮未至中間及三無色唯此九地有無漏道餘地無故有學練根唯依六地除三無色所以者何以轉根者容有捨果及勝果道所得唯果非勝果道心欣果故無有學果無色地攝故學練根但依六地設許學位依無色練根定是不還住勝果道位無不還果無色地攝故不依無色修練根得果以初二果唯未至攝不還唯通六地攝故有說唯有住果練根勿有捨多得少過故無如是過以練根者心期勝果不求多故由此學位修練根者若住果道加行等三皆果道攝若住勝道加行無間勝果道攝解脫道果道攝住無學位修練根者加行等三唯果道攝諸住果位修練根時捨果得果住勝道位修練根時捨二得果又諸聖位修練根時與本得果地同或異謂初二果依地必同彼此俱依未至地故不還應果依地不定或依本地或上或下有差別者若諸不還依下練根不得上果阿羅漢不爾如本得果故分斷有頂結練根得果時雖捨彼斷不成彼結如異生者生上七地隨應捨下斷而不成下結俱是進時非退時故諸無學位

補特伽羅總有幾種由何差別頌曰
七聲聞二佛　差別由九根
論曰居無學位聖者有九謂七聲聞及二覺者退法等五不動分二後先別故名七聲聞獨覺大覺名二覺者由下下等九品根異令無學聖成九差別有學無學補特伽羅一切總收無過七種一隨信行二隨法行三信解四見至五身證六慧解脫七俱解脫依何立七事別有幾頌曰
加行根滅定　解脫故成七　此事別唯六
三道各二故
論曰依加行異立初二種謂依先時隨信他語及自隨法能於所求一切義中修加行故立隨信行隨法行名依根不同立次二種謂依鈍利信慧根增如次名爲信解見至依得滅定立身證名由身證得滅盡定故依解脫異立後二種謂依唯慧離煩惱障者立慧解脫依兼得定離解脫障者立俱解脫此名雖七事別唯六謂見道中有二聖者一隨信行二隨法行此至修道別立二名一信解二見至此至無學復立二名謂時解脫不時解脫然唯應說有二聖者隨信隨法行有異故即此二種隨道差別雖立異名而無別體如是所說補特伽羅以根性道離染依別諸門分析數成多千且如最初一隨信行根故成三謂下中上性故成五謂退法等道故成十五謂八忍七智離染故成七十三謂具縛離八地染依身故成九謂三洲欲天若根性道離染依身相乘合成一億四萬七千八百二十五種隨法行等如理應思如是等門差別無

量若欲委細一一分別施功甚多所用極少故我於此略示方隅有智學徒應廣思擇前說依解脫立後二種立後二種相由何應知頌曰

俱由得滅定　餘名慧解脫

論曰諸阿羅漢得滅盡定者名俱解脫由慧定力雙解脫煩惱解脫障故所餘未得滅盡定者名慧解脫但由慧力於煩惱障得解脫故何等名爲解脫障體諸阿羅漢心已解脫而更求解脫爲解脫彼障謂於所障諸解脫中有劣無知無覆無記性能障解脫是解脫障體於彼彼界得離染時雖已無餘斷而起解脫彼不行時方名解脫彼有餘師說此解脫障即以於諸定不自在爲體有餘師說此解脫障即以諸定不得爲體有餘師說於彼加行不勤求故不聽聞故不數習故解脫不生即此名爲解脫障體初說應理所以者何必有少法力能爲障令彼於定不自在轉若不爾者彼有何緣於諸定中不得自在不得定者必有所因不可說言即因不得自體不應還因自故或煩惱障亦應可說即以應果不得爲性彼既不然此云何爾阿羅漢果亦由於加行不勤求等故體不得生豈便無別煩惱障體故後三說皆不應理又無漏心亦有從此名得解脫由約在身及約行世說解脫故謂要解脫解脫障時方起在身及行世故諸阿羅漢有名同者根亦同耶應作四句第一句者慧解脫中有時解脫不時解脫俱解脫中有二亦爾第二句者時解脫中有慧解脫有俱解脫不時解脫有二亦爾第三句

者慧解脫中二時解脫自互相望二不時解脫俱解脫亦爾第四句者慧解脫中取時解脫俱解脫中不時解脫展轉相望與此相違應知亦爾如世尊說五煩惱斷不可牽引未名滿學學無學位各由幾因於等位中獨稱爲滿頌曰

有學名爲滿　由根果定三　無學得滿名
但由根定二

論曰學於學位獨得滿名要具三因謂根果定故見至身證獨得名爲滿少有闕者尚非滿學況一切闕而得滿名何等名爲少有闕者謂信解得滅盡定或見至不還未得滅盡定或見至未離欲或信解不還未得滅盡定何等名爲一切闕者謂信解未離欲有少許闕亦得滿名彼作是言有有學者但由根故亦得滿名謂諸見至未離欲染有有學者但由果故亦得滿名謂信解不還未得滅盡定有有學者由根果故亦得滿名謂見至不還未得滅盡定有有學者由果定故亦得滿名謂諸信解得滅盡定有有學者具由三故獨得滿名謂諸見至得滅盡定無有學者但由定故及根定故亦得滿名此不可依如何有學於諸有學勝功德中猶未具證而許名滿故如前說理定可依無學位中無非果滿故不由果建立滿名自位相望獨名滿者要具二種謂根與定故唯不時俱解脫者望餘無學獨得滿名隨闕一者尚非滿無學何況雙闕得滿無學名何等名爲隨闕一者謂時解脫得滅盡定或不時解脫不得滅盡定何等名爲雙闕二者謂時解脫不得滅定有許闕

一亦得滿名此不可依理如前說如契經說二阿羅漢一具三明二不退法於前所說諸應果中二阿羅漢何應果攝且不退法攝在不動然此不動差別有二一者唯能不退應果二者不退一切勝德此中第一但名不動如思法等由練根得仍有退失阿羅漢果此異彼故得不動名然於應果一切勝德猶可退失不名不退第二亦無退諸勝德故經於彼立不退名以不動中於勝功德有可退者是故契經於不動內立不退法具三明者有言此攝在慧解脫俱解脫中豈不宿住死生漏盡三種妙智名曰三明若具成此三名具三明者作如是說爲欲顯何若具三明必起靜慮三明要依靜慮發故非慧解脫靜慮現前蘇尸摩經分明說故寧說慧解脫亦攝具三明此不相違經據滿故然有已得七解脫者未得滅定故亦名慧解脫依不得滅盡定體建立慧俱二解脫故理必應爾以契經言有具三明非俱解脫既有此說便決定知有具三明非俱解脫離慧解脫此爲是何是故所言具三明者二解脫攝定爲應理有言非理所以者何彼不了達所引經故於餘契經有相違故謂彼所引忿舉經言有具三明非俱解脫據遮圓滿俱解脫說然有極下唯得最初根本靜慮現在前者亦說名爲俱解脫故如餘經說時迦莫迦問慶喜言世尊處處說俱解脫此俱解脫名何所目佛數說耶慶喜荅言俱解脫者謂入離欲惡不善法有尋有伺離生喜樂初靜慮中具足安住及由慧故見諸漏盡齊此方名俱解脫者准此經說

知恣舉經據遮圓滿俱解脫說即此經後復作是言應知所餘名慧解脫又遮慧解脫起初根本定故次慶喜告迦莫迦具壽當知非慧解脫已入離欲惡不善法有尋有伺離生喜樂初靜慮中具足安住然能以慧見諸漏盡世尊說爲慧解脫者由此彼謂蘇尸摩經且據圓滿慧解脫說唯約已得滅盡定者立俱解脫其理不成故此經中意顯此義具三明者必俱解脫要起根本靜慮現前方有得名具三明故有俱解脫非具三明謂阿羅漢得入解脫而未能起三明現前今詳諸經眞實意趣慧俱解脫若圓滿者其體各異未起根本已得滅盡位懸隔故不圓滿者二體相雜隨說皆通不應爲諍然欲簡別令無雜者應就滅定不得得說以慧解脫無得滅定根本靜慮雖不現行然於去來必成就故由此可說具三明者理通攝在二解脫中

阿毗達磨順正理論卷第七十　說一切有部